国家社科基金
GUOJIA SHEKE JIJIN HOUQI ZIZHU XIANGMU
后期资助项目

中国古代文学
经典化机制研究

A Study of the Classical Mechanism of Ancient Chinese Literature

周晓琳 著

九 州 出 版 社
JIUZHOUPRESS ｜ 全国百佳图书出版单位

图书在版编目（CIP）数据

中国古代文学经典化机制研究 / 周晓琳著. -- 北京：
九州出版社，2019.10

ISBN 978-7-5108-8350-7

Ⅰ．①中… Ⅱ．①周… Ⅲ．①中国文学－古典文学研
究 Ⅳ．①I206.2

中国版本图书馆CIP数据核字(2019)第220831号

中国古代文学经典化机制研究

作　　者	周晓琳　著
出版发行	九州出版社
地　　址	北京市西城区阜外大街甲 35 号（100037）
发行电话	(010)68992190/3/5/6
网　　址	www.jiuzhoupress.com
电子信箱	jiuzhou@jiuzhoupress.com
印　　刷	北京九州迅驰传媒文化有限公司
开　　本	710 毫米×1000 毫米　16 开
印　　张	28.75
字　　数	485 千字
版　　次	2019 年 12 月第 1 版
印　　次	2019 年 12 月第 1 次印刷
书　　号	ISBN 978-7-5108-8350-7
定　　价	118.00 元

国家社科基金后期资助项目
出版说明

后期资助项目是国家社科基金设立的一类重要项目，旨在鼓励广大社科研究者潜心治学，支持基础研究多出优秀成果。它是经过严格评审，从接近完成的科研成果中遴选立项的。为扩大后期资助项目的影响，更好地推动学术发展，促进成果转化，全国哲学社会科学工作办公室按照"统一设计、统一标识、统一版式、形成系列"的总体要求，组织出版国家社科基金后期资助项目成果。

全国哲学社会科学工作办公室

目　录

绪论

经典是指具有典范性、权威性，且在传播过程中产生重要影响的作品或著作。加达默尔在其阐释学经典论著《真理与方法：哲学阐释学的基本特征》中指出，"典范"的作品将被作为传统流传下来，"我们称之为'古典文学'的整个范围一直作为一切后来人（甚至古代现代莫须有之争的时代）的永恒范例而存在"[①]，便是针对经典的历史存续状态及其重大历史影响而言。尽管古今中外学者对于经典的释义存在着表述上的差异，但是他们对经典本质及其社会功能的认识和理解基本上是一致的。通过考察世界文化史上产生的各类经典，我们可以发现它们通常具备以下三大基本特征：

其一，经典的内容必须具有原创性（或曰"创新性"）、奠基性。经典通常通过富有独创性的观念展示以及难以复制的形式表达，针对某一群体、某一民族甚至全人类共同精神活动的重大问题进行多样化的阐释和评判，给予开创性、指导性的解答，"第一"的身份使它矗立在文化思想的源头，例如西方的《圣经》，中国的《易经》《论语》等。中国古代文学中的《诗经》《楚辞》等亦如此。

其二，经典的精神价值和艺术价值必须具有普世性和超越性。经典著作可以由个人创作完成，但其蕴含的思想文化价值必须超越个人意义以及地域限制，能够对广大民众甚至人类精神活动的走向与心灵世界的建构产生不同程度的指导性作用，最终升华为民族或者人类共同拥有的语言和思想的象征符号，甚至成为"共同答案"。《哈姆雷特》是西方著名戏剧大师莎士比亚最负盛名、最受人关注的经典作品，该剧本通过讲述王子复仇的故事，不仅真实地描绘了英国乃至整个欧洲在文艺复兴晚期的社会及其政治面貌，而且表达了剧作家对人类命运的深刻反思和对人类前途的深切关怀。正是因为后者，赋予了《哈姆雷特》超越时代和地域限制的不朽价

[①] ［德］汉斯－格奥尔格·加达默尔：《真理与方法：哲学阐释学的基本特征》，洪汉鼎译，上海译文出版社，1990，第213页。

值，成为全世界读者共同的精神食粮。我国东晋著名诗人陶渊明拥有世界性的读者群，早在公元 8 世纪，其诗文就已经被翻译至朝鲜、日本等国，自 1898 年出现了德文译本后，又不断推出英、法、俄等译本，译本累计多达 17 种语言文字。导致陶渊明诗文出现世界热的原因，最根本的一点是外国读者或从中感受到了心灵的慰藉，随之进入"物我两忘"的精神境界，或被其诗歌的艺术魅力所感染，欣赏其在"极端的精巧"之后所达到的"极端的朴素"①的审美境界。凡此种种，同样体现了文学经典精神价值和艺术价值的普世性和超越性。

其三，经典因为能够经受住历史的淘选而具有永恒性，其价值在一代又一代受众的"重读"中得以彰显和实现。经典的生成具有多元性、开放性特征，经典的建构除上述特征之外，还具有历时性。经典的存在是当下性与历时性的有机结合，是由个人言说与公共话语共同组成的意义系统，经典在形成和传播的过程中会产生意义衍生或意义被屏蔽的现象，同一部作品可以经由不同的路径成为经典。

在西方历史上，经典是一个"具有宗教起源的词汇"②，对西方文化产生极其深远而巨大影响的《圣经》（Bible）便是犹太教、基督教的最为重要的思想经典，后来逐渐被用以指称那些"能使人类的心灵得到见解、领悟力及智慧"的"不朽的名作"和"伟大的书籍"③。在中国历史上，经典则从一开始就面对人的现实存在和精神需要而产生。例如，一部古老的经典《尚书》，其中的《尧典》《舜典》，属于记述古代帝王的法文书，具有明确的现实指向性和实用性。许慎《说文解字》释"典"曰："典，五帝之书，从册，在几上，尊阁之也。"④突出了它的重要性、珍贵性以及崇高地位。随着时代的发展，"典"的内涵逐渐扩大，具有了标准、法则的含义。"经"的概念也经历了一个发展演变的过程，其本义乃织物的纵线，与"纬"相对。后又指南北向的道路或土地，《周礼·考工记》云："匠人营国……国中九经九纬，经涂九轨。"唐代著名经学家、太学博士贾公彦疏曰："南北之道为经，东西之道曰纬。"⑤后又由这种常规性道路之义引

---

① 蔡华主编：《巴赫金诗学视野中的陶渊明诗歌英译复调的翻译现实》，苏州大学出版社，2008，第 9 页。

② ［美］哈罗德·布鲁姆：《西方正典：伟大作家和不朽作品》，江宁康译，译林出版社，2011，第 16 页。

③ ［美］莫蒂默·阿德勒：《西方名著中的伟大智慧》，王月瑞译，海南人民出版社，2002，第 121—123 页。

④ ［汉］许慎：《说文解字》，中华书局，1963，第 199 页。

⑤ ［清］阮元：《十三经注疏·周礼注疏》（影印本）卷四十一，中华书局，1980，第 927 页。

申为关于日常行为的义理、法制和原则，《尚书·大禹谟》云："帝曰'与其杀不辜，宁失不经'。"①孔传曰："辜，罪。经，常。""不经"则指不合常法，不按既定规定行事。战国时期，著名思想家荀子（约前313—约前238）于《劝学》篇中阐释学习的重要性，明确指出学习"其数则始乎诵经，终乎读礼"，所谓"经"具体是指儒家六经中的《诗经》和《书经》②。无论"经"与"典"是否合用，均可指用作行事依据、评判标准的书籍，权威性和指导性成为其区别于一般书籍的重要特征。

汉武帝独尊儒术之后，儒家群籍被视为最具有现实指导意义和永恒精神价值的经典著作，且在以后上千年的历史发展过程中一直保持这种不可动摇的定位。南朝著名文学理论家刘勰（约465—约520）高度重视经典对于文学创作的指导作用，《文心雕龙·宗经》篇云："经也者，恒久之至道，不刊之鸿教也。"通过"易张十翼，书标七观，诗列四始，礼正五经，春秋五例"③的罗列和论析可知，他所推举之"经"实乃儒家思想经典，这实际上代表了古代知识阶层的共同认识。"六经，文之范围也。圣人之旨，于经观其大备"④，清代著名文论家刘熙载（1813—1881）所言极是。荀爽（128—190）是东汉末年著名的经学家，据《后汉书·荀爽传》载，爽于党锢解禁后，积十余年，以著述为事，有"硕儒"之称。他针对世俗治丧不尊礼制的现象，"引据大义，正之经典，虽不悉变，亦颇有改"⑤。荀爽依据《礼记》的要求去规范和纠正世人行为，儒家经典的权威性、指导性由此可见一斑。

"读书破万卷"，是中国古代知识分子阶层认识世界、掌握知识的最主要的途径，饱读诗书、博览群籍可谓中国古代社会人才衡量极其重要的标准之一。然历代典籍数量众多，浩如烟海，即便是过目不忘的俊才，满腹经纶的大师，也不可能真正做到尽览天下之书，故选择性阅读成为历史的必然。纵览一部"二十四史"不难发现，能够对普天下学子士人的知识积累与人格建构给予深刻影响和方向性指导的，通常是那些经过历史淘选而得以保存和流传久远的经典性文本，尤其是儒家的思想经典，成为他们人生最为重要的教科书。毋庸置疑，秦汉以来，儒家经典已经成为士阶层阅读的首选书目和必读书目。兹略举数例如下：

① ［清］阮元：《十三经注疏·尚书正义》（影印本）卷四，中华书局，1980，第135页。
② ［清］王先谦：《新编诸子集成·荀子集解》，中华书局，1988，第11页。
③ ［梁］刘勰撰，周振甫注：《文心雕龙注释》，人民文学出版社，1981，第18页。
④ ［清］刘熙载：《艺概·文概》，上海古籍出版社，1978，第1页。
⑤ ［宋］范晔：《后汉书》卷六十二《荀爽传》，中华书局，1965，第2057页。

张昭"少好学，善隶书。从白侯子安受《左氏春秋》，博览众书"①。

阮籍"博览群籍，尤好《庄》《老》"②。

裴松之"年八岁，学通《论语》《毛诗》。博览坟籍，立身简素"③。

令狐熙"博览群书，尤明《三礼》"④。

李敬玄"博览群书，特善五礼"⑤。

苏洵"年二十七始发愤为学，岁余举进士，又举茂才异等，皆不中。悉焚常所为文，闭户益读书，遂通《六经》、百家之说，下笔顷刻数千言"⑥。

危复之"宋末为太学生，师事汤汉，博览群书，好读《易》，尤工于诗"⑦。

王艮"读书，止《孝经》《论语》《大学》，信口谈说，中理解"⑧。

二十四史之中，此类记载不胜枚举。

作为概念的经典，其内涵与外延不可能一成不变；作为范本的经典，其存在绝不局限于思想界。在文学创作和传播领域，同样存在着具有权威性和影响力的经典，从促进文学发展和繁荣、传承优秀文化传统的角度审视，文学经典发挥的作用不可忽视。

文学经典是指那些具有审美价值与原创性魅力，且在传播过程中产生一定甚至重大历史影响的文学名篇名著。文学作品以表现人类生命活动与情感体验为主要内容，其中虽不乏书写属于个人的独特经历和生命体验的篇章，但只有内涵属于人类或者民族所共同拥有的文化精神与意义指向的作品，才能够成为经典。文学文本的意义内涵因阐释和再阐释而获得典范性或权威性，其艺术形式成为后人创作的效仿对象是经典化的重要标志。经典的原创性或独创性，越来越被中西学者所重视和强调，"独创性是文学经典的必要条件"⑨，或必备品质之一，已成为学界共识。所谓"原创"或"独创"，并非时间视域内的"第一"，而是价值范畴内的"空前"或者"超越"，具体而言，是指作家的创作或在局部或于整体做出了具有开拓

① [晋] 陈寿：《三国志》卷五十二《吴书》七，中华书局，1982，第1219页。
② [唐] 房玄龄等：《晋书》卷四十九《阮籍传》，中华书局，1996，第1359页。
③ [梁] 沈约：《宋书》卷六十四列传第二十四，中华书局，1974，第1698页。
④ [唐] 魏征等：《隋书》卷五十六《令狐熙传》，中华书局，1973，第1385页。
⑤ [后晋] 刘昫等：《旧唐书》卷八十一《李敬玄传》，中华书局，1975，第2754页。
⑥ [元] 脱脱等：《宋史》卷四百四十三《文苑传》，中华书局，1977，第13093页。
⑦ [明] 宋濂等：《元史》卷一百九十九《隐逸传》，中华书局，1976，第4479页。
⑧ [清] 张延玉等：《明史》卷二百八十三《儒林传》，中华书局，1974，第7274页。
⑨ 李玉平：《多元文化时代的经典理论》，南开大学出版社，2010，第190页。

性、创新性的卓越贡献。现以王实甫（1260—1336）《西厢记》和汤显祖（1550—1616）《牡丹亭》为例。《西厢记》讲述的是崔莺莺与张生的爱情故事，众所周知，王实甫并非讲述崔张故事的第一人。该故事首次出现在唐代元稹（779—831）的小说《会真记》中，相沿以下，先后有宋代秦观（1049—1100）《调笑令十首并诗·莺莺》①、赵令畤（1061—1134）《元微之崔莺莺商调蝶恋花词》②、官本杂剧段数《莺莺六么》③、话本《莺莺传》④、金代董解元（生卒年不详）《西厢记诸宫调》等不同形式的文艺作品进行重述和演绎，故事的内容和情节日益丰富，人物形象逐渐丰满，艺术形式也呈现出多样化特点。然而，只有王实甫创作的杂剧《西厢记》才备受后代接受者的赞誉和追捧，经典效应历久不衰。究其原因，关键之处在于王实甫在进一步完善和丰富前人创作的基础上，提炼出"愿普天下有情的都成了眷属"这一具有鲜明时代性与价值永恒性的爱情主题，同时打破了元杂剧体制上四本一楔子的稳定范式，赋予文本体制的独创性和开放性，以及雅俗共赏的艺术风格，凡此种种，构成了《西厢记》超越前代同题材诸作的"原创性"特征，其征服人心的魅力即源于此。郭沫若之所以盛赞《西厢记》是"超越时空的艺术品，有永恒而且普遍的生命"⑤，原因也正在于此。同样，明代汤显祖的《牡丹亭》讲述的也是才子佳人的爱情故事，此剧一出，"家传户诵，几令西厢减价"⑥，这种一度超越《西厢记》的社会轰动效应的取得，完全得益于汤显祖在戏曲创作领域的开拓性贡献。具体而言，首先是成功地塑造了以"情"为灵魂、敢于为情而出入生死的杜丽娘这一新女性形象。剧中的杜丽娘在追求爱情婚姻幸福时所表现出的深情而缠绵，大胆而果决，尤其是后者，显然为前代同类女性形象（例如崔莺莺）所不具有，呈现出一个新的历史高度。其次是贡献了"不妨拗折天下人嗓子"的丽词俊音。著名戏曲评论家王思任（1575—1646）谈及自己读《牡

---

① 伏涤修、伏蒙蒙辑校：《西厢记资料汇编》（上）第一编《本事资料》，黄山书社，2012，第17页。
② 伏涤修、伏蒙蒙辑校：《西厢记资料汇编》（上）第一编《本事资料》，黄山书社，2012，第25页。
③ ［宋］四水潜夫：《武林旧事》卷十，浙江人民出版社，1984，第153页。
④ ［宋］罗烨：《醉翁谈录》卷一，上海古典文学出版社，1957，第4页。
⑤ 郭沫若：《〈西厢记〉艺术批判及其作者性格》，载《郭沫若文集》卷十，人民文学出版社，1959。
⑥ ［明］沈德符：《万历野获编》卷二十五，载毛效同编《汤显祖研究资料汇编》，上海古籍出版社，1986，第849页。

丹亭》时的审美感受时云，"情深一叙，未读三行，人已魂销肌栗"①，此种独特审美体验的获取正是源于剧本所渲染的深情以及呈现的优美唱词，这种前所未有的强大情感冲击力与听觉冲击力，也是《牡丹亭》超越《西厢记》之处。

经典的建构是一个"重读"的过程，历代受众连续不断的重读活动标志着文本经典地位得到受众认可以及经典效应的传递与叠加。作为个体的接受者，由于自身精神需求存在差异，故其"重读"的精神指向必然呈现出多样性特征。作为群体的接受者，由于时代的变迁，其接受视域也必然呈现出随时而变的发展趋势。多样性与变化性可能溶入解构经典的元素之中，但真正的优秀作品必当在"重读"中确认和保持经典身份。曹操（155—220）组诗《步出夏门行》中的《龟虽寿》一诗因抒发了诗人意气风发、壮怀激烈的英雄情怀，表现出一种积极向上的人生态度，遂成为后世读者不断吟诵的经典诗篇。东晋名士王敦（266—324，字处仲）每酒后辄赏咏"老骥伏枥，志在千里。烈士暮年，壮心不已。""以如意打唾壶，壶口尽缺"②，这里的"重读"行为尽显别有韵味的名士风范。唐代大诗人李白（701—762）用王敦之事，自创歌行《玉壶吟》，诗开篇即云："烈士击玉壶，壮心惜暮年"。此乃虽怀才不遇却壮心不已的生活强者的"重读"，故前人注此诗曰："乃李白自述其知遇始末之辞也"③。明代著名学者王世贞（1526—1590）关注历代诗歌对于"帝王兴衰气象"的展示，激赏曹公的"山不厌高""老骥伏枥"的胸襟及其艺术表达，并针对王处仲的行为，发出"其人不足言，其志乃大可悯矣"的感慨④，此乃文学批评领域内对于曹操诗歌的"重读"。

南宋著名文学家陆游（1125—1210）堪称经典作家，其文学创作一问世便受到读者关注，所取得的艺术成就更是一直受到历代读者的推崇。据明末著名藏书家毛晋（1599—1659）《剑南诗稿跋》载：

（宋）孝宗一日问周益公曰："今当代诗人亦有如唐李白者？"益公以放翁对，由是人竞呼为"小李白"。⑤

---

① 王思任：《批点玉茗堂〈牡丹亭〉词叙》，载毛效同编《汤显祖研究资料汇编》，上海古籍出版社，1986，第856页。
② 余嘉锡：《世说新语笺疏·豪爽第十三》，中华书局，1983，第598页。
③ 陈伯海主编：《唐诗汇评》上册，浙江教育出版社，1995，第623页。
④ [明] 王世贞：《艺苑卮言》卷三，载丁福保辑《历代诗话续编》，中华书局，1983，第991页。
⑤ 吴熊和主编：《唐宋词汇评·两宋卷》第三册，浙江教育出版社，2004，第2011页。

这是宋代文人阅读陆游作品之后给予的高度评价。梁启超（1873—1929）《读放翁诗集》四首之一云："诗界千年靡靡风，兵魂销尽国魂空。集中什九从军乐，亘古男儿一放翁。"① 这是晚清改良运动领袖"重读"陆诗后的高度评价。至于夏承焘、吴熊和两位先生编年并笺注放翁词（上海古籍出版社，1981），陆坚赏析陆游诗词（巴蜀书社，1990），则是当代学者"重读"后的充分肯定并予以传播、普及的另一种形式。

经典地位一经确立，作品便不可避免地在不同层面、从不同角度充当起读者的教科书，对个体的文学创作和人生实践，乃至文学发展的方向产生直接或间接的引导作用。《新唐书·艺文志》所谓"《离骚》作而文辞之士兴"，说的正是屈原诗歌对中国文学发展的深远影响。唐代柳宗元（773—819）贬永州司马时，"因自放山泽间，其堙厄感郁，一寓诸文，仿《离骚》数十篇，读者咸悲恻"②，此乃《离骚》影响诗人创作的具体表现。"《文选》烂，秀才半"乃宋朝士人流行语，它形象地揭示出文学经典在宋朝科考中所充当的"教科书"角色。两宋诗坛流行的吟诗学杜（甫）风尚、清代大量《聊斋志异》衍生作品的推出③、《红楼梦》众多续书诸如《红楼梦补》《续红楼梦》《红楼圆梦》《红楼复梦》等的先后问世，均具体体现了文学经典作为创作样板的价值。

具有超越民族、超越时代的广泛而又深刻的社会影响力，是文学经典的另一重要特征。"凡有井水处，皆能歌柳词"，柳永（约984—约1053）的词在宋代已经广为传唱，为各阶层人士喜闻乐见。《雨霖铃》"寒蝉凄切"作为柳词中流传甚广的佳作之一，当年为柳永赢得"晓风残月柳三变"的美誉，今天入选大学中学教材，继续发挥经典的作用。南宋著名词人辛弃疾（1140—1207）的词作经典化程度同样很高，数百年来也深受历代读者的喜爱。稼轩词多精品，四库馆臣对其评价甚高，《四库全书总目》卷一九八《稼轩词提要》云："其词慷慨纵横，有不可一世之概，于倚声家变调；而异军特起，能于剪红刻翠之外，依然别立一宗，迄今不废。"④ 概括揭示了辛词开拓创新的本质特征，并予以充分肯定，这是传统文人特有的"重读"方式。数百年以后，古代文学研究专家莫砺锋谒稼轩墓，盛赞辛

---

① 孔凡礼、齐治平编：《古典文学研究资料汇编·陆游卷》，中华书局，1962，第389页。
② ［宋］欧阳修等：《新唐书》卷一百六十八《柳宗元传》，中华书局，1975，第5232页。
③ 蒋玉斌认为，清代的《聊斋志异》衍生作品分为四大类，即《聊斋志异》仿作，"聊斋戏作品"，聊斋说唱作品以及《聊斋志异》衍生的白话作品。见《〈聊斋志异〉的清代衍生作品研究·绪论》，中国社会科学出版社，2012，第4页。
④ ［清］永瑢等：《四库全书总目》卷一九八《集部·词曲类一》，中华书局，1965，第1817页。

弃疾"以铁板铜琶的雄豪歌声振作了千年词史","是中国历史上最杰出的军旅诗人"①，这是当代学者的"重读"行为。辛词中最打动国人之处，在不断的"重读"中得到了彰显和强化。《三国演义》在明清两代传播甚广，至清，社会一度出现了"三国热"现象，人们对《三国演义》的阅读热情辐射到民俗文化之中，小说的人物及其语言渗透进民众的日常生活。中华人民共和国成立后的数十年中，三国人物一直活跃在折子戏的舞台上，三国故事不仅先后两次被翻拍成电视连续剧，而且被改编为连环画。当下四川、湖北、河南等地持续不断的三国文化旅游热，更是彰显了经典永恒的生命力与久远的影响力。《红楼梦》(《石头记》)问世后，被反复翻刻印刷出版，甚至有英文版销往海外。在《红楼梦》庞大的读者群里有部分来自海外的异国友人，他们的阅读兴趣来自小说具有的巨大魅力②。该小说的经典性不仅导致"红学"研究的长盛不衰，而且在艺术领域衍生出越剧《红楼梦》和电视连续剧《红楼梦》(20世纪80年代版)两部经典，当代人"重读"的方式正可谓多样化。基于上述认识，我们选取在中国文学史上产生过重大影响的文学名著，诸如《诗经》《楚辞》《文选》《玉台新咏》《千家诗》《唐诗三百首》《古文观止》等诗文选集，屈原、司马迁、三曹、蔡琰、陶渊明、谢灵运、谢朓、李白、杜甫、韩愈、白居易、李贺、欧阳修、苏轼、李清照、关汉卿、罗贯中、施耐庵、曹雪芹等名家创作的诗词赋文以及戏曲、小说名著(例如《西厢记》《牡丹亭》《三国演义》《水浒传》《聊斋志异》《红楼梦》)等作为基本研究对象。

经典化机制，是指在经典生成和传播的运动过程中，影响其运作的各种因素的结构、功能、方式，以及在诸种因素相互间内在联系的作用下所形成的运行原理。经典化机制的呈现和运作，是经典化研究的核心问题。研究经典化机制，我们需要思考的主要问题有：

催生经典产生的因素是什么？

参与经典建构的要素有哪些？

经典化机制各子系统之间存在怎样的关系？

经典化机制的运作是通过怎样的路径体现出来的？

历代的变迁如何对经典化机制产生影响？

中国古代文学经典化机制作为一个完整的系统，由不同层面的诸多要素共同建构，具体涉及从作家创作到文本传播的各个环节和多个领域。就

---

① 莫砺锋：《初谒稼轩墓》，《中华读书报》，2017年11月23日第3版"家园"。

② 笔者所在学校有来自美国戈申学院的交换生，在他们主动要求开设的课程中就有《红楼梦》赏析。

建构过程而言，包括文学文本的生成、传播与使用，社会文化系统在这一过程中的助推作用以及相应的社会效应的反馈。就构成要素而言，除文学自身之外，还涉及政治、教育、经济、学术、艺术、道德伦理乃至宗教等不同领域的力量的参与。经典化机制内部诸要素既自成一体，彼此区别，有时甚至相互制约，但同时又在相互影响、相互联系中构成有机的统一整体，共同推动古代文学经典化的发展历程。就共时态而言，古代文学经典化机制的建立和运作充分体现了不同身份、不同立场的读者所具有的相同的或者不尽相同的精神需求，经典解读的一致性与多样性便由此产生；就历时性而言，中国古代文学经典化机制既显示着明显的时代性，由于历史条件的变化而呈现出阶段性的明显差异，又具有超越时代的变异性。特别是五四新文化运动发生以后，中国文化的现代转型导致古代文学经典化机制的重大调整和改变。

因此，就共时态而言，中国古代文学经典化机制的建构和运作体现出多种力量通过多条路径共同参与的特征，内涵越是丰富、传播面越是广泛的作品，经典化的路径就越具有多样性，而这种多样性造就了文本经典价值呈现的多元分殊以及经典效应的差异。就历时性而言，中国古代文学经典化机制具有随时而变的自我调整功能和更新功能，每一次社会意识形态发生大的变革，随之而来的便是经典化机制的重大调整乃至经典化路径的重塑。

从文学文本到文学经典，必须经由一定的经典化路径。文本基础—经典化路径—经典化形态和经典化程度—文学经典权威性的深远影响，上述几个环节之间存在着不可分割的内在联系。中国古代文学生成与发展的特定文化生态环境、文学所承担的多种文化功能以及文学接受者的多元文化需求，共同决定了古代文学经典化路径的时代性、多样性与特殊性。通过研究经典化路径这一环节去把握它们之间的内在联系，进而揭示文学经典化的共性与规律，不失为古代文学研究深化的一种表现。

21世纪以来，学界对于古代文学经典化的研究主要集中在经典作品以及经典化路径之上，具体体现于以下三个方面：

其一，以经典名著即专书如《诗经》《史记》《文选》《西厢记》《水浒传》《西游记》《红楼梦》等为研究对象。其中关于《诗三百》经典化的研究，成果颇丰，刘毓庆、郭万金的论著《从文学到经学——先秦两汉诗经学史论》最具代表性。关于《史记》的文学经典化研究，亦有多项成果涉及，张新科的系列论文如《〈史记〉文学经典的建构过程及其意义》①、《〈史记〉文学经典化的重要途径——以明代评点为例》②，可为代表。陈宏《〈西游记〉的传播与经典化的形成》③、李建武《论〈西游记〉400年经典化的坐标轴》④，为长篇小说经典化研究的代表。刘鹏《〈西厢记〉经典化研究》⑤，则为古典戏曲经典化研究的代表。

其二，以著名作家为中心，以其系列经典作品为研究对象。重点集中在屈原、陶渊明、李白、杜甫、苏轼、李清照等一流大家代表作品的经典化研究。例如谭新红《李清照词的经典化历程》⑥、刘向斌《两汉时期屈原的崇高化与〈离骚〉经典化历程》⑦、张海鸥等《李白诗歌在唐五代时期的经典形成》⑧、誉高槐等《〈乐府诗集〉与李白乐府的经典化确认》⑨、郁玉英《宋词第一名篇〈念奴娇·赤壁怀古〉经典化探析》⑩、刘玉平《宋代诗话家对杜甫诗歌经典化路径的拓展》⑪等。

其三，着眼于文体进行研究。张新科围绕汉赋在不同时期的经典化发表了系列论文，吴子林对文化市场与小说经典化的关系问题进行了较为系统的研究。王兆鹏关于宋词传播的系列研究成果涉及宋词传经典化路径问题。郁玉英博士论文《宋词经典与经典化研究》（武汉大学，2008年，未刊本）也从多个角度论及宋词的经典化路径。上述成果为进一步研究文学经典化机制奠定了十分良好的基础。

审视既有成果，古代文学经典化机制研究尚存在不少遗珠之憾：

首先，未见对古代文学经典化机制进行整体把握的相关成果。由于对文学经典化机制的概念缺乏明晰的认识与准确把握，对经典化机制构成的多样性与系统性的认识不够全面深入，与此相联系，经典化机制的研究必

① 张新科：《〈史记〉文学经典的建构过程及其意义》，《文学遗产》2012年第9期。
② 张新科：《〈史记〉文学经典化的重要途径——以明代评点为例》，《文史哲》2014年第3期。
③ 陈宏：《〈西游记〉的传播与经典化的形成》，《文学与文化》2010年第3期。
④ 李建武：《论〈西游记〉400年经典化的坐标轴》，《楚雄师范学院学报》2013年第1期。
⑤ 刘鹏：《〈西厢记〉经典化研究》，福建师范大学，硕士学位论文，2012。
⑥ 谭新红：《李清照词的经典化历程》，《长江学术》，2006年第4期。
⑦ 刘向斌：《两汉时期屈原的崇高化与〈离骚〉经典化历程》，《西北师范大学学报》2007年第4期。
⑧ 张海鸥等：《李白诗歌在唐五代时期的经典形成》，《中山大学学报》2008年第2期。
⑨ 誉高槐等：《〈乐府诗集〉与李白乐府的经典化确认》，《北方论丛》2009年第4期。
⑩ 郁玉英：《宋词第一名篇〈念奴娇·赤壁怀古〉经典化探析》，《齐鲁学刊》2009年第11期。
⑪ 刘玉平：《宋代诗话家对杜甫诗歌经典化路径的拓展》，《西华师范大学学报》2014年第1期。

然显得比较粗疏和分散。相关研究尚不够全面和系统，个案分析多，整合性研究少。

其次，文学文本之所以能够经典化，是因为文本意义从不同角度契合和满足接受者的精神需要，经典化路径的产生具有深刻的内在必然性，而现有研究结果对这种深刻性、必然性的揭示远远不够。

再次，不少文学经典都经历过从建构到解构，再到重构的漫长过程，不同时代的读者对于经典的定位有着不同的标准，而目前多数研究者的时间视域普遍停留于"古代"，对于古代文学经典化机制在"现代"的调整与重构则多有忽略，古今通道尚未完全打开，研究还有很大的拓展空间。

不忘初心，方得始终。古代文学经典化机制研究的理论价值在于从特定的角度凸现文学创作对于民族文化价值系统建构的重要意义，由于经典化的古代文学在中华民族发展的历史进程发挥了难以替代的巨大精神作用，而经典化路径是经典产生文化机制中的一个重要环节，因此，全面、系统研究古代文学经典化路径，准确把握经典化的规律，有助于我们深入探究和认识文学经典产生的内在机制，通过"还原"文学文本经典化的历史过程，具体、深入了解中华民族在不同历史阶段、不同精神层面的文化需求，以及民族成员如何从文学经典中获取精神养料。又由于古代文学经典化呈现着一种开放的形态，其具有权威性的意义内涵既可能受到后世读者的质疑和颠覆，也完全可以被他们认同与接受，在新的历史条件下继续发挥经典的作用，而且经典化路径甚至可能在后世部分重现。例如，当中国新诗走过百年发展历史后，深受经典焦虑困惑的研究者在探讨新诗经典化建构方式时，从古代诗歌选本的作用中获得了启示，他们指出"中国古代根本没有文学史，就是通过选本来产生经典的，比如像《唐诗三百首》"①。又如，当代学者在关注和思考中国当代文学选刊选本热这一现象时，同样从古代选学的学术内涵及其文化魅力中获得有益的启示，认为"《诗经》的生命及其魅力与其说在远古之《诗》，不如说是在经过删选以后的《诗三百》"，故建议"从传统选学与现代选学的学术关系着眼，探讨文学选刊、文学选本在当代文学发展中的价值"②。由此可见，研究古代文学经典化机制不但有助于当代中国人正确解读古代文学经典，而且能够从中最大程度获取具有生命活力的思想文化资源，促进社会主义精神文明建设的深入进行以及当代文学的健康发展。

古代文学经典化机制虽然属于基础理论性研究，但同时也具有一定的

---

① 刘颋：《新诗的经典化需要时间检验》，《文艺报》2012年4月23日，第1版。

② 朱寿桐：《选刊选本热中的"选学"思考》，《文艺争鸣》2013年4月号。

应用价值。中国历史上曾经有不少文学经典被传播到异国他乡，如唐代白居易的诗歌，元代纪君祥的《赵氏孤儿》等，引起异域接受者的关注，并产生了积极的社会影响。随着中国国际地位的日益提高，大国强国的形象日益鲜明，中国文化、中国文学走向世界的脚步必然越来越快，文学经典传播的频率也势必增加。如何使他国人民更好地学习和接受中国古代文学经典，已经成为越来越重要的现实文化课题。研究古代文学经典化机制，可以为中国古代文学的世界化提供有益的历史经验。

在具体研究中，我们将紧扣文学文本的意义衍生现象与中华民族在历史发展进程中的各种精神需求之间的内在联系，具体分析文学文本经典化机制构成的多种元素，以及衍生出的多条路径，并且探讨它们之间的内在关系，还原文学经典产生的具有多样性、丰富性、深刻性的历史场景。在此基础上，从文学发展的外部环境与内在机制两大方面深入探究古代文学经典化路径产生的各种原因，同时对经典化路径的独特性与多样性的关系、经典化路径的历史性与当下性的关系、文学经典意义衍生及其蜕蚀与经典化路径品质的关系、国家权力与民间表达对于经典化路径形态的影响、文人雅趣与世俗好尚的分殊与互动对于路径形成的意义等系列展开讨论，以求准确揭示文学经典化路径形成的共性与规律，凸现古代文学经典对于民族文化价值系统建构的重要意义。

基于研究对象的特殊性，我们将高度重视以下几个方面的问题：

第一，注意研究对象的丰富性、多样性。古代文学经典化机制乃庞大的"系统工程"，机制内部构成的多元性，决定了从文学文本到文学经典化具体路径和方式的丰富性、多样性。经典化机制研究，重点是研究影响经典形成及其传播、定位的各种文化因素，由于各子系统的功能辐射范围及其运作方式和运行原理存在明显不同，因此，它们对经典形成的影响自然不可能完全一致。尤其由于它们相互之间存在的作用的力度与方向的差异，最终导致经典化机制运作的复杂性和丰富性，具体表现为政治、道德、经济、教育、文化、文学等领域存在多条经典化的路径。因此，我们的研究需要多点切入，全方位关注。通过遴选分类，我们结合经典化机制建构的各个子要素，除了重点揭示文学文本的经典本质规定性在经典化机制中的地位和作用之外，还将紧扣机制的内部构成，重点梳理和探讨古代文学经典化机制的八大主要构成要素，具体而言：

1. 创作者的杰出贡献——文学经典生成的起点：以屈原《离骚》、汉末《古诗十九首》、陶渊明《桃花源记》、孟郊《游子吟》、李贺《雁门太守行》、张先《天仙子》以及《水浒传》等经典文本为考察中心，从三个不同的层面具体探讨文学经典必须具备的本质规定性，以及这种本质规定性在经典化历程中的重要意义及其多样性呈现，以确立经典作家的杰出创作在经典化机制中的基础和中心地位。

2. 国家权力的强力介入——从个人表达到国家意志：以《诗三百》、司马迁《报任安书》、曹植诗文、《文选》选文、韩愈诗文以及《三国演义》人物形象的经典化为考察中心，说明国家意志的强势表达对于文学经典的产生以及文学经典在传播过程中的命运，将产生或消极或积极的巨大影响。由国家权力构建的政治平台是文学经典化的重要路径之一。

3. 崇高人格的深度映照——从自我心灵的艺术写照到后世作家群体的效仿对象：以屈原、陶渊明、杜甫等重要作家作品的经典化为考察中心。中国传统文化的伦理内核决定了道德在经典化机制中的重要地位和强大的辐射功能，文学经典化的路径能够借助道德平台打开，内在动因在于封建社会文人群体对诸位诗人高尚的道德品质、高洁的人格特征的推崇与效仿，"文如其人"作为理论前提，直接影响历代读者的接受态度。

4. 教育子系统的机制运作——从学文教材到文学经典。教育是文学经典化机制中的一个不可忽略的构成元素。教育功能对文学经典化的介入大致分为两个阶段，一是前经典化时期，即经典文本产生之前（我们又称之为"经典生成期"），教育通过道德教育和文学教育固有的方式，为经典作家的培养以及经典作品的产生提供必要的条件和基础。二是经典化时期，即文学文本创作过程结束、通过各种传播途径进入公众视野之后，教育为潜在的经典转化为经典开辟出一条特殊的路径，具体而言，它通过教材的编选和使用，在传播文学经典的同时，以渐进的方式强化文本的经典效应。童蒙教材《千家诗》的使用与普及，具有应试教材性质的《文选》的样板效应，无疑显示了教育路径的特殊功能。

5. 名人效应的广泛辐射——从个体天才性创作到后人难以超越的经典范本。研究对象包括名人写作与文学经典的生成，名人评品与文学经典的生成，名人好尚与文学经典的生成以及名人赏读与经典文本的变异，分别以蔡琰《胡笳十八拍》、白居易《赋得古原草送别》、王羲之《兰亭集序》、陶渊明《饮酒》其五等名篇为考察中心。名人效应对于文本的经典化发挥着至关重要的作用，因为名人的言行与态度可以直接影响大众对于文学作品的关注度和认可度，名人效应（包括名人写作效应和名人推荐、解读效应）还能够在一定程度上影响甚至改变经典作品的历史遭际。

6. 历代选家和文学评论家 ① 的坚实支撑——从"第一"的问世到后世创作模式的形成，从个人创作到文学教育"教材"：以陶渊明、李白、杜甫诗歌，《水浒传》等的经典化为考察中心。重点探讨以《文选》、《玉台新咏》、历代诗话、词话以及金圣叹《六才子书》为代表的历代诗文选本、小说评点本在文学文本经典化过程中所发挥的巨大作用，深入认识文学批评在经典化机制建构中的地位。优秀选本和评点本的权威性、经典性，具体表现于能够影响广大读者的接受立场或观照视角，并且为后代作家提供学习与创作的文学样本。

7. 经济力量的有效助推——从教育的发展到文化市场的形成。从市井传唱到创作样板。经济的发展有助于经典作家文化自信心的培养以及文学素养的增强，而大众文化市场的传播则形成了古代文学经典化的一条重要路径。需要探讨的内容包括经济的力量通过教育对经典作家以及经典接受者的培养，宋元勾栏说话与叙事文学经典生成的初始路径，明清书场说书、舞台戏曲演出与叙事文学经典路径的进一步扩展，以及书肆坊刻的繁荣与文学经典效应快速增长之关系。

8. 文史学家的现代阐释——从经典文本阐释系统的重建到经典路径的现代开拓。五四新文化运动带来了中国意识形态领域的重大变革，中国文学观念随之发生嬗变，为古代文学经典文本的解读与阐释拓展出一片新的空间。政治话语的改变，现代教育的启动，传统道德价值体系的被质疑和被批判，直接导致古代文学研究者对文学文本的价值评价体系进行重新建构，具有现代性的思想标准与艺术标准通过一批新的名词术语以及新的言说方式体现出来。传统经典化机制受到强烈冲击甚至局部性解体，经典文本的阐释系统由此进入了调整和重建时期。具体表现为经典的面貌、性质、数量发生了一系列变化，一些长期享有话语支配权的权威经典，或享有经典地位的文章范本，遭遇到"去经典化"的阐释，或改变身份如《诗经》，或退出经典行列如桐城派散文。同时，一批非经典性文本或原本经典化程度不高的作品，却因"潜在"的经典价值而被新的思想元素激活，从而进入文学经典的殿堂。这种现代嬗变集中体现在中国文学史的编撰之中。古代文学经典化路径的现代转型导致传统经典文本的重新定位以及经典价值的此消彼长，以《诗经》《论语》《悲愤诗》《孔雀东南飞》以及元曲等为考察中心。

宗教作为一种十分活跃的文化元素，也在一定程度上参与文学经典的

---

① 此处的文学评论家包括诗话、词话、曲话、文话的作者以及小说评点家。

建构，其作用不可忽视。不过，由于中国传统文化属于现世性文化，无论文学创作者抑或文学接受者，对现实问题的关注远远超过对彼岸世界的关注，其整体价值评判系统具有强烈的现实指向性。相较而言，宗教参与文学经典化的力度和强度以及实际影响，明显不及以上八个要素。尤其是近现代以来，更为弱化。故我们不打算对宗教元素的参与作用用专章进行论析。但在具体问题和文本个案的分析过程中，如果涉及宗教的影响，也将做出相应的阐释和评判。

第二，注意研究的整合性。参与经典化机制建构的各种要素之间并非截然分开，它们之间相互联系，彼此影响，共同发生影响。分类探讨并不意味着可以忽略同一文本可以通过多种路径成为经典的历史事实，或忽略作为整体存在的经典化机制的综合作用。因此，在分类研究的基础上，我们需要对材料进行整合，力争准确揭示中国古代文学经典化机制的整体面貌与综合影响，努力避免研究的单一性和片面性。

第三，注意研究对象的时代性和民族性。古代文学经典化是在特定历史条件下完成的，其机制运作与路径显现具有鲜明的时代特征。社会经济的逐渐发展、文化机制的内在异动、文学传播手段的丰富和改善，以及受众审美意识的历史嬗变，都可能导致经典化机制局部的调整，具体表现则是经典化路径的增减或改变。中国是一个古老的诗歌王国，诗歌传播从口头传唱、行人赋诗，到文士写诗、选诗、评诗，再到商家刊刻出版诗集、大量发行，经典化路径随着时代的发展而呈现出由单一到多样的演进轨迹。中国古代诗歌拥有一个庞大的读者群，读者们经久不衰的阅读热情以及对经典标准认可的高度一致性，使文学经典的产生呈现出一种十分自然的良好状态，完全不需要采取诗歌排行榜、遴选年度好诗歌等带有人为痕迹的"现代"路径。此外，中国古代文人士大夫普遍具有明确而自觉的尊经意识，对于经典常怀敬畏之心，严肃的态度和严格的筛选成功地阻止了经典生成中的商业炒作行为，故西方近代学术激进派人士所谓"跻身经典的作品是由成功的宣传和广告捧出来的"[①]情况，很难出现在中国古代。

第四，注意研究对象的特殊性和复杂性。经典化路径研究具有跨学科研究性质，我们在对文献材料进行整理、选择和归类的基础上，综合运用传统经学、诗学与现代阐释学、传播学、人文地理学以及政治经济学的相关知识和方法，对纷繁复杂的文学现象、文化形象进行具有一定理论深度的论析与阐释。具体言之：

---

① ［美］哈罗德·布鲁姆：《西方正典：伟大作家和不朽作品》，江宁康译，译林出版社，2011，第17页。

首先，采取多维视角，完善研究体系，发掘新的意义增长点，在文学与政治、经济、道德、教育、宗教、心理以及文化娱乐的多维联系中，全方位研究中国古代文学经典化机制的建构及其运作情况。尤其是加强研究那些处于学科交叉领域的生成路径和传播路径，揭示其复杂性和特殊性，力争消灭研究"盲点"，使成果内容更加立体和丰富。

其次，突破文体与学科原有的界限，拓展研究视域，增加研究的深刻性。由于文选的经典化，从来不是一个纯文学的问题，因此，我们需要综合运用多学科的相关知识及其研究方法，在"还原"文学经典生成的历史场景的基础上，深入探究促使古代文学经典化实现的各种原因，准确揭示其中体现的共性与规律，深化研究成果。

再次，沟通古今，增加研究的历史贯通性。通过论析经典化路径形成的历史传承与现代变革，揭示意识形态与文学观念的重大变革对古代文学经典的身份认定及价值评判的深刻影响，凸显古代文学经典对于民族文化价值系统建构的重要意义，为当下文化建设提供具有"中国特色"的历史文化资源。

第一章　创作者的杰出贡献

——文学经典生成的起点

　　古往今来，人类对于经典长盛不衰的精神需求，成为学术界经典研究持续不断的强大动力。经典何以成为经典，作为一个古老而又常新的话题，之所以再度成为我们关注的焦点，是因为它直接关涉到经典化机制的建构和运作。无论何种文学体裁，从作家创作完成，到文本最终获得经典身份，产生经典效应，毫无例外地呈现出不断运动、不断发展的轨迹。这一具有鲜明历时性特征的过程，我们称之为"经典化过程"。文学经典化的完成，得益于复杂而自具系统性的社会文化运作机制的作用，不同时代的各种文化要素从不同的路径、以不同的组合方式参与经典的建构，诸种因素相互渗透、相互影响而形成的合力促就经典的产生。曾经有西方学者在探讨西方方言文学经典（特指运用各地方言创作的文学）的产生时指出，它"只能发生在地方语言标准化，现代民族—国家巩固形式和民族主义意识形态广泛流布之后。现代文学经典的最终确立依赖于其他经济社会因素：专业化批评的兴起、出版业的发展、文化的商品化"①，所论便涉及经典化机制中的诸多参与要素，如民族—国家的意识形态、文学思潮与文学批评、市场商品经济等。我国当代学者同样也认识到经典形成过程中多种外力的综合作用，例如吴承学、沙红兵在探讨经典和文学经典的关系时指出：典范作家的创作实践与经典作品自身的素质、后代作家的模仿、批评家的推崇，以及特定时期社会风气、审美心理的流行与变化，等等，"这些条件之间的组合、变化促成了经典的形成"②，所论已经具体到经典化机制的构成问题。

　　正是因为经典化过程中出现了多种"外力"参与的现象，才导致经典

---

①　[美] 伊恩·P. 瓦特：《小说的兴起——笛福、查励逊、菲尔丁研究》，高原、董宏钧译，三联书店，1992，第 1 页。

②　吴承学、沙红兵：《中国古代文学的经典》，《中山大学学报》2004 年第 6 期。

是"本质"的还是"建构"的这一学术论争的产生。持前一观点者坚持从文本自身寻找答案，强调经典的内在本质规定性对于经典形成的决定性，认为经典文本自身的艺术魅力、审美价值以及可以阐释的空间是其成为经典的前提和基础。西方本质主义学派代表人物哈罗德·布鲁姆就认为文学作品成为经典基本上是个文学现象，其标准是美学的，而非政治和短期功力可以左右，他强调经典的审美力量来自文本"娴熟的形象语言、原创性、认知能力、知识以及丰富的词汇"，"美学尊严是经典作品的一个清晰标志，是无法借鉴的"。①持后一种观点者则站在反本质主义的立场，否认经典自身的特质而强调经典的建构性，主张经典具有"超时空性"和"永恒性"，外力的作用至关重要。法国当代文艺理论家葛茨·维诺德探讨文本在传播中的际遇，就认为"没有经验可以证实作品文本是文学传播的重要支柱之一。在任何情况下，这都只是'文本使用'或'文本处理'的问题。诸如'原始文本'之类的东西是不存在的。实际都只存在'注释过的文本'。也就是说，研究者所碰到的都是某种形式的'文本处理'"。②按此理论，是否成为经典，与文学文本自身无关，只与传播过程中的"处理者"有关。英国著名的文化批评家伊格尔顿不同意将文学"定义为具有高度价值的作品"，他指出：所谓的"'文学经典'，以及'民族文学'的无可怀疑的'伟大传统'，却不得不被认为是由特定人群出于特定理由而在某一时代形成的构造物。文学或传统的价值并不在其本身，它不可能无视任何人已曾或将要对它说过的一切"③。西方学者的观点，曾经对中国学者的经典研究产生过直接的影响。我们不赞同论争双方的固持一端，因为这不可能圆满解答经典形成的原因，前者无法回避"外力"介入和干扰经典化历程的史实，而后者则难以合理解释诸如《西厢记》《水浒传》等作品在封建国家政治权力的剿灭下仍然能够坚守经典地位的现象。我国著名文艺理论家童庆炳倾向于经典是建构的产物，他认为经典建构具有六大要素，分别是：（1）文学作品的艺术价值；（2）文学作品可阐释的空间；（3）意识形态与文化权力的变动；（4）文学理论和批评的价值取向；（5）特定时期读者的期待视野；（6）发现人（即赞助人）④。固然此说并未涵盖经典的建

① ［美］哈罗德·布鲁姆：《西方正典：伟大作家和不朽作品》，江宁康译，译林出版社，2011，第27、29页。
② ［荷兰］佛克马、［荷兰］易布思：《二十世纪文学理论》，林书伍等译，三联书店，1988，第167页。
③ ［英］特雷·伊格尔顿：《二十世纪西方文学理论》，伍晓明译，陕西师范大学出版社，1987，第13页。
④ 童庆炳、陶东风：《文学经典的建构、解构和重构》，北京大学出版社，2007，第5页。

构全部要素，但将文学作品的艺术性设为考察经典的第一要素，事实上已经将属于经典本质内涵的艺术价值纳入文学经典的建构要素之中，对经典化研究具有启发性作用。

经典可以被建构，尤其是接受者的作用不容忽视，但前提是建构的对象必须具备经典的潜质，即具有值得广大受众认同和肯定的阅读价值、欣赏价值、教育价值甚至是应用价值，故经典的本质性同样不容忽视。由于经典文本的生成处于整个经典化历程的起点，在经典化机制的运作中，各种外部因素必须围绕文本方能发挥作用，故文学家的创作应当居于基础和中心的地位。历代读者的接受态度，在很大程度上取决于文本的思想内涵及其艺术水平与自身价值取向和审美趣味的契合度，所以，文学文本将成为我们研究经典化机制的起点和重点。广大受众对于经典的淘选和接受，因受时代、身份、地位、文化水平、审美趣味等多种因素的影响，不可避免地呈现出多元化取向，然而，文本自身所具有的文学艺术价值和文化思想价值以及由此而产生的征服人心的魅力，始终是影响他们选择和认同的最为重要的因素。

第一节　中国古代文学经典本质规定性的基本构成

文学经典的本质规定性，亦即文学经典与非文学经典相区别之根本属性所在，对此，尽管不同时代、不同民族的文学接受者有着不同的语言表述以及相应的内涵揭示，不过，文本自身蕴含的思想价值（或曰"精神价值"）与艺术价值（或曰"审美价值"），无疑成为古今中外经典接受者与研究者感受与考察的共同点。当然，不排除其中由于个体认识世界与人性的深度和广度的差异而导致关注重点与具体批评标准的分殊。文本思想内涵、情感意蕴的深刻性与永恒性，艺术成就的代表性、超越性以及示范性，当是文学经典最本质的规定性。

一、经典的本质规定性之一：永恒的精神价值

就普遍意义而言，文学经典的精神价值既可以表现为以艺术的方式呈现人类历史发展的轨迹，帮助读者寻找人类前行的足迹，从而确证人的本质力量；也可以表现为通过刻画形形色色的人物，勾勒五光十色的人生，帮助读者认识人性的善恶美丑，进而进行自我反省与社会批判；还可以表现为描绘美好的理想蓝图，建构诗意的栖息空间，引导读者走向诗意的远

方。就中国古代文学经典的特殊性而言，精神价值通常包孕在"道"的体系之中，文道关系一直是历代统治阶级与文人士大夫高度关注的话题，社会认可度极高。因此，我们需要通过考察经典文学文本与"道"的关系，来认识和把握中国古代文学经典的本质规定性。在现代经典研究的话语体系中，与传统"道"这一概念相对应的范畴相当于"精神内涵""价值取向"或"文化意义"。

在中国传统文化语境中，历代学者对于"道"的阐释一直呈现出多元化的特点，不过，其意义内涵无疑具有共同点，即无不指向精神和意义的层面。关注和探讨文道关系，其实质是提倡作家对传统文化思想的传承与光大，考察文学与现实（包括国运、民生）、文学与政治、文学与道德诸种关系，属于宏大叙事的范畴。孔子认为《诗》"可以怨"，《毛诗序》以此为出发点，强调诗的风化、怨刺作用，考察的着眼点正是文与道的关系，换言之，是提倡文对道的弘扬。著名文学理论家刘勰云："经也者，恒久之至道，不刊之鸿教也"①，"盖文心之作也，本乎道，师乎圣，体乎经，酌乎纬，变乎骚"②，"道沿圣以垂文，圣因文而明道"③，此为极具代表性的发言。尽管《文心雕龙·原道》篇中的"道"是指至高无上的本体，并不能直接等同于后世儒家理论视域中的道统，但在刘勰的理论体系中，"道"被崇尚为"六经"之本源，圣典之准则，那些由先王圣人制作的人文经典，能够在政治教化方面发挥巨大的作用，即为"道"的具体表现。根据刘勰的逻辑，既然"道"是文章之根源，文之根本在于明道，那么是否承担"明道"之功能（包括"光采圣玄，炳耀仁孝"的功能），必然成为古代文论家判断经典的重要标准之一。韩愈（768—824）乃唐代著名文学家，名列唐宋散文八大家之首，对于弘扬"文以明道"之传统，可谓身体力行，一马当先。他在《争臣论》一文里说："君子居其位，则思死其官；未得位，则思修其辞以明其道。我将以明道也，非以为直而加人也。"《答陈生书》亦云："愈之志在古道"④。关于韩愈的文道观，其弟子李汉在《昌黎先生集序》中做了具体阐释："文者，贯道之器也，不深于此道，有至焉者，不也？"⑤揭示了韩愈文论的核心所在，即文章应该贯彻儒家之道统。同为唐代著名文学家的白居易（772—846）也十分重视文道关系，他在《与元

① ［梁］刘勰撰，周振甫注：《文心雕龙注释·宗经》，人民文学出版社，1981，第18页。
② ［梁］刘勰撰，周振甫注：《文心雕龙注释·序志》，人民文学出版社，1981，第535页。
③ ［梁］刘勰撰，周振甫注：《文心雕龙注释·原道》，人民文学出版社，1981，第2页。
④ ［唐］韩愈撰，严昌校点：《韩愈集》，岳麓书社，2000，第186、214页。
⑤ ［唐］李汉：《昌黎先生集序》，载马其昶编校注《韩昌黎文集校注》，上海古籍出版社，1987，第2页。

九书》里说自己：“仆常痛诗道崩坏，忽忽愤发，或废食辍寝，不量才力，欲扶起之”①，此处的“诗道”是指《诗经》所开启的诗歌讽喻现实的文学传统。与白居易同时代的柳宗元，同样主张“文以明道”的文学观。赵宋一代，“明道”说大盛。先是宋初柳开、王禹偁、石介等人倡导诗文革新，主张文道合一；接着欧阳修提出“道胜文至”的观点，高度重视道在文章中的灵魂作用；随后有周敦颐主张“文以载道”等，形成了一种强劲、持续不断的文学思潮。明清两代，由于新的社会思潮的影响，文学家的创作观念发生了巨大的变化，关于文道关系的理论表述不再成为时代的最强话语，不过，仍然有明代宋濂的“载道之文”说和清代方苞的“义法”说的先后出现，作为一种隔代的历史回应。

作为对文学功能的理论性揭示以及对文学创作实践的规律性总结，历代文人对“文以明道”（亦可称“文以贯道”“文以载道”）的理论倡导，一方面可以给予文学家的现实创作活动以方向性引领，另一方面也深刻地影响到广大受众对经典的认定与评判。在具体的文学接受和文学批评实践活动中，“道”从来不是一个抽象的概念，而是具化为充满政治、道德意味的言说和评判；同样，在文学创作过程中，作家对“道”的弘扬也并非单一的概念演绎，他们运用语言艺术，在刻画人物形象、描绘文学图像时，融进自己的人生理想、道德观念，并做出相应的价值判断。在全部创作过程中，作为文之根本的道，通过影响作家的世界观、道德观、价值观这一路径，渗透到他们的文学创作实践之中，具化为仁爱之心、向善之意，以及关心时政、关注民生、勇于批判、敢于担当的社会责任感，并且通过具体的人物、事件和场景去表现他们对理想社会的建构、对美好人格的追求、对现实弊端的指陈、对丑恶人性的批判以及对下层民众人生苦难的同情，等等。正因如此，屈原的《离骚》，司马迁的《史记》，汉乐府民歌，杜甫的“三吏三别”，白居易的新乐府诗，陆游、辛弃疾为收复失地、统一祖国河山而呐喊的诗词，关汉卿的《窦娥冤》，王实甫的《西厢记》，汤显祖的《牡丹亭》以及《水浒传》《聊斋志异》《红楼梦》《儒林外史》等大批作品得以进入中国古代文学经典的殿堂。

文学作为一种特殊的创造性活动，一种独特的意识形态生产，以人类的生存状态和精神状态为自己的创造对象，它具有鲜明的文化建构性。优秀的文学家通过建立主体与对象（客体）之间的对话和交流，以直观体验的感性方式，去“发现隐含在客观表象世界中的真理性和意义，给人类提

---

① ［唐］白居易：《白居易集》卷第四十五，中华书局，1979，第962页。

供一种本质而诗意的生存境界"①,东晋陶渊明（365？—427）的《桃花源诗并记》之所以成为古代文学经典名作,且被翻译成多种文字,传播至海外,成为世界文学名著,一个重要的原因就在于,作家通过积极的重组与变形,以讲故事的方式,不仅形象地再现了农业文化背景下中华民族美好的理想生活图景,而且表达出一种具有普遍意义的深刻哲思,即如蒋勋所揭示:如果人"坦荡得一如清水时,就会看到最美的东西"②,因此具有了不朽的精神价值。

在《桃花源诗并记》的传播过程中,历代受众的反应十分强烈而又持久。其中一个引人注目的现象便是,众多的文人学士被诗文中呈现的桃花源美好图景所深深吸引和打动,进而围绕桃花源是否为真实的历史存在而展开持续不断的讨论。由于《桃花源记》对桃源采用了虚实结合的写作手法,其写实之处表现在时间和人物的真实可考,故持肯定意见者据其写实处而着力于考证和寻找它的具体地理位置,哪怕一次又一次失败也兴趣不减。对于这种实证性的读诗方法,反对者的声音此起彼伏,从未间断,他们据其虚构处而着力发掘作家的寓意,肯定陶渊明对于诗意栖息的渴求与建构,至清,这种解读法为越来越多的学者采用。清初学者邱嘉穗（生卒年不详）认为《桃花源诗并记》"设想甚奇,直于污浊世界中另辟一天地,使人神游于黄龙之代。公盖厌尘网而慕淳风,故尝自命为无怀、葛天之民,而此记即其寄托之意"③。著名学者沈德潜（1673—1769）则有一总结性发言:"此即羲皇之想也,必辨其有无,殊为多事"④。所谓"羲皇"即伏羲氏,陶渊明在《与子俨等疏》中说自己"常言五六月中,北窗下卧,遇凉风暂至,自谓是羲皇上人"⑤。羲皇上人即伏羲氏以前太古时期的人,在相关的历史传说中,他们生活闲适,处于无忧无虑的生存状态之中,令人向往。沈德潜读出的正是陶渊明对于这样理想生活的诗意建构。《古文观止》的编选者同样指出:"桃源人要自与尘俗相去万里,不必问其为仙为隐。靖节当晋衰乱时,超然有高举之思,故作记以寓志,亦《归去来辞》之意也。"⑥我们认为,作为文学文本的《桃花源诗并记》,其经典性显然不在于它的史学价值,即真实地还原某一历史时期曾经存在过的某种特定场景,

---

① 畅广元主编:《文学文化学》,辽宁人民出版社,2000,第101页。
② 蒋勋:《蒋勋说文学:从〈诗经〉到陶渊明》,中信出版社,2014,第194页。
③ [清]邱嘉穗:《东山草堂陶诗笺》卷五,载北京大学北京师范大学中文系等编:《陶渊明资料汇编》下册,中华书局,1962,第353页。
④ [清]沈德潜:《古诗源》卷八,岳麓书社,1998,第128页。
⑤ [晋]陶渊明著,逯钦立校注:《陶渊明集》,中华书局,1979,第188页。
⑥ [清]吴楚材、吴调侯选:《古文观止》卷七,中华书局,1959,第291页。

而在于身处乱世的作家对于理想社会的向往和描绘。毋庸讳言,陶渊明笔下桃花源的景物特征例如"芳草鲜美,落英缤纷""阡陌交通,鸡犬相闻",并不是吸引历代受众最主要的原因,因为它是农耕文化社会中乡村春日十分普遍和常见的景观,即如王维《桃源行》所言:"春来遍是桃花水,不辨仙源何处寻"。诗歌与记文征服人心的巨大魅力,主要源于陶渊明运用艺术的手法所描绘的那个迥别于现实世界的世外桃源,环境安宁、民风古朴、人情醇厚、人心平和,既是广大民众安居乐业的美好家园,也是那些仕途坎坷、宦海浮沉的文人士大夫全身避祸、栖息心灵的人生乐土。唯其如此,后世众多优秀的文学家如王维、孟浩然、李白、杜甫、韩愈、刘禹锡、杜牧、王安石、苏轼、陆游、刘因等,纷纷以《桃源行》或《桃源图》为题,通过自己的艺术想象一次又一次地描绘桃花源的美景,借以表达自己的人生理想。宋代著名政治家李纲(1083—1140)的《桃源行》诗就通过描写具有当下性的乡村生活场景,揭示了桃花源式的生存状态对于农民阶级的适用性和重要性。诗前小序云:"今闽中深山穷谷,人迹所不到,往往有民居、田园水竹,鸡犬之音相闻。礼俗淳古,虽斑白未尝识官府者,此与桃源何异?"诗云:

······

渊明作记真好事,世人粉饰言神仙。我观闽境多如此,峻溪绝岭难攀缘。

其间往往有居者,自富水竹饶田园。耄倪不复识官府,岂惮黠吏催租钱。

养生送死良自得,终岁饱食仍安眠。何须更论神仙事,只此便是桃花源。[①]

出于对《桃花源诗并记》寓意的发掘和认可,李纲摒弃桃源"神仙"说,而将具有特定地理标识的现实场景(闽境)与陶渊明诗文中的桃花源联系起来描写,于陶渊明之后,再一次进行着积极的关于理想社会的建构性创作活动。这种隔代的历史回应充分体现了《桃花源诗并记》的思想价值与历史影响之所在。

文学的创造性特征还赋予它解构性的文化功能。这种解构性主要体现在文学可以揭露、质疑和否定现实社会中存在的种种丑陋、虚假、荒谬的

---

① [宋] 李纲:《李纲全集》(上)卷十二《诗八》,岳麓书社,2004,第135页。

事物，甚至在精神的层面上以自身独特的方式去颠覆腐朽的社会制度与禁锢人性的意识形态，以维护人类生存的纯洁性和自由向度，从而实现对现实的超越。正是在这一意义上，中国古代不少具有强烈现实批判性的作品得以进入文学经典的行列，盛唐诗人高适（700—765）的传世名篇《燕歌行》便是具有典型性的一首。

《燕歌行》是高适边塞诗的代表作，作于开元二十六年（738），是诗人开元十九年至二十一年在"蓟北近三年塞外生活的真实的艺术再现"①。《燕歌行》内容深广，格调丰富多变，后人读之，或体味其"金戈铁马之声"，或赞赏七古造句之法的"顿跌多姿，而不伤于虚弱"，或感慨诗中"沉痛语不堪多读"。在见仁见智的多元阐释中，诗歌文本的讽刺寓意和批判锋芒成为古今解诗者的聚焦点。清代文人吴乔《围炉诗话》指出："《燕歌行》之主中之主，在忆将军李牧善养士而能破敌。于达夫时，必有不恤士卒之边将，故作此诗。"②当代学者佘正松认为该诗对唐军战败原因的深刻剖析所体现的"批判精神，如匕首投枪，入木三分，放射出耀眼的思想光芒"③。"讽喻""怨刺"是中国古代诗学具有特定内涵的常见话语，转化为现代学术术语，便是"批判""揭露"等概念的使用。在现代诗歌批评的视野中，该诗讽刺和愤恨不恤士兵的阵前将军的主旨以及揭露军中苦乐不均现象的讽刺艺术，得到了更为明确和充分的肯定。高适生活在盛唐时代，目睹过盛世的风采。难能可贵的是，他能够从自己从军经历的具体感受中提炼出具有深刻的认识价值和批判价值的思想元素，融合进生动形象的艺术画面之中，将繁华背后的黑暗、雄壮军歌掩盖的痛苦呻吟，形象地呈现给历代读者，这正是《燕歌行》成为文学经典的重要原因。

具有解构性的经典，其精神价值甚至可能与社会主流文化的精神导向相悖，甚至成为一种与主流话语格格不入的背景"噪音"。然而，这并不妨碍它作为经典存在，因为对现实问题的深刻洞悉和尖锐批判，可以构成文本成为经典的重要元素。清代曹雪芹（1715—1763）创作的《红楼梦》将文学的文化解构性表现得相当充分。小说家于盛世而写衰，通过贾府等封建大家族的没落，形象地揭示封建大厦即将崩塌的颓势，并通过男女两大形象系列的对比以及诸多集美貌与才华于一体的女性人物悲剧命运的描写，表达了对男权统治的彻底失望，抒发梦醒了无路可走的悲哀。作家对旧世界的清醒的认识和深刻的批判，赋予《红楼梦》永恒的经典价值。

---

① 佘正松：《高适研究》，中华书局，2008，第 60 页。

② 以上评语均见陈伯海主编：《唐诗汇评》上册，浙江教育出版社，1995，第 876—877 页。

③ 佘正松：《高适诗文注评》，中华书局，2009，第 51 页。

二、经典的本质规定性之二：动人的情感力量

除了认识和把握文学文本的思想和精神价值之外，我们还需要考察文学经典与作家情感表达的关系，因为抒写人类或热烈、或深沉、或积极、或消极、或单一、或复杂的本真情感，是文学功能的具体表现之一，也是区别文学经典与思想学术经典的重要标尺。人的情感是文学创作的重要表现对象之一，成功的文学活动可以促进作者和读者有意识关注自己的情感世界，重视和反思情感体验的内涵和质量，在此基础上丰富和优化情感，从中获得完善自我的心理动因以及拨动心弦的审美享受。正是在这一意义上，我们将具有动人情感力量的文本归为文学经典。

"缘情"是中国古代文论的一个重要范畴，"缘情"说关注的是文学在"明道"之外的另一重要的表现功能即抒情功能，以及个人情感的表达对于经典生成的重要意义。西晋著名文学家陆机（261—303）"诗缘情而绮靡"之论，南朝刘勰"诗者，持也，持人情性"之说，着眼点虽是诗歌创作，揭示的却是文学艺术作品共同的表现功能。优秀的文学作品应当传达人类的普遍情感，哪怕这种传达是以个人体验的方式进行和表现的。文学家基于个体对生存状况以及生命历程的情感体验，抒发或愉悦、欣喜、兴奋、轻松、激越，或惆怅、忧愁、悲哀、痛苦、愤怒、孤独、焦虑乃至绝望的复杂情感，一旦为某一群体、某一民族乃至全人类所共同拥有，不仅容易拨动他人心弦，引起强烈的情感共鸣，而且具有促使人们认识自身现实生存境况、反思自我存在的巨大精神价值。即使那些以叙事和写景为主的作品，一旦渗透进创作者的情感因素，也必然会增强文本的艺术感染力。正因如此，文学作品是否成功地书写普遍的人情人性，便成为文学评论者与广大受众判断其是否经典的另一重要标准。明代钟惺（1574—1625）《名媛诗归》以"发乎情，根乎性"六字来评价古今名媛的诗作，体现出一以贯之的评价标准。

在我国，早在《诗经》产生的年代里，已经有诗人认识到了诗歌的抒情性能，例如《小雅·四月》云："君子作诗，维以告哀"，《小雅·采薇》云："我心伤悲，莫知我哀"，诗中所言"哀""悲"已是古人普遍意识和体验到的一种负向性情感，诗人的吟诵是一种情不自禁的表达。宋代朱熹在揭示《国风》诗歌的创作特色时指出："凡诗之所谓《风》者，多出于里巷歌谣之作，所谓男女相与咏歌，各言其情者也。"[①] 充分肯定了"风"

---

① ［宋］朱熹：《诗集传·序》，上海古籍出版社，1980，第2页。

诗的抒情功能。由《诗三百》所开启的中国文学的抒情传统，代代相承，形成中国文学发展史上的一道亮丽的景观，引起了历代学者的高度重视。司马迁（前145—前90）在《太史公自序》一文中将诗歌的表现功能概括为"诗以达意"，"意"包含着"情"的内涵，对此，可从他的具体阐释中得知："《诗》三百篇，大抵贤圣发愤之所为作也。此人皆意有所郁结，不得通其道，故述往事，思来者。"① 陆机在《文赋》中将诗歌的特征总结为"缘情"，此说影响十分深远。其后，南朝钟嵘（约468—约518）《诗品》进一步将"摇荡性情"，作为诗歌创作的内在动因，刘勰则将"情"定位于"文之经"的重要地位，充分肯定了"为情造文"（《文心雕龙·情采》）的创作倾向，将情感视为人们进行文学创作的内在动因。唐代韩愈提出的"不平则鸣"说以及欧阳修倡导的诗"穷而后工"的理论，先后揭示了作家内心愤慨不平之情与优秀诗篇产生的内在关系，至于南宋诗论家严羽《沧浪诗话》所谓"唐人好诗，多是征戍、迁谪、行旅、离别之作，往往能感动激发人意"②，则是以唐人诗歌创作为例，具体揭示文学经典蕴含的悲剧性情感内核。此类表述可谓不胜枚举，它们不仅标举文学经典的重要评判尺度，而且尤其强调作家人生道路的坎坷不平以及由此生发的痛苦、愤懑、慷慨之情，是推动经典产生的重要原因。这不仅从特定的角度彰显出经典的本质规定性，同时还揭示了诗人情感所包含的批判价值与经典的内在关系。

作为古代抒情诗典范的《古诗十九首》，之所以能够成为文学经典，非因妙于言道，而在于擅长抒情。如果运用传统的道德理念进行解读，不难发现其中所抒发的"逐臣弃妻、朋友契阔，游子他乡，死生新故之感"③，不仅"不关风化"，无涉民生，并且充满悲观、消极甚至颓丧的哀叹，例如"人生天地间，忽如远行客"，"人生寄一世，奄忽若飙尘。何不策高足，先据要路津。无为守贫贱，坎坷长苦辛"，"人生非金石，岂能长寿考"，"不如饮美酒，被服纨与素"，"生年不满百，常怀千岁忧。昼短苦夜长，何不秉烛游"，凡此种种，明显有违温柔敦厚的诗教。然而，它却成了传世名作，自萧统《文选》将其以组诗的形式录入之后，明代曹学佺《石仓历代诗选》、冯惟讷《古诗纪》、陆时雍《古诗镜》、钟惺《古诗归》等著名诗歌选本纷纷予以录入，模拟者、肯定者、欣赏者更是代不乏人。导致这一现象产生的原因，除了《古诗十九首》所取得的杰出的语言艺术成就

---

① ［汉］司马迁：《史记》卷一百三十，中华书局，1959，第3300页。
② ［清］何文焕辑：《历代诗话》，中华书局，1981，第699页。
③ ［清］沈德潜：《说诗晬语》，江苏凤凰出版社，2010，第92页。

之外，还在于诗人能够真实、大胆地表达东汉末年下层知识分子在动乱年代里、漂泊生涯中的共同人生体验。对此，清初著名诗论家陈祚明（生卒年不详）给予了具体的分析和充分肯定：

《十九首》所以为千古至文者，以能言人同有之情也。人情莫不思得志，而得志者有几？虽处富贵，慊慊犹有不足，况贫贱乎？志不可得而年命如流，谁不感慨？人情于所爱，莫不欲终身相守，然谁不有别离？以我之怀思，猜彼之见弃，亦其常也。失终身相守者，不知有愁，亦复不知其乐，咋一别离，则此愁难已。逐臣弃妻与朋友阔绝，皆同此旨。故《十九首》虽此二意，而低回反复，人人读之皆若伤我心者，此诗所以为性情之物。而同有之情，人人各具，则人人本自有诗也。但人人有情而不能言，即能言而言不能尽，故特推《十九首》以为至极。[1]

所谓"能言人同有之情"，揭示的是《古诗十九首》具有普遍意义的抒情特征，即真实地抒写一种具有普遍性的人生体验。王国维《人间词话》说得更加简明扼要："'昔为倡家女，今为荡子妇。荡子行不归，空床难独守。''何不策高足，先据要路津？无为久贫贱，坎坷长苦辛。'可谓淫鄙之尤。然无视为淫词、鄙词者，以其真也。"[2]王国维所引二诗，前者以首句为题，曰《青青河畔草》，抒写妻子独守空房的寂寞难耐，客观上暴露了长期无性的婚姻生活给女性造成的痛苦与不幸；后者同样以首句为题，名为《今日良宴会》，是诗人书写自己听曲识真的深切感受，大胆地表达了男性对于权势和地位的渴求。由于此"真"完全背离了两汉以来的国家意识形态与主流话语的规范，故罕为人所明道，即如《今日良宴会》一诗的作者描绘听曲所感时指出的那样："齐心同所愿，含意俱未申"。敢于言他人所不敢言，本已难能可贵，更何况在东汉末年那个特定的时代背景下，这种内心真实情感体验的自由表达，突破了传统道德价值观对人性的束缚与禁锢，对两汉儒生长期践行的那种披着虚假道德外衣的人生模式足以形成解构之势。落拓书生们要求回归世俗生活的本真状态，真实地表达内心的世俗欲望，在深切感知生命短促、不能自主的情形下，迫切希望增加生命的密度。他们的吟唱既具有批判不合理的政治制度的现实意义，也具有标举人的生命意识初步觉醒的精神价值。

至今备受古今读者称道的《陈情表》，是由蜀汉入西晋的文臣李密

---

① ［清］陈祚明：《采菽堂古诗选》，上海古籍出版社，2008，第80页。

② 彭玉平：《人间词话疏证》第一二四则，中华书局，2011，第401页。

（582—619）写给晋武帝司马炎的奏表，李密在表中陈述了自己不能丢下年迈病重的祖母而应诏赴洛的沉痛与无奈。从行文的缘由来看，该文因为涉及亡国之臣与新朝君主之间的微妙关系，故很难摆脱政治因素的干扰，而且在改朝换代之际，拒绝为新主效忠极有可能招致杀身之祸。然而，李密的诉求不仅没有引起龙颜大怒，反而得到司马炎的恩准和赏赐，个中缘由，正得益于一个"情"字。李密的高妙之处在于，他为自己拒绝晋武帝征召的政治行为找到了一个因为合情故而合理的理由，成功地将本具有"上行"公文性质的奏表，变成了诉说一己衷肠的抒情文书。拳拳孝子之至情，打动了标举以孝义治天下的最高统治者，最终，不仅免遭杀身之祸，反而得到皇帝的褒扬奖赏。对此，《古文观止》的编撰者有一段总结性文字：

> 历叙情事，俱从天真写出，无一字虚言假饰。武帝览表，嘉其诚款，使郡县供祖母奉膳。至性之言，自尔悲恻动人。[1]

"天真"即人之本性。作者以至诚态度写情，文章以悲怆之情动人，这便是《陈情表》打动晋武帝，并且征服后世无数读者的关键原因。李密作为孝子，本来对年近百岁、曾"躬亲抚养"自己的祖母刘就怀着拳拳报恩之心，真情自在胸中，无须"作秀"，加之他深知欲晓之以理，需先动之以情的道理，故于文章一开篇便诉说自己幼年不幸的坎坷遭遇和独支门户、孤独凄凉的家境，营造出一个笼罩全篇的酸楚悲怆的情感氛围。李密用"日薄西山，气息奄奄，人命危浅，朝不虑夕"十六字描述祖母刘的病笃状况，令人鼻酸揪心，接下来，再以"祖母无臣，无以终余年"为由拒诏，自然显得水到渠成。缘情挥洒是李密创作时最为突出的精神特征，孝子之真情赋予文本以巨大的历史穿透力，激起古往今来一代又一代中国人强烈的感情回应。明人吴从先《小窗自纪》云："前辈又云：'读诸葛孔明《出师表》而不堕泪者，其人必不忠；读李令伯《陈情表》而不堕泪者，其人必不孝；读韩退之《祭十二郎文》而不堕泪者，其人必不友。'夫如此才为真读书。"[2] 吴氏所引前辈之语，出自宋人赵与时《宾退录》，在《陈情表》的传播过程中曾被多次引用，晚清曾国藩在回复兄弟"情辞肯恻"的来信时，将其改为"读《出师表》而不动心者，其人必不忠；读《陈情表》而不动心者，其人必不孝；读弟此信而不动心者，其人必不友"[3]。历

---

① ［清］吴楚材、吴调侯：《古文观止》（下）卷之七，中华书局，1959，第285页。

② 引自朱一玄、刘毓忱编：《三国演义资料汇编》，百花文艺出版社，1983，第645页。

③ ［清］曾国藩著，唐浩明评点：《唐浩明评点曾国藩家书》，岳麓书社，2002，第247页。

代受众持续不断的情感回应，正是文学经典魅力之体现。当代学者在揭示《陈情表》的文学经典品质时，同样聚焦于文本的抒情成就，他们认为《陈情表》之所以成为千古传诵的经典名篇，"首先在于直撼真情至性，不假雕饰，以陈情统摄叙事、说理——从肺腑汩汩流出，故能情真理切，动人心弦，催人泪下"①。21世纪以来，在我国进行的现代化建设进程中，《陈情表》一直发挥着文学教育和道德教育的功能，不仅作为大、中学校的语文教材，而且多次入选不同类型的多种散文选本，诸如：

《古今名作修辞欣赏》（江苏教育出版社1988年出版）

《世界散文精华·中国卷》（江苏文艺出版社1994年出版）

《中华通鉴：影响历史的一百篇名作》（广西民族出版社1996年出版）

《绝妙好文》（长江文艺出版社1998年出版）

《千古美文》（安徽文艺出版社2000年出版）

《中国文学名篇鉴赏·文卷》（山东大学出版社2007年出版）

《中华孝子》一书以"李密难忘祖母情"为题，围绕《陈情表》讲述了李密行孝的故事，该书的序言提到了该书讲述人世间的"血缘"亲情的目的，"旨在弘扬中华民族孝敬父母、尊敬师长的传统美德"②。李密于《陈情表》中呈现的对祖母的一片真挚不渝的孝子之情，的确有助于当代人反思自己对于长辈的态度和行为，历史标杆的现代价值彰显了《陈情表》作为文学经典所具有的超越性、永恒性。

《游子吟》是中唐诗人孟郊（751—815）的传世佳作，这首六句三十字的小诗因其所塑造的仁爱慈祥的母亲形象以及所呈现的赤子拳拳报恩之心，而拥有了巨大的历史穿透力，引起一代又一代为人之子强烈的心灵共鸣以及不同形式的情感回应，家吟户诵，至今不衰，被誉为"千古之下尤不忘谈，诗之尤不朽者"③。《游子吟》一诗题材生活化，语言通俗化，虽不以思想的深刻性、题材的宏大性取胜，却也以表现普遍的人性人情、富有感染力见长，前人以为"亲在远游者难读"④，原因正在于此。自孟郊此诗中通过"手中线"来传递母亲爱子之心后，补衣的针线遂作为中国诗歌的一个独特意象，与慈母形象紧密地联系在一起。同样，《游子吟》以"春晖"喻慈母养育儿女之恩情，其历史影响之一便是，中国大地上出现了不

① 程千帆等编著：《名家尚文坊·汉魏六朝文》，上海辞书出版社，2004，第171页。

② 吕荞：《中华孝子》，辽宁大学出版社，2007，第2页。

③ ［明］高棅：《唐诗品汇》卷二十五，载陈伯海主编《唐诗汇评》中册，浙江教育出版社，1995，第1868页。

④ ［明］周珽：《唐诗选脉会通评林》引周敬语，载陈伯海主编《唐诗汇评》中册，浙江教育出版社，1995，第1868页。

止一座以"春晖"命名、借以表达儿子寸草之孝心的楼堂别墅，也随之产生了不止一篇围绕这些楼堂去解读《游子吟》、富有感人魅力的诗文。元代有程钜夫《天山胡氏春晖堂》诗、何中《春晖堂诗有序》、金守正《黄氏春晖堂》诗、沈震《题春晖堂》诗、李存《春晖堂记》、李孝光《张本之春晖堂》诗、刘岳申《春晖堂记》、纳新《春晖堂为武陟赵太守赋》、任士林《春晖堂记》等。明代有刘基《会稽张氏春晖堂》诗、刘永之《春晖堂诗序》、钱宰《春晖堂为张仲修题》诗、王褒《春晖堂记》二篇、王绅《春晖堂为吴兴魏弁作》、徐一夔《春晖堂记》、杨士奇《春晖堂》诗、殷云霄《春晖堂为淮上陈户部作》、郑本忠《春晖堂为章敬先赋》《春晖楼》诗等。清代有吴绮《题春晖堂》诗、史简《朱氏春晖堂》诗、严正矩《春晖堂》诗、许登逢《题春晖堂赠言后》等。关于此类诗文产生的具体背景，清代学者谢旻修通过一个案给予了说明，他在介绍清江一带的楼堂别墅时引用元人何太虚之叙述云：

> 春晖堂。何太虚诗小序："清江黄伯原，母弟七人，孝爱友恭，作春晖堂以奉母。学士草庐吴先生序其事，名士大夫诗词交赞之。"[1]

这种现象具有相当的普遍性，孟郊因感恩之情而作《游子吟》，后世为子者受诗歌情感的感染和启示而修筑养母的楼/堂，为文者被孝子之情所打动而赋诗作记，在这里，真挚而又具有普遍意义的母子之情贯通了历史、联系着古今。《游子吟》的历史影响同时辐射到建筑和写作两大领域。元代慈溪人方景良、方景辅两兄弟为奉养母亲，特意修建了"春晖"楼供其居住，楼成，文学家、晚年自号九灵山人的戴良（1317—1383）为之作记，记文先以"春晖"切入，言母爱之博大，进而围绕"寸草"言儿子之深情，其文云：

> 而在天者，其发育万物固不止乎一草矣，且是草物之微乎微者也！东野乃独取之以报夫三春之晖，盖极言人子之不能报其母之德也。子不能报其母之德，亦犹草之不能报其春之晖，此东野亲爱之至诚。……东野不能以自言而托寸草以喻之，景良不能以自喻而假东野以明之，其情不既切矣乎！[2]

---

① 李修生主编：《全元文》第 22 册，江苏古籍出版社，2001，第 180 页。
② ［元］戴良：《九灵山房集》卷十二，中华书局，1985，第 170 页。

作者通过孟诗中的"寸草"意象去把握《游子吟》对方氏兄弟的文化心理与现实行为的深刻影响，突出了母子之情的巨大感染力。无独有偶，明代翰林待诏郑守敬为奉养母亲而修筑"春晖堂"，著名学者王褒为之作《春晖堂记》，通过郑守敬的现实行为去发掘《游子吟》的历史影响，盛赞孟东野"善言诗"，认为《游子吟》"记意若浅，寓情斯切，立言若易，为思斯长，亦可见情性之正也矣"①。所谓"善言诗"即善抒情，他充分肯定了《游子吟》在表现母子情深方面的卓越成就。

文学经典所表达的情感，既可以是感性的、具象的、充满生活情趣的，也不妨是理性的、思辨的、富有哲理的。前者可以唤起读者对美好生活的向往，对亲人朋友的热爱，如李白的《送孟浩然之广陵》、孟郊的《游子吟》；后者能够帮助读者去认识世界和人生，去把握情感和生命的律动，去寻求灵魂的安顿之处，如贾谊的《鹏鸟赋》、苏轼的《赤壁赋》。更有那些擅长情感表达的优秀文学家，他们一方面通过生动的细节和具体的场景，将人生情感化，情感诗意化，另一方面又使感性上升为理性，通过一己情感去表现普遍的人生体验，将生成的情感由眼前导向未来，故其作品因具有极其丰富、深刻的情感内涵而成为经典。张若虚的《春江花月夜》、苏轼的《水调歌头》"明月几时有"，便是此类精品的代表作。

三、经典本质规定性之三：不朽的艺术价值

把握文学经典的本质规定性，除了"道"与"情"之外，还必须考察"艺"，即文学文本特有的美的形式及其艺术成就，因为这同样是区别文学经典与一般思想经典、学术经典的重要标准之一。文之美者，可以为经典也！

美文的标志是什么？这是古代文论家一直关注和不断探讨的问题。自魏晋南北朝中国文学进入自觉时代之后，文论家们在文学创作已经取得丰硕成果的基础上，开始对文本的文体特征、风格特征、写作技法等可以构成形式美的诸多因素进行提炼概括与理论总结，且持之以恒。例如，曹丕在《典论论文》中以"丽"来说明诗赋与奏议等实用文的差别；陆机《文赋》以"绮丽"来标举诗歌的审美特征；钟嵘《诗品》欣赏班婕妤《团扇歌》"词旨清捷，怨深文绮"的创作特色，称赞"骨气奇高，词采华茂"的曹植诗歌，以及"才高词赡，举体华美"的陆机诗歌。萧统选编《文选》，再次高扬文学艺术的旗帜，十分明确地把"事出于沉思，义归乎翰

---

① [明] 王褒：《王养静先生集》卷八《记》，明成化十年刻本，国家图书馆藏。

藻"（《文选序》）定为选文的两大基本标准，而后者构成了文学经典区别于非文学经典的重要标准。晚唐诗人、咸通二年（861）进士及第的于濆《辛苦吟》云：

> 垄上扶犁儿，手种腹长饥。窗下投梭女，手织身无衣。
> 我愿燕赵姝，化为嫫母姿。一笑不值钱，自然家国肥。

明代布衣山人谢榛（1495—1575）认为"此作有关风化，但失之粗直"①，在肯定该诗所具有的思想道德价值的同时，指出了艺术表现方面的不足，即表意的过于直白粗疏。凡此种种，无不说明他们对优秀诗歌所具有的形式美特质已经有了日益明确的认识与日趋深入的把握，而这样的理论倡导，经过后世文人学者的不断呼应，遂成为中国古代文学批评史上的主流话语。当然，后世文人对于构成文学经典形式美的诸要素，认识得更加全面深刻，表述也更具个性化。例如，唐代白居易在《与元九书》中把诗歌定义为"根情、苗言、华声、实义"，强调了诗歌的形象性、音乐性以及抒情性特征。南宋著名词人、音乐家姜夔（1154—1221）所著《白石道人诗说》，广泛涉及作诗之法，其中包括了立意、布局、结构、遣词、造句等内容，除立意外，余者皆是产生艺术美的重要途径。对于他的艺术追求，当代学者以树妙境、尚自然、畅含蓄、崇意格、贵独创等加以概括。②清代著名戏曲理论家李渔（1611—1680）在《闲情偶寄》中总结了戏曲创作应该掌握的种种技法，如"立主脑""密针线"。另一著名学者袁枚（1716—1798）则十分重视文学语言的表现形式，尤其强调语言运用的真实自然性，他认为："子臣弟友，做得到便是圣人；行止坐卧，说得着便是好诗。""口头话，说得出便是天籁。……范瘦生有句云：'高手不从时尚体，好诗只说眼边情。'"③

理论既是对实践的总结和提升，同时也对创作实践发挥着引领和指导作用。魏晋以还，随着文学自觉历程的推进，不同时代的优秀作家总是不遗余力地通过文学创作去完成思想情感内涵的审美呈现。他们不遗余力地提高写作技艺，具体表现为精心锤炼字词，讲究对仗用典，营造流畅和谐

---

① [明] 谢榛：《四溟诗话》卷三，载丁福保辑《历代诗话续编》（下），中华书局，1983，第 1178 页。
② 参见贾文昭：《姜夔》，载牟世金主编《中国古代文论家评传》下册，中州古籍出版社，1988，第 580 页。
③ [清] 袁枚撰，王志英校点：《随园诗话》卷二、卷五，江苏古籍出版社，2000，第 512、463 页。

的音律之美，刻画性格鲜明丰满的人物形象，追求言有尽而意无穷的艺术境界，展现精彩纷呈的历史画卷，从而赋予自己的创作成果以征服读者的艺术魅力。那些最终成为文学经典的作品，大多能以读者可知可感的美之形态体现着经典的本质规定性。

中唐的李贺（790—816）是一位在中国古代文学发展史上既长期享有盛誉又不断遭受非议的著名作家。我们注意到这位仅活了二十七岁的年轻诗人，其诗歌创作由于受个人阅历与眼界的限制，并不以思想深刻、情感丰富、富于现实批判性见长，而是以想象怪异、语言奇特、诗歌境界幽冷浓艳著称，前者使他饱受争议，后者则是他成为经典作家的重要基础。宋人范晞文《对床夜语》引陆游论李贺乐府诗云："贺词如百家锦衲，五色炫耀，光夺眼目，使人不敢熟视"，便是对其语言艺术成就的形象描述，而"求其补于用，无有也"[1]的微词，则是针对其思想内涵方面的缺失而言。纵观前人相关评价，赞美者的视线无不聚焦于李贺诗歌艺术表现的层面上，例如：

鲸呿鳌掷，牛鬼蛇神，不足为其虚荒诞幻也。盖《骚》之苗裔，理虽不及，辞或过之。

——杜牧《李贺集序》

贺词尚奇诡，为诗未始先立意，所得皆惊迈，远去笔墨畦径，当时无能效者。

——宋·晁公武《郡斋读书志》

长吉歌行，新意语险，自有苍生以来所无。

——宋·刘克庄《后村诗话》

长吉诗依约《楚辞》，而意取幽奥，辞取瑰奇。

——清·沈德潜《唐诗别裁》[2]

想象奇特，用语奇妙，是李贺诗歌最为人称道之处，其名篇《李凭箜篌引》《梦天》《天上谣》等均属典范之作。

《雁门太守行》是李贺诗歌经典化程度极高的作品，经典化标志主要

---

① [宋] 范晞文：《对床夜语》卷二，中华书局，1985，第 15 页。
② 陈伯海主编：《唐诗汇评》中册，浙江教育出版社，1995，第 1936—1939 页。

有二：其一，先后为宋李昉《文苑英华》、郭茂倩《乐府诗集》、计有功《唐诗纪事》，元杨士宏《唐音》，明曹学佺《石仓历代诗选》、高棅《唐诗品汇》、陆时雍《唐诗镜》以及清编《全唐诗》《全唐诗录》等重要文献著作录入，传播至今。在现代学者所撰写的高校教材《中国文学史》、编选的《中国古代文学作品选》以及众多普及性的唐诗选本之中，该诗出现频率甚高，成为国人了解和学习唐诗的优秀范本。其二，从古至今，治诗者好评不断。该诗状边塞景物，写边塞战争，今之学者推测或判定文本是针对中唐时期朝廷平定藩镇叛乱的战争而展开艺术描写的，反映了将士们舍身奋战报效君恩的英雄气概。因其如此，诗歌思想倾向的进步性得到了肯定[1]。据《唐语林》记载，李贺以歌诗谒韩愈，韩愈在送客归来，已感困倦的情况下，"解带旋读之"，当他刚读到第一篇篇首二句"黑云压城城欲摧，甲光向日金鳞开"时，"却缓带，命迎之"。令韩愈迅速改变态度的原因，显然不是诗句思想蕴含的广博性或深刻性，而是诗人运用语言艺术的高超性和奇特性。事实上，李贺诗歌征服读者的艺术魅力不仅体现在韩愈的反应上，后代学者的一致好评同样说明这一点。宋人王得臣《麈史》以"黑云"二句为例，赞美长吉"才力奔放，不惊众绝俗不下笔"；曾季狸《艇斋诗话》称"李贺《雁门太守行》语奇"；明代杨慎结合自己在滇期间所见景色赏析"黑云"二句，云"始信贺之诗善状物也"；晚清宋宗元《网师园唐诗笺》以"沉雄"誉之。除了首二句之外，"塞上燕脂凝夜紫"句被认为"'燕脂'二字难下"，"霜重鼓寒声不起"句得到"语甚有色""警绝"一类的好评[2]。毋庸置疑，用语的奇特，写景的绝妙，是《雁门太守行》成为诗歌经典的首要原因。

考察宋词名篇的经典化，同样有助于我们从"艺"的层面去认识和把握文学经典的本质规定性，这里不妨以北宋词人张先（990—1078）的作品为例。无论在中国词史抑或北宋文坛上，张先都算不上一流大家，前人对其创作虽多有肯定，但也不乏微词，或认为他"才不足而情有余"（李之仪《跋吴思道小词》），或认为他"只是偏才，无大起落"（周济《宋四家词选序论》）[3]。据中华书局 1985 年出版的《张子野词》附补遗统计，张先词现存一百八十四阕，最终进入文学经典行列者屈指可数，然而，古今研读宋词者莫不欣赏其写"影"之妙句，胡仔《苕溪渔隐丛话·前集》卷三十七引《古今词话》所言最具代表性：

① 杨世明：《唐诗史》，重庆出版社，1996，第 944 页。
② 陈伯海主编：《唐诗汇评》中册，浙江教育出版社，1995，第 1946—1947 页。
③ 吴熊和主编：《两宋词汇评·两宋卷》第一册，浙江教育出版社，2004，第 106 页。

有客谓子野曰："人皆谓公张三中，即心中事、眼中泪、意中人也"。公曰："何不目之为张三影。"客不晓。公曰："'云破月来花弄影''娇柔懒起，帘压卷花影''柳径无人堕风絮无影'。此余平生所得意也。"①

　　张先由此获得"张三影"之美称。"三影"之妙句分别出自子野词《天仙子》《归朝欢》和《木兰花》，其中尤以"云破月来花弄影"最为人激赏，以至于宋祁誉词人为"云破月来花弄影郎中"，欧阳修则因之"恨相见之晚也"②，获得极高的社会声誉。《天仙子》凭此佳句而进入中国文学的经典行列，其经典化的标志与李贺《雁门太守行》基本相同，集中表现在两个方面：其一，被多位选家作为优秀词作的典范而载入各种选本，如宋朝武陵逸史的《类编草堂诗余》、曾慥的《乐府雅词》，元朝杨朝英的《乐府新编阳春白雪》，明朝卓人月的《古今词统》，清朝冯金伯的《词苑萃编》、沈辰垣的《历代诗余》以及谢朝征的《白香词谱笺》等。直至今日，《天仙子》依然出现在各种宋词选本之中，成为当下中国人品读欣赏古典词的样板作品。其二，赢得古今治词者的一致好评，兹举若干：

　　"云破月来花弄影"，景物如画，画亦不能至此，绝倒绝倒！

　　　　　　　　　　　　　　　　　　——明·杨慎《草堂诗余评》

　　"云破月来"句，心与景会，落笔即是，着意即非，故当脍炙。

　　　　　　　　　　　　　　　　　　——明·沈际飞《草堂诗余正集》

　　词以自然为尚，自然者，不雕琢，不假借，不著色相，不落言诠也。古人名句，如"梅子黄时雨""云破月来花弄影"，不外自然而已。

　　　　　　　　　　　　　　　　　　——清·沈祥龙《论词随笔》

　　"云破月来花弄影"著一"弄"字，而境界全出。

　　　　　　　　　　　　　　　　　　——王国维《人间词话》

　　"云破"句，写景灵动，古今绝唱。

　　　　　　　　　　　　　　　　　　——唐圭璋《宋词简释》③

① ［宋］胡仔：《苕溪渔隐丛话·前集》卷三十七，人民文学出版社，1962，第253页。
② ［宋］胡仔：《苕溪渔隐丛话·前集》卷三十七，人民文学出版社，1962，第252页。
③ 吴熊和主编：《两宋词汇评·两宋卷》第一册，浙江教育出版社，2004。

以上诸论，或赞美"张三影"的写景艺术，或欣赏其语言的妙用，或关注情景对应关系，或揭示其意境产生的原因，着眼点虽不尽相同，但均是围绕"云破月来花弄影"七字，对于春日傍晚自然界美景的呈现这一中心发表言说的，文学经典的本质规定性从文本如何表现自然美这一特定的角度展示了出来。

本书我们之所以从三个方面分别揭示文学经典的本质规定性，是基于方便论述的角度。事实上，流传至今的大量的优秀文学作品往往同时集思想性、情感性、艺术性等经典特质于一体，在给读者以人生启迪并引发其情感共鸣的同时，还带给他们愉悦的审美体验。例如，作为李白诗歌典范之作的《将进酒》，从古至今，深受历代读者的喜爱，目前还作为优秀古诗出现在大学和中学的文学教材之中。该诗成功地运用了大胆的夸张和巧妙的比喻，自由地抒发个体独特的生命体验，具有强烈的艺术感染力。读者从那纵横恣肆的文笔以及大气磅礴的气势中，能够深切地感受到诗人怀才不遇的内心苦闷以及追求实现人生理想的执着精神。又如，《登高》乃杜甫传世名篇，漂泊西南的老年诗人于穷愁潦倒之中仍不忘关心国事，他将深沉、丰富的内心情感，通过开阔而流动的画面、凝练而流畅的语言、精密而疏畅的对偶，自然而又富有层次感地表现出来，回肠荡气，令人百读不厌。再如，欧阳修的《醉翁亭记》描写滁州山间富于变化的四时优美景色以及地方群众性的欢乐场面，抒发了太守的"山水之乐"，含蓄地表达了被贬"醉翁"旷达自放的淡泊情怀，令人敬仰。文章语言似散非散，似排非排，优美流畅，二十一个"也"字贯穿全篇，以不断重复的语法结构，强化着一种抑扬顿挫、回旋往复的音韵效果，给人以审美享受，属于典型的散文精品。

被当代学者誉为古典小说集大成者的《红楼梦》，无论思想性抑或艺术性，均达到了超越前人的高度，即如鲁迅在《中国小说的历史变迁》中所说，"自有《红楼梦》出来以后，传统的思想和写法都打破了"[1]，经典的创新性在《红楼梦》里得到最为充分的体现。这部文学巨著以思想蕴含深刻丰富、情感强烈深沉、叙事艺术完美而具有诗意著称。曹雪芹通过讲述弃石凡尘遭遇的奇特构想，通过塑造贾宝玉、林黛玉、王熙凤等一批立体丰满的人物形象，通过设计周密立体的网状式的叙事结构，通过综合运用多种文学体裁，将自己对于末世的悲剧体验，对于美的诗意追求，对于男权的批判意识，对于艺术呈现的创新精神以及卓越的艺术才情，表现得淋

---

[1]　鲁迅：《鲁迅全集》第9卷，人民文学出版社，1982，第338页。

漓尽致。观历代《红楼梦》的读者，有哭泣者，有扼腕者，有因争论钗黛优劣而几挥老拳者，有意犹未尽而续之者，还有倾尽毕生精力进行研究者。凡此种种，无不昭示着文学经典的本质规定性所产生的特殊魅力。历代受众对优秀文学作品的欣赏与推崇，莫不源于他们内心对经典本质规定性的真切感受和高度认可。或许对于某些个体读者而言，这种认可尚处于感性阶段，不具有自觉性和系统性，然而，群体认可中的趋同性以及延续性，作为文学传播中一种共性的长期存在，恰好体现了本质规定性的重要作用。

经典作家是有国籍、民族以及时代之分的，但经典文本的本质规定性却可以超越地域和时代，具有普世性和永恒性。故不止中国，不独古代，在西方，在当下，作为一种规律，经典的接受者和研究者对于经典本质规定性的认识，必然出现异域同构、异代同声的现象。例如哈罗德·布鲁姆论及西方经典时也关注到人性的表现："一首诗、一部小说或一部戏剧包含有人性骚动的所有内容，包括对死亡的恐惧，这种恐惧在文学艺术中会转化成对经典性的企求"，能够令"人性骚动"的内在蕴含的即是经典文本的意义价值所在；同时他又指出："只有审美的力量才能渗透入经典，而这力量又主要是一种混合力：娴熟的形象语言、原创性、认知能力、知识以及丰富的词汇。"① 构成经典形式美的诸因素，同样成为重点考察的对象。在当代中国，学者们评判经典的基本标准也基本集中在思想内涵（包括情感内涵）与艺术形式这两个方面，虽然具体阐释中各有侧重之点。例如陶东风在论析当代中国的文化批评时指出，经典文本必然包含"或明或隐的体现的制约、规范人类思维、情感与行为的文化——道德与政治的力量"②，尤其强调文学经典所具有的文化内涵的价值力量。相比之下，童庆炳更加关注文学经典必备的艺术价值，他指出："如果一部完全没有艺术价值的艺术作品，它所描绘的世界，所表达的感情，真的不能引起读者的阅读的兴趣和心理共鸣，不能满足读者的期待，即使意识形态和文化权力如何'操控'，那么最终也不可能成为文学经典。"③ 至于黄曼君在《回到经典 重释经典》一文中所论："在精神意蕴上，文学经典闪耀着思想的光芒；从艺术审美来看，文学经典应该有着'诗性'的内涵"④，则兼顾了经典的精神价值与艺术价值两大要素。

---

① [美]哈罗德·布鲁姆：《西方正典：伟大作家和不朽作品》，江宁康译，译林出版社，2011，第15、23页。
② 陶东风等：《当代中国的文化批评》，北京大学出版社，2006，第76页。
③ 童庆炳、陶东风：《文学经典的建构、解构和重构》，北京大学出版社，2007，第81页。
④ 黄曼君：《回到经典 重释经典》，《文学评论》2004年第4期。

第二节　历史淘选中经典本质规定性的呈现

经典的生成非一蹴而就，只有当经典的本质规定性被广大受众感知和最终认可，作家创作的文本才能够最终成为经典。如前所论，经典区别于非经典的一个重要特征是具有超越性，这种超越性表现为可以对不同身份、不同时代、不同地域的受众产生影响。文本的价值必须经过历史的检验，是否被"重读"，是区别经典与一般畅销书的重要标尺，诚如布鲁姆所言："一项测试经典的古老方法屡试不爽：不能让人重读的作品算不上经典。"[①] 被不同时代的读者"重读"，正是历史淘选的具体体现，而经典的本质规定性使得经典文本能够在历史淘选中脱颖而出，最终成为后世读者"重读"的对象。

一、经典化机制淘选功能及其体现

文学经典化运作机制的淘选功能十分强大。中国古代文学作品可谓浩如烟海，并非历史上产生的每一首／篇作品都能够流传至今，成为人们重读的对象。即使那些凭借印刷产品而保留至今的众多历史文献，也未必具有经典的特质，李白、杜甫、白居易、苏轼等一类的大家，其诗文集子中也难免平庸之作的存在，不可能句句传佳音，篇篇是精品。只有那些经受住历史大浪淘沙般严峻考验的作品，才有机会保持文学经典的殊荣。就一般意义而言，当今普通受众所面对的经典文学，至少经过了前后两轮次的选择和淘汰，是不同时代、不同读者"重读"后选择的结果。

首先，在过往漫长的历史传播过程中，受优胜劣汰法则的支配，大量的作品以一种自然淘汰的方式，逐渐退出传播领域（被统治集团彻底毁禁者除外），只有其中优秀的作品凭借自身强大的艺术生命力得以保存和流传下来，最终作为经典出现在现代受众的接受视域之中。宋代文学家王安石（1021—1086，字介甫）本不以词见长，然一曲《桂枝香》"金陵怀古"不仅深得苏东坡叹赏，而且后世各家选本皆予以采录，成为名副其实的经典。据《古今词话》载，"金陵怀古，诸公寄词于《桂枝香》凡三十余首，独介甫最为绝唱"[②]。其时诸公所作多消失在历史的淘选中，故今人难以见到，而王安石此作因境界阔大，笔力峭劲，极富历史厚重感，加之用字于

---

① ［美］哈罗德·布鲁姆：《西方正典：伟大作家和不朽作品》，江宁康译，译林出版社，2011，第24页。

② 吴熊和主编：《两宋词汇评·两宋卷》第一册，浙江教育出版社，2004，第287页。

清空中出意趣，用语典而不蹈袭前人语意，于翻新处见功力，故能够在众多的同题词作中脱颖而出，成功地避免了被历史淘汰的命运。

中国古典戏曲的传播，亦能显现文学经典化运作机制的淘选功能。据近人搜辑统计，"宋元南戏存目共二百三十多种，其中，有传本的19种"①，流传至今者不到存目的十分之一。参与主编《中国戏曲经典》的傅晓航指出："这些流传下来的作品，大都是经过历史严格筛选、久演不衰、人民群众十分喜爱的作品"②，斯言不谬！高明（1307？—1359）《琵琶记》为代表南戏最高成就的作品，在明清两代久演不衰，广为流传。明朝万历四十六年举人沈德符（1578—1642）作有《吴儿演琵琶记感赋》一诗，文学家冯梦龙（1574—1646）《古今谭概》酬嘲部卷二十四收有"演琵琶记"条，清代著名文人李斗（1749—1817）《扬州画舫录》卷五提到艺人孙九皋年九十余尚出演《琵琶记》一事，凡此种种足以说明该戏属于深受观众喜爱、能够经受住历史淘选的作品。元代钟嗣成《录鬼簿》和明初贾仲明《续录鬼簿》共计收录元杂剧作家150余人，作品500余种，然流传至今的仅150余种，这种现象的出现同样为历史淘选的结果。自然淘汰的过程往往比较漫长，并且通常以渐进的方式进行，故社会个体成员对这种淘汰的感知并不十分明晰和深刻。傅晓航并未具体说明历史是如何进行"严格筛选"的，很大程度上因为那的确是一个难以具体呈现的复杂过程，由于相关文献史料的匮乏，今天我们尚不能完全和准确地还原出文本传播的全部过程以及富有细节的真实场景。

其次，历代古典文学爱好者、欣赏者与研究者，可以根据自身所处时代对于经典的需求以及新的评判标准，对流传下来的文学文本进行二次筛选，进行新的身份认定，最终以文学选本、文学评论（评点）乃至编写文学史以及文学教材的形式推出经典化程度极高的文学文本，供大众学习和欣赏。此种行为属于有意为之的淘选，入选者的经典身份被再次确认和强化，而落选者则意味着已经退出或暂时退出经典的行列，甚至面临被淘汰的可能。清乾隆年间进士蘅塘退士（1711—1778，原名孙洙）有感《千家诗》的不足，从数万首唐诗中"择其尤要者"共300首，编录成册，名为《唐诗三百首》，以提高儿童学诗读本的质量。由于所选皆"脍炙人口之作"，雅俗共赏，故200多年来风行海内，家咏户诵，传统名篇的经典效应得到强化。1997年华夏出版社编辑出版《中国古代诗文经典选本》，《唐诗三百首》经过再次遴选仍然位于经典之列。2005年山东教育出版社

① 袁行霈等主编：《中国文学史》第三卷，高等教育出版社，1999，第337页。
② 郭汉城总编，傅晓航主编：《中国戏曲经典》第1卷，山东教育出版社，2005，第3页。

出版《中国戏曲经典》丛书共 5 卷，其中 1—4 卷收录古代戏曲经典作品，在数以千计的古典戏曲中，仅选取宋元南戏 5 种，元代杂剧 15 种，明代传奇 5 种以及清代传奇 4 种，《琵琶记》《西厢记》《窦娥冤》《汉宫秋》《赵氏孤儿》《牡丹亭》《长生殿》《桃花扇》等经典名作赫然在目。那些因缺少经典本质规定性的作品自然落选，从而失去了进入今日广大普通读者阅读视域的机会，最终只能退出大众传播领域，其社会影响必然受到极大限制，欲重新获得经典身份几乎不可能。中华人民共和国成立以后，大陆先后出版的各种古代文学选本（包括选注本），如《诗经选》《楚辞选》《唐诗选》《宋词选》《元曲选》《中国古典十大悲剧集》《中国古典十大喜剧集》等，均属于二次甚至多次筛选后的经典读本，入选的作品基本是新时代受众高度认可的文学经典。

这里，我们有必要将文学文本的存在价值与经典价值区别开来。随着国家对于抢救文化遗产的工程支持力度的日益增大，古籍整理和研究工作不断深入开展，越来越多的以前未受到足够重视，甚至被完全忽略的大量古典文献，经过学者们整理（如辑佚、校点、笺注等）后，得以出版发行，成为国人当下"重读"的选择对象。事实上，在国家政策扶持下大批古籍得以出版面世，并不能等同于受众"重读"行为的实现，因为其中相当数量的文本并没有成为广大的读者自觉选择与认真"重读"的对象。不容置疑，并非所有不被大众欣赏的作品都不具备"重读"的经典价值，曲高和寡的现象古往今来一直存在。但是，就众多文献篇籍而言，它们或许具有某些方面的研究价值，如保存了某些政治思想史或者文学艺术史方面的材料，记载了某些作家散佚的个别作品甚至残篇断句，描写了特定地域内的历史事件和风土人情等，具有一定的文献学价值，但未必达到了经典品质的高度。此类文本可以进入史料库，却进不了文学经典的殿堂。我们对古籍进行的抢救性整理工作，不会改变和消除文学经典化机制的淘选功能。

二、经典本质规定性在历史淘选中的多样呈现

经典文本何以能够在历史严酷的多次淘选中脱颖而出？历史淘选的过程，其实质是经典被建构的过程，参与建构的诸多"外力"因素在不同程度上影响和决定着文学文本的历史命运，那些经受住各种外力的干扰、历经沧海桑田之变而最终获得或保持经典身份者，凭借的正是经典区别于非经典的本质规范性。经典的本质规定性或以隐性的法则或以显在的标准，影响和支配人们对于经典的考察与认定。

中国古代文学的经典化历程，充分体现出经典文本的本质规定性在经

典化机制中的重要地位。决定文本最终能否成为经典并且保持长久魅力的根本要素，既不是作者具有的身份地位，也不是强大的政治权力以及市场经济的杠杆作用，而是经典的内在本质规定性。流传至今、受到历代受众推崇的文学经典，无不具有吸引读者、征服人心的独特之处，引发人们"重读"兴趣和渴求的原因，或是文本所蕴含的巨大的精神价值，或是文本所展示的鲜明的审美风貌，或兼而有之。任何外力（包括政治权力、名人效应、市场经济等）的助推作用的最终实现，都必须建立在经典的本质规定性之上。对此，我们拟选取几部具有典范性的文学作品，从以下三个方面进行具体考察：

第一，经典的本质规定性使文学文本在传播过程中能够经受住人们的质疑和否定，从而降低或免除被淘汰的风险。

从理论上讲，任何一部著作或一篇作品在传播过程中都可能遭到来自接受者的质疑甚至否定性批评，如果质疑和否定的声音长期占据文坛的主导地位，甚至成为社会主流的接受话语，那么该文本就有可能面临被淘汰的命运。然而，正所谓"真理不辩不明"，经典文本并不惧怕质疑和批评的挑战，唯其本质规定性赋予了它难以被人遮掩的光芒，正如韩愈《调张籍》诗针对当时出现的否定李杜成就的倾向所发的感慨："李杜文章在，光焰万丈长。不知群儿愚，那用故谤伤。蚍蜉撼大树，可笑不自量！伊我生其后，举颈遥相望。"因为经典，所以永恒。

《离骚》是屈原的经典代表作品，清人蒋骥云："世之知屈子者以《离骚》"①，足见其历史影响的深远和巨大。《离骚》深受历代文人墨客的推崇，中国文学史上产生了大量的模拟写作者，从中获取精神和艺术养分的文人墨客不可胜数，由于《离骚》文本的传世以及影响，"骚人"甚至成了诗人的代称。然而，在《离骚》的传播史上，经由文本所呈现的屈原人格形态（特别是他忠贞坚守、遗世独立的文化品格），既获得历代受众持续不断的肯定与赞赏，也曾遭遇过不同程度的非议和否定。对于《离骚》的评价，早在汉代就出现了两种不同的声音。司马迁在《史记·屈原贾生列传》中高度肯定了屈原的人格魅力与创作成就，赞其文约、辞微、志洁、行廉，称其志"虽与日月争光可也"。他认为《离骚》乃"自怨生"的产物，兼具"《国风》好色而不淫，《小雅》怨诽而不乱"②的抒情特点，并在《太史公自序》中将《离骚》作为发愤著书的代表作之一。与此相反，汉代著名辞赋家扬雄（公元前53年—公元18年）却因不赞同屈原的人生态度而作

① ［清］蒋骥：《山带阁注楚辞·序》，上海古籍出版社，1984，第3页。
② ［汉］司马迁：《史记·屈原贾生列传》，中华书局，1982，第2482页。

文反《离骚》，表达了与屈原相反的人生取向。据《汉书·扬雄传》载：

> 先是时，蜀有司马相如，作赋甚弘丽温雅，雄心壮之，每作赋，常拟之以为式。又怪屈原文过相如，至不容，作离骚，自投江而死，悲其文，读之未尝不流涕也。以为君子得时则大行，不得时则龙蛇，遇不遇命也，何必湛身哉！乃作书，往往摭离骚文而反之，自岷山投诸江流以吊屈原，名曰《反离骚》。①

司马迁是古代史学界泰斗级的人物，其历史影响几乎无人可及，而扬雄则名列汉赋大家之榜，加之班固又是成就斐然的史学家，所以，经由《汉书》载录的《反离骚》一文，历史知名度也非常高。在这场强强对话之中，持论的正反双方均为文化名人，这是一个值得关注和研究的现象。后世文人解读、研治《离骚》，都绕不开《反离骚》对屈原的指责与否定，他们必须在肯定与否定之间，在名人评价的分歧面前，做出自己的价值判断，此时，名人效应的作用已不是关键因素。纵观历代学者的反应，赞成扬雄观点者有，但相对较少，在众多的不赞成者中又分为两种态度。一种是明确反对扬雄之说，例如南宋宁宗庆元二年（1196）进士章如愚在《山堂考索续集》卷十七《文章门》的《反离骚》中引朱熹《楚辞后语》曰：

> （扬雄）竟死莽朝，其出处大致本末如此，岂其所谓龙蛇者耶？然则雄固为屈原之罪人，而此文乃《离骚》之谗贼矣！它尚何说哉？②

又如明代张适《书〈反离骚〉后》诗云：

> 忠臣宗国岂同常，冠世文章日月光，可笑《法言》谀莽者，如何投阁比投湘？③

《法言》是扬雄撰写的一部理论著作，这里成了诗人嘲笑的对象。上面所引一文一诗的切入点与辩驳方式大致相同，均是针对扬雄本人的人格污点来反驳他对屈原的指责。另一种态度则是针对后人的批驳而曲以辩护，

---

① ［汉］班固：《汉书·扬雄传》上，中华书局，1962，第3515页。
② ［宋］章如愚：《山堂考索》，中华书局，1992，第1020页。
③ ［明］张适：《张适诗话》，载吴文治主编《明诗话全编》，江苏古籍出版社，1997，第219页。

从正面去理解和阐释扬雄的说法，明代著名学者胡应麟（1551—1602）之说就是此种态度的代表：

> 扬子云《反离骚》，盖深悼三闾之沦没，非爱原极切不至有斯文。
>
> ……
>
> 按雄传有《广骚》《畔牢愁》等篇，意率与《反离骚》亡异，以班氏刊落，今皆不传。当时子云第目《反离骚》为《广骚》，则后人决不攻之。
>
> ……
>
> 扬子云《反离骚》，似反原而实爱原，与女嬃之骂同。[①]

一篇之中，数致其意，在肯定《离骚》的前提下，反复为扬雄辩解。论述尽管显得情真意切，但还是表现出与扬雄截然不同的接受态度。

绝大多数学者之所以持有与司马迁相同的观点和态度，绝非因为司马迁的历史声望高于扬雄，而是基于他们自己对《离骚》一诗的思想价值和文学价值的真切感受和理性认识。西晋文学家陆云（262—303）的体会颇具代表性，他在《九愍·序》中阐释自己创作骚体赋的缘由时说道："昔屈原放逐而《离骚》之辞兴，自今及古文雅之士，莫不以其情而玩其辞而表意焉，遂厕作者之末而述《九愍》。"[②] 明确指出《离骚》能够打动和征服包括自己在内的众多模拟者的真正原因，在于其"情"其"辞"，换言之，《离骚》所抒发的情感以及相应的语言表现形式是包括他自己在内的后世文人学士欣赏和学习的两大基点。强烈而鲜明的道德情感与鲜活而高超的语言艺术作为经典本质规定性的体现，将《离骚》推上了为后人效仿的崇高地位。事实确为如此。屈原以后，历代文人墨客品读《离骚》、吊祭屈原，研治楚辞，激发其情感共鸣、引发出其创作冲动以及研究兴趣的，或是屈原的忠臣品格与逐臣哀思所蕴含的普遍现实意义，或是由其文本所显现的人格魅力与美文的光芒，即如宋代著名楚辞研究者洪兴祖（1090—1155）概括所言："凡百君子，莫不慕其清高，嘉其文采，哀其不遇，而愍其志焉。"[③] 而清人蒋骥所谓"世徒艳其文，高其节，悲其缱绻不已之忠"，表达的是同一意思[④]。唐宣宗大中四年（850）进士刘蜕（生卒年不详），学楚辞尤有深致，因屈原之贤怀王之事而"涕泗下"，著《吊屈辞》

① ［明］胡应麟：《诗薮》杂编卷一，上海古籍出版社，1979，第250页。
② ［晋］陆云撰，黄葵点校：《陆云集》卷七《骚》，中华书局，1988，第124页。
③ ［宋］洪兴祖：《楚辞补注·离骚经章句第一》，中华书局，1983，第3页。
④ ［清］蒋骥：《山带阁注楚辞·序》，上海古籍出版社，1984，第3页。

三章，以"吊公之志也"①。北宋元丰五年（1082）进士邹浩（1060—1111）"读《离骚》，见屈平以忠不容而卒葬于鱼龙之腹也，愤然伤之"，故作《愤古赋并序》，赋云"后世有志之士览斯文而想风采兮"②，所言与陆云之意相通，极具概括性。以文章著名于时的元代文学家、究心骚赋于汉唐之上的布衣诗人王旭创作有《读离骚》一诗，作为读后感虽纯属个人表达，但同样反映了后世文人共同的情感律动：

> 诗到东周雅颂亡，词兴南国自流芳。天门日暮灵修远，瑶草春深佩服香。
>
> 奸骨百年尘共朽，忠名千古日同光。呼儿掩卷还欹枕，风雨无边夜正长。③

屈原的忠贞完美的人格形态与独具创新性的艺术表现，是作家千载之下仰慕楚灵均的根本原因。当下中国，端午节已成为国假，纪念屈原则成为该节日的最重要的文化内涵。《离骚》仍然深受广大受众的喜爱，其中"路漫漫其修远兮，吾将上下而求索"两句，被引用的频率极高，成为国人坚定信念，执着追求精神的形象表达。

考察经典的本质规定性在历史淘选中的重要作用，《水浒传》的历史命运或许更能说明问题。《水浒传》自问世以来，一直深受广大读者的喜爱，在其传播过程中，欣赏和赞美无疑是历代受众的接受常态和主流。然而，不容否认的是，对于该小说的评价以及由此产生的接受态度，一直存在着严重分歧，否定之声不时响起。从明朝后期至整个清朝，它先后多次遭受被朝廷禁毁的厄运。在 20 世纪 70 年代中国大陆发生的"文化大革命"中，又一次面临政治批判的黑色际遇。21 世纪以来，在弘扬传统，重读经典的文化思潮中，以著名文艺理论家刘再复为代表的一批学者，对"双典"（即《三国演义》和《水浒传》）展开了具有学理性的文化批判，对于"双典"的价值给予了根本性否定。我们认为，无论欣赏赞美抑或禁毁批判，均是后代读者在"重读"经典时的正常反应，不同时代的不同读者，由于政治立场、道德观念、价值取向、文化水平以及审美情趣诸多方面存

---

① ［唐］刘蜕：《文泉子集》，中华书局，1985，第 2 页。
② ［宋］邹浩：《道乡集》卷一，载邹贤敏等主编《中华邹氏族谱》第一卷《邹姓艺文》，崇文书局，2006，第 373 页。
③ ［元］王旭：《兰轩集》卷七，载《文渊阁四库全书》，台湾商务印书馆（台北），1983，第 1202 册，第 880 页。

在差异甚至对立，因此，不可避免地会导致阅读效应的巨大分殊甚至迥然不同。问题在于，《水浒传》所遭遇的否定与批判，已经完全超出了文学批评的范围，几度面临的是文化剿灭或政治批判的历史命运，其经典地位可谓几度岌岌可危。不过直至今日，《水浒传》仍然位于文学经典的行列，并未成为淘汰的对象。个中缘由，值得我们深入思考和探究。

对于历代文学受众而言，他们对文学经典的肯定或否定，必然关联着经典的本质规定性。清代统治者出于维护自身统治的需要，以坊刻《水浒传》"以凶猛为好汉，以悖逆为奇能，跳梁漏网，惩创蔑如"①之类的理由，下令禁毁，《水浒》戏也数次被禁演。对于清朝统治者的阅读反应，我们不难理解，因为《水浒传》以高度欣赏的态度和高超的技巧讲述江湖好汉的英雄故事，绘声绘色地描述好汉们的各种造反行为，扬善惩恶，社会影响十分广泛而巨大，严重地违背了他们企图维护现实社会等级秩序的政治意愿，故导致小说文本的思想价值被彻底否定。政治权力的强势干预，的确给《水浒传》的传播造成了很大困难，在一定历史时期内严重地阻碍了小说社会影响的扩散。然而，禁毁政策的实施，始终无法从根本上消除广大民众对该小说的喜爱以及由喜爱而产生的阅读欲望和接受热情，至晚清同治年间，几经剿灭的《水浒传》，仍然出现了江西巡抚丁日昌在禁毁令中所谓的"几于家置一编，人怀一箧"②的传播现象，可谓屡禁不止。个中缘由，下列所引清人的言说可以告诉我们答案：

> 幼为富人灌园，一日窃《水浒传》读之。竟再读，觉百八人在胸、在喉、在齿牙。就寝，则又在梦寐，不禁为市人演说。
>
> ——李焕章《水浒人物》③

> 务使心曲隐微，随口唾出，说一人肖一人，勿使雷同，勿使浮泛，若《水浒传》之叙事，吴道子之寄生，斯称此道中之绝技。果若如此，即欲不传，岂可得乎？
>
> ——李渔《闲情偶寄》卷一④

---

① 清乾隆十九年四月二十七江西《按察司衙门定例》，载马蹄疾《水浒资料汇编》，中华书局，1977，第441页。
② [清] 丁日昌：《札饬禁毁淫词小说》，载马蹄疾《水浒资料汇编》，中华书局，1977，第398页。
③ 马蹄疾：《水浒资料汇编》，中华书局，1977，第379页。
④ [清] 李渔：《闲情偶寄》卷二《词曲部》下，作家出版社，1995，第18页。

《水浒传》本施耐庵所著，一百八人，人各一传，性情面貌，装束举止，俨有一人跳跃纸上。天下再难写者英雄，而各传则各色英雄也。

——刘廷玑《在园杂志》①

李焕章是明末清初的著名学者、散文家，李渔乃清初著名的文学家、戏曲理论家，刘廷玑则是著名的文艺批评家、诗人，在清初文坛享有一席之地。他们不约而同地避开了《水浒传》思想价值这一敏感话题，只是针对小说的语言艺术以及塑造人物的卓越成就发表言说，三人的认识高度一致。李渔所谓"绝技"，是对施耐庵的艺术创新高度的充分肯定，"即欲不传，岂可得乎"，这一结论的得出，揭示了《水浒传》屡禁不止的真正原因。在这里，我们看到了经典本质规定性中"艺"的决定性作用。

"文化大革命"结束后，《水浒传》彻底摘下了"投降派"的帽子，重新回归文学经典的行列。过去几十年时间中，《水浒传》（"智取生辰纲"一节）不仅入选中学语文教材（人教版九年级上册），而且前后两次被改编成电视连续剧。入选中学教材，是古典小说经典身份在当下被重新确认的标志之一；改编，则是新时代背景下文学受众"重读"经典的一种全新的方式。针对小说讲述的故事以及传达出的价值信息，在改革开放背景下成长起来的新一代的读者和观众，再次发出了质疑之声。自20世纪90年代后期起，就不断有中学师生（尽管是少数）围绕梁山伯好汉智取生辰纲的行为是否合法的问题进行了学术性探讨。他们将传统文学名著纳入现代法制建设的视域中进行重新认识和现代解读，或认定那是发生在七百年前的一场抢劫诈骗案②，进而否定其精神价值。2014年，政协委员李海滨在全国两代会上公开提出为了维护社会稳定，应当禁播电视连续剧《水浒传》的建议，理由是因为该剧和宣传暴力有关③。如果就电视剧而言，观众的质疑和批评显然与改编者对原著文化内涵认识上的偏差以及艺术处理上的某些不当有着直接关系，例如，如新版电视剧对武打场面及其血腥效果的过分渲染，破坏了视觉美感。但是，刘再复等专家学者对《水浒传》的彻底否定，就明显涉及小说文本自身的内涵问题了。李委员所谓《水浒》是旧时代的名著，与我们时代不适应"，在当下也并非个别人的观点，而是

---

① 马蹄疾：《水浒资料汇编》，中华书局，1977，第382页。
② 蒲体超：《七百年前的一场抢劫诈骗案——〈智取生辰纲〉教学一法》，见 http://yuwen.chazidian.com
③ 赵勇：《禁播〈水浒传〉是不"善言"的建言》，《中国新闻出版报》2014年3月13日，第3版。

具有一定的代表性。再次出现否定《水浒传》的现象，促使我们必须进一步思考，并且明确回答这样的问题：《水浒传》在当下是否仍然具有经典价值？

如前所言，文学经典的本质规定性赋予了经典价值的时代超越性和永恒性，以此审视《水浒传》，姑且不论小说的叙事成就与语言艺术一如既往地被当代文学创作者视为学习、模拟的经典样本，仅就其文化内涵的丰富性和深刻性而言，它对当下人们的精神活动仍然具有积极的启发意义，经典价值不容抹杀。

在质疑《水浒传》经典性质的声音中，"违法""暴力"成为热搜的关键词。毋庸讳言，此类指责，已经构成了对《水浒传》经典本质规定性的解构，如果不能对此做出正面的回应与合理的阐释，那么该小说的经典地位便岌岌可危。基于这种情况，在现代接受视域中"重读"传统经典，在文化观念的冲突中重新认识和界定《水浒传》的本质规定性，便成为必然。

首先，我们需要审视和剖析小说的"违法"问题。毋庸置疑，《水浒传》的确描写了大量的"武力抗法"事件，且"造反"字眼在文本中多处可见（共十四回十八次提及），这表明至少在叙事的层面上，小说表现出一种与当代法制精神背道而驰的价值取向。尽管"智取生辰纲"作为《水浒传》脍炙人口的经典事件之一，从古至今一直为广大读者所津津乐道，然而，如果根据我国现行法律条文进行判断，晁盖、刘唐等人的行为显然具有严重的违法性质，《中华人民共和国刑法》第二百六十三条明确规定："以暴力、胁迫或者其他方法抢劫公私财物的，处三年以上十年以下有期徒刑，并处罚金。"① 当然，如果我们进一步"还原"小说所描绘的历史场景，将事件放置于宋朝或者明朝特定的社会环境之中，同样可以发现即使在过去"那个"时代仍然具有非法的性质。《水浒传》第二十回《梁山泊义士尊晁盖　郓城县月夜走刘唐》，有一段宋江得知晁盖等人被通缉消息之后心理活动的描写，可以帮助我们认识这一点：

　　且说宋江见了公文，心内寻思道："晁盖等众人，不想做下这般大事，犯了大罪，劫了生辰纲，杀了做公的，伤了何观察，又损害了许多官军人马，又把黄安活捉上山。如此之罪，是灭九族的勾当。虽是被人逼迫，事

---

① 《中华人民共和国刑法》，中国民主法制出版社，1997，第 63 页。

非得已，于法度上却饶不得。倘有疏失，如之奈何？"①

"于法度上却饶不得"八字，既揭示小说人物宋江当时的心理活动，也表达了小说家本人对晁盖等人一系列活动的基本价值评判。如果要进一步追问，这一具有否定性的认知与评判是否具有法律（即"法度"）依据？是否符合历史的真实？我们不妨从中国古代的法律条文中去寻找答案，去还原历史的场景。中国古代的法律肇始于公元前21世纪，以"禹传子启"为标志，经过漫长的历史发展，至隋唐，封建法律进入成熟定型时期，"由宋至清，法律的制定基本上是对唐朝法律的沿袭，同时也有一些新的变化"②。由于《水浒传》的作者将故事发生的时代背景设置为宋朝，而该小说成书问世的年代又有明代初期或中期之说，因此，我们特选取先后刊行于宋明两代且极具历史影响的两部封建法典《宋刑统》③和《大明律》④中的相关条文，对照小说的情节进行比较和判断：

小说情节：梁山泊各路好汉占山为王，聚众造反。
法律条文：背诞之人，亡命山泽，不从追唤者，以谋叛论。首得绞刑，从者流三千里。（《宋刑统》卷十九）

小说情节：梁山泊众好汉劫法场救宋江（《水浒传》第四十回《梁山泊好汉劫法场　白龙庙英雄小聚义》）
法律条文：诸劫囚者流三千里，伤人及劫死囚者绞，杀人者皆斩。（《宋刑统》卷十七）
凡劫囚者皆斩。（《大明律》卷十八《刑律》一）

小说情节：李逵鼓动晁盖宋江造反，高呼"杀去东京，夺了鸟位！"（《水浒传》第四十一回《宋江智取无为军　张顺活捉黄文炳》）
法律条文：
十恶：一曰谋反（谓谋危社稷）。（《宋刑统》卷一）
凡谋反（谓谋危社稷）及大逆（谓谋毁宗庙山陵及宫阙），但共谋者，

① ［明］施耐庵：《水浒全传》，上海人民出版社，1975，第236页。下文引此书，不再注明页码。
② 萧伯符：《中国法制史》，人民法院出版社，2003，第4页。
③ ［宋］窦仪：《宋刑统》，见［清］薛允升等编《唐明律合编·宋刑统·庆元条法事类》，中国书店，1990。
④ 怀效峰点校：《大明律点校本》，辽沈书社，1990。

不分首从，皆凌迟处死。(《大明律》卷十八)

小说中还有一些重要事件，例如青面兽杨志卖刀怒杀泼皮牛二，武松服刑孟州期间，替施恩打抱不平，醉打恶霸蒋门神，依照《宋刑统》和《大明律》相关条例，同样属于违法之举，前者当判处死刑，后者则要加役流放。此类情节在小说中还可举出若干。

在强调依法治国的当下，如何在经典的"重读"中全面理解与准确评判小说家对上述情节的描述及其所表现的价值取向，并由此发掘出作为传统经典的《水浒传》所具有的当代价值，自然成为古代文学研究者刻不容缓的工作。

就其本质而言，法是统治阶级意志的体现，作为一种特殊的社会规范，其特殊性在于它由国家制定或者认可，拥有国家政权的强制力保证，故能够具有普遍的约束力。从法理的角度上看，法律对于统治阶级，主要体现于"运用法制手段推行本阶级的意志，保证其在经济、政治、文化和思想上的统治地位"[①]；对于社会，则具有确认、协调、引导、制约和救济等多种功能；对于个人的作用，则集中体现在引导、预测、评价、强制、教育等五个方面。此外，法律还具有管理社会公共事务的作用。然而，通读《水浒传》全书，读者除了偶尔感觉到法律对于违法者个人的惩罚作用之外，几乎看不到法律所应当发挥的其他社会效应。具体而言，一方面，行走在社会下层的众多江湖好汉普遍缺乏"法度"意识，各种各样的"仗义"行为似乎丝毫不受法律的约束，除了晁盖等人智取生辰纲之外，张青、孙二娘在孟州道上开店卖人肉包子更属于典型的违法事例。另一方面，那些高居庙堂之上的统治者则公然打着"法度"的旗号，干着排除异己、谋取私利的不法勾当。小说第七回写林冲中计误入白虎堂，设计陷害他的高俅却以"法度"的名义宣判他的罪名："你既是禁军教头，法度也还不知道。因何手执利刃，故入节堂，欲杀本官？"林冲因此而被迫走上了对抗朝廷的"犯罪"之路。国家监狱本是依照刑法对罪犯实行惩罚和改造的处所，然而出现在《水浒传》中的监狱却是一个执法者滥用权力、为非作歹的罪恶场所，孟州牢狱里众囚犯对新到犯人武松的一番告诫之言，清楚地揭示了这一点（见小说第二十八回）。整部小说呈现给读者的是一个法律基本失效的混乱社会。

从文化学的角度审视，文学创作属于一种特殊的文化创造活动，其特

---

① 王晓玲：《法理学》，中国法制出版社，1996，第47页。

殊性在于它是以人的生存状态及其思想情感作为自己的生产对象，并且以独特的审美性质而保持着在意识形态生产方面的独立自主性，其创造性则主要通过建构和解构这两种精神生产的方式而实现。所谓"建构"，是指文学通过建立主体与对象之间的活动和对话，去发掘和表现隐含于客观表象世界中的真理与价值，为读者提供诗意栖息的理想境界。而解构，则具体是指文学作为意识形态的生产，"具有质疑、揭穿和否定虚假意识形态，维护人类精神纯洁性的文化批判功能"①，《水浒传》对于整个社会法律失序问题的艺术描写，恰恰具有这样的解构作用和批判价值。从小说的叙事效果来看，一个又一个以讲述个体人生的非正常遭际为主要内容的传奇故事，根据作者的叙事逻辑，按照一定的顺序被串联起来以后，便形象地拼接出一幅充满罪恶与暴力的社会图像，其中暴露的正是一个社会法律基本失效后的严重恶果，而揭示这种恶果产生的原因，正是《水浒传》的解构、批判价值之所在。这里，我们必须深刻体察小说家的主观创作意图，他通过小说整体结构的确立以及具体情节的巧妙安排，明确昭示出导致社会法律失效的最根本原因，批判的锋芒直指上层统治者。对此，明末清初著名文学批评家金圣叹（1608—1661）有如下精当之论：

> 一部大书七十回，将写一百八人也。乃开书未写一百八人，而先写高俅者，盖不写高俅，便写一百八人，则是乱自下生也；不写一百八人，先写高俅，则是乱自上作也。乱自下生，不可训也，作者之所必避也；乱自上作，不可长也，作者之所深惧也。一部大书七十回，而开书先写高俅，有以也。②

所谓"乱自上作"，一针见血地指出了整个社会动乱不已、法律基本失效的真正根源就在于上层统治者本身的行为。早在西汉，就有学者明确指出"法者天下之度量，而人主之准绳也""法定之后，中程者赏，缺绳者诛；尊贵者不轻其罚，而卑贱者不重其刑"③，强调法律应当是社会全体成员共同遵守的准则，不分地位的尊卑贵贱，一视同仁。然而，现实并非如此。在封建法律体系已经定型，法典条例日趋森严、明确的封建王朝（无论宋朝抑或明朝），以高俅为代表的上层统治阶层凭借手中掌握的公共

---

① 畅广元主编：《文学文化学》，辽宁人民出版社，2000，第101页。
② 金圣叹：《第五才子书水浒》卷六第一回"评语"，见马蹄疾《水浒资料汇编》，中华书局，1977，第129页。
③ ［战国］吕不韦著，杨坚点校：《吕氏春秋·淮南子》，岳麓书社，2006，第289页。

权力，为个人一己私利而肆意践踏国家法律的尊严，为所欲为。在他们心目中，法律条文或者根本形同虚设，毫无约束和威慑作用，在高俅逼走王进的整个过程中，丝毫不见法律作用所在；或者只是他们用以满足私欲、排除异己的工具，白虎堂陷害林冲一事便是最为典型的例证。此外，小说第三十四回中花荣对自己反叛朝廷行为的解释也可作为佐证："量花荣如何肯反背朝廷？实被刘高这厮，无中生有，官报私仇，逼迫得花荣有家难奔，有国难投。权且躲避在此。"所谓"官报私仇"即是公权私用的另一种诠释。无论古今，上行下效均是一种普遍存在的社会现象，上层统治阶级对法律的态度必然影响到社会的其他阶级和阶层对于法律的认识与执行。既然法律的制定者和执行者，公然无视法律的权威性，甚至公开阻挠与破坏它的实施，那么，社会其他成员出现违法犯法的行为也就在所难免，这种社会效应即如《管子》所言："为人上者，释法而行私，则为人臣者，援私以为公。"① 施耐庵通过精湛的艺术描写，形象地揭示了社会法律失效的根本原因，批判锋芒指向了最高统治者以及不合理的社会制度，充分显示出文化的解构功能，《水浒传》也因此获得了经典价值。

其次，我们需要进一步探讨梁山泊好汉的"暴力"行为，因为这一问题同样涉及对《水浒传》经典价值的确认。笔者认为，仅仅用上行下效来解释宋江等人的种种"违法"行为，显然不够全面，甚至失之于肤浅，应当将他们的行为放在更为广阔的社会文化背景下进行考察。当一个社会的法律全面失效，对下层民众的基本生存状态产生了直接而巨大的负面影响时，梁山泊好汉以武力打天下的行为就具有了必要性与合理性。

"定分止争"，是中国古代学者关于法的作用及其必要性的一种常见性概括，《商君书》《慎子》《管子》《淮南子》等文献均有此类表述，如《管子·七臣七主》云："法者，所以兴功惧暴也；律者，所以定分止争也。"② 此处所谓"分"，按照学术界多数学者的观点，应训为"份"，即整体中一部分的意思，具体是指在社会权力和利益的分配过程中每个社会成员所分得的那一份，"定分"就是确认个体或者阶层、阶级应当分配的权利和权力、义务和责任，其目的则在于"止争"。分定之后，每个社会主体便可以各享其权，各守其分，各司其职，不再相互争夺相互侵害。由此可见，法律的具体作用是保护和救济受到不法侵害的公共权利与个人利益，遏制少数人手中的权力，防止其专横滥用，从而达到维护社会秩序，消弭社会争端的目的。然而，在封建专制制度统治下的古代中国，"定分止争"只

① 梁运华点校：《管子》，辽宁教育出版社，1997，第96页。
② 梁运华点校：《管子》，辽宁教育出版社，1997，第149页。

是学者们的一种理想化设计，因为至高无上的皇权、一言九鼎的皇帝完全不受包括法律在内的任何社会规范的约束，可以肆意侵犯和夺取国家公共财产以及广大民众的私利。当代读者通过《水浒传》的描写，能够清楚地看到在那个特定的历史场景中，法律既无法制约各级政府官员所掌握的权力，更不可能违背最高统治者的意志，在权力得不到有效遏制，执政者的个人私欲又趋于无限膨胀的状态下，法律的天平必然会向权力和金钱倾斜，于是，"定分"最终只能流于空言，而"止争"的目的根本无法实现。在弱肉强食的丛林法则面前，弱小者为维护自己可怜的权益，或者为了确保生存的基本权力，必然会做出近乎本能的反应，历史与现实的双重经验告诉他们，运用武力自救，以恶抗恶，不失为一种行之有效的手段和方法。对此，小说家同样给予了生动形象的诠释。

通过法律的失效反衬武力的有效，是施耐庵的叙事策略之一。小说第二十六回在写"武松斗杀西门庆"之前，特意设计了武松前往县衙投诉遭拒这一情节。当时，武松带着证人和证物（武大的遗骨）来到县衙，希望通过法律的途径惩治凶手，不料遭遇官商勾结，无果而返。对官衙和法律的彻底失望，成为武松斗杀西门庆的逻辑前提。"公了"不成，才使武松动了"私了"的念头，他最终凭借自己高强的武力还原了事实真相，为兄申冤报仇的行为因此变得无可争议或情有可原。如果将整个事件前因后果联系起来考察，不难得出如下结论：在权力大于法律、金钱颠覆真相的恶劣社会环境中，武力不失为那些无权可用、无钱可撒的广大下层民众维护自身应有权益（即"分"）的有效手段。类似武松斗杀西门庆的情节，《水浒传》里还可看到不少。例如，恶霸郑屠在民女金翠莲母丧期间，以娶妾为名将其强行占有，并始乱终弃，其行为明显触犯了法律，《宋刑统》卷十三明文规定："诸居父母及夫丧而嫁娶者徒三年，妾减三等，各离之。"在法律对地方恶霸网开一面的情况下，如果不是鲁智深出手相助，金翠莲父女连立锥之地都难以获得。施耐庵站在民间文化的立场上，设计出"拳打镇关西"的精彩情节，表达了底层民众最基本的生存诉求，其合理性不言而喻。又如，蒋门神倚势强夺快活林的行为，对照法律条文，同样应当受到重处，按《宋刑统》卷十九规定："诸本以他故殴击人因而夺其财物者，计赃以强盗论，至死者加役，流。"然现实并非如此。处于相对弱势的施恩于无奈之中，只得请出武艺更为高强的武松，运用以暴制暴的方式夺回了原本属于自己的酒店。再如，土财主毛太公父子为赖去猎户解氏兄弟捕获的大虫，无耻地诬告两人，乘势抢掳家财，他们动用关系，贿赂府牢官吏，欲将兄弟俩置于死地而后快。本来，对毛氏的所作所为，法律也有相关的惩治条文："诸诬告人者各反坐"（见《宋刑统》卷二十三），"凡诬告人笞罪者，加所诬罪二等，流、徒、杖罪，加所诬罪三等，各罪止杖一百，流三千里"（《大明律》卷二十二《刑律》五）。令人失望的是，整个事件从发生到结束，丝毫不见法律惩戒、救助功能的发挥，如果不是孙立孙新等人凭借武装力量冒死罪大劫牢，二解的性命定将不保。

尽管金翠莲、林冲、武大、施恩、解珍、解宝等人分属社会的不同阶层，无论社会地位抑或人生境遇，均显示出明显甚至巨大的差异，然"安分守己"却是他们基本生活态度的共同之处。不幸的是，他们安分并未止争，守己却未能阻止他人对自己的侵犯和抢夺。当他们置身于由强权和金钱共同编织起来的社会关系网之中时，无不感受到弱小者或者相对弱势者的无助与悲哀。除了使用武力或借用他人武力，当时的社会没有给他们提供任何解决矛盾冲突、维护自身权益的有效途径和方法。毋庸置疑，如果将"拳打镇关西""血溅鸳鸯楼"等脍炙人口、为历代读者津津乐道的情节，转换为银屏画面，一旦处理不当，对暴力和死亡的场面渲染过度，强烈的视觉冲击力难免使观众产生血腥、恐惧之感，新版电视连续剧《水浒传》遭到当代观众质疑和否定的原因之一就在于此。不过，改编者的失误不能成为否定经典原著的理由，事实上，数百年来广大读者在阅读小说文本的上述情节时，收获更多的应是一种正义得到伸张、邪恶遭到惩罚后的道德满足和心理快感。个中缘由，除了小说家成功采用化丑为美、以简驭繁的艺术手法之外，更为重要的是，在施耐庵设置的一个个特定场景中，郑屠、西门庆、张团练等人的恶行被渲染得淋漓尽致，令人啮齿扼腕，有效地激发起读者的惩治冲动。此时，作为其对立面出场的鲁智深、武松自然成为善的化身，他们的大打出手代表的是公道，是人心，西门、郑、张等人被杀的结局，因为寄寓了广大民众除暴安良、扬善惩恶的社会理想，自然令人拍手称快。

在加强法制建设的今天，重读《水浒传》，确认其经典价值，可以使我们获得这样的启迪：依法治国是国家长治久安、人民幸福安康的重要保障。执政者如果没有自觉尊重法律、严格依法办事的思想意识，不能有效维护法律的权威，所谓"定分止争"，社会的和谐有序，只能流于空谈，社会的安定团结，难以从根本上实现。

此外，重新评判《水浒传》的经典性，还让我们认识到，执政者必须高度重视自身管理范围内出现的个别暴力行为，个体"暴力抗法"行为的背后可能或者的确隐藏着"合法"途径不畅的事实，昭示了社会隐患的存在。暴力革命与立法改良，是影响或改变社会发展历史进程的两种截然不同的方式和路径，对于暴力革命的必要性以及与立法改良之间的差异，德国著名社会民主主义理论家及政治家伯恩斯坦阐释了自己的观点，他认为在一定条件下，"合法性斗争的道路比较缓慢，而暴力革命的道理比较迅速"，"当少数特权者成为社会进步的障碍时，需要用暴力革命推翻少数特权者的统治。这时暴力革命所需要的时间显然少，革命过程短促有力，而通过立法争取社会改良……做起来比较缓慢"。[1] 的确，当合法性斗争严重受阻甚至难以进行时，暴力革命的产生就显示出其自身的合理性与进步性，当然，它对社会生产力的破坏以及对社会正常秩序的干扰也是不容忽视的。因此，各级政府应当在加强对广大民众进行法制教育的同时，保证执法的公正性，提高执法的透明度，真正避免和彻底消除暴力行为的出现。社会个体成员的暴力抗法并非小事，如果问题得不到有效解决，处置不当，就可能酿成大祸。以宋江为首的梁山泊好汉以武力对抗朝廷，经历了从各自为战到聚众造反的过程，星星之火终成燎原之势，所谓"杀去东京，夺了鸟位"，其实质便是通过暴力革命夺取国家政权。《水浒传》给后人的警示，值得重视。

传统经典产生于过去，却"存活"在当下。经典是自身本质规定性与历史建构性交互作用的产物，文本的经典价值只有在后人的不断"重读"中才能得以确认，进而不断延续乃至获得增值。《水浒传》作为一部文学巨著，因其所具有的立体的、多维的、多向的文化内涵，而获得丰富的艺术生命。不同时代的不同读者根据自己的人生体验与生命需求，从不同的角度切入进行解读，去填补文本留下的诸多"空白"，根本目的就在于从传统经典中获取有益于当下的文化资源（包括思想的、文学的）。去粗取精，去伪存真，推陈出新，古为今用，永远是我们阅读传统经典应当遵循的原则，唯其如此，我们才可能避免犯以偏概全的错误，防止误读的发生。在这方面，南开大学陈洪教授做了有益的探索，他采用文化基因图谱的角度重新解读《水浒传》，认为多源基因的进入使得梁山伯好汉形象趋于复杂丰厚，使小说成为"正义和野蛮的交响乐"。领袖人物宋江的文化血脉就分别来自传统的江湖血脉和庙堂血脉，而这两种血脉都有早期经典里的基因，它们不自觉、不期然进入艺术的血脉。基于上述认识，陈洪旗帜鲜明地反对《水浒传》"精神地狱"说，反对以偏概全，不赞成完全按照今天的道德标准去衡量传统经典[2]。他的解读视角和方法给当代人该如何正确

① 郑易平：《大家精要·伯恩斯坦》，云南教育出版社，2011，第111页。
② 舒晋瑜：《以文化基因图谱的角度来解读文学经典》，《中华读书报》2018年4月18日，第1版。

地"重读"经典以深刻的启示。

第二，历史文化名人的作品之所以能够成为经典，最根本的决定因素在于其作品自身的不朽价值，而非其引人注目的大家、名人乃至圣人的身份与标签，相反，外在光环的铸就最终得益于其作品思想、情感内涵与文学审美的多重价值。《论语》一书文学经典地位的获取，有助于我们更加深刻地认识这一点。

毋庸置疑，《论语》矗立在中国文化思想经典的高峰，以"无与伦比"来评价孔子在中国古代思想发展史上的贡献，并不过分。孔子将传统仪礼的各种规则与维护现实秩序紧密联系在一起，他对"礼"充满道德意味的阐释与践行，具有开启新时代的思想意义。正是经过他的不懈努力，中国古代思想史"完成了它的'蜕皮'过程，从新思想中萌生出来的，是一个依赖于情感和人性的自觉凸显来实现人间秩序的学说"[①]，而具体体现孔子思想的《论语》自然能够占据古代思想界的统治高地。孔子对君臣名分的强调以及对社会现实秩序的维护，成为后世封建统治者将他推上神坛的重要原因，自两汉至明清，《论语》一直以国家经典的身份雄踞经典榜之首，所谓"半部《论语》治天下"之说，凸现的正是该书所具备的强大政治功能。与此同时，《论语》提倡修身养性、完善自我，其道德功能又备受文人士大夫群体的重视，并在其人格建构中发挥得淋漓尽致。《论语》作为思想经典的价值，至今受到国人的承认和重视，成为当下中国精神文明建设十分重要的思想资源之一。

接下来我们要进一步深入探讨的问题是，作为思想经典的《论语》何以能够进入文学经典的行列。20世纪以来，众多《中国文学史》开始将《论语》作为中国古代散文发展的阶段性代表成果加以介绍和推崇，"语录体"身份的获得，标志该书进入了文学经典的行列，被写入文学史则是其文学经典身份被确认的具体表现。《论语》的文学价值究竟是其思想价值的衍生物，还是其自身固有的？答案无疑是后者。

文学是语言的艺术，文学经典区别于一般学术经典的一个重要特征，在于前者通过语言的精心组织和巧妙运用，使文本渗透进美感的因素。换言之，语言是文学家表现美、创造美的重要媒介，而后者则往往缺乏于此。在西方学者的研究视域中，文本具有的审美力量被认为是由"娴熟的形象语言、原创性、认知能力、知识以及丰富的词汇"混合而成[②]，语言艺术的

---

① 葛兆光：《中国思想史》（第一卷），复旦大学出版社，1998，第181页。
② ［美］哈罗德·布鲁姆：《西方正典：伟大作家和不朽作品》，江宁康译，译林出版社，2011，第23页。

运用成为审美力量形成的重要因素。在中国，历代文学家均高度重视语言的审美功能，由语言所建构的意境、刻画的形象、呈现的风格，是广大读者品味文本蕴含的审美情趣、把握其文学价值的重要切入点。尽管在中国古代，《论语》一直是以思想经典的身份发挥其社会作用的，然而，它所取得的语言艺术成就并没有被完全忽略。早在宋代，著名学者陈善就发现了《论语》对于修辞格的成功运用，明确指出"《论语》有譬喻之言"①。譬喻即比喻，是中华民族最古老也是最常用的语言策略之一，言说者通过譬喻可以赋予语言以形象性、情感性和动态性等审美特征，故成为中国古代作家使用频率极高的修辞格。孔子深谙比喻之道，他在与人交谈时常常以物喻人，借物象说明事理，将抽象的道理具体化，将深刻的思想形象化。例如，"为政以德，譬如北辰居其所而众星共之"（《为政篇》），以当时人们已经熟知的天文现象来说明"为政以德"者的社会政治影响。又如，"君子之德风，小人之德草。草上之风，必偃"（《颜渊篇》），以风与草之关系，说明君子德行风尚对于社会道德的引导作用。《论语》中诸如登堂入室、待价而沽、朽木不可雕、富贵如浮云等譬喻成功的运用，有效地增加了孔子言说的生动性和形象性，自然也就赋予《论语》以一定的形式美感。初唐诗人王绩诗云："朽木不可雕，短翮将焉摅"（《薛记室收过庄见寻率题古意以赠》）。韦嗣立诗云："朽木诚为谕，扪心徒自怜"（《冬日述怀奉呈韦祭酒张左丞兰台名贤》）。中唐诗人元稹诗云："勤勤雕朽木，细细导蒙泉"（《献荥阳公诗五十韵》）。或以"朽木"自喻，或以"雕朽木"赞他人的提携之恩，此类用典，无疑是对孔子语言艺术最直接的肯定。

"语录体"身份的获得，是《论语》能够进入文学经典行列的关键因素。《论语》乃孔子弟子甚至再传弟子论纂而成，所载主要是"孔子应答弟子时人及弟子相与言、而接闻于夫子之语也"，即如班固所言："当时弟子各有所记，孔子既卒，门人相与辑而论纂，故谓之《论语》。"②孔子言行被记录下来，便成为文章，将多条语录编辑成册，便成为"语录体"论著。弟子"记"和"录"时的心理状态，必将影响论著的整体风貌和叙事特征。从逻辑上讲，弟子记夫子之言不外乎两种形式，一是当场笔录，类似今日学生的课堂笔记，二是事后根据个人回忆加以整理记录。从《论语》现存文本的存在状态及其内容判断，书中大多数精练短小的语录具有明显的事后回忆痕迹，至于"子入太庙，每事问"（《八佾》）、"子见南子，子路不悦"（《雍也》）、"孔子于乡党，恂恂如也，似不能言"（《乡党》）、"陈

① ［宋］陈善：《扪虱新话·下集》卷二，中华书局，1985，第63页。
② ［汉］班固：《汉书》卷三十三《艺文志》，中华书局，1962，第1717页。

成子弑简公，孔子沐浴而朝"（《宪问》）等一系列带有明显总结性痕迹的叙事性文字，更不可能是现场记录的产物。回忆是恢复过去经验的心理过程，属于记忆的一个环节。现代认知心理学认为，记忆的本质是一种信息的储存和提取的活动，而这种活动具有一定的选择性，具体而言，"选择性记忆指的是个体在记忆信息的倾向上受着情绪、需求以及态度等因素的影响"①。需求是影响人记忆活动的重要因素之一，孔子逝世，孔门弟子痛失人生最重要的精神导师，心灵世界的巨大缺失无法弥补，他们不仅以事父的礼仪为孔子守丧三年，失声痛哭而别（其中子贡又独自再守丧三年），甚至出现了"子夏、子张、子游以有若似圣人，欲以所事孔子事之"②的现象。对圣人高山仰止的崇敬之情以及坚定不移的追随态度，使他们不遗余力地去回顾老师生前的教诲，记忆的选择性于是造就了《论语》精辟隽永、言简意赅的语言风格。就普遍规律而言，留在人们记忆中的信息量一般会少于其所接收和理解的信息量，人们倾向于记住信息内容中对自己十分重要或者为自己认可的那些部分。孔门弟子选择性记忆的结果，便是那些令他们受益匪浅、刻骨铭心的教诲，以及那些触动其心灵的场景得以保留下来，《论语》一书中那些极具个性化色彩的精辟之论，以及极具代表性的事件片段便由此而来。又因为人的记忆本身具有避繁就简的倾向，内容短小的信息更容易被记住，故《论语》所记夫子之言大多不长，只言片语随处可见。正是上述两点，造就了《论语》"其辞简而尽其旨深"③、"言语简易而义理涵蓄无穷"④的整体风格和语言特点，后世文学史家在阐释《论语》的文学性表现时，紧紧抓住这一特征，给予了更加具体的阐释，指出《论语》"语言简练，用意深远，有一种雍容和顺、迂徐含蓄的风格"⑤，使用的阐释话语完全脱离了传统的经学体系，而归属于文学评论的范畴。此外，于朝夕相处间建立起来的深厚师生之情，赋予孔门弟子的诸多回忆一种接近"原生态"的品质，孔子的音容笑貌、神情举止通过一系列具有鲜活生命力的记载得到最真实而又生动的呈现：

或问禘之说。子曰："不知也。知其说者之于天下也，其如示诸斯

---

① 马广海：《应用社会心理学》，山东人民出版社，1992，第270页。

② [宋] 朱熹：《四书章句集注·孟子集注·滕文公章句上》，中华书局，1983，第260页。

③ [宋] 王之望：《汉滨集》卷三《论语发题》，载《文渊阁四库全书》，台湾商务印书馆（台北），1983，第1139册，第700页。

④ [宋] 黄震：《黄氏日钞》卷二《读孝经》，载《文渊阁四库全书》，台湾商务印书馆（台北），1983，子部一三，第704册，第4页。

⑤ 游国恩等主编：《中国文学史》（一），人民文学出版社，1963，第72页。

乎!"指其掌。(《八佾》)

子于是日哭,则不歌。(《述而》)

君召使摈,色勃如也,足躩如也。揖所与立,左右手,衣前后,襜如也。趋进,翼如也。宾退,必复命曰:"宾不顾矣。"(《乡党》)

子路率尔而对曰:"千乘之国,摄乎大国之间,加之以师旅,因之以饥馑;由也为之,比及三年,可使有勇,且知方也。"夫子哂之。(《先进》)

诸如"指其掌""左右手""哂之"一类记载,在文学话语系统内,属于细节描写。细节描写在文学创作中的作用在于,可以使事件显得更加真实可信,使人物形象显得有血有肉,更加丰满生动。据此,后世文学史家又总结出《论语》文学性的另一表现,即"在对孔子言行举止、生活习惯的记载中,表现了一个亲切感人的文化巨人形象"①。

创新,是文学经典的本质特征之一,《论语》能够成为文学经典,最为关键的因素是它在文体上的创新。用"语录"来命名一种文学体裁,强调的是该文体在语言上的使用特点,作为"语录体"著作的首次出现,《论语》成为古代散文发展历史上的初始环节,以记言为主,且以人物语言短小、精炼、隽永为特征而区别于其他文章体裁,从而获得文章学的意义。现代研究者普遍认为,《论语》的编纂著笔"当开始于春秋末期,而编辑成书则在战国初期"②,也有学者指出"个别部分可能延长至战国末期"③,此前,从未出现过以选择性记录一位思想家生前言谈为主要内容的"语录体"著作。而孔子之后,学术界便出现了众多模仿其文体的著作,《论语》成为文章写作和编纂的标杆之一,仅宋代著名目录学家、藏书家晁公武(1105—1180)《郡斋读书志》卷五下"语录类"著录就多达22种,例如《河南程氏遗书》《横渠先生语录》《元城先生语录》《龟山先生语录》《上蔡先生语录》《延平先生问答》《晦庵先生语录》《晦庵先生语续录》《朱子语略》《近思录》《续近思录》,等等,其中包括了程、朱等著名思想家的语录体论著,且不乏门人弟子记录的成果,具备了《论语》成书的诸多要素。

---

① 袁行霈等主编:《中国文学史》第一卷,高等教育出版社,1999,第109页。
② 杨伯峻译注:《论语译注》,中华书局,1980,第30页。
③ 谭承耕:《〈论语〉〈孟子〉研究》,湖南教育出版社,1990,第2页。

以《朱子语类》成书为例。宋代大儒朱熹授徒，遵循孔子"诲人不倦""教学相长"的原则，鼓励弟子提问，遂与门人形成问答之势。朱门弟子"退而私窃记之"，记录下老师谈经、论道、明理之言，辑为语类，"先生没，其书始出"[①]，其成书过程反映出《论语》的影响。不止思想界，文学批评领域也出现了语录体著作，如《唐子西文录》。是书所记乃宋朝著名文学家唐庚（1070—1120）生前评论诗文的语录，编纂者强行父于宣和元年（1119）中曾与唐庚同寓京师，"日从之游"，因感唐庚之言"实闻所未闻"，故"退而记其论文之语"。唐庚去世后，强行父旧时所记遭兵火尽毁，遂凭借记忆"得三十五条"[②]，《论语》权威性的辐射再次得以体现。然而，在这些语录体著作中始终未见文学经典的出现。究其原因，主要有二：其一，后人所著诸作，无论体裁抑或手法，均缺乏创新性。在古代散文创作已取得辉煌成就且大家辈出的宋代，此类形式比较单一且专事模拟的语录体文章，自然难以在文章学领域以及散文发展史上获得认同与欣赏。其二，《论语》所具有的文学性几乎被过滤殆尽。《论语》"虽出门人手笔，而描写当日泥山杏坛情况，余音尤在"[③]，后人诸作，明显未能达到这样的文学境界。在他们的笔下，可见理论思辨，却难见感性生命，弟子们只著先生语录，却未留论者神采。故包括程朱语录在内的诸多论著，可以成为思想经典，却无法进入文学经典的行列。

杜甫（712—770）是中国古代诗坛上享有盛誉的伟大诗人，其诗歌的经典化历程，同样有助于我们认识这一问题。

杜甫堪称中国诗坛一流大家，享有"诗圣"之誉，其诗歌经典化完成于宋代[④]，此后，中国历代受众基本上将杜诗作为一个整体纳入文学经典文库。然实际情况是，现存1458首[⑤]杜诗并非首首精品，杜甫早期创作的诸如《陪诸贵公子丈八沟携妓纳凉，晚际遇雨二首》《赠献纳使起居田舍人澄》《崔驸马山亭宴集》一类的诗篇，明显未能达到经典化的高度。只有那些视野广阔、意蕴深厚、情感真挚，能够通过生动的形象、丰富的细节去反映社会现状、民生疾苦以及个人的喜怒哀乐，且运用圆熟的艺术手法创造深邃而鲜明意境的诗篇，才因具有经典品质，深受后世广大受众的推

---

① ［宋］黄榦谨：《池州刊〈朱子语录〉后序》，见［宋］黎靖德编《朱子语类》第1册，中华书局，1986，第2页。
② ［宋］强行父：《唐子西文录记》，见［清］何文焕辑《历代诗话》（上），中华书局，1981，第442页。
③ 林之棠：《新著中国文学史》，北平华盛书局，1934，第82页。
④ 对这一问题，我们将在第四章做详细论析。
⑤ 据清人浦起龙《读杜心解》所录篇目统计。

崇和欣赏，从而占据中国诗歌发展史上的崇高地位。由于杜甫诗集中优秀作品数量极多，加之"诗圣"光环的闪耀，使得后世诗论家有意无意地忽略了那少数质量不算很高的诗篇，或者努力去发掘这些作品的"闪光点"。例如元代诗论家方回（1227—1305）《瀛奎律髓》卷十一"夏日"类评《陪诸贵公子丈八沟携妓纳凉，晚际遇雨二首》云，"两诗皆尾句超脱"；清官修《唐宋十醇》评价该诗，也针对结语发言道，"结（语）皆入胜"。但事实上，写作技法方面的某些优长难以掩盖文本内容贫乏、意义肤浅的不足，故该诗未能成为经典，实不足为奇。

在唐代，杜甫并未取得世人公认的"大家"地位，其诗歌的经典价值尚未被认识和充分发掘（这与白居易诗歌在中唐的际遇截然不同）。一个十分明显的标志便是，十种唐人选唐诗读本，仅晚唐韦庄（约836—约910）《又玄集》选录杜诗七首。然《又玄集》所选《春望》一诗则堪称当之无愧的经典作品，受到后世读者一致认可和称道，该诗在宋代走向经典化的史实给我们以启示，有助于进一步认识文学经典的本质规定性在历史淘选中的重要作用。

"千家注杜"，诗家热议，诗人效法，是杜诗在宋代经典化的重要标志，《春望》在宋人的诗评与笺注中得到高度评价。北宋政治家、文学家司马光（1019—1086）《续诗话》（又称《温公续诗话》）是较早对《春望》的文学艺术价值做出具体评析的诗学著作，其文云：

> 《诗》曰："牂羊坟首，三星在罶。"言不可久。古人为诗，贵于意在言外，使人思而得之，故言之者无罪，闻之者足以戒也。近世诗人，惟杜子美最得诗人之体，如"国破山河在，城春草木深。感时花溅泪，恨别鸟惊心"。山河在，明无余物矣；草木深，明无人矣；花鸟，平时可娱之物，见之而泣，闻之而悲，则时可知矣！他皆类此，不可遍举。[①]

此时，杜甫尚未获得耀眼的"诗圣"桂冠，导致司马光做出如此评价的绝非诗人显赫的身份和崇高的地位，而是诗歌文本自身所具有的艺术魅力。所谓"贵于意在言外"，揭示的正是杜诗借物写人、借景抒情的高超语言艺术；所谓"他皆类此"，总结的是杜诗饶有言外之意的整体审美效果。由于司马光此说既以儒家诗教为纲，又能够针对文本的文学成就做出具有富有学理性的阐释，故响应者众多，宋代郭知达《九家集注杜诗》、

---

① ［宋］司马光：《温公续诗话》，载［清］何文焕辑《历代诗话》（上），中华书局，1981，第 277 页。

蔡梦弼《杜工部草堂诗笺》、王洙《分门集注杜工部诗》、黄鹤《补注杜诗》、蔡正孙《诗林广记》、何溪汶《竹庄诗话》、胡仔《苕溪渔隐丛话·后集》、魏庆之《诗人玉屑》，元代高楚芳《集千家注杜诗》，明代高棅《唐诗品汇》，清代杨伦《杜诗镜铨》、仇兆鳌《杜诗详注》、田同之《西圃诗说》、官修《唐宋诗醇》等纷纷加以引用，《春望》作为文学经典的地位由此迅速确立并日益巩固。

历代选家和诗评家持续不断的关注与好评，使《春望》的经典效应形成叠加态势，其结果则是文本的经典价值得以全面发掘。在情感内涵方面，元人方回《瀛奎律髓》评价《春望》曰："此第一等好诗，想天宝、至德以至大历之乱不忍读也。"[①]对诗歌文本史诗般的悲剧内涵及其震撼人心的情感力量，给予了高度评价。晚清人蔡钧《诗法指南》分析得更为具体："国破山河在，春城草木深，言自禄山陷京师，可怜国破而天子出幸，所犹在者，山河缭绕而已，人民死亡，所深秀者，草木生长而已"[②]，杜甫的忧国忧民之心昭然若揭。在艺术成就方面，明代著名学者胡应麟（1151—1602）充分肯定了《春望》首二句在对偶方面取得的成就，认为"对偶未尝不精而纵横变幻，尽越陈规，浓淡浅深，动夺天巧，百代而下当无复继"[③]。稍后，胡震亨（1569—1645）《唐音癸签》卷十引用此说以示赞同。清代诗论家吴乔（生卒年不详）进一步丰富了司马光关于《春望》"意在言外"的言说："国破山河在，城春草木深，言无人物也；感时花溅泪，恨别鸟惊心，花鸟乐事，而溅泪惊心，景随物情化也；烽火连三月，家书抵万金，极平常语，以境苦情真，遂同于六经中语之不可动摇"[④]，从处理情景关系的角度肯定了杜诗的崇高地位。杜甫诗集中似《春望》这类意蕴深厚、情景交融、诗法圆熟、堪称范本的诗篇比比皆是，正是它们奠定了杜甫在古代诗歌发展史上"圣人"地位的基础，也使人们忽略了他的诗歌并非篇篇经典的事实。

第三，经典的本质规定性使古代女性创作的优秀作品在充满性别歧视的文化氛围中成功"突围"而出，进入文学经典的殿堂。

在中国古代，女性的社会地位普遍低下，在男权统治话语的支配下，社会长期倡导和推崇"女子无才便是德"的观念，国家层面上没有设立女

① ［元］方回选评，［清］纪昀勘误，诸伟奇、胡益民点校：《瀛奎律髓》卷三十二"忠愤"类，黄山书社，1994，第807页。
② ［清］蔡钧辑：《诗法指南》，载《续修四库全书》编纂委员会编《续修四库全书》第1702册《集部·诗文评类》，上海古籍出版社，1996，第424页。
③ ［明］胡应麟：《诗薮》内编五，上海古籍出版社，1958，第88页。
④ ［清］吴乔：《围炉诗话》卷二，中华书局，1986，第56页。

子教育，无论思想抑或制度，均极大地压抑和扼杀了的广大女性的创作才华。就绝对数量而言，历朝历代女性从事文学创作的人数远远少于男性，男性无可争议地成为文学创作的主力军。以清编《全唐诗》为例。唐代是中国古典诗歌创作走向繁荣的时代，作为该时代的诗歌总集，《全唐诗》共收录诗人二千二百余人，作品近五万首，其中女诗人仅二百多位，诗歌不足六百首，数量差别之大，一目了然。就概率而言，男性作家的作品成为经典的可能性明显大于女性。当然，数量并不是经典产生的必要前提条件，据胡文楷《历代妇女著作考》①著录，清代出现了大量的女性作家，共计3660人，远远多于汉魏六朝的32人、唐五代的23人、宋辽的46人、元代的16人以及明代的250人，但是，清代女性作家的作品最终成为文学经典的，却是寥寥无几。这一现象说明，女性的文学创作成果如果有幸进入经典行列，达到以少胜多的效果，凭借的必定是自身作品所具有的征服男性，甚至超越男性创作的精神价值与艺术魅力。在此，经典的本质规定性发挥着至关重要的作用。东汉蔡琰《悲愤诗》为传世经典名作，清代著名诗歌评论家沈德潜谈及品读该诗的审美感受时云："激昂酸楚，读去如惊蓬坐振，沙砾自飞，在东汉人中，力量最大。"这显然是对诗歌文本具有的情感魅力所给予的高度评价。沈氏另有一段评语尤其令人回味："使人忘其失节，而只觉可怜，曲情真，亦曲情深也。"②"失节"是指蔡琰两次改嫁之事。此语属于道德判断的范畴，而"情真""情深"则属于文学话语体系。论诗主格调、提倡温柔敦厚之诗教的沈德潜，居然放弃道德谴责，转而对一位"流离成鄙贱"的女诗人的创作大加赞赏，不能不说是真情的征服力量，是经典本质规定性的胜利。

探讨西代女诗人班婕妤（公元前48年—公元2年）《怨歌行》③（《文选》做此名）的经典化历程，我们会进一步加深上述认识。

班婕妤（史书未载其名），是汉代著名史学家班固的祖姑，成帝初年选入后宫，受宠幸而拜婕妤。《隋书·经籍志四》载录《汉成帝班婕妤集》一卷，然流传至今者仅《怨歌行》（或曰《怨诗》《扇诗》）一首，这种历史淘选的结果，或许已经能够说明问题。《怨歌行》本乐府古题，属相和歌辞。仅据宋人郭茂倩《乐府诗集》所载，宋前以《怨歌行》为题进行诗歌创作者除西汉班婕妤之外，还有魏曹植，晋傅玄，梁简文帝萧纲、江淹、

---

① 胡文楷：《历代妇女著作考》（增订本），上海古籍出版社，1985。
② [清] 沈德潜：《古诗源·汉诗》，岳麓书社，1998，第45页。
③ 学术界对于《怨歌行》是否为班婕妤本人所作存在争议，但大都承认该作出于女性之手，我们的立论便建立在这一基础之上。

沈约，北周庾信，唐虞世南、李白、吴少微等十人。唐以后同样以《怨歌行》为题作诗者数量更多，例如宋代吕本中、薛季宣，元代梁寅，明代解缙、费元禄、李梦阳、卢柟、沈一贯、石珤、王偁、徐𤊹、俞彦、张时彻，清代保培基、陈作霖、戴望、单隆周、李雯、孙士毅、王士禛、吴淇等，可谓代不乏人。上述诗人除班婕妤为女性外，尽为男性，而男性队伍中不乏曹植、李白这样的一流大家，他们二人创作的《怨歌行》虽然也受到了后世不止一位诗论家的好评，然而就经典化程度而言，却不及班婕妤的诗作。

班婕妤《怨歌行》经典化的标志主要体现在以下两个方面：

首先，它成为历代选家心目中的经典。后世众多诗文选本如南朝萧统《文选》、徐陵《玉台新咏》（题作《怨诗》），宋郭茂倩《乐府诗集》、祝穆《事文类聚》，元左克明《古乐府》，明李攀龙《古今诗删》、梅鼎祚《古乐苑》、吴讷《文章辨体》、钟惺《古诗归》，清陈祚明《采菽堂古诗选》、费经虞《雅伦》、陆绍曾《古今名扇录》、王闿运《八代诗选》等，均录入该诗。除陆绍曾《古今名扇录》将《怨歌行》作为专题资料加以保存之外，其他选家更多的是因为其创作成就而将其作为诗歌创作的样板。

其次，更为重要的是，它成为后世众多作家的创作样板。班婕妤《怨歌行》以秋扇喻人生的艺术构思与深沉叹喟，开启了中国古代文学创作"团扇悲秋"的抒情模式，后世文人墨客借秋扇书写人生失意之悲的作品不胜枚举。西晋陆机在自己创作的《婕妤怨》一诗中，高度概括了班氏诗的写作特色，即所谓"婕妤去辞宠，淹留恒不见。寄情在玉阶，托意惟团扇"[①]，明确指出《怨歌行》属于宫怨诗，宫中女子人生失意后的哀怨借手中的秋扇来表达。魏晋以还，以《婕妤怨》或《班婕妤》为题的作品不胜枚举，据郭茂倩《乐府诗集》卷四十三载，仅唐代以《婕妤怨》为题进行创作的就有崔湜、崔国辅、张炬、刘方平、王沈、皇甫冉、陆龟蒙、翁绶、刘氏云等九人。班婕妤诗作的经典效应通过男性作家的创作得到体现和扩散。

一位被弃女子的哀怨悲歌之所以能够进入文学经典的行列，最根本的原因仍然在于它所呈现的经典本质规定性，具体言之，该诗达到了以"情"感人、以"艺"动人的审美境界。

《怨歌行》书写的虽是女性个体悲剧人生的哀叹，揭示的却是在中国古代长期存在的一个严重的社会问题，暴露了社会制度、社会分工以及社

---

① 逯钦立辑校：《先秦汉魏晋南北朝诗·晋诗》卷五，中华书局，1983，第661页。

会观念中存在的诸多不合理。由小可以见大，诗歌文本蕴含着不可忽视的批判价值，加之女诗人巧妙新颖的构思、生动贴切的比喻，更是赋予文本以征服读者的艺术魅力，从而将它推上了文学经典的殿堂。《玉台新咏》载录该诗，诗前有序云："昔汉成帝班婕妤失宠，供养于长信宫，乃作赋自伤，并为怨诗一首。"[1]事实上，女诗人所悲叹的被弃命运，在中国封建社会绝非个别现象。一夫多妻的婚姻制度，男外女内的社会分工，男尊女卑的角色定位，不可避免地使长期独守空房成为广大女性的一种生命常态，她们甚至难逃惨遭冷落、无情被弃的厄运，因此，《怨歌行》的描写以及哀叹很容易引起她们的情感共鸣。梁朝徐悱妻刘氏作《和婕妤怨》，倾诉"日落应门闭，愁思百端生"[2]的苦闷；唐朝女诗人刘云作《婕妤怨》，抒发"君恩不可见，妾岂如秋扇。秋扇尚有时，妾身永微贱"[3]的悲哀；另一位女诗人田娥则以《长信宫》为题，续写"团扇悲秋"的主题，表现"悲将入箧笥"的惶恐心态，这种隔代而生的情感回应恰好说明《怨歌行》作为经典的历史穿透力。

不仅女性，生活在封建专制制度高压下的男性，同样与《怨歌行》形成了情感的共振。由于政治地位的卑微，他们在最高统治者面前，始终诚惶诚恐、唯唯诺诺，身为男性，却普遍呈现出一种"臣妾心态"[4]。他们将个人命运的升沉得失系之于君王身上，一旦政治失意，仕途受挫，难免产生类似"秋扇被弃"的沉重悲哀，唐代著名政治家、诗人张九龄（678—740）的遭遇有助于我们认识这一问题。唐玄宗开元二十四年夏，高力士奉敕赐给张九龄一把白羽扇，关于此事发生的具体背景，宋人尤袤（1127—1202）《全唐诗话》有如下介绍：

> 九龄在相位，有謇谔匪躬之诚。明皇既在位久，稍怠庶政，每见帝，极言得失。林甫时方同列，阴欲中之。将加朔方节度使牛仙客实封，九龄称其不可，甚不叶帝旨。他日，林甫请见，屡陈九龄颇怀诽谤。于时方秋，帝命高力士持白羽扇以赐，将寄意焉。九龄惶恐，因作赋以献。[5]

值得注意的一点是，关于玄宗赐扇的时间，《曲江集》谓之盛夏，而

---

① [陈] 徐陵编：《玉台新咏》卷一，中华书局，1985，第 26 页。
② [陈] 徐陵编：《玉台新咏》卷八，中华书局，1985，第 359 页。
③ 清编《全唐诗》卷八百一，上海古籍出版社，1986，第 1964 页。
④ 详见周晓琳、刘玉平：《中国古代作家的文化心态》，巴蜀书社，2004，第 114—135 页。
⑤ [宋] 尤袤：《全唐诗话》卷之一，载 [清] 何文焕辑《历代诗话》（上），中华书局，1981，第 78 页。

《全唐诗话》则说是秋天。其实，事件发生的具体季节，并非问题的关键，重要的是张九龄确确实实感受到了"秋扇被弃"的政治危机。因此，他不仅在赋中明确向皇帝表达自己的耿耿忠心，"苟效用之得所，虽杀身之何忘"，并且移用《怨歌行》的诗意，借"秋扇"形象地展示了不敢怨不敢怒的弃臣情怀，"肃肃白羽，穆如微风。纵秋气之移夺，终感恩于箧中"[①]。清人浦铣对张九龄的《白羽扇赋》给予了高度评价：

> 作咏物题须于小中见大……张曲江《白羽扇赋》一片忧谗畏讥惧祸之心，忠君爱国感恩之意，洋溢于行间，然不过一百二十字尔。[②]

借秋扇喻人生，正是"小中见大"的写法，由此，我们清楚地看到女诗人的巧妙构思对男性作家创作的直接影响。

《怨歌行》在艺术创作方面的创新及其相应的成就，是其成为文学经典的另一重要原因，该诗构思的巧妙，比喻的新颖，语言的精炼，结构的精致，深得历代诗论家好评。南朝钟嵘《诗品》将其归为上品，评曰："《团扇》短章，词旨清捷，怨深文绮，得匹妇之致。"明代许学夷《诗源辨体》赞曰："托物兴寄，而文采自彰显。"清人沈德潜在《古诗源》卷二中以"用意微婉，音韵平和"八字来概括其写作特色，视之为《诗经·绿衣》诸篇之嗣响。张玉毂《古诗赏析》卷五进行了更为具体的分析："此通首用比诗也。前六总言纨扇之盛：首二质之美，三、四制之工，五、六则当时用事也。点逗'君'字，写得旖旎。后四转到恐扇之衰，从秋飙夺热，引入弃捐情绝，隐指赵氏，而仍意婉音和。不流噍杀。"[③]众多男性诗论家的一致好评，同样彰显出《怨歌行》征服人心的艺术魅力。

宋代的李清照（1084—1055？）是中国古代女性作家的杰出代表，她流传至今的词作数量不算太多，但经典化程度却很高，甚至超过了一大批男性作家。考察李清照词的传播史以及经典化历程，不难发现女词人一直成为文人热议的对象，褒贬之声此起彼伏。一方面，李清照晚年改嫁一事导致了不少持封建正统观念的文人士大夫对其人品的非议，宋代学者王灼（1081—1160）的观点颇具代表性，《碧鸡漫志》卷二"易安居士词"条云：

① [唐] 张九龄：《曲江集》卷一，商务印书馆，1937，第8页。
② [清] 浦铣：《复小斋赋话》卷下，载 [清] 浦铣著，何新文、陆成文校注《历代赋话校注》，上海古籍出版社，2007，第367页。
③ 以上集评转引自乔力主编：《中国文学宝库·先秦两汉诗精华》，广西师范大学出版社，1996，第886页。

李清照在丈夫赵明诚死后，"再嫁某氏，讼而离之，晚节流荡无归。作长短句，能曲折尽人意，轻巧尖新，姿态百出。里巷荒淫之语，肆意落笔。自古搢绅之家能文妇女，未见如此无顾籍也"①。指责之语十分尖刻。晁公武《郡斋读书志》、陈振孙《直斋书录解题》也分别有"无检操""晚岁颇失节"之讥。另一方面，李清照在填词方面显示出的文学才华及其取得的创作成就，又为她赢得好评如潮，肯定之声、赞美之声从未间断过，就连王灼本人也承认李清照"自少年便有诗名，才力华赡，逼近前辈。在士大夫中已不多得。若本朝妇人，当推文采第一"。自明至清，词论家的评价越来越高，陈廷焯（1853—1892）《云韶集·词坛丛话》云："妇人能词者，代有其人，未有如易安之空前绝后者"，《白雨斋词话》又云："李易安词独辟门径，居然可观"，"别于周、秦、姜、史、苏、辛外独树一帜"；沈曾植（1850—1922）《菌阁琐谈》亦云："易安倜傥，有丈夫气，乃闺阁中之苏辛，非秦柳也。"② 此类言说绝非溢美之词。通过上述评价的对比，我们可以更加清楚地认识到，最终征服那些对女性带有道德偏见或性别歧视的文人士大夫，从而让他们心悦诚服地做出肯定性评价的，当是李清照词所具有的经典本质规定性内涵，也即前文所言"艺"。现以《如梦令》"昨夜雨疏风骤"一词为例，来具体认识这一点。

《如梦令》乃李清照的经典作品，作为创作样板，不仅先后入选宋陈景沂《全芳备祖》、何士信《群英草堂诗余》、黄升《唐宋诸贤绝妙词选》、武陵逸史《类编草堂诗余》、曾慥《乐府雅词》，明陈仁锡《类选笺释草堂诗余》、陈耀文《花草粹编》、程明善《啸余谱》、茅暎《词的》、王螯《群书类编故事》、周瑛《词学筌蹄》，清冯金伯《词苑萃编》、沈辰垣《历代诗余》、周铭《林下词选》等著作，而且得到后代学者的一致好评。他们或肯定女词人语言运用上的创新，如宋人胡仔云"'绿肥红瘦'此语甚新"，明初瞿佑也持相同观点；或推崇叠字的魅力，如明代戏曲理论家沈际飞赞曰："'知否'二字，叠得可味"，同时代的潘游龙也认为"'知否'字，叠得妙"；或欣赏该词在章法结构上的精妙之处，清代著名词学家黄蓼园云："一问极有情，答以'依旧'，答得极淡，跌出'知否'二句来。而'绿肥红瘦'无限凄婉，却又妙在含蓄。短幅中藏无数曲折，自是圣于词者"，可谓独具慧眼。上述评点均围绕《如梦令》的卓越的艺术成就而展开。"绿肥红瘦"四字可谓全词之眼，既精炼又生动，通过色彩的对比

<hr>

① [宋] 王灼著，岳珍校正：《碧鸡漫志校正》卷二，巴蜀书社，2000，第41页。
② 本节所引前人对于李清照词的评价，除注明出处外，均转引自吴熊和主编：《唐宋词汇评·两宋卷》第二册，浙江教育出版社，2004。

和形态的对比，形象地勾勒出雨后海棠树的真实风貌。唯其新颖别致，故后世不止一位男性词人为其倾倒，将它移入自己的景物描写之中。仅南宋就有黄机《谒金门》"风雨后，枝上绿肥红瘦"，魏了翁《水龙吟·登白鹤山，借前韵呈同游诸丈》"记曾犯雪，重来已是，绿肥红瘦"，赵长卿《鹧鸪天·春残》"谡谡东风作雨寒，无言独自凭栏干。绿肥红瘦春归去，恨逼愁侵酒怎宽"，赵善括《满江红·和李颖士》"传语风光，须少驻，共君流转。谁忍见，绿肥红瘦，鲜欢多感"[①]，经典效应迅速显示出来。

不独《如梦令》，词论家对易安其他词作的赞赏，同样是围绕作品的艺术成就展开的。例如，明末文艺评论家沈际飞（生卒年不详）评《声声慢》云："首下十四个叠字，乃公孙大娘舞剑手，宋朝能词之秦七黄九辈，未曾有下十四个叠字者。盖用《文选》诸赋格。'黑'字更不许第二人押。'点点滴滴'四叠字，又无斧迹。"[②]当代词学大师唐圭璋评《醉花阴》云："此首情深词苦，古今共赏。起言永昼无聊之情景，次言重阳佳节之感人。换头，言向晚把酒。着末，因花瘦而触及己瘦，伤感之至。尤妙在'莫道'二字唤起，与方回之'试问闲愁知几许'句，正同妙也。"[③]以上二词皆为经典作品，经典本质规定性的重要作用再次显现出来。

---

① 以上引文均见吴熊和主编：《唐宋词汇评·两宋卷》第二册，浙江教育出版社，2004，第1412页。

② ［明］沈际飞：《草堂诗余别集·评笺》，载张璋等编《历代词话》上册，大象出版社，2002，第636页。

③ 马承五主编：《唐宋名家诗词笺评》，华中师范大学出版社，1995，第376页。

第二章　国家政治权力的强势介入

——从个人表达到国家意志

经典是本质的，也是建构的，而参与建构经典的文化要素具有多元性和变动性。上一章我们具体分析了文学经典本质规定性的三大重要标志，并揭示了本质规定性在经典化机制中的重要地位，强调了优秀作家的创作对于经典构成的奠基性贡献。由于优秀作家的创作毕竟只是经典化的起点，其文本最终能否成为被读者所接受和推崇的经典，或者经典化的程度高低，还要受到经典化机制中诸多建构要素的制约与影响。因此，接下来，我们将分章解析经典化机制的多个构成元素的运作情况，并且探讨它们既各司其职，又相互渗透、相互作用，甚至相互制约的复杂关系，进一步认识经典被建构的历史场景。

考察中国古代文学的经典化机制，文学与政治的关系是我们必须首先关注和深入探究的问题。在中国古代，政治对文学的影响十分深刻，而这种影响在很大程度上是通过国家权力来实现的。国家，首先属于政治概念的范畴，因为国家的本质是经济上占统治地位的政治组织；但同时它又是一个历史的概念，因为国家产生于经济水平发展到一定阶段致使社会分裂为阶级的时代，是阶级矛盾不可调和的产物与表现。现代学者普遍认为，作为阶级压迫工具而出现的早期国家，最为重要的特征之一是具有强制性的权力系统的设立。著名学者李学勤主编的《中国古代文明与国家形成研究》一书指出，国家形成的标志是阶级和阶层的存在以及强制性权力系统的设立①。王震中《中国文明起源的比较研究》强调在中国文明起源的过程中，以都邑国家及其强制性权力的出现为焦点②。谢维扬列出早期国家的五大特征，第二便是"中央集权的最高权力中心"③，他认为中国是由酋邦模

---

① 李学勤主编：《中国古代文明与国家形成研究》，中国社会科学出版社，2007。
② 王震中：《中国文明起源的比较研究》，陕西人民出版社，1994。
③ 谢维扬：《中国早期国家》，浙江人民出版社，1995，第51页。

式演进而来，国家具有专制性质。段渝更是做出明确判断："当作为一种权力来行使的强制性制裁被独占并用来维护分层社会的秩序时，国家就形成了。"① 至于中国国家起源的具体时期，长期以来学术界众说纷纭，不过，无论哪一种说法（主夏抑或主商），均一致肯定强制性政治权力的出现是国家产生的重要标志之一。

国家形成之后，凭借国家权力而成为最主要的文化认同形式，有助于民族的形成。国家权力是一种具有强制性的特殊的公共权力，来自社会又凌驾于社会之上，它的影响和作用覆盖到社会的每一个组织和成员。中国早期国家权力的获得与运行的过程始终伴随着政治暴力，沿着这种特殊的国家生成路径向前发展，至两汉最终形成了君主专制主义政治体系②。在这一政体中，至高无上的王权（皇权）作为国家权力的象征而存在，是国家集政治、经济、文化权威于一体的绝对垄断权力，它对中国传统社会的支配力以及覆盖面的广度在世界范围内达到了"独一无二"的地步。政治暴力既衍生出经济领域内的利益垄断，也造就了意识形态领域的思想垄断，拥有国家最高统治权力的封建帝王凭借政治权威的身份兼取了国家领袖、思想领袖与文化象征的多重身份，他们对权力的运作基于对自身既有地位的巩固以及既得利益的保护与扩大，因此，为手中权力获取合法的、永久性的资源自然成为历代统治者的头等大事。

强大的国家权力能够渗透到社会生活的各个领域，构成一种全覆盖性的权力网络系统，它具有立法、执法、司法等多种功能，可以通过不同渠道、运用不同方式对社会成员的思想意识与现实行为实行全方位的管理和调控。在这种文化背景下，社会个体成员的文学创作活动以及文学传播领域的各个环节，根本不可能脱离国家权力的控制而具有完整意义上的独立性，即使在文学已经走向自觉的时代亦是如此。国家权力一旦介入，那些原本属于个人的吟唱行为抑或私人的写作活动既可能因切合统治者需要而被纳入主流文化的话语体系之中，成为国家意志的特殊表达，甚至以国家经典的身份占据思想领域统治地位，对社会产生广泛而又深远的影响，也可能因违逆统治者意志而遭到扼杀。詹福瑞在探讨经典与政治权力之关系时指出，在世界范围内，在经典传播和建构过程中，政治权力对于经典的干预通常体现为禁毁经典，篡改和重新阐释经典以及制造和神圣化经典③。本章不仅将重点探讨经典传播过程中政治权力的介入，而且还要考察在经

---

① 段渝：《酋邦与国家起源：长江流域文明起源比较研究》，中华书局，2007，第40页。
② 牟宗三：《时代与感受》，鹅湖出版社（台北），1984，第225页。
③ 詹福瑞：《试论经典与政治权力之关系》，《文学评论》2014年第1期。

典创作阶段即经典生成期政治权力的影响。我们必须充分认识到，专制制度下的国家意志和国家权力既可催生经典，亦可毁灭经典。如果一部已经产生了广泛经典效应的文学著作，其蕴含的思想观念和价值取向有违封建统治者的意愿和利益，那么，国家权力的介入将带给它巨大的灾难，《西厢记》《水浒传》在清代屡遭禁毁的厄运，便是最有力的证据。

第一节　国家政治权力介入的双重效应与经典作家的创作活动

在中国古代文学经典化机制建构体系中，封建国家政治权力的运行具有强大的辐射功能，它可以决定文学家的个人命运，并对其文学创作活动产生直接或者间接的影响。具体而言，这种影响既可以体现为一种破坏力，在特定条件下阻碍或扼杀经典的产生，同时也体现为一定条件下转化成作家创作经典的内在心理动力。

在经典生成的初始阶段，文学创作者能否贡献出具有经典特质的作品，有两个至关重要的因素不可或缺。一是支配其写作行为的思想观念和心理状态，这将决定文本的价值和意义；二是完成创作的文学素养和艺术才华，这关系到文本艺术价值的高低。就前者而言，国家政治权力的介入相当明显，且形成常态；后者则更多是教育成果的具体显现。

一、国家权力机制运作的负面影响

政治是一种追求权力和使用权力（包括对人口、土地的支配权、占有权、管理权等）的社会文化现象，政治的本质赋予各种政治活动与政治行为以权力的特征，而在中国古代，政治权力从来不是社会成员所共享的。早在先秦时期，诸国之一的秦国就通过政治家范雎的改革，"成功地把权力集中到了统治者个人手里"[①]。秦始皇统一天下后，更是采取了各种集权措施。秦汉以还，中央集权遂成为中国国家政治体制的主流和常态。中央集权的实质是君主集权，在君主专制主义政治体制中，皇权（王权）是集政治、经济、文化等权威于一体的绝对垄断权力，它不仅对国家各种物质资源和物质财富具有绝对的占有权和支配权，而且凭借政治暴力造就了意识形态领域的垄断地位。掌握国家最高政治权力的君主，身兼政治领袖和文化领袖的双重身份，"一言九鼎"四字形象地诠释了他们所具有的话语

---

① ［美］陆威仪：《哈佛中国史》01卷《早期中华帝国·秦与汉》，王兴亮译，中信出版社，2016，第39页。

霸权。当代学者尖锐地指出，"在皇帝制度下，所有的权力都为皇帝一个人所垄断，社会的方方面面都为皇帝一个人所控制"，其恶果便是"通过空前严密而有效的专制体制抑制了社会活力，束缚了人民的创造力"①。在文学创作领域，专制主义的统治严重地压抑了社会个体成员的创作个性，他们从事文学创作活动的自由度在很大程度上被消减乃至被剥夺，具体表现为在题材选择、内容表现、情感抒发、主题确立等方面受到诸多限制，甚至遭遇写作禁区。政治权力的高压无疑增加了社会成员创作文学经典的难度。

先秦儒家将中国传统社会中最为重要的人伦关系归结为五种，谓之"五伦"，即君臣、父子、夫妇、长幼、朋友。位于"五伦"之首的"君臣关系"，说到底是等级制度中的一种政治关系，先天地具有不平等性。在政治权力的高压下，为人之臣的所作所为（包括写作活动）通常处在一种极度不自由的状态之中，与君主的亲疏，与权力的远近，不仅可以决定为臣者仕途的升沉荣辱，甚至关联其身家性命的安危。唐代诗人孟浩然一句"不才明主弃"（《岁暮归南山》），引得唐玄宗龙颜不悦，从而断送了政治前程。韩愈因上表谏迎佛骨，险些葬送性命，死里逃生后被贬至潮州。此类事件可谓不胜枚举。正因如此，古代文人士大夫在处理君臣关系时普遍具有一种十分特殊的心理状态，其特殊性在于他们总是受到自卑、哀怨、恐惧、担忧等负面情感因素的困扰，笔者将其称之为"臣妾心态"。②中唐白居易作《新乐府》数十首，其中《太行路》一诗，"借夫妇以讽君臣之不终也"，形象地揭示了"臣妾心态"的具体内涵。诗云：

……人生莫作妇人身，百年苦乐由他人。行路难，难于山，险于水。不独人间夫与妻，近代君臣亦如此。君不见，左纳言，右纳史，朝承恩，暮赐死。行路难，不在水，不在山，只在人情反覆间。③

伴君如伴虎的忧虑与恐惧，使古代作家被迫采用伏地叩拜的写作姿态以及如履薄冰般仰视的观察视角，与此相一致，他们面对君主进行的写作，或为求自保而言不由衷，假话连篇，或为取悦主上而充满溢美之词和浮夸之风，格调普遍不高。唐代长安春时，盛于游赏，著名政治家、文学家，享有"燕许大手笔"盛誉的苏颋，作应制诗曰："飞埃结红雾，游盖

---

① 张宏杰：《中国国民性演变历程》，湖南文艺出版社，2016，第47页。
② 详见周晓琳、刘玉平：《中国古代作家的文化心态》，巴蜀书社，2004，第114页。
③ ［唐］白居易：《白居易集》，中华书局，1979，第64页。

飘青云","玄宗览之嘉赏，遂以御花亲插颊巾上"。①苏颋此诗已失传，只剩残句，故今人无法了解该诗全貌。不过，根据诗篇写作的特定环境以及应制文学的普遍特点推之，歌功颂德应该是诗人当时的创作主旨。当迎合最高权力的拥有者作为一种生存策略，迅速内化为诗人的具体创作动因之后，体验的肤浅，内容的贫乏，个性的缺失，便成为作品不可避免的重大缺陷。如此应景之作被文学经典的殿堂拒之门外，实不足为奇。至于流传至今的"飞埃"二句，虽具有对偶工稳、色彩对比鲜明、画面感较强等艺术优长，但由于缺乏深刻思想性的内在支撑，缺少主体生命活力的灵动显现，故难以成为经典的对句。

政治权力介入作家写作行为之后产生的负面影响，在韩愈的创作中表现得十分明显。毫无疑问，名列唐宋八大家之首的韩愈有多篇散文，在后世成为文学经典，至今受人称道，例如《师说》《祭十二郎文》等。然而就是这位"文起八代之衰"的文学大家，由于无法逃避权力之网的束缚，不得不在"臣妾心态"的支配下，写了不少难以进入经典行列的平庸之文，《潮州刺史谢上表》堪称其中的代表作。该文是韩愈九死一生到达潮州后按惯例向朝廷呈递的表章，旨在报告自己的行迹以及对贬谪的态度，具有上行"公文"的性质。饱受政治打击和摧残的韩愈此刻基本丧失去独立思考的能力，固有的自信与气势也荡然无存，他在文中一边以"诚惶诚恐、顿首顿首"的套话来表达内心的惶恐不安，一边以"虽在蛮荒，无不安泰""四海之内，莫不臣妾""雷厉风飞，日月清照"等溢美文辞来虚夸当今皇上的功德，最后还以"伏惟皇帝陛下，天地父母，哀而怜之，无任感恩恋阙，惭惶恳迫之至"②的沉痛语句，向皇帝摇尾乞怜，充分展示出一个卑微到无以复加的罪臣形象。尽管韩愈在中国文学批评史上享有崇高声望，可这篇缺少诤臣浩然正气的文章仍然招致了后世学者的诟病，清代著名学者沈德潜的态度颇具代表性。沈氏本是韩文的推广者，编纂有《唐宋八大家文读本》三十卷，他在充分肯定韩愈经典作家地位的同时，对《潮州刺史谢上表》给予了否定性评价："尊韩公者，必为韩公焚此一表也。丑，丑。"③连用两个"丑"字，足见其否定之彻底。

清王朝是中国历史上最后一个封建王朝，清朝统治者面对激烈的民族矛盾和持久的民族冲突，为了维护和巩固自己的统治地位，将文化专制主义发展到一个历史的绝对高度。国家权力在很长时间内强势地介入包括文

---

① [唐] 王谠：《唐语林》"文学门"，上海古典文学出版社，1957，第46页。
② [唐] 韩愈著，马其昶校注：《韩昌黎文集校注》，上海古籍出版社，1987，第618页。
③ [清] 沈德潜：《增评唐宋八大家文读本》，崇文书局，2010，第23页。

人士大夫在内的全体社会成员的政治文化生活之中，表现之一便是文字狱的大量出现。一桩桩因文字（即写作）而获罪的案例，如庄廷鑨《明史》案、戴名世《南山集》案，使文坛充满腥风血雨，文人士大夫噤若寒蝉，"一涉笔唯恐触碍天下国家""人情望风觇景，避畏太甚。见鳝而以为蛇，遇鼠而以为虎"①，为求自保，于是以假话掩饰内心，以考据取代思想，恒谈经而弃论史，钻故纸而避现实，遂成为时代风气，文学经典在很大程度上失去了大量生成的社会条件。

在经典传播或被建构的阶段，政治权力的负面影响首先表现在禁毁经典。最高统治者为维护自身的统治，运用政治权力对包括文学经典在内的各种书籍实施毁禁政策的现象，在中国古代社会一直存在。秦始皇三十四年，始皇帝接受李斯的焚书建议，下令烧掉了包括《诗》《书》在内的大量典籍，首开中国历史上运用国家政治权力销毁经典之先例。明洪武年间，朱元璋因孟子"君轻民贵"的思想，不但宣布罢免孟子配享孔庙，而且下令对儒家经典《孟子》一书进行删节。清朝统治者更是打着"稽古右文""采访遗书"的幌子，运用国家权力公开实行查禁图书的文化政策，通过大规模禁毁图书的方式对反清思想进行有意识的摧残和扼杀。乾隆年间在编修大型丛书《四库全书》的同时，因为政治原因销毁（包括全毁或抽毁）书籍多达三千余种，六七万部以上，对此，近代著名学者章炳麟在《哀焚书》一文中痛心疾首地指出：

自满洲乾隆三十九年，既开四库馆，下诏求书，命有触忌讳者毁之。四十一年，江西巡抚海成献应毁禁书八千余通，传旨褒美，督他省摧烧益急。自尔献媚者蜂起，初下诏时，切齿于明季野史。（谕曰："明季末造野史甚多，其间毁誉任意，传闻异词，必有诋触本朝之语，正当及此一番查辨，尽行销毁，杜遏邪言，以正人心，而厚风俗。"）其后，四库馆议："虽宋人言辽、金、元，明人言元，其议论偏缪尤甚者，一切拟毁。"及明隆庆以后，诸将相献臣所著奏议文录，若高拱《边略》、张居正《大岳集》、申时行《纶扉简牍》、叶向高《四夷考》《蘧编》《苍霞草》《苍霞余草》《苍霞续草》《苍霞奏草》《苍霞尺牍》、高攀龙《高子遗书》、邹元标《邹忠介奏疏》、杨涟《杨忠烈文集》、左光斗《左忠毅集》、缪昌期《从野堂存稿》、熊廷弼《按辽疏稿》《书牍》《熊芝冈诗稿》、孙承宗《孙高阳集》、倪元璐《倪文正遗稿》《奏牍》、卢象升《宣云奏议》、孙传庭《省罪

① ［清］李祖陶：《迈堂文略》卷一《与杨蓉诸明府书》，转引自刘修明《儒生与国运》，浙江人民出版社，1997，第600页。

录》、姚希孟《清閟全集》《沆瀣集》《文远集》《公槐集》（《公槐集》中有《建夷授官始末》一篇）、马世奇《澹宁居集》诸家，丝帙寸札，靡不然燹。虽茅元仪《武备志》，不免于火（《武备志》今存者，终以诋斥尚少，故弛之耳）。厥在晚明，当弘光、隆武，则袁继成《六柳堂集》、黄道周《广百将传注》、金声《金大史集》。当永历及鲁王监国，则钱肃乐《偶吟》、张肯堂《寓农初议》、国维《抚吴疏草》、煌言《北征纪略》。自明之亡，一二大儒，孙氏则《夏峰集》，顾氏则《亭林集》《日知录》，黄氏则《行朝录》《南雷文定》，及诸文士侯、魏、丘、彭所撰述，皆以诋触见烬。①

在被销毁的书籍之中，不排除有思想经典、史学经典甚至文学经典的存在。故有现代学者痛心疾首地指出：“《四库全书》告成之日，也正是古代文献散亡最多之时。”②至于《西厢记》《水浒传》被毁禁的历史遭际，我们在前文已有所揭示。

詹福瑞指出，在传播阶段政治权力干预和影响经典，除了禁毁经典之外，还表现为篡改和重新阐释经典，对此，他以《四库全书》删改李白边塞诗《胡无人》为例，进行了具体分析。四库馆臣收录李诗时首先以《塞下曲》取代《胡无人》，直接回避原作所要表现的民族矛盾。接着对诗歌中的文字进行了微调，如将“胡马”改为“边马”，“虏箭”改为“飞箭”，用意与修改标题相同。此外，还有较大幅度的增删，如删去了“履胡之肠，涉胡血”等描写边塞御胡战役场面的诗句，另增了“陛下之寿三千霜，但歌大风云飞扬，安用猛士兮守四方”这类歌功颂德的内容，从而彻底改变了诗歌的主旨。詹福瑞认为，删改者的目的“不但要人们改变对清政府的敌意”，而且还要进一步“拥戴清朝皇帝”。③

论及文学经典在传播过程中的遭际，曹植作品的命运或许值得我们进一步关注。被后人誉为“才高八斗”的曹植平生创作成果颇为丰硕，他自述“余少而好赋，其所尚也，雅好慷慨，所著繁多”④，今人所见曹植作品显然不是其全部，因为它在曹魏中期结集和流传过程中至少遭受到两次删减。第一次乃曹植本人所为，他在《前录自序》中说自己的创作“虽触类而作，然芜秽者众，故删定别撰，为前录七十八篇”。曹植为何要删定自己的作品，所谓“芜秽”的评判标准究竟是什么，由于文献的缺失而不得

---

① 章炳麟：《訄书》，华夏出版社，2002，第263页。
② 张舜徽：《中国文献学》，中州书画社，1982，第29页。
③ 詹福瑞：《诗论经典与政治权力之关系》，《文学评论》2014年第1期。
④ ［魏］曹植著，赵幼文校注：《曹植集校注》，人民文学出版社，1984，第434页。

知。另一次删减发生在曹植死后，魏明帝曹叡下诏，命令收集曹植文集，诏曰："'陈思王昔虽有过失，既克己慎行，以补前阙。且自少至终，篇籍不离于手，诚难能也！其收黄初中诸奏植罪状，公卿已下议，尚书、秘书、中书三府、大鸿胪者，皆削除之。撰录植前后所著赋、颂、诗、铭、杂论凡百余篇，副藏内外。"①诏书中的"克己慎行"，采用的便是儒家的道德要求。今人傅亚庶在校注三曹诗文时发现，现存曹植的赋文"有篇目者四十七篇，距序文所言七十八篇之数，佚失者尚有三分之一"②，这说明曹植身后其作品遭到了再次删减。同样由于资料的缺乏，我们不清楚删减的具体情况，不过联系曹植与曹叡的紧张关系，考虑到曹植后半生所遭受的政治猜忌以及迫害，我们完全有理由相信曹叡的行为绝对不是为了更好地保存和传播曹植的经典作品。

　　近年来，曹植研究领域出现了一些新的成果，其中比较有影响的是木斋关于曹植与古诗十九首关系的推论。木斋认为，由于曹植的诗文存在涉及与曹丕甄后（即曹叡生母）的隐情，加之曹叡忌讳曹植的才华和威望，故在曹植死后对其文集进行了删除甚至改动，从而导致曹植部分优秀篇章的散佚，被删除者中就有与植、甄隐情密切相关的经典作品"古诗十九首"中的若干篇，曹植是十九首的主要创作者，《涉江采芙蓉》应是他"在建安十七年十月之际写作于长江边上的思念甄氏之作"③。尽管这一说法在学术界并未引起广泛的回应和认同，但该问题的提出却可以引发我们做进一步思考：如果根据《北堂书钞》卷一百十所载，出现在《今日良宴会》中的"弹筝奋逸响，新声妙入神"两句出自曹植笔下，那么我们就无法完全排除十九首中某些作品为曹植所作的可能性。如果进一步追问曹植诗文散佚的原因，那么曹叡的做法的确存在值得怀疑之处。姑且不论曹叡本人是否亲自操刀，仅"撰录植前后所著赋、颂、诗、铭、杂论凡百余篇"这一事实，就足以说明经由最高权力掌控者直接操纵的行为，使曹植的作品在二次结集时已经失去了完整性。

二、国家政治权力介入的反方向作用

　　当然，我们探讨国家政治权力与文学经典生成的关系问题，绝不能仅仅局限在一个层面上，不可只注意到其负面影响。我们在重点关注权力对经典生成的阻碍作用的同时，不应当忽略政治权力的暴力统治带给作家身

---

① ［晋］陈寿：《三国志·魏书·曹植传》，中华书局，1982，第576页。
② 傅亚庶：《三曹诗文译注》，吉林文史出版社，1997，第965页。
③ 木斋：《古诗十九首与建安诗歌研究》，人民出版社，2010，第204页。

心伤害所产生的反方向作用力。

遭受到政治迫害、权力打击的社会个体，不可避免地会受到严重的精神伤害，此时，主体心理通常处在一种强烈而持久的、难以摆脱的痛苦状态之中，我们将其称之为"创伤体验"。"创伤体验"是一种生命有所缺失的负性体验，"体验"的诗学意义，加达默尔的阐释是"如果某个东西不仅被经历过，而且它的经历存在还获得一种使自身具有继续存在意义的特征，那么这东西就属于体验，以这种方式成为体验的东西，在艺术表现里就完全获得一种新的存在状态（seinstand）"①。中国当代学者据此做出了更为简明扼要的界说，即"所谓体验是经验中见出意义、思想和诗意的部分"，"体验与意义相连，它是把自己置于价值世界中，去寻求、体味、创造生活的意义和诗意"②。那些给予人的心灵以强烈震撼的政治打击和暴力伤害，对于受伤害者来说，无疑是一种特殊的人生经历和心理经历，它既可促使受害者去反思社会与人生的诸多问题，同时还深刻地影响或改变着他们的心理状态，并赋予其文学创作以独特的精神价值和批判意义，他们因此具备了创作经典的主体条件。

"穷者而后工"是中国古代诗学的一个重要理论范畴，"穷"具有丰富的精神内涵以及明确的现实指向，文学家与政治相关的种种厄运，如仕途潦倒、遭遇贬谪，身家性命堪忧等，均可纳入"穷"的范畴。童庆炳先生针对古代作家的创作实践，阐释"穷者而后工"的心理学内涵，他从创作主体的角度对缺失性体验与文学创作二者之间的关系进行分析，充分肯定了创伤体验的诗学价值。童先生认为，当诗人的缺失性体验达到某种极限，就会导致心理能量蓄积到饱和的程度，进而会出现心理失衡的状态。当然，一个人欲释放饱和的心理能量，恢复心理平衡，可以通过多样化途径，其中"诗歌创作作为一种审美创造活动，就是释放、宣泄人的被压抑的心理能量，降低紧张水平，恢复人的心理平衡的一条途径。所以诗人之'穷'，不是诗人之不幸，从创作的角度看，恰恰是他的大幸，因为他由此获得了一种不能不写的创作驱动力"③。这种分析符合古代作家普遍的创作实际，不少经典作品的确是作家释放内心痛苦的艺术创造物。先以先秦屈原为例。屈原可谓政治斗争的失败者和政治权力的受害者，这位恋楚忠君的杰出诗人在现实的政治斗争中遭诽谤、受孤立、被流放，无路可走，于

---

① ［德］汉斯 - 格奥尔格·加达默尔：《真理与方法：哲学阐释学的基本特征》上卷，上海译文出版社，1999，第78页。

② 童庆炳、程正民：《文艺心理学教程》，高等教育出版社，2001，第75、76页。

③ 童庆炳：《中国古代心理诗学与美学》，中华书局，1992，第32页。

是希望在想象的世界中寻求出路，获取支持。然而，上下求索后仍然感到知音难觅，前程迷茫。极度的苦闷使他内心充满不平之气，进而产生了强烈的倾诉冲动，传世经典《离骚》便是屈原见弃于君之后忠臣情怀与君子人格的艺术呈现，是不容于世的诗人愤怒的控诉和抗争的宣言。全诗具体展现了美如何被毁灭，以及在被毁灭过程中始终焕发的奇异光彩，从道、情、艺多个层面显示了文学经典的特质。再以南朝谢灵运为例。谢灵运既是一位始终觊觎国家最高政治权力的政客，也是极富艺术才情的诗人，在权力争夺中彻底失败后被执政者赶出京城，贬往永嘉。满腹牢骚的谢灵运在永嘉的青山绿水之间肆意遨游，创作了大量的山水诗，其中不乏传世精品，成就了他的诗名。我们曾经在《谢灵运山水诗心理学解读》一文中指出，谢灵运政治失意后游山玩水后的写作行为，具有双重意义：一是发泄与遗忘，通过寄情山水的行为获得身心的愉悦，从发泄不满走向暂时遗忘痛苦；二是证明与补偿，通过发现、欣赏和表现山水之美来证明自己的才华和价值，进而获得心理的补偿。[①] 白居易《读谢灵运诗》曰："谢公才廓落，与世不相遇；壮志郁不用，须有所泄处。泄为山水诗，逸韵谐奇趣。"[②] 揭示的正是诗歌创作所具有的释放、宣泄功能与谢灵运优秀山水诗产生之间的内在关系。

论及政治权力与经典生成的关系，不可不提及伟大的史学家司马迁，因为正是他在中国历史上，首次从精神创伤的角度总结出经典作品生成的一条重要规律，即"发愤著书"。司马迁有着生于"盛世"，却因仗义执言为李陵辩护而惨遭宫刑的不幸经历，成为政治暴力的直接受害者。在宗法观念根深蒂固的传统社会里，因阉割而残缺的身体对于男性而言，无疑昭示着人世间最大的耻辱。对于由此而导致精神上所遭受的最为严重的创伤，司马迁在《报任安书》中如是写道：

……行莫丑于辱先，而诟莫大于宫刑。……

……肠一日而九回，居则忽忽若有所亡，出则不知所如往。每念斯耻，汗未尝不发背沾衣也。……[③]

可谓如泣如诉，痛不欲生。司马迁于痛中思痛，叙说了整个事件的前

---

① 详见周晓琳、刘玉平：《中国古代作家的文化心态》，巴蜀书社，2004，第271页。
② ［唐］白居易：《白居易集》，中华书局，1979，第131页。
③ ［汉］司马迁：《报任安书》，载《古文观止》上册，中华书局，1959，第227页。

因后果，对自己的言行及其不幸遭遇进行了认真而深刻的反省。他清楚地认识到国家最高权力执掌者的刻薄寡恩和公权私用，深切感受到政治高压下的世态炎凉和人情冷暖，亲身体验到了专制制度下法律的不公正性与残酷性。在极度严重的生存危机中，司马迁练就了一双穿透历史、洞察现实的眼睛，他通过描写个人的不幸以及其他历史人物的悲剧命运，具体揭露了由政治暴力衍生出的种种罪恶。作为一位杰出的历史学家，司马迁的知识结构具有一种贯通历史、以古鉴今的优势。为完成《史记》的写作，实现父亲遗愿和个人理想，他需要获得一种"隐忍苟活，函粪土之中而不辞"的勇气和力量，当他将一己的不幸遭遇放入历史的长河中加以考察时，从古之传世者的事迹中发现了个人的精神创伤与经典生成的内在联系：

> 盖西伯拘，而演《周易》；仲尼厄，而作《春秋》；屈原放逐，乃赋《离骚》；左丘失明，厥有《国语》；孙子膑脚，《兵法》修列；不韦迁蜀，世传《吕览》；韩非囚秦，《说难》《孤愤》。《诗》三百篇，大氐圣贤发愤之所为作也。此人皆意有所郁结，不得通其道，故述往时，思来者。①

另《史记·太史公自序》一文也使用了大致相同的文字，表达了同样的意思。我们注意到，出现在上述八个事例中的著作分属经学、子学、史学、文学、军事学等不同领域的经典，其中除了《国语》《诗三百》外，余者产生的背景均直接关联着作者的政治活动。他们或政治追求严重受挫，或彻底失败，诸种经典著作大可视为政治权力打压的副产物。司马迁列举上述历史事件，旨在说明作者的人生不幸是其写作成功的重要甚至是必要的前提条件，而我们却从中清晰地看到了政治权力与经典生成之间的另一种关系，即写作者在政治高压下一旦形成心理反弹，强大的外力由此改变了作用的方向，经典就可能借力而生成。尽管从历史真实的角度进行考证，司马迁所举之例中有失实或者不够准确之处，如《吕氏春秋》实产生于吕不韦迁蜀之前，《诗经》三百篇中有相当数量的作品既非发愤之作，也未必出于圣贤之手。不过，这并不影响其结论所彰显的真理性。

作为一种普遍存在的创作现象，"穷"而后"工"的根本原因究竟何在？换言之，创作主体因遭遇不幸后而进行的"不平之鸣"式的情感宣泄，为何能够催生出文学经典？我们认为，如果联系经典的本质规定性，不妨从以下三个方面进行考察：

---

① ［汉］司马迁：《报任安书》，载《古文观止》上册，中华书局，1959，第225页。

其一，体验可以产生意义，创伤体验是文学经典生成的重要前提之一。当个体成员将政治权力的压迫带给自己的精神创伤转化为不得不写的内在动力，在顽强意志的支配下挑战恶劣的生存环境，其行为本身就具有抗议政治暴力迫害的社会意义。他们对于人生悲剧和社会悲剧的文学书写和艺术反思，同样蕴含着批判专制主义的思想价值，而批判价值的永恒性赋予了文本成为经典的可能性。司马迁自觉地把写作《史记》作为自己的不平之鸣，由此来证明自身存在的价值，向那个充满不公与罪恶的社会进行抗争。他因写作《史记》所获得的巨大成就，换言之，《史记》成为不朽的经典，又以无可争辩的事实进一步证实了自己所揭示规律的正确性，并且为后人又提供了一个成功的范例。

其二，情感能够沟通古今。作家不平之气的灌注可以使文本具备足以打动广大读者，甚至催人泪下的真情实感，而真实地抒写符合普遍人性的情感，是文本能否成为经典的另一关键要素。这里我们有必要再次论及韩愈因上谏佛骨表而被贬潮州一事对其创作的重大影响。《左迁至蓝关示侄孙湘》是韩愈于贬谪途中所作，乃传世经典名篇，诗云：

一封朝奏九重天，夕贬潮州路八千。欲为圣明除弊事，肯将衰朽惜残年！
云横秦岭家何在？雪拥蓝关马不前。知汝远来应有意，好收吾骨瘴江边。

诗人以忠获罪，贬往岭南，仓促先行；家人后遭遣逐，小女道死，葬于层峰驿旁山下。极为惨痛的代价使韩愈下笔十分沉重，诗篇的字里行间充溢着似哀似怨，亦悲亦愤的丰富情感。韩愈将满腔悲愤之情寄寓叙事和写景之中，酝酿出浓郁的诗味。该诗善于抒情，且情中见志的艺术优长，赢得后世诗论家的好评不断：

情极凄感，不长忠爱，此种诗何减《风》《骚》遗意？

——《韩柳诗选》

纪昀曰：语极凄切，却不衰飒。三、四是一篇之骨，末二句即归缴此意。

——《瀛奎律髓汇评》

是诗第三联景象阔大，情感深沉，情景交融，且在结构上具有承前启后之妙用，故尤其受人称道，遂成千古名句。金圣叹《贯华堂选批唐才子诗》评曰：

> 五、六非写秦岭云、蓝关雪也，一句回顾，一句前瞻，恰好逼出"瘴江边"三字。盖君子诚幸而死得其所，即刻刻是死所，收骨江边，正复快语。安有谏迎佛骨韩文公肯作"家何在"妇人之声哉！①

诸位诗论家无不被诗中回旋往复的凄切之情所感染，为诗人悲而不衰、弱中见强的情感走向所折服，遂纷纷给予肯定性评价，助推该诗进入文学经典的殿堂。

其三，压力有助于激发潜能。政治权力产生的伤害在一定条件下可能造成主体的心理反弹，作家一旦将外在巨大的政治压力转化为内在强烈的创作动力，选择的能动性、超越性使他可以暂时摆脱外界的种种干扰，全神贯注于艺术创造，从而引入一个相对自由的精神世界。此时，主体固有的艺术潜能获得了全面激发的最佳时机。作家超越现实功利的精神状态，是文学经典生成的必要条件。

考察古代作家生存状态及其创作实践与政治权力的关系，我们发现了一个具有普遍性的现象，即在专制主义统治下，即使是最优秀的作家，当其面对政治暴力掀起的腥风血雨，为求自保，常常也免不了瞻前顾后，小心运笔，或阿谀奉承，或自怨自艾，不敢有真情实意的流露，即如龚自珍《咏史》诗云"避席畏闻文字狱，著书都为稻粱谋"②，在这种情况下，完全无产生经典作品的可能性。然而，他们一旦与政治权力拉开了一定距离，减少或暂时消除了政治顾虑，直面自己的内心发言，满腔的郁闷悲愤之情便不可遏制地呈喷涌之状，此时，原有的艺术水平能够得到应有的发挥。被后人誉为"才高八斗"的诗人曹植，因卷入残酷的政治权力争斗之中，后半生饱受最高统治者的无端猜忌和政治迫害，十一年中，三徙封地，六改爵位，名为藩王而实如囚徒，对于自身险恶的处境和生存的危机，曹植有着清醒的认识，对此，他在太和年间所作《存问亲戚疏》（《文选》题作《求通亲亲表》）中说得明明白白：

> 至于臣者，入道绝绪，禁锢明时，臣窃自伤也。不敢乃望交气类，修

---

① 陈伯海主编：《唐诗汇评》中册，浙江教育出版社，1995，第 1735 页。
② ［清］龚自珍著，刘逸生选注：《龚自珍诗选》，浙江人民出版社，1980，第 57 页。

人事，叙人伦。近且婚媾不通，兄弟乖绝，吉凶之问塞，庆吊之礼言废，恩纪之违，甚于路人，隔阂之异，殊于胡越。今臣以一切之制，永无朝觐之望，至于注心皇极，结情紫闼，神明知之矣。

……

每四节之会，块然独处，左右惟仆隶，所对惟妻子，高谈无所与陈，发义无所与展，未尝不闻乐而拊心，临觞而叹息也。[①]

然而，对于这种失去自由的窒息感和心灵无所皈依的孤独感，他无法也不敢向上诉说，只能独自体验。曹植不止一次地向身居帝位的兄长和侄儿呈递章表，如《庆文帝受禅表》《谢初封安乡侯表》《封甄城王谢表》《责躬有表》《上先帝赐铠表》《献文帝马表》《谢明帝赐食表》等，无不充满阿谀之词和违心之语，故无一篇是精品。但这只是问题的一个方面，另一方面则是，同时期曹植还创作过不少以书写郁闷痛苦情怀为主旨的诗篇，例如《赠白马王彪》《浮萍篇》《七哀诗》《吁嗟篇》《杂诗》等，其中多传世经典作品。对于这种现象产生的具体原因，钱志熙在《魏晋诗歌艺术原论》一书中有所论及。他认为，带有悲剧色彩的客观生存条件，使曹植的文学追求发生了重大的变化，由前期的外向性追求转为后期的内向性发展，走向自我心灵。因此，曹植的后期创作"由客观美的表现转为内心世界的展示"，在那些优秀的诗篇中，"情满于怀，想象的翅膀由激情鼓起""不需披文，即可入情"[②]。我们认为，钱志熙所描述的曹植后期的创作状态，正是一种超越了政治权力的束缚、进入以我为主的相对自由的精神状态，而这种自由抒发内心情感的重要前提则是在写作的当下无须直接跪拜在天子脚下。《赠白马王彪》作于黄初四年曹植入朝会节气后，从洛阳返回封地的途中，此时，死里逃生的曹植刚刚经历了与同母兄任城王曹彰死别的悲哀，又马上面临被迫与异母弟白马王曹彪生离的痛苦，一路走来，内心由恐怖、悲伤、痛恨和愤怒相互交织的复杂感情所支配，无法遏制，故于离别之际，"愤而成篇"。迫于曹丕淫威而不敢吐露的政治忧虞之感和死生离别之戚，在曹彪面前则无须掩饰，哀婉悲壮之情因而得到淋漓尽致的抒发，无怪历代文士嗟叹之，赏誉之：

于时诸王凛凛不自保，子建此诗忧伤慷慨，有不可胜言之悲。[③]

---

① ［魏］曹植著，赵幼文校注：《曹植集校注》，人民文学出版社，1984，第436页。
② 钱志熙：《魏晋诗歌艺术原论》，北京大学出版社，1993，第121页。
③ ［宋］刘克庄：《后村诗话》卷一，中华书局，1983，第2页。

韵有不可及者，曹子建是也。……观子建"明月照高楼""高台多悲风""南国有佳人""惊风飘白日""谒帝承明庐"等篇，铿锵音节，抑扬态度，温润清和，金声而玉振之，辞不迫切，而意已独至，与《三百五篇》异世同律，此所谓韵不可及也。①

子建"谒帝承明庐""明月照高楼"……非邺下诸子可及。……吾每至"谒帝"一章，便数十过不可了，悲婉宏壮，情事理境，无所不有。②

余读曹植诗，至《瑟调怨歌》《赠白马》《浮萍》等篇，暨观《求试》《审举》等表，未尝不泫然出涕也。曰：嗟乎植，其音宛，其情危，其言愤切而有余悲，殆处危疑之际者乎？③

他们无不为《赠白马王彪》一诗真挚而浓郁的悲情所感染所打动，并围绕其抒情艺术给予不同程度的肯定。其中李梦阳的思路最为清晰，他的表述在客观上已经勾勒出文学经典生成的一条特殊路径：诗人政治处境的"危疑"导致诗歌文本具有"愤切而有余悲"的抒情特色，而诗人的情危和诗歌的音宛又导致读者"泫然出涕"，经典效应由此产生。一部（篇）作品能够引发接受者强烈的情感共鸣，恰是经典效应的具体显现。

不独曹植，其他如屈原、韩愈、柳宗元、苏轼等一大批曾经遭遇过来自国家政治权力严重打击的著名文学家，也在贬谪生涯中创作出千古流传的经典作品，如《离骚》《左迁至蓝关示侄孙湘》《永州八记》《念奴娇·赤壁怀古》等。他们写作的具体背景，凸现出一个具有共同性的显著特征，即创作主体被迫离开政治权力中心后，暂时摆脱政治关系的直接束缚，与最高权力保留适度的空间距离和心理距离，从而获得了一定程度的创作自由度，经典文本的生成也因此增加了更多的可能性。

① 丁福保辑：《历代诗话续编》上册，中华书局，1983，第452页。
② 丁福保辑：《历代诗话续编》中册，中华书局，1983，第987页。
③ ［魏］曹植著，赵幼文校注：《曹植集校注》附录二《版本卷帙　旧序　旧评录》，人民文学出版社，1984，第552页。

第二节　尊"诗"为经：
国家意志的表达与《诗三百》的经典化

詹福瑞认为，在经典传播或被建构阶段，政治权力的介入还可以制造经典，他以"文化大革命"中八个"革命样板戏"的出台为例，具体阐释这一现象①。在中国古代，虽然鲜见因为政治权力的介入而成功批量制造出文学艺术经典的现象，但是统治者的"制造"之功在《诗三百》由"诗"而"经"的嬗变历程中赫然可见。

在中国古代文献典籍中，如果就身份的复杂性和经典价值的广泛性而言，可能没有哪一部堪与《诗经》相比。《诗经》既是文学经典，也是思想经典，它作为中华文化的元典，"具有文艺学、语言学、历史学的多重无可代替的价值，研究中国文学，研究汉语史，研究中国历史和人类文化学，都必须研究《诗经》"②。从"诗"到"诗三百"再到"诗经"，名称变化的背后是历代接受者对其文化功能的不同定位，反映的是《诗经》所承担的社会文化功能的衍生与经典效应的叠加。至汉代，在国家权力全面介入下，随着儒术独尊局面的出现，《诗经》最终完成了由儒家经典到国家经典的身份转换，或言之，它于"诗"的名称之外，正式拥有了"经"的头衔，成为封建统治者治理国家、巩固政权、维护社会秩序的重要思想资源。

一、采诗用诗与政治权力的运作

考察《诗经》从诗歌的结集到成为国家经典的全部发展历程，可以清楚地看到国家权力介入后的深刻痕迹。众所周知，《诗经》中所收集的诗歌产生的年代跨度极大，上自周初下至春秋中叶，前后长达五百多年。此外，作品产地的空间分布亦甚为广泛，相当于今陕西、山西、河南、河北、山东以及湖北北部一带。加之诗歌作者的身份十分复杂，如果没有经过有目的、有组织的搜集和整理，恐怕很难成集。在文学传播手段极其有限的上古社会文化环境中，只有中央集权的最高权力中心才具有推动和完成这一庞大工程的各种条件。较之夏商两朝，周王朝运用政治强权实现对天下掌控的能力得到明显提升，钱穆先生在比较周代封建与夏、殷两朝政治体制的区别时就指出："夏、殷两朝是多由诸侯承认天子，而在周代则

---

① 詹福瑞：《诗论经典与政治权力之关系》，《文学评论》2014 年第 1 期。
② 夏传才：《二十世纪诗经学》，学苑出版社，2005，第 2 页。

转换成天子封立诸侯。这一转换，王朝的力量便在无形中大增。"①周王朝通过将朝觐、聘问、盟会、庆吊等礼节制度化的方式来维系天子与诸侯的关系，并且进一步巩固和强化天子作为天下"共主"的政治领袖地位。其时，礼乐作为传承文明的载体与服务政治的手段，备受统治者重视，礼乐并行并举，构建起周代礼乐大盛的文化局面。由于礼伴随乐而行，而乐又以诗为本，故崇尚礼乐的周王朝在实施礼教乐教的同时，不可避免地要重视诗教。因此，周王朝举国家之力去搜集有助于安天下、化万民的歌诗，便具有了历史的可能性。

《诗经》如何结集的问题，历史上有"献诗"和"采诗"两种说法。关于前者，《国语·周语上》有明确记载："天子听政，使公卿至于列士献诗。"《国语·晋语六》亦提及古之王者"使工诵谏于朝，在列者献诗"②的情况。"天子听政"，实质上是最高统治者治理国家的一种常规性行为，而"使"朝廷官员"献诗"则是天子实施行政权力的具体表现，其结果从逻辑上推论，自应是一定数量的诗歌通过"献诗"的途径在朝廷内集结。日本学者冈村繁在对《诗经》篇章溯源的基础上做出了《诗经》中的部分篇章如《周颂》、"二雅"等直接产生于周室宫廷的判断③，这一判断无疑支持了我们关于国家权力介入《诗》结集过程之中的观点。刘毓庆、郭万金两位先生进一步将《诗》的结集放在周代礼乐文化的历史生态环境中进行具体考察，明确指出，在孔子"删诗"之前，《诗》已经历过两次大的结集，第一次结集是在"宣王中兴"的历史条件下进行的，再度编辑则以平王"崇礼"为背景④。由于这一结论的得出，建立在翔实的材料与严密的逻辑推理基础之上，故具有相当的可信性。刘、郭二位先生强调的重点虽然在于周代推行的礼乐制度对《诗经》成书的根本性影响，但不容否定的是，他们的论证也在相当程度上显示了国家权力所发挥的至关重要的作用，因为没有国家权力的需要和支撑，周代礼乐制度不可能如此发达，《诗》的结集与编辑也不可能顺利完成。

王官采诗，作为《诗经》篇章结集的另一重要渠道，弥补了"献诗"在空间布局方面的局限，因为采诗面对的是朝廷之外更为广阔的领地。按照汉代学者的说法，朝廷在一定时期内派出采诗之官，前往各地采集能够

---

① 钱穆：《中国文化史导论》（修订本），商务印书馆，1994，第31页。
② [吴] 韦昭注：《国语》，上海古籍出版社，2008，第5页。
③ [日] 冈村繁：《周汉文学史考·〈诗经〉溯源》，载《冈村繁全集》第一卷，上海古籍出版社，2002。
④ 详见刘毓庆、郭万金：《从文学到经学——先秦两汉诗经学史论》，华东师范大学出版社，2009，第3—18页。

反映风俗民情的歌谣，闻奏于周太子，以满足其治理国家的政治需要。例如《汉书·食货志》云：“孟春之月，群居者将散，行人振木铎，徇于路以采诗。献之大师，比其音律，以闻于天子。故曰：王者不窥牖户而知天下。”颜师古注曰：“行人，遒人也，主号令之官。铎，大铃也，以木为舌谓之木铎。徇，巡也，采诗，采取怨刺之诗也。”[①] 采取类似说法的还有刘歆《与扬雄书》、班固《汉书·艺文志》、何休《春秋公羊传注》等。由于上述诸家对于采诗的记载于具体细节处多有差异，故引来后代学者质疑之声不断。其实，我们不必过多地纠缠于此，仅汉代学者对于采诗制度持高度一致的认可态度这一点，就足以给我们以启示，采诗说绝非空穴来风，认定其渊源有自，也有理可循。我们比较倾向于金开诚先生的观点，在采诗的具体细节上，汉人的有些说法可能出于想象，不必完全相信，但“如从大处着想，恐怕一定形式的采诗制度还是存在的”[②]。行人采诗于路，并献诗于大师、闻于天子之举，属于自上而下的一种行政行为，是国家权力实施的另一表现。就周天子而言，献诗、采诗双管齐下，齐头并进，客观效果便是能够确保最大化地占有普天之下、率土之滨的诗乐资源。

周王朝动用国家权力来促成产生于不同地域、不同阶层的诗歌的结集，初衷绝非为统治集团成员提供诗歌创作的文学样板，意义不在文学，而在政治。献诗、采诗仅为手段，目的则是服务于国家的政治统治。天子闻诗知政，作为“用诗”的典范，有效地促进了诗与政治的结缘。春秋时期，《诗三百》经典化的路径得以初步开启，其具体路径有二：一是各诸侯国在交际场合出现的“赋诗言志”。赋诗者在进一步发挥“诗”政治功用的同时，维护和强化了它在思想文化领域的权威性，而权威性正是经典著作的突出特征之一。二则是先秦儒家大师的言说。孔子对“诗”的论说，强调《诗》的道德伦理和政治教化功用，为《诗》成为儒家经典奠定了理论基础，推动了《诗》向经的发展。战国时期，《孟子》《荀子》大量引诗为据，用以阐释儒学主张，此外，荀子还将《诗》纳入经的范畴，足以反映由“诗”而“经”的地位变迁。

“赋诗言志”属于“用诗”的一种特殊形式，大盛于春秋时期。其时，各诸侯国为协调彼此间的关系，及时处理军国大事，实行聘问制度，派遣使臣相互进行访问。他们“赋诗言志”，宾主各方为表达本方的政治诉求和外交立场，纷纷采用断章取义的方式吟诵诗句，借用诗句展开外交攻势。这种方式在当时使用率相当高，《国语》《左传》对此有生动而详尽的

---

① ［汉］班固撰，［唐］颜师古注：《汉书·食货志》，中华书局，1962，第1123页。
② 金开诚：《诗经》，中华书局，1980，第18页。

记载。据马银琴统计，《国语》《左传》记载的属于"聘问歌咏"的赋诗言志共 31 起，涉及诗歌 71 篇次，其中，《国风》28 篇次，《小雅》33 篇次，《大雅》6 篇次，《周颂》1 篇次，逸诗 2 篇次①。此外，孔子论诗也涉及用诗问题，《论语·子路》云："诵诗三百，授之以政，不达；使于四方，不能专对；虽多，亦奚以为？"②明确指出学诗用诗的政治功能在于赋政与专对。围绕"赋诗言志"产生的种种相关问题，近现代学者已经给予了较为充分的研究，研究成果相当丰硕③。在学界前辈同行研究基础上，笔者于此进一步强调以下两点：其一，春秋时期，天下纷争，礼崩乐坏，严格的等级制度已遭到严重破坏，僭越事件不断发生，周天子掌控天下的实力大大削弱，在政治军事舞台上充当着主角的是争霸天下的各路诸侯。然而，权力的下移并不意味着权力的消亡，"诗"作为朝聘之所用，仍然为政治强权所控制，只不过权力的掌控者由昔日的天下共主变成了当下的各路诸侯。因此，就社会整体文化生态系统而言，政治权力并没有退出"用诗"的领域。其二，就实际情况而言，诸侯国君臣赋诗言志，与天子闻诗知政的性质基本相同，大抵皆出于政治功利的目的，即使在外交场充当着语言表达的特殊工具，也没有脱离政治用诗的范畴，诗与政治的紧密关系继续构成对《诗》文学本质的遮蔽。

二、尊诗为经与国家意志的表达

西汉是《诗三百》由儒家经典上升为国家经典的关键历史时期。西汉王朝统治者的治国思想经历了从开国初期的崇尚黄老到汉武帝"罢黜百家，独尊儒术"的重大转变，这种转变的前提是封建帝国日益强盛，国家经济、军事、文化实力显著提升以及中央高度集权的大一统政治局面的形成。由于先秦儒家崇尚王道，隆礼兴乐，维护等级秩序的理论主张，高度契合了新形势下最高统治者长治久安的政治需要，因而原本作为儒家经典的《诗》的价值便具有了被全面提升的历史可能性。在《诗》由一家之经到国家之经的演变过程中，国家政治权力和统治者意志主要体现在以下两个方面：

第一，朝廷置五经博士，这一举措从制度的层面上确保尊《诗》为经的实现。

据《汉书》载："武帝建元五年（前 136 年，笔者注）初置五经博士"，

---

① 马银琴：《春秋时代赋引风气下〈诗〉的传播与特点》，《中国诗歌研究》2003 年第 3 期。
② 杨伯峻译注：《论语译注》，中华书局，1980，第 135 页。
③ 详见毛振华：《〈左传〉赋诗研究百年述评》，《湖南大学学报》2007 年第 4 期。

正式以《诗》《书》《礼》《易》《春秋》这五部书籍为国家"法定"经典。博士本为古代学官之名称，博士的设立属于官方的行政行为。关于博士设立的最早时间，学术界尚存不同见解，但沈约《宋书·百官志》所谓"六国时往往有博士"之说，已经得到学界普遍认可。秦并六国后继续保留博士官制，汉袭秦制，仍置博士，对此，《史记》《汉书》皆有记载。早期博士官的设立当与儒家有着密切关系①，但是武汉帝之前，博士并非儒家专属。秦置博士虽以儒家为主，不过，名家、神仙家学派人士亦名列其中，呈现出诸家并立的特色。西汉文景之世崇尚黄老，从理论上讲，诸博士中应当有道家一席，对这一问题，清代学者姚振宗做了如下推测：

> 按史又言文帝本好刑名之言，景帝不任儒，而刘歆言诸子传说广立学官，意文、景时亦有法家、名家、道家博士也。

至于不见史载的原因乃是"史但著其大者及久远者，故于《武纪》书置五经博士，其前所立非定制也，故略之也"②。另据东汉赵岐《孟子题辞》载，文景两朝皆立有传记博士，由此推知，姚说具有较大的可信性。汉武帝独尊儒术，设置五经博士，这一制度化举措使原本属于一家之言的五部儒学典籍一跃而居于国家经典的崇高地位，其时，朝廷与之相关的配套措施，如实行从儒生中选拔官员的政策，直接导致了经学的形成与兴盛，具体情形即如《汉书·儒林传赞》所云："自武帝立五经博士，开弟子员，设科射策，劝以官禄，讫于元始，百有余年，传业者浸盛，支叶蕃滋，一经说至百余万言，大师众至千余人，盖禄利之路然。"③在此背景下，诗学开启了经术化的历程，《诗经》之称号一直沿用至今。

第二，朝廷立法、执法视《诗经》为根本性依据之一，文人士大夫参政议政亦将其作为重要的思想资源。君臣上下围绕国家权力的实施议事行文，引经据典蔚然成风，在政治实践的层面上凸现和巩固了《诗经》的经典效应。

引诗，在汉代政治文化领域内十分常见，据郝丽艺统计，《两汉书》征引《诗经》多达 622 次，其中大小雅被征引次数最多，约占全部篇章的

---

① 赵吉惠等：《中国儒学史》，中州古籍出版社，1991，第 243—244 页。
② ［清］姚振宗：《汉书艺文志条理》，载王承略、刘心明主编《二十五史艺文志经籍志考补萃编》第 3 卷，清华大学出版社，2011，第 5 页。
③ ［汉］班固：《汉书》卷八十八，中华书局，1997，第 3620 页。

68%。① 另据孟祥才统计，两汉皇帝自武帝起共有 17 位于诏书中征引过
《诗经》，西汉帝王（包括王莽）征引儒家经典共 58 次，其中征引《诗经》
10 次，东汉帝王征引儒家经典 67 次，《诗经》17 次。② 这一现象充分展示
了政治与经学相互渗透、相互影响的密切关系。

两汉君臣引诗，基本围绕遵礼制、定刑法、抑外戚、举贤能以及劝
农、减灾、涉边等朝廷重大事件而发，政治色彩极为浓厚，现实针对性非
常强。兹举两例以窥一斑。汉成帝初即位，朝臣基于"帝王之事莫大乎承
天之序，承天之序莫重于郊祀"的共识，商议郊祀的具体地点，丞相匡衡、
御史大夫张谭于奏议中引用《诗·周颂·敬之》句"毋曰高高在上，陟降
厥士，日监在兹"以及《诗·大雅·皇矣》句"乃眷西顾，此维予宅"，以
古证今，阐释"宜于长安定南北郊，为万世基"的道理，成帝最终采纳了
他们的建议。③ 宣帝时匈奴呼韩邪单于款五原塞，愿奉国珍，欲于（甘露）
三年（前 51）正月行朝礼，宣帝诏有司议接待之礼。丞相黄霸、御史大
夫于定国在奏议中引用了《商颂·长发》的诗句"率礼不越，遂视既发；
相土烈烈，海外有截"。这一事件分别见于《汉书·宣帝纪》和《汉书·萧
望之传》。颜师古注引《诗》曰："率，循也。遂，遍也。既，尽也。发，
行也。相土，契之孙也。烈烈，威也。截，齐也。言殷宗受命为诸侯，能
修礼度，无有所逾越也。遍省视之，教令尽行，而相土之威烈烈然盛，四
海之外皆整齐。"④ 黄霸、于定国征引《商颂》，旨在讴歌天子圣德充塞天
地，光被四表，并且说明夷狄之邦遵循礼制不越位的重要意义，体现了儒
家以德服四海、以礼治天下的政治思想。此类事例在《两汉书》中尚可举
出若干。

汉朝统治者尊《诗》为经的文化举措，深刻地影响到《诗经》传播的
历史命运。汉儒立足于"通经致用"的治经原则，紧扣经典与现实政治以
及社会人生之关系，不遗余力地发掘《诗经》所蕴含的"经夫妇，成孝敬，
厚人伦，美教化，移风俗"的政治伦理价值，甚至不惜牵强附会，过度阐
释。经由他们建构起的以明王道、正人伦为理论核心的经学阐释系统，迅
速占据了《诗经》阐释学领域的主流话语地位。在国家权力的支持下，经
学阐释的话语强势一直延续到清末，致使后世文学艺术家对《诗》的文学

①　郝丽艺：《〈两汉书〉引〈诗经〉研究》，河北师范大学硕士学位论文，2009，未刊本，
　　来源于中国知网。
②　孟祥才：《从秦汉时期皇帝诏书称引儒家经典看哲学的发展》，《孔子研究》2004 年 7 月。
③　[汉] 班固：《汉书·郊祀志下》，中华书局，1997，第 324 页。
④　[汉] 班固：《汉书·萧望之传》，中华书局，1997，第 823 页。

性解读① 始终处于被人忽略的边缘化位置。

两汉以还，作为国家经典的《诗经》，其经典性广泛体现于上至国家意识形态，下到文人士大夫立身处世，甚至日常诗歌写作活动等社会文化生活的各个层面，其中，《诗经》所承载的传统礼乐文化精神在代代相传的朝廷礼乐制度中得到最为直观的展现。古代史学家将音乐与政教之间的紧密关系概括为"王者致治，有四达之道，其二曰乐，所以和民心而化天下"②。中国历代封建王朝的统治集团均高度重视制定雅乐以配朝廷各种重大典礼（例如郊祀天地、祭祀明堂、藉田社稷等），祭乐之有歌辞，由来久远，《诗经·周颂》中的《清庙》《昊天有成命》《载芟》等被视为典型的朝廷宗庙祭祀乐歌。南朝著名学者沈约在《宋书·乐志》中清晰地勾勒出上自西汉下至南朝各封建王朝遵古制、制乐歌的历史轨迹，宋人郭茂倩《乐府诗集》在此基础上进一步补充介绍了隋唐五代的相关情况，该书1—12卷收录各朝各代产生的郊庙歌辞共计886首。考察历代御用文人朝廷宗庙乐歌的写作，《诗经》之影响赫然可见。在尊儒崇经意识的支配下，他们奉《诗经》颂诗为写作样板，刻意模拟的痕迹十分明显，具体表现有三：一是普遍采用以四言为主、兼用杂言的体式进行写作，这种体式经常出现在《诗经》颂诗中；二是描绘各类祭祀之礼的场面与过程，充满美颂之辞；三是仿《诗经》颂诗风格，用语典雅古奥，甚至化用颂诗诗句。例如，《宋书·乐志一》云："（武帝）二十二年，南郊，始设登哥，诏御史中丞颜延之造哥诗，庙舞犹阙。"③颜延之共造《登歌》三篇，其中《夕牲歌》《迎送神歌》为四言，描绘当朝君王以"严恭帝祖"的态度，举行"维圣飨帝，维孝飨亲"之礼的情形，其写作范式出于《周颂》。刘宋时另一著名作家谢庄也曾奉诏造郊庙舞乐与明堂诸乐歌诗，《诗经》同样是他的写作范本，仿《周颂·我将》而作的《歌太祖文皇帝》，不仅使用《诗经》语典如"维天""烝民"等，而且直接搬用原诗"我将我享"之句来营造浓郁的颂诗氛围，故《宋书·乐志二》称其"依《周颂》体"。又据《南齐书·乐志》载："《周颂·我将》祀文王，言皆四，其一句五，一句七。谢庄歌宋太祖亦无定句。建元初诏黄门郎谢超宗造明堂夕牲等辞，并采用庄辞。建武二年，雩祭明堂，谢朓造辞，一依谢庄，唯世祖四言也。"④谢庄还作有《歌世祖武皇帝》，开篇二句"濬哲维祖，长发其武"直接脱化

---

① 对于《诗经》的文学性解读问题，我们将在第八章第一节中给予具体论析。
② ［元］脱脱等：《宋史》卷一百二十六《乐志一》，中华书局，1977，第939页。
③ ［梁］沈约：《宋书·乐志一》，中华书局，1974，第541页。
④ ［梁］萧子显：《南齐书》卷十一《乐志》，中华书局，1972，第172页。

于《商颂·长发》首二句"浚哲维商，长发其祥"。由此可见，在郊庙歌辞写作领域内，《诗经》颂诗所具有的示范性和指导性作用不容置疑。

中国封建王朝的统治者运用国家权力尊《诗》为经，并且采用以诗治国的策略，不能简单地视为对《诗》文学本质的蔑视和践踏，即使是现代学者也认为"不能只把《诗经》看作一本古老的诗歌集"①。文学从来不是一种纯粹的独立存在，作为创作者心灵抑或观念世界的特殊呈现，其内容不可避免地要与现实的政治、经济、文化等各种因素保持不同形式的联系。从发生学的角度审视三百篇的问世与结集，从那些抨击时弊、抒发民怨的怨刺诗以及美君子之德、歌明君之功的美颂诗中，不难发现它所负载起的干预现实政治生活的"美刺"功能，至于"家父作诵，以究王凶"（《小雅·节南山》）、"吉甫作诵，其诗孔硕。其风肆好。以赠申伯"（《大雅·崧高》）一类诗句，更可视为直接以文艺的形式表达"以畜万邦""揉此万邦"的政治诉求的典范。汉儒之所以着力发掘和全面阐释《诗经》的教化功能，正是因为它有助于统治秩序的稳定，能够服务于封建帝王巩固皇权、维护等级制度的政治需要。事实上，每值改朝换代、鼎新革故之初，或者国力衰微，皇纲不振之时，包括《诗经》在内的儒家经典"治国""平天下"的政教功能便受到统治者的格外重视。兹以魏晋南北朝为例。

魏晋之世，中国思想界儒学衰落、玄学兴盛的格局已经形成，儒学作为社会精神支柱的权威地位有所动摇，征服人心的力量明显减弱，但仍然发挥着维护君主专制制度与社会等级秩序的重要作用，"统治者在实际的政治措施、规章制度等方面，仍然以儒学为根据"②。太康平吴，九州共一之后，晋武帝"修立学校，临幸辟雍"，依据《诗》《礼》《书》等儒家经典，制礼兴乐，恢复被战乱破坏的典章制度，于是出现了史学家所描述的"荀颇以制度赞惟新，郑冲以儒宗登保傅，茂先以博物参朝政，子真以好礼居秩宗，虽愧明扬，亦非遐弃。既而荆、扬底定，区宇乂安，群公草封禅之仪，天子发谦冲之诏，未足比隆三代，固亦擅美一时"的局面③，其辞虽多有溢美，其言却也不乏历史依据可循。

晋室南渡之后，社会的动荡，加之玄风的畅炽，使经学影响减弱的趋势更加明显。自宋武帝刘裕始，宋齐梁三朝统治者由于不满雅道衰落、儒教沦歇的社会现实而致力于经学的复苏，弘扬诗教是他们为整治社会风气而开出的药方。宋武帝于登基后的第三年，忧虑"自昔多故，戎马在郊，

① 夏传才：《二十世纪诗经学》，学苑出版社，2005，第 2 页。
② 赵吉惠等：《中国儒学史》，中州古籍出版社，1991，第 396 页。
③ ［唐］房玄龄等：《晋书》卷九十一《儒林传》，中华书局，1974，第 2346 页。

旌旗卷舒，日不暇给。遂令学校荒废，讲诵蔑闻，军旅日陈，俎豆藏器，训诱之风，将坠于地"的局面，遂下诏"博延胄子，陶奖童蒙，选备儒官，弘振国学"，以图避免"后生大惧于墙面，故老窃叹于子衿"的状况存在，并且强调说明"此《国风》所以永思，《小雅》所以怀古"①，引经据典以正视听。齐武帝萧赜为婚礼下达而颁旨，所据理论就在于"婚礼下达，人伦攸始。《周官》设媒氏之职，《国风》兴及时之叹"②，同样从《诗经》中寻求治理天下的思想文化资源。梁武帝于天监三年下诏"置五经博士各一人，广开馆宇，招内后进"，"各主一馆。馆有数百生，给其饩廪，其射策通明者，即除为吏。十数月间，怀经负笈者云会京师"③。将儒家经典作为人才培养的最基本也是最重要的教材，昭明太子萧统就是在这种崇儒的氛围中成长起来的，他"三岁受《孝经》，五岁遍读《五经》，悉通讽颂"④，由于痛恨"自衒自媒"的士女丑行而推崇"不忮不求"⑤的明达之用心。"不忮不求"语出《诗·邶风·雄雉》，意为不忌刻不贪求。经过几代君主的提倡，至萧梁之时，遂出现"四境之内，家有文史"⑥的人文盛景。以谢灵运为代表的南朝文人诗文写作频繁引诗用诗，正是在这一背景下发生的。

《诗经》在被封建帝王借助国家机器和权力推上国家经典地位的同时，获得了超越一般学派经典或者普通文学经典的神圣性与权威性。由于这种神圣性、权威性作为政治权力运作的理论依据与历史样板而得以显现，并且在历史发展过程中得到全社会自上而下的广泛认可，因而它又在一定程度上拥有超越个人行为的特殊力量，对现实社会的政治生活与国家政治权力的运作形成一种干预之势。具体体现为指导、规范甚至制约帝王的言行举措，成为防止君权恶性膨胀的思想武器。两汉以还，朝臣们于书奏表章中引诗为据以劝谏君主已成传统。他们主要针对帝王本人或朝廷政策有违传统儒学教义之处给予批评和调整，尽管其成效未必能够达到劝谏者的预期，但却体现了思想文化价值对封建王权进行理性规范甚至驯服的努力。《晋书·礼志》在介绍惠帝时期群臣讨论丧礼挽歌定名事宜的情形时言：

> 汉魏故事，大丧及大臣之丧，执绋者挽歌。新礼以为挽歌出于汉武帝

① ［梁］沈约：《宋书·武帝纪下》，中华书局，1974，第58页。
② ［梁］萧子显：《南齐书·武帝纪》，中华书局，1972，第56页。
③ ［唐］姚思廉：《梁书·儒林传》，中华书局，1973，第662页。
④ ［唐］李延寿：《南史·昭明太子传》，中华书局，1975，第1308页。
⑤ ［梁］萧统：《陶渊明集序》，载北京大学北京师范大学中文系等编《陶渊明资料汇编》上册，中华书局，1962，第8页。
⑥ ［唐］长孙无忌：《隋书·经籍志·总序》（丛书集成初编），中华书局，1985，第4页。

役人之劳歌，声哀切，遂以为送终之礼。虽音曲摧怆，非经典所制，违礼设衔枚之义。方在号慕，不宜以歌为名，除不挽歌。挚虞以为："挽歌因倡和而为摧怆之声，衔枚所以全哀，此亦以感众。虽非经典所载，是历代故事。《诗》称'君子作歌，惟以告哀'，以歌为名，亦无所嫌。宜定新礼如旧。"诏从之。①

挚虞（250—300）是当时著名的政治家，历任秘书监、卫尉卿、光禄勋、太常卿，为维护挽歌的传统称谓，采用断章取义的方式，引《诗经·小雅·四月》诗句来说明丧礼之曲重在声音悲怆。又据《旧唐书·崔日用传》载，"日用尝采《毛诗》《大雅》《小雅》二十篇及司马相如《封禅书》，因上生日表上之，以申规讽，并述告成之事"。唐玄宗手诏答曰："夫诗者，动天地，感鬼神，厚于人，美于教矣。朕志之所尚，思与之齐，庶乎采诗之官，补朕之阙。"并"赐卿衣裳一副、物五十段，以示无言不酬之信也"②。史臣所谓"述告成之事"，是指崔日用助玄宗成功诛灭太平公主谋逆一事，此乃崔氏上表重心之所在，而"以申规讽"则并无多少实质性内涵，李隆基的回答以及赏赐也主要是在形式上大做文章，丝毫没有表现出风雅政教所产生的明显效果。然而，君臣双方于朝堂上献诗用诗的行为，绝非毫无意义的政治"作秀"，它至少表明了封建统治者对于国家经典应有的敬畏态度，而这种敬畏不仅会导致对经典形式上的认可和遵从，一定条件下甚至可能会发生威慑人心的实际效应，《明史·桂彦良传》③的记载有助于我们认识这一问题：

（洪武）七年冬至，词臣撰南郊祝文用"予""我"字，帝以为不敬。彦良曰："成汤祭上帝曰'予小子履'，武王祀文王之诗曰'我将我享'，古有此言。"帝色霁曰："正字言是也。"时御史台具狱，令词臣覆谳。彦良所论释者数十人。

朱元璋认为词臣在祝文中使用第一人称"予""我"，是对自己的不敬，桂彦良则引经据典，以古证今，为文臣们开脱，最终使数十人免于问罪和责罚。桂彦良是明初著名儒者，有"通儒"之称，朱元璋之所以后来改变态度，除了给这位"江南大儒"足够的面子之外，更深层次的原因还在于

---

① ［唐］房玄龄等：《晋书》卷二十《礼志》中，中华书局，1974，第626页。
② ［后晋］刘昫等：《旧唐书》卷九九《崔日用传》，中华书局，1975，第2088页。
③ ［清］张廷玉等：《明史》卷一三七《桂彦良传》，中华书局，1974，第3948页。

以经治天下的政治需要。明初，朱明统治集团为维护和保持大一统的政治局面，采取了一系列儒学化的文化措施，其中包括隆礼制乐以定尊卑、明等级，此时，最高统治者必须表达出对儒家经典的应有敬畏与必要的尊重，方可征服人心。

《诗经》由"经"而"诗"身份再度转换的历程，始于五四新文化运动。以胡适、郑振铎、顾颉刚为代表的现代学者开启了现代《诗经》学的研究之路，他们致力于重建《诗经》的阐释系统，通过采用文学解读的话语，恢复"诗三百"作为文学经典的本来面貌。传统经学所强调与宣传的政教观作为旧文化的标志受到猛烈抨击，存续上千年的经学阐释系统处于被解构的状态。在这一变革的过程中，我们不仅应当充分注意到西方文学理论思想对国人文学观念的革新，以及对他们研究视角的改变，尤其不应当忽视封建帝制被推翻这一根本原因。封建帝国大厦坍塌，皇权威严不再，《诗经》随之失去了作为国家政典最为重要的根基，变"经"为"诗"也就具有了历史的可能性和必然性。

第三节　由人而圣：国家权力的介入与关羽经典形象的神圣化

经典作品中的经典人物形象，既能够体现经典化机制运作的一般规律，也具有一定的特殊性，故成为我们考察的聚焦点之一。

在前面两节中，我们分别从宏观和中观的层面探讨了政治权力在文学经典化机制中的运作情况，本节拟以关羽为个案，从微观的角度再次考察这个问题。

关羽作为中国古代长篇经典小说《三国演义》最终完成的经典文学形象，既具有勇武善战、力敌万人的武将风采，也具有超凡脱俗的圣人品格。小说第七十七回写关羽父子被害，罗贯中借所谓后人之诗赞曰："神威能奋武，儒雅更知文。天日心如镜，《春秋》义薄云。昭然垂万古，不止冠三分"，其着眼点正在于此。除此之外，关羽形象还被赋予超自然的神人功力，"玉泉山显圣护民"这一情节最为形象地凸显了他与众不同的神威，乡人因感其德而于山顶建关庙，四时祭祀，则标志着在小说叙事中关羽最终完成了由人而神的转变，正式走上神坛。

一、前《三国演义》时代国家权力与关羽形象的神圣化

审视关羽形象的经典化、神圣化的历程，世代累积型特征十分突出，

罗贯中通过文本叙事所表现的政治思想倾向及其倾情讴歌的神勇、忠义等非凡品质，以及玉泉山显灵的情节，于书成之前便已在民间流传的各种三国故事以及民间艺人的文艺表演中有所体现，这一切构成了关羽经典形象神圣化的基础与前提。换言之，关羽经典化的历史"原点"可以追溯到一千多年前战火纷飞、英雄辈出的三国时代，其后在历史发展过程中经过历代接受者的不断加工改造而最终完成，这一点我们大致可以从以下两个方面加以认识：其一，就文学创作的普遍规律性而言，文学的经典化通常产生在文学文本传世之后，屈原、陶渊明、李白、杜甫、苏轼、辛弃疾等大批优秀作家的作品经典化，以及《金瓶梅》《红楼梦》等长篇小说的经典化，无不如此，然《三国演义》却不能完全作如是观。其经典化的特殊性在于，小说描写的事件与塑造的人物大都能够在历史文献里找到原型，作为历史人物的三国英雄本身就具有巨大而深远的文化影响。以关羽为例，早在《三国演义》问世前，作为艺术形象的关羽就已经出现在诸多戏剧诗文里，并且初步显现出经典化的某些特质，最为典型的是关汉卿的《单刀会》，着力突出关羽的勇武与豪气，给人留下了难以磨灭的印象。其二，就《三国演义》的特殊性而言，不少经典人物在小说成书的过程中，已经被不同时代、不同阶层的受众赋予了极其丰富而又复杂的文化内涵，小说文本所传达的不少重要思想观念并非罗贯中所独有，而是群体意识的艺术表现。例如，《三国演义》"拥刘反曹"政治倾向形成的原因之一在于封建正统观念的作用，而正统观念在小说成书之前已经普遍存在，元初文学家胡助（1278—1355）在《涿州先主庙》诗里就旗帜鲜明地推崇刘备为汉家正统的代表，诗云：

先主故乡今涿郡，我行其野慨英雄。犹存古庙龙颜异，无复高桑葆羽同。

西蜀偏安付诸葛，东吴遗恨失关公。汉家正统终然在，千载神游即沛丰。①

元初另一文人徐明善（生卒年不详，号芳谷）《威武祠记》则明确道出了供奉关羽与推崇汉室的关系：

神者，气之伸者也！惟义所在，义得气斯伸矣！而死生不与存焉。昔

---

① ［元］胡助：《纯白斋类稿》卷九，中华书局，1985，第83页。

关云长见袭于吕蒙，不得全首领以佐汉，然天下到于今，庙云长不庙吕蒙，何也？汉贼不两立，权臣于操，则义在云长，故其气伸而神也。①

在《三国演义》众多人物形象中，罗贯中对关羽的推崇态度特别引人注目。同为蜀汉五虎上将，小说叙事但凡涉及张、赵、黄、马四位时，多称其姓名或表字，如"张飞"或"翼德"，"赵云"或"子龙"，唯独对关羽多以"关公"称之，经粗略统计，全书竟多达 500 余次。在中国古代，"公"为尊称，对其使用范围，宋人洪迈《容斋续笔》卷五"公为尊称"条归纳了三点，分别是"尊其道而师之曰公""谓年之长者曰公""凡人相与称呼者，贵之则曰公"②。罗贯中称关羽为"公"，大体属于第一和第三种情况。不过他对关羽的态度完全超出了一般的尊重范围，而达到了极其崇拜的程度，而这一点也是渊源有自。早在北宋，关羽便已享有"关公"之尊称，例如北宋文人张商英作有《题关公像》一诗，赞美关羽宁死不屈的英雄品格。不少地方已经出现了为纪念关羽而修建的庙宇，据北宋范致明《岳阳风土记》载："石濑庙乃关羽庙。《湘州记》云：'石子山溪西有小溪，溪水映彻，关羽南征尝憩此，因以名。'"③ 其实，早在唐代就已出现了关羽庙，唐人董侹作《荆南节度使江陵尹裴公重修玉泉山关羽庙》即能说明问题。关羽庙的建立乃是关羽崇拜形成的重要标志之一，作为一种民间信仰，关羽崇拜又是关羽形象经典化和神圣化的重要社会文化基础。关羽形象经典化、神圣化的多种路径例如文艺传播、宗教信仰、朝廷倡导等于小说文本问世之前均已初见端倪。本节则重点探讨国家权力的介入与关羽经典形象神圣化的密切关系。

关羽崇拜作为一种民间信仰，在《三国演义》成书之前早已存在，历史十分悠久，在其漫长的发展过程中，经过了宗教的吸纳与渗透④，二者相互作用和影响，最终达到圆融的境界。中国传统社会中同时存在着正统的组织宗教与非制度的民间信仰，二者的区别主要体现在不同的神明信仰以及仪式行为之中。由于祠庙乃神明寄所，因此，正祀正祠与淫祀淫祠便成

---

① ［元］徐明善：《芳谷集》卷三，载《文渊阁四库全书》，台湾商务印书馆（台北），1983，第 1202 册，第 538 页。
② ［宋］洪迈：《容斋随笔》，中华书局，2005，第 282 页。
③ ［宋］范致明：《岳阳风土记》，成文出版社（台北），1976，第 42 页。
④ 早在隋唐时期关羽就被纳入佛教神系，充当起佛教的护法神。详见李浩：《论隋唐五代民间神灵崇拜的整合》，《民俗研究》2010 年第 3 期；蔡东洲：《关羽现象探源》，《中华文化论坛》1999 年第 1 期。

为区别国家宗教（或称精英宗教）与民间信仰的标志①。唐玄宗开元十九年（731），关羽以"蜀前将军寿亭侯"的身份进入武成王庙，获得从祀资格，开始享受国家的祭祀②。唐德宗建中三年（782），关羽再次凭借"古今名将"的身份，配享武成王③，暂时巩固了在国家祭祀中的地位。尽管唐代统治集团对关羽的崇拜程度不是很高，尚未赋予其特别显赫的神庙地位，至宋初甚至还有过迁出庙庭的遭遇，但这毕竟是关羽成为"正神"的历史起点，意义十分重大。在中国民间，各地民众供奉祭祀的神灵数量不少，它们身份各异，来源不同，承载的文化功能也各有侧重。《红楼梦》续书之一的《红楼复梦》在描写贾琏等人于河边参加祭神活动时，具体展现了这一点。小说家借贾琏的眼光这样写道：

> 只见地上铺着綦毯，上面列着几扇围屏，中间长桌上供着关圣帝君、三官大帝、金龙四大王、鲁班祖师、赐福财神、后土众神。诸位神道，面前摆着高果，高供金钱纸马。④

众神同祭，这正是民间信仰多元性、世俗性、功利性特征的具体体现。不过，我们必须承认，在民间祭祀的各路神道中，唯独关羽地位最高，社会影响最大，而这种现象的形成与国家权力所发挥的巨大作用密不可分。中国古代的民间祭祀活动因受地域文化和民族文化的影响而具有鲜明的地域色彩和民族色彩，各种祭祀仪式也因此呈现出自发性、随意性和不规范性的诸多特点，加之原始宗教文化（例如巫术）的熏陶以及外来佛教的影响，难免使人产生神秘感或者荒诞感，所以，极易招致那些崇尚理性、维护正统、持无神论观点的文人士大夫的反对甚至抵制，视之为"淫祀"。宋朝著名学者胡寅就因为坚决辟佛而旗帜鲜明地否定佛教的"淫祀"，哪怕祭祀的对象是关羽。他曾作《题关云长庙》一诗，开篇便云："西方有幻师，以利行幻术。利他乃甘言，自利则其实。曾微证形象，雇喜论恍惚。可怜亿兆人，明智百无一。泯然俱受绐，宁以鬼自怵。疑怖既迫心，祈祷便屈膝。千载浮屠氏，个个提一律"，愤怒斥责佛教徒利用妖道幻术骗人谋利的行径。胡寅认为像关云长这样的忠烈之士，应该享受国家正祭，即所谓"庙祀礼则宜，为国有典秩"。面对"而彼天台僧，相此山水窟。欲

① 路遥：《中国传统社会民间信仰之考察》，《文史哲》2010年第4期。
② [宋] 王溥：《唐会要》卷二三，中华书局，1955，第436页。
③ [宋] 欧阳修等：《新唐书·礼乐志五》，中华书局，1975，第377页。
④ [清] 小和山樵南阳氏：《红楼复梦》，春风文艺出版社，1988，第65页。

缮庐而处，假灵宣鬼物""岂惟兹一庙，淫祀如发密"的现象，深感痛心疾首，他告诫人们应当回归正学，及早提高觉悟，以造就"坐令宇宙间，礼乐兴炳蔚"①的理想局面。此诗表现了胡寅对于民间祭祀活动的否定，而持类似态度的文人士大夫并非个别。然值得注意的是，民间祭祀的对象如果同时成了国家祭祀的"正神"，情况便截然不同，其感召力与影响力势必超越地方祭祀以及神系派别的范围，而向全社会各个地区、各个阶层辐射，神像所负载的思想文化意蕴也因被纳入统治阶级的思想体系而更具有征服人心的强大力量，其神化的速度也必然因此而加快。

当代历史文化研究者的研究成果表明，中国古代社会政治生活中具有广泛影响的关羽崇拜形成于宋元时期。其间，封建国家的最高统治者运用国家权力举行关羽祭祀仪式，并予以追赠，对于关羽崇拜的形成以及推波助澜发挥了至关重要的作用。正是历代统治者的祭祀与追封使关羽形象逐步完成由侯而王、由王而帝、由帝而圣的历史演变。

关羽由侯而王，始于宋朝，赵宋王朝开启了追赠褒封关羽的先例，"关羽也正是得到国家封赠而成为'正神'"②。宋哲宗绍圣三年（1096），御赐"显烈王"匾额给当阳玉泉寺；宋徽宗接连三次加封关羽，崇宁元年（1102）封"忠惠公"，大观二年（1108）封"武安王"，宣和五年（1123）再加"义勇"二字。南宋时，关羽先后获得两次加封，建炎三年（1129），宋高宗敕封"壮缪义勇王"；宋孝宗淳熙十四年（1187），加封"武安英济王"。此后，元朝统治者在此基础上进一步追赠，元明宗天历元年（1329），加封关羽为"显灵义勇武安英济王"。关羽由此一步步走上神坛。

封建国家最高统治者运用国家权力开展的造神运动，显然受到民间广泛存在的关羽崇拜信仰的影响。然而，他们对于来自民间的文化信息绝非被动地接受，而是有意识地利用民间信仰的巨大影响来服务于自己的政治统治，以达到重整和维护封建等级秩序、恢复传统伦理纲常的目的。清代学者魏源就运用具体事例说明《三国演义》在肃整朝纲、教化人心、维系君臣关系方面所造成的社会效应：

罗贯中大半引申于陈寿，非尽凿空故，朝廷开局译为官书以资教胄。而明末李定国初与孙可望并为贼，有蜀人金公趾者在军中为说《三国演义》，每斥可望为董卓、曹操，而期定国以诸葛。定国大感动，曰："孔明不敢望，关、张、姜伯约不敢不勉。"自是遂与可望左。及受明桂王封爵，

---

① ［宋］胡寅撰，容肇祖点校：《崇正辩 斐然集》，中华书局，1993，第22页。
② 蔡东洲、文廷海：《关羽崇拜研究》，巴蜀书社，2001，第75页。

自誓努力报国，洗去贼名，百折不回，殉身缅海，为有明三百年忠臣之殿。是故郢书可以治燕，里谣巷谚可入乐府。不龟手之药，宋人以洴澼洸，而楚臣得之以济三军而兼城拓地，此为武将言之则可。若嘉定严衍作《资治通鉴补》，多取《三国演义》以补涑水之书，而钱大昕《潜研堂集》作严氏传，盛推为明代史学之冠，则希世罕闻矣。[①]

此文之中已经明确提到关羽作为忠义之臣的历史楷模作用的真实存在，正因如此，他才受到历代封建君主的推崇并予以褒奖。国家权力一旦与民间信仰紧密结合在一起，势必在全国范围内掀起一个影响日益扩大且历久不衰、既自下而上又自上而下的造神运动，关羽逐渐成为高踞神坛、为全民顶礼膜拜的精神偶像。南宋著名爱国诗人陆游在《入蜀记》里记录了自己所看到的耐人寻味的一幕：

十三日，至富池昭勇庙，以壶酒特豕，谒昭毅武惠遗爱灵显王神。神。吴大帝时折冲将军甘兴霸也，兴霸尝为西陵太守。故庙食于此。……庑下有关云长像，云长不应祀于兴霸之庙者。岂各忠所事，神灵共食，皆可以无愧耶？[②]

关羽跻身于祭祀东吴大将的昭勇庙，令陆游深感困惑。其实这一现象一方面反映了民间祭祀活动中不同神灵混搭共食的不规范特征，另一方面也说明关羽的影响正在不断扩展，以至于开始进入其他神灵的地盘。元人鲁贞（约1350年前后在世）《武安王庙记》的相关描写，相当具体地说明了国家权力介入后关羽崇拜的历史新特点：

和州李侯为开化之九月，令行禁止，百里之内，恩威兼济，囹圄生尘，人复旧业，百废并举，于是始作武安庙于县之东，……神姓关字云长，河东解人也。与涿郡张飞从先主于平原，寝则同床，恩若兄弟，稠人广坐中，侍立终日，相与周旋，不避艰险，守下邳为操所擒，杀颜良于万人中以报操。复归先主取襄，威震华夏，操欲迁都以避其锐。其为勇也，其为义也，视荀马周吕之徒，何啻神龙之与螟蛉也。蜀人往往立庙以祀之。

宋祥符七年，解州盐池水干，召龙虎山张天师治之。天师符神往数日，盐池水赤神斩蛟，持其首出水中，盐池复故。诏立庙坚泉山，赐额曰

① 魏源全集编辑委员会：《魏源全集》第3册《圣武记》附录，岳麓书社，2004，第592页。
② ［宋］陆游：《入蜀记》卷四，中华书局，1985，第33页。

"义勇封武安王"。兹土每遇盗贼临境，水旱疾疫，祷辄应惟，神生而义勇，没而为神，助国救民，义也！斩盐池蛟，勇也！惟义与勇，死生以之，其庙食也宜哉！ ①

鲁贞即为开化人，他围绕和州府在自己家乡修建武安庙以祭祀关羽一事展开的叙事，充分反映了民间大众、地方政府、中央朝廷共同打造"关神"形象的历史事实，官民结合，三位一体，层层推动，上下呼应，这正是赵宋以还社会文化生活中关羽崇拜不断增温的现实原因以及具体表现。关羽"没而为神"，最初只是作为传闻在民间一定范围内流传，得到官府与朝廷的认可之后，不仅传播范围迅速扩大，而且"传闻"也因"官说"的身份具有了"事实"般的说服力和影响力。在这一背景下，罗贯中创作《三国演义》，在关羽遇害后设计了一系列足以表现"没而为神"的情节，如显圣附体于吕蒙，使之"七窍流血而死"，首级见曹操，居然"口开目动，须发皆动"，从而惊倒曹操，以及于玉泉山显圣护民，等等，便契合了平民百姓渴求神明护佑的文化心理，同时与封建统治者长盛不衰的造神活动保持着一致。

二、《三国演义》成书后关羽形象神圣化中的权力效应

如前所述，长篇小说《三国演义》成书之前，由于国家权力的强势介入，关羽形象已经显示出经典化、神圣化的倾向。小说问世后，得益于罗贯中成功的艺术再创造，关羽更是成为家喻户晓、妇孺皆知的高度经典化的艺术形象。在小说的传播过程中，国家权力仍然发挥着显在的作用，其具体表现为继续推动造神运动的深入进行，将关羽形象神圣化的历程推向了最高峰。关羽登上帝座，始于明万历年间。神宗万历十八年，封关羽为"协天护国忠义帝"，万历三十三年（1595），加封"三界伏魔大帝神威远震天尊关圣帝君"，关羽的地位越提越高。有清一代，经过国家权力执掌者的大力推动，关羽崇拜遂达到登峰造极的地步。顺治七年，朝廷正式颁行满文《三国演义》②，将其作为官方认定的兵书以授将士，这一举措所收到的积极效应，清人奕赓（生卒年不详）《管见所及》对此有所记载：

额尔登保，肛厂地方之珠轩户也，即俗所谓鱼皮鞑靼者，乾隆中充伍

---

① ［元］鲁贞：《桐山老农集》卷一《记》，载《文渊阁四库全书》，台湾商务印书馆（台北），1983，第1219册，第133页。

② ［清］蒋良骐：《东华录》卷六，广西人民出版社，2005，第76页。

来京，屡立战功。初从超勇公海兰察帐下，海尝谓曰："观汝之材，颇堪造就，惜乎不识汉字，不能畅晓兵法。"乃以翻译《三国演义》授之，由此颇谙兵法，终成名将，后定教匪获封威勇侯世袭罔替，实读《三国演义》之功也。[1]

清朝统治者进一步加大了国家祭祀的力度，至雍正七年，"定制郡县胥岁三祭"（见《（乾隆）汾州府志》卷二十四），祭祀规格不断提高，对此，《清文献通考》卷一百五《群祀考》有详细记载。与此相对应，关羽在神庙中所获得的显赫地位，仅从当时的神庙祝辞便可知一斑：

坤宁宫朝祭诵神歌祷祝辞
上天之子佛及菩萨大君先师三军之帅关圣帝君：某年生小子。今敬祝者，丰于首而仔于肩，卫于后而护于前。……

朝祭灌酒于猪耳祷辞
上天之子三军之帅关圣帝君：某年生小子。敬献粢盛嘉悦以享兮。

次日为牧群繁息于祭马神室中朝祭诵神歌祷祝辞
上天之子佛及菩萨大君先师三军之帅关圣帝君：今为牧群繁息敬祝者，抚脊以起兮，引鬣以兴兮，嘶风以奋兮，嘘雾以行兮，食草以壮兮，啮艾以腾兮，如萌芽之发育兮，如根本之滋荣兮。神其眂我，神其佑我。[2]

关羽与天子、佛、菩萨等并称，彻底神化。自顺治九年（1652）加封关羽"忠义神威关圣大帝"后，几乎代代皇帝都给予加封。雍正五年敕封其曾祖光昭公，祖裕昌公，父成忠公，增设神牌于后殿。乾隆三十三年敕封"忠义神武灵佑关圣大帝"。嘉庆十二年敕封"忠义神武灵佑仁勇关圣大帝"。道光九年敕封"忠义神武灵佑仁勇威显关圣大帝"。最终号称"护国保民精诚绥靖翊赞宣德忠义神武灵佑仁勇威显关圣大帝"，封号长达26字。

关羽从历史英雄演变为圣人神人，不仅为世人楷模，具体影响和规范民众的现实行为，而且被人为地赋予主宰人们功名利禄、福祸寿夭的超自

---

① ［清］奕赓：《管见所及》，民国二十四年佳梦轩丛著本，上海辞书出版社。
② ［清］官修《（雍正）八旗通志》卷九十二《典礼志》十四、十五，载《文渊阁四库全书》，台湾商务印书馆（台北），1983，第665册，第689页。

然神奇力量，扮演起大众保佑神的角色，小民们抬头仰视与俯身叩拜，正是其心灵被征服的标志。这种效应已经不是文学传播所能造就的。明清两朝，全国各地普建关帝庙，明末清初学者陈确《圣庙议》云："今天下佛庙、关庙竟不知几万万亿"，虽有夸张之嫌，但关庙遍布全国也是不争之事实。小说《歧路灯》一书十余次提及关帝庙，第九十五回云："一箭路远，有座关帝庙，一旁有两三家子饭铺。"[①] 关帝庙已成为当地路标。《老残游记》第七回则言："那山里关帝庙有两处：集东一个，集西一个。这是集西的一个关帝庙"[②]，关帝庙的密集程度由此可见。与此相一致，关羽在社会各阶层人士心目中具有十分崇高的地位。清代另一学者陈殿桂反对天下淫祀，除了主张祭祀五岳四渎之外，推崇的便是关圣大帝，作《募修石亭巷关帝殿引》，将关羽置于百神之上。《聊斋志异》讲述了多个关公显灵的奇异传说。《儿女英雄传》第三十二回云："安老爷向来是位重儒不佞佛的，等闲不肯烧香拜庙，只有见了关圣帝君定要行礼。"[③] 各个阶层均将关羽奉为神灵，祈求其保佑庇护，这种社会效应的产生，显然不仅仅是由于《三国演义》文本的影响，国家祭祀与民间信仰的合二为一，才使关羽彻底脱离"凡胎"，完全演变成拥有超自然力量的神明。人们读《三国演义》，欣赏的聚焦点是作为武将关羽的神勇无敌与义薄云天。拜祭关庙，情况则有所不同。他们怀着攘除灾患，有祷必灵的希望，虔诚地叩拜作为救世主的"关老爷"，无论敬畏之心理，抑或焚诵之礼，均不是读作为小说的《三国演义》之后的正常反应，而与宗教化的国家祭祀和民间信仰有着直接的关系，后者还催生出一批诸如《长沙关帝祭文》《祝关帝文》《重修佛山镇关帝庙记》《重修关帝庙记》《关帝庙祭文》《读关圣庙》《关圣帝君像赞》之类的文章，这也是关羽形象神圣化的具体表现。

---

① ［清］李绿原：《歧路灯》，华夏出版社，1997，第 592 页。
② ［清］刘鹗：《老残游记》，天津古籍出版社，2005，第 45 页。
③ ［清］文康：《儿女英雄传》，江苏凤凰出版社，2008，第 474 页。

第三章　崇高人格的深度映照

——从自我心灵的艺术写照到后世作家群体的效仿对象

以重血缘、重关系、重品行、重道德著称的中国传统文化属于典型的伦理型文化，在中国传统文化的整体结构中，道德无疑居于核心地位，它决定着中国人的生活方式与行为方式，直接影响到全民族的信念、价值、情感、思维以及审美趣味。文学作为一种特殊的文化存在，文化的本质属性必然体现于文学创作以及传播的全部过程之中。道德伦理是中国古代文学经典化机制内在构成中的一个重要的子系统，因其作用而生成一条经典化的特殊路径。道德元素尤其是儒家的伦理思想在经典化机制中占据的重要地位，决定于中国传统文化所具有的伦理内核与道德基石。西方古希腊伦理和东方儒家伦理构成了世界伦理思想的两大渊源，世界各国的文化都重视道德伦理，"但是相比之下，中华民族对道德的重视尤其。他不仅把道德作为文化的基石，而且使道德渗透进一切领域，包括政治领域和经济领域"①。其实，这种渗透的领域也包括文学创作、文学批评以及文学接受，其结果便是作为道德肯定的"善"成为文学艺术家着力表现和肯定的对象，"美善合一""美善相乐""美善兼通"成为极具有民族特色的中国古典美学的重要范畴，自然也就成为支配经典作家创作以及广大受众评判经典的重要标准。文学家所表现的、广大读者所认可和欣赏的美，通常是一种社会美、道德美。

中国古代文学的内在构成中蕴含着丰富的伦理学价值。一方面文学创作者除了在作品中直接做出的道德判断以及直接表达的道德情感和道德诉求之外，更多的是通过具体的场景和鲜明的形象传达出种种道德信息。另一方面广大读者和评论家依据自身的道德观念和道德立场去解读和评判文学文本的意义内涵，作家的道德水平的高低与伦理态度的取向成为他们判

---

① 吴来苏等：《中国传统伦理思想评介·绪论》，首都师范大学出版社，2002，第 1 页。

断一部作品好坏的重要尺度。清代著名文艺批评家刘熙载（1813—1881）明确提出"诗品出于人品"①的批评原则，反映的正是一种具有普遍性的共识，即作家的道德品格对于作品的情感基调、意义取向具有决定性意义，甚至影响文本的存在价值。屈原作品之所以流芳千古，沾溉后人，固然源于文本原创性的艺术魅力，同时，更重要的原因还在于诗人那种"濯淖于污泥"却能"蝉蜕于浊秽"，可"与日月争光"的崇高品格，征服了后代众多的读者。同样，诗作被钟嵘仅列入"中品"的陶渊明之所以为后代文人所敬仰，以至于中国文学史上形成引人注目的"崇陶"现象，根本原因也在于诗人"贞志不休，苦道安节"的道德情操，即如刘熙载所言"陶渊明为文不多，且若未尝经意。然其文不可以学而能，非文之难，有其胸次为难也"②。因推崇诗人人品进而推崇诗人作品，视之为典范，这正是文学经典道德化路径生成的重要前提和基础。

反之，如果创作者道德品质出现瑕疵，遭人诟病，即使所作诗文多有可圈可点之处，恐怕也很难进入文学经典的殿堂，西晋文学家潘岳（274—300）当属典型之例。潘岳殊有文才，钟嵘《诗品》以"潘才如江"赞之，推举其诗为"上品"。然由于"岳性轻躁，趋世利，与石崇等诌事贾谧，每候其出，与崇辄望尘而拜"（《晋书·本传》），故所作《闲居赋》尽管表达了厌倦官场的隐逸情怀，而且炼句对偶工稳，运笔色彩清丽，不乏富于诗情画意的描写，如：

> 爰定我居，筑室穿池。长杨映沼，芳枳树樆。游鳞瀺灂，菡萏敷披。竹木蓊蔼，灵果参差。张公大谷之梨，梁侯乌椑之柿。周文弱枝之枣，房陵朱仲之李，靡不毕植。三桃表樱胡之别，二柰耀丹白之色。石榴蒲桃之珍，磊落蔓衍乎其侧。梅杏郁棣之属，繁荣藻丽之饰。华实照烂，言所不能极也。菜则葱韭蒜芋，青笋紫姜。堇荠甘旨，蓼荾芬芳。襄荷依阴，时藿向阳，绿葵含露，白薤负霜。③

可是，在传播过程中仍然难以得到后人的好评。金代著名文论家元好问（1190—1257）做《论诗绝句三十首》，其六云：

> 心画心声总失真，文章宁复见为人。高情千古《闲居赋》，争信安仁

---

① ［清］刘熙载：《艺概·诗概》，上海古籍出版社，1978，第82页。
② ［清］刘熙载：《艺概·文概》，上海古籍出版社，1978，第18页。
③ ［清］严可均辑：《全晋文》（中），商务印书馆，1999，第977页。

拜路尘。①

元好问此论极具代表性，后世文人响应者颇多。兹举清人两首作品：

王维蒙伪署，千载疑相因。区区《池上篇》，亮节希自陈。
当时倾听谁，裴迪交最亲。文章饰大义，何以服后人？
不见赋《闲居》，乃复拜路尘。

——黄钺《咏史·录旧作》②

猿岂无乐时，鸦亦有喜处，只因其声似哀怒，遂使人人悲且恶。
君不见潘安仁，恬退赋《闲居》，难掩拜路尘。
又不见苏子卿，风流娶胡妇，宁玷志节贞？
丈夫自立贵有素，身名成败非旦暮。

——赵翼《杂书所见》③

黄钺（1750—1841），乾隆五十五年进士，是当时知名度较高的教育家和艺术评论家，且善诗，其《咏史》诗针对唐代著名诗人王维在安史之乱中的表现而发论，《池上篇》当指王维《菩提寺禁裴迪来相看说逆贼等凝碧池上作音乐供奉人等举声便一时泪下私成口号诵示裴迪》（简称《凝碧池》）一诗，诗云：

万户伤心生野烟，百官何时再朝天，秋槐花落空宫里，宁碧池头奏管弦。④

毋庸置疑，诗的字里行间充溢着诗人思念朝廷的哀痛之情，语调低沉呜咽，如泣如诉，情感的真实性不容置疑。然黄钺因质疑王维在安禄山军中担任伪职的"不忠"行为，从而否定了《凝碧池》诗的情感价值，并以潘岳为例，进一步说明文章不能掩盖作者道德上的瑕疵，道德立场昭然可见。赵翼（1727—1814 年）乃清代著名文学家、诗论家，在世时间稍早

① 郭绍虞等编：《万首论诗绝句》，人民文学出版社，1991，第 158 页。
② ［清］黄钺撰，陈育德、凤文学校点：《壹斋集》（下）卷三十二《古今体诗四十六首》，黄山书社，1999，第 613 页。
③ ［清］赵翼著，胡忆肖选注：《赵翼诗选》，中州古籍出版社，1985，第 71 页。
④ ［唐］王维著，董乃斌编选：《王维集》，江苏凤凰出版社，2006，第 43 页。

于黄钺，他持论的立场及其观点，与黄钺有着惊人的相似之处。由此可见，文学家道德品格上的污点足以构成其作品进入经典行列的障碍。

第一节　道德话语体系与经典评价体系的建构

传承数千年、绵延不断的中国传统文化，主流与核心当是儒家文化，自汉武帝"独尊儒术"以后，儒家思想更是居于思想界统治地位。从先秦儒学到宋明理学，儒学在自身发展衍化过程中，"逐渐形成了独特的价值体系，它以善的追求为轴心，并具体展开于天人、群己、义利、理欲、经权以及必然与自由等基本的价值有关系"①。"善"属于道德范畴。在孔子的思想观念中，"尽善""尽美"是作为人应当追求的最崇高的理想境界而存在的，只不过，"对于孔子来说，美与善相比，善是更根本的东西"②。美善合一，以善为本的思想，在《论语》中具体体现为主张"先王之道斯为美""里仁为美""君子成人之美"，甚至体现于"乐而不淫，哀而不伤"的文艺批评尺度，后者对中国古代的文学批评产生了极其深远的影响。至汉，《毛诗序》③的出现，进一步发展了儒家以善为本的美学（诗学）思想。《毛诗序》（尤其是《诗大序》）体现出"致力于为儒家诗教建立种种规则和规范"的主观努力，它强调诗歌与时代、诗歌与政治教化的关系，主张诗歌应当发挥教化作用，这"对于中国古代诗学体系的构成，也有一定的辅助意义"④。

一、儒家道德思想生成文学经典化的特殊路径

儒家的道德思想及其诗学观念开辟了一条文学经典化路径，具体表现为作家的道德人格与作品的道德品位直接影响到广大受众对于经典的评判标准和接受态度。一方面，越能够发挥文学的教化作用、越充分地表现作家高尚道德品格的作品，越能够得到受众的肯定与欣赏，因此也就越具有成为经典的可能性。除了人们所熟悉的屈赋、陶诗、杜诗之外，还可举出不少作品。现以唐诗的经典化为例。中唐白居易（772—846）的《秦中吟》

① 杨国荣：《善的历程》，上海人民出版社，1994，第 8 页。
② 李泽厚、刘纲纪：《中国美学史》第一卷，中国社会科学出版社，1984，第 149 页。
③ 《毛诗序》产生的具体年代众说纷纭，各执一端。笔者倾向于认为"《毛诗序》代表了荀子到毛公的诗学观念"。见詹福瑞：《中古文学理论范畴》，中华书局，2005，第 41 页。
④ 陈良运：《中国诗学体系论》，中国社会科学出版社，1992，第 72 页。

十首乃经典化程度较高的组诗，因形象地体现了与《新乐府》组诗相同的"为君、为臣、为民、为物、为事而作"的创作宗旨，而受到后世文人的一致好评，例如《唐宋诗醇》评《重赋》云："通达治体，故于时政源流利弊言之了然。其沉着处令人鼻酸，杜甫《石壕吏》嗣音也"；《原诗》评《重赋》《致仕》《伤友》《伤宅》等篇，"言浅而深，意微而显，此风人之能事也"；《读雪山房唐诗序例》云："白乐天《秦中吟》等，五言而能质古，足以当采风之献"①。诸位诗论家均着眼于白诗文本"善"的本质，高度肯定其批判现实、风化天下的政治与道德功能。中唐另一著名诗人张籍（约766—约830）的乐府诗《节妇吟寄东平李司空师道》乃传世名篇，其创作缘由据宋代著名学者洪迈（1123—1202）《容斋随笔》载：

> 张籍在他镇幕府，郓帅李师古又以书币辟之，籍却而不纳，作《节妇吟》一章寄之。②

文中李师古当为李师道之误，师道乃师古之弟。中唐以后，藩镇日渐坐大，而朝廷积弱日久，已难控制，割据之势日成，李师道即为当时藩镇之一的平卢淄青节度使，又冠以检校司空、同中书门下平章事等头衔，权势炙手可热。为了增加实力，他采用各种手段勾结拉拢朝廷官员和文人，张籍便是其中之一。《节妇吟》运用比体来表现为臣者对忠直节操的坚守，张籍以节妇自比，婉拒对方的邀请，构思巧妙，情真意定，故赢得好评不断。白居易盛赞张籍的乐府诗，所作《读张籍古乐府》将其创作特色总体概括为"《风》《雅》比兴外，未尝著空文"，谓之"上可裨教化，舒之济万民；下可理性情，卷之善一身"③，评价甚高，《节妇吟》一诗正具有如此特色。至于明代文学家钟惺《唐诗归》所谓"节义肝肠，以情款语出之。妙！妙！"④之赞语，则更多的是立足于道德立场而做出的肯定性评价。诗中"还君明珠双泪垂，恨不相逢未嫁时"两句，比喻巧妙，韵味悠长，尤为历代读者所津津乐道。

另一方面，历代受众在道德价值观支配下所形成的道德视域，在文学传播过程中构成了一道无形的屏障，将文本内涵违背社会主流道德价值体系思想的作品摒弃在经典的范围之外。一个最为典型的范例便是，盛行于

---

① 陈伯海主编：《唐诗汇评》中册，浙江教育出版社，1995，第2051—2054页。
② ［宋］洪迈：《容斋随笔·容斋三笔》，中华书局，2005，第492页。
③ ［唐］白居易：《白居易集》，中华书局，1979，第2页。
④ 陈伯海主编：《唐诗汇评》中册，浙江教育出版社，1995，第1900页。

梁陈诗坛的宫体诗，以及后世具有"宫体"风格的同类诗歌，之所以成为历代文论家批评的对象，难以进入经典行列，最根本的原因正在于它们偏离或背离了儒家诗教规范的轨道，丧失了诗歌的道德教化功能。关于这一点，明代著名学者、文学家杨慎（1488—1559）在《升庵诗话》中有一段评论，颇具代表性：

> 《后庭花》，陈后主之所作也。主与幸臣各制歌词，极于轻荡。男女唱和，其音甚哀。故杜牧之诗云："烟笼寒水月笼沙，夜泊秦淮近酒家。商女不知亡国恨，隔江犹唱《后庭花》。"《阿滥堆》，唐明皇之所作也。骊山有禽名阿滥堆，明皇御玉笛，将其声翻为曲，左右皆能传唱。故张祜诗曰："红叶萧萧阁半开，玉皇曾幸此宫来。至今风俗骊山下，村笛犹吹《阿滥堆》。"二君骄淫侈靡，耽嗜歌曲，以至于亡乱。世代虽异，声音犹存。故诗人怀古，皆有犹唱犹吹之句。呜呼，声音之入人深矣！ ①

杨慎秉承儒家诗教"声音之道与政相通"的宏大视野以及"亡国之音哀以思"的具体评判标准，联系陈朝灭亡和唐王朝由盛而衰的历史，对《后庭花》《阿滥堆》做出了"其音甚哀"的评判与定位。在中国古代文学传播史上，但凡贴上"亡国之音"标签的作品，已经从根本上失去成为经典的资格。

由于古代道德评价体系具有强大的遴选功能，故被摒弃在经典行列之外的作品，显然不仅仅是南朝宫体诗。中国文学史上诸多的涉"艳"之作，均未能获得诗论家的肯定和欣赏，即使出自那些备受历代受众喜爱的经典作家的笔下，同样可能因为缺少道德教化的内涵而无法获得经典的身份。读读宋代诗学家黄彻（1090—1168，号巩溪居士）针对李白、白居易、苏轼某些诗歌的批评意见，便足以感受到诗论家从已经形成的社会道德评价体系中所获得的敢于批评文学大家的底气和自信：

> 世俗夸太白赐床调羹为荣，力士脱靴为勇。愚观唐宗渠渠于白，岂真乐道下贤者哉，甚意急得艳词媟语，以悦妇人耳。白之论撰，亦不过为玉楼、金殿、鸳鸯、翡翠等语，社稷苍生何赖？就使滑稽傲世，然东方生不忘纳谏，况黄屋既为之屈乎？说者以谋谟潜密，历考全集，爱国忧民之心如子美语，一何鲜也。力士闾阎腐庸，惟恐不当人主意，挟主势驱之，何

---

① ［明］杨慎：《升庵诗话》卷十，载丁福保辑《历代诗话续编》，中华书局，1983，第845页。

所不可，脱靴乃其职也。自退之为"蚍蜉撼大木"之喻，遂使后学吞声。余窃谓如论其文章豪逸，真一代伟人，如论其心术事业，可施廊庙，李杜齐名，真忝窃也。①

黄彻扬杜抑李的态度取决于他的道德评判标准，这一点同样体现在他对白居易、苏轼两位大家个别作品的批评中：

> 乐天《九日思杭州》云："笙歌委曲声延耳，金翠动摇光照身。"子瞻有《怀钱塘》云："剩看新番眉倒晖，未应泣别脸销红。"黎元耆旧，何遽忘之耶？徐考其集，白送姚杭州赴任，因思旧游云："同里固宜勤抚恤，楼台亦要数跻攀。"苏亦云："细雨晴时一百六，画船箫鼓莫违民。"是未尝无意于民庶也。然白又有"故妓数人凭问讯，新诗两首倩留传"，坡又有"休惊岁岁年年貌，且对朝朝暮暮人"，大抵淫乐之语，多于抚养之语耳。夫子称未见好德如好色，而伤之曰"已矣乎"。二公未能免俗，余人不必言。②

黄彻并未全盘否定白、苏二人的创作，其诗学批评的道德指向十分明显。通过他的对比以及褒贬各异的评价，我们再次感受到诗论家一以贯之的道德立场。事实上，他所批评的诗作的确也未进入文学经典的行列。

二、片面的道德评价阻碍文学经典的传播

道德评价体系的建构以及长期有效的运作，对于古代文学经典化的积极作用必须得到承认和肯定，因为它有助于中国文学民族特色的形成，有助于坚守和强化文学经典求"善"的价值取向，有助于文学经典确保净化人心的道德功能的实现。毋庸讳言，传统的道德评价体系也存在一定的负面影响，不容忽视。如果道德立场限制了文学接受者的阅读视野，成为他们首要或唯一的评价出发点，而传统道德观念中的消极思想因素又主导着他们的整个接受活动，那么，一些具有经典本质规定性的作品就可能因思想观念的冲突，而遭受带有道德偏见的批评甚至否定，虽然这最终并不影响该作品的经典化，但毕竟暴露了文学受众对经典文学认识的观念分歧，

---

① ［宋］黄彻：《巩溪诗话》卷二，载丁福保辑《历代诗话续编》，中华书局，1983，第351页。
② ［宋］黄彻：《巩溪诗话》卷八，载丁福保辑《历代诗话续编》，中华书局，1983，第386页。

在一定程度上妨碍着经典的传播。例如，中唐颇有成就的文学家刘禹锡（772—842）的《再游玄都观》诗乃传世名篇，诗云：

> 百亩庭中半是苔，桃花净尽菜花开。种桃道士归何处，前度刘郎今又来。

诗写于刘禹锡因王叔文事贬谪朗州十年后再回京师之际，十年的风吹雨打，不仅玄都观荡然无复一树，朝中人物也已面目全非。诗人感慨朝政翻覆无常，语含讥讽，同时表现了自己不屈不挠的坚强意志，实属难能可贵。《再游玄都观》在传播过程中获得了历代受众的大量好评，其经典性至今为接受者承认，然而，其间也出现过相反的意见。清代长洲（今江苏苏州）学者王尧衢（生卒年不详，约生活在康熙、雍正年间）就以儒家温柔敦厚的诗教为批评武器，对该诗给予了否定性评价，他在《古唐诗合解》中针对诗人的傲骨和品格，对一代诗风提出了批评："诗至中唐，渐失风人温厚之旨。"①充分暴露了道德至上的文学批评观。问题在于这种现象并非个别，更有甚者居然将大批非关风化的作品一并否定。例如，在同样秉承儒家诗教传统的北宋诗论家张戒（生卒年不详，宣和六年进士）的视域中，从建安到北宋的诗歌发展上，只有陶渊明、杜甫二人的诗歌符合他的价值标准，余者皆因创作或多或少落于"邪思"而遭到否定。他在《岁寒堂诗话》里说道：

> 自建安七子、六朝、有唐及近世诸人，思无邪者，惟陶渊明杜子美耳，余皆不免落邪思也。六朝颜鲍徐庾，唐李义山，国朝黄鲁直，乃邪思之尤者。鲁直虽不多说妇人，然其韵度矜持，冶容太甚，读之足以荡人心魄，此正所谓邪思也。②

对文本进行片面的道德解读的弊端，由此可见一斑。批评家如果过分关注文学的道德功能，并将道德的内涵局限于相当狭窄的范围之内，势必忽略甚至完全无视文学经典本质规定性的其他表现，显然会影响文学经典化的推进。

① 陈伯海主编：《唐诗汇评》中册，浙江教育出版社，1995，第1842页。
② ［宋］张戒：《岁寒堂诗话》卷上，载丁福保辑《历代诗话续编》，中华书局，1983，第465页。

第二节　忠臣品格的历史效应与《离骚》经典化的道德路径

　　战国时期楚国诗人屈原是中国文学史上享有盛名的伟大诗人之一，唐代大诗人李白《江上吟》赞曰："屈平词赋悬日月，楚王台榭空山丘"，运用对比的手法表达自己对屈原的推崇之意，颇具代表性。李白无意对屈平与楚王之间的关系进行学理性探讨，但将二者联系起来思考，表明他已经直观地感受到君臣关系是认识和评判屈原其人其文的重要切入点。在"普天之下，莫非王土；率土之滨，莫非王臣"的社会中，君臣关系自然成为传统道德体系中最为重要的一种社会关系，它位于儒家"五伦"之首，直接影响社会成员的生存状况和价值取向。就屈原而言，君臣关系的恶化导致了他的人生悲剧，而他的忠臣品格则赋予其辞赋经典性本质。

　　屈原所作辞赋的经典化完成于汉代，其中尤以《离骚》的经典化程度为最高，汉代文人在大一统背景下对于君臣关系的认识和把握，决定了他们对《离骚》的褒贬态度。《离骚》在汉代经典化的具体标志有二：

　　其一，在汉代社会主流文化的话语系统中，《离骚》受到的重视程度远远高于一般辞赋，甚至高于屈原的其他作品，虽未正式入选封建政府法定的国家经典（即五经），却也成为最高统治者和经学大师欣赏与研究之对象。据《汉书·淮南王传》载：汉武帝好艺文，使淮南王刘安为《离骚传》。"传"作为儒家学术术语，特指解说经义的文字，如《春秋》之《左传》，《诗》之《毛传》，故唐代颜师古（581—645）注曰："传，谓解说之，若《毛诗传》。"① 由此不难看出，汉武帝给予《离骚》以经典性待遇。东汉儒学大师马融（79—166）才高博洽，通注群籍，《离骚》与《孝经》《论语》《诗》《易》《三礼》《尚书》《列女传》《老子》《淮南子》等同列在内，事实上已获得"教科书"（或曰"准经典"）的身份。东汉王逸（生卒年不详）作《楚辞章句》，首章便标为《离骚经章句》，其文云："离，别也。骚，愁也。经，径也。言己放逐离别，中心愁思，犹依道径，以风谏君也。"对于这一阐释，宋人洪兴祖（1090—1156）表示了不同意见："古人引《离骚》未有'经'者，盖后世之士祖述其词，尊之为经耳，非屈原意也。逸说非是。"② 斯言信哉！尊之为经，确为汉人赋予《离骚》最为崇高的地位。

　　其二，以司马迁（前145—前90）为代表的两汉文人总结和继承楚辞

――――――――
① ［汉］班固：《汉书·淮南王传》，中华书局，1962，第2145页。
② ［宋］洪兴祖：《楚辞补注》卷第一，中华书局，1983，第2页。

发愤抒情的创作传统，视《离骚》为发愤著书的典范，政治上失意的文士往往以之为创作模拟的对象。西汉著名文学家贾谊（前 200—前 168）遭贬谪，为长沙王太傅，及渡湘水，历屈原放逐所经之地，作《吊屈原赋》既悼屈子，亦以自伤，此乃屈子悲歌在文学创作领域内最早的历史回音。刘向所编《楚辞》收入《惜誓》一篇，作者亦题为贾谊，王逸《楚辞章句》则曰："《惜誓》者，不知谁所作也。或曰贾谊，疑不能明也。"此赋内容"哀惜怀王，与己信约，而复背之也。……盖刺怀王有始而无终也"[1]，抒情手法兼效《离骚》和《远游》。著名辞赋家东方朔（前 154—前 93）追悯屈原，作骚体赋《七谏》以昭忠信，矫曲朝，屈子遗响从内容与形式两个方面均得到历史延续。东汉初期的辞赋家冯衍（生卒年不详）有感自己正身直行，时莫能用，遂仿效屈原《离骚》《哀郢》《涉江》之笔法风格，作《显志赋》抒发个人遭时不遇的忧愤不平。梁𫗧（23—63）是另一位自觉效仿屈原的文学家，因坐兄松事，与弟恭俱徙九真，历江、湖，济沅、湘，感悼子胥、屈原以非辜沈身，乃作《悼骚赋》，并系玄石而沈之。东汉后期汝南人应奉（约 144 年前后在世）遭遇党锢，"慨然以疾自退。追愍屈原，因以自伤，著《感骚》三十篇，数万言"[2]。屈原作品作为经典的样板价值已彰显无疑。

考察屈赋的经典化路径，多样性特征十分明显。除了政治权力的介入之外，两汉文人对屈原忠臣品格的高度认可，以及艺术才华的充分肯定，分别在道德领域和文学创作领域开辟出通往经典殿堂的两大路径。由于忠臣品格的历史效应对于《离骚》的经典化发挥了极其重要的作用，故本节主要探讨道德路径与屈原辞赋经典化的内在关系。

一、两汉文人的历史际遇与《离骚》经典化道德路径的开辟

从屈原生活的战国后期，到西汉大一统王朝的建立，时间不过百余年，屈原以及楚辞所形成的文学传统并未因朝代的更迭而中断，在经过秦朝及汉初的短暂沉寂之后，自文景时代起，日益繁荣的文坛便出现持续不断的辞赋创作热潮，诵读、献纳辞赋的风气盛行。无论骚体赋文的写作抑或铺张扬厉赋法的运用，都体现出对楚辞文学传统的继承，尤其是"哀时命"悲叹的反复出现，更是标示屈赋主题的历史延续。汉朝文人对于屈原文化身份的历史定位，直接影响到《离骚》文本的解读，进而影响《离骚》作为经典的传播面貌。

---

① ［宋］洪兴祖：《楚辞补注》卷第十一，中华书局，1983，第 227 页。
② ［宋］范晔：《后汉书·应奉传》，中华书局，1965，第 2108 页。

汉初近七十余年，为适应休养生息的社会需求，黄老学说成为封建统治者最主要的政治思想武器。然随着汉王朝国势的日臻强盛，至武宣时期出现盛世局面，儒学对于巩固大一统王权的重要意义亦日益凸显，从"霸王道杂之"治国策略的推行，到独尊儒术思想的确立，再到经学兴盛局面的形成，儒学在政治文化领域中的影响呈现出不断扩大之势，最终获得"汉代国家意识形态地位"，"甚至奠定了中国两千年国家意识形态的基础"①。同时，先秦儒学所具有的独立思考的精神品格，所倡导的舍生取义的浩然正气，也面临着被压抑，甚至被消解的历史命运。在文化思想相对活跃，而封建专制集权日趋严厉的背景下，那些秉承先秦士人精神、追求人格独立的文人士大夫，在强大的封建王权面前，难免陷入以德抗位而不能、违心屈从而不甘的两难困境，屈原曾经面临的如何处理君臣关系的政治难题，同样成为他们必须面对和解决的人生重大课题，上文提到的贾谊、司马迁、冯衍、梁竦、应奉等人无不如此。屈原通过《离骚》所展示的心路历程及其人生悲剧，之所以一次次激起他们的情感共鸣，原因也当与此有关。

随着封建皇权的不断张大以及儒学的经学化、官方化，两汉文人士大夫对于君臣伦理的重视程度远远超过先秦士人，立足于现实需要的立场，他们将与楚王的关系以及态度作为认识和评价屈原的重要切入点。基于对屈原"人臣"身份的一致认定，汉朝士人多从君臣伦理的角度去解读屈原的现实行为及其辞赋作品，普遍采用忠奸善恶标准进行道德性评判，其中，司马迁的言说极具代表性，历史影响也十分深远。《史记·屈原贾生列传》在分析《离骚》创作动因时指出："屈平疾王听之不聪也，谗谄之蔽明也，邪曲之害公也，方正之不容也，故忧愁幽思而作《离骚》。"并将《离骚》的主要内容概括为"冀幸君之一悟，俗之一改也。其存君兴国而欲反覆之，一篇之中三致志焉"②。屈原"竭忠尽智以事其君"，堪称忠臣，《离骚》则是忠臣"存君兴国"品格的艺术呈现，兼具《国风》好色而不淫与《小雅》怨诽而不乱之抒情特色，故其学术价值堪比儒家经典。西汉著名学者刘向（前77—前6）《新序·节士》赞誉屈原有"博通之知，清洁之行"③，后者亦属道德评价的范畴。东汉班固（32—92）的观点与司马迁基本相同，《离骚赞序云》："屈原痛君不明，信用群小，国将危亡，忠诚之情，怀不能已，故作《离骚》。"又《奏记东平王苍》一文云："昔卞和献宝，以罹

---

① 详见葛兆光：《中国思想史》（第一卷），复旦大学出版社，1998，第368—388页。
② ［汉］司马迁：《史记》，中华书局，1959，第2485页。
③ ［汉］刘向撰，赵仲邑注：《新序详注》，中华书局，1997，第213页。

断趾，灵均纳忠，终于沉身；而和氏之璧，千载垂光，屈子之篇，万世归善。"[1]一"善"字彰显了史学家评价体系的道德内核。《汉书·贾谊传》亦云："屈原，楚贤臣也，被谗放逐，作《离骚赋》。"《汉书·古今人表》列屈原为"上中"人，定位于仅次于"圣人"的"仁人"。班固所使用的"忠""善""贤""仁"等一系列术语，皆属儒家道德理论体系的基本范畴。在汉代主流文化的视域中，上述评价具有广泛的认可度，据《后汉书·延笃传》载，东汉著名学者延笃（？—167），师从马融，博通经传及百家之言，有名京师。后遭党事禁锢，永康元年，卒于家。乡里人因其抱忠贞而死，故图其形于屈原之庙[2]。由此可见，其时作为忠臣的屈原形象已经深入人心。

由此看来，《离骚》的经典生成，更多借助了道德化的思想路径，汉朝文人非常注重挖掘诗歌文本内涵的道德价值，尊之为经，意义十分重大，它深刻地影响到《离骚》在中国文学传播史上的基本面貌，班固所谓"屈子之篇，万世归善"，不为虚言，的确成为后世文人的主流解读。一代又一代思想家、史学家和文学家，怀着对忠臣的敬仰之情，讴歌屈子忠君爱国的高尚品格，视《离骚》为忠臣不遇而发愤创作的典范，在高度评价其艺术成就的同时，始终不忘强调其与《诗经》相通的讽谏价值。南朝著名文论家刘勰《文心雕龙·辨骚》的相关论析，事实上已成为道德解读的理论总结：

> 将核其论，必征言焉。故其陈尧舜之耿介，称汤武之祗敬，典诰之体也；讥桀纣之猖披，伤羿浇之颠陨，规讽之旨也；虬龙以喻君子，云蜺以譬谗邪，比兴之义也；每一顾而掩涕，叹君门之九重，忠怨之辞也；观兹四事，同于风雅者也。[3]

毋庸置疑，刘勰写作《辨骚》的根本要义并非尊骚为经、强调楚骚的经学价值，而是希望通过辨别楚骚和经书的异同，来研究和突出文学的新变，具体探讨文学的继承和发展之关系，"变乎骚"的命题极具艺术辩证法。不过，他的上述论析以及文中的"骚经"之尊称，加之充分肯定自铸伟辞的楚骚具备"取镕经意"的思想内涵，故又不难看出主张文学创作宗

---

① [宋] 范晔：《后汉书·班固传》，中华书局，1965，第1332页。
② 延笃乃南阳人，今南阳市西峡县有中华屈原第一庙遗址。见龚红林著：《屈原庙史料通考》，湖北人民出版社，2014，第81页。
③ [梁] 刘勰撰，周振甫注：《文心雕龙注释》，人民文学出版社，1981，第36页。

经、征圣的刘勰对于楚骚经学地位不但认同，而且十分重视。

《离骚》一诗结构宏大，构思奇异，想象丰富，词采瑰丽，具备现代文艺学所谓"形式美"的多样元素，尤其是古今人物、花草禽兽、神话世界这三大意象系列的有机组合，构成了一个复杂而又巧妙的象征比喻系统，生动形象地传递出楚地独特的风情韵味，将经典的原创魅力展现得淋漓尽致。司马迁总结《离骚》的艺术特色时指出："其文约，其辞微，其志洁，其行廉。其称文小而其指极大，举类迩而见义远。其志洁，故其称物芳。"①着眼点主要集中在表现道德伦理美的层面。王逸《离骚序》的相关解释大致相同，他采用道德言说总结屈原开创的"香草美人"传统的特点，所谓"《离骚》之文，依《诗》取兴，引类譬谕，故善鸟香草，以配忠贞；恶禽臭物，以比谗佞；灵修美人，以譬于君；宓妃佚女，以譬贤臣；虬龙鸾凤，以托君子；飘风云霓，以为小人"②，着力揭示的是《离骚》比兴构成的道德价值指向。在《离骚》传播史上，王逸此说具有定于一尊的历史地位，影响深远而又巨大，它将后世文人对于《离骚》意象群的理解和评价主要导向了"比德"的范畴。例如，东汉张衡（78—139）感伤时弊，郁郁不得志而作《四愁诗》，"效屈原以美人为君子，以珍宝为仁义，以水深雪雰为小人。思以道术为报，贻于时君，而惧谗邪不得以通"③。唐人吴兢（670—749）总结《四愁诗》艺术特色亦明确指出："其皆以所思之处方朝廷，美之为君子，珍玩为义，岩险雪霜为谗诐。其流本出于《楚辞》《离骚》。"④元代文学家倪瓒（1301—1374）题宋末著名画家郑思肖（1241—1318，号所男）《墨兰图》诗云："秋风兰蕙化为茅，南国凄凉气已消。只有所南心不改，泪泉和墨写《离骚》。"⑤宋亡之后，郑思肖画兰根皆悬于半空，意寓国土尽失，无土可依，抒发深沉的故国之情，表达出坚贞的民族气节。倪瓒从郑思肖的墨兰的构图中读出了与屈原相同的清韵，故赋诗赞之，亦系自觉继承楚骚"香草美人"传统之显例。

二、道德化路径与《离骚》经典价值的历史嬗变

时间之于文学的经典化，具有十分重要的意义，因为文学的经典化是在历史演替中逐渐产生和完成的，每一个时代的读者都会根据自身的精神

---

① [汉] 司马迁：《史记》，中华书局，1959，第2482页。
② [宋] 洪兴祖：《楚辞补注》卷第一，中华书局，1983，第2页。
③ 逯钦立辑校：《先秦汉魏晋南北朝诗·汉诗》卷六，中华书局，1983，第180页。
④ [唐] 吴兢：《乐府古题要解》卷下，载丁福保辑《历代诗话续编》（上），中华书局，1983，第59页。
⑤ [元] 倪瓒撰，侯妍文、叶子卿点校：《倪瓒集》，浙江人民出版社，2016，第254页。

需求去解读和阐释经典，经典的意义在阐释和再阐释中而衍生或者蜕蚀。路径，对于文学的经典化同样具有不可忽视的意义，因为任何一种路径在"放行"经典文本内涵的某种特定精神元素时，完全可能遮蔽甚至切割掉另一部分精神元素，对经典传播的面貌以及后世读者的接受活动产生深远影响。《离骚》作为一首政治抒情长诗蕴含着极其丰富的意义价值：既有对宗族意识和家国精神的弘扬，也有个体独立意志的表达；既有对人生忧患的反复诉说，也有对自我价值的高度确认；既有对君臣关系的失望，也有对忠臣品格的坚守。不过，当其借助道德化路径进入经典殿堂之后，多元化的思想蕴含由于经过历代阐释者的选择性过滤，遂变得相对单一，当然也更加明晰和突出，尤其是居于"屈原"这一文化符号核心地位的忠臣品格，一直成为后世文学家意义阐释的焦点。

《离骚》传播过程中的道德切割效应，从其经典化之日起就已得到比较充分的体现，汉代文人围绕《离骚》所进行的道德化解读，在极力突出和推崇屈原作为忠臣的高尚人格的同时，悄然改变了经典样板的多元化构成。出于君臣伦理重构的时代需要，先秦"士人"那些不再适合纳入君臣道德规范的人格形态与行为方式，开始被屏蔽在接受范围之外。

具体而言，政治失意的屈原本有机会离开楚国，《离骚》所谓"历吉日乎吾将行"，艺术地展现了诗人内心的挣扎与步履的徘徊。然屈原始终执着于自己的内心信念，将个体生命的价值与理想人格的追求以及国家的兴衰紧密地联系在一起，理想一旦幻灭，他便明确表示"知死不可让，愿勿爱兮""既莫足与为美政兮，吾将从彭咸之所居"，毫不犹像以自沉的方式完成了对生命最高价值的捍卫。屈原的自杀既是追求后的绝望，更是绝望后的最后一搏，他高扬理性精神的旗帜实现了崇高人格的升华。

对于屈原这种本"有路可走，卒归于无路可走"①的人生悲剧，两汉文人表现出普遍的否定倾向，尽管在屈原去留问题上观点不尽统一，或主张其离开，如贾谊《吊屈原赋》云："历九州而相君兮，又何必怀此都？"司马迁《屈原贾生列传》亦云："及见贾生吊之，又怪屈原以彼其材，游诸侯，何国不容，而自令若是？"或希望其留下，如扬雄（公元前53年—公元18年）《反离骚》云："夫圣哲之遭兮，固时命之所有；虽增欷以于邑兮，吾恐灵修之不累改。昔仲尼之去鲁兮，斐斐迟迟而周迈。终回复于旧都兮，何必湘渊与涛濑！"②然在屈原投江自沉问题上，他们却表现出高度的一致，无人赞同。如此反应，或许如当今学者所言，暗示了"统治者

---

① ［清］刘熙载：《艺概·文概》，上海古籍出版社，1978，第8页。
② ［汉］扬雄撰，林贞爱校注：《扬雄集校注》，四川大学出版社，2001，第182页。

所不愿看到的臣子内心的冷漠和不遇其时的愤慨"①,但在更深层次的意义层面上,它折射出已经彻底失去自主选择权力的汉朝文人的政治生存焦虑以及深思熟虑后的心理调适。较之屈原生活的战国时期,两汉文人的政治生态环境发生了巨大变化。七雄争霸的格局早已结束,朝秦暮楚也不再是士人谋求功名的行为常态,"普天之下,莫非王土;率土之滨,莫非王臣",大一统国家形态的出现,彻底剥夺了士人"良禽择木而栖"的政治选择自由。生存背景的重大变化不可避免地带来个体生存需求的相应变化,由"天下之士"到"一国之臣"的身份转换,又势必导致个体生存策略的重大调整,日益张大的皇权使两汉文人对于《离骚》的解读呈现出接受的选择性和意义的遮蔽性。

伤不遇、哀时命是两汉骚体赋的共同主题。无论淮南小山之徒"闵伤屈原"作《招隐士》,东方朔"追悯屈原"作《七谏》,抑或严忌"哀屈原受性忠贞",而作《哀时命》,王褒"追而愍之"作《九怀》,王逸"伤愍屈原"作《九思》,众人抒发的情感都体现出对《离骚》丰富情感内涵的一种选择性回应。他们反复哀叹并给予同情的是屈原"不遭明君而遇暗世"的政治际遇,同时又有意或无意地回避了对屈原自杀行为的正面评价,这种群体性的"失语"事实上构成了对《离骚》文化价值的部分遮蔽,原作中回荡的悲壮旋律消失殆尽。屈原以死了生,以死殉志,通过极端的方式表达对自己政治信念的执着坚持以及人生理想的不懈追求,体现出直面死亡的巨大勇气以及从精神上超越死亡的人格魅力,正是他与众不同的生命历程与人生实践赋予《离骚》无比丰富的意义内涵和永恒的精神价值。然而,在两汉文人的接受视域中,屈原的死亡价值不仅没有得到应有的发掘,甚至面临被全面否定的历史命运。著名辞赋家扬雄的表现颇具代表性,他读《离骚》先悲后怪,《汉书·扬雄传》云:扬雄"悲其文,读之未尝不流涕也。以为君子得时则大行,不得则龙蛇,遇不遇命也,何必湛身哉!乃作书,往往摭《离骚》文而反之,自岷山投诸江流以吊屈原,名曰《反离骚》"②。明确提出了新形势下个体明哲保身的生存策略——行龙蛇之道,彻底否定了屈原自沉的行为及其文化价值。

文学的接受在很大程度上是一种建立在接受者自我需要上的意义选择,尽管文本总是含有作者的初始视域,接受者对于文本的解读与评判必然要受到文本自身具有的意义系统的规范和引导,然接受者又总是带有由

---

① 刘向斌:《两汉时期屈原的崇高化与〈离骚〉的经典化历程》,《西北大学学报》2008年第4期。

② [汉]班固:《汉书》卷八十七《扬雄传》,中华书局,1962,第3515页。

现实语境决定的当下视域进入到阐释活动中。换言之，他们所处的现实文化环境以及自我生存状态同样要影响和制约与文本作者的视域融合点，并决定其文本阐释的意义指向。在汉代大一统的封建国家形态中，日益强化的中央集权对知识分子的学术探究以及人格建构形成了一种难以抗拒的干预之势，士人纷纷加入官吏的行列，自我定位因此发生根本性转变，从以捍卫思想自由为己任转而为以服从君命为职责，君臣关系紧张与否直接关系到个体命运的升沉得失。战国时期在文化权力与政治权力之间所保持的一定程度的平衡被彻底打破，社会公共生活中存在的或多或少的自由空间迅速消失。尤其是经过董仲舒等人的改造，儒家的思想学说终于形成了"可以实用于社会的国家意识形态"，"完成了从理想主义到现实主义的过渡"①。在这种政治文化思想背景下，先秦士人所具有的"士贵耳，王者不贵"②的自尊心理彻底失去了继续存在的文化土壤，已经感受到现实政治残酷的汉代文臣被迫冷却理想的热血，对《离骚》的阐释与评判出现"以我为主"的倾向实不足为奇。重现忠臣不遇的历史场景，乃是借他人杯酒浇自己胸中块垒；反对露才扬己，主张龙蛇之道，则是立足于自保的人生设计。

根据东汉王逸的总结，汉朝文士读《离骚》《九章》后的共同情感反应是"莫不怆然，心为悲感"，肯定性评价集中体现为两个方面，即"高其节行，妙其丽雅"③。经过这种具有高度一致性的解读，屈原作为"忠臣"的高尚品行以及作为"逐臣"的悲剧命运，得到了强化和凸显，并被塑造为一座承载中国文人政治情结与道德理想的历史"雕像"，成为中国古代文学家永恒的话题。与此同时，其作为"哲人"的深邃知性以及作为"斗士"的壮怀激烈则悄然隐退在历史帷幕之后，在历史长河中激起的回声远不及前者那样频繁和强烈。

君主专制权力无限膨胀后所形成的政治暴力催生出中国历史上一个十分特殊的官僚群体，我们称之为"逐臣"或"弃臣"。"君臣际遇"是封建专制制度下每一位文臣都渴望拥有的理想状态的政治境遇，实际上他们却不得不面对"不遇"的严酷现实。官吏贬谪制度的长期存在，意味着导致屈原人生悲剧上演的历史文化土壤从未消失，汉朝文士所强调的怨而不怒、冤而不争的忠臣品格，为后世文臣处理君臣关系提供了可供效仿的历史样

---

① 葛兆光：《中国思想史》（第一卷），复旦大学出版社，1998，第381页。
② ［汉］刘向集录：《战国策》卷十一《齐策·齐宣王见颜斶》，上海古籍出版社，1985，第408页。
③ ［宋］洪兴祖：《楚辞补注》卷第十七，中华书局，1983，第324页。

板。正因如此，两汉以还，忠而见嫉、信而被谤、含冤抱屈的逐臣形象才会以"屈原"的名义频频出现在文人骚客的笔下，成为那些人生失意、情怀落寞的怨臣的形象代言。兹仅举数首唐诗如下：

楚王疑忠臣，江南放屈平。晋朝轻高士，林下弃刘伶。

——白居易《郊陶潜体诗》

栖栖王粲赋，愤愤屈平篇。各自埋幽恨，江流终宛然。

——元稹《楚歌》

潘岳岁寒思，屈平憔悴颜。殷勤望归路，无雨即登山。

——刘禹锡《谪居悼往》

贾谊投文吊屈平，瑶琴能写此时情。秋风一奏沉湘曲，流水千年作恨声。

——雍裕之《听弹沉湘》

天问复招魂，无因彻帝阍。岂知千丽句，不敌一谗言。

——陆龟蒙《离骚》①

以上诗篇的作者均不是官场的幸运儿，白、元、刘三人甚至都有被贬谪的惨痛经历，所以他们针对屈原而书写的千古遗恨，很大程度上是在翻唱自己充满哀怨的心曲。他们沿袭汉代赋家的创作模式，在强调屈原式的人生不幸的同时，不约而同地回避了屈原式的抗争，当年屈原在汨罗江的悲壮一跳似乎已经失去了激励斗志和动人心魄的历史效应。

《离骚》的道德切割效应在魏晋南北朝时期以另一种极端的方式表现出来，其时，不止一位文士跳出道德评价体系，摒弃理想光辉的烛照，从实用原则出发解读《离骚》，于是，诗歌作品的道德崇高性荡然无存。任诞纵情者放言："名士不必须奇才。但使常得无事，痛饮酒，熟读《离骚》，便可称名士。"②以读《离骚》为名士风流的表征。理性思考者则继续追问臣"不遇"的原因，最终归咎于"命"与"时"，从而否定了屈原式的怨恨与反抗。曹魏时期中山人李康（字萧远，生卒年不详）作《运命论》，

---

① 以上诗句均引自清编《全唐诗》，上海古籍出版社，1986。
② 余嘉锡：《世说新语笺疏》，中华书局，1983，第764页。

探讨人生与历史、天道与常理、个人与出处之间的关系，认为个人命运的好坏决定于时代的治乱，穷达贵贱具有偶然性，本质上不由自己掌握，其文云：

> 夫治乱，运也；穷达，命也；贵贱，时也。而后之君子，区区于一主，叹息于一朝。屈原以之沉湘，贾谊以之发愤，不亦过乎！
>
> 然则圣人所以为圣者，盖在乎乐天知命矣，故遇之而不怨，居之而不疑也。其身可抑，其道不可屈；其位可排，而名不可夺。[①]

李康所论显然超越了道德命题的范畴，理论探究的触角已经伸进了人生哲学的领域。他以消解生命激情为前提，以放弃社会责任为手段，以"既明且哲，以保自身"为目的，以高度理性的态度去探讨如何在乱世中安身立命的选择问题，主张乐天知命，遇事不怨不疑，由此出发去审视屈原的自杀和贾谊的怨愤，显然皆非为臣者的明智之举，自然均在否定之列，《离骚》的经典价值也因此不复存在。

相沿以下，梁朝刘峻（463—521）著《辨命论》，唐代李白作《行路难》，对于屈原的自杀行为表达了与李康大致相同的否定性评价。前者云："至乃伍员浮尸于江流，三闾沈骸于湘渚。贾大夫沮志于长沙，冯都尉皓发于郎署。君山鸿渐，铩羽仪于高云；敬通凤起，摧迅翮于风穴。此岂才不足而行有遗哉？"[②]后者曰："含光混世贵无名，何用孤高比云月。吾观自古贤达人，功成不退皆殒身。子胥既弃吴江上，屈原终投湘水滨。"[③]与李康有所区别的是，刘峻、李白的感慨均直接针对君臣关系的恶化而发，故又重新获得道德伦理价值。率性而动的刘峻，因拒绝随众沉浮而不被梁武帝任用，著《辨命论》以寄其愤懑情怀，所谓"士之穷通，无非命也"，乃是不平之鸣。自信"天生我材必有用"的李白被逼离京之后深感世路艰险，"畏其难而决去矣"[④]，故作愤激弃世之语。我们注意到，即使被纳入君臣伦理范畴考察，《离骚》的经典价值也未能完全实现，屈原甚至作为负面形象出现，这一现象促使我们进一步思考和探究道德路径对于古代文学经典化所带来的正负面影响。

经典化机制中道德元素的重要地位和作用，充分体现了中国传统文化

---

① ［清］严可均辑：《全三国文》，商务印书馆，1999，第449页。

② ［清］严可均辑：《全梁文》，商务印书馆，1999，第622页。

③ ［唐］李白撰、瞿蜕园、朱金城校注：《李白集校注》，上海古籍出版社，1980，第242页。

④ 《唐宋诗醇》评语，见陈伯海主编：《唐诗汇评》，浙江教育出版社，1995，第579页。

的伦理特色，经由道德路径进入经典殿堂的文学作品，承担着弘扬民族文化传统，提升个体精神品格，树人立德，净化士风的文化功能，对此，我们必须给予充分肯定。不过，对于《离骚》这样具有丰富思想蕴含的宏大作品而言，参与其经典化建构的文化元素不可能也不应该是单一的，如果仅从道德伦理的角度去发掘经典价值，必然构成对其他价值的屏蔽和切割，经典的历史样板效应势必会大打折扣。在长期的传统社会中，居于"五伦"之首的君臣关系是一种极其重要，也是极其危险的伦理关系，儒家提倡的"君臣有义"的双向道德原则，秦汉以后实际演变为为人之臣单方面必须承担的义务和责任，君臣关系的极度不平等，义务与权力的严重分离，除了酿就屈原式的忠臣悲剧之外，甚至可以导致大批欲尽忠却不能的"弃臣"的产生。此时，屈原作为忠臣的历史样板就完全失去了激励效应，而他作为生命主体自杀的哲学价值也因缺乏足够的重视和肯定，最后只能成为嘲笑和摒弃的对象。元代散曲作家创作的多首否定屈原的"叹世"之作，便是在这种文化背景下完成的。兹举数首如下：

长醉后方何碍，不醒时有甚思。糟腌两个功名字，醅淹千古兴亡事，曲埋万丈虹霓志。不达时皆笑屈原非，但知音尽说陶潜是。

——白朴【仙吕·寄生草】《饮》[①]

楚怀王，忠臣跳入汨罗江。《离骚》读罢空惆怅，日月同光。伤心来笑一场，笑你个三闾强，为甚不身心放？沧浪污你，你污沧浪。

——贯云石【双调·殿前欢】[②]

楚《离骚》，谁能解？就中之意，日月明白。恨尚存，人何在？空快活了湘江鱼虾蟹，这先生畅好是胡来。怎如向青山影里，狂歌痛饮，其乐无涯。

——张养浩【中吕·普天乐】《乐无涯》十首之七[③]

而此类具有"历史虚无主义"的作品，在今天还能够作为选家的经典和批评家的经典而存在[④]，是因为它们从创作主体真实的生存体验出发，以

---

① 任讷、卢前编选：《元曲三百首》，三晋出版社，2008，第13页。
② 胥惠民等辑注：《贯云石作品辑注》，新疆人民出版社，1986，第47页。
③ ［元］张养浩著，王佩增笺：《云庄休居自适小乐府笺》，齐鲁书社，1988，第81页。
④ 参见吴新雷、杨栋主编：《元散曲经典》，上海书店出版社，1999。

文学的方式形象地显示了经典化机制运作的异动，对屈原以及《离骚》的嘲笑和否定，是道德的感召力量被政治压抑和消解之后，文人群体所做出的一种生存策略的调试，文本所表现出来的那种失去道德榜样之后的消极心态，具有解构封建专制制度的批判作用。

第三节　隐士的高尚情怀与陶渊明诗文经典化的道德机制

*"但恨不早悟，犹推渊明贤。"*①

东晋诗人陶渊明（365？—427）深受后世广大文人作家喜爱和推崇，自唐始，一代又一代文学家在其诗文创作中不同程度地表现出对陶渊明的崇敬，甚至在日常生活与文学创作实践中有意识将其作为效法的楷模，经典效应持续不断，且长盛不衰。陶渊明诗歌的经典化主要通过两条路径，分别为道德路径和文学路径，而前者又直接影响到后者，具体表现为后代接受者因敬重其不慕荣利、守志不屈的高洁人品，进而推崇其平淡自然的诗歌风格。"每观其文，想其人德"②，推崇人品，故欣赏诗品，考察陶渊明诗文经典化历程，不难发现道德路径先于文学路径的历史事实。

在中国历史上一人入载三史的情况并不多见，陶渊明便是其中一位，《宋书·隐逸传》《晋书·隐逸传》《南史·隐逸传》均对他有所介绍，这表明他是作为隐士而非诗人而名载史籍的。陶渊明生前已是文化名人，与周续之、刘遗民号称"浔阳三隐"，其"少有高趣""任真自得"的隐逸行为与思想风范，上述三部史书分别给予了具体介绍。史称陶渊明去世后，"所有文集，并行于世"③，然陶渊明身后相当长的历史时期内，人们都较少关注其文学创作，所给评价不是很高。与陶渊明私交甚笃的颜延之作《陶征士诔》，无限深情地缅怀这位"南岳之幽居者"，"畏荣好古，薄身厚志"，"赋诗归来，高蹈独善"④的道德品行以及人生实践，洋洋洒洒千余字，完全回避了其诗文创作的情况。自称"爱嗜其文，不能释手"的萧统在《陶渊明集序》中说明自己之所以广泛搜求陶作并编辑成集，主要原因在于

---

① 诗句出自苏轼《和陶怨诗楚调示庞主簿邓治中》，见 [宋] 苏轼撰，[清] 王文诰辑注，孔凡礼点校《苏轼诗集》，中华书局，1982，第 2271 页。
② [梁] 钟嵘：《诗品》卷中，[清] 何文焕辑《历代诗话》（上），中华书局，1981，第 13 页。
③ [唐] 令狐德棻等：《晋书·隐逸传》，北京大学中文系等编《陶渊明研究资料汇编》上册，中华书局，1962，第 12 页。
④ 北京大学北京师范大学中文系等编：《陶渊明资料汇编》上册，中华书局，1962，第 2 页。

"尚想其德，恨不同时"，文学接受的前提是道德层面的高度肯定，即如丁永忠先生所言，昭明爱陶，首重其德，爱人及文①。钟嵘写作《诗品》，陶渊明仅入中品，此举被当代学者指责为"显然不当"，刘勰的《文心雕龙》只字未提陶渊明，在当代学者的视域中，也是"实在令人难以理解"②之举。北齐阳休之《陶集序录》称："余览陶潜之文，辞采虽未优，而往往有奇绝异语，放逸之致，栖托仍高。"③遵循的仍然是"诗品出于人品"的文学批评原则，思想内容评价高于文学成就评价。直至清朝，人品与文品之关系，仍然是文人士大夫评价陶渊明诗文的聚焦点，晚清著名学者周寿昌《书渊明集序后》颇具代表性：

> 潘令徒闻拜路尘，渊明自惜折腰身。
> 《闲居赋》较《闲情赋》，可漫微瑕议古人。④

观照视角聚焦于道德的层面，比较结论的高下直接关联着作家的人格品行。可以这样认为，在相当漫长的历史时期内，陶渊明诗文更多地凭借独有的道德价值而进入文学传播领域。

一、独善其身——陶渊明诗文经典化道德路径的入口

归隐，是陶渊明人生选择和现实行为调整的标志性特征，独善其身则是他成为经典作家的关键因素。

陶渊明诗文经典化程度最高的当数他创作的大约三十首左右的田园诗以及《五柳先生传》《归去来兮辞》和《桃花源记》等三篇美文。其经典化历程初始于南朝，梁朝拟古大师江淹作《杂体诗》三十首，其二十二《陶征君潜田居》运用简洁省净的语言，描绘诗人"种苗在东皋，苗生满阡陌。虽有荷锄倦，浊酒聊自适"⑤的躬耕生活，因形神兼似，曾被后人误作《归园田居》其六而收入《陶渊明集》中。不过，只有进入唐代以后，陶渊明身后寂寞的现象才得以真正改观，其归隐行为与诗文创作频频被人提及，以陶潜自况者的队伍中不乏王维、李白、白居易、刘禹锡、李商隐一类大家。唐人接受陶渊明的热点并非其诗文创作所取得的艺术成就，而

---

① 详见丁永忠：《陶诗佛音辨》，四川大学出版社，1997。
② 穆克宏：《魏晋南北朝文学史料述略》，中华书局，1997，第83页。
③ 北京大学北京师范大学中文系等编：《陶渊明资料汇编》上册，中华书局，1962，第10页。
④ [清]周寿昌：《思益堂集·诗钞》卷二，岳麓书社，2011，第39页。
⑤ 逯钦立辑校：《先秦汉魏晋南北朝诗》中册，中华书局，1983，第1577页。

是他对待功名利禄的人生态度以及归隐田园的实践行为。兹举两首代表作如下：

> 陶潜任天真，其性颇耽酒。自从弃官来，家贫不能有。
> 九月九日时，菊花空满手。中心窃自思，傥有人送否。
> 白衣携壶觞，果来遗老叟。且喜得斟酌，安问升与斗。
> 奋衣野田中，今日嗟无负。兀傲迷东西，蓑笠不能守。
> 倾倒强行行，酣歌归五柳。生事不曾问，肯愧家中妇。
>
> ——王维《偶然作六首》其四①

> 垢尘不污玉，灵凤不啄膻。呜呼陶靖节，生彼晋宋间。
> 心实有所守，口终不能言。永惟孤竹子，拂衣首阳山。
> 夷齐各一身，穷饿未为难。先生有五男，与之同饥寒。
> 肠中食不充，身上衣不完。连征竟不起，斯可谓真贤。
> 我生君之后，相去五百年。每读五柳传，目想心拳拳。
> 昔常咏遗风，著为十六篇。今来访故宅，森若君在前。
> 不慕尊有酒，不慕琴无弦。慕君遗荣利，老死此丘园。
> 柴桑古村落，栗里旧山川。不见篱下菊，但余墟中烟。
> 子孙虽无闻，族氏犹未迁。每逢姓陶人，使我心依然。
>
> ——白居易《访陶公旧宅》②

　　王维采用白描手法，艺术地还原了五柳先生怡然自得的归隐生活场景，形象地诠释了"任天真"的精神状态，欣赏之意溢于言表，可谓句句说陶，字字道己，诚如明代文学家钟惺（1574—1625）《唐诗归》所云：读王维《偶然作》，"见清士高人胸中皆似有一段块垒不平处，特其寄托高远，意思深厚，人不能觉"③。白居易诗前有一小序交代创作动机："余凤慕陶渊明为人，往岁渭上闲居，尝有《效陶体诗》十六首。今游庐山，经柴桑，过栗里，思其人，访其宅，不能默默，又题此诗云。"诗中多发议论，道德节操成为诗人审视和评价陶渊明的切入点和聚焦点，他盛赞陶渊明安贫乐道的君子风范，明确表示了自己的崇敬之心。

　　上引二诗十分典型地反映了唐代文人在陶渊明接受中所普遍具有的两

---

① 清编《全唐诗》上册，上海古籍出版社，1986，第288页。
② ［唐］白居易：《白居易集》，中华书局，1979，第128页。
③ 陈伯海主编：《唐诗汇评》上册，浙江教育出版社，1999，第291页。

大共同特点：其一，他们对陶渊明其人其作的欣赏，多发生在仕途受挫的人生低谷期，折射出对现实开始失望甚至趋于绝望的心理状态。例如，少年王维作《桃源行》，在靖节先生《桃花源诗》的基础上，采取顺文叙事的写作策略，充分发挥艺术想象，描绘出一幅美丽、宁静的人间仙境图。此刻，王维固然十分向往桃花源式的理想社会，但尚未直接表示赞同陶渊明辞官归隐的现实行为，更未对号入座，这与他中晚年时期数次以陶渊明自喻的状况存在很大差异。又如，一向积极进取，奋发向上的边塞诗人高适（700—765），释褐封丘尉，不得志，很快便生归隐之心，《封丘县》云："乍可狂歌草泽中，宁堪作吏风尘下。……拜迎官长心欲碎，鞭挞黎庶令人悲。归来向家问妻子，举家尽笑今如此。生事应须南亩田，世情尽付东流水。……乃知梅福徒为尔，转忆陶潜归去来。"①追忆陶潜的根本原因在于不堪作吏的屈辱和痛苦。其二，唐代文人接受陶渊明的普遍心理动因是欲解决出与处的矛盾，为个体生存方式和生活态度的调整与改变寻求历史的样板，质言之，为独善其身之"善"找到最适合的实现方式。正是在这一意义上，陶渊明进入了他们的接受视野。

在中国古代的学术话语系统中，"独善其身"首先是一个道德命题。出与处，仕与隐是中国传统知识分子普遍面临的人生选择，如何解决二者之间的矛盾自然成为他们人生的重大课题。对此，儒家大师从高度伦理化的政治理想出发，明确提出了选择的基本原则，孔子云："道不行，乘桴浮于海"（《公冶长》），"天下有道则见，无道则隐"（《论语·泰伯》），"邦有道，则仕；邦无道，则可卷而怀之"（《论语·卫灵公》）②。以天下为己任的孔夫子之所以反复与弟子们探讨仕与隐的问题，只因为他已经深刻意识到自己正处于一个礼崩乐坏、天下无道的时代，空怀治世之志，无奈之中不得不思考如何面对"邦无道"的严酷现实。"隐"要求洁其身而去之，实质上指个人行为向度的根本性调整；"卷而怀之"意味着处世方式的改变，主要指隐藏其才能，收敛其锋芒；"乘桴浮于海"则侧重显示生活空间的改变，强调个体主动拉开与朝廷庙堂的距离，远离政治权力中心。孔子所言强调的是避恶从善的道德选择，面对无道的政治局势，选择隐逸具有三重意义：一是以善自律的道德意义，二是以不合作态度进行抗议的政治意义，三是以退为进、隐居求志、行义达道的策略意义。其后，孟子更是将出与处、仕与隐之间的善恶选择明确概括为"古之人，得志，泽

① 余正松：《高适诗文注评》，中华书局，2009，第134页。
② 杨伯峻译注：《论语译注》，中华书局，1980，第43、82、163页。

加于民；不得志，修身见于世。穷则独善其身，达则兼善天下"①。"独善其身"的本质就是通过道德自律而达到自我实现的目标，故孟子又称之为"穷则不失其义"（出处同上）。个体遭际可以有达穷之别，但对义的坚持应当始终如一，正是在这一意义上，"独善"被认为是"淑世的一种特殊方式"②，其本质与兼善相通。

秦汉以还，受老庄思想影响，文人士大夫隐逸山林、泉石鸣高渐成风气，隐逸的价值取向越来越偏离兼善而趋向自保。陶渊明之前，以隐逸闻名于世者已不在少数，仅《晋书·隐逸传》便记载了从孙登到陶潜多达四十位隐逸者的行迹。问题在于，为何唯独陶渊明能够产生无人堪比的巨大历史影响，不仅成为后世无数文人作家心目中的道德偶像，甚至演变为隐逸的文化符号。究其原因，最为关键处在于陶渊明人生实践较为圆满地诠释了"善"的内涵，并且以诗意栖息的方式证明"善"的实现具有现实操作性。

当代学者曾将隐逸者必须面对的现实问题归结为悬在隐逸头上的三把刀子，即"贫贱的折磨，富贵的诱惑，往往还加上权势的逼迫"③。真正的独善者必须成功地避开头上之刀，不仅可以避祸远害，全身而退，而且还能够抵御功名利禄与安乐享受生活的诱惑，勇于挑战和超越贫贱，恪守道义，将"安贫乐道"从外在的思想规范转化为自我内在的精神需求，从而成为自己生活亦成为自己生命的主人，兼顾身、心、行三个层面，全方位实现善的目标。陶渊明之前，至少有三类隐士不能视为独善其身的楷模。第一类为未能保全性命者，例如西晋隐士霍原因拒绝与骄纵不法、阴谋称帝的幽州都督王浚合作，被收监处斩，悬首示众④。第二类乃为隐而隐者，东晋隐士郭文于隐逸期间受邀入居名士王导西园，七年不出，园中"果木成林，又有鸟兽麋鹿"，"导尝众宾共集，丝竹并奏，试使呼之。文瞪眸不转，跨蹑华堂如行林野"。既居山林，亦游朱门，缺少明确的信念支撑，隐逸的形式大于内容，见其独而未见其善，见其隐而未见其义。第三类是行为过于乖张怪异者，例如孙登"无家属，于郡北山为土窟居之，夏则编草为裳，冬则被发自覆"。董京"时乞于市，得残碎缯絮，结以自覆，全帛佳绵，则不肯受"。石坦"居无定所，不娶妻妾，不营产业，食不求美，衣必粗弊"。以不近人情的方式演绎视富贵如浮云的人生态度，公开宣示

---

① [宋] 朱熹：《四书章句集注·孟子集注·尽心章句上》，中华书局，1983，第351页。
② 杨国荣：《善的历程》，上海人民出版社，1994，第70页。
③ 张立伟：《归去来兮：隐逸的文化透视》，三联书店，1995，第82页。
④ 事见《晋书·隐逸传》，中华书局，1974，下引此书不再注明。

对于贫穷的享受，极端与刻意，暴露的是人之生命感性色彩的丧失。隐逸者一旦只剩下冰冷的躯壳，其"善"也就因内涵的重大缺陷而失去样板价值，难以成为后人效仿的对象。

陶渊明的意义就在于成功地避免了上述种种弊端，为后世文人士大夫树立了一个可敬、可亲、可以效仿的独善楷模，其诗文也因此进入经典行列，甚至获得堪比儒经的高度评价。明末学者黄文焕（1598—1667）《陶诗析义》称陶渊明《酬丁柴桑》诗"飧胜如归，聆善若始"二句"堪跻于五经"①，清中期文学家方东树（1772—1851）评《归园田居》组诗云："此五诗衣披后来，各大家无不受其孕育者，当与《三百篇》同为经。"②陶渊明的人生实践及其文学创作的经典价值集中体现在以下三个方面：

其一，陶渊明在乱、篡频繁的年代，主动选择远离尘世、归隐田园的生活方式，既能保持个人品格的独立性，又不必以生命为代价，既能表达对现实政治的抗争，又不会被黑暗社会所毁灭。对于自己由仕而隐转变的原因，《癸卯岁始春怀古田舍》二首之二说得十分明白："先师有遗训，忧道不忧贫。瞻望邈难逮，转志欲长勤。"③躬耕而乐道，力追孔颜，即使归隐田园，同样具有不容忽视的道德价值，难怪明人安磐赞之曰："汉、魏以来，知遵孔子而有志圣贤之学者，渊明也，故表而出之。"④

其二，田园风物之于陶渊明，既构成现实生活的具体场景，也是他净化心灵、摆脱思想羁绊的有效武器，所谓"每每顾林园，谈谐无俗调"（《答庞参军》），表达的正是此意。陶渊明采取寄情山水，融精神与自然山水、田园风物于一体的方式，真实地获得了心灵的宁静与精神的满足，而精神世界的满足又转化为抵御贫穷的巨大心理能量，从而拥有坦然面对贫穷以及疾病的勇气，陶诗云："贫富常交战，道胜无戚颜"（《咏贫士》），不戚戚于贫贱的根本原因正在于道义的支撑，达到身心的和谐，"善"在其中矣。

其三，在归隐遁世之风盛行的时代，陶渊明不仅在行为层面上追求个体生命的安全，保持人格的相对独立，而且从未放弃在精神层面上向往兼善的努力。他晚年创作的《桃花源记并诗》通过描绘一个无横征暴敛、无甲兵征战、无钩心斗角、无繁文缛礼的美好世界，以呈现自己的理想社会模式。历代文人作家常对桃源作神仙洞天的别解，然深谙其中寓意者也大

---

① 北京大学北京师范大学中文系等编：《陶渊明资料汇编》下册，中华书局，1962，第18页。
② 北京大学北京师范大学中文系等编：《陶渊明资料汇编》下册，中华书局，1962，第49页。
③ ［晋］陶渊明著，逯钦立校注：《陶渊明集》，中华书局，1979，第77页。
④ 北京大学北京师范大学中文系等编：《陶渊明资料汇编》上册，中华书局，1962，第152页。

有人在，宋代著名政治家王安石就读出了文本蕴含的"避时"的现实批判寓意，其《桃源行》诗在现实和理想的对比中赞美桃源中人的生活状态："儿孙生长与世隔，虽有父子无君臣"，凸显了原作的理想主义色彩。明代文人罗其鼎（生卒年不详，崇祯十三进士）撰写《渊明祠序》，直接批判神仙之说："诗中农桑、作息等语，志其风土淳茂，民俗古朴云尔。记所载鸡黍饷客，自是田家风味。此中光景'不足为外人道也'，犹曰各不相为云尔。曾有神仙二字，为来世口实否？"① 上述描写实际上折射出多年躬耕生活对作家创作的影响。陶渊明描绘的桃源美景是否受到老子"小国寡民"思想的影响，学术界尚存争议②，无论如何，都不影响学者们对《桃花源记并诗》的整体评价，因为诗文所表现的思想情感已经超越个人出处得失的范畴，其中描绘的理想社会蓝图，融进了作家贴近农民生活的底层关怀，以及渴望天下太平的兼济情愫。

正是陶渊明独善的丰富内涵及其多重价值，使他最终成为一个文化符号，被视为中国古代文人士大夫追求"独善"的精神之源。

二、经典建构与意义嬗变——陶渊明经典诗文道德路径的异动

陶渊明对中国文化和文学的影响久远而又深刻，其诗文的经典价值通过一代又一代文人士大夫的人生实践以及文学创作而得以实现。在文学创作领域内，后世文学家对陶渊明诗文经典价值的认可呈现出高度的共趋性，即一致推崇和效仿其诗歌所呈现的平淡自然、质而实绮、癯而实腴的美学风貌。而在道德实践领域内，则呈现纷繁复杂的状况。由于中国传统文化语境中的道德论属于人生论的重要范畴，具有明确而强烈的现实指导性，尤其重视人生实践环节。作为独善其身的楷模，陶渊明的独善具有多层次的意义内涵，后世文人站在各自的历史高度，根据个体生存与人格建构的内在需求，从不同的角度进行诠释解读，其效仿楷模的实践行为必然存在差异性，为我所用，乃是他们的基本态度。经由道德平台而站在一个历史高度的陶渊明，可以受到崇敬和赞美，但未必能够被"复制"。事实上，长盛不衰的陶渊明经典诗文道德效应就是因为时代的变迁与个体的差异而发生了嬗变。本节我们将联系王维、白居易、苏轼、张养浩等几位著名作家的人生实践及其创作，具体论析陶渊明经典诗文道德路径的异动，以及其经典文本道德效应的历史差异。

---

① 北京大学北京师范大学中文系等编：《陶渊明资料汇编》下册，中华书局，1962，第349页。
② 徐声扬、陈忠：《徐论陈词集》，见吴云主编《魏晋南北朝文学研究》，北京出版社，2001，第374页。

1. 半官半隐的王维，崇陶且学陶，逃避现实大于反抗现实。

王维（701—761）是唐代较早表现出明显崇陶思想倾向的著名文学家。王维少年时代具有积极入世的人生取向，要求仕进的心情十分迫切，青年时期仕途受挫后思想便处于矛盾状态中，中年以后半官半隐。内心情感由少年时的激昂向上、青年时的犹豫矛盾一转而求平静解脱，此时，陶渊明成为他的精神支柱之一。《赠从弟司库员外絿》一诗清楚地说明了隐居终南山的原因：

> 少年识事浅，强学干名利。徒闻跃马年，苦无出人智。
> 即事岂徒言，累官非不试。既寡遂性欢，恐招负时累。
> 清冬见远山，积雪凝苍翠。浩然出东林，发我遗世意。
> 惠连素清赏，凤语尘外事。欲缓携手期，流年一何驶。①

归隐之思的产生源于仕途生涯的两大弊端，即缺少自由的欢乐与易招政治祸害。诗中并无一字提及陶渊明，但在两个方面表现出与陶渊明的相同之处：其一，内心痛苦体验相同，"既寡遂性欢"与"久在樊笼里"都表达了身处官场的压抑和不自由感；其二，借景言志的手法相同，王维归隐之志由远山、积雪、树林等自然景物引发而出，陶渊明的归隐之乐则通过田园风物的描写表现得生动有趣。上述相同绝非偶然巧合，当然，最根本的原因应是封建吏制对人自由天性的束缚和压抑，不过，陶渊明归隐田园、求得精神与自然和谐一致的行为特征对王维的启示不容忽视。王维晚年在诗中以陶渊明自喻，数次表示向往和效仿陶渊明的生活方式，《田园乐》七首之五云："山下孤烟远村，天边独树高原。一瓢颜回陋巷，五柳先生对门"②，即系显例。

陶渊明归隐田园，从本质上讲当是一种通过逃避现实去追求独善的行为方式，属于退而求其次的被动性选择。但如果就陶渊明主观努力而言，他主动辞官归隐，怀抱生活热情，全身心投入田园乡土的怀抱，力争获取身心解放的自由感和愉悦感，身处贫穷却能拒绝富贵的诱惑，即使饱受贫穷折磨也守志不渝，故其被动的选择中蕴含着积极主动的因素，反抗现实的意义不容忽视。王维则有所不同，无论主观意愿抑或客观意义，其半官半隐更多的是对现实的逃避而不是反抗。尽管从其田园山水诗里不难读出安贫乐道、与世无争的志趣表达，但因王维一生始终过着较为富裕的生活，

---

① 清编《全唐诗》上册，上海古籍出版社，1986，第285页。
② 清编《全唐诗》上册，上海古籍出版社，1986，第299页。

宦海沉浮并没有在根本上影响到物质生活的质量，归隐期间仍有俸禄可食，因而不可能产生如陶渊明般"贫富常交战"的心理冲突，提倡安贫乐道事实上并无多大实质性意义，强调与世无争才是他最本质的诉求。特定的生活经历与生存状况，使儒家的独善思想理论难以真正成为王维的精神支柱，他的独善也就不可能达到陶渊明的思想高度。王维欲在山林田园中寻求一片安宁的乐土，借此平息内心的不平。与陶渊明以躬耕为乐不同的是，深受禅宗影响的王维更多的是以悟禅为乐，诚如《饭覆釜山僧》诗所云："一悟寂为乐，此日闲有余。思归何必深，身世犹空虚。"[①] 诗中"日"或作"生"。兼济的热血早已冷却，独善的内涵又局限于一己之身的安宁与洁净，王维的崇陶没有全面实现陶渊明诗文的经典价值，诗歌中的"五柳先生"其实正是他自己内心的写照。王维表现学陶思想的诗篇鲜有经典的原因，正在于此。

2. 选择中隐的白居易，崇陶而不学陶，中隐是从陶渊明的后退。

白居易（772—846）初入仕途阶段，参政热情极高，屡次上书，指陈时弊，畅言无忌，批判锋芒所向，权贵为之色变，此时，陶渊明尚未成为崇拜对象。他产生较为明确的崇陶情怀，是在元和六年（811）至元和九年（814）因母丧退居渭上丁忧期间。拥有了充裕的闲暇时间，白居易开始对自己的人生进行了认真地回顾与反思，母亲去世的打击，对官场阴暗面的初步感受，使道家、佛教思想的影响由隐而显，加之乡村清新的空气、闲适的生活与政坛沉闷的氛围、紧张的关系形成了鲜明的对比，陶渊明的田园诗遂引起心灵共鸣。白居易模拟《归园田居》作《效陶潜体诗》十六首，描绘田园美景，抒发陶渊明曾经有过的那种怡然自得的情感体验。元和十年（815）白居易被贬江州司马，遭受了政治生涯中的第一个沉重打击。由于陶渊明旧居在距浔阳几十里的柴桑，次年，白居易于游庐山途中，专程前往拜谒，在强烈情感的驱动下，创作了长诗《访陶公旧宅》（见上文），在充分肯定陶渊明高洁人品的同时，尽情抒发对陶渊明的崇敬之情。

政治失意的白居易为避免被邪恶势力所吞噬，同时也为确保不与邪恶同流合污，人生追求的目标由兼济转为独善，崇陶主要出于道德自律的精神需要，为固守自己内心一方净土而寻找思想武器和历史榜样，"不慕樽有酒，不慕琴无弦；慕君遗荣利，老死此丘园"（《访陶公旧宅》），独善的道德感召力由此可见一斑。必须强调的是，白居易崇陶却未必学陶，在彻底放弃兼济的努力之后，个体的衣食住行、生老病死成为他后半生关注的

---

① 清编《全唐诗》上册，上海古籍出版社，1986，第 287 页。

焦点。为避免党争之祸，五十六的白居易自称有病，以太子宾客分司东都，对于晚年的洛阳生活，他称之为"中隐"，选择中隐的原因，他在《中隐》一诗中说得非常清楚：

> 大隐住朝市，小隐入丘樊。丘樊太冷落，朝市太嚣喧。不如作中隐，隐在留司官。
> 似出复似处，非忙亦非闲。不劳心与力，又免饥与寒。终岁无公事，随月有俸钱。
> 君若好登临，城南有秋山。君若爱游荡，城东有春园。君若欲一醉，时出赴宾筵。
> 洛中多君子，可以恣欢言。君若欲高卧，但自深掩关。亦无车马客，造次到门前。
> 人生处一世，其道难两全。贱即苦冻馁，贵则多忧患。唯此中隐士，致身吉且安。
> 穷通与丰约，正在四者间。①

按照白居易的划分，陶渊明只能算作是"入丘樊"的小隐，因有冷落之弊与劳力之苦而遭到他的否定。中隐与小隐的共同点在于均拉开了与统治者的空间距离，远离权力中心，有助于解除伴君如伴虎的政治危险，避祸远害，洁身自好。二者的不同之处也非常明显，中隐者并未彻底告别官场，身在禄位却无政事之扰、性命之忧，生活适意懒散而无冻馁之困、劳力之苦。就白居易的中隐生活而言，物质生活条件依然达到了温饱水平，远非陶渊明可比，作于洛阳的《知足吟》描绘了当时的基本生活状况："不种一陇田，仓中有余粟。不采一枝桑，箱中有余服。官闲离忧责，身泰无羁束。中人百户税，宾客一年禄。樽中不乏酒，篱下仍多菊。"②尽管诗中使用了渊明诗歌核心意象——樽中酒与篱下菊，却没有能够营造出陶诗般淡雅高远的意境，问题的关键在于诗人思想境界的平庸。

其实，早在南朝，著名的山水诗人谢灵运和谢朓就先后表达过类似"中隐"的人生意向，只是未使用"中隐"这一概念。谢灵运仕途失意被贬永嘉后，作《登池上楼》诗云："进德力所拙，退耕力不任。徇禄反穷海，卧疴对空林。"③"进德"语出《周易·乾卦》，其文曰："君子进德修业，

---

① [唐] 白居易：《白居易集》(2)，中华书局，1979，第490页。
② [唐] 白居易：《白居易集》(2)，中华书局，1979，第491页。
③ [刘宋] 谢灵运著，李运富编注：《谢灵运集》，岳麓书社，1999，第43页。

欲及时也"。谢灵运自感为官治世的政治理想已经破灭，又无法承受退耕的体力劳动，于是被迫暂时选择了"徇禄"即曲从俸禄的态度。谢灵运遨游山林与陶渊明躬耕田园均具有抗争现实政治的意义，但前者的行为完全脱离了传统道义的指导，故显示出与儒家"独善"的分道扬镳，与陶渊明的选择不可同日而语。

从陶渊明到白居易，独善的重心发生了明显转移，兼善的道义内涵被过滤，孔颜之乐不再具有现实指导意义，隐逸者的道德尊严感与自豪感已消失殆尽。从道德伦理角度审视，"中隐"是从陶渊明"小隐"的倒退，是对孔孟独善理论的全面否定。官场上的激烈争斗与残酷的政治迫害，消尽了白居易胸中的浩然正气，加之渐入老境，疾病缠身，白居易越来越欣赏知足保和的人生态度，以求全身远祸，颐养天年，道家清静无为之论与佛教色空观成为他的两大思想支柱，选择隐当是一种必然。与此同时，从进入仕途之初，陶醉于"才小分易足，心宽体长舒。充肠皆美食，容膝即安居"（《松斋自题》①）的满足和享受，到渭村丁忧期间，过着"衣食幸相属，胡为不自安？况兹清渭曲，居处安且闲"，"日出犹未起，日入已复眠"（《效陶潜体诗》十六首之九②）的闲适和安逸，再到晚年"家虽日渐贫，犹未苦饥冻"，"眼逢闹处合，心向闲时用"（《安稳眠》③）的得过且过，白居易从来没有真正遭受过贫贱的折磨，几十年养尊处优的物质生活使他从根本上丧失了面对贫困的勇气。白居易从未掩饰自己对闲适生活的向往和欣赏，即如《饱食闲坐》诗所言"饱食不出门，闲坐不下堂"④，而饱食闲坐的生活是需要相应的物质条件做保证的。所以，尽管白居易十分崇敬陶渊明，但在物质生活的享受与坚守儒家道义之间倾心于前者，故最终否定了陶渊明式的"小隐"而选择了"中隐"⑤，陶渊明的经典价值因此被削弱。

白居易之所以最终在一定程度上走向了崇陶的反面，是因为他由壮怀激励走向了心如死水，以生存的冷漠感取代了生存的危机感。实用主义的生存哲学对道德感召力构成了屏蔽和消解。由此，我们不难认识到道德路径的历史局限性。

① [唐] 白居易:《白居易集》（1），中华书局，1979，第 96 页。
② [唐] 白居易:《白居易集》（1），中华书局，1979，第 106 页。
③ [唐] 白居易:《白居易集》（2），中华书局，1979，第 496 页。
④ [唐] 白居易:《白居易集》（2），中华书局，1979，第 676 页。
⑤ 参见拙著:《中国文学的伦理精神》上编第二章《兼济与独善》，四川人民出版社，2001，第 95 页。

3. 未隐的苏轼，崇陶亦学陶，"超然"心态超越渊明①。

中国古代作家的崇陶，至北宋苏轼（1037—1101）达到一个高峰。"梦中了了醉中醒。只渊明。是前生。走遍人间，依旧却躬耕。"②一首《江神子》本足以说明苏轼对陶渊明的崇敬态度，而其前后所作百数十首《和陶》诗如《和陶归园田居》六首、《和陶贫士》七首、《和陶移居》二首、《和陶杂诗》十一首、《和陶劝农诗》六首、《和陶拟古》九首、《和陶桃花源》《和陶咏二疏》《和陶咏三良》《和陶咏荆轲》等，更是将这种崇敬表现得淋漓尽致。经过苦难人生、蹉跎岁月的磨砺，苏轼逐渐形成了"超然"的人生态度，其主要特征是不以物喜，不以己悲，忘怀得失，乐观通脱。"超然"人生观的形成从本质上讲是由于受庄禅特别是禅宗主张物我双亡、身心皆空观念的影响，同时，陶渊明的启示也不容忽略。苏轼的"超然"人生观体现在对生命、仕途、生活诸多方面，崇陶作为苏轼"超然"人生态度的重要组成部分，集中体现在他对于物质生活的态度上，安贫乐道是二人的共同点。苏轼一生宦海沉浮，屡遭贬谪，物质生活每况愈下，他自觉以陶渊明为榜样，一个最明显的标志便是，每当生活窘迫之时便主动言及渊明事迹，以之激励自己。贬谪惠州期间，苏轼的生活已到了极端窘困的地步，《和陶贫士》③诗前引文云："余迁惠州一年，衣食渐窘，重九伊迩，尊俎萧然，乃和渊明贫士七篇。"诗云："我欲作九原，独与渊明归。"在极端困窘的生活境遇中，独以陶渊明为知音，由此可见陶渊明给予东坡的力量。六十一岁作《和陶岁暮作和张常侍》诗，自序云："十二月二十五日，酒尽，取米欲酿，米亦竭。时吴远游、陆道士皆客于余，因诵渊明《岁暮和张常侍诗》，亦以无酒为叹。乃用其韵赠二子。"诗中苏轼以陶渊明自称，"何事陶彭泽，乏酒每形言"，坦然地承认自己生活的窘困，不仅不做丝毫的遮掩，而且以乐观的态度展望未来，"但使荆棘除，不忧梨枣衍。……养我岁寒枝，会有解脱年"。诗最后云："米尽初不知，但怪饥鼠迁。我子真我客，不醉亦陶然。"④在赞美客人的同时，表明了自己的生活情趣与旷达胸怀。白居易《与梦得饮》诗有云"共君一醉一陶然"，苏轼则曰"不醉亦陶然"，境界自不相同。

---

① 参见周晓琳、刘玉平：《中国古代作家的文化心态》下编《苏轼的超然心态》，巴蜀书社，2004，第 360 页。
② [宋] 苏轼撰，薛瑞生笺证：《东坡词编年笺证》，三秦出版社，1998，第 328 页。
③ [宋] 苏轼撰，[清] 王文诰辑注，孔凡礼点校：《苏轼诗集》（七），中华书局，1982，第 2136 页。
④ [宋] 苏轼撰，[清] 王文诰辑注，孔凡礼点校：《苏轼诗集》（七），中华书局，1982，第 2217 页。

陶渊明的安贫乐道，乃是为了维护和保持个人的独立品格，不为五斗米折腰，坚持按照自我意愿选择生活方式，从而在并不自由的现实中获得一种精神自由的满足感，在这一点上，苏轼与陶渊明具有相同之处。东坡安于贫困、无往不乐的超然，并非不讲原则，与世浮沉，在他潇洒自在、满不在乎的后面，仍然有着对自我人生态度的坚持，对独立人格的维护，从不趋炎附势，从未放弃做人的原则，正因如此，才一再遭到贬谪。

苏轼崇陶学陶，并非紧随渊明亦步亦趋，而是有所超越。同为生活贫困，陶渊明以自然而然的态度坦然面对，从不刻意回避，也不故作清高，《怨诗楚调示庞主簿邓治中》坦言自己的生活状况："夏日抱长饥，寒夜无被眠。造夕思鸡鸣，及晨愿鸟迁。"在与贫困的斗争中坚守君子固穷的节操。苏轼则以一种不执着于外物的透脱态度来对待生活中的一切，对贫困不光不予计较，而且还能主动化解生活的烦恼，从中寻求到人生的乐趣，从惠州到儋州，从"白头萧散满霜风，小阁藤床寄病容。报道先生春睡美，道人轻打五更钟"（《纵笔》①），到"寂寂东坡一病翁，白须萧散满霜风。小儿误喜朱颜在，一笑那知是酒红"（《纵笔》三首之一②），苏轼将自己的坚持与追求都融入这超然与旷达之中。

苏轼以积极的态度，通过对儒释道三家思想的兼收并蓄，完成了对陶渊明的超越，有效地巩固和扩大了道德化路径。

4. 隐逸山林的张养浩，崇陶亦学陶，对于官场的否定更为极端。

张养浩（1270—1329）的学陶，体现出由道德向政治的异动。

张养浩是元代著名文学家，其人生道路虽然有异于当时诸多文人，因为他有幸进入仕途，且累官翰林直学士礼部尚书，但生存的社会文化背景却与大多数沉沦下僚的文人并无二致。作为一名汉族知识分子，在残酷的民族压迫面前，不可能不产生沉重的压抑感和沉沦感；作为一名保持道德良知和社会责任感的封建官吏，面对黑暗腐朽的社会政治，又不可能不产生强烈的幻灭感和窒息感，效仿陶潜，隐居山林，成为他一度的选择。于是，以"五柳先生"自况，借"东篱"营建诗意的氛围，成为张养浩隐逸散曲的一大特点。

张养浩的崇陶心态在元代是有代表性的。异常特殊的社会状况导致元代文人普遍对现实和历史持怀疑态度，对人生采取一种看似玩世不恭、自

① ［宋］苏轼撰，［清］王文诰辑注，孔凡礼点校：《苏轼诗集》（七），中华书局，1982，第 2203 页。

② ［宋］苏轼撰，［清］王文诰辑注，孔凡礼点校：《苏轼诗集》（七），中华书局，1982，第 2327 页。

以为超乎一切矛盾的达观态度。不少知识分子将庄子的人生哲学和处世态度发挥到极端，而陶渊明则成为他们被幻灭感、沉沦感压得喘不过气之后所寻找到的精神样板。试读张养浩的两首散曲作品：

折腰惭，迎尘拜。槐根梦觉，苦尽甘来。花也喜欢，山也相爱。万古东篱天留在，做高人轮到吾侪。山妻稚子，团栾笑语，其乐无涯。

——【中吕·普天乐】《乐无涯十咏》之三

在官时只说闲，得闲也又思官，直到教人做样看。从前的试观，哪一个不遇灾难？楚大夫行吟泽畔，伍将军血污衣冠，乌江岸消磨了好汉，咸阳市干休了丞相。这几个百般，要安，不安，怎如俺五柳庄逍遥散诞？

——【双调·沽美酒兼太平令】《叹世》①

前一首通过具体描绘隐居山林的乐趣来否定个人的仕宦生涯，后一首则是通过回顾历史对整个官场进行了彻底否定，陶渊明的形象赫然出现在其视野中。张养浩的崇陶充分反映了元代文人思想与陶渊明的相同与相异之处：前者在于他们均把自然山水视为官场的对立物，皆在归隐生活中追求一种身心的解放感与自由感，并且以归隐作为抗议现实的一种特殊手段，当然，这亦可视为陶渊明的启发与影响；后者则表现为元代文人比陶渊明有更多的牢骚和不平之气，他们对现实的批判更彻底，也更偏激。

较之陶渊明，元代文人的生存环境显得更为压抑和灰暗。由于元朝处于中国封建社会的中后期，大量的社会弊端暴露得空前充分，擅长在古今联系中进行反思与追问的作家群体拥有了更为丰富的历史文化资源以及反思历史的思想空间。阶级与民族的双重压迫赋予他们怀疑一切的眼光，既怀疑现实亦怀疑历史，通过否定历史（包括经由历史积淀传承的文化思想以及历史英雄人物）来表达对现实的失望和否定。在对待仕途官场的态度问题上，他们比陶渊明走得更远。陶渊明并不完全反对士人进入仕途，只是批判官场的污浊和仕途的险恶，其初衷仍打算走兼济天下之路。元代文人则不然，至少在语言表达的层面上表现出彻底否定知识分子兼济的价值取向，他们擅长运用以古证今的写作手法，通过历史上多位杰出人物的悲剧命运来证明远离官场的正确性与必要性：

---

① ［元］张养浩著，王佩增笺：《云庄休居自适小乐府笺》，齐鲁书社，1988，第 77 页。

班定远飘零玉关，楚灵均憔悴江干。李斯有黄犬悲，陆机有华亭叹，张柬之老来遭难。把个苏子瞻长流了四五番，因此上功名意懒！

——张养浩【双调·沉醉东风】①

达时务呼为俊杰，弃功名岂是痴呆。脚不登王粲楼，手莫弹冯谖铗，赋归来竹篱茅舍。今古陶潜是一绝，为五斗腰肢倦折。

——汪元亨【双调·沉醉东风】《归田》②

在隐逸生活中，元代文人对自我道德节操的保持与陶渊明基本相同，然而在世俗化人生态度的影响下，对物质生活保持浓厚的享受兴趣又使他们与陶渊明有着巨大区别。对陶渊明我们称之为"归隐"，退出仕途，隐于田园，追求独善，物质生活的好坏并非他在意的对象，即使十分恶劣的生活条件也没有改变他的气节和品格。一个"归"字，揭示的是他视山林田园为精神家园的行为特质。对于元人，我们更多地定位于"隐逸"，隐居田园山林，生活的舒适安逸既是追求目标，也是坚持的理由。他们对自然山水、田园风光不乏"玩赏"的态度，即如张养浩在【中吕·普天乐】中所言："游山玩水，吟风弄月，其乐无涯。"这种"玩"在很大程度上蕴含着寻求感官愉悦的成分，事实上不少元曲作家描绘的隐逸生活都体现出物质条件的优渥。试读：

绿水边，青山侧，二顷良田一区宅，闲身跳出红尘外。紫蟹肥，黄菊开，归去来。

——马致远【南吕·四块玉】《恬退》其二③

翠荷残，苍梧坠。千山应瘦，万木皆稀。蜗角名，蝇头利。输与渊明陶陶醉，尽黄菊围绕东篱。良田数顷，黄牛二只，归去来兮。

——腾宾【中吕·普天乐】《气》④

诗磨的剔透玲珑，酒灌的痴呆懵懂。高车大纛成何用？一部笙歌断送。金波潋滟浮银瓮，翠袖殷勤捧玉钟。对一缕绿杨烟，看一弯梨花月，卧一

---

① 〔元〕张养浩著，王佩增笺：《云庄休居自适小乐府笺》，齐鲁书社，1988，第55页。
② 隋树森编：《全元散曲》（下），中华书局，1964，第1379页。
③ 〔元〕马致远著，瞿钧编注：《东篱乐府全集》，天津古籍出版社，1990，第57页。
④ 隋树森编：《全元散曲》（上），中华书局，1964，第299页。

枕海棠风。似这般闲受用，再谁想丞相府帝王宫？

——张养浩 【中吕·最高歌兼喜春来】《诗酒欢娱》①

　　与陶渊明相比，上述作家显然缺少类似"夏日抱长饥，寒夜无被眠"的生活体验，不必经历"贫富常交战"的内心挣扎，自然也无须以"安贫乐道"作为精神支撑。对于生活，他们采取了比较现实的态度，在否定政治大环境的同时，肯定了自己生活的小环境，能享受处且享受。正因如此，与陶渊明相比，他们少了一份追求理想（包括理想的社会、理想的人格）的执着，多了一些世俗化的享乐态度与生活情调。高唱"归去来"的张养浩们，或刻意回避，或未能完全理解陶渊明"独善"的丰富意蕴，尽管陶渊明及其诗文所描绘的场景作为意象或者典故频频地出现在他们的作品中，但渊明诗文的道德价值则有所遮蔽甚至蚀蜕。

　　王维、白居易、苏轼、张养浩等崇陶者的人生实践给我们的启示之一是，经由道德化路径进入经典殿堂的陶渊明及其诗文，始终给后世作家以如何保持和追求"独善"的价值启示和意义指导，陶渊明以归隐田园作为追求独善、保全节操、抗议黑暗、逃避现实的手段，这一特征对中国古代知识分子人生道路的影响十分巨大。尽管后代崇陶者未必都在行为的层面上完全效仿陶渊明，他们与陶渊明之间的精神对话，内容不尽相同，崇陶而不学陶者也大有人在，不过，这并不能否认独善楷模所具有的不可抗拒的道德感召力，《归去来兮辞》《五柳先生传》《桃花源记》《归园田居》等经典诗文之所以被后世文人士大夫反复吟诵和模拟，显然与此有关。

　　王维、白居易、苏轼、张养浩等崇陶者人生实践给我们的启示之二是，在中国古代，经典化机制中道德功能的发挥，难以避免地要受到政治权力的影响，上述几位作家在道德实践领域内退而求其次的"独善"选择，正是政治权力压迫的结果。也正是由于这一点，他们看似消极的选择或多或少地包含着反抗专制统治的积极意义，所以那些田园放歌、诗酒欢唱也具备了某些经典的特质。前文所举张养浩的【中吕·最高歌兼喜春来】《诗酒欢娱》受到当今学者的高度重视，先后被三十余种选本选入，例如：

　　古诗分类鉴赏系列《采菊东篱下》（康萍编辑，上海辞书出版社1996年出版）

　　《元曲三百首注评》（史良昭注评，太白文艺出版社1997年出版）

　　《元散曲经典》（吴新雷、杨栋主编，上海书店出版社1999年出版）

---

① ［元］张养浩著，王佩增笺：《云庄休居自适小乐府笺》，齐鲁书社，1988，第16页。

《元曲精华》（林方直主编，内蒙古人民出版社2004年出版）

《元曲鉴赏辞典》（赵义山编，商务印书馆国际有限公司2012年出版）

《传统文化名篇赏析丛书·元曲名篇赏析》（傅德岷、余曲编著，巴蜀书社2012年出版）

……

这首元曲成了名副其实的选家经典。究其原因，一方面是由于曲作具有的解构性精神价值，作者以歌颂隐居生活的方式否定了"丞相府帝王宫"的权力与污浊，表达了对自然和自由的向往；另一方面则得益于曲作的艺术成就，该曲"语言清新婉丽，寓情于景，情景交融，富有诗情画意"，属于同类曲作中"上乘之作"①。由是我们再次感受到了文学经典本质规定性的巨大作用。

陶渊明诗文经典化效应的历史差异性表明，文学经典化系统中道德机制的运作具有因时而变的特点，政治因素对道德功能的影响十分明显。

① 赵义山编：《元曲鉴赏辞典》，商务印书馆国际有限公司，2012，第382页。

第四章　教育子系统的机制运作

——从作家到受众的培养　从学文教材到文学经典

　　教育是培养人的一种社会活动，教育的概念有广义和狭义之分。广义的"教育"泛指一切能够增进人们的知识、培养人们的技能、影响人们思想品德的活动，包括家庭教育、社会教育和学校教育。狭义的"教育"则专指学校教育，是指"教育者根据一定社会（或一定阶级）的要求，依据受教育者身心发展的规律，有目的、有计划、有组织地对受教育者所进行的传授知识技能、培养思想品德、发展智力和体力，把受教育者培养成一定社会（或阶级）所需要的人的活动"[①]。学校教育以目的更明确、设计更精心，通过专门的教育机构以及专职的教育者来实施教育活动而区别于家庭教育和社会教育。本章所言"教育"，是指包括学校教育在内的广义的教育。

　　在历史发展过程中，教育承担着多种社会功能，其中有为生产领域培养人才、进行科学知识再生产，并为生产提供新知识和新手段的经济功能，有为统治阶级培养所需要的行政管理人员、形成和引导社会舆论以维护和巩固现实统治秩序的政治功能，有保存、传递既有知识和更新、创造新知识的文化功能，还有提高素质、完善人格、形成和发展个性的育人功能。教育的多重功能决定了教育内容的广泛性和丰富性，文学教育是教育内容系统中的一个虽非主流但不可或缺的分支，中外古今教育皆如此。中国古代教育的发展呈现着连续性和阶段性相结合的特点：从西周时期以"六艺"（礼、乐、射、御、书、数）为贵族学校的主要教学内容，到战国齐国稷下学宫集讲学、著述、育人活动为一体；从汉代统治者提倡经学教育，章句之学成为学校教育的主要形式，到隋唐时期朝廷以中央官学为封建教育的主干，官学制度完备（其中唐朝中央官学有六学一馆，即国子学、太学、四门学、书学、算学、律学和广文馆），科举制度和教育制度开始结合在

---

　　① 裴文敏等：《教育学》，浙江大学出版社，1994，第9页。

一起；从宋朝"兴文教"，尊孔崇儒，设立中央官学的同时，支持地方官学的发展，以《十三经正义》为法定教材，再到明清官学、社学、私塾并立，八股取士，学校教育发展呈现出凝固、滞后的趋势，不同历史发展阶段的时代特征十分鲜明，然注重道德教育，强调经世致用，则是一以贯之的共同特点。对受教育者个体而言，他们的学习进程也体现着阶段性与连续性相结合的特点，从初级教育阶段的识字、识物、作文，到高级教育阶段的格物、致知，不同阶段有着不同的学习重点，而立德、修身则是各阶段共同的培养目标和教育内容，只是学习形式和使用教材有所不同而已。

教育是文学经典化机制中的一个至关重要的构成元素。尽管在中国古代国家教育即官学的层面上，文学教育基本处于缺席的状态，《诗经》从来不是作为文学教材，而是作为经学教材使用的，但是，在家学、私学的教育内容中，诵读、声律、属对、摹写等与文学创作紧密相关的活动则占了很大的比重。教育功能对文学经典化的介入大致分为两个阶段，一是前经典化时期，即经典文本产生之前，教育通过文学教育固有的方式，为经典作家的培养以及经典作品的产生提供必要的条件和基础。白居易在《与元九书》中回顾自己的创作经历时说道：

仆始生六七月时，乳母抱弄于书屏下，有指"无"字、"之"字示仆者，仆虽口未能言，心已默识。后有问此二字者，虽百十其试，而指之不差。则仆宿昔之缘，已在文字中矣。及五六岁，便学为诗，九岁，谙识声韵。十五六，始知有进士，苦节读书。二十已来，昼课赋，夜课书，间又课诗，不遑寝息矣。[①]

这段文字具体涉及唐代教育的几个方面：家庭教育所具有的特殊教学方式，如随机性的口耳相传；家庭教育的学习内容，如学诗作赋；以及科举取士制度对士子学习的重大影响；等等。白居易早年创作、后成为文学经典作品的《赋得古原草送别》一诗，就是在这样的学习过程中产生的。唐代另一位著名诗人骆宾王（619—684？），能在七岁时吟出经典名篇《咏鹅》"鹅鹅鹅，曲项向天歌"，也是得益于成功的早期教育。

二是经典化时期，即文学文本创作过程结束，进入公众视野、传播领域之后，教育为潜在的经典转化为经典发挥了助推作用。具体而言，教育者以编选教材的方式，选用经典名篇作为学童学习的范文，在传播文学经

---

① ［唐］白居易：《白居易集》卷四十五，中华书局，1979，第962页。

典的同时，为经典培养生生不息的接受者，并以渐进的方式强化文本的经典效应。中唐诗人元稹（779—831）在《白氏长庆集序》中说道："予常于平市水见乡校诸童竞习歌咏，召而问之，皆对曰'先生教我乐天、微之诗。'固也不知余之文微之也。"① 反映的便是这种情况。

第一节　传统教育与经典作家的成长

概而论之，中国传统教育具有如下几个鲜明特征：其一，以"善"作为教育的核心价值观，贯穿在整个教育过程之中；其二，以阅读经典著作为最基本也是最重要的教学途径和手段；其三，受教育者成年后的自主性阅读和选择性阅读成为家庭教育、学校教育的补充与完善。由此，决定了教育在文学经典化机制中不可或缺的重要地位。

一、道德教育培养经典作家的道德素养和人文情怀

现代教育研究者着眼于中西方教育的共同点，指出无论中国抑或西方，"教育从来同'使人向善'相关，或者说它以'使人向善'为内涵"②。这一结论无疑是正确的。当然，如果从整体上进行把握，教育的功能显然不只使人向善，因为它还要向人们传授适应和改造自然、适应和改造社会以及不断改造和完善人自我的知识和技能，因此，助人求真、求美同样成为教育的重要内涵。然而，中国传统教育由于受古代文化伦理特质的深刻影响，将道德教育（简称德育）置于整个教育系统的核心和首位，故"使人向善"成为最受重视，因而也是最为重要的教育内容。"使人向善"的具体表现，在培养目标的定位上是"成人"，或曰"树人"，即培养以"仁德"为核心的、具有圣贤品质的君子型人格；在教学重点的设置上，是培养受教育者关注和参与现实的入世精神，以及求仁取义的道德品质，引导他们正确地把握现实的道德关系，在日常的生活和学习中积累德行，不断加强自我修养，以实现修身治国平天下的人生目标；在教材的选用上，"四书""五经""十三经"等儒家经典不仅是家庭教育的重要教材，更是国家教育的主要教材。此外，教育家们还根据受教育者的年龄特征和接受水平，自己编写德育教材，例如宋代著名思想家、教育家朱熹（1130—1200），继承孔子诗教传统，亲自撰写百首《训蒙诗》，通过短小的篇幅，直白的语言，

① ［唐］元稹：《白氏长庆集序》，见［唐］白居易《白居易集》，中华书局，1979，第 1 页。
② 李大圣：《百年反思——语文育人功能检视》，广西师范大学出版社，2006，第 9 页。

向儿童宣传和灌输被社会主流文化一致认可的道德观念，兹举二首如下：

克己

本体元来只是公，毋将私意混其中。

颜渊造圣无他事，惟在能加克己功。

三省

曾子尚忧三省失，自言日致省身功。

如何后学不深察，便欲传心一唯中。①

二诗充分体现了文以载道、文以明道的教育思想和教育传统。以"使人向善"为主导的中国古代教育，虽然难以如西方教育那样培养出以专业技能见长的专家型、技术型人才，却能够促使受教育者的人格向着有高尚品行、有仁爱精神、有理想追求的君子型人格发展，有助于培养仁人志士、道德楷模。在中国古代众多的优秀作家身上，我们不难看到那种悲天悯人的人文情怀，那种大济苍生的担当精神，那种取仁取义的浩然正气以及那种百折不挠的坚韧品质以及豁然旷达的胸襟气度，而这一切皆是传统教育赋予经典文本创作者的文化素养，同时也是构成经典本质规定性的重要思想元素。当"文如其人"实实在在地成为古代文学创作的一种规律，并且成为文学评论家特殊的评价视角，人们便不难理解屈原、陶渊明、杜甫、白居易、苏轼、辛弃疾、文天祥等人的作品成为经典的原因。

自晚唐孟棨《本事诗》首称杜甫诗歌为"诗史"后，历代学者大多赞同其说，并且在此基础上不断地发掘杜诗具有的"诗史"特质。现代著名学者杨义的相关研究成果，有助于我们进一步认识传统教育对于经典作家培养的积极意义。杨义认为杜诗之所以具有崇高感、严肃感和悲剧情调等因素，皆"归因于诗与史的遇合"，在杜甫的诗歌创作中，诗史不仅仅是指因诗歌表现内容的现实指向性而呈现出的历史向度，更上升为一种将诗与史这两种异质文体融合统一的"诗史"思维，安史之乱后，这种诗史思维更是在对历史的关注中产生了新的精神指向，即"以悯世情怀，直面血肉人生，正视人间疮痍"。探究杜甫诗史思维的文化底蕴，杨义追溯到了"儒学的仁爱情怀"。杜甫将"奉儒"作为自己的家族文化基因来对待和接受，这当是学界同仁的共识，杜甫在《进雕赋表》中说到"自先君恕、预

---

① 转引自陈汉才：《中国古代幼儿教育史》，广东高等教育出版社，1996，第203页。

以降，奉儒守官，未坠素业"，这一表述已足以表现深厚的家学渊源对于杜甫人生观、价值观的深刻影响。家庭教育是中国古代教育的一种常见且十分重要的基础教育形式，浓厚的"奉儒"家庭文化氛围，使杜甫自小在耳濡目染中接受儒家思想的熏陶，有机会有条件系统地阅读儒家经典著作，在学习中由知而行，最终成为儒家思想坚定不移的践行者。毋庸置疑，儒家提倡的"仁爱"有着包括忽视阶级和历史的局限性，但是同时也包含着超越阶级和历史的永恒价值，即如杨义所言，它"以实践理性的形态肯定了人类的同类亲和感情"[①]。杜甫大量的诗篇通过具体的事件、生动的形象以及成熟的技法，表现和肯定了这种在人类精神文化史上具有普遍意义的情感，从而具备了成为经典的内在特质。

二、阅读教学活动培养经典作家的文学素养与创作能力

这里，有必要提及古代作家的读书活动。杜甫《奉赠韦左丞丈二十二韵》云："读书破万卷，下笔如有神。赋料扬雄敌，诗看子建亲。"[②] 道出了读书与经典创作之间不可分割的内在关系。老杜"致君尧舜上，再使风俗淳"的政治理想，形成于"读书破万卷"的学习过程之中。同样，他写诗作赋左右逢源，如有神助，也得益于此。

"阅读"（古人称之为"读书"），在中国古代教育活动中占据着非常重要的地位，可谓与"写作"各占"半壁江山"。对于广大学子而言，"读书"就是一个接受教育的过程。阅读教育是中国古代教育的一种十分重要而又普遍行之有效的教育方式，受教育者通过阅读活动，去理解、领悟、吸收、鉴赏、探究以及评价特定的文章抑或著作，在阅读过程中增长文化知识，接受思想教育、情感熏陶和思维训练。古代作家的阅读活动大致可以分为两个阶段：一是幼年时期的启蒙教育阶段，在家长或者教师的指导督促下阅读甚至背诵规定篇目，我们将其称之为"被动性阅读"；二是成年之后的继续接受教育阶段，作家可以根据个人的精神需求和兴趣爱好，进行选择性阅读，我们将其称之为"主动性阅读"。尽管后者率性而为的特征比较明显，但不可否定的是，阅读的教育功能依然存在，而且发挥着巨大的作用。作家们通过自主性的阅读活动（尤其是阅读经典），一方面继续深入地明道德之理，知古今之变，在增长学问、提高水平、完善自身知识结构系统的同时，进一步培养历史责任感与社会担当精神，或者退而求其次，追求洁身自好、超凡脱俗的人格境界；另一方面悟美文之妙，学

---

① 杨义：《李杜诗学》，北京出版社，2001，第475—494页。

② ［唐］杜甫著，［清］仇兆鳌注：《杜诗详注》，中华书局，1979，第74页。

写作之法，在模拟前人的基础上，更为熟练地掌握写作技巧，自觉探索创作规律，由此走向文学创作的新高度。阅读，有助于经典作家的基本素质（包括学识、见解、胸襟、能力等）的养成，为经典文本的生成提供了良田沃土。中国古代但凡取得一定文学成就的作家，无不经过了博览群书的阅读阶段，仅据《旧唐书·文苑传》所载，我们已不难看出阅读之于创作的内在关系：

张蕴古"性聪敏，博涉书传，善缀文"；
杜易简"九岁能属文，及长，博学有高名"；
卢照邻"年十余岁，就曹宪、王义方授《苍》《雅》及经史，博学善属文"；
杨炯"幼聪敏博学，善属文"；
刘允济"博学善属文"；
陈子昂"苦节读书，尤善属文"；
王维"博学多艺"；
吴通玄与兄通微"俱博学善属文，文彩绮丽"；
王仲舒"嗜学工文"；
刘蕡"博学善属文，尤精《左氏春秋》"。

还有一些著名作家，史家在介绍其生平行迹时虽然没有明确使用"博学善属文"一类文字，但是他们的叙述，足以让读者清楚地看到幼年时所接受的良好教育对文学家创作活动的积极推动作用。例如王勃"六岁解属文，构思无滞，词情英迈"，贺知章"少以文词知名，举进士"，李邕"早擅才名"，李商隐"幼能为文"[①] 等，这些早慧的作家之所以能够取得令世人惊叹的文学成就，除了自身具有的天赋秉性之外，早期的阅读教育的助力绝对不可忽视。

受教育传统的影响，中国古代作家群体具有喜好读书、主动学习的优良习惯，至于作家成人之后的阅读活动对于经典生成的促进作用，陶渊明的田园诗可以给我们以启迪。陶渊明的田园诗多传世精品，备受后世崇陶者称道的冲远高洁的人品与平淡自然的诗风，便是由其田园诗集中体现。梁启超在《陶渊明之文艺及其品格》一文中指出："渊明何以能有如此高尚的品格和文艺？一定有他的整个人生观在背后。他的人生观是什么呢？

---

① 以上引文均见〔后晋〕刘昫等：《旧唐书·文苑传》，中华书局，1975。

可以拿两个字来概括他：'自然'。"①陶渊明所具有的"自然"人生观绝非天生自有的，而是通过后天的教育以及在自身不断思考和探索过程中再逐渐形成的。陶渊明《饮酒》诗云："少年罕人事，游好在六经"，此乃他自幼接受儒家思想教育的确证。儒家思想教育对于陶渊明的人格建构所产生的深刻影响，既体现为"猛志固常在"之类的内心冲动，亦表现为"君子固穷"的道德坚守以及"忧道不忧贫"的人生价值取向，所以，梁启超说他"一生得力处和用力处都在儒学"②，并非全然无理。然而，陶渊明在被严酷的政治斗争磨灭了一腔济世热情之后，人生向度发生了重大转变，所谓"转欲志长勤"，辞官归隐，躬耕田园，便是这一转变的显在标志。探究促使陶渊明人生态度转变的思想原因，必须提到他的阅读活动。渊明一生喜好读书，归田后仍读书不辍，对此，其诗文多次提及，我们绝不能因为类似《五柳先生传》"好读书，不求甚解"的叙述而视之为纯粹的消遣和自娱。陶渊明读书，既是一种日常化的生活方式，更是一种价值重构的精神活动，当他面临"行行向不惑，淹留竟无成"的精神危机时，迫切需要寻求新的思想武器，来支撑艰难前行的脚步，安放无处可归的心灵，于是，阅读便成为更新武器、调整和重建精神世界的重要途径。正是在不断学习、不断探索的过程中，老庄的"自然"观激起了陶渊明心灵的共鸣，收到了塑造人心的教育效应。朱自清在对陶诗的用典进行了细致的统计后指出，"陶诗用事，《庄子》最多，共四十九次，《论语》第二，共三十七次"③，以量化的方式显示了陶渊明诗歌的文化底蕴之所在。

韩愈弟子李汉（生卒年不详）在《昌黎先生集序》中将有效阅读对于经典创作所具有的重要意义，表述得更加清楚。其文曰：

（先生）自知读书为文，日记数千言。比壮，经书通念晓析，酷排释氏，诸史百子皆搜抉无隐。汗澜卓踔，渊泫澄深。诡然而蛟龙翔，蔚然而虎凤跃，铿然而韶钧鸣。日光玉洁，周情孔思，千态万貌，卒泽于道德仁义，炳如也。洞视万古，悯恻当世，遂大拯颓风，教人自为。时人始而惊，中而笑且排，先生志益坚，终而翕然随以定。呜呼！先生于文，摧陷廓清

① 梁启超：《陶渊明之文艺及其品格》，载北京大学北京师范大学中文系等编《陶渊明资料汇编》，中华书局，1962，第279页。
② 梁启超：《陶渊明之文艺及其品格》，载北京大学北京师范大学中文系等编《陶渊明资料汇编》，中华书局，1962，第273页。
③ 朱自清：《陶诗的深度》，载北京大学北京师范大学中文系等编《陶渊明资料汇编》，中华书局，1962，第288页。

之功，比于武事，可谓雄伟不常者矣！ ①

　　李汉行文的逻辑非常清晰，他认为韩愈之文之所以具有"摧陷廓清之功"，得益于他自幼所受的教育，即博览群书，通晓经典。尤其值得我们注意的是，韩愈坚定不移的"酷排释氏"的学术立场，同样也源于儒家思想长时间的灌输和熏陶。韩愈自己也在文章中说到阅读经典著作对自己思想的重要影响，例如《读荀》一文云："始吾读孟轲书，然后知孔子之道尊"②。读韩文，不难体会到儒家大师尤其是孟子的思想与风格的影响，这种影响在韩愈的经典作品中具有相当明显的表现。

第二节　蒙学阶段的文学教育与文学经典化

　　根据教学目标和教学内容的不同，笔者将中国古代教育大体划分为初级和高级两个阶段。初级阶段的教育是指受教育者于幼年、少年时期在家庭、乡校、私塾等范围内所接受的、从识字开始的启蒙教育，即传统意义上的蒙学。高级阶段的教育则是指已经具备一定知识和相关能力的受教育者在官方设立的、更高一级的教育机构如广文馆、国子监、书院中接受的更为专门化、系统化的教育。初级阶段的教育内容，既包括日常行为规范、品德养成，也包括识字、识物、作文等基础知识的传授和基本技能的培养，内容比较丰富，文学教育仅是其中一部分。文学教育的知识目标主要是训练和培养受教育者的文学素养，包括他们的阅读能力（包括识字、句读、吟唱、背诵）、写作能力（包括属对、声律、集事、摹写）以及文学审美能力（即在上述教学活动中，逐步感知文学文本蕴含的多种审美要素以及表现美的多种文学技巧）。中唐名相杨绾四岁时便知变四声，家中"尝夜宴亲宾，各举坐中物以四声呼之，诸宾未言，绾应声指铁灯树曰：'灯盏柄曲'。众咸异之"③。知晓四声，是古典格律诗写作的基本要求之一，杨绾的出色表现无疑得益于其家庭早期的文学教育。

---

①　[唐] 李汉：《昌黎先生集序》，载马其昶校注《韩昌黎文集校注》，上海古籍出版社，1987，第1页。

②　[唐] 韩愈著，马其昶校注：《韩昌黎文集校注》，上海古籍出版社，1987，第36页。

③　[后晋] 刘昫等：《旧唐书》卷一一九，中华书局，1997，第3429页。

一、文学教材提供文学经典化的重要路径

教育对于文学经典化的助推功能，主要是通过文学教育活动来实现的，而文学教材的运用则是文选经典化的重要路径之一。

教材既是教育内容的载体，也是传播经典文本的渠道。教育者为达成培养目标，根据受教育者的年龄特点以及接受水平，选取或编选适用于学生学习的各类教材。精选教材，成为教育实施者的重要课题之一。在相当长的历史时期内，中国古代初级教育阶段中的文学教育并无统一教材，教育者诸如家长、乡校以及私塾先生通常根据自己的学识和爱好，自主选取诗词歌赋中较为短小的优秀作品，作为童蒙教材使用。北齐教育家颜之推（531—约597）在《颜氏家训》中以自己的亲身感受为例，说明儿童早期教育的重要性，其文云："吾七岁时，诵《灵光殿赋》，至于今日，十年一理，犹不遗忘。"①颜之推幼年背诵、经久不忘的篇章是东汉文学家王延寿创作的《鲁灵光殿赋》，该赋对灵光殿的建筑美、装饰美给予了细致逼真而又具有层次感的艺术描写，是继班固《两都赋》后出现的一篇较为优秀的都市赋文。由于该赋篇幅不长，便于记忆，因而被颜氏家长选作幼童的学习范文亦即教材。

选取优秀的文学作品作为教材，供学子吟诵、模拟之用，并非个别现象，这是中国古代初级教育阶段的通行做法，而这种做法为经典文本开启了一条特殊的传播通道。上文所引元稹《白氏长庆集·序》之文，谈及的正是白居易和元稹本人的诗歌用作乡校教材的情况。唐中宗李忱在白居易逝世后，作《吊白居易》诗，描述白诗在当时的传播情况云："童子解吟长恨曲，胡儿能唱琵琶篇。"幼童们对《长恨歌》这样的长篇诗歌能够达到"解吟"的程度，不可能完全是街头巷尾口耳相传自然接受的结果，应与当时的童蒙教育有着密切关系，这一点，我们可以从白居易关于自己作品传播情况的描述中得到证实。白氏《与元九书》云："自长安抵江西三四千里，凡乡校、佛寺、逆旅、行舟之中，往往有题仆诗者"②，白诗出现在乡校里，显然充当的是文学教材的角色。晚唐皮日休曾在《伤严子重序》一文中提及自己童年在乡校抄书的情况时说："余为童在乡校时，简上抄杜舍人牧之集"③，另一位优秀作家杜牧的作品同样发挥着教材的功能。清人沈龙江介绍当时的蒙学教育情况："放晚学讲贤孝勤学故事一条，吟诗

---

① ［北齐］颜之推：《颜氏家训》，中国文史出版社，2003，第126页。
② ［唐］白居易：《白居易集》卷四十五，中华书局，1979，第962页。
③ ［宋］计有功：《唐诗纪事》卷六十六，中华书局，1965，第994页。

一首，诗要有关系的，如'二月卖新丝''锄禾日当午''青青园中葵''木之就规矩'等。……次日放学时背讲。"[①]汉乐府和唐诗中的经典短篇成为儿童的启蒙教材。

由于古人作文吟诗，多从模仿前人起步，故范文的质量至关重要，经典作品入选教材的依据正在于此。对于选取优秀文本作为文学教材的重要性，宋代著名教育家朱熹有一精辟的分析，他说："读得韩文熟，便做出韩文的文字，读得苏文熟，便做出苏文的文字。"他通过自己的学习体会具体说明了这一道理：

> 向来初见拟古诗，将谓只是学古人之诗。元来却是如古人说"灼灼园中花"，自家也做一句如此；"迟迟涧畔松"，自家也做一句如此；"磊磊涧中石"，自家也做一句如此；"人生天地间"，自家也做一句如此。意思语脉，皆要似他底，只换却字。某后来依如此做得二三十首诗，便觉得长进[②]。

韩文、苏文分别指韩愈文章和苏轼文章，韩、苏二人均为古代散文创作的大家，位于唐宋散文八大家之列，其文章多精品。士子习文需学韩、苏，此乃南宋学者的共识。"磊磊涧中石""人生天地间"出自《古诗十九首》，该组诗堪称古代抒情诗的经典作品，其作为经典所具有的本质规定性，我们在第一章有专门论述。以它们充当初学者学习模拟的范文，亦理所应当。宋人胡仔（1110—1170）《苕溪渔隐丛话·前集》卷一引《吕氏童蒙训》云："读古诗十九首及曹子建诗，如'明月入我牖，流光正徘徊'之类，诗皆似深远而有余意，言有尽而意无穷也。"[③]揭示了《古诗十九首》作为文学教材的具体作用。"灼灼""迟迟"两句出自宋代诗人范质的《诫儿侄八百字》，原文为"灼灼园中花，早发还先萎。迟迟涧畔松，郁郁含晚翠"。这首形式短小，以立德、励志为写作主旨，诗歌本就是以青少年为阅读对象的，作为童蒙教材相当适合。元末明初文学家瞿佑（1347—1433）《归田诗话》"先入言为主"条云：

> 予为童子时，十月朝从诸长上拜南山先垅，行石磴间，红叶交坠，先伯元范诵杜牧之"停车坐爱枫林晚，霜叶红于二月花"之句。又在荐桥旧

① 张伯行辑：《养正类编》，中华书局，1985，第28页。
② ［宋］黎靖德编：《朱子语类》卷第一百三十九《论文》，中华书局，1986，第3301页。
③ ［宋］胡仔：《苕溪渔隐丛话·前集》卷一，人民文学出版社，1962，第3页。

居，春日新燕飞绕檐间，先姑诵刘梦得"旧时王谢堂前燕，飞入寻常百姓家"之句。至今每见红叶与飞燕，辄思之。不但二诗写景咏物之妙，亦先入之言为主也。①

瞿佑所谓"先入言为主"，实际上是指童年记忆的深刻性及其后续影响。文中提到自己在童年时听先伯诵杜牧诗，听先姑诵刘禹锡诗，这正是古代家庭文学教育的一种常见形式，即时间、地点、教材均不固定，家长在日常生活中随机对儿童进行教育。家长们由眼前的具体景物引发联想，进而吟诵前代诗人的优秀诗句，这种富有"现场感"的即兴式教学方法，不仅有助于幼童记忆名篇名句，而且能够培养他们触目感兴、即景生情的审美感悟能力以及将眼中之景转化为笔下之景的写作能力。

根据现存文献的记载，至迟在唐代，文学教育领域内开始出现了精心选编、使用范围较广的教材。这类教材有两个特点：一是范文相对固定，在一定程度上避免了家庭教育中选文随意性的问题；二是使用人较多，成为不同家庭，甚至不同学校士子学习、模拟的共同样本，类似于后世所谓"统编"教材，社会影响较大。中唐杨绾在批判唐朝科举制度的流弊时指出，当时的士子为了应试"幼能就学，皆诵当代之诗；长而博文，不越诸家之集"②，一"皆"字耐人寻味，士子们纷纷吟诵的"当代之诗"，是指经过一定筛选、适合幼童学习的唐人所创作的诗歌。供唐代士子学习的当代诗文选本，比较通行的有《文场秀句》《百家诗》等。据敦煌遗书《杂抄》载："《文场秀句》，孟宪子作"，当代研究者认为"这大约是唐人选辑唐代诗歌或摘句"，"是当时科举考试用的初级读本，供学子讽诵模仿"③。另据敦煌变文《左街僧录大师压座文》载："女郎使闻《周氏教》，儿还教念《百家诗》"④，前者是供女童学习的家训一类的读本，偏重女德教育，后者则是供男童学习的诗歌选本，具有明显的文学性。《文场秀句》《百家诗》今已不传，不过从"秀句"二字推测，入选篇章必定有可圈可点、引人注目之处。

中国古代教育在两宋时期获得长足发展，教材建设取得了引人注目的成果。至南宋，初级教育阶段出现了四部影响极大的童蒙教材，即《三字经》《百家姓》《千字文》《千家诗》，简称"三""百""千""千"。《百家

---

① ［明］瞿佑：《归田诗话》卷上，中华书局，1985，第 10 页。
② ［后晋］刘昫等：《旧唐书》卷一一九，中华书局，1975，第 3431 页。
③ 耿红卫：《中国语文教学史教程》，山东教育出版社，2013，第 76 页。
④ 王重民等：《敦煌变文集》，人民文学出版社，1984，第 840 页。

姓》产生于宋代乃不争之事，而《三字经》的产生年代及其作者却有多种说法，清代多位学者经考订认为它产生于南宋，作者是著名学者王应麟（1223—1296），这一结论已为今人普遍认可，故本文从众言之。《千字文》虽产生于南朝萧梁时期，但作为蒙学教材广泛使用，并产生较大的社会影响，还是在宋代。《千家诗》产生于南宋，刘克庄（1187—1269）、谢枋得（1226—1289）两位著名学者均编选过《千家诗》，其中《后村千家诗》又名为《分门纂类唐宋时贤千家诗选》。如果说《文场秀句》《百家诗》尚不属于纯粹的文学教育教材，那么《千家诗》就算得上是一部特色鲜明、适用性强的文学教材。书名中的"时贤"二字，透露出选家遴选诗歌的一个重要标准，即名家之作。正是这一标准，使《千家诗》与古代文学的经典化产生了一种虽不甚明晰，却不容否定的内在联系。这正是我们接下来要重点探讨的问题。

二、《千家诗》与杜牧《清明》的经典化

《千家诗》的编选者有南宋刘克庄一说，故该选本又名《后村千家诗》，共二十二卷，分时令、百花、地理等十四门，一百三十三类，计选 368 人 1281 首诗，其中不乏富有童趣或表现儿童生活的篇章，其中最为典型的作品是卷二十二"人品"门中钟弱翁的《牧童》一诗①，非常适合幼童学习使用。然由于该诗集选录了刘克庄本人的诗作 70 余首，与"时贤"二字似不相称，故导致后人诟病，也引发他们对编选者身份的质疑。南宋末，另有信州弋阳人、著名学者、爱国诗人谢枋得亦编得《千家诗》一本，所编限于七言绝句和律诗。因该诗集未能全部保存下来，且于明代串入明宁宪王朱权和明世宗朱厚熜的两首七律，故其全貌难以窥得。明末清初琅琊人王相在注解谢枋得七言《千家诗》上下两卷的同时，自己又编选并注解五言《千家诗》上下两卷，四卷合刻印行，七言在前，五言在后，五七言诗中又绝句在前，律诗在后，共计 124 位诗人的 224 首近体诗。所选诗歌多精品，且语言浅近流畅，同样适合儿童阅读和模拟，与《后村千家诗》并行流传。

《千家诗》的传播由宋至元，在明清两代流传甚广，社会影响极大。这里，我们不妨通过明代嘉靖四十四年进士、著名学者骆问礼（1527—1608）成年后的治学活动，来认识幼年读《千家诗》所形成的相关认知的影响，在文学接受过程中所发挥的重要作用。《千家诗》选有唐代诗人王

---

① 《牧童》诗云："草铺黄野六七里，笛弄晚风三两声。归来饱食黄昏后，不脱蓑衣卧月明。"该诗现入选小学语文教材。

驾的《社日》，该诗第三句不少版本作"桑柘影斜春社散"，骆问礼认为"春"乃"村"字之讹，著文进行辨析，其文云：

村社讹字

"鹅湖山下稻粱肥，豚栅鸡栖对掩扉，桑柘影斜村社散，家家扶得醉人归。"余幼读《千家诗》如此，近读诸部皆作"春社"，恐春社时稻粱未必肥也。"昔人已乘黄鹤去，此地空遗黄鹤楼。"余幼读《古文大全》如此，今诸集皆作"已乘白云去"，则二句似不相关。此亦亥豕之易见者，而日以传讹，其他又何足怪也。①

骆问礼判定诗中"春社"乃"村社"之误的根据，一是已经具备的生活常识，二是幼时读《千家诗》留下的深刻印象。《千家诗》成为著名学者文献考订、辨别真伪的重要依据，其影响由此可见一斑。清代著名政治家、文学家、学者梁章钜对《千家诗》的编选及其历史变化有一简明扼要的介绍："宋刘后村有《分门纂类唐宋千家诗选》，所录惟近体而趣尚显易，本为初学设也。今村塾所谓《千家诗》上集七言绝八十三首，下集七言律三十九首，大半在后村选中，盖据其本而增删之，故诗仅数十家，而仍以千家为名下集。"②梁氏所言村塾使用的《千家诗》，或指谢枋得本。绝句篇幅短小，易读易背。《后村千家诗》选取唐宋人绝句，分类编排，以作为童蒙教材，显然考虑到了受教育者的接受水平和学习状况。该教材录入多首后世广为流传的经典作品，如王维《客中思忆》"独在异乡为异客"，崔护《桃花》"去年今日此门中"，杜甫《春暮》"肠断春江欲尽头"，韩愈《春暮》"草木知春不久归"，柳宗元《二月客中》"宦情羁思共凄凄"，刘禹锡《游玄都观》"紫陌红尘拂面来"，刘方平《春愁》"纱窗日落渐黄昏"，张继《舟中》"月落乌啼霜满天"，杜牧《清明》"清明时节雨纷纷"、《秋》"银烛秋光冷画屏"，苏轼《荔枝》"罗浮山下四时春"，范成大《田家》"昼出耘苗夜绩麻"，等等。入选教材，成为后人从事文学写作的模拟范本，这本身就可以视为文学经典化的标志之一，同时，它也是传播经典和强化经典效应，甚至重塑经典的重要路径之一。在此，杜牧的《清明》诗尤其值得一提。

杜牧（803—852）的《清明》是千古流传、长盛不衰的经典诗歌，尤

---

① ［明］骆问礼：《万一楼集》卷四十九《续羊枣集》二，清嘉庆活字本，中山大学图书馆藏。
② ［清］梁章钜著，刘叶秋等校注：《浪迹续谈》卷七"千家诗"条，福建人民出版社，1983，第124页。

其是在清明节已成为国家法定假日的当下，更是为国人广泛传诵。有"小杜"之称的杜牧工诗善文，尤擅七言近体，平生创作颇丰，但因他晚年于重病之中尽收自己文章，"阅千百纸，掷焚之，才属留者十二三"，故未能传世者不在少数。杜牧逝世后，其外甥裴延翰据自己平日所保留的诗人手稿，"比较焚外，十多七八"，"离为二十编，合为四百五十首。题曰《樊川文集》"①。该集中并未收入《清明》一诗。宋人有感于杜牧诗文散落于世者太多，故广为搜求，先后编次《樊川外集》和《别集》，杜牧另一首经典诗歌《山行》"远上寒山石径斜"便收于《外集》之中，然《清明》诗仍不见载录。在这种背景下，《千家诗》"节侯门"于杜牧名下录入此诗②，可以说在很大程度上弥补了《清明》诗在唐宋两代的纸质文献中载录的缺失③，对于该诗的传播以及日后的经典化发挥了至关重要的作用。元明清三朝，文人学士对于《清明》是否为杜牧所作的问题，其态度经历了从将信将疑到普遍认可的转变过程，促使这种转变产生的因素固然是多方面的，不过，其中一个十分重要却又长期被人们忽略的原因，便是《千家诗》作为童蒙教材所产生的社会影响。

由于史料的缺乏，《千家诗》在元朝使用的具体情况，不甚明晰。对于《清明》诗的作者归属，学者们的态度并不一致，元朝佚名所撰《群书通要·甲集》卷六《节序门》"清明类"中收录该诗，出注为"唐人清明诗"，作者存疑。元代学者陈孚（1259—1309，字刚中）的态度则有所不同，他因清明感事而作十绝，其十云：

海客乘槎上紫氛（李商隐），
清明时节雨纷纷（杜牧之）。
虎牙铜柱皆倾侧（杜甫），
水尽天南不见云（李太白）。④

以句后标名的形式，肯定了杜牧的著作权。至明，作为童蒙教材的

① ［唐］裴延翰：《樊川文集序》，见［清］冯集梧注《樊川诗集注》，上海古籍出版社，1978，第 5 页。
② ［宋］谢枋得、［明］王相等选编，王岩峻等注析：《千家诗》，山西古籍出版社，2003，第 25 页。
③ 南宋佚名氏编纂的类书《锦绣万花谷后集》卷二十六"村"字条录入全首《清明》诗，但未署作者姓名，只注明"出唐诗"。
④ ［元］陈孚：《陈刚中集》，载《文渊阁四库全书》，台湾商务印书馆（台北），1983，第1202 册，第 613 页。

《千家诗》，社会影响日益彰显，不仅在民间有着较为广泛的晓谕度，而且受到宫廷的重视。明代通俗小说作家凌濛初（1580—1644）在《二刻拍案惊奇》卷一《进香客莽看〈金刚经〉出狱僧巧完法会分》中，塑造了一位教乡校的假斯文黄先生形象，此人于公众场合特意抬出《千家诗》，以证明自己见多识广："那个白侍郎，名字叫得白乐天，《千家诗》上多有他的诗，怎欺负我不晓得？"① 这里透露关于《千家诗》的信息是，该选本在下层民众心目中所具有的权威性，故黄先生才以之作为炫耀的资本。据崇祯年间吕毖（生卒年不详）《明宫史》卷二"内书堂读书"条载：自宣德年间，宫廷创立宦官学习之所内书堂后，"凡奉旨收入官人，选年十岁上下者二三百人，拨内书堂读书。……至书堂之日，每给内令一册《百家姓》《千字文》《孝经》《大学》《中庸》《论语》《孟子》《千家诗》《神童诗》之类，次第给之"②，这也是《千家诗》社会影响的具体体现。在晚明张岱《陶庵梦忆》所描写的"绍兴灯景"中，有一特殊景观："十字街搭木棚，挂大灯一，俗曰'呆灯'，画"四书"、《千家诗》故事，或写灯谜，环立猜射之。"③ 当《千家诗》成为一个城市街灯的表现内容时，它传播的广度已不言而喻。清代学者梁章钜（1775—1849）对《千家诗》在传播过程中内容所发生的历史变化有一简单介绍，其中特别提到的明人增删行为，值得我们给予关注：

> 今村塾所谓《千家诗》上集七言绝八十三首，下集七言律三十九首，大半在后村选中，盖据其本而增删之。故诗仅数十家，而仍以千家为名。下集忽有明太祖《送杨文广征南》之作，又或作《赠毛伯温南征》，实不可解。可知增删者，出明人之手也。④

明人增删《千家诗》，其本意当是出于达成当下教学目标的需要，尤其是选入律诗，可以理解为广大学童提供更为全面的诗歌范本，有利于全面培养他们写作格律诗的能力。如果从另一角度进行审视，又恰好说明《千家诗》在明代已经具有了广泛的社会文化影响，以至于明太祖的诗作也要借这一诗歌教材进行传播，进而扩大影响。

---

① [明] 凌濛初：《二刻拍案惊奇》卷一，江苏凤凰出版社，2005，第5页。
② [明] 刘若愚著，[明] 吕毖选《明宫史》木集，北京古籍出版社，1980，第27页。
③ [明] 张岱：《陶庵梦忆》卷六，中华书局，1985，第48页。
④ [清] 梁章钜著，刘叶秋等校注：《浪迹续谈》卷七"千家诗"条，福建人民出版社，1983，第124页。

在这种背景下，尽管仍有少数学者拒绝承认杜牧的《清明》诗，最具代表性的是晚明著名学者赵宧光（1559—1625）、黄习远（生卒年不详）在宋人洪迈《万首唐人绝句》的基础上，经过整理、增补，重编四十卷，在卷三十二录入杜牧绝句两百多首，却坚持不选《清明》。不过，认同该诗为杜牧所作的学者数量明显更多。嘉靖年间曾任广西梧州通判的彭大翼（1552—1643）所撰《山堂肆考》，在卷十《时令门》"雨断魂"条名下录入《清明》诗，明确将该诗归之于杜牧之名下①。卷二十六《地理门》"杏花"条又云："贵池县秀山门外有杏花村，唐杜牧诗'牧童遥指杏花村'即此。一在徐州古丰县。"②又明确指出了《清明》的创作地。明正德年间直隶人王崇在嘉靖二十四年（1545）任池州知府期间，刊刻《（嘉靖）池州府志》，卷一《舆地篇》"杏花村"条亦以杜牧诗作注，所持见解与彭大翼相同。沉寂多年的文学评论领域，也开始出现了学理性的回应，明代著名诗论家谢榛（1495—1575）对杜牧之《清明》诗后二句，做出了"宛然入画，但气格不高"的评价，并且拟之曰："日斜人策马，酒肆杏花西"③。我们姑且不论褒贬是否得当，仿写是否成功，谢榛此种行为本身就已经表明《清明》一诗的社会关注度在提高。明末谢枋得、王相本录入杜牧《清明》，标志着杜牧著作权的稳固确立。

由明至清，《千家诗》得到进一步的普及，但凡受过初级教育的个体，无论是否成才，《千家诗》总会给他们留下或多或少的印象，对此，署名"通无子"的清代小说《玉蟾记》有一段精彩的描写。该小说第十四回"丑胡彪甘做陪堂"写胡宗宪之子胡彪不学无术，为应付父亲的督课，情急中想起了幼年读过的《千家诗》：

彪说："嗳，老胡子冤家，如此好春光，叫我上起脑箍来则甚？有了，幼年念过几首千家诗，有头没尾记得的抄抄，记不得的只好狗尾续貂。我记得千家诗第一首第一句诗曰：
云淡风轻近午天，
嗳呀，第二句记不得了，诌诌罢：
寻花问柳赠头钱。

① ［清］彭大翼：《山堂肆考》，载《文渊阁四库全书》，台湾商务印书馆（台北），1983，第974册，第159页。
② ［清］彭大翼：《山堂肆考》，载《文渊阁四库全书》，台湾商务印书馆（台北），1983，第974册，第430页。
③ ［明］谢榛：《四溟诗话》卷一，载丁福保辑《历代诗话续编》（下），中华书局，1985，第15页。

第三句记得呢：

诗人不识予心乐，

第四句又忘却了，索兴诌他起来：

篾老行中一干员。……"①

胡彪口中的《千家诗》第一首是指谢、王本中收录的宋代理学家程颢的《春日偶成》。不学无术者也略知《千家诗》一二，这种情况在清代小说《都是幻》（署名"潇湘迷津渡"）、《情梦柝》（署名"安阳酒民"）里也有表现。清代的女子教育较之前朝有了一定发展，《千家诗》也成为女子教育的读本。《红楼梦》第一百八回写贾府女眷宴会时行酒令，鸳鸯提议"姨太太说个曲牌名儿，下家儿接一句《千家诗》。说不出的罚一杯"。稍后，贾母和李纨均随口吟出其中诗句，十分贴切，良好的接受状态足以说明她们对《千家诗》的熟悉程度。《儒林外史》第十一回更是点明，鲁编修的女儿鲁小姐的梳妆台旁堆放着的书中就有作为教材的《千家诗》。

《千家诗》的普及，直接导致杜牧《清明》社会知名度的提高，人们提及《清明》诗，往往与《千家诗》联系在一起。梁章钜曾于养病之中，课幼孙属对，以为消遣，一日，值听雨夜坐，以"清明时节雨纷纷"命对，两孙俱有窘状。其母杨氏饬之曰："此《千家诗》中语，何不即以《千家诗》集句对云：'歌管楼台声细细'。"② 当然，历代的惯性依然存在，著名学者王士禛编《万首唐人绝句选》，卷六精选杜牧绝句三十一首，依旧不录《清明》，但这并不影响更为庞大的社会群体对杜牧《清明》诗的接受。翰林院侍讲学士、深受康熙皇帝器重的陈廷敬编撰《御选唐诗》，卷三十七绝句录入杜牧多首绝句，《清明》已赫然列于其中。雍正八年二甲第一名进士、官至东阁大学士兼户部尚书的蒋溥（1708—1761），曾游号称"京东第一山"的盘山，留下《雨中自盘山移跸白涧》一诗，诗云："南峰云接北峰云，郊墅微茫驿路分。最爱牧之诗句好，清明时节雨纷纷。"③ 在欣赏盘山美景的同时，认同了杜牧对于《清明》诗的著作权。晚年自称杏村老人的学者郎遂（1654—约1739），安徽贵池人，世居城西杏花村，著有《（康熙）杏花村志》，卷五《题咏》载录历代诗人咏杏花村的作品，首篇

①　[清] 通无子：《玉蟾记》卷十四，见林郙鲤主编《中国秘本小说大系》14，中国戏剧出版社，2000，第38页。

②　[清] 梁章钜、梁恭辰辑录，陈焕良点校：《巧对录》卷八，岳麓书社，1991，第136页。

③　[清] 蒋溥：《盘山志》卷首三天章二，载《文渊阁四库全书》，台湾商务印书馆（台北），1983，第586册，第27页。

便是杜牧七绝《清明》。杜牧于会昌末任池州刺史，郎遂认为诗中杏花村，即是自己所居之地。郎遂云："古杏花村四字，则以唐刺史杜牧之绝句故也，绝句选入《千家诗》本，凡村童子诵习者无弗知"①，道出了《清明》以《千家诗》为依托，通过教育在学童中广为传播的史实。

《千家诗》在《清明》诗经典化过程中所发挥的重要作用，主要体现在通过不同历史时期蒙学阶段的教学活动，构成了一个特殊的传播链条，不断强化着《清明》乃杜牧所作这一史实，并且将其作为写作诗歌的样板，直接影响从幼童到成年人的诗歌创作活动，极其有效地扩大了该诗的接受面，提高了它的社会知名度，经典效应日益显著。

作为写作样板而被后人仿写或改写，是文学文本经典化的重要标志之一。在清初和晚清，社会上先后流传着两首具有一定知名度的《清明》诗的仿作：

改清明诗

顺治乙酉夏秋之交，人家皆避居山野，塾师尽失馆。有人改《千家诗》：云"清明时节乱纷纷，城里先生欲断魂。借问主人何处去，馆童遥指在乡村。"诗亦自然，无少勉强，且清明二字，适符国号为更合也。②

千家诗

又有套《千家诗》二首曰："清明时节炮纷纷，文蔚奕经吓断魂。借问逃军何处去？渔人遥指麦香村。""月落乌啼炮满天，将军参赞对愁眠，姑苏城外王家港，夜半姑娘上战船。"③

这两首未署作者姓名的仿作都具有明确的现实指向性和强烈的批判讽刺性。前者产生的背景是清军入关，纷乱的战火不仅对百姓日常生活构成严重影响，而且极大地破坏了正常的教育秩序，后者则有感于清军在抗击"英夷"进犯的军事行动中所出现的种种不堪表现而发。值得注意的是，前后两个历史事件的叙述者，提及《清明》诗时，不约而同地冠之以《千家诗》。这一现象透露出的信息是，有清一代，《千家诗》是《清明》极其常见，亦极其重要的传播途径，而且在一般下层民众的接受视域中，极有可能是唯一的途径。

一部作品的价值要素如果被其他艺术门类所吸纳，或者给以艺术形式

---

① ［清］郎遂：《（康熙）杏花村志》卷五，江苏古籍出版社，1992，第21页。

② ［清］褚人获：《坚瓠壬集》卷二，浙江人民出版社，1986。

③ ［清］奕䜣：《管见所及》，民国二十四年佳梦轩丛著本，上海辞书出版社。

的改编，意味的是该作品意义内涵的拓展抑或审美价值的延伸，这同样可以视为文学文本经典化的另一表现。早在明代，杜牧的《清明》就成为弋阳地区民歌传唱的对象，佚名氏撰写的传奇戏《古城记》，属于弋阳腔曲本，作者采用了以民歌如【闹更歌】【棱噔歌】【七言句】等入腔的创作手法，其中【棱噔歌】采取众人合唱的方式来演绎《清明》诗的内容，唱词如下：

清明时节雨纷纷呀，也么棱噔；路上行人棱打噔打棱噔欲断魂呀，也么棱噔；借问酒家何处有呀，也么棱噔呀也么棱噔；牧童遥指棱打噔打棱噔杏花村呀，也么棱噔呀也么棱噔！ [①]

由诗转而为歌，因歌而入戏曲，《清明》在传播过程中先后两次完成了艺术形式的转化，实现了传播途径的多样化，这绝对不是偶然现象，而是经典化的具体表现。《古城记》搬演一本三国故事，讲的是"刘先主徐州失散，曹孟德独霸中原，关云长秉烛达旦，古城中聚义团圆"。该剧本无论整体构思抑或具体情节，均与"清明时节雨纷纷"所描绘的场景以及所渲染的情绪，没有多大关系。然作者却引之入戏，用以调剂气氛，不难看出他对弋阳民歌的喜爱，同时，也从侧面反映了《清明》诗在民间普及以及受欢迎的情况。到了清朝后期，华广生（生卒年不详）编辑了一部清嘉庆、道光年间的民歌俗曲总集，名为《白雪遗音》，其中收录了另一首以《清明》诗为吟唱对象的民间小曲，题名为"清明时节"。与【棱噔歌】不同的是，该曲旨在突出《清明》诗中的叙事元素，将其改编成为一部具有一定故事情节的小歌剧：

清明时节

清明时节雨纷纷，路上行人欲断魂，渐渐的减精神，哎哟，渐渐减精神。借问酒家何处有？来了个牧童，头戴斗笠，身披簑衣，斜跨青牛，口吹短笛，站立在山头。摇手一指：你可往前行，哎哟，步步往前行。转过了小桥西，又到了紫竹林，柳阴之下站立一个娇娇滴滴、美美貌貌、俊俊俏俏、俏俏皮皮，那不是桃花坞、杏花村、草团瓢前有酒旗动，上写着"开坛十里香"，还有状元红、葡萄露、八仙酒，还有甕头春。客官哪，那

---

① ［明］佚名：《古城记》明刊本，古本戏曲丛刊编刊委员会影印。

就是卖酒的佳人，哎哟，那就是卖酒的佳人。①

由于《千家诗》的传播，《清明》诗产生的社会影响力呈现着自下而上的趋势。童子吟诵，秀才搬弄，民间艺人相继改编，更多地体现了基层民众的接受状况。至于官员学者或以"清明时节雨"为诗歌意象描绘春日图景，或以《赋得清明时节雨纷纷》为题即景抒情，或在戏曲小说中借助诗作铺排场景，刻画人物，则反映了知识阶层的接受情况。凡此种种表明，《清明》诗的经典化基本完成。

三、《千家诗》与徐俯《春游湖》的经典化

《千家诗》对于古代文学经典化的推进作用，不仅仅体现于《清明》一诗。由于该选本选用了不少宋人的诗歌作品，其中有些作家的诗集在后世失传，然其个别优秀作品却因《千家诗》的选录而得以流传下来，从而有幸进入文学经典的行列。北宋诗人徐俯的七绝《春游湖》便是其中一首。

徐俯（1074—1141），字师川，自号东湖居士，有俊才，江西派诗人之一，著名文学家黄庭坚的外甥，著有《东湖集》。他作有《春游湖》一诗，描写春日雨后游西湖的情景，清新自然，景色如画，诗云：

双飞燕子几时回，夹岸桃花蘸水开。春雨断桥人不渡，小舟撑出柳阴来。

此诗完成不久便已广为流传。元祐年间进士，与王安石、苏轼等文化名人交好的著名学者赵鼎臣，在《和墨庵喜雨述怀》一诗中道出了《春游湖》在当时的轰动效应："解道春江断桥句，旧时闻说徐师川"②，初见经典化效应。宋末著名词人张炎（1248—约1320）《南浦·春水》一词乃传世名作，词人因此而获得"张春水"之号。词中张炎化用《春游湖》意境云："荒桥断浦，柳阴撑出扁舟小"，动静结合，增加了词作的画面美，故前人赞曰："'荒桥断浦，柳阴撑出扁舟小'，赋春水入画"③。《春游湖》的经典化效应和影响再次显现出来。《千家诗》卷五"地理门"录入该诗。关于

---

① ［清］华广生辑录：《白雪遗音》（3）卷三《九连环　小郎儿　剪靛花　七香车　起字呀呀哟　八角鼓　南词》，中华书局，1959，第4页。
② 引自李梦生选编：《宋诗三百首注评》，江苏凤凰出版社，2007，第133页。
③ 引自吴熊和主编：《唐宋词汇评·两宋卷》第五册，浙江教育出版社，2004，第4161页。

徐俯著述，宋人陈振孙《直斋书录解题》卷三十载录："《东湖集》三卷"，元代马端临（1254—1323）《文献通考》卷二百四十五《经籍考》七十二载录："《东湖集》二卷"，同时指出"其诗零落多矣"①。元后该集则逐渐失传，清谢旻等人所纂《（雍正）江西通志》卷六十六载云："按吕居仁江西诗派图，徐俯其一也。《东湖集》今不传。"② 故明清两代文人对《春游湖》的接受主要来自《千家诗》，清代学者兼词人厉鹗（1692—1752）《宋诗纪事》卷三十三载录此诗，注明文献征引的来源为"后村《千家诗》"，明确说明了这一点。

《春游湖》的经典化主要表现在两个方面。一是诗人高超的写景艺术征服了后世接受者，诗中的如画美景被不止一位作家移植到自己作品中，如前文所言张炎词《南浦·春水》，形成了"集句"或"偷句"之势，这种情况在宋代就已经出现，而且一直延续至明清。《千家诗》卷十六"宫室门"录入闻人祥正的《集句》诗二十七首，其二云：

春风院院落花堆（王建），
花气浓薰入酒杯（郑獬）。
日午殿头宣索鲙（花蕊夫人），
小舟撑出柳阴来（徐师川）。

元代文人朱晞颜（1221—1279）写海上日出的壮阔景象，也植入了《春游湖》中的诗句，形成海景和湖景混搭的艺术效果：

日出
金乌摇上浪如堆，万象分明海色开。
遥望扶桑岸头近，小舟撑出柳阴来。③

事实上，无论诗人视野如何开阔，都不可能从海上望到西湖，且"小舟撑出柳阴来"，根本不属于海上日出之景。朱晞颜之所以违背生活逻辑的真实，将西湖春景并入海上日出的画面之中，最好的解释当是他因欣赏

---

① ［元］马端临：《文献通考》下册，中华书局，1986，第 1935 页。
② ［清］谢旻等修，陶成等纂：《江西通志》（4）卷六十六《人物》，成文出版社（台北），1989，第 1325 页。
③ ［元］朱晞颜：《鲸背吟集》，载《文渊阁四库全书》，台湾商务印书馆（台北），1983，集部五《别集·类四》，第 2 页。

徐俯此诗此句，故进行直接移用。至明朝，在政治家王佐（1384—1449）的笔下，《春游湖》的优美景色又转化成了《春江鱼乐》的艺术画面：

春江水滑流寒玉，碧树笼烟暗江曲。
小舟撑出柳阴来，荡破粼粼镜光绿……①

三、四两句的中心意象是"小舟"，徐俯的诗句为优美的画面增添了几分灵动之气。清人蔡显（1697—1767），字景真，号闲渔，江苏松江府华亭县（今上海松江区）人，所著《闲渔闲闲录》在当时因引发文字狱而一度遭到禁毁，卷六载录汉阳副榜贡生方璁所作《汉阳竹枝词》也出现了移入徐俯"小舟"句的情况：

汉阳鱼美当园蔬，渔户生涯在苇芦。
丝网花篮收拾早，年年十月尽开湖。
郭公堤上景悠哉，云净天空玉镜开。
湖女采菱归去晚，小舟撑出柳阴来。②

上述现象的产生，正是建立在《千家诗》广为传播的基础之上的。《春游湖》经典化的第二个标志是，从古至今它一直发挥着语文教材的功能，出现在众多少儿古诗读本之中，甚至被介绍到国外。兹举当代若干选本：

《初中实验语文课本》第二册（教育科学出版社 1981 年版）
《儿童古诗选读》（江苏少儿出版社 1982 年版）
《儿童一周一诗》（重庆出版社 1985 年版）
《幼学古诗百首》（山西人民出版社版）
《儿童学古诗》（南京出版社 1990 年版）
《绘图绝句一百首》（中小学生课外读物）（湖南师范大学出版社 1993 年版）
《最新科学妇幼保育大全·幼儿智训篇·学古诗》（内蒙古人民出版社 1998 年版）
《儿童熟读古诗三百首》（吉林美术出版社 2004 年版）

---

① ［明］曹学佺：《石仓历代诗选》卷三百九十二《明诗次集》二十六，载《文渊阁四库全书》，台湾商务印书馆（台北），1983，第 1392 册，第 275 页。
② ［清］蔡显：《闲渔闲闲录》卷六，民国嘉丛堂丛书本，文物出版社。

《历代诗词曲精选》（湖南大学出版社 2004 年版）

《古代诗歌精品阅读》初中卷（中小学语文素养文库）（辽宁教育出版社 2002 年版）

《古诗文读本》（河北教育出版社 2004 年版）

《唐宋诗词名篇诠注详析（插图本）》（云南人民出版社 2010 年版）

《英汉对照宋诗绝句二百首》（上海交通大学出版社 2012 年版）

《春游湖》的经典效应持续不断，《千家诗》的历史影响至今依然存在。

四、《唐诗三百首》与唐代经典诗歌的深远影响

经典是本质的，也是建构的。从经典价值被发现，意义被阐释和再阐释，从经典身份得以确认，到经典效应得以彰显，经典建构始终处在一个持续不断的动态过程之中。如何最大程度地发挥经典的社会功能，如何保持和延续经典的社会效应，是经典化机制需要解决的问题，在此方面，《唐诗三百首》的选编和运用，提供了一个成功的案例。

《唐诗三百首》是清乾隆年间蘅塘退士编选的一部蒙学诗歌教材。蘅塘退士（1711—1778），原名孙洙，字临西，号蘅塘退士，江苏无锡人，乾隆十六年（1752）进士。先后授景山官学教习、出任上元县教谕的为官经历，促使他特别关注教育问题。关于编选《唐诗三百首》的缘由，蘅塘退士在书前的"题辞"中给予了具体说明：

世俗儿童就学，即授《千家诗》，取其易于成诵，故留传不废。但其诗随手掇拾，工拙莫辨，且止五七律绝二体，而唐、宋人又杂出其间，殊乖体制。因专就唐诗中脍炙人口之作，择其尤要者，每体得数十首，共三百余首，录成一篇，为家塾课本，俾童而习之，白首亦莫能废，较《千家诗》不远胜耶？谚云："熟读唐诗三百首，不会吟诗也会吟。"请以是篇验之。①

由此得知，蘅塘退士因不满于长期流传不衰的《千家诗》所存在的缺陷，即选诗随意性强，标准不够严格，诗歌体裁也不够完备，故希望以新的诗歌选本取而代之，成为更加合适蒙学使用，且流传不废的家塾课本。《唐诗三百首》共选入唐代诗人 77 位，始于张九龄，止于杜秋娘，计 310 首诗②，其中五言古诗 33 首，乐府 46 首，七言古诗 28 首，七言律诗 50 首，五言绝句 29 首，七言绝句 51 首，诸诗配有注释和评点，指点初学，

---

① ［清］蘅塘退士编：《唐诗三百首》，浙江古籍出版社，1988，第 3 页。

② 由于版本的不同，还有 317、313、311、302 首等不同说法。

颇具苦心。三百余篇为何以"三百首"名之，或以为沿袭《诗三百》的说法，取其整数而已。[①]

诗至唐而盛，众体兼备，大家辈出，名篇不胜枚举。唐代诗歌因其巨大的艺术成就而备受后世文人学士的推崇，他们奉唐诗为圭臬，尊唐诗为范本，自盛唐时期孙继良编选《正声集》，成为唐人选唐诗第一人，至辛亥革命前长达一千二百余年的历史中，唐诗选本层出不穷，基本上"每隔两年即有一本唐诗选本问世"[②]。早在明代，就已经出现了"唐诗三百首"这样的概念或者诗歌选本。据明代后期文学家、书法家、江苏人王穉登（1536—1612）描述，当时有一女雏，"今方七龄，口诵唐诗三百首，熟如老比丘读波罗蜜"[③]。在清代，也不止一位文士选编过《唐诗三百首》，据同治七年进士潘衍桐（1841—1899）《两浙轩续录》载，淳安人王世缨"乾隆庚戌拔贡，嘉庆元年举孝廉方正，官遂昌教谕，著集《唐诗三百首》"[④]。蘅塘退士选编的《唐诗三百首》之所以能够超越同类选本，关键在于他选文的精品意识，其选诗标准正如书前"题辞"所言，"因专就唐诗中脍炙人口之作，择其尤要者"。所谓"尤要者"，即精品中的精品，入选诗歌既内容形式需有可观处，同时又易于幼童诵读记忆。

遍览《唐诗三百首》，入选作品并非全是出自名家之笔下，其中社会地位低下的女性甚至无名氏的诗歌赫然在目，由于蘅塘退士选目上的精品意识，故三百余篇诗歌，篇篇皆可圈可点。当然，由于历史的淘选，其中的部分传统名篇现在已经基本退出了经典的行列，不过，至今堪称经典的作品，仍然占据了很大比重，笔者根据原书编排体例和顺序，将《唐诗三百首》中为历代读者所熟悉、至今位于经典榜榜首的诗篇排列如下：

五言古诗中"尤要者"至少有张九龄《感遇》（其一）"兰叶春葳蕤"、（其二）"江南有丹桔"，李白《月下独酌》"花间一壶酒"，杜甫《望岳》"岱宗夫如何"、《赠卫八处士》"人生不相见"、《梦李白》（其一）"死别已吞声"、《梦李白》（其二）"浮云终日行"，王维《渭川田家》"斜光照墟落"，孟浩然《夏日南亭怀辛大》"山光忽西落"等9首。

五言乐府中的"尤要者"主要有王昌龄《塞上曲》"蝉鸣空桑林"、《塞下曲》"饮马渡秋水"，李白《关山月》"明月出天山"、《长干行》"妾

① 刘洪仁：《古代文史名著提要》，巴蜀书社，2008，第45页。
② 梦远编著：《国学知识全知道》，中国华侨出版社，2013，第207页。
③ ［明］王穉登：《王百穀集十九种》屠先生评释《谋野集》卷四，明刻本，见中国基本古籍库电子版。
④ ［清］潘衍桐编撰，夏勇、熊湘整理：《两浙輶轩续录》卷十六，浙江古籍出版社，2014，第954页。

发初覆额"、《玉阶怨》"玉阶生白露"，李益《江南曲》"嫁得瞿塘贾"，孟郊《游子吟》"慈母手中线"，卢纶《塞下曲》（其二）"林暗草惊风"、《塞下曲》（其三）"月黑雁飞高"，陈子昂《登幽州台歌》"前不见古人"等10首。

七言古诗中的"尤要者"主要有李颀《古意》"男儿事长征"，孟浩然《夜归鹿门山歌》"山寺钟鸣昼已昏"，李白《梦游天姥吟留别》、《金陵酒肆留别》"风吹柳花满店香"、《宣州谢朓楼饯别校书叔云》"弃我去者"，岑参《走马川行奉送封大夫出师西征》、《轮台歌奉送封大夫出师西征》"轮台城头夜吹角"、《白雪歌送武判官归京》"北风卷地白草折"，杜甫《观公孙大娘弟子舞剑器行并序》"昔有佳人公孙氏"，韩愈《山石》"山石荦确行径微"、《八月十五夜赠张功曹》"纤云四卷天无河"，柳宗元《渔翁》"渔翁夜傍西岩宿"，白居易《长恨歌》"汉皇重色思倾国"、《琵琶行并序》等14首。

七言乐府中的"尤要者"至少有高适《燕歌行并序》"汉家烟尘在东北"，李颀《古从军行》"白日登山望烽火"，王维《老将行》"少年十五二十时"，李白《蜀道难》、《行路难》（其一）"金樽清酒斗十千"、《将进酒》"君不见黄河之水天上来"，杜甫《兵车行》"车辚辚"、《丽人行》"三月三日天气新"、《哀江头》"少陵野老吞声哭"、《哀王孙》"长安城头头白乌"等9首。

五言律诗中的"尤要者"有张九龄《望月怀远》"海上生明月"，王勃《送杜少府之任蜀川》"城阙辅三秦"，骆宾王《在狱咏蝉并序》"西陆蝉声唱"，沈佺期《杂诗》"闻道黄龙戍"，宋之问《题大庾岭北驿》"阳月南飞雁"，王湾《次北固山下》"客路青山下"，常建《题破山寺后禅院》"清晨入古寺"，李白《赠孟浩然》"吾爱孟夫子"、《渡荆门送别》"渡远荆门外"、《送友人》"青山横北郭"、《听蜀僧浚弹琴》"蜀僧抱绿绮"、《夜泊牛渚怀古》"牛渚西江夜"，杜甫《月夜》"今夜鄜州月"、《春望》"国破山河在"、《月夜忆舍弟》"戍鼓断人行"、《天末怀李白》"凉风起天末"、《旅夜书怀》"细草微风岸"、《登岳阳楼》"昔闻洞庭水"，王维《辋川闲居赠裴秀才迪》"寒山转苍翠"、《山居秋暝》"空山新雨后"、《归嵩山作》"清川带长薄"、《终南山》"太乙近天都"、《酬张少府》"晚年惟好静"、《过香积寺》"不知香积寺"、《汉江临眺》"楚塞三湘接"，孟浩然《望洞庭湖赠张丞相》"八月湖水平"、《与诸子登岘山》"人事有代谢"、《岁暮归南山》"北阙休上书"、《过故人庄》"故人具鸡黍"，刘长卿《新年作》"乡心新岁切"，白居易《赋得古原草送别》"离离原上草"，杜牧《旅宿》"旅馆无良伴"，许浑

《秋日赴阙题潼关驿楼》"红叶晚萧萧"，李商隐《蝉》"本以高难饱"等35首。

七言律诗中的"尤要者"主要有崔颢《黄鹤楼》"昔人已乘黄鹤去"，祖咏《望蓟门》"燕台一去客心惊"，李颀《送魏万之京》"朝闻游子唱骊歌"，王维《积雨辋川庄作》"积雨空林烟火迟"，杜甫《蜀相》"丞相祠堂何处寻"、《客至》"舍南舍北皆春水"、《闻官军收河南河北》"剑外忽传收蓟北"、《登高》"风急天高猿啸哀"、《登楼》"花近高楼伤客心"、《咏怀古迹》（其一）"支离东北风尘际"、《咏怀古迹》（其二）"摇落深知宋玉悲"、《咏怀古迹》（其三）"群山万壑赴荆门"、《咏怀古迹》（其四）"蜀主征吴幸三峡"、《咏怀古迹》（其五）"诸葛大名垂宇宙"，刘长卿《长沙过贾谊宅》"三年谪宦此栖迟"，刘禹锡《西塞山怀古》"王浚楼船下益州"，元稹《遣悲怀》三首，柳宗元《登柳州城楼寄漳汀封连四州刺史》"城上高楼接大荒"，白居易《自河南经乱，关内阻饥，兄弟离散，各在一处。因望月有感，聊书所怀，寄上浮梁大兄，于潜七兄，乌江十五兄，兼示符离及下邽弟妹》"时难年荒世业空"，李商隐《锦瑟》"锦瑟无端五十弦"、《无题》"昨夜星辰昨夜风"、《隋宫》"紫泉宫殿锁烟霞"、《筹笔驿》"猿鸟犹疑畏简书"、《无题》"相见时难别亦难"，温庭筠《苏武庙》"苏武魂销汉使前"，薛逢《宫词》"十二楼中尽晓妆"，秦韬玉《贫女》"蓬门未识绮罗香"等30首。

五言绝句中的"尤要者"主要有王维《鹿柴》"空山不见人"、《竹里馆》"独坐幽篁里"、《相思》"红豆生南国"、《杂诗》"君自故乡来"，祖咏《终南望余雪》"终南阴岭秀"，孟浩然《宿建德江》"移舟泊烟渚"、《春晓》"春眠不觉晓"，李白《静夜思》"床前明月光"，杜甫《八阵图》"功盖三分国"，王之涣《登鹳雀楼》"白日依山尽"，王建《新嫁娘》"三日入厨下"，柳宗元《江雪》"千山鸟飞绝"，元稹《行宫》"寥落古行宫"，白居易《问刘十九》"绿蚁新醅酒"，张祜《何满子》"故国三千里"，李商隐《登乐游原》"向晚意不适"，贾岛《寻隐者不遇》"松下问童子"，李频《渡汉江》"岭外音书绝"，金昌绪《春怨》"打起黄莺儿"等19首。

七言绝句中"尤要者"主要有贺知章《回乡偶书》"少小离家老大回"，王维《九月九日忆山东兄弟》"独在异乡为异客"，王昌龄《芙蓉楼送辛渐》"寒雨连江夜入吴"、《闺怨》"闺中少妇不知愁"，王翰《凉州词》"葡萄美酒夜光杯"，李白《送孟浩然之广陵》"故人西辞黄鹤楼"，岑参《逢入京使》"故园东望路漫漫"，杜甫《江南逢李龟年》"岐王宅里寻常见"，韦应物《滁州西涧》"独怜幽草涧边生"，张继《枫桥夜泊》"月落乌啼霜满天"，韩翃《寒食》"春城无处不飞花"，刘方平《月夜》"更深月色半人家"、《春怨》"纱窗日落渐黄昏"，柳中庸《征人怨》"岁岁金河复玉关"，李益《夜上受降城闻笛》"回乐峰前沙似雪"，刘禹锡《乌衣巷》"朱雀桥边野草花"，朱庆余《宫词》"寂寂花时闭院门"、《近试上张水部》"洞房昨夜停红烛"，杜牧《赤壁》"折戟沉沙铁未销"、《泊秦淮》"烟笼寒水月笼沙"、《寄扬州韩绰判官》"青山隐隐水迢迢"、《遣怀》"落魄江湖载酒行"、《秋夕》"银烛秋光冷画屏"、《赠别》（其一）"娉娉袅袅十三余"、《赠别》（其二）"多情却似总无情"、《金谷园》"繁华事散逐香尘"，李商隐《夜雨寄北》"君问归期未有期"、《嫦娥》"云母屏风烛影深"、《贾生》"宣室求贤访逐臣"，郑畋《马嵬坡》"玄宗回马杨妃死"，韦庄《金陵图》"江雨霏霏江草齐"，陈陶《陇西行》"誓扫匈奴不顾身"，张泌《寄人》"别梦依依到谢家"，王维《渭城曲》"渭城朝雨浥轻尘"，王昌龄《长信怨》"奉帚平明金殿开"、《出塞》"秦时明月汉时关"，王之涣《出塞》"黄河远上白云间"，李白《清平调》三首，杜秋娘《金缕衣》"劝君莫惜金缕衣"等40首。

上述160余篇经典作品，可谓意蕴丰厚，题材广泛，风格多样，意境优美，音节和谐，语言流畅，诵之朗朗上口，加之全书编排醒目，篇幅适中，难易适度，雅俗共赏，老少皆宜，故《唐诗三百首》成为两百多年来刊刻最多、流传最广、影响最大的一部唐诗选本，也是选编最为成功的一部蒙学诗歌教材。《唐诗三百首》面世后，很快就流传开去，作为教材的良好效应也随之迅速显示出来。晚清学者、同治六年进士董沛（1828—1895）在《亡室秦安人对月图记》一文中回忆妻子生前事，满怀深情地写道：

秦安人及笄之岁，其舅陈君为作《对月图》，而安人自集唐诗题二绝句于其上，诗曰："万籁此俱寂，披衣觉露滋。可怜闺里月，倚立自移时。""香雾云鬟重，凝情自悄然。高楼当此夜，散步永凉天。"……安人少慧，喜读古人诗，书肆本中有所谓《唐诗三百首》者，背诵之不遗一字。虽未能执笔成篇，而每集古语，辄有意致。今此二绝，皆三百首中句也。①

集唐第一首"万籁此俱寂"乃唐朝诗人常建《题破山寺后禅院》第七句；"披衣觉露滋"出自张九龄《望月怀远》，为第六句；"可怜闺里月"出自沈佺期《杂诗》，乃第三句；"倚立自移时"出自李商隐《凉思》，为

---

① ［清］董沛：《正谊堂文集》卷十二《碑文》，载《续修四库全书》编纂委员会编《续修四库全书》第1558册《集部·别集类》，上海古籍出版社，1996，第325页。

第四句。集唐第二首"香雾云鬟重","重"当为"湿",出自杜甫《月夜》;"凝情自悄然"乃杜牧《旅宿》第二句;"高楼当此夜"出自李白《关山月》,为第十一句;"散步永凉天"出自韦应物《秋夜寄邱员外》,为第二句。的确,上述八首诗均为蘅塘退士所选中,秦安人的写作行为,恰好说明了《唐诗三百首》作为蒙学教材的适用性和有效性。晚清著名学者、文学家俞樾(1821—1907)《春在堂随笔》也有类似记载:

> 许氏长外孙女三多,自幼不读书,十龄外,读蘅塘退士所选《唐诗三百首》,止读其半,然其后喜观人诗集,不数年,居然能诗矣。于归后,为其婿捉刀作试帖诗,甚工。①

　　三多女前后表现所形成的巨大反差,清晰地凸显了《唐诗三百首》巨大的艺术魅力以及作为诗歌创作样板的正面效应。另据晚清刑部广西清吏司主事、湖北监利人王柏心(1799—1873)所作《翰林院编修李君墓志铭》载,湘阴人李杭(字孟龙),"幼即颖慧绝伦,五岁背诵《唐诗三百首》,七岁能为五言诗,长老大惊,目为奇童"②。李杭于道光二十三年乡试第三名,中举人。次年会试中进士,授翰林院庶吉士,散馆授职编修加一级,敕授儒林郎。不可否认,李杭成人后科场的成功当与其幼时习诵《唐诗三百首》有着密切的关系。
　　《唐诗三百首》在唐诗经典化过程中的作用主要体现在两个方面:一是以选本的形式,再次确证唐代优秀诗歌的经典身份;二是作为蒙学教材广泛使用,使唐诗经典在青少年人群中广泛普及。中华人民共和国成立之后,《唐诗三百首》不仅通过各地出版社在全国发行,继续承担起面向全社会普及文学经典的任务,而且被用作中小学语文教学的参考书目,其中以李白《静夜思》、孟浩然《春晓》、贺知章《回乡偶书》、王维《山居秋暝》、杜甫《蜀相》《登高》等为代表的经典篇章,分别入选大、中、小学语文教材,在陶冶学生情操,扩大学生的文化知识面,培养他们对于美的感受能力和表现能力等方面,发挥了十分积极的作用。近年来,江西省中考(即初中升高中考试)出现了一道与阅读《唐诗三百首》有关的作文题,一考生以《我读〈唐诗三百首〉》为题,写下了一篇后来被作为考试典范作文而广为宣传的文章,现摘录如下:

① [清]俞樾:《春在堂随笔》卷十,江苏古籍出版社,2000,第159页。
② [清]王柏心著,张俊纶点校:《百柱堂全集》(下)卷四十三,崇文书局,2016,第846页。

带着对自然的仰慕，《唐诗三百首》邀我共赏山水之气；携着对灵魂的敬畏，《唐诗三百首》陪我共唱云天之歌；怀着对思恋的遐想，《唐诗三百首》伴我共品风月之韵。吟诵着华夏经典，品悟着三百首唐诗，我诗意地前行。

轻轻翻开《唐诗三百首》，和王摩诘一起畅游山水之间。……

缓缓翻开《唐诗三百首》，和韩昌黎一起放歌云天之上。……

静静翻开《唐诗三百首》，和李商隐一起长眠风月之中。……①

这篇作文出现在应试教育的氛围中，所以它被纳入中考作文提分的话题内。笔者认为，尽管该文三段式的排比抒情法，明显带有应试作文训练的痕迹，但不容否认的是，该生从入选《唐诗三百首》的 77 位诗人中选出王维、韩愈、李商隐三人作为代表，是建立在自己对《唐诗三百首》独特感悟的基础之上的。咏"山水之气"一段，他用优美的现代语言描述王维笔下"明月松间照，清泉石上流"的清新意境；赞"风月之韵"一段，则直接引用李商隐多首《无题》诗的诗句。所引诗歌均不是来自初中课本的教材，而是《唐诗三百首》的篇目。唐诗启迪了他的诗情和灵性，赋予了他开阔的视野和敏捷的语感能力，这个孩子的成功说明现代化背景下青年一代"重读"经典的必要性。

如今，《唐诗三百首》在我国各个省市都有出版社出版发行，为了配合少儿学习，还先后有《唐诗三百首导读》《唐诗三百首学生版》《卡通唐诗三百首》《绘图唐诗三百首》等多种版本问世。而且已被译成英、日、俄等多种文字，在海外广大地区发行，文学经典超越时空的永恒魅力再次得到体现。

第三节　应试阶段的文学教育与文学的经典化

在中国古代，应试教育的出现与发展是以科举考试制度的推行为背景和动力的。完全根据考试成绩来选拔人才，是科举制区别于以前察举制的根本所在。当科举成为社会成员重要甚至是唯一的入仕途径，且考试成绩将最终决定他们的命运时，应试教育的产生便不可避免。科考考什么，学生就需要学什么，而教育者就有必要围绕学生的需求安排教学活动，这可

---

① 《中考作文素材 360 提分周计划·周话题》，江西教育出版社，2013，第 202 页。

谓应试教育的普遍现象。当然需要强调的是，应试教育与童蒙教育并非截然分开的，在科举考试盛行的年代里，启蒙教育阶段难免会融入应试教育的部分内容。北宋学者王得臣（1036—1116）在回忆自己幼年的学习经历时说道："予幼时，先君日课令诵《文选》，甚苦其词与字难通也，先君因曰：'我见小宋（指宋祁）说，手抄《文选》三过，方见佳处。汝等安得不诵？'由是知前辈名公为学，大率如此。"[①] 北宋士人研习《文选》，应试目的十分明显，幼童在完全不了解文意的情况下，被要求诵读《文选》，显然是受到科考导向的影响。不过，应试教育无论在教育目的、教学内容、教材选用等诸多方面，毕竟与一般社会基层的蒙学教育存在明显的区别。王得臣父亲口中的《文选》当指梁昭明太子编纂的《昭明文选》，这部文学总集在唐代就开始被赋予士子应试"教材"的功能。就受教育者而言，只有在掌握了足够的识字数量，并且已经具备基本的阅读能力之后，才可能读懂，甚至精通《文选》。王得臣幼时学习《文选》时遭遇的困难，固然与其父对启蒙阶段教育特点把握不准有关，但最为关键处则在于他急功近利的育儿思想以及相应的教学策略。清康熙年间问世的《古文观止》，也是一部旨在"正蒙养而裨后学"[②]、具有应试性质的教材，其中所选《左传》《国语》《公羊传》《谷梁传》《礼记》《战国策》《楚辞》等文，虽篇制短小，内容精炼，语言简洁，便于吟诵、揣摩、学习，但显然也不是初学阶段的幼儿一开始便能掌握的，与前文提到的"三""百""千""千"等蒙学教材相比，明显存在着难和易的差别。清人陈宏谋（1696—1771）撰写的《养正遗规》之所以将幼儿教育教材使用的顺序，依次定为《三字经》、《百家姓》、《千字文》、《千家诗》、"四书"、"五经"，并认为童子每日应歌诗一章，故需要"择古今极浅、极切、极痛快、极感发、极关系者，集为一书"[③]，正源于作者对幼儿教育阶段性特点的认识与把握。

关于文学与科举的关系，学界前辈和同仁已经进行了相当充分的研究，代表性成果有程千帆《唐代进士行卷与文学》、傅璇琮《唐代的科举与文学》、王勋臣《唐代诠选与文学》、祝尚书《宋代科举与文学》等。其中，祝尚书以宋代为例，概括总结出科举对文学发展的种种促进作用，例如，应试教育训练了文学创作的基本功，科举制度成为文学家成长的沃土，搭建了诗文创作的广阔平台，同时成为小说戏曲取材的富矿等[④]，其结论具有

---

① ［宋］王得臣：《麈史》卷二，中华书局，1985，第28页。
② ［清］吴楚材、吴调侯选：《古文观止·序》，中华书局，1959，第1页。
③ 千雨田校阅：《五种遗规·养正遗规》，经纬教育联合出版部，1935，第49页。
④ 祝尚书：《宋代科举与文学》，中华书局，2008，第528—545页。

一定的普遍性。此外，关于科举与古代教育的关系，也进入了当下学者的研究视域中。然检索既有的研究成果，鲜见针对科举的应试教育与文学经典化关系的讨论，而这一问题正是我们接下来将要具体探索的话题。

一、《文选》与经典文本的传播以及经典效应的强化

教育是否通过科考而对文学经典化产生影响？我们的答案是肯定的。概而言之，应试教育对文学经典化的影响大致体现在以下两个方面：一是参与经典作家的培养，在奠定经典作家的文史知识基础、提高其创作能力方面做出贡献，唐宋以还的众多经典作家大都接受过应试教育，上文提到的北宋文学家宋祁便是其中一位。二是通过特定的应试教材推出经典的文学作品，有效地促进经典文本的传播，不断提高和强化其经典效应，正是在这一意义上，《昭明文选》（以下简称《文选》）进入了我们的研究视野。

"选学"形成于唐代。《文选》成为唐代士子的"必读书"，导致这一现象产生的直接原因当是科举制度的推行，以及诗赋取士的导向，即如骆鸿凯先生所言："盖唐以诗赋试士，……故唐代士人之于《文选》，无不日手一编，奉为圭臬"[1]。自隋文帝开皇年间，朝廷在人才的选拔上，首次采用分科举人以取代魏晋时期的九品官人制度，中国古代选举史便进入一个新的发展阶段，延续约一千三百年的科举制度由此奠基。由于隋朝国运短祚，科举初创，故教育尚未来得及对新兴的人才选拔方式做出必要的反应。唐朝的情况则大为不同。有唐一代，科举制度得以完善，并持续推行，为广大士子开启了一条虽然狭窄，却也真实有效的向上之路。当"朝为田舍郎，暮登天子堂"的寒门梦想，可以通过科考得以实现时，普天下读书人趋之若鹜便不可避免地成为一种社会关注度极高的文化现象。社会需求从来都是教育发展的动力之一，针对科考，唐代的教育做出了必要的积极反应，在教学内容方面进行了重大调整，经学文学并重，教育的应试性明显加强。

唐代科举分为常举和制举。制举是皇帝为选拔"非常之人"而设置的特科，具有随时设科的特点，且名目较多，中唐以后该科实际处于停废的状态，社会影响远不如常举。常举是按制度举行的科目，主要有秀才（后废除）、明经、进士、明法、明书和明算六科。其中明经科主要以三礼、三传、《论语》、《孝经》等为考试内容[2]，此为经学研治的范畴。与此相对应，《周礼》《仪礼》《左传》《公羊传》《谷梁传》《论语》等儒家经典，理

---

① 骆鸿凯：《文选学》，中华书局，1989，第72页。
② 吴宗国：《唐代科举制度研究》，辽宁大学出版社，1992，第25—30页。

所当然地成为私学和官学共同的教与学的教材。进士科的考试科目和选拔标准与明经有所不同，且处于不断调整变化之中，考试内容与文学紧密相关，是该科与明经科最为显著的区别。进士科"始于隋大业中，盛于贞观、永徽之际。缙绅虽位极人臣者，不由进士，终不为美"①。该科考试由初唐试对策之文，注重文辞的华美，到高宗武后时期帖经、试杂文（所试杂文乃士子所熟知的箴、表、铭、赋之类）、对策三场考试的确立，再到天宝年间，"主司褒贬，实在诗赋"，故"以诗赋作为进士录取的主要标准"②成为事实。属于文学范畴的知识和技能作为考试的内容，呈现出由隐而显的趋势，且比重日益增加。由于人们对进士科格外重视，其考试导向必然使重文成为一种社会时尚。据著名史学家杜佑《通典》描述："开元以后，四海宴清，士无贤不肖，耻不以文章达"，"五尺童子耻不言文墨"③。在为科考准备的应试教育中，文学教育的比重亦随之增加。由于进士科考试的内容涉及文体辨析、诗赋写作等文学性很强的知识和技能，因此，前面我们提及的《文场秀句》《百家诗》等蒙学教材，显然不能满足科考的需要，于是，《文选》应运成为广大士子热捧的学习范本。

《文选》在唐代迅速进入知识阶层的接受视野，成为他们的文学教材和写作范本，这无疑是其经典化的重要标志。至于《文选》之所以在唐代实现经典化的历史可能性，郭宝军在《试论〈文选〉经典化之可能与生成》一文中给予了具体分析。他认为，《文选》之所以成为经典，除了选本自身所具有的因素（如选入公认的优秀之作，具备足够的可阐释空间）之外，"亦赖文本外之契机"，而这一外在契机便是科举考试带来的教育重大调整。由于科举考试把诗、赋、铭、策、箴、颂等文体的辨析与写作，与读书人的前途链接在一起，导致他们必须高度重视此类文体的写作训练，而日常的写作训练则需要参考和揣摩已有的、具有标杆意义的文本，在这种形势下，"文体齐备、诗赋比重大、卷帙适当、辞藻丰厚的《文选》，顺理成章地成为时人学习的首要选择"④。历史淘选的结果，便是《文选》完成了由可能的经典向现实的经典的彻底转化，其外在标志则是选学的形成与兴盛。

从唐初儒学大师曹宪（约545—649）在江淮一带教授《文选》，到高宗时期李善（约614—690）寓居汴、郑之间，以讲《文选》为业，诸生

①　[五代] 王定保：《唐摭言》卷一，中华书局，1985，第3页。
②　吴宗国：《唐代科举制度研究》，辽宁大学出版社，1992，第154页。
③　[唐] 杜佑：《通典》卷一五《选举》三，中华书局，1992，第357页。
④　郭宝军：《试论〈文选〉经典化之可能与生成》，《文学遗产》2016年第6期。

多自远方而至，所注《文选》六十卷大行于时，选学逐渐兴盛。受时风之影响，李白曾三拟《文选》，不如意，尽焚之，唯留《恨赋》《别赋》[①]，杜甫自称"呼婢取酒壶，续儿诵《文选》"（《水阁朝霁奉简严云安》），其训子诗又云，"诗是吾家事，人传世上情。熟精文选理，休觅彩衣轻"（《宗武生日》[②]），盖选学自成一家。宋代诗歌评论家吴曾认为苏轼诗句"百年同鸟过"与黄山谷诗句"百年青天过鸟翼"，均效法杜甫《至蔡都尉》诗"身轻一鸟过"，而杜甫此句以及《贻柳少府》诗中"余生如过鸟"句，又都本之于梁朝昭明太子《文选》所载张景阳诗"人生瀛海内，忽如鸟过目"。杜诗取之皆有本，足见其"精熟《文选》理"[③]。对此,明代学者杨慎有一总结性发言：

> 李太白终始学《选》诗，杜子美好者亦多是效《选》诗，后渐放手。[④]

唐代文学大家除李、杜二人之外，韩愈柳宗元也为《文选》研习者。朱熹有言曰："李、杜、韩、柳，初亦皆学《选》诗者。然杜、韩变多，柳、李变少"[⑤]。李杜虽非因熟读《文选》而进入仕途者，然"熟精《选》理，与杜陵相亚"[⑥]的韩愈，经过多年艰难的努力，最终通过科考进入仕途，应当与他对《文选》的接受有着一定关系。韩愈的诗赋，无论语言的使用，抑或典故的运用，都明显留有学习《文选》的痕迹。有唐一代，因精通《文选》而进入仕途者当比比皆是。据《旧唐书》卷一○二载，润州丹徒人马怀素（659—718），寓居江都，少师事李善，刻苦读书，遂博览经史，善属文。举进士，又应制举，登文学优赡科，拜郿尉，四迁左台监察御史。少事选学大师李善的求学经历，为他日后的成功奠定了不可或缺的重要基础。

选学在宋朝经历了盛衰之变，对此，陆游（1125—1210）《老学庵笔记》有一简要描述：

> 国初尚《文选》，当时文人专意此书。故草必称"王孙"，梅必称"驿

---

① ［唐］段成式：《酉阳杂俎·前集》卷十二，中华书局，1981，第 116 页。
② ［唐］杜甫著，［清］仇兆鳌注：《杜诗详注》，中华书局，1979，第 1248、1478 页。
③ ［宋］吴曾：《能改斋漫录》卷八《沿袭》，中华书局，1960，第 221 页。
④ ［明］杨慎：《升庵诗话》卷十三，载丁福保辑《历代诗话续编》，中华书局，1983，第 899 页。
⑤ ［宋］朱熹：《朱文公文集》卷四十八，商务印书馆，1937，第 505 页。
⑥ 李祥：《李审言文集》，江苏古籍出版社，1989，第 35 页。

使"，月必称"望舒"，山水必称"清晖"，至庆历后恶其陈腐，诸作者始一洗之。方其盛时，士子至为之语曰："《文选》烂，秀才半。"①

王应麟《困学纪闻》更为简洁地概括了由唐至宋选学由盛至衰的发展变化：

> 李善精于《文选》，为注解，因以讲授，谓之文选学。少陵有诗云："续儿诵《文选》"，又训其子："熟精《文选》理"，盖选学自成一家。江南进士试《天鸡弄和风》诗，以《尔雅》"天鸡"有二，问之主司。其精如此，故曰："《文选》烂，秀才半。"熙、丰以后，士以穿凿谈经，而选学废矣。②

尽管如此，《文选》作为士子教科书的教育价值仍是不容置疑，且长期存在着，宋人精熟《文选》也是不可否认的事实。直至明清，该选本仍然成为读书人学习的重要范本。例如，明代的基层社学的条规就明确规定："读书指法，先读《四书集注》《孝经》《小学》，次读《五经》传注、《周礼》、《仪礼》、《三传》、《国语》、《国策》、《性理》、《文选》、《八家文集》、《文章正宗》及应读史传、文集等书。"③清代《文选》学研究出现了空前兴盛的局面，大批研读《文选》的学术著作诸如《文选集成》《文选集评》《文选考异》《文选笺证》《文选旁证》《文选笔记》《文选理学权舆》《文选集释》等相继问世，既体现了《文选》教育学价值的支撑，也对其教育内涵给予补充。

《文选》在应试教育中的作用与古代文学经典化的关系，主要体现在通过教育这一特殊的传播渠道，帮助受教育者学习、模拟具有经典性的文学文本，并在历代受众的接受过程中逐渐扩大经典文本的社会影响，使其经典效应形成叠加之势。这里，我们不妨通过两个具体的案例来认识这一问题。

案例之一："天鸡弄和风"。

王应麟在《困学纪闻》中提到的江南进士试"天鸡弄和风"之事，发生在南唐，时间为宋太祖开宝五年（972）。其具体情况，宋人阮阅《诗话

---

① ［宋］陆游：《老学庵笔记》卷八，中华书局，1979，第 100 页。
② ［宋］王应麟：《困学纪闻》卷十七，辽宁教育出版社，1998，第 325 页。
③ ［清］郑珍：道光《遵义府志》卷四十四《艺文》三，载［明］母扬祖《社学条规》，华东师大图书馆藏。

总龟》引用《谈苑》之说，给予了较为详细的介绍：

淮南张佖知举，进士试"天鸡弄和风"，佖但以《文选》中诗句为题，未尝详究也。有进士白试官云:《尔雅》"𪇰，天鸡。鶾，天鸡。天鸡有二，未知孰是"。佖大惊，不能对。亟取《尔雅》，检"释虫"，有"𪇰，天鸡。小虫，黑身赤头，一名莎鸡，一名樗鸡"。"释鸟"有"鶾，天鸡，赤羽。《逸周书》曰：文鶾若彩鸡。成王时，蜀人献之"。江东士人深于学问，有如此者。①

宋曾慥《类说》、明陈耀文《天中记》、蒋一葵《尧山堂外纪》、清陈鸿墀《全唐文纪事》、郑方坤《五代诗话》、朱亦栋《群书札记》等多种著作亦有大致相同的记载，可见其历史影响。张佖乃五代南唐文臣，常州人，祖籍淮南。所试诗句"天鸡弄和风"，出自南朝刘宋著名山水诗人谢灵运（385—433）《于南山往北山经湖中瞻眺》一诗，原诗如下：

朝旦发阳崖，景落憩阴峰。舍舟眺迥渚，停策倚茂松。
侧径既窈窕，环洲亦玲珑。俯视乔木杪，仰聆大壑淙。
石横水分流，林密蹊绝踪。解作竟何感，升长皆丰容。
初篁苞绿箨，新蒲含紫茸。海鸥戏春岸，天鸡弄和风。
抚化心无厌，览物眷弥重。不惜去人远，但恨莫与同。
孤游非情叹，赏废理谁通？②

此诗先述行踪，继写景物，后归情理，属于典型的三段式写法，是谢灵运山水诗的代表作之一。"初篁"以下四句描写景物，色彩鲜明，形象生动，语言清新，乃传世名句。《文选》收录在卷二十二"游览"诗类中。宋何溪汶《竹庄诗话》，元刘履《风雅翼》，明冯惟讷《古诗纪》、陆时雍《古诗镜》，清陈祚明《采菽堂古诗选》、曾国藩《十八家诗钞》等多种诗歌选本先后录入此作，成为选家经典，可视为《文选》持久不断的后续效应。受《文选》以及科考的深远影响，后代文人学士对谢灵运此诗的认知往往与《文选》联系在一起。比较典型的事例是，初唐著名学者、书法家欧阳询（557—641）等人奉诏编撰《艺文类聚》，卷八十二草部下"蒲"

---

① [宋]阮阅编，周本淳校点：《诗话总龟》前集卷三十一《正讹门》，人民文学出版社，1987，第318页。
② 逯钦立辑校：《先秦汉魏晋南北朝诗》中册，中华书局，1983，第1172页。

字条引谢诗"新蒲含紫茸"，前注"《文选》曰"[1]，而非谢灵运曰。同样，南宋著名学者祝穆（？—1256）编撰类书《事文类聚》，后集卷二十四"竹笋"部"竹"字条下，集录多条历代诗人关于竹的描写，每一诗句后均注明作者姓氏，如"竹深留客处"，后注"杜（甫）"，"院竹翻夏箨"，后注"韩（愈）"，"欲识凌冬性，惟有岁寒知"，后注"虞世南"，唯有"初篁苞绿箨"一句，后面所注却不是作者姓名，而是"《选》"（即《文选》）。[2] 清人孙梅辑《选诗丛话》，集评全为《文选》所录作品，"初篁苞绿箨，新蒲含紫茸"两句列于其中[3]。此类现象的出现，可以归为《文选》经典效应的辐射。

唐宋以还，《于南山往北山经湖中瞻眺》一诗由《文选》而生发的经典效应，被持续不断地发酵。一方面诗人们有意识化用或借用谢诗中的意象以塑造新的意境，或借鉴谢诗景物描写的艺术以构成新的画面。现略举数例：

赤叶枫林百舌鸣，黄泥野岸天鸡舞。

——唐·杜甫《寄柏学士林居》[4]

泥笋苞初荻，沙茸出小蒲。

——唐·杜甫《大历三年春白帝城放船四十韵》[5]

蝴蝶弄和风，飞花不知晚。

——唐·钱起《仲春晚寻覆釜山》[6]

风荀微微开绿箨，雨槐细细落黄花。

——宋·晁冲之《睡起》[7]

---

[1] ［唐］欧阳询等：《艺文类聚》（下）卷八十二《草部下》，中华书局，1965，第1406页。［清］张英《渊鉴类函》卷四百十"草"部三"蒲"一，亦采取同样的标注方法。

[2] ［宋］祝穆：《新编古今事文类聚·后集》卷二十四《竹笋部》，书目文献出版社，1991。

[3] ［清］孙梅辑：《四六丛话 附选诗丛话4》，商务印书馆，1937，第660页。

[4] ［唐］杜甫著，［清］仇兆鳌注：《杜诗详注》，中华书局，1979，第1569页。

[5] ［唐］杜甫著，［清］仇兆鳌注：《杜诗详注》，中华书局，1979，第1866页。

[6] ［唐］钱起著，王定璋校注：《钱起诗集校注》卷二《五言古诗》，浙江古籍出版社，1992，第52页。

[7] ［宋］晁冲之：《晁具茨先生诗集》卷之七《近体》，中华书局，1985，第25页。

丛竹经时侵小径，繁莺尽日弄和风。

——明·赵伊《小恙初愈步东园看牡丹花》①

海鸥戏春岸，时下池塘浴。

——清·王士禛《浴鸥池》②

　　景物描写生动具体，画面清新明丽，且显炼字之功力，是上述诗句的共同之点，从中不难看出谢灵运诗歌的影响所在。另一方面，历代诗论家好评不断，他们从不同的角度，以点评的方式进行肯定和赏析，关注点集中在谢诗景物描写的艺术成就方面，凸现了《于南山往北山经湖中瞻眺》一诗的经典本质规定性。例如：

　　此诗述事写景，自"天鸡弄和风"以上十六句，有入佳句可脍炙。

——元·方回《文选颜鲍谢诗评》卷一③

　　谢灵运天质奇丽，运思精凿，虽格体创变，是潘陆之余法也。其雅缛乃过之。"清晖能娱人，游子澹忘归"宁在"池塘春草"下耶？"挂席拾海月"，事俚而语雅。"天鸡弄和风"，景近而趣遥。

——明·王世贞《增补艺苑卮言》卷二④

　　篁蒲鸥鸡，色泽容声，呈态献妍，与吾神通。摘解升二字，用经笃致。由初字、新字，得苞字、含字，写出生意。有苞字、含字，觉绿字、紫字，鲜翠可餐，戏字、弄字，禽鸟灵动。

——清·陈祚明《采菽堂古诗选》⑤

　　题似在湖瞻眺，详诗则过湖后，正在北山瞻眺也。前四先将题面尽皆点清，是先出题法。"侧径"六句，眺中不变之景。"解作"六句亦写

---

① [明]赵伊著，[明]刘子伯评点：《序芳园稿二卷》，齐鲁书社，1997。
② [清]王士禛著，[清]惠栋、金荣注，宫晓卫、孙言诚、周晶、闫昭典点校整理：《渔洋精华录集注》下，齐鲁书社，2009，第869页。
③ [元]方回：《〈文选〉颜鲍谢诗评》卷一，载《文渊阁四库全书》，台湾商务印书馆（台北），1983，第1392册，第588页。
④ [明]王世贞：《增补艺苑卮言》卷二，载《文渊阁四库全书》，台湾商务印书馆（台北），1986，第1281册，第373页。
⑤ [清]陈祚明：《采菽堂古诗选》卷十七，上海古籍出版社，2008，第539页。

眺中景，然在春时动植之物。……抚景流连，以致叹无人共赏，收住"解作""升长"。经语入诗而不觉腐，谢公所长。

——张玉榖《古诗赏析》卷十六①

"俛视乔木"四语，可悟画理。"解作竟何感"二句，上句结上，下句生下，二句倒叙，方又暗藏不露，巧变前规，别开奥窔。

——清·何焯《义门读书记》②

上引五段评论的发言者皆为颇具学术眼光的著名学者，均在中国古代文学批评史上占有一席之地。他们围绕谢诗的艺术优长进行评点，或赞赏其用语的精妙，或彰显其结构的变化，或感悟其蕴含的理趣，逐一揭示出该诗所具有的经典属性。元明清三代文论家持续不断的关注，这本身就属于文学和教育的双重传播所导致的经典效应，而他们一致的肯定性评价又成为进一步强化这种经典效应的重要元素。

案例之二：言"草"必称"王孙"。

陆游《老学庵笔记》在揭示宋初选学兴盛时的学风走向时云："国初尚《文选》，当时文人专意此书。故草必称'王孙'。"《文选》卷二十六《赠答四》载录南朝著名山水诗人谢朓（464—499）《酬王晋安德元诗》，诗云：

梢梢枝早劲，涂涂露晚晞。南中荣橘柚，宁知鸿雁飞。
拂雾朝青阁，日旰坐彤闱。怅望一涂阻，参差百虑依。
春草秋更绿，公子未西归。谁能久京洛，缁尘染素衣。③

诗人由景而入抒情，在与朋友的酬答之中委婉曲折地表达了自己内心的惆怅与忧虑。关于"春草秋更绿，公子未西归"二句，李善注曰："春草萋萋，故王孙乐之而不反。今春草秋而更绿，公子尚未西归。《楚辞》曰：王孙游兮不归。春草生兮萋萋。古诗曰：秋草萋已绿。《毛诗》曰：谁能西归。"④ 既准确指出诗人所用语典的出处，又揭示了中国文学借"草"写"王孙"（或"公子"）这一抒情传统形成的过程。

① ［清］张玉榖：《古诗赏析》卷十六《宋诗》，上海古籍出版社，2000，第369页。
② ［清］何焯：《义门读书记》下册，中华书局，1987，第898页。
③ 逯钦立辑校：《先秦汉魏晋南北朝诗》中册，中华书局，1983，第1427页。
④ ［梁］萧统选，［唐］李善注：《昭明文选》（中），京华出版社，2000，第210页。

陆游的行文逻辑是科考的取向导致选学的兴盛，而后者又导致士人对于《文选》选诗的高度重视，这完全符合事实发展的逻辑，其结果必然是经典诗文社会影响的扩大。陆游说宋代文人言"草"必称"王孙"（反之，言"王孙"亦必有"草"），绝非虚言。现仅以宋词为例，说明这一现象存在的真实性和普遍性：

太液微波，绿斗王孙草。

——丁谓《凤栖梧》①

红入桃腮，青回柳眼，韶华已破三分。人不归来，空教草怨王孙。

——王观《高阳台》②

已是年来伤感甚，那堪旧恨仍存。清愁满眼共谁论。却应台下草，不解忆王孙。

——李之仪《临江仙·登凌歊台感怀》③

又随芳绪生，看翠霏连空，愁遍征路。……王孙远，柳外共残照，断云无语。

——万俟咏《春草碧》④

萋萋芳草。怨得王孙老。

——刘翰《清平乐》⑤

怅佳人来未，碧云冉冉，王孙去后，芳草萋萋。

——刘克庄《沁园春·送包尉》⑥

吹笙池上道。为王孙重来，旋生芳草。

——吴文英《三姝媚》⑦

---

① 唐圭璋编：《全宋词》第一册，中华书局，1965，第 7 页。
② 唐圭璋编：《全宋词》第一册，中华书局，1965，第 262 页。
③ 唐圭璋编：《全宋词》第一册，中华书局，1965，第 347 页。
④ 唐圭璋编：《全宋词》第二册，中华书局，1965，第 809 页。
⑤ 唐圭璋编：《全宋词》第四册，中华书局，1965，第 2207 页。
⑥ 唐圭璋编：《全宋词》第四册，中华书局，1965，第 2594 页。
⑦ 唐圭璋编：《全宋词》第四册，中华书局，1965，第 2923 页。

王孙远，青青草色，几回望断柔肠。

——陈允平《永遇乐》①

此类用法还可举出若干。同样，在宋诗中，言"草"必称"王孙"的创作现象也十分常见。通过陆游的描述以及宋人的相关创作，我们既可具体感知科举制度推行—应试教材运用—士人热衷学习这一流程的大致运作情况，同时，还可了解在外力（科考）的作用下，受众功利性接受活动与文学经典化的特殊关系。本来，《文选》并非《酬王晋安》的唯一传播通道，传世的明刻本《六朝诗集》中的《谢宣城集》，以及《汉魏六朝一百三家集》中的《谢朓集》均收录有该诗，然由于科考的影响，人们很容易将它与作为应试教材的《文选》联系起来。在应试的士人群体中，通读《谢宣城集》者必定少于精读《文选》选诗者，通过《文选》而接受《酬王晋安》诗者当不在少数。明代著名文学家胡应麟（1551—1602）谈及楚骚对后世文选的影响时，有如下评论：

"王孙兮不归，春草生兮萋萋。岁暮兮不自聊，蟪蛄鸣兮啾啾。"汉："凛凛岁云暮，蟪蛄夕鸣悲。"齐："春草秋更绿，公子未西归。"咸自此。选出于骚，往往可见。②

"选出于骚"四字，值得玩味。其中"选"当指《文选》。文中所引"王孙兮不归"四句，出自《楚辞·招隐士》，作者为西汉淮南小山。"凛凛岁云暮，蟪蛄夕鸣悲"两句出自汉末无名氏《古诗十九首》，《文选》卷二十九载录。"春草秋更绿"两句则出于《酬王晋安》，因谢朓乃南朝萧齐人，胡应麟故曰"齐"。由于汉、齐二诗均为《文选》所选录，用语皆具有化用楚骚的特点，故胡应麟得出"选出于骚"的结论。胡应麟本意是在强调楚骚对选诗的影响，并无意对《文选》与《酬王晋安》的关联性问题发表意见，然其结论却从侧面反映出学界对二者关系所普遍持有的认可态度。谢朓诗歌善于借景抒情，画面新颖别致，语言清新流畅，多情景交融之妙句，其经典本质规定性因《文选》的选录而得到初步肯定，而《文选》选诗又因科考的关系备受广大士子关注，成为他们学习模拟的范本，经典效应得到进一步扩大。道光五年乙酉科乡试，按惯例分地区进行，当年福建地区由江苏常熟人中允翁心存、江苏崇明人编修陈伯熊担任考官，考题

① 唐圭璋编：《全宋词》第五册，中华书局，1965，第3098页。
② ［明］胡应麟：《诗薮》内编一，上海古籍出版社，1979，第5页。

为："子曰'上好，使也'，'义者宜也'二句，'达不离道'，于民。赋得'春草秋更绿'，得'秋'字"。①"上好，使也"出自《论语》，原文为"上好礼，则民易使也"。"义者宜也"出自《礼记·中庸》，原文为"人者仁也，亲亲为大。义者宜也，尊贤为大"。"达不离道"出自《孟子》，原文为"故士穷不失义，达不离道"。"春草秋更绿"则出自谢朓诗。成为科考考题，自然是士子的必读之作，其权威性、示范性在科考的背景下被放大和强化。

谢朓《酬王晋安》诗与上文所论谢灵运《于南山往北山经湖中瞻眺》诗的经典化历程相比，有着明显的相似之处。首先，作为《文选》的后续效应，先后为宋何溪汶《竹庄诗话》卷四《六代》，元方回《文选颜鲍谢诗评》、刘履《风雅翼》，明曹学佺《石仓历代诗选》、冯惟讷《古诗纪》、陆时雍《古诗镜》、李攀龙《古今诗删》，清王闿运《八代诗选》、曾国藩《十八家诗钞》所选录，成为名副其实的选家经典。其次，在诗歌评论领域，尽管不乏批评之人，批评意见主要集中在用语因袭前人、格力卑弱这两个方面，然而持肯定和赞赏态度者也不在少数，完全可以视为评论家眼中的经典。诗论家对于该诗经典本质的揭示主要集中在语言运用、佳句出新方面取得的杰出成就，旁及构思和章法。有宋一代，肯定之声成为主流，南宋诗论家葛立方（？—1164）《韵语阳秋》的评价颇具代表性：

灵运诗如"矜名道不足，适己物可忽""清晖能娱人，游子澹忘归"，玄晖诗如"春草秋更绿，公子未西归""大江流日夜，客心悲未央"等语，皆得三百五篇之余韵。是以古今以为奇作，又曷尝以难解为工者。②

大小谢并举，将其佳句与诗三百联系起来欣赏，评价不可谓不高。宋代魏庆之《诗人玉屑》、何溪汶《竹庄诗话》、张镃《仕学规范》亦有大致相同的记载。尤其值得注意的是《仕学规范》书名的标举，从中我们不难发现士子学习经典名篇与科考之间的关系。明末清初四川新繁学者费经虞（生卒年不详）于诗学论著《雅伦》中，详论历代之诗，标举六朝名句若干，"春草秋更绿，公子未西归"列于其中。清代著名诗人兼诗论家陈祚明（1623—1674）曰："以节序之移，重怀人之切。'南中'二句深入一

① ［清］法士善等：《清秘述闻三种·中·清秘述闻续》卷三，中华书局，1982，第600页。
② ［宋］葛立方：《韵语阳秋》卷一，载［清］何文焕辑《历代诗话》，中华书局，1981，第492页。

层，语故隽。'王孙''芳草'，愈用愈新，若此虽百出不厌。"①一反前人指责，高度肯定谢朓用语的创新处，虽语焉不详，但态度十分鲜明。清中叶著名文学家、安徽桐城人方东树更是对小谢之诗欣赏有加，诗论名著《昭昧詹言》卷七逐一评点谢诗中的名篇，评《酬王晋安》诗云："起四句，对面从王所处起，写秋景神妙，同《别范》。善曰'鸿雁不至晋安'，故曰'宁知'也。'拂雾四句'言已。'春草'四句双结王与己。"②眉州丹棱学者彭端淑对于谢朓诗歌中的佳句同样欣赏不已，其文云："谢玄晖长于五言。沈休文见之曰：二百年来无此诗也。诗至玄晖而益工，如'大江流日夜，客心悲未央'……'春草秋更绿，公子未西归'……皆警句也。"③至晚清，浙江学者蔡钧（生卒年不详）《诗法指南》直接引用《韵语阳秋》的相关评点，与葛立方之言形成隔代呼应。

除了上述两个典型案例，《文选》对于文学经典化的影响还体现于决定了某些经典作品特殊的传播形态，最具代表性者当属《古诗十九首》。

汉代五言古诗十九首本为无名氏所作，萧统选编《文选》时不能确定其作者，故以"古诗"统之。历代学者多认为不必一人之词，亦非一时之作，现已成学术界公论。十九首五言古诗，"大率逐臣弃妻朋友阔绝游子他乡死生新故之感，中间或寓意，或显言，反复低回，抑扬不尽，使读者悲感无端，油然善入"，早在西晋，该组诗"言情不尽，其情乃长"④的经典本质规定性就已经通过文人作家的模拟而显示出来，著名文学家陆机就以这批古诗为样板，创作了包括《拟行行重行行》《拟今日良宴会》《拟西北有高楼》等在内的拟古诗十二首。相沿以下，刘宋时期，擅长写作拟古诗的南平王刘铄，年少时便写下三十余首，其中亦有模拟无名氏古诗的作品四首，即《拟行行重行行》《拟明月何皎皎》《拟孟冬寒气至》《拟青青河边草》。另一著名诗人鲍照则作有《拟青青陵上柏》一首。萧梁前期，梁武帝萧衍也写有《拟青青河畔草》《拟明月照高楼》二首。上述四位诗人的写作行为体现出模拟中的选择性，这表明他们在一定程度上已经认识到无名氏古诗的经典价值，不过尚未将其作为一个整体加以接受。《文选》问世后，这种情况得到彻底改变，由于《文选》卷二十九《杂诗上》以"古诗一十九首"为题，统摄无名氏的古诗，首次将这一十九首五言古诗

---

① [清] 陈祚明：《采菽堂古诗选》卷二十，上海古籍出版社，2008，第647页。
② [清] 方东树：《昭昧詹言》卷七，人民文学出版社，1961，第193页。
③ [清] 彭端淑：《雪夜诗谈》卷上，载《续修四库全书》编纂委员会编《续修四库全书》第1700册《集部·诗文评类》，上海古籍出版社，1996，第65—66页。
④ [清] 沈德潜：《古诗源》卷四《汉诗》，岳麓书社，1998，第62页。

作为一个整体呈现在接受者的视野之中。尽管汉代传世的、作者无考的五言古诗并不止十九首，明代著名学者杨慎就认为诸如"闺中有一妇""上山采蘼芜""橘柚垂华实""红尘蔽天地""十五从军征""四坐且莫喧""悲与亲友别""穆穆清风至""兰若生春阳""步出城东门""白杨初生时"等诗，皆为古诗十九首之遗[①]。然由于《文选》的影响，"古诗十九首"始终作为一个专有名词，以组诗的固定形式以及固定篇目被一代又一代文人学士所认可和接受。无论诗论家的评点和诗选家的选录，抑或诗人的模拟和书法家的书写，都体现出整体接受的特点。

作为文学选本的《文选》，在古代文学经典化历程中所发挥的其他作用，我们将在第五章里做进一步阐释。

二、《古文关键》等与经典文本的传播以及经典效应的强化

赵宋以还，广大士子为举业而使用的应试性教材并非只有一部《文选》。随着科考热的持续不断，无论私学抑或官学，教学活动的应试倾向越来越突出，标志之一便是具有教材功能的科举用书被大量编辑和刊印发行，官府、教官以及书坊纷纷参与编纂活动。早在北宋，著名文臣姚铉（968—1020）就先后编撰了两部唐人文章选集，即《唐文粹》一百卷和《唐文正宗》六卷，后者具有较为明显的应试色彩，故明人谓此书"采可利场屋者一百四十篇，谓之正宗"[②]。至南宋，科考用书更是大量出现。祝尚书将宋代科举用书分为类编、时文和文法研究三大类，其中文法研究类相当于现代学术语境中的"研究著作"，根据其形式被分为评点（或评注）本和专著两类。对于评点类用书，祝先生又进一步将它分为时文评点和古文评点两小类，所谓"时文"即是"按时下科场流行格式写作、专用于'举业'的文章"，"按考试科目分为四类：诗赋、策论、经义、词科诸文体"[③]，文学类写作成为考试的重要内容。古文则是指那些能够彰显文章法门、可以用作士子作文范本的前人优秀文章，如南宋吕祖谦（1137—1182）《古文关键》所收篇章。正是在这一层面上，应试教材与文学的经典化产生了一定的联系。

诗文选本是实现中国古代文学经典化的路径之一，吕祖谦的《古文关键》以唐宋散文名家如韩柳欧苏等人的作品为推荐和评点对象，在应试教育领域打开了一条传播经典的通道。陆游在分析南宋学风之变时指出：

---

① ［明］杨慎：《升庵诗话》卷一，载丁福保辑《历代诗话续编》，中华书局，1983，第11页。
② ［明］高儒：《百川书志》卷十九《集》，古典文学出版社，1957，第284页。
③ 祝尚书：《宋代科举与文学》，中华书局，2008，第412页。

"建炎以来，尚苏氏文章，学者翕然从之，而蜀士尤盛。亦有语曰：苏文熟，吃羊肉；苏文生，吃菜羹。"①北宋文坛泰斗苏轼的文章进入应试教育领域，成为南宋学子应试的范文，并且产生了实际功效，所谓"吃羊肉"，形象地描绘了熟读苏轼文章之后的成功效应，学子一旦科场告捷，便可享受荣华富贵的生活。从尚《文选》到尚苏氏文章，文坛风尚变化的背后有着巨大的推手，这推动力首先来自皇帝的好尚。宋孝宗赵昚（1127—1194）十分喜好苏轼文章，曾作《苏轼文集序》，既赞其为臣"忠言谠论，立朝大节，一时廷臣无出其右"，又称其为文"雄视百代，自作一家，浑含光芒，至是而大成矣"②，并赠以苏轼"太师"称号。上有好者，下必甚焉，最高统治者独有的政治名人效应很快在教育和学术领域里表现出来，对此，罗大经《鹤林玉露》有如下概括性介绍：

> 孝宗最重大苏之文，御制序赞，特赠太师，学者翕然诵读。所谓"人传元祐之学，家有眉山之书"，盖纪实也。③

皇帝的推崇之所以能够引起如此迅速而强烈的社会反响，当与文坛内部的变革需求有关。在权臣蔡京、秦桧的把持下，宋代科场和文坛长期存在的阿谀谄佞之风，让不少有识之士痛心疾首，产生了予以纠正的迫切需要。随着秦桧的病死与孝宗的继位，文坛科场风气变革的时机终于到来了。对于南宋初中期的文风和考风由谀佞向欧苏回归的问题，祝尚书在《宋代科举与文学》一书第十五章中有具体论析，兹不赘述。这里需要强调的是，南宋著名理学家吕祖谦（别名东莱先生）以文章批点的方式，编著《古文关键》一书，将科举应试文的取法范本扩大到唐宋散文大家的古文系统中，具体体现了向欧苏的回归，使《文选》问世之后产生的一批经典散文作品得以进入应试教育领域。对于《古文关键》，南宋著名藏书家、目录学家陈振孙（1183—？）在《直斋书录解题》卷十五载录云：

《古文关键》二卷
　　吕祖谦所取韩、柳、欧、苏、曾诸家文，标抹注释，以教初学。④

① ［宋］陆游：《老学庵笔记》卷八，中华书局，1979，第100页。
② ［宋］赵昚：《苏轼文集序》，载［宋］苏轼撰，孔凡礼点校《苏轼文集》附录，中华书局，1986，第2358页。
③ ［宋］罗大经著，孙雪霄校点：《鹤林玉露》甲编卷二，上海古籍出版社，2012年，第22页。
④ ［宋］陈振孙：《直斋书录解题》卷十五，中华书局，1985，第427页。

"以教初学"四字，准确揭示出该书作为教材的应用性功能。明代高儒《百川书志》对此书介绍如下：

《古文关键》二卷
宋吕祖谦编选，七大家之文，凡六十九篇，前有看文作文之法。[①]

七大家之文具体是指韩、柳、欧、曾、苏洵、苏轼以及张耒之文。从选文范围的确定，可知吕祖谦选文的精品意识以及弘扬古文优秀传统的治学精神。是书因应试而编著，故选文关注点多集中在议论性文体上，如论、说、辨、书、序等。其中不乏传世名篇，例如有韩愈文《原道》《原人》、《杂说》一"龙嘘气成云"、《杂说》四"世间有伯乐，然后有千里马"以及至今为国人津津乐道的《师说》。有柳宗元文《桐叶封弟辨》《封建论》《种树郭橐驼传》以及当今仍然选入中学语文教材的《捕蛇者说》。欧阳修文有《朋党论》《纵囚论》，老苏（苏洵）文有《春秋论》《管仲论》《上田枢密书》，东坡（苏轼）文有《留侯论》《范增论》《六一居士集序》《潮州韩文公庙碑》等名篇。《古文关键》的价值不仅仅在于向学习者提供写作的经典范文，更重要的还体现在为他们提供解读经典的思路，并帮助其掌握写作技法。吕祖谦于卷首开宗明义，明确提出"总论看文字法"：

学文须熟看韩、柳、欧、苏。先见文字体式，然后遍考古人下句用意处。苏文当用其意，若用其文，恐易厌人。盖近世多读故也。
第一看大概主张。
第二看文势规模。
第三看纲目关键。
如何是主意首尾相应，如何是一篇铺叙次第，如何是抑扬开合处。
第四看警策句法。
如何是一篇警策，如何是下句下字有力处，如何是融化屈折剪截有力处，如何是实体贴题目处……[②]

以卷一所载韩愈经典名篇《师说》为例。每至"关键"处，吕祖谦便有指导性解说，要言不烦，点到为止。例如，标题下批注云："此篇最是结得段段有力。中间三段，自有三意说起。然大概意思相承，都不失本

---

① [明] 高儒：《百川书志》卷十九《集》，古典文学出版社，1957，第 286 页。

② [宋] 吕祖谦：《古文关键》，中华书局，1985，第 1 页。

意。"揭示的是《师说》一文"如何是主意首尾相应",即文章总体的结构特点。首句"古之学者必有师"旁,批注云:"大意说两句起",接下来于"师者所以传道授业解惑也"旁,批注曰:"人不可以无师,关锁好",说的正是"如何是一篇铺叙次第",即具体说明围绕中心具体展开论说。往后,于"爱其子,择师而教之"一句旁,批有"抑扬"二字,强调的便是"如何是抑扬开合处",即提示该处所使用的艺术手法。欲成功地帮助学子读懂经典文本,关键在于能够准确揭示经典所属的本质规定性。吕祖谦评点的出发点固然定位于举文写作,但评点中不乏文学含量很高的中肯之论,如将柳宗元《捕蛇者说》文体定位于"感慨讥讽体";评欧阳修《朋党论》云:"议论出人意表。大凡作文妙处须出意外";对于苏轼《潮州韩文公庙碑》一文中"其必有不依形而立,不恃力而行,不待生而存,不随死而亡者矣"四句,赞曰"此四不字亦有力"。凡此种种,已经涉及文章的立意布局、遣词造句等形式美构成的问题,在帮助学习者掌握写作技法的同时,可以使他们具体领略到经典文本的艺术魅力。这无疑发挥了传播经典和强化经典效应的积极作用。

吕祖谦的选文和评点既为当时的学子提供举业作文指导,也给后世学者读书习文以观念、方法,乃至思路上的启示。提及《古文关键》的历史影响,不能不提到科举文写作。明清时期科举考试制规定写作的文体,叫时文、制义、制艺、时艺、四书文、八比文、八股文。该文体有一套固定的格式,规定由破题、承题、起讲、入手、起股、中股、后股、束股八个部分组成,每一部分的句数、句型也都有严格的限定。善写时文者,往往会引起世人关注和评议,对此,清初著名学者、初以制义闻名的储大文(1665—1743)《申锡吴君制义序》有所反映,序文曰:

> 予同年申锡吴君少工制义,盖其美滋众矣。独予尝观海内士攉文其时,时援述古语者,辄曰:"惟陈言之务去",又曰:"谢朝华而启夕秀",吴君制义可谓尽刊陈言者,也可谓华未披而秀已启者也。昔东莱先生著《古文关键》,其论学韩吏部者曰:"学韩简古而不学其法度,则朴而不文。"吴君于有明制义法度,胥克融之,此其所以无朴而不文之失也。其论学欧阳参政者曰:"学欧平澹而不学其渊源,则委靡不振。"吴君于有明制义渊源,胥克贯之,此其所以无委靡不振之失也。[①]

① [清]储大文:《存砚楼二集》卷九,载《清代诗文集汇编》编纂委员会编《清代诗文集汇编》第216册,上海古籍出版社,2010,第474页。

姑且不论储大文所言是否符合事实，单就他为吴君辩解时所使用的话语，便足见《古文关键》所标举的文章观对他治学的渗透和影响。后来，储大文转而肆力为古文，当与昔日精读韩柳欧苏古文的学习经历有关。

当然，《古文关键》的历史影响并不仅仅局限于科举文写作的范围之内，后世不止一位学者在阅读和研究古文经典文本时，从中获得了有益的启示。他们在解读品评古文大家的经典作品时，或认同并直接采用吕祖谦的说法，如元代陈绎曾（生卒年不详，约1329年前后在世）《文式》卷下，全文录入吕祖谦的"总论看文法"；嘉庆十年（1805）进士陈鸿墀（生卒年不详）辑《全唐文纪事》评柳宗元文，也直接录入《古文关键》中的有关文字。或沿着吕祖谦的思路，进行拓展性阅读，例如清代的刘熙载。刘熙载堪称著名文艺批评家，诗文评点多有真知灼见，从他对柳宗元文章总体特色的把握就可明显受到《古文关键》的影响。吕祖谦总论"看文要法"时云："看柳文法，关键出于《国语》"①，刘熙载《艺概·文概》不止一次提到这一点。如：

> 吕东莱《古文关键》谓"柳州文出于《国语》"；王伯厚（即王应麟，笔者注）谓"子厚非《国语》，其文多以《国语》为法"。余谓柳文从《国语》入，不从《国语》出。盖《国语》每多言举典，柳州之所长乃尤在"廉之欲其节"也。
>
> 柳文之所得力，具于《与韦中立论师道书》。东莱谓"柳州文出于《国语》"，盖专指其一体而言。②

十分明显，刘熙载持论与吕祖谦不尽相同，他并不完全认同吕祖谦的结论，然其研读柳文的思路是沿着《古文关键》给予的方向开展的。

继《古文关键》之后，宋末谢枋得编选并加以评点的《文章轨范》，是另一部助推文学经典化的应试性教材。对于是书的基本面貌，明代高儒做了如下简介：

> 《文章轨范》七卷，宋谢枋得批点选次。有大胆小心之别，入门达道之功。凡十五家六十九篇。③

---

① ［宋］吕祖谦：《古文关键》，中华书局，1985，第2页。
② ［清］刘熙载：《艺概·文概》，上海古籍出版社，1978，第23页。
③ ［明］高儒：《百川书志》卷十九《集》，古典文学出版社，1957，第286页。

所言并未涉及《文章轨范》一书的应试性质，而同时代的著名学者型官员王阳明所作《重刊〈文章轨范〉序》，则有进一步说明：

> 宋谢枋得氏，取古文之有资于场屋者，自汉迄宋，凡六十有九篇，标揭其篇章句字之法，名之曰《文章轨范》。盖古文之奥，不止于是，是独为举业者设耳。世之学者传习已久，而贵阳之士独未之多见。①

谢枋得《文章轨范》与吕祖谦的《古文关键》、楼昉的《古文标注》、真德秀的《文章正宗》等书有着共同之处，即针对士子的应试需求，各取古人名作，标举其命意布局之所在，为学习者展示作文的具体途径，故深得教育者重视。明崇祯年间，福建籍文人曾异撰（1591—1644，字弗人）对时文写作颇为关注，根据《明史》记载，此人热心科考，久为诸生，家境贫寒，却究心于经世学。崇祯十二年举乡试，年已四十九岁的曾异撰仍然前去赴考，结果还家遂卒。他在《叙旅誓》一文中指出：“乃至谢枋得《文章轨范》，其事至琐尾，犹得为里社学堂所不废。”②联系曾异撰的亲身经历，笔者认为其言当为不误。

《文章轨范》的体例以及选文范围，四库馆臣给予了具体介绍：

《文章轨范》七卷

宋谢枋得编。枋得有《叠山集》，已著录。是集所录汉晋唐宋之文，凡六十九篇，而韩愈之文居三十一，柳宗元、欧阳修之文各五，苏洵之文四，苏轼之文十二。其余诸葛亮、陶潜、杜牧、范仲淹、王安石、李觏、李格非、辛弃疾人各一篇而已。前二卷题曰放胆文，后五卷题曰小心文。……③

尽管《文章轨范》先“放胆文”后“小心文”的编排体例，受到后世个别学者的质疑，例如明末清初诗人冯班（1614—1681）认为“写文章初要小心”，而“谢枋得叙放胆文，开口便言初学读之必能放言高论，何可

① ［明］王阳明：《重刊〈文章轨范〉序 戊辰》，载朱五义注，冯楠校《王阳明在黔诗文注释》，贵州教育出版社，1996，第136页。
② ［清］黄宗羲编：《明文海》（第3册）卷三百九《序一百·时文》，中华书局，1987，第3191页。
③ ［清］永瑢等：《四库全书总目》（下册）卷一百八十七《集部四十·总集二》，中华书局，1965，第1703页。

如此，岂不教坏了初学"①。不过，这种指责并未削弱《文选轨范》作为读文范本的价值。后世学子普遍认可这种分类，在写作和点评文章时，也习惯使用"放胆文"和"小心文"的概念。清初著名经学家、文学家毛奇龄（1623—1716）撰写《授江宁北捕通判吕公墓表》，追忆死者幼时学习情况，提到了《文章轨范》的影响："公既善记忆，一目可兼行下。复以受太恭人教，年十一作放胆文，顷刻千言，观者皆咋舌去"②。清初中州名儒田兰芳（1627—1701）《周引青诗序》也有"是谢叠山所谓小心文，手法最工"③之说。

　　谢枋得乃宋末名儒，集教育家、诗人、学者、爱国志士为一身，其身份特点使《文章轨范》的选文较之《古文关键》，有两个比较突出的特点。其一，进一步扩大了选文的时代范围和作家范围，不止唐宋八大家，汉晋唐宋优秀作家的文章都成为选录对象。更加开放的选文视野，使更多的经典文本得以入选。其二，选文中属于堪称文学经典的作品的比重明显有所增加，诸如诸葛亮《前出师表》、陶渊明《归去来兮辞》、韩愈《送孟东野序》《送李愿归盘谷序》《祭田横文》、杜牧《阿房宫赋》、范仲淹《岳阳楼记》、苏轼《后赤壁赋》等，都是脍炙人口、文采飞扬的散文精品，且均被《文章轨范》录入，经典身份再次得到确认。后来《古文观止》的选文就受其影响。

　　《文章轨范》问世后，世之学者传习不废，明清历代藏书家皆有著录，对于文学经典的传播发挥了不可忽视的作用。在一般士子不可能，也无必要通读各古文大家文章全集的情况下，《文章轨范》一类选本便成为他们接受散文经典、感受美文魅力的重要渠道。谢枋得的评点与提示，同样给后世学者以观念和方法的启示。清代著名学者、史学家、文学家陈鸿墀于嘉庆间奉诏辑《全唐文纪事》一百二十卷，卷七十《评骘》四盛推韩愈文章，称"韩文公作文千变万化，不可捉摸，如雷电鬼神，使人不可测"，且认为宋代陈师道《送参寥序》中有一段文字，"亦新奇，不蹈袭，只是被人看破，全是学文公《送石洪处士序》文"。对于《送石洪处士序》的出处，他特意注明：《文章轨范》。紧接着在对韩愈《送高闲上人序》《原毁》、柳宗元《与韩愈论史书》《晋文公守原议》等文章的点评后，皆注明来自《文章轨范》，而且加上按语："以上五篇，皆谢枋得所题为放胆

---

① ［清］冯班：《钝吟杂录》卷八，中华书局，1985，第106页。
② ［清］毛奇龄：《西河文集·墓表》二（万有文库第二集），商务印书馆，1937，第1041页。
③ ［清］田兰芳：《逸德轩文集》，载《清代诗文集汇编》编纂委员会编《清代诗文集汇编》第108册，上海古籍出版社，2010，第30页。

文。"①同卷中他还对谢枋得所提五篇"小心文"给予了具体分析。陈鸿墀研治韩柳文章的思路明显受到《文章轨范》的影响。

---

① ［清］陈鸿墀：《全唐文纪事》卷七十，中华书局，1959，第 886—887 页。

第五章　名人效应的广泛辐射

——从个体创作到经典范本

　　文学经典化的过程，是在文学传播的过程中完成的，传播过程中的诸多社会文化因素会在不同程度上发挥促进经典身份被认可、扩大经典效应、引导经典接受方向的功能，其中，名人效应当是一个不容忽视的因素。所谓"名人"，是指因在某个领域获得成功从而在社会上具有一定知名度或者享有美誉度、受到社会公众关注并且被他们认可和接受、其言行可以在较大范围内产生影响的人物。名人效应则是指因名人的出现、参与抑或评价、推荐而达成的舆论被导向、影响被扩大、相关人事的关注度得以提高的社会反应。考察文学的经典化与名人效应的关系，我们可以从另一个特定的角度更加深刻地认识经典是如何被建构的。

　　在中国古代，名人效应广泛存在于社会各个领域内，产生名人效应的社会心理机制是名人崇拜，对名人的精神崇拜是大众认可名人，进而愿意接受和效仿名人言行的前提与基础。对于中国古代长期存在，且十分引人注目的名人崇拜现象，我们不妨从以下两个方面去认识：其一，中国古代社会的主流文化系统具有以群体为本位的特征，社会成员因个性发展长期被忽略甚至遭到压抑，故普遍缺乏高度自信的精神状态和敢于超越前人的创新意识及其相关能力。在这种文化背景下，广大社会成员将儒家倡导的宗经、崇圣作为认识世界和认识自我的基本准则之一，从而导致对文化圣人和思想大师的顶礼膜拜，名人崇拜心理以及名人崇拜现象便随之产生。其二，考察中国历代文化名人队伍，纯粹凭借显赫的社会地位（如门第、权势）而跻身其中者虽为数不少，但对于文学经典化始终未能构成主要力量，文化名人如果身无所长，引发的名人效应通常短暂而难以持久。事实上，更多的名人在他们各自擅长的领域内不同程度地显示出某种出类拔萃之优长，或以思想见识深刻见长，或以功勋卓著见称，或以才艺技能出众见赏，或数者兼而有之，因此，足以担当起社会文化潮流的引领任务，具备充当大众之师的资格。领袖的魄力，大师的品行，才子的气质，英雄的风采，受到民众崇拜，实不足为奇。

就古代文学经典化而言，名人效应具备开辟路径和拓展路径的重要功能。名人效应频繁出现在文学传播领域，是社会感知被导向的范例。"传播，是信息的流动过程，它强调'共享''互动、关系''符号'以及'目的''影响''反应'"①。在信息共享的过程中，名人对于被传播的信息的或褒或贬、或浓或淡的种种反应，皆因其名人身份而获得一定的权威性，进而"影响"到众多非名人的接受心理。在中国古代，效仿名家、模拟名作作为一种文学传统代代相传，名人的言行与态度直接影响大众对文学作品的关注度和认可度，名人效应（包括名人写作效应、名人推荐效应以及名人解读效应）可以在一定程度上决定或者改变某部作品的历史遭际，一个最为典型的事例便是，初唐张若虚的《春江花月夜》问世之后，因其所具有的初唐"格调"（或曰"初唐体制"）而长期遭受冷遇，直至明代才开始受到诗论家们的重视②。真正将其推上文学经典地位的是晚清著名学者王闿运（1833—1916）和现代著名学者闻一多（1899—1946），前者一句"孤篇横绝，竟为大家"，具有振聋发聩之传播效应，后者称赞它是"诗中的诗，顶峰上的顶峰"，一篇《宫体诗的自赎》重新确立了它在唐诗发展史上的重要地位。自此至今，《春江花月夜》成为各种唐诗选本以及大中学校语文教材的必选篇目，成为名副其实的文学经典。王闿运和闻一多的精辟解读也仍然被当代学者奉为圭臬，名人效应长盛不衰。

被小说评点家冯镇峦（1759—1830）誉为在清代小说家中"定以此书为第一"③的《聊斋志异》，其经典化历程也体现了名人效应的积极作用。小说完成之初，蒲松龄首先求教于著名文学家王士禛（1634—1711），王氏"加评骘而还之"，蒲氏遂将这些评语誊录在自己的稿本上，以示重视。其时，王士禛既有政治地位，又为诗坛盟主，其声望足以使他的评点对《聊斋志异》的传播产生非同凡响的意义，蒲松龄借以自重理所当然。在《聊斋志异》通往经典化殿堂的过程中，王士禛的开拓之功不可磨灭，因为他是最早给予这部文言短篇小说集以精辟、正面品评的理论家，尽管在今人看来，其评点明显缺乏系统性，且不够深入，但是在当时对《聊斋》毁誉参半的接受环境中，这些有限的肯定毕竟极大地鼓舞了蒲松龄的创作热情，

---

① 胡正荣等：《传播学总论》（第二版），清华大学出版社，2014，第51页。

② 详见陈伯海主编：《唐诗汇评》上册，关于张若虚的汇评资料，浙江教育出版社，1995，第263页。

③ 朱一玄主编：《聊斋志异资料汇编》，南开大学出版社，2002，第482页。

而且随着王士禛政治地位和文坛声誉的日益提高，越来越多的读者愿意跟随他去进一步认识和发掘《聊斋志异》的经典价值。例如，王士禛评《侠女》云："神龙见首不见尾，此侠女其犹龙乎！"何守奇评："此剑侠也，司马女何从得此异术？"又如，王评《连琐》云："结尽而不尽，甚妙。"冯镇峦进而评曰："渔洋独赏结句之妙，其实通篇断续即离，楚楚有致。"再如，王评《连城》云："雅是情种，不意牡丹亭后，复有此人。"何继而评曰："连城爱文士，乔年重知己，乃可死死生生。"①从何、冯等评点家的反应，可以窥见王士禛评点对于《聊斋志异》经典化的影响。

文学经典化中的名人效应还体现为，名人的个人行为甚至可以局部改变经典文本的传播面貌。例如，欧阳修《醉翁亭记》属于古代散文中的经典，其中"酿泉为酒，泉香而酒洌"之句，为历代读者所熟知和欣赏。事实上该句在传播过程中不同的版本存在异文，或作"泉洌而酒香"，《欧阳文忠公集》（四部丛刊景元本）对此给予了注明。据宋人方勺《泊宅编》载："欧阳公作《醉翁亭记》后四十五年，东坡大书重刻于滁，改'泉洌而酒香'为'泉香而酒洌'。"②苏轼刻石对《醉翁亭记》的传播影响极大，宋人徐度《却扫编》云："欧阳文忠公始自河北都转运谪守滁州，于琅邪山间作亭名曰'醉翁'，自为之记。其后王诏守滁，请东坡大书此记而刻之，流布世间，殆家有之，亭名遂闻于天下。"③苏轼刻石使醉翁亭名闻天下，他对文句的改动也为世人接受，"泉香而酒洌"遂作为名句代代相传，以致一般读者根本不知曾有"泉洌而酒香"之句。名人效应的辐射使不少原本仅仅抒发个人一己情愫的作品被推入经典化的路径，经过历史选择而最终成为经典。本章拟从名人创作、名人品评以及名人解读等不同角度入手，具体探究名人效应如何影响文学经典路径的形成与拓展。

第一节　名人写作与文学经典的生成：
以蔡琰《胡笳十八拍》为考察中心

名人的社会地位及其相应的社会影响使他们个人的写作行为备受世人关注，较之非名人，其作品的传播速度更快，传播面积更广，更容易被社会群体接受和推崇，成为经典的概率相对而言也更高。东汉著名史学家班

---

① 朱一玄主编：《聊斋志异资料汇编》，南开大学出版社，2002，第390、396、398页。
② ［宋］方勺撰，许沛藻、杨立扬点校：《泊宅编》三卷本，中华书局，1983，第69页。
③ ［宋］徐度：《却扫编》卷下，中华书局，1985，第146页。

固因京师修起宫室，浚缮城隍，而关中耆老犹望朝廷西顾，遂效仿司马相如、吾丘寿王与东方朔等人，乃造构文辞，上《两都赋》以讽劝。《两都赋》一出，名人效应很快在文坛上体现出来。张衡也因天下承平日久，自王侯以下莫不逾侈，乃拟班固《两都》，作《二京赋》，因以讽谏。中国古代第一位大力写作山水诗的文学家谢灵运，出身门第高贵，家世显赫，本人博览群书，才华横溢，乃江左名士，无论其家族抑或本人，文化影响力皆非同凡响，《宋书》本传称谢灵运在会稽时，"每有一诗至都邑，贵贱莫不竞写，宿昔之间，士庶皆遍，远近钦慕，名动京师"[1]。名人效应赫然可见。萧统《文选》选入谢灵运作品 41 篇，钟嵘《诗品》列谢诗入上品，谢诗的经典地位很快被确立。萧纲（503—551）乃南朝梁高祖萧衍第三子，昭明太子母弟，萧统去世后继立为太子，属于当时的政治文化名人，《梁书》本传说他尝于玄圃奉述高祖所制《五经讲疏》，"听者倾朝野"，这是名人效应在学术思想领域的影响。萧纲在徐摛的影响下，擅长写作"宫体"诗，于是春坊尽学之。《隋书·经籍志》云："梁简文之在东宫，亦好篇什，清辞巧制，止乎衽席之间，雕琢蔓藻，思极闺闱之内。后生好事，递相放习，朝野纷纷，号为'宫体'。"[2] 这是名人效应在文学创作领域的表现。萧纲诗歌因入选徐陵所编《玉台新咏》（共选录七十余首），遂成为选家经典。白居易是中唐极具影响的杰出诗人，在世之时已诗誉满天下，唐宣宗李忱（812—859）《吊白居易》诗形容道："童子解吟《长恨》曲，胡儿能唱《琵琶》篇。"在《与元九书》一文中，白居易对于自己诗歌广为流传的盛况做了如此介绍：

> 昨过汉南日，适遇主人集众乐，娱他宾，诸妓见仆来，指而相顾曰：此是《秦中吟》《长恨歌》主耳。自长安抵江西三四千里，凡乡校佛寺、逆旅行舟之中，往往有题仆诗者，士庶僧徒、孀妇处女之口，每每有咏仆诗者。[3]

其时，还出现妓女因为能够背诵白学士《长恨歌》而身价上涨的情况。白居易好友元稹在《白氏长庆集序》中的描写更加具体，崇拜之情溢于言表：

---

① [梁] 沈约：《宋书》卷六十七《谢灵运传》，中华书局，1974，第 1754 页。
② [唐] 魏征等：《隋书·经籍志》，中华书局，1973，第 1090 页。
③ [唐] 白居易：《白居易集》卷四十五，中华书局，1979，第 963 页。

然而二十年间，禁省观寺、邮候墙壁之上无不书，王公妾妇、牛童马走之口无不道。至于缮写模勒、炫卖于市井或持之以交酒茗者，处处皆是。其有甚者，有至于盗窃名姓，苟求自售，杂乱间厕，无可奈何。……又鸡林贾人求市颇切，自云：本国宰相，每以千金换一篇，其有伪者，宰相辄能辨别之。自篇章以来，未有如是流传之广者。①

文中所谓"鸡林"是指位于朝鲜半岛的古新罗国。白居易诗文通过题壁、口头传诵、书面传抄等多种路径广为传播，甚至蜚声海外，名人效应由此得到充分体现。白居易诗歌经典化速度之快，名人效应的作用不可忽视。

根据文学传播的普遍规律，一部作品是否受到读者的欢迎和认可，最终能否成为经典，决定性因素当是作品本身所具备价值（包括思想和文学的双重价值）的高低，名人之作亦不例外。然而，名人的特殊性在于"名人"光环的投射很多时候会左右社会舆论，直接或间接影响受众的接受心理，甚至干扰他们的价值判断，因此，作品实际价值的高低或曰经典本质规定性，在一定时空范围内可能不是读者评判的唯一标准。上文提到谢灵运诗歌的传播盛况，其中便不能排除部分受众因崇拜名人而盲目跟风的情况。欧阳修（1007—1072）乃宋文坛泰斗，主天下文章之盟者三十年，"以道德文章为三朝天子之辅，学士大夫皆师尊之，出文忠之门者，得其片言只辞，见于文字为称道，已足自负而名天下"②。当时的学子以入欧门为荣，以得到欧阳修赞赏为大荣，这种现象的背后正是名人崇拜心理的存在。

一、《胡笳十八拍》的署名与其经典化的关系

名人崇拜心理发展至极端，便导致"托名传播"这一特殊现象的产生，且屡见不鲜。所谓"托名传播"，具有刻意"炒作"的性质，具体是指某些作者假托名人之名传播自己的作品，目的在于提高它的社会知名度与公众认可度。这种现象有学者又称之为"浅人依托"，作者是"想挟被依托者的'名人'以自重"③，其结果"许多作品都是借助古今名人效应而得以传世"④，有的甚至进入了经典行列，署名"蔡琰"（生卒年不详）的《胡笳

① 载〔唐〕白居易：《白居易集》，中华书局，1979，第 1 页。
② 〔宋〕毕仲游撰，陈斌校点：《西台集·欧阳叔弼传》，中州古籍出版社，2005，第 88 页。
③ 黄永武：《中国诗学·考据篇》，巨流图书公司（台北），1979，第 128 页。
④ 陈桐生：《战国作者的托名传播》，《江西师范大学学报》2012 年第 3 期。

十八拍》便是其中典范之作。该诗文学经典地位的确立与得而复失，无不显示着名人效应与文学经典化的关系。

《胡笳十八拍》是一篇长达一千二百九十七字的骚体叙事诗，首载于宋人郭茂倩《乐府诗集》卷五十九，后来入选朱熹《楚辞后语》卷三，两本文字略有出入。这首诗是否为蔡文姬所作，学术界一直存在不同的声音，论争双方意见分歧很大，而著作权的归属事实上直接影响到该诗经典地位的确立。尽管自宋至清，对于该诗为蔡琰之作的质疑不绝如缕，例如，明代著名诗学家胡应麟认为："文姬自有骚体《悲愤诗》一章，虽词气直促而古朴真至，尚有汉风。《胡笳十八拍》当是从此演出，后人伪作无疑，盖浅近猥弱，齐、梁前无此调。"[①]清代著名藏书家吴骞（1733—1813）的论析则更为具体，似带有总结性质：

> 蔡文姬《悲愤诗》二首见后汉《列女传》，而《胡笳十八拍》独不载。按范史云：文姬初适卫仲通，夫死无子。汉末丧乱，文姬没入于南匈奴右贤王，在胡中十二年，生二子。曹操痛邕无嗣，使以金璧赎归，重嫁董祀，追伤往事，作《悲愤诗》二首，并不及《十八拍》。后祀以罪当死，文姬哀泣求于操得免，盖实一多才智而有情人也。予观《十八拍》中叙述丧乱流离情事，惟眷眷于二子，而于其伉俪，不复道一字。且文姬胡中十二年，匪伊朝夕矣，鸟兽犹知有雄雌之爱，文姬岂若是之忍乎？唐刘商谓董生以琴写胡笳声为十八拍，殆亦因其无一字念及故夫而云然欤？至若《艺苑卮言》谓似木兰差近。又举"杀气朝朝冲塞门，胡风夜夜吹边月"之句，以为全是唐律，则《乐府广序》已辨之矣。[②]

然而，上述否定性观点始终未成为《胡笳十八拍》传播史的主流，因为认可蔡琰署名权，并从基础上给予肯定的学者为数更多，故《胡笳十八拍》仍然在一定程度上获得了"经典"的身份，其具体标志有二：

其一，被后代部分选家作为写作范本加以载录。除上文所提及郭茂倩《乐府诗集》和朱熹《楚辞后语》之外，南宋陈仁子的《文选补遗》、明代陆时雍的《古诗镜》、冯惟讷《古诗纪》也先后录入了《胡笳十八拍》，署名皆为"蔡琰"。此外，陈振孙《直斋书录解题》卷十五著录会稽石公辅所编《古文章》十六卷，指出该书"首卷为《武王丹书》，其末蔡琰《胡笳十八拍》也"。上述选本以《乐府诗集》影响为最大。

① ［明］胡应麟：《诗薮》外编一，上海古籍出版社，1979，第134页。
② ［清］吴骞：《拜经楼诗话续编》卷二，广文书局（新北），1973。

其二，被后世部分作家作为创作范本加以推崇和效仿。宋人李纲（1083—1140）《胡笳十八拍》诗序云："昔蔡琰作《胡笳十八拍》，后多仿之者。至王介甫，集古人诗句为之，辞尤丽缛凄婉，能道其情致"。他本人亦效其体，集杜甫、白居易、李贺等人诗句，分十八拍书写靖康之耻带来的"无穷之哀"①。南宋诗人兼诗论家魏庆之（生卒年不详）肯定了王安石的拟作，《诗人玉屑》卷二云："集句惟荆公最长，胡笳十八拍，混然天成，绝无痕迹，如蔡文姬肝肺间流出。"② 同时代的著名诗论家严羽《沧浪诗话》与清代著名学者方东树《昭昧詹言》先后有与此完全相同的表述。宋人曾季狸（字裘父，生卒年不详）作《秦女行》并序云："靖康间，有女子为金人所掠，自称秦学士女，在道中题诗云：'眼前虽有还乡路，马上曾无放我情。'读之者凄然。余少时尝欲纪其事，因循数十年，不克为之。壬辰岁九月，因读蔡琰《胡笳十八拍》，慨然有感于心，乃为之追赋其事，号《秦女行》。"③ 南宋末年文天祥（1236—1283）也是众多效仿者中的一员，他于囚所"援琴作《胡笳十八拍》"，按照原作的抒情模式，"集老杜句成拍"，以《胡笳曲》为题，抒发国破家亡子逝的巨大哀痛，诗篇充溢的悲愤的情感旋律与《胡笳十八拍》形成了共鸣。文天祥在诗前小序中表示"不必一一学琰语"④，说明他是认可蔡琰著作权的。明代文学家谢榛《四溟诗话》卷一云："《玉海》曰：'《胡笳十八拍》四卷，汉蔡琰撰。幽愤成此曲，以入琴中。'唐刘商、宋王安石李元白各以集句效琰，好奇甚矣。"卷二又云："蔡文姬《胡笳十八拍》曰：'城南烽火不曾灭，疆场征战何时歇？杀气朝朝冲塞门，胡风夜夜吹边月。'此为太白古风法之祖。"⑤

在众多效仿之作中，唐大历年间（766—779）进士、诗人刘商的同题同体诗曾风靡一时。据《太平广记》卷四六载：刘商"少好学强记，精思攻文，有《胡笳十八拍》盛行于世，儿童妇女咸悉诵之"⑥。然据著名学者俞樾《茶香室三钞》所载，至清代却已出现世人"止知蔡文姬《胡笳十八拍》，不知有此"的情况。两首《胡笳十八拍》写作上的共同点比较明显，均以书写抒情女主人公的不幸人生遭际为主要内容，通篇皆充溢着凄恻悲愤的情感旋律。至于二者的关系，宋代晁公武《郡斋读书志》、元代马端

---

① ［宋］李纲：《李纲全集》（上）卷二一，岳麓书社，2004，第 269 页。
② ［宋］魏庆之：《诗人玉屑》卷二，上海古籍出版社，1978，第 21 页。
③ 载［元］韦居安：《梅磵诗话》卷上，中华书局，1985，第 14 页。
④ ［宋］文天祥：《文山先生全集》卷十四，商务印书馆，1936，第 515 页。
⑤ ［明］谢榛：《四溟诗话》，载丁福保辑《历代诗话续编》（下），中华书局，1983，第 1144、1162 页。
⑥ ［宋］李昉等：《太平广记》卷四六，中华书局，1961，第 289 页。

临《文献通考》、辛文房《唐才子传》等重要文献均认定刘诗乃蔡诗的模拟之作，如辛文房认为刘商"拟蔡琰胡笳曲，脍炙当时"①。如果这种说法符合史实，那么，缺乏原创魅力与创新精神当是刘诗在清代遇冷的主要原因。不过，除此之外，我们还必须注意到，笼罩于蔡诗的名人光环实际上已经构成对刘诗一定程度的遮蔽，因为唐宋以还，无论选家抑或诗论家对于署名为"刘商"的《胡笳十八拍》的重视程度远不及署名为"蔡琰"的《胡笳十八拍》。

在蔡琰作品的传播史上，其名人身份备受关注。蔡琰之所以享有较高的社会关注度，或言之，她之所以能够成为历史文化名人，一方面固然缘于她身为女性却屡遭劫难、颠沛流离、与众不同的痛苦人生，另一方面或许是更为重要的原因，则在于她出身名门，乃东汉著名学者、汉左中郎将蔡邕（133—192）之女。按照中国古代习俗，女性称谓通常是在家随父，被称为"某某人女"，出嫁则随夫，被称为"某某人室"或"某某人妻"。蔡琰一生经历了三段婚姻：先适河东卫仲道，夫死无子；战乱中没于匈奴左贤王，生有二子；被曹操赎回后，再嫁董祀。范晔《后汉书》以"董祀妻"之名为其作传，原因正在于此。不过，蔡琰三任丈夫的名气皆不及其父，故文姬归汉，曹丕作赋言其事，题为《蔡伯喈女赋》，其时，丁廙也作有同题赋，吟咏蔡琰凄苦人生。曹、丁二人均以其父作为身份标志，后代文人提及蔡琰，同样在意她的"中郎女"身份，蔡中郎的光环一直笼罩在她身上，为其增色不少。试读：

蔡中郎之女子，早听色丝；谢太傅之闺门，先扬丽则。
——北周·庾信《彭城公夫人尔朱氏墓志铭》②

中郎有女能传业，伯道无儿可保家。
——唐·韩愈《题西林寺故萧二郎中旧堂》③

中郎有女能传业，颜色如花命如叶。
——宋·王安石《胡笳十八拍》④

① ［元］辛文房撰，周绍良笺证：《唐才子传笺证》中册，中华书局，2010，第894页。
② ［北周］庾信撰，［清］倪璠注，许逸民校点：《庾子山集注》第三册，中华书局，1980，第1079页。
③ ［唐］韩愈著，严昌校点：《韩愈集》卷十，岳麓书社，2000，第138页。
④ ［宋］王安石著，中华书局上海编辑所编：《临川先生文集》卷第三十七，中华书局，1959，第396页。

那汉曹大家，他原是班固之妹，所以能代兄续成《汉书》；蔡文姬是蔡中郎的女儿，所以能赋《胡笳十八拍》；谢道韫是谢太傅的女儿，所以能咏柳絮之句；苏小妹是三苏一家，所以聪明有才。毕竟近朱者赤，近墨者黑。

——明·周清原《西湖二集》卷十六^①

其中，周清原的观点尤其值得注意。他认为蔡琰之所以能够写出《胡笳十八拍》，是因为她乃蔡中郎之女，其推理逻辑虽不甚科学，却具有相当的普遍性。古代文人认定蔡琰之所以能够获得如此杰出的文学成就，关键就在于良好的家学渊源，拥有一个作为著名学者的父亲，蔡中郎的名望有效地提升了女儿的历史知名度^②。

二、托名伪作之论与《胡笳十八拍》经典地位的动摇

20 世纪 50 年代后期，我国学术界就《胡笳十八拍》署名真伪问题展开了一场规模空前的大讨论，众多的一流学者纷纷参加讨论，撰文表明自己的学术立场，中华书局 1959 年 11 月出版的《胡笳十八拍讨论集》集中反映了这次学术大论争中正反双方的主要观点。其中，赞成派代表郭沫若乃文坛巨擘，其观点影响很大，但否定派也不乏学界大家，因此，在这次学术论争中，参加者的名人身份并未发挥决定性作用，倒是由于否定派意见占了上风，蔡琰带给该诗的名人效应随之削弱，《胡笳十八拍》的经典地位因此受到严重挑战。本来在大讨论之前，著名文学史家刘大杰已经在所著《中国文学发展史》中明确指出《胡笳十八拍》"不像汉代的诗"，诗中"琢练的技巧与格调，最早也在六朝，迟恐怕是到了隋唐"^③。他全文录入五言《悲愤诗》，并做简析。大讨论中，他又撰写了《关于蔡琰的〈胡笳十八拍〉》的长文，从唐前不见著录、风格体裁与东汉时期作品不合、诗中表现的地理环境与实际情况不符、艺术成就高不能证明是蔡琰所作等四个方面来否定蔡琰的著作权。大讨论之后，国内多部有影响的文学史和

---

① ［明］周清源：《西湖二集》，华夏出版社，2013，第 186 页。
② 这种情况同样发生在李清照身上。李父李格非是北宋后期文坛的重要人物，以文章受知于苏轼，颇受宋人推崇。名人晕圈效应使李清照更容易受人注目。宋代有关载籍中提及李清照，总忘不了介绍其李格非之女的身份。如李心传《建炎以来系年要录》卷五八提及李清照云："李氏，格非女，能为歌词，自号易安居士。"赵彦卫《云麓漫抄》介绍李清照说："李氏自号易安居士，赵明诚德夫之室，李文叔女。"《宋史·艺文志》里著录《易安居士文集》的作者，仅称"李格非女撰"，连李清照的名字都不提及。
③ 刘大杰：《中国文学发展史》第八章《汉代的诗歌》，上海古典文学出版社，1957—1958，第 217 页。

相关学术著作，大都采用类似的处理方法，例如：

朱东润主编的《中国历代文学作品选》上编第二册全文选入蔡琰五言《悲愤诗》，诗前有作者小传，其文云："另有《胡笳十八拍》一篇，相传也是她所作，但不少研究者认为是后人伪托。"[①]

游国恩等五教授主编《中国文学史》指出，"五言《悲愤诗》最符合事实，可以断定为蔡琰所作。骚体《悲愤诗》和《胡笳十八拍》尚须进一步研究"，基于如此认识，重点介绍了五言《悲愤诗》，肯定它是"建安文坛上的一篇杰作"[②]。

林庚、冯沅君主编的《中国历代诗歌选》魏诗选入蔡琰五言《悲愤诗》，诗前作者小传云："另有《胡笳十八拍》一篇，也相传是她的作品，曾引起争论，大概不甚可信。"[③]

胡国瑞《魏晋南北朝文学史》在较为详细地分析了五言《悲愤诗》后，明确指出《胡笳十八拍》"当是后人假想伪作的"[④]。

逯钦立辑校《先秦汉魏晋南北朝诗》，"汉诗"卷七录入蔡琰五言《悲愤诗》，同时对附录的《胡笳十八拍》，特意加以说明："盛唐以后，率谓《胡笳十八拍》为蔡琰作，实则无论曲辞均是后人假托。"[⑤]倾向于伪作说。

陆侃如《中古文学系年》将蔡琰创作五言《悲愤诗》的时间系于建安七年，未提及《胡笳十八拍》。[⑥]这种回避的态度透露了他的否定性倾向。

徐公持《魏晋文学史》重点肯定了五言《悲愤诗》的艺术成就，对骚体《悲愤诗》也给予了介绍，唯独对《胡笳十八拍》，言其"体式奇特，论者多疑为后人伪作伪托"[⑦]。

袁行霈等主编的四卷本《中国文学史》第二卷指出蔡琰存诗三首，只有"其中五言体的《悲愤诗》较为可信"[⑧]，并给予简析，正文对《胡笳十八拍》只字未提。

章培恒、骆玉明主编的《中国文学史新著》上卷《中世文学》重点介绍了蔡琰的五言《悲愤诗》，对于《胡笳十八拍》则以"研究者多以出于伪作"[⑨]一句带过。

---

① 朱东润主编：《中国历代文学作品选》上编第二册，上海古籍出版社，1962，第252页。
② 游国恩等主编：《中国文学史》，人民文学出版社，1963，第251页。
③ 林庚、冯沅君主编：《中国历代诗歌选》上编（一），人民文学出版社，1964，第141页。
④ 胡国瑞：《魏晋南北朝文学史》，上海文艺出版社，1980，第32页。
⑤ 逯钦立辑校：《先秦汉魏晋南北朝诗》，中华书局，1983，第201页。
⑥ 陆侃如：《中古文学系年》下册，人民文学出版社，1985，第345页。
⑦ 徐公持编著：《魏晋文学史》，人民文学出版社，1999，第153页。
⑧ 袁行霈等主编：《中国文学史》第二卷，高等教育出版社，1999，第38页。
⑨ 章培恒、骆玉明主编：《中国文学史新著》上卷，复旦大学出版社，2011，第405页。

除了胡国瑞、逯钦立二位先生明确否定蔡琰的著作权之外，其他著名学者采取了存疑不议的策略。随之出现的情况是，《胡笳十八拍》基本从我国高等学校的课堂讲授这一环节中消失，文学史具体介绍以及教师课堂精讲的作品，通常是五言《悲愤诗》，即使是汉语言文学专业的本科学生，对《胡笳十八拍》创作及其传播的情况也了解甚少。同时，学术研究界鲜有学者对该诗艺术成就进行更加具体和深入的研究。失去了名人诗作的光环后，《胡笳十八拍》也就失去了文学经典的地位，此乃不争事实。

第二节　名人品评与文学经典的生成：以白居易《赋得古原草送别》为考察中心

在阅读、欣赏他人（包括前人和同时代人）创作的文学作品时，根据自己的感悟和理解，做出相应的道德判断抑或审美价值评判，我们称之为"品评"。品评是中国古代文学传播过程中普遍存在的一种具有民族特色的批评现象，鉴赏思维的感悟性、鉴赏方式的随机性、鉴赏结果的非系统性以及批评内容或视角的独到性，是中国传统品评的突出特点。品评者首先是文本的学习者、接受者，同时也是其传播者，他们的社会地位以及声誉的差异，通常会影响其品评的社会效应，从而对文本的经典化产生影响。

一、名人"威信"与经典作家知名度的提升

依据现代传播学原理，传播的效果与传播者的可信度和知名度成正比。"传播者的知名度与其可信度往往合为一体，可以统称为'威信'——威是知名度，信是可信度。传播者的威信越高，劝服的力量就越大，效果自然也就越佳。"[1] 由于文学传播既是意义共享的活动，也是意义增值的过程，文化知名人士大都具有较高的社会地位和较强的知识能力，对于文本价值的发掘处于优势地位，对公众的影响力远远超出常人，因此，他们对于文学传播，甚至文学经典化的推动作用也大于普通人。西晋左思（250？—306？）初涉文坛时毫无名气，创作《三都赋》构思十稔，可谓殚精竭虑。李善注《文选》引臧荣绪《晋书》称，赋成之后，文坛领袖级人物张华见而咨嗟，于是都邑豪贵竞相传写。《梁书·刘勰传》介绍了中国古典文论巨著问世之初依托名人传播的情况：《文心雕龙》刚书成时，"未为时流所

---

① 李彬：《传播学引论》，新华出版社，1993，第 193 页。

称，勰自重其文，欲取定于沈约。约时贵盛，无由自达，乃负其书，候约出，干之于车前，状若货鬻者。约便命取之，大重之，谓为深得文理，常陈诸几案"①。沈约（441—513）历经宋、齐、梁三代，官至尚书左仆射，封建昌县侯，可谓名高位显，在政坛和文坛都具有重要地位，他对《文心雕龙》的推崇奠定了该著作经典化的基础，刘勰从此声名鹊起，后代文人注诗论文，常引称《文心雕龙》之语。例如《升庵诗话》卷十一云：

先辈言杜诗韩文无一字无来历，予谓自古名家皆然，不独杜韩两公耳。刘勰云："'灼灼'状桃花之鲜，'依依'尽杨柳之貌，'喈喈'逐黄鸟之声，'嗷嗷'学鸿雁之响，虽复思经千载，将何易夺？"信哉其言。试以灼灼舍桃而移之他花，依依去杨柳而着之别树，则不通矣。②

又如《四溟诗话》卷三云：

作诗不必执于一个意思，或此或彼，无适不可，待语意两工乃定。《文心雕龙》曰："诗有恒裁，思无定位。"此可见作诗不专于一意也。③

著名诗论家如张戒、胡震亨、许学夷、沈德潜、刘熙载，著名选家如曹学佺、冯惟讷等均将《文心雕龙》视为论诗的理论权威，《文心雕龙》在中国古代诗学领域的经典地位毋庸置疑。

李白（701—762）是中国诗歌发展史上的天才作家，其诗歌堪称文学经典宝库中的精品。考察李诗经典化路径，不难发现名人效应的辐射作用。李白自蜀入京之初，虽已有一定社会知名度，但其诗歌创作成就尚未得到文人士大夫群体的普遍认可，贺知章的赞叹称誉使其诗名大振。唐代孟棨《本事诗》对此有具体记载：

李太白初自蜀至京师，舍于逆旅。贺监知章闻其名，首访之。既奇其姿，复请所为文。出《蜀道难》以示之。读未竟，称叹者数四，号为"谪仙"，解金龟换酒，与倾尽醉。期不间日，由是称誉光赫。贺又见其《乌栖曲》，叹赏苦吟曰："此诗可以泣鬼神矣。"故杜子美赠诗及焉。④

① ［唐］姚思廉：《梁书》卷五十，中华书局，1973，第712页。
② ［明］杨慎：《升庵诗话》，载丁福保辑《历代诗话续编》，中华书局，1983，第866页。
③ ［明］谢榛：《四溟诗话》，载丁福保辑《历代诗话续编》，中华书局，1983，第1179页。
④ ［唐］孟棨：《本事诗·高逸第三》，上海古籍出版社，1991，第17页。

贺知章（约659—744）为三国东吴名将之后，本人善诗文、精书法、官至太子宾客、银青光禄大夫兼正授秘书监，属于社会名流，他的叹赏立即引起文坛强烈反响，自此，"谪仙人"成为李白专属名号，杜甫《寄李十二白二十韵》云："昔年有狂客，号尔谪仙人。笔落惊风雨，诗成泣鬼神。声名从此大，汩没一朝伸。"① 所谓"称誉光赫""声名从此大"，揭示的均是名人传播的社会效应。贺知章激赏的《蜀道难》凭借其才思放肆、语次崛奇、变幻恍惚、雄浑飘逸的独特魅力，赢得后世文学家好评如潮，成为古今读者共同推崇的文学经典。

中唐诗人李绅（772—846）的《古风》二首（"春种一粒粟""锄禾日当午"）乃传世名作，经典价值至今受到认可。此二诗为李绅出仕前所作，在科考行卷之风的影响下，他以之求荐著名政治家和文学家吕温（771—811，字和叔，又字化光）。据晚唐范摅《云溪友议》载："初，李公赴荐，常以《古风》求知。吕化光温谓齐员外煦及弟恭曰：'吾观李二十秀才之文，斯人必为卿相。'果如其言。"② 吕温为中唐名士，政坛人脉广，名声大，史称温与王叔文、韦执谊、陆质、李景俭、韩晔、韩泰、陈谏、柳宗元、刘禹锡为死友。吕温的名人身份决定了这一事件的社会影响力，他的欣赏极大地提高了李绅的社会知名度，有效地推动了《古风》二首的传播，李绅遂从一个形状渺小、鲜为人知的孤儿成为一个"乡赋之年，讽诵多在人口"③ 的热播诗人，文学经典化中的名人效应再次得到体现。

二、名人品评与《赋得古原草送别》经典地位的获得

名人的品评和肯定，既可以从整体上提高创作者及其作品的知名度，使之成为经典作家，也可以通过他们的选择性赏读，将某一特定文本推上经典化的高度。唐代白居易五言律诗《赋得古原草送别》的经典化，即属于后一种情况。该诗以草起兴，借草寓情，抒发了作者淡淡的离愁别绪，情景关系上呈现出景寓于情的特点。从诗题看，"送别"应是诗人表现的重点，然在该诗的传播过程中，广大受众关注与赞誉的焦点却集中在文本中咏草的前四句上，这种特殊效果的产生与中唐文人顾况（725？—806）的别样解读有着直接关系。据唐人张固《幽闲鼓吹》载：

白尚书应举初至京，以诗谒顾著作，顾睹姓名，熟视白公曰："米价

① ［唐］杜甫著，［清］仇兆鳌注：《杜诗详注》，中华书局，1979，第660页。
② ［唐］范摅：《云溪友议》卷一，中华书局，1985，第7页。
③ ［后晋］刘昫等：《旧唐书》卷一百七十三，中华书局，1975，第4497页。

方贵，居亦弗易。"乃披卷，首篇曰："咸阳原上草，一岁一枯荣。野火烧不尽，春风吹又生。"即嗟赏曰："道得个语，居即易矣！"因为之延誉，声名大振。①

　　尽管当时顾况政治地位并不高，然而社会名气却不算小。他在京城享有较高社会知名度的主要原因有二：首先是他具有较高的文学才能，善诗能文，在文坛上获得了不少肯定性评价。中唐著名文学家皇甫湜（777—835）作《唐故著作佐郎顾况集序》盛赞其诗歌创作"煦鲜荣以为词，偏于逸歌长句，骏发踔厉，往往若穿天心，出月胁，意外惊人语，非寻常所能及，最为快也。李白杜甫已死，非君将谁与哉"②？其次是性格张扬，自视甚高，行事风格异于常人，颇引人关注。《旧唐书·白居易传》说在他眼中"后进文章无可意者"，加之"性诙谐，虽王公之贵与之交者，必戏侮之，然以嘲诮能，文人多狎之"③。既堪称文化名人，亦可谓文化怪人，其言其行具有较高的社会关注度。他对白居易诗作先"戏之"④的态度属于符合其一贯性格的正常反应，后赞之则是难得一见的反常表现，前后两种态度在对比中所形成的强大张力，有效地突现出白诗魅力对顾况的折服。一个平日"恃才少所推可"的文化狂人，居然嗟赏后辈之诗，自失曰："吾谓诗文遂绝，今复得子矣！"⑤这一事件必然引起社会的广泛注意，并且开启了《赋得原上草送别》一诗经典化的路径。

　　白居易诗谒顾况作为文坛佳话，为后世文人津津乐道，历久不衰。对此，先后有五代王定保《唐摭言》、宋李昉《太平广记》、孔平仲《续世说》、阮阅《诗话总龟》、王谠《唐语林》、魏庆之《诗人玉屑》、吴开《优古堂诗话》、尤袤《全唐诗话》、吴曾《能改斋漫录》，元辛文房《唐才子传》，明瞿佑《归田诗话》、何良俊《语林》等具有不同学术影响的著作加以转载，各本文字略有差异，内容则完全相同。《赋得古原草送别》诗先后入选宋李昉《文苑英华》、祝穆《事文类聚》，元方回《瀛奎律髓》，明曹学佺《石仓历代诗选》、高棅《唐诗品汇》、陆时雍《唐诗镜》，清陈廷敬《御选唐诗》、杜诏《唐诗叩弹集》、徐倬《全唐诗录》以及官修《唐宋诗醇》，成为名副其实的选家经典。

———————
① ［唐］佚名等：《大唐传载　幽闲鼓吹　中朝故事》，中华书局，1958，第27页。
② 载陈伯海主编：《唐诗汇评》中册，浙江教育出版社，1995，第1402页。
③ ［后晋］刘昫等：《旧唐书》卷一百三十，中华书局，1975，第3625页。
④ 五代王定保《唐摭言》记录此事，文字略有不同，其文云："况叹之曰：'有句如此，居天下有甚难，老夫前言戏之耳。'"
⑤ ［宋］欧阳修等：《新唐书》卷一百一十九《白居易传》，中华书局，1975，第4300页。

《赋得古原草送别》的经典化效应具体表现为从不同的角度给后世作家以启示，成为后世诗歌学习者的写作范本。《文苑英华》对历代诗歌进行分类收录，卷二百八十五集中收录的是以"送别"为表现内容、以"赋得"为诗歌体式的作品，白诗即在其中。《瀛奎律髓》卷二十七为"着题"类诗歌。何谓"着题"，方回云："着题诗即六义之所谓赋而有比焉，极天下之最难。……今除梅花、雪月、晴雨为专类外，凡杂赋体物肖形，语意精到者，选诸此。"按照方回的解释，白居易此诗属于咏物切题、托物寄情的优秀作品，方回于诗后特意强调曰："'春风吹又生'一联，乐天妙年以此见知于顾况。"① 明代谢天瑞《诗法》专论诗歌创作法则，卷七举例说明"明暗"乃作诗的基本方法，所举明例二首，分别是杜甫的《房兵曹胡马》和白居易的《草》（即《赋得古原草送别》）。"明体"当指紧扣诗题，开门见山的写作之法。清代费经虞所撰《雅伦》卷十录入此诗，题下标注曰"飞鸢格，亦谓之明体"，也将其作为明体诗歌的范例。

《赋得古原草送别》一诗在经典化过程中，也曾遭遇过负面评价，例如胡仔（1110—1170）《苕溪渔隐丛话》引《复斋漫录》语云："乐天以诗谒顾况，况喜其《咸阳原上草》云：'野火烧不尽，春风吹又生。'予以为不若刘长卿'春入烧痕青'之句，语简而意尽。"② 清代沈德潜（1673—1769）亦云："此诗见赏于顾况，以此得名者也。然老成而少远神，白诗之佳者，正不在此。"③ 此言不无道理。不过，类似意见并未妨碍该诗的经典化。顾况的赞赏不仅赢得前后相续不断的赞同之声，而且影响到后人对该诗的接受。如前所论，《赋得古原草送别》当以围绕"送别"这一中心展开描写，但因顾况的嗟赏明确针对咏草的前四句而发（当然也是由于诗人对草的描写相当出彩），故后世不止一位学者将该诗处理成为写草之诗。例如，宋吴淑《事类赋》卷二十四《草部》、谢维新《事类备要·别集》卷五十五"草门"，元佚名《群书通要·庚集》卷五《草木门》，清汪霦《佩文斋咏物诗选》卷三百九十六"草类"均收录此诗，以之作为咏草诗歌的经典范本。清人陈廷敬选编的《御选唐诗》卷十五《五言律》，选入此诗，诗题为《草》，杜诏《唐诗叩弹集》卷二收录此诗，诗歌正题亦为《草》。21 世纪以来，我国人教版小学语文教材选入了白居易此诗，编选者仅录入"离离原上草"等四句，作为二年级学生学习的范文。

① ［元］方回选评，［清］纪昀勘误，诸伟奇、胡益民点校：《瀛奎律髓》，黄山书社，1994，第693页。
② 载陈伯海主编：《唐诗汇评》中册，浙江教育出版社，1995，第2114页。
③ ［清］沈德潜编：《唐诗别裁》卷十一"五言律诗"，中国致公出版社，2011，第230页。

宋朝学者陈景沂在编撰花谱类集大成著作《全芳备祖》时，或许受到顾况的误导。《赋得古原草送别》本为五言律诗，上文提及的清代沈德潜和陈廷敬的诗歌选本均收录在五言律体诗中，然《全芳备祖》（明毛氏汲古阁钞本）在后集卷十《卉部》却将该诗作为"五言绝句"录入，全诗自然只有前四句共二十字，即见赏于顾况者。

第三节 名人好尚与文学经典的生成：以王羲之《兰亭集序》为考察中心

就本质而言，名人之好尚与非名人之好尚皆属于个人兴趣、爱好的范畴，只不过由于名人效应的投射，属于名人的个人好尚在一定条件下就具备转化为时代风尚之源的可能性。在中国古代各类名人中，政治名人的社会影响力尤其不可忽视。

中国古代的政治名人以帝王后妃①为代表。他们享有"九五之尊"之称号，居于金字塔式社会结构的最高层，拥有一言九鼎的话语霸权。作为万众瞩目的对象，即使未曾直接动用国家权力，其个人言行通常也具有诏告天下、浸润人心的规范引导作用，社会效应往往在短时间内迅速显现，而且覆盖面甚广。在文学创作和文学传播领域内，政治名人的好尚或引领写作潮流，或推动名作传播，或促进文学经典生成，作用不一而足。即如前文所论，梁简文帝萧纲雅好题诗，居东宫之位时倡导"宫体"诗风，显赫的政治地位带来的名人效应造就了当时朝野竞相效仿的创作盛况。梁朝周兴嗣（469—537）编撰的《千字文》是中国封建社会中后期重要的童蒙教材之一，其文学经典价值在于"为后世作家创立写作范式，给社会大众提供语言词汇"②。关于《千字文》的创作与流传情况，唐人李绰《尚书故实》有所记载：

《千字文》，梁周兴嗣编次，而有王右军书者，人皆不晓其始。乃梁武帝教诸王书，令殷铁石于大王书中拓一千字不重者，每字片纸，杂碎无序。武帝召兴嗣，谓曰："卿有才思，为我韵之。"兴嗣一夕编缀进上，鬓发皆

---

① 后妃们在一般情况下，并不直接执掌政权，但由于身份的特殊，她们可以享有种种政治特权及其效应。

② 程水金、张宜斌：《〈千字文〉的创作与流传》，《光明日报》2014年6月3日，第十六版。

白，而赏赐甚厚。右军孙智永禅师自临八百本，散与人间诸寺各留一本。永往住吴兴永福寺，积年学书，秃笔头十瓮，每瓮皆数石。人来觅书并请题头者如市，所居户限，为之穿穴，乃用铁叶裹之，人谓为铁门限。后取笔头瘗之，号为退笔冢。①

《千字文》之所以广为流传，成为具有文学性的经典教材，除了作品本身知识丰富、文才富瞻、音韵和谐、读之朗朗上口之外，两位文化名人的"助力"（即王羲之精美书法的魅力及其七世孙智永禅师的抄写和广为派送）也是十分重要的原因，前者的影响与后者的推介，无可争议地推动了《千字文》的传播。

唐宝应（762—763）年中，代宗皇帝李豫因喜好王维诗歌而亲自过问其传播情况，并且"遣中人王承华往取"，王维之弟王缙趁势"裒集数十百篇上之"（事见《新唐书·王维传》）。代宗在批答手敕中许王维以"天下文宗"之地位，并高度评价其"抗行周雅，长揖楚辞"②的创作成就，为王维诗文的结集与传播打通了一条快捷的路径。明代后期，由姑苏笑花主人题写的《今古奇观·序》在叙述小说发展史时说道："至有宋，孝皇以天下养太上，命侍从访民间奇事，日进一回，谓之说话人，而通俗演义一种，乃始盛行。"③揭示出帝王的喜好对于通俗小说的发展所给予的积极推动作用。

一、《兰亭集序》经典化历程考察

考察政治名人好尚与文学经典生成的关系，东晋王羲之《兰亭集序》④作为个案所呈现的特殊性，值得我们关注和进一步探讨。《兰亭集序》乃传世名篇，在现代学者的接受视域中，它是以文学经典的身份出现的，尤其进入 21 世纪以来，我国多种版本的高中语文教材（如人教版、苏教版、鲁教版等）都将它列入必修篇目。然而，在南朝文坛上，此文遭受的却是冷遇。昭明太子萧统编《文选》，对选录作品按文体分为三十七类，第二十一《序》录入卜子夏《毛诗序》、陆机《豪士赋序》等九篇，《兰亭集序》却被排除在外。南北朝时期，仅刘孝标注《世说新语》征引王羲之此

---

① ［唐］李绰：《尚书故实》，中华书局，1985，第 13 页。
② ［唐］李豫：《答王缙进王维集表诏》，载［清］董诰等编《全唐文》，中华书局，1983，第510 页。
③ ［明］笑花主人：《今古奇观·序》，载［明］抱瓮老人编，冯裳标校《古今奇观》，上海古籍出版社，1992，第 1 页。
④ 此文在古人笔下也有作《兰亭序》或《兰亭诗序》的。

文（从"永和九年"至"亦足以畅叙幽情矣"），篇幅不到今传文本的二分之一，题曰《临河叙》。由于《文选》是中国古代文学史上影响最大的一部诗文总集，它弃《兰亭集序》而不录，必然会在文学创作以及学术研究两大领域内产生相应的历史反响。在"选学"大盛的唐朝，《兰亭集序》的文章学价值不可能得到足够重视，尽管欧阳询等奉敕编纂的《艺文类聚》"岁时部"、徐坚奉敕编纂的《初学记》"岁时部"都录入该文的前半部分（从"永和九年"至"信可乐也"），房玄龄等编著的《晋书·王羲之传》录入此文，文章内容与当代流行版本相同①，但是它对李唐文士的文章写作行为影响甚微。文人墨客提及兰亭集会，或津津乐道于王羲之草书真迹失而复得，最后陪葬昭陵的传奇经历（见刘餗《隋唐嘉话》下《兰亭记》），或表达对兰亭雅会的追慕之情，"世间禊事风流处，镜里云山若画屏。今日会稽王内史，好将宾客醉兰亭"②，天宝末进士、诗人鲍防（722—790，一作鲍溶）的《上巳寄孟中丞》诗堪称其中代表作。至宋，学者们的态度逐渐发生了变化，越来越多的文士开始关注，进而讨论《兰亭集序》不入昭明《文选》的原因③，其中不乏赞同昭明太子的呼声，例如南宋文论家陈善认为："《兰亭序》岂非佳作，然天朗气清不合时景，丝竹管弦，语又重复，故不得入《选》。"④然又有宋人王观国《学林》、王楙《野客丛书》等对此给予了反驳。学术界出现的种种争议折射出宋人对《兰亭集序》关注度的提高，而这种关注无意间开启了该文经典化的历程。

自宋始，《兰亭集序》开始进入文学经典的行列，其具体表现为：

其一，不少选家将《兰亭集序》作为文章范本录入自己所编文选之中。南宋陈仁子编选《文选补遗》，卷二十七《序说》录入该文，题为《王羲之兰亭诗序》，陈仁子作小注引徐师川语云："苏端明尝言鲁直杂文专法《兰亭》。"⑤宋祝穆《方舆胜览》卷六浙东路"兰亭"以及《事文类聚》前集卷八《天时部》，宋孔延之《会稽掇英总集》"杂著"类分别录入该文，宋潘自牧《记纂渊海》卷八十三《宴会》录入上自《礼记》、下至黄庭坚所作记叙描写宴会的诗文，《兰亭集序》位列其中。经典效应初步显现。

---

① 今传《兰亭集序》的后半部分是否为隋唐人伪作，学术界一直存在争议，本文不打算对此做专门考辨。
② 清编《全唐诗》上册，上海古籍出版社，1986，第771页。
③ 王羲之《兰亭集序》不入《文选》的原因，自宋至今，学者们争论不已，未有定论。详见［日］清水凯夫《王羲之〈兰亭序〉不入选问题的研究》，《河北大学学报》1994年第2期。
④ ［宋］陈善：《扪虱新话·上集》卷三《论万安桥记与兰亭序》，中华书局，1985，第24页。
⑤ ［宋］陈仁子编：《文选补遗》卷二十七，上海古籍出版社，1993，第448页。

有明一朝，先后有贺复征《文章辨体汇选》卷三百三十一、何镗《古今游名山记》卷十下、吴讷《文章辨体》卷三十四"序"三、冯琦《经济类编》卷五十二《文学类》六均录有书圣此文。清康熙年间，吴楚材、吴调侯编选的《古文观止》是一部供学塾使用的文学读本，大致反映了从先秦至明清古代散文（广义）发展的大致轮廓，选文有"简而赅"之特点。该书卷七选入六朝文共六篇，除《兰亭集序》外，还有李密《陈情表》、陶渊明《归去来兮辞》《桃花源记》《五柳先生传》和孔稚圭《北山移文》，均为传世名篇。至此，《兰亭集序》成为选家经典已毋庸置疑。

其二，学者们有意识从文章学的角度去发掘和肯定《兰亭集序》所具有的文学价值。北宋学者马永卿（？—1136？）针对时人的批评，为《兰亭序》做辩解，其文云：

> 《兰亭序》在南朝文章中少其伦比，或云丝即是弦，竹即是管，今叠四字，故遗之焉。然此四字，乃出《张禹传》云：身居大第后堂，理丝竹管弦。始知右军之言，有所本也。且《文选》中在《兰亭》下者多矣，此盖昭明之误耳。①

后世有明人冯惟讷《古诗纪》、清人钱维诚《撷拾掌故草稿》、孙梅《四六丛话》等文学选集予以转引，表示认同。南宋学者林駉《古今源流至论》前集卷二归《兰亭集序》于"杂体"文类②，并将其与晁错《贤良策》、贾谊《过秦论》、班彪《王命论》、扬雄《美新》等名篇相提并论，并且基于文学艺术的感受，做出了"皆脍炙人口者"的判断。明代学者吴讷（1372—1457）《文章辨体》卷三十四序三录入本朝文人张则明的《虞先生游咏图序》，该文对《兰亭集序》给予了高度评价：

> 余闻晋永和九年，群贤会于会稽山阴之兰亭，列坐曲水，一觞一咏，放浪形骸之外，右军王羲之为记录，其所述一时风流，词翰至今以为盛谈。每诵其文，窃慨寥寥千载之下，无复能逾者。③

文中所谓"词翰至今以为盛谈"，正是作者对序文文本进行文学解读的结果。

---

① [宋] 马永卿：《懒真子》卷三，中华书局，1985，第36页。
② [宋] 林駉：《古今源流至论》前集卷二，上海古籍出版社，1992，第30页。
③ [明] 吴讷：《文章辨体》卷三十四（四部丛刊影印本），商务印书馆。

其三，《兰亭集序》相继进入文学家的创作视阈，成为他们进行文学创作时使用的事典和语典。北宋著名文豪苏轼诗文多次化用《兰亭集序》之语，用以表达自己的人生观与历史观，其中《满江红·东武会流亭杯》一词较为典型：

东武南城，新堤固，涟漪初溢。隐隐遍，长林高阜，卧红堆碧。枝上残花吹尽也，与君更向江头觅。问向前，犹有几多春，三之一。

官里事，何时毕。风雨外，无多日。相将泛曲水，满城争出。君不见兰亭修禊事，当时坐上皆豪逸。到如今，修竹满山阴，空陈迹。

据宋末元初学者陈元靓《岁时广记》卷十八《乐新堤》条引《古今词话》介绍，此词作于苏轼出知密州（即东武）、率众筑堤拒水成功之日[①]。下片写春日赏胜之所见所感，东坡化用《兰亭集序》之语，抒发物是人非的无限感慨，成功地实现了现实与历史的对接。其他如《上神宗皇帝书》云："朝廷亦旋觉其非，而天下至今以为谤。曾未数岁，是非较然。臣恐后之视今，亦犹今之视昔。"[②]信手拈来，不落痕迹，东坡对《兰亭集序》的熟悉程度由此可见一斑。

南宋著名政治家、诗人王十朋（1112—1171）乃浙江人，他在表现自己的江南生活经历时，巧妙地撷取《兰亭集序》的文句，构成富有现实气息的艺术画面，即如《和喻叔奇集兰亭序语四绝》[③]所云：

我自扁舟入越初，兰亭已向梦中如。崇山峻岭至今阻，唱和诗成无处书。

群贤少长毕经过，曲水流觞忆永和。一代风流已陈迹，世殊事异感伤多。

晤言一室许谁亲，相过无非我辈人。放浪形骸嗟老矣，仰观宇宙尚艰辛。

茂林修竹未成往，游目骋怀聊自欣。畅叙幽情有齐契，一觞一咏细论文。

一旦"曲水流觞"的特定场景，创作主体的精神活动就受到《兰亭集

---

①　详见吴熊和主编：《唐宋词汇评·两宋卷》第一册，浙江教育出版社，2004，第421页。
②　[宋] 苏轼撰，孔凡礼点校：《苏轼文集》，中华书局，1986，第723页。
③　[宋] 王十朋撰，梅溪集重刊委员会编：《王十朋全集》，上海古籍出版社，1998，第196页。

序》的规范和引导，这便是该文经典性的具体表现，南宋另一位文学家方岳的创作实践同样证明了这一点。方岳作有《沁园春》一词，隐括《兰亭集序》，词前小序云："汪强仲大卿禊饮水西，令妓歌兰亭，皆不能。乃为以平仄度此曲，俾歌之。"其词云：

> 岁在永和，癸丑暮春，修禊兰亭。有崇山峻岭，茂林修竹，清流湍激，映带山阴。曲水流觞，群贤毕至。是日风和天气清。亦足以，供一觞一咏，畅叙幽情。悲夫一世之人，或放浪形骸遇所欣。虽快然自足，终期于尽，老之将至，后视犹今。随事情迁，所之既倦，俯仰之间迹已陈。兴怀也，将后之览者，有感斯文。[1]

王羲之当年兰亭之咏，具有强大的历史穿透力，数百年后仍然能够契合文人士大夫的精神需求。在诸妓皆不能"歌兰亭"之际，词人之所以采用一种后起的文学体式翻唱《兰亭集序》，绝非简单的文字游戏，而是以古证今，借王羲之之笔书写自己的人生感悟。

二、唐宋帝王的喜爱与《兰亭集序》的经典化

在《兰亭集序》由非经典向经典演变的历史进程中，唐宋帝王对王羲之书法的喜好发挥了聚焦公众视野、制造舆论话题、引发读者兴趣的重要作用，这一点构成了《兰亭集序》经典化路径的特殊性。郑振铎先生认为，《兰亭集序》"不是什么极隽妙的'好辞'"，它之所以盛传，大约"又半是为了他的书法之故罢"[2]。唐宋两代，不止一位君王表现出对《兰亭序》书帖的浓厚兴趣与非同凡响的喜爱，其中，尤以唐太宗李世民最为突出。关于王羲之《兰亭序》书帖陪葬昭陵一说，唐人刘餗《隋唐嘉话》有如此记载：

> 王右军《兰亭序》，梁乱出在外，陈天嘉中为僧永所得。至太建中，献于宣帝。隋平陈日，或以献晋王，王不之宝。后智果从帝借搨。及登极，竟不从索。果师死后，弟子僧辨得之。太宗为秦王日，见搨本惊喜，乃贵价市大王书《兰亭》，终不至焉。及知在辨师处，使萧翊就越州求得之，以武德四年入秦府，贞观十年乃搨十本以赐近臣。帝崩，中书令褚遂

---

① 唐圭璋编：《全宋词》第四册，中华书局，1965，第2837页。
② 郑振铎：《中国文学史》（上），吉林人民出版社，2013，第198页。

良奏：“《兰亭》乃先帝所重，不可留。”遂秘于昭陵。[①]

书圣与明君，两个均为中国古代文化史上的热门话题人物，他们的结缘足以构成书坛佳话而为后世文人津津乐道。南宋学者桑世昌（生卒年不详）编辑《兰亭考》，卷三全文录入上述文字，以表完全认同之意。桑世昌字泽卿，陆游诸甥，宋人陈振孙《直斋书录解题》称他“博雅工诗”，明代李日华赞其“所著《兰亭考》淹贯精核，辨晰昭然，为翰墨家宝书”[②]。《兰亭考》卷二题为“睿赏”，其中载录了大量两宋帝后喜好、欣赏和临摹《兰亭》书帖的材料，兹录数条于下：

太宗皇帝
御书前人诗，不到兰亭千日余。尝思墨客五云居。曾经数处看屏障，尽是王家小草书。

仁宗皇帝
至道二年，内侍高班裴愈奏于兰亭傍置寺，赐额“天章”，书堂基上，建楼藏三圣御书，仁宗皇帝赐御篆寺额。按《华镇记》云：山阴天章寺即逸少修禊之地，有鹅墨池，引溪流相注，每朝廷有命，池墨必见。其将见，则池有浮沫，大如斗，涣散满池，云舒霞卷，如新研墨，下流水复清澈。皇祐中三日连发。未几，太宗真宗仁宗三朝御书皆至。

吕颐浩谢赐御书兰亭表
绍兴七年三月臣颐浩入觐于建康宫，既陛辞，皇帝遣中使赐以御书晋王羲之《兰亭修禊序》。臣下拜捧观，如凌玉霄，溯紫清，云章奎画，烂然绚目，而不知卷素之在手。

宪圣慈烈皇后
皇后尝临《兰亭》帖，佚在人间。咸宁郡王韩世忠得之表献，上验玺文，知为中宫临本，赐保康军节度使吴益刊于石。[③]

就传播形式而言，《兰亭集序》区别于其他文学经典作品最显著的特

---

① ［唐］刘餗：《隋唐嘉话》卷下，中华书局，1979，第 53 页。
② ［明］李日华：《六研斋笔记·二笔》卷三，江苏凤凰出版社，2010，第 127 页。
③ ［宋］桑世昌：《兰亭考》卷二，中华书局，1985，第 9、11、12 页。

点就在于它集书法与文本为一体，本来分属两种不同系统的文化符号在传播过程中实现了同步。上文提及桑世昌《兰亭考》享有的是"翰墨家宝书"之美誉，然该书卷一不仅全文录入了《兰亭集序》，而且清晰地勾勒出文章标题流变的历史轨迹。宋末钱塘学者俞松（约1200—1270）继桑世昌又作《兰亭续考》，记载自藏和他藏《兰亭集序》书法的各种版本，在欣赏王羲之书法艺术的同时，也对《文选》不载表示遗憾。卷一载有他人题诗一首："永和九年暮春日，兰亭修禊群贤集。含毫欲下意已先，媚日暄风佐摇笔。当时一笔三百字，但说斯文感今昔。谁知已作尤物看，流落人间天上得。天高地远阔不示，仅许一二翻摹勒。忽然飞上白云俱，径入昭陵陪玉骨。……"① 尽管重点讴歌的是王羲之书法的神妙，但由文及书，也初步揭示出序文"感今昔"的情感内涵。文章的书写体式本作为作者思想情感表达的物质载体而存在，接受者不可能将二者完全剥离开来，他们在欣赏、临摹书法的同时不可避免地要接收到由语言文字传达出的意义信息，欣赏、临摹书法的次数越多，意义信息被强化的程度也就越高。帝后们对王羲之书帖的酷爱所引起的社会反响并未仅仅局限于书法领域，而是呈现出向文学领域扩散的趋势，由此而来，《兰亭集序》在文坛的地位也相应得到提高。

综上所述，《兰亭集序》经典化路径呈现出从书坛到文坛的"双轨"特征，唐宋两代帝后对于《兰亭集序》书帖异乎寻常的喜爱，既树立了王羲之"书圣"的崇高地位，也增添了其文章的文学声誉，助其进入经典化行列。

第四节　名人赏读与经典文本的变异：
以陶渊明《饮酒》其五为考察中心

中国古代文学的大量经典由于产生时代早，流传时间长，加之口耳相传抑或手写传抄的缘故，同一文本在传播过程中因版本的不同而出现异文的现象十分常见。例如李白的著名诗篇《将进酒》，明代刊本有"天生我材必有用"句，清代学者王琦校勘时已发现还存在"天生我身必有财""天

---

① ［宋］俞松：《兰亭续考》卷一，载《兰亭考　兰亭续考》，浙江人民美术出版社，2013，第183页。

生吾徒有俊材""天生我材必有开"等异文，两宋本则作"用"①。在敦煌发现的唐人手抄残卷上，此诗题为《惜樽空》，句子作"天生吾徒有俊材"，现代学者认为唐人写本最近诗歌的创作年代，"理应较为可信"②。异文通常来自背诵、传抄、刊刻中的记忆错误或操作失误。现在我们要探讨的问题是，在李诗众多的异文中，为何"天生我才必有用"最终定于一尊，成为经典诗篇中的经典诗句，为一代又一代读者传诵和激赏？这里涉及文学传播与接受中的读者心理，根据接受美学的理论，包括历代选家和注家在内的广大读者在文学接受过程中，无论版本的选择抑或文本的解读，都呈现出由接受者进行再创造（或曰"二度创作"）的特征，他们的选择和阐释可以影响到经典文本的传播面貌，而名人效应具有引导、干预读者接受心理的作用。

享有七律之首美誉的唐人崔颢（704—754）名篇《黄鹤楼》，在我国目前出版的各种唐诗选本和语文教材中，其首句均为"昔人已乘黄鹤去"。然据黄永武先生考证，唐宋两代的诗集（包括敦煌卷子）里，此句皆为"昔人已乘白云去"，直至元代才出现"黄鹤去"的异文。"黄鹤去"取代"白云去"成为崔诗首选，发生在清代，其时先后有三位重要的文化名人对"黄鹤去"加以认可，一是著名文人金圣叹误将"黄鹤"当作真本，二是著名学者纪晓岚据此进行修订，三是著名诗论家沈德潜《唐诗别裁》据此录入，名人效应的叠加，遂使"黄鹤去"是三字的影响日益广泛，以至于后来蘅塘退士选编《唐诗三百首》时以其为不二之选。《唐诗三百首》作为著名诗歌选本的巨大社会影响，一直延续至今日。

一、苏轼的赏读定"悠然见南山"于一尊

名人效应决定文学经典的传播面貌，最典型的事例莫过于文化名人苏轼对于陶渊明《饮酒》"结庐在人境"的解读。

陶渊明在中国文学史上享有崇高声望，其诗歌文本同时具备哲学经典与文学经典的双重价值。在陶诗传播过程中，其经典化主要体现于两个方面：其一，诗歌所呈现的抒情主人公形象为文人士大夫提供了令其敬仰与效仿的人格范式；其二，平淡自然的诗风备受称道，融情于景的创作法则被后世诗人奉为艺术圭臬。在文化思想领域，陶渊明的人生实践成为沟通

---

① 见〔唐〕李白撰，瞿蜕园、朱金城校注：《李白集校注》卷三《乐府》，上海古籍出版社，1980，第226页。

② 详见黄永武：《中国诗学·考据篇》，巨流图书公司（台北），1979，第4页。

道家自由观与追求心灵自由的文学家之间的文化桥梁①,陶诗凭借抒情主人公独特的人格魅力征服了一代又一代文人,从而进入经典的殿堂。在文学创作领域,陶诗经典化得益于其文学价值不断被发掘和提升,诗歌传播过程中名人效应拓展了经典化的路径,尤其是宋代大文豪苏轼的精妙解读对于陶诗成为文学经典发挥了极其重要的作用。

考察陶渊明生前事与身后名不难发现,作为隐逸者的陶渊明,不慕荣利、主动辞官归隐之举从一开始就备受世人关注,无论生前与周续之、刘遗民活动于匡山附近而号称"浔阳三隐",抑或离世后先后入载于《晋书·隐逸传》《宋书·隐逸传》和《南史·隐逸传》,均可见其隐逸行为的社会效应与历史影响。然而,作为诗人的陶渊明却经历了一个由相对沉寂到声誉渐隆的发展过程,刘宋颜延之于陶渊明逝世后作《陶征士诔并序》,表达哀悼之情和仰慕之意,对其"宽乐令终之美,好廉克己之操"②不吝赞美之辞,却只字未提诗歌创作。钟嵘《诗品》列陶诗为中品,在肯定陶诗"文体省净,殆无长语"的同时,更倾心于其"风华清靡"的一面,体现出接受中的选择性,齐梁诗风的熏陶直接影响到他对陶诗的肯定程度。沈约《晋书·谢灵运传论》历数文坛变迁,上自屈宋,下至颜谢,汉魏晋宋名家一一道来,其中唯独缺少陶渊明,被人忽略的状况由此亦可见一斑。相沿以下,终李唐一代直至宋初,推崇高尚志向与敬仰人格风范仍然是陶渊明接受中的主流,从李白讴歌"渊明归去来,不与世相逐"(《九日登山》),到欧阳修激赏"人邀辄就饮,酩酊篮舆归"(《戏书拜呈学士三丈》),文学家接受视域中的陶潜基本是以品格高洁的隐逸者形象出现。

苏轼的出现弥补了陶渊明接受史上的明显缺失。这位自称"画我与渊明,可作三士图"(《和陶〈读山海经〉》其一)的文化伟人既奉渊明为师,追慕其遗世情怀,效法其贵真精神,持有与诸前贤基本相同的接受态度,同时又独具慧眼,发掘出陶诗"质而实绮,癯而实腴"的审美意蕴,创作系列《和陶诗》,首开追和古人诗作之风气。明人谢榛《四溟诗话》卷三云:"和古人诗,起自苏子瞻。远谪南荒,风土殊恶,神交异代,而陶令可亲,所以饱惠州之饭,和渊明之诗,藉以自遣尔。"③尤其对陶渊明《饮酒》其五"结庐在人境"的阐释,深刻影响到一代又一代学者对于陶诗的解读,开辟出陶诗经典化的新路径。

---

① 详见拙文:《崇陶现象与中国古代文人的自由观》,《四川师范学院学报》1996年第1期。

② [刘宋]颜延之:《陶征士诔并序》,北京大学北京师范大学中文系等编《陶渊明资料汇编》上册,中华书局,1962,第1页。下文所引文献资料,如出自此书,便不再注明。

③ 丁福保辑:《历代诗话续编》(下),中华书局,1983,第1193页。

由于陶集传本繁多①，唐宋以还，不仅各家著录卷数有异，而且各本收录诗歌的数量以及文字使用方面也不尽相同②。《饮酒》其五第六句，在较早的文献中，如梁萧统所编《文选》、初唐欧阳询等所撰《艺文类聚》以及《文选》李善注本与六臣注本皆录为"悠然望南山"。中唐著名诗人白居易《效陶潜体诗》云："时倾一壶酒，坐望东南山"③，采用"望山"姿态，当是受到《文选》传播的影响。"宋初承接唐代余绪，重视选学不亚于唐，以至于有'《文选》烂，秀才半'的说法。"④在这一学术背景下，陶诗传本出现作"望南山"字样者实不足为奇。然陶渊明的推崇者苏轼却对"望"字提出质疑，并给予彻底否定，他在《题渊明〈饮酒诗〉后》一文指出：

"采菊东篱下，悠然见南山。"因采菊而见山，境与意会，此句最有妙处。近岁俗本皆作"望南山"，则此一篇神气都索然矣。古人用意深微，而俗士率然妄以意改，此最可疾。

苏轼将录为"望"字的陶集版本斥之为"俗本"，完全符合他在人格构建与艺术追求中尚雅远俗的一贯取向，所作《于潜僧绿筠轩》一诗云："可使食无肉，不可居无竹。无肉令人瘦，无竹令人俗。人瘦尚可肥，士俗不可医。"《次韵吴传正枯木歌》又云："古来画师非俗士，妙想实与诗同出。"⑤"俗"是苏轼基于自身价值观念及审美理想而对混迹尘世、随波逐流、平庸肤浅一类人物及其行为做出的否定性评价，具有鲜明而强烈的"东坡"色彩。联系到他对《文选》所持批评态度⑥，上文批评的"俗士"理当包括萧统在内。笔者以为，鉴于苏轼并未对陶诗版本的流传及其真伪问题做出富有学理性的严密考辨，故"俗士率然妄以意改"的判断，未必是最接近事实真相的说法，仅仅属于一家之言。然而，他从标举意境创造

---

① 版本情况详见穆克宏：《魏晋南北朝文学史料述略》，中华书局，1997，第 80 页。
② [宋]胡仔：《苕溪渔隐丛话·前集》卷三引《蔡宽夫诗话》云："渊明集世既多本，校之不胜其异，有一字而数十字不同者，不可概举。"载《笔记小说大观》第三十五编，台北新兴书局（台北），1983，第 16 页。
③ [唐]白居易撰：《白居易集》，中华书局，1979，第 106 页。
④ 刘跃进：《中古文学文献学》，江苏古籍出版社，1997，第 14 页。
⑤ [宋]苏轼撰，[清]王文诰辑注，孔凡礼点校：《苏轼诗集》，中华书局，1982，第 448、1961 页。
⑥ 苏轼在《答刘沔都曹书一首》中指出："梁萧统集《文选》，世以为工。以轼观之，拙于文而陋于识者，莫统若也。"另一文《论文选》亦云："舟中读《文选》'恨其编次无法，去取失当。"

的高度发掘出陶诗长期被人忽略的审美价值，通过揭示"境与意会"的艺术效果而凸现"见"字妙处，因悟得陶诗真髓而成千载不刊之论。

北宋时期，苏轼凭借其追攀六经、蹈藉班、马的卓越文才而名倾朝野，"仁宗初读轼、辙制策，退而喜曰：'朕今日为子孙得两宰相矣。'神宗尤爱其文，宫中读之，膳进忘食，称为天下奇才。"文坛泰斗欧阳修也毫不讳言"吾当避此人出一头地"①。这种"声名赫然，动于四方"的名人效应，赋予苏轼对于陶诗阐释的绝对权威性以及引领学术潮流的地位，具体表现为有效提升和强化了宋朝文人对于陶诗的关注度，甚至开启解读陶诗的新思路。"苏轼效应"在诗学领域内迅速体现出来，身为"苏门四学士"之一的晁补之（1053—1110）立即给予积极的正面呼应，其《题陶渊明诗后》强调道：

> 东坡云：陶渊明意不在诗，诗以寄其意耳。"采菊东篱下，悠然望南山"，则既采菊又望山，意尽于此，无余蕴矣，非渊明意也。"采菊东篱下，悠然见南山"，则本自采菊，无意望山，适举首而见之，故悠然忘情，趣闲而累远。此未可于文字精粗间求之。②

旗帜鲜明地支持先生见解，并给予进一步肯定性阐释。有宋一代，先后有释惠洪《冷斋夜话》、葛立方《韵语阳秋》、陈善《扪虱新话》、胡仔《苕溪渔隐丛话》、吴曾《能改斋漫录》、魏庆之《诗人玉屑》、陆游《老学庵笔记》、阮阅《诗话总龟》、蔡正孙《诗林广记》、何溪汶《竹庄诗话》、蔡梦弼《杜工部草堂诗笺》等相继转引或重复东坡先生的观点以示赞同，一时间响应者如潮。褒"见"字而贬"望"字，遂形成陶诗阐释的主流话语③。

"苏轼效应"在校勘学领域的体现同样迅速。东坡"见""望"二字之辨，本属于文学审美的范畴，他采用直觉体悟的思维方式，充分调动个人的艺术想象，置心物中，以心会境，通过简洁的语言揭示对象的艺术特

---

① ［元］脱脱等：《宋史》卷三百三十八《苏轼传》，中华书局，1977，第10801页。

② ［宋］晁补之：《题陶渊明诗后》，载《鸡肋集》卷第三十三（四部丛刊影印本），商务印书馆，第7册，第3页。

③ 也有少数学者对苏轼之言持有异议，如清代何焯云："陶渊明《杂诗》'结庐'首'悠然望南山'，'望'一作'见'，就一句而言，'望'字诚不若'见'字为近自然。然山气飞鸟皆望中所有，非复偶然见此也，悠然二字从上心远来，东坡之论不必附会。"见［清］何焯：《义门读书记·文选·诗》卷四十七，中华书局，1987，下册，第932页。此为非主流解读的代表。

征，营造含蓄隽永、耐人寻味的审美效果。所言偏重内心感悟与审美体验的传达，而非抽象事理的表述。对于陶诗版本的真伪，既未提供令人信服的版本依据，也未见逻辑严密的学术考订，换言之，他没有采用校勘学所需要的实证方法，凭借材料说话，因此，谈不上版本学、校勘学的重大参考价值。然而，不可否认的事实却是它显示出难以抗拒的强大力量，深刻地"介入"历代学者对于陶集校刊和陶诗选录的工作中，甚至决定了《饮酒》其五传播的主导面貌。政治家、科学家沈括（1031—1095）在《梦溪续笔谈》中说自己往时校定陶诗，本据《文选》"改作'悠然望南山'"，可又觉"似未允当。若作'望南山'则上下句意全不相属，遂非佳作"①。个人艺术感受前后出现差异本不足为奇，然从纠偏时弃"望"而扬"见"的选择中，则不难发现苏轼的潜在影响。南宋蔡启（字宽夫，生卒年不详）《蔡宽夫诗话》举"见"与"望"之别为例，说明"一字之失"则"全篇佳意败之"的道理，借以告诫"校书者不可不谨"，将艺术鉴赏中的极富主观色彩的仁智之言移植到强调客观、讲究证据的校勘学领域，同样与苏轼论陶诗有关。清代学者姚范（1702—1771）说得更加清楚明白："陶渊明杂诗'悠然望南山'，按东坡论'望'当为'见'，刻渊明集者俱以《文选》为误。"②直接将苏轼的辨析作为校勘陶诗时判定正误的标准，保持了以审美思维取代科学思维的一贯倾向。苏轼之后，历代陶集传本以及陶诗选本除《文选》系统外，大都作"悠然见南山"。南宋曾集《陶渊明集》（该本以"见"作正选，同时标明"一作望"）、焦竑《陶渊明集》（该本标注"一作望，非"）、汤汉《笺注陶渊明集》；元李公焕《笺注陶渊明集》；明张燮《七十二家集·陶彭泽集》、张溥《汉魏六朝一百三家集·陶渊明集》、曹学佺《石仓历代诗选》、冯惟讷《古诗纪》、钟惺《古诗归》；清陈祚明《采菽堂古诗选》，吴士玉《骈字类编》，张玉书《佩文韵府》，张玉书、汪霦《佩文斋咏物诗选》，王闿运《八代诗选》，陶澍《陶靖节先生集》等影响较大的本子无不如此，几乎呈现一边倒态势。"苏轼效应"赫然在目。

二、"苏轼效应"提高和巩固了陶诗经典化地位

"苏轼效应"还表现在扩大陶渊明诗歌的影响范围，进而提高和巩固其经典化地位。文学的经典化必须体现于文本价值的历史实现，换言之，

---

① [宋] 沈括：《梦溪笔谈》，岳麓书社，2002，第 254 页。

② [清] 姚范：《援鹑堂笔记》，载《续修四库全书》编纂委员会编《续修四库全书》第 1149 册《子部·杂家类》，上海古籍出版社，1996，第 53 页。

文学文本的内在文化意蕴抑或外部审美形式应当在中国文化与文学的历史发展过程中发挥"标杆"与"示范"作用，在文化共同体中实际被使用和引证。以此观之，经苏轼阐释后的"采菊东篱下，悠然见南山"作为陶渊明形象的独特标志而演示着一种潇洒、自由的生活状态，继而表征一种独立、高洁的人格范式，得到后世文人的普遍认可与积极效仿。历代仰慕陶渊明人格风范的文人士大夫在设计或描绘自己理想的生活图景时，往往将文学解读的领悟转化为现实行为的指导，使"悠然见南山"升华为诗意栖息的形象表达。南宋冯时行（1101—1163）是一位忧国伤时、蔑视功名富贵的学者兼诗人，号称"巴渝第一状元"，因与礼部侍郎曾开等共斥和议，忤秦桧坐贬。身处逆境的诗人借菊咏怀，忆陶寄情，于陶诗中寻找精神寄托，《感事咏菊》云："千载岂无陶靖节，东篱萧索待知音"，《忆渊明二首》之一又云：

> 晨策东篱路，煌煌寒菊英。我岂无他人，底事忆渊明？
> 忘言会诸理，扫尽世俗情。悠然见南山，此意谁与评。[1]

世无知音的苦闷是促使冯行时忆陶的内在情感动因，而"悠然见南山"则作为充满诗情画意的优美旋律引发他与陶渊明的心曲共振。南宋另一著名作家刘子翚（1101—1147）的表现更为典型，宋室南渡后他隐居乡里，将陶渊明诗歌的意境直接融入自己居住环境的设计创意之中。所作《潭溪十咏·悠然堂》一诗云："吾庐犹未完，作意创此堂。悠然见南山，高风邈相望。宾至聊共娱，无宾自徜徉。"[2] 从吟诵陶诗领悟真意到还原场景、再现意境，"悠然见南山"既是作者追求的审美视觉效果，更是他自觉呈现的回归自然的人生态度。相沿以下，通过"悠然见南山"进入去蔽的诗意境界，表现逍遥适意生活旨趣的作家代不乏人。元代著名散曲作家卢挚（1242—1314）虽为官多年，却常怀山林逸趣，送别朋友时特意称道对方"一朝辞吏归，悠然见南山"[3]（《集句饯张知事子中》）的轻松与惬意，向往之情溢于言表；明正德六年进士，官至南京太仆寺少卿的夏尚朴（1466—1538）不尚荣利，洁身自好，人生规划，步追渊明，《憩竹坡》[4]一诗所描

① 胡问涛、罗琴：《冯时行及其〈缙云文集〉研究》，巴蜀书社，2002，第9页。
② 北京大学古文献研究所：《全宋诗》第34册，北京大学出版社，1998，第21367页。
③ 李修生辑笺：《卢疏斋集辑存》卷二，北京师范大学出版社，1984，第53页。
④ ［明］夏尚朴：《东岩诗文集·诗集》，载《四库全书存目丛书》第67册，齐鲁书社，1997，第346页。

绘的隐居生活，形象传达出崇陶取向：

> 结庐枕溪流，依稀在淇澳。青山屋后头，环堵半坡竹。偶携枕簟来，灵飚凉可掬。烦襟一洒然，此意淡何欲。惟将枕畔书，开向林间读。既读且停思，伊吾声断续。倦来一振衣，散步莓墙曲。闲倚墙边松，高纵尘中目。悠然见南山，云峰晴簇簇。……

其景其情，俨然为陶诗翻版，诗人的身影与精神已与陶渊明合二为一。清康熙年间进士张廷璐（1675—1745）作有《题周还山图》一诗，名为题画，实为咏志，诗人首先高度评价还山先生"不复以心为形役，高风直与靖节相追攀"的人格魅力，随后采用第一人称的自叙方式描绘"开我草堂坐南轩，妻孥熙熙鸡犬间"的山居生活，所谓"举头悠然见南山，此中真意都忘言"①，既言画中人物，亦道自身体验。上述诗人均采用"见"字版本，不能不视为"苏轼效应"的历史回响。

早在南宋时期，"苏轼效应"便已呈现出由文学领域向建筑领域渗透的倾向。因采菊而见山，本是陶渊明于特定时空中的个人行为，自苏轼用"境以意会"四字概括其诗意本质后，"见南山"便成为"目与自然相接"的行为表征而充当"真意"或"得意"的形象言说，一举获得超越时空限制的永恒价值。后世文人士大夫从苏轼之论中得到的启迪正在于得意忘形，足不必出户，手不必采菊，只要"见南山"便可进入心与道相通的神游境界，就能够充分享受到身心的自由和愉悦。中国古代建筑十分重视方位的选择，"从宫殿、宗庙、陵墓到街巷、民居，都强调辨正方位，强调南向"②，坐北朝南的宅居恰好为居住者"悠然见南山"提供了便于实施的物质条件，在崇陶思潮的推动下，以陶诗意境命名的建筑景观得以相继出现。南宋著名的理学家、教育学家张栻（1133—1180）有文云："前建安丞张公精力未衰，即挂冠家于浏阳有年矣，葺小园为亭，面南山，来求余名，余名之曰'采菊'，取靖节所谓'采菊东篱下，悠然见南山。'"③这或是最早的相关记载。明清两代，越来越多的居宅、园林等建筑设计有意追求"悠然见南山"意境的实现。明代长沙人张文隐曾以山西按察副使罢

① ［清］张廷璐：《咏花轩诗集》，载《清代诗文集汇编》编纂委员会编《清代诗文集会编》，上海古籍出版社，2010，第525页。
② 胡兆量等编著：《中国文化地理概述》，北京大学出版社，2001，第196页。
③ ［清］陆廷灿：《艺菊志》卷四，载《续修四库全书》编纂委员会编《续修四库全书》第1116册《子部·谱录类》，上海古籍出版社，1996，第428页。

家居，与著名作家归有光多有交往，归有光（1506—1571）受其委托写下《见南阁记》一文：

> （先生）属余记其所居"见南阁"者，先生家在云梦间，而沔汉二水绕之，先生于其居为花圃，中为小阁，沔之胜可眺也，盖取陶靖节"悠然见南山"之语以为名。每与玉叔读书论道之暇，携之登阁远览。而沔去江南诸峰绝远，实无所见，姑以寄其悠然之意而已。①

"见南阁"营造了一个"境与意会"的诗意场所，身居阁中，无须刻意寻望，沔水胜景自入眼帘；登阁者所见不必是山，只要目与自然相接，悠然之意便可寄托其中。无论张文隐的设计理念，抑或归有光的观赏感悟，无不显示着对于苏轼陶诗解读的心领神会。明初著名文臣胡广（1369—1418）曾登临"悠然楼"，题诗云："高楼对南山，悠然惬陶情。登临或觞咏，颇觉幽思清。"②"颇觉幽思清"的精神体验印证了"见南阁""悠然楼"一类建筑景观所具有的藻雪胸襟、栖息心灵的文化功效。晚清文人董平章所作《悠然见南山楼歌》，传递出相同的精神信息，诗人造访朋友所建"悠然见南山楼"，第一印象便是"到眼南山郭外斜"③，"到眼"二字殊堪回味，其妙处在于排除刻意寻求的人为性，强调目与自然相接时主体心境的悠闲随意以及主客体之间的高度契合，如此精神状态正是达到苏轼所欣赏的"境与意会"审美境界的前提条件。

诗歌与绘画虽分属不同的艺术门类，却因具有深刻的内在相通机制而能够相互转化。陶渊明的田园诗尤其《饮酒》其五因意境悠远、人物形象生动而成为后世画家普遍喜爱的创作题材，以之入画甚至成为时尚。不过，欲以画笔写诗意，画家普遍面临再现场景易、传神达意难的问题，如套用东晋著名画家顾恺之"手挥五弦易，目送归鸿难"之言，便是采菊东篱下易，悠然见南山难，因为"见"与"望"之间的微妙差别很难通过线条与色彩体现出来，即如宋人郑起潜《题渊明采菊图》所言："先生花外意，

---

① [明] 归有光：《见南阁记》，载《震川先生集》卷十五《记》，上海古籍出版社，1991，第371页。
② [明] 胡广：《胡文穆公文集》卷一，乾隆十五年刻本，复旦大学图书馆藏。
③ [清] 董平章：《秦川焚余草》卷五，载《清代诗文集汇编》编纂委员会编《清代诗文集会编》，上海古籍出版社，2010，第387页。

难画亦难诗。"^①后世画家多采用"东篱采菊"的构思作画亦可证明于此^②。艺术造诣精湛的苏轼深谙诗画相通之理，不仅高度肯定唐代王维"诗中有画""画中有诗"的艺术成就，而且明确提出"论画以形似，见与儿童邻"（《书鄢陵王主簿画折枝》）的主张。他擅长通过以诗题画的方式揭示画图所表达的内在意蕴，鉴赏著名画家李伯时所画《渊明东篱采菊图》，关注点不在画家如何描绘采菊行为，而是一如既往聚焦于人物内在神情气韵的传达，诗言"悠然见南山，意与秋气高"^③（《题李伯时渊明东篱图》），审美指向与其诗论并无二致。

中国古代绘画艺术发展至宋已达到重"意"的阶段，众画家不再局限于"形""体"抑或"眼"的限制，而将精、气、神的呈现置于创作首位，苏轼画论以及题画诗提倡传神写照之于当时的艺术潮流既体现着联系与契合，更是一种提炼和传承，故能在陶渊明接受史上产生久远的影响。南宋初江西诗派诗人、诗论家韩驹（1080—1135）作《题采菊图》诗时，通过诗前序文揭示画中真意："但悠然见南山，其乐多矣"^④。稍后，南宋中期著名诗人赵蕃（1143—1229）《题旧日所藏晋陶渊明"采菊东篱下，悠然见南山"画》描述自己的观画心得："未必形模似，良由意象高。见山非得得，遇酒辄陶陶。"^⑤对于"见"字意蕴的领悟和强调，构成了二人评画的重要内容，审美取向与苏轼保持高度一致。清康熙年间海盐诗人徐豫贞《题南皋从孙采菊图小影》在同类作品中颇能体现"苏轼效应"的存在，其诗云：

> 吾爱陶渊明，悠然见南山。意并不在菊，酒乃何足言。
> 无酒故可耳，有亦良复佳。汝今作此图，千载邈以怀。……^⑥

"意并不在菊"五字，旨在推崇传神遗形、得意忘言的画境，深得东坡真传。还有部分作家虽不曾重复陶诗"见南山"的原文，但其题画诗通

① ［宋］刘瑄编：《诗苑众芳》，中华书局，1985，第4页。
② 例如清人陶梁《红豆树馆书画记》卷八清代画家顾云臣所作《东篱采菊图》云："粗绢，本高二尺四寸一分，宽一尺七寸五分。靖节戴漉酒巾，立柳树下，绯衣着色尤妙。一童负篮，满贮黄菊，手中复执一枝，相示风韵潇洒，传出柴桑高致。"
③ ［宋］苏轼撰，［清］王文诰辑注，孔凡礼点校：《苏轼诗集》，中华书局，1982，第2542页。
④ ［宋］韩驹《陵阳集》，《文渊阁四库全书》，载台湾商务印书馆（台北），1986，第1133册，第777页。
⑤ ［宋］赵蕃：《淳熙稿》卷八，中华书局，1986，第160页。
⑥ ［清］徐豫贞：《逃荠诗草》卷七，见四库未收书辑刊编纂委员会编《四库未收书辑刊》捌辑·贰拾玖册，北京出版社，第103页。

过凸现采菊者的随心与无意，标举"境与意会"的审美追求。例如南宋著名政治家、文学家王十朋（1112—1171）《采菊图》诗云："闲居爱重九，采菊来白衣。南山忽在眼，倦鸟亦知归。""忽在眼"三字作为画面补白，描绘出"见"字所传达的那种悠然淡远的精神状态，有助于营造人无机心、山水入眼、主客体妙合的审美境界。相沿以下，金赵秉文《东篱采菊图》"不见白衣来，目送南山雁"，明代僧清潨《渊明采菊图》"泛觞黄菊终非鸩，在眼青山殊有情"，清人薛敬孟《题渊明采菊图》"似有悠然意，南山入眼来"，皆有异曲同工之处。

陶渊明接受史中的"苏轼效应"具有自发性、持久性、多元性三大特征。其形成与持续的基础是苏轼举世瞩目的文学成就以及超凡脱俗的人格魅力对历代文人精神世界的征服，完全排除个人或社会势力为达到某种功利目的而刻意制造甚至推波助澜的因素，呈现出自发和自然的状态。就其历时性而言，"苏轼效应"以苏轼论陶、和陶为历史原点，经北宋中期一直延续至晚清，东坡言说经过宋元明清各代学者的反复引用与补充论证实际被推上难以动摇的"真理"地位。从共时态层面审视，它以陶诗文本解读为意义中心，分别向诗学、校勘、建筑、绘画等不同领域辐射，使陶诗的影响超越文学创作的范畴而不断扩展，显示出强大的文化穿透力。考察这一现象产生的原因，不能不注意到苏轼作为中国"士大夫文化"代言人的身份，他对陶诗阐释的权威性不是先验的决定的，而是在士大夫群体共同的文化实践中历史地获得与实现的。首先，苏轼出于摆脱现实政治羁绊、追求心灵自由的需求而推崇陶渊明，其思想渊源有自，与道合一、逍遥无穷的精神特质使他与后世诸多崇陶的文人士大夫有着大致相同的思想方法与人生旨趣，故能够站在新的历史高度承担起继往开来的使命。其次，他以偏重内心感悟的方式解读陶诗，体现出中国传统诗学尚主观、重直觉、主妙悟的思维特点，而这种思维方式恰是古代士大夫阶层之所长，即如徐复观所言，中国知识分子"缺乏概念性的思维习惯"，"对于无限的东西，常是想象重于定义"①。唯其如此，东坡论陶所表现出的非逻辑化的表述特征才不会构成任何接受上的障碍，才能够唤起后世文人潜在的认同感，从而成为陶诗阐释的主流话语。

① 徐复观：《中国知识分子的历史性格及其历史的命运》，载李维武编《中国人文精神之阐扬——徐复观新儒学论著辑要》，中国广播电视出版社，1996，第176页。

第五节　名人效应并非文学经典化的必然路径

综上所述，名人效应的投射的确有助于开辟和拓展文学经典化路径，对于加速古代文学的传播发挥了十分积极的作用。不过，名人效应绝非文学经典化的必然路径，我们在研究名人效应与文学经典化的关系时，有两个问题必须充分注意：

其一，一部作品最终能否成为经典的决定要素在于它自身价值的高低，而不是作者或者欣赏者的名人身份。在经典化机制运作中，名人效应的作用是有限的。晚唐文人项斯（约公元 836 年前后在世）能诗而无诗名，以诗卷谒国子祭酒兼太常少卿杨敬之（约公元 820 年前后在世），杨赏识其才华，赠诗云："几度见诗诗总好，及观标格过于诗。平生不解藏人善，到处逢人说项斯。"尽管项斯因此而名振，"未几诗达长安，明年擢上第"①，然其诗始终无缘经典。清编《全唐诗》收录项诗一卷，其中难觅经典之作，后世读者知晓项斯其人其诗的，寥寥无几，根本原因还在于其诗内容较为单薄，风格不够鲜明，整体上缺乏震撼人心的艺术魅力。《西游记》无疑属于经典小说，作者吴承恩（约 1500—约 1582）也有诗文传世，然这些诗文作品却未能成为经典，这显然与他的非名人身份无关。清代著名学者、总编《四库全书》的大才子纪晓岚（1724—1805）在乾嘉时期可谓声名显赫，他创作《阅微草堂笔记》，欲与《聊斋志异》相抗衡，甚至欲取而代之。蒲松龄无论社会地位抑或文坛名声，均远远不及纪晓岚，然而最终成为文学经典的却是《聊斋志异》。早在清代，《聊斋》一书就"传遍宇内。吾国十龄以上稍识字童子，无不知晓"②。纪晓岚落后的小说观严重地限制了他文才的发挥，正如现代学者所言："一个不懂小说的人，要写一部以代替盛行百年的小说，难免要落空。"③

其二，因为名人广泛存在于古代社会各个阶层之中，并非所有的名人都具有发现经典、树立文学样板的主客观条件。事实上，不少凭借显赫的政治地位和强大的家族背景而拥有社会影响力的名人，因缺少发现经典的"慧眼"而难以成为文学创作领域内的"伯乐"，他们的态度和意见固然可以短期在一定范围内引起轰动效应，却因自身眼界、学识以及立场的局限，

---

① ［宋］计有功：《唐诗纪事》，中华书局，1965，第 740 页。
② ［清］毛长杰：《聊斋词跋》，载朱一玄主编《聊斋志异资料汇编》，南开大学出版社，2002，第 299 页。
③ 蓝翎：《略论〈聊斋志异〉在中国小说史上的地位》，载《文史哲》1980 年第 6 期。

终究无法将文本推向经典的高度。据宋人叶梦得（1077—1148）《石林诗话》载：

> 元丰初，虏人来议地界，韩丞相名缜自枢密院都承旨出分画。玉汝有爱妾刘氏，将行，剧饮通夕，且作乐府词留别。翼日，神宗已密知，忽中批步军司遣兵为搬家追送之。玉汝初莫测所因，久之，方知其自乐府发也。盖上以恩泽待下，虽闺门之私，亦恤之如此，故中外士大夫无不乐尽其力。刘贡父，玉汝姻党，即作小诗之以戏云："嫖姚不复顾家为，谁为东山久不归？卷耳幸容携婉娈，皇华何啻有光辉。"玉汝之词，由此亦遂盛传于天下。①

韩缜（1019—1097，字玉汝）乃庆历二年（1042）进士，神宗朝累知枢密院事。上文提及的乐府词即韩缜唯一传世的词作《凤箫吟》，兹录于下：

> 锁离愁，连绵无际，来时陌上初熏。绣帏人念远，暗垂珠露，泣送征轮。长行长在眼，更重重远水孤村。但望极楼高，尽日目断王孙。
> 消魂。池塘从别后，曾行处，绿妒轻裙。恁时携素手，乱花飞絮里，缓步香茵。朱颜空自改，向年年、芳意长新。遍绿野、嬉游醉眼，莫负青春。②

词以芳草咏起，抒发别离情绪，表达对爱妾的怜惜之意，尽管将刘氏写得楚楚动人，"绿妒轻裙"一句也较为新奇生动，但由于整体上缺乏创新性，写相思离别用"远水孤村""楼高""消魂"等词语，给人以似曾相识之感，故难入宋词上品之列。它之所以"盛传于天下"，并非艺术成就出众，而是得益于政治名人效应，具体言之，是宋神宗的关注和刘攽（1023—1089，字贡父）的戏谑提高了该词的知名度。神宗皇帝至高无上的政治权威所带来的社会影响力自不待言，刘攽是北宋著名史学家，出自诗书世家，学识渊博，先后受到欧阳修、苏轼赞誉，为人喜谐谑，社会知名度也很高。他们二人以不同的方式凸显出此词不同寻常的写作背景，从而激发了广大读者的阅读兴趣。这一事例说明，名人效应虽然有助于文学

---

① ［宋］叶梦得：《石林诗话》卷上，载［清］何文焕辑《历代诗话》，中华书局，1981，第408页。
② ［清］上彊村民编，艳齐注释：《宋词三百首》，中央民族大学出版社，2001，第16页。

文本传播面的扩大以及传播速度的提高，却不能确保它最终进入文学经典殿堂。最后，值得一提的是，据清初文人沈雄《古今词话》卷一引《乐府纪闻》云：韩缜奉使时，先是其爱妾作《蝶恋花》送之，韩再作词和之。传入内庭引起神宗关注的词作不是《凤箫吟》，而是刘氏别曲[①]。据此，我们进一步认识到名人效应的局限性。

[①] 唐圭璋编著：《宋词纪事》，上海古籍出版社，1982，第48页。

第六章 历代选家与文学批评家的坚实支撑

——从一己之得的表达到文学经典化路径的拓展

本章所谓"选家"是指各种文学选本的作者，文学批评家则包括各种诗话、词话、曲话、文话的作者以及诗文、小说的评点家。

通过选编文学作品表达选编者的文学观念与审美取向，是中国古典文学一种具有民族特色的批评方式，选编者（即选家）根据自己的编撰意图和评判标准，对一定范围（或以时间为限或以文体为别或兼而有之）内的文学作品进行遴选与编排而定为一集，最终成果统称为"选本"。诗话、词话、曲话以及小说戏曲评点，则是作者针对不同体裁的文学文本，以寻章摘句或圈点批阅的形式进行鉴赏与批评，这同样是具有中国民族特色的文学批评方式。

中国古代文学传播史上出现过大量的选本、诗（词曲文）话以及诗文、小说评点本，各位选家和评点者借助这种独特的方式来表达自己的文学见解，实为一己之得。由于历代选家、评论家的审美趣味的雅俗分殊以及鉴赏水平的参差不齐，其成果质量必然出现良莠不齐的情况。宋末元初的学者、诗人、评论家刘埙（1240—1319）认为文章选家由于"取予异见"而导致选本质量的差异，"近世编诗者亦然，人各有见也。昨见浙东有《唐诗选》数十篇，率多平常，而佳者反弃去，殆不可晓"①。南宋周密（1232—1298）选本朝词家 132 人之作，编为《绝妙好词》一部，清人高士奇（1645—1704）认为"兹选披沙拣金"，"亦云精矣"，高出同为宋人选宋词的《乐府雅词》《阳春白雪》等②，四库馆臣持相同观点。此类情况同样存在于诗（词曲）话和诗文、小说评点本中。只有独具慧眼的优秀选家和文论家才可能以选、评的方式推动文学文本经典化的历程。就促进中国古代文学发展的作用而言，历代选家的贡献主要体现在以下两个方面：

---

① ［元］刘埙：《隐居通议》卷十八，中华书局，1985，第 192 页。
② 张璋等编：《历代词话》下册，大象出版社，2002，第 1179 页。

其一，按照不同标准选录作品，建构起具有多个切入点的选录系统，即使选家完全根据个人好恶进行选编工作，但从整体上依然能够有效避免一些优秀篇章的佚失。《昭明文选》收录中古时期十九首佚名古诗，客观上赋予其"古诗一十九首"（后简称为"古诗十九首"）这一集合体名称，使该组诗作为有机整体依附于《文选》而传播至今，作为经典影响甚大。徐陵在"新变"文学思想指导下编撰《玉台新咏》，收录了部分《文选》未收作品，著名叙事长诗《古诗为焦仲卿妻作》便因该书的收录而赖以保存和流传至今。另如曹植《弃妇诗》"郭茂倩《乐府》不载，近刻子建集亦遗焉，幸《玉台新咏》有之录出"①。《升庵诗话》卷十四"谢灵运逸诗"条云："谢灵运有集，今亡。其诗独《文选》及《乐府》《艺文类聚》所载数十首耳。"② 杨升庵所谓"《乐府》"，是指宋人郭茂倩编纂的《乐府诗集》，其中收录谢灵运多首诗歌。

王昌龄（698—757）是盛唐著名诗人，其诗歌作品经典化程度很高，据中唐薛用弱《集异记》所载"旗亭画壁"的故事，诗人在世时所作诗歌已广为传唱，受到世人热捧。然而，由于种种原因，至宋末王昌龄诗集均已散佚，但"他的诗作大部分同时又保存在唐宋时的重要选本中"，"他的作品的众多异文，通常是大量入选选本的结果"。③ 唐宋时期录入王昌龄诗歌的选本有殷璠《河岳英灵集》、芮挺章《国秀集》、韦庄《又玄集》、韦縠《才调集》、郭茂倩《乐府诗集》、王安石《唐百家诗选》、计有功《唐诗纪事》、洪迈《万首唐人绝句》等，如果没有上述选本，王昌龄的诗歌完全可能散佚得更多，经典化程度也必然大受影响。

其二，赋予个体作家创作成果以文学教育"教材"之功能，为经过自己选择、推荐的文学文本进入经典殿堂开启一扇大门。换言之，高质量的选本能够为后世学者提供学习和模仿的范本，作为选文的个别文本的写作特色在不断被模仿的过程中演变为一类文本的共同特点，甚至形成某种固定的创作模式，其文学价值因被确认甚至产生意义衍生而获得经典身份，其权威性、经典性体现在树立起常人难以超越的创作标杆，成为后世无数景仰者的效仿对象。从选家遴选编撰成集，到历代文人连续不断的模仿性创作，文学文本经典化的重要路径在这一过程中逐渐形成。成书于盛唐的唐诗选本《河岳英灵集》为最早选录李白诗歌的选本，共选入李诗 13 首，

---

① ［明］杨升庵：《升庵集》卷四十九，上海古籍出版社，1993，第 277 页。
② ［明］杨升庵：《升庵诗话》卷十四，载丁福保辑《历代诗话续编》，中华书局，1983，第 917 页。
③ ［美］宇文所安：《盛唐诗》，贾晋华译，三联书店，2004，第 115 页。

其中选有最能体现李白创作风格特色的七古 11 首。此书编选者殷璠评曰"白性嗜酒，志不拘检，常林栖十数载。故其为文章，率皆纵逸。至如《蜀道难》等篇，可谓奇之又奇。然自骚人以还，鲜有此体调也"①，从古至今，《蜀道难》均为历代受众公认的经典名篇，殷璠的评论揭示出该诗的原创性魅力之所在，具有开启李白诗歌经典化历程的重要意义。南宋吕祖谦编选的《古文关键》是现存最早的古文评点选本，精选韩愈、柳宗元、欧阳修、曾巩、苏洵、苏轼、张耒等人文章六十余篇，合为两卷，虽未选王安石之文，但对王文却有所评论，已初具明人所谓"唐宋八大家"之雏形，当今学者研究成果表明，该书"在唐宋八大家的形成以及唐宋古文经典化进程中产生了相当大的影响"②。

《千家诗》是中国封建社会中后期广泛流传的一本带有启蒙性质的诗歌选本，选有唐宋诗人创作的律、绝二百余首，作为儿童、妇女学习创作的范本使用，换言之，成为他们学习诗歌写作的入门教材，而教材的功能之一便是使某些文学作品经典化和永久化。《儒林外史》第十一回《鲁小姐制义难新郎　杨司训相府荐贤士》就说到鲁小姐把《千家诗》"与伴读的侍女采苹、双红们看，闲暇也教他诌几句诗"。进入 21 世纪以来，入选我国小学语文教材（包括人教版、苏教版两个系统）的古代经典诗歌有近二十首与《千家诗》选诗相同，其中南宋诗人翁卷的七绝《乡村四月》以及署名"牧童"的七绝《答钟弱翁》之所以能够长期保持经典的身份，当与《千家诗》的传播有直接关系。

明代末年，江苏常熟人、著名藏书家、出版家毛晋（1599—1659）选编并刊印了戏曲剧本集《六十种曲》，其中收录了在古典戏曲发展史上影响甚广的《西厢记》和《牡丹亭》，此外，还包括《琵琶记》、"荆、刘、拜、杀"在内的南戏主要剧目，以及对昆山腔的发展起了较大作用的《浣纱记》等。清代著名学者王先谦（1845—1917）著有《和金桧门先生德瑛观剧绝句三十首》（见《虚受堂诗存》卷十六），书写观剧感怀，其中有十首针对《六十种曲》所选剧本而发，可见该选本对于经典戏文传播的重要贡献。几百年来，《六十种曲》不断地被再版、翻刻，成为后世了解、阅读、研究古代戏曲经典的重要资料。

诗文、小说、戏曲评点是中国古代文论家表达文学观念与审美取向的另一种重要方式，其成果最终表现形式为各种诗话、词话、曲话、文话以及诗文、小说、戏曲评点本。古代文论家的表达方式概而言之有二，一是

---

① [唐] 元结、殷璠等选：《唐人选唐诗》（十种），上海古籍出版社，1958，第 53 页。
② 详见吴承学：《现存评点第一书》，《文学遗产》2003 年第 4 期。

着眼于某种文体（如诗、词、曲、文、赋）进行"散点"式评议，通过总结前人的创作得失而标举自己的诗学理论，例如宋代严羽《沧浪诗话》辨析归纳诗歌发展的阶段性特征，批评包括苏、黄和江西诗派在内的近代诸公"以文字为诗，以才学为诗，以议论为诗"的弊端，认为"夫岂不工，终非古人之诗也"。他基于"诗而至此，可谓一厄也"①的基本判断，旗帜鲜明地推崇汉魏晋及盛唐诗歌的审美风范。二是依托某些作品或某部著作进行"批注"式评点，评点者通过圈点原著精彩之处，揭示作家写作特色，发表个人阅读感触，揭示和总结其中创作规律。第四章所论吕祖谦的《古文关键》就属于此类著作。明代的文学批评领域出现了大量的评点类著作，其中有专门的辞赋评点，如陈山毓的《赋略》、俞王言的《辞赋标义》，张新科在探讨汉赋在明代的经典化途径时指出，此类著作"从另一层面扩大了汉赋的传播范围，也对这些作品的经典化具有积极意义"②。明末清初，金圣叹对《水浒传》的评点，学术影响巨大而深远，他将研讨的目光聚焦于小说的章法结构、叙事手法、人物性格塑造诸方面的突出成就，一段段精妙批注，充分体现了他对于小说文学性的发掘以及对"美文"的欣赏提倡，给后世读者以极大启示。

优秀文论家为优秀文本的经典化提供了坚实的理论支撑，尽管他们的理论阐释，在今人看来或许显得零散，不够系统和深入，但毕竟契合着当时读者的思维习惯和审美趣味，故成为古代文学经典化机制中的重要元素。他们富有创建性、独到性的精彩评议足以凸显评议对象的创作成就，有助于提升作家的文学声誉以及文本的历史穿透力，直接或间接左右后人的接受态度，从而推动其进入文学经典殿堂。上文所论《沧浪诗话》在中国诗学史上就享有很高的盛誉，它树立起尊唐抑宋的话语权威，"为盛唐诗歌的经典化，奠定了理论基础"③。而金圣叹的《六才子书》同样影响非凡，对于小说、戏曲经典化地位的确立发挥了积极的推动作用，"《水浒》《西厢》的经典地位的确立，首当其冲应该归功于金圣叹的形式化的解读"④，因为金批本出现之后，世人几乎不知有其他批本。

本章拟选取若干部在古代文学传播史上产生过重要影响的选本、诗话与评点本，具体考察它们与文学文本经典化的关系。

---

① ［宋］严羽：《沧浪诗话·诗辨》，载［清］何文焕辑《历代诗话》，中华书局，1981，第688页。
② 张新科：《汉赋在明代的经典化途径》，《文学评论》2012年第3期。
③ 邓新跃：《〈沧浪诗话〉与盛唐诗歌的经典化》，《江汉论坛》2007年第2期。
④ 樊宝英：《金圣叹选本批评与文学的经典化》，《聊城大学学报》2008年第1期。

第一节　精选佳篇　树立样板:《文选》与古代文学的经典化

在古代众多的选本中，梁昭明太子编纂的《文选》在古代文学文本经典化过程中发挥的作用最为明显和巨大。在第三章里，我们已经具体论析了《文选》在科举考试背景下对古代文学经典化所发挥的作用，这里，我们将进一步扩大视野，深入探讨作为文学选本的《文选》与古代文学经典化的密切关系。

当代学者在比较全本和选本的差异时认为，"全本策略旨在保存"，致力于文献的完整性和原真性，而"选本策略旨在弘扬，甚至是从选编者的立场和视角进行文化倡扬"，因此，在文化的传承过程中，选本比全本"更具有导向性和价值力量"①，这一认识相当精到。萧统及其领导的文学集团面对"远自周室，迄于圣代"的漫长历史岁月中所产生的浩如烟海的篇什，根据"事出于沉思，义归乎翰藻"的标准精选出七百余篇／首，按照文体分为赋、诗、骚、七、诏等三十七类进行排列编撰，就明显地表现出对一定文学思想的倡导。尽管萧统崇尚"雅正"的文学思想导致部分优秀作品例如汉乐府民歌、南朝乐府民歌以及鲍照《拟行路难》等诗的落选，但就整体而言，入选《文选》者大多为历代文学的名篇佳作，诚如宋人张戒所言："秦汉魏晋奇丽之文尽在，所失虽多，所得不少。"②《文选》富有开创性的选录标准（即文学标准）以及入选诗文的精美与典范，使这部最初"并非为当时文坛而编纂，完全是作为皇太子的萧统在公务之余，出于赏读典范诗文的趣味"③而诞生的选本具备了成为经典的潜在价值。萧统死后的几十年内（即六朝后期），由于文坛风尚的转变，宫体诗的畅盛，《文选》一度受到冷落。后得益于隋文帝倡导诗文改革，加之科举考试制度的推行，其经典价值很快由隐而显，它为六朝诗歌开辟出通往经典圣殿的路径。历经唐宋元明清各代，无论政治背景与学术背景如何变化，始终保存着其他选本难以比肩的经典效应。

---

① 朱寿桐:《选刊选本热中的"选学"思考》,《文艺争鸣》2013 年 4 月号。

② [宋] 张戒:《岁寒堂诗话》卷上, 载丁福保辑《历代诗话续编》, 中华书局, 1983, 第456 页。

③ [日] 冈村繁:《文选之研究》, 上海古籍出版社, 2002, 第 3 页。

一、唐人重《选》与六朝诗歌经典化路径的畅通

至唐初便已形成一个独立而专门的学术研究分支"文选学"①，随即出现选学大盛的局面。

如第三章所论，唐代士人热衷于《文选》最根本动因在于参加科考、博取功名的功利性需求，据研究者统计，今存唐代 348 例应试试题中"有 67 题和《文选》有直接的渊源，约占总数的五分之一"②。然考察《文选》传播现状，其实际影响完全超出了应试诗文的写作范围，渗透到更为广泛的文学创作领域。唐人在学习诗、赋、骈文写作手法的同时，对于《文选》以"选"的方式为自己所示范的文学的经典及其解读模式给予了普遍认可，尤其是对六朝文学的卓越成就有着具体直观清晰的认识，"熟精《文选》理"（杜甫《宗武生日》）的唐代文学家奉《文选》为经典，自然也将《文选》所录包括六朝诗文在内的文本视为诗文创作的范本，备受初唐文人抨击的齐梁诗歌借《文选》之力逐渐在文学经典殿堂里获得一席之地。清人梁章钜之所以主张"读汉魏六朝诗者以昭明《文选》为主，而参看王渔洋之《古诗选》足矣"③，原因正在于此。

从用语用事用韵，到举意谋篇布局，唐人从《文选》中获得大量可资学习和借鉴的创作资源。明代著名文学家杨慎《升庵诗话》数次强调唐诗与《文选》的传承关系，《升庵诗话》卷二"王昌龄长信秋词"条云："'芙蓉不及美人妆，水殿风来珠翠香。却恨含情掩秋扇，空悬明月待君王。'司马相如《长门赋》：'悬明月以自照兮，徂清夜于洞房。'此用其语，如李光弼将义之师，精神十倍矣。作诗者其可不熟《文选》乎？"卷五"杜诗本选"条云："谢宣远诗'离会虽相杂'，杜子美'忽漫相逢是别筵'之句实祖之。颜延年诗'春江壮风涛'，杜子美'春江不可渡，二月已风涛'之句实衍之。故子美谕儿诗曰'熟精《文选》理'。"④杨慎所言当指杜诗用语学《文选》，此类情况也出现于其他诗人的创作中。据宋人何溪汶《竹

---

① 《旧唐书·儒学·曹宪传》称曹宪"所撰《文选音义》，甚为当时所重。初，江、淮间为《文选》学者，本之于宪，又有许淹、李善、公孙罗复相继以《文选》教授，由是其学大兴于代"。《新唐书·文艺·李邕传》称李邕父李善"为《文选注》，敷析渊洽，表上之，赐赉颇渥。……居汴、郑间讲授，诸生四远至，传其业，号《文选》学"。

② 刘海青：《试论唐代应试诗的命题及其和〈文选〉的渊源》，《云南大学学报》2008 年第 4 期。

③ ［清］梁章钜：《退庵随笔》卷二十一《学诗》二，江苏广陵古籍刻印社，1997，第 534 页。

④ ［明］杨升庵：《升庵诗话》卷二、卷五，载丁福保辑《历代诗话续编》，中华书局，1983，第 671、731 页。

庄诗话》卷七"韩退之"上云："《秋怀诗》十一首，《文选》体也。唐人最重'文选学'，公以六经之文为诸儒倡，《文选》弗论也，独于《李郱墓志》曰'能暗记《论语》《尚书》《毛诗》《左氏》《文选》'。而公诗如自许连城价，'傍砌看红药''眼穿长讶双鱼断'之句皆取诸《文选》，往往有其体焉。"[①] 其中"傍砌看红药"句出自韩愈《和席八十二韵》一诗（下句为"巡池咏白苹"），其语化用南朝诗人谢朓《直中书省》诗"红药当阶翻，苍苔依砌上"，句式、对仗也模拟小谢，谢朓此诗录在《文选》卷第三十"杂诗"中。李商隐作诗用语，不止一次流露出学习选诗的痕迹，例如其《听鼓》诗云："城头叠鼓声，城下暮江清。"《文选》谢朓诗"叠鼓送华轩"。李善注曰："小击鼓谓之叠。"[②] 谢朓诗题为《鼓吹曲》（又做《入朝曲》），《文选》卷二十八"乐府"下录入。

举意是指唐人在诗歌的构思立意上模仿或借鉴《文选》作品。例如韩愈仿照谢惠连《秋怀诗》"感秋而述其所怀"，作《秋怀》十一首，即属举意。《文选》卷第二十五"赠答"录有刘琨《重赠卢谌》诗，其中"何意百炼刚，化为绕指柔"乃传世名句，备受唐人推崇，并直接影响到他们对于刚柔关系的艺术表现。李白《留别贾舍人至》诗："长啸万里风，扫清胸中忧。谁念刘越石，化为绕指柔。"高适《咏马鞭》："绕指柔，纯金坚。"韦应物《寇季膺古刀歌》："厌见今时绕指柔，片锋折刃犹堪佩。"白居易《李都尉古剑》："至宝有本性，精刚无与俦。可使寸折，不能绕指柔。"柳宗元《弘农公以硕德伟材屈于谗枉弘农公杨凭也，为御史李夷简所弹。左官三岁复为大僚，天监昭明，人心感悦，宗元窜伏湘浦，拜贺末由，谨献诗五十韵以毕微志》："干有千寻竦，精闻百炼钢。"贯休《山居》："不能更出尘中也，百炼刚为绕指柔。"均袭用或化用刘琨之句，经典的价值体现得非常充分。

《文选》卷二十三录阮籍《咏怀诗》十七首，卷二十一录左思《咏史诗》八首，为唐代诗人提供了以组诗形式抒写情怀的样板。元人方回指出"太白初学'选体'，第一卷古风是也"[③]。清人马星翼《东泉诗话》亦认为"陈子昂《感遇诗》亦学《文选》，自阮籍《咏怀》、左思《咏史》诸篇蕴酿而出"[④]。陈子昂《感遇诗》共三十八首，李白《古风》五十九首，均

①　[宋] 何溪汶：《竹庄诗话》卷七，中华书局，1984，第133页。
②　[唐] 李商隐著，[清] 冯浩注，王步高、刘林辑校汇评：《李商隐全集》下，珠海出版社，2002，第730页。
③　[元] 方回撰，[清] 阮元辑：《桐江集》卷五，江苏古籍出版社，1988，第329页。
④　杜松柏主编：《清诗话访佚初编·东泉诗话卷一》，新文丰出版公司（台北），1986。

采用组诗形式，在同一诗题的统摄下，从不同角度书写同一主题，有效增加了诗歌内涵的广度和厚度，这是学习《文选》的正面效应。此外，《为濮阳公陈许谢上表》中有"比园葵以自倾，昼惟向日"①之句，清人冯浩注《樊南文集》云："《文选》陆机《园葵诗》。"《文选》卷二十九"杂诗"录陆机《园葵诗》云："种葵北园中，葵生郁萋萋。朝荣东北倾，夕颖西南晞。零露垂鲜泽，朗日耀其辉。"②李商隐以园葵倾日喻小臣忠君，艺术构思无疑受到陆机诗歌的启发。

唐人用韵学《文选》的现象也十分常见，宋人蔡梦弼集录的《杜工部草堂诗话》就《文选》诗篇重复押韵现象对杜甫、韩愈创作的影响给予了具体说明：

> 建安严有翼《艺苑雌黄》曰："古人用韵，如《文选》《古诗》杜子美韩退之，重复押韵者多。《文选》《古诗》押二'捉'字，曹子建《美女篇》押二'难'字，谢灵运《述祖德》诗押二'人'字，《南图诗》押二'同'字，《初去郡》诗押二'生'字，沈休文《钟山应教》诗押二'足'字，任彦昇《哭范仆射》射诗押三'情'字、两'生'字，陆士衡《赴洛》诗押二'心'字，《猛虎行》押二'阴'字，《拟古》诗押二'音'字，《豫章行》押二'阴'字，阮嗣宗《咏怀》诗押二'归'字，王正长《杂诗》押二'心'字，张景阳《杂诗》押二'生'字，江淹《杂体》诗押二'门'字，王仲宣《从军诗》押二'人'字。杜子美韩退之盖亦效古人之作。子美《饮中八仙歌》押二'船'字、二'眼'字、二'天'字、三'前'字，《园人送瓜》诗押二'草'字，《上后园山脚》押二'梁'字，《北征》押二'日'字，《夔州咏怀》押二'旋'字，《赠李秘书》押二'虚'字，《赠李邕》押二'厉'字，《赠汝阳王》押二'陵'字，《喜岑薛迁官》押二'萍'字。退之《赠张籍》诗押二'更'字、二'狂'字、二'鸣'字、二'光'字，《岳阳楼别窦司直》押二'向'字，《李花》押二'花'字，《双鸟》押二'州'字、二'头'字、二'秋'字、二'休'字，《和卢郎中送盘谷子》押二行（以下原缺）③

---

① ［唐］李商隐著，［清］冯浩注，王步高、刘林辑校汇评：《李商隐全集》下，珠海出版社，2002，第841页。

② ［梁］萧统编，［唐］李善等注：《六臣注文选》，中华书局，1987，第551页。

③ ［宋］蔡梦弼集录：《杜工部草堂诗话》卷二，载丁福保辑《历代诗话续编》，中华书局，1983，第213页。

自宋代始，古代诗学领域便出现"文选体"（或"选体"）之说，文论家使用这一概念通常泛指《文选》所录篇章在内容、形式以及全书编排体例诸方面特色，内涵并不固定。清人赵执信《声调谱》卷二"五言古诗"评岑参《与高适薛据同登慈恩寺浮图》一诗结四句即"静（或作净）理了可悟，胜因夙所宗。誓将挂冠去，觉道资无穷"为"文选体"，其着眼点在于声韵。"静理了可悟"乃五仄，"胜因夙所宗"为拗句，全诗"无一联是律者，平韵古体以此为式"①，《文选》所录诗篇不乏此体，如卷二十二沈约《游钟山诗应西阳王教》《游沈道士馆》等五言诗皆是。

二、宋代选学衰落与《选》诗经典化路径的延续

北宋初期，选学继续保持繁荣局面，如陆游《老学庵笔记》所载："国初尚《文选》，当时文人专意此书。……方其盛时，士子至为之语曰：'《文选》烂，秀才半'。"②随着政治与学术环境的重大变化，加之选学自身弊端的日益显露，选学迅速走向衰落，南宋学者王应麟指出："江南进士试'天鸡弄和风'诗，以《尔雅》天鸡有二问之主司，其精如此，故曰'《文选》烂，秀才半'。熙丰之后，士以穿凿谈经，而选学废矣。"③《文选》盛行之势中止于王安石变法前后，《文选》传播领域内的文学阐释话语，在相当长的历史时期内受到道学话语的压抑。不过，在文学创作领域，《文选》的经典地位并未因此从根本上动摇，由于举业中《文选》的"敲门砖"作用逐渐被苏文所取代，反而使士人在基础性、日常性的诗文学习以及创作中更加重视《文选》的文学功能。较之唐人，长于理性思辨的宋代文人对于《文选》作为文学创作样板的价值有着更为明晰的认识，不少人自觉以文学眼光反观《文选》，高度评价萧统在文学传播过程中的巨大贡献。例如，南宋著名学者、思想家、教育家陈傅良（1137—1203）《张漕行部过湘岸有作因次其韵》赞曰："世无梁昭明，斯文又谁录"④，评价不可谓不高。又如，擅长咏史的南宋诗人徐钧作有《昭明太子》一诗，简要概括萧统一生，诗云："当时虽不为天子，《文选》犹传万世名"⑤，充分肯定了萧统编选《文选》的历史功绩。在具体创作实践活动中，《文选》所提供的文学范本仍然是宋代文人乐意效仿的对象，泽被后人的经典效益在

① ［清］赵执信：《声调谱》卷二，中华书局，1996，第16页。
② ［宋］陆游：《老学庵笔记》卷八，中华书局，1979，第100页。
③ ［宋］王应麟：《困学纪闻》，辽宁教育出版社，1998，第325页。
④ 北京大学古文献研究所编：《全宋诗》第47册，北京大学出版社，1998，第29238页。
⑤ 北京大学古文献研究所编：《全宋诗》第68册，北京大学出版社，1998，第42815页。

南宋文坛明显地表现出来。南宋学者曾季狸《艇斋诗话》云："东莱《送珪公果公入闽中诗》五言'宿昔春水生'者，绝似《选》诗。东莱自云。"[1] 东莱乃南宋著名学者吕祖谦（1137—1181），此人治学以宽宏函容和兼收并蓄见长，其诗有绝似《选》诗者不足为奇。经学大师朱熹高度评价自己老师刘子翚（1101—1147，字彦冲，自号病翁）诗歌创作的成就，《跋病翁先生诗》一文指出："翁先生少时所作《闻筝诗》也，规模意态全是学《文选》《乐府》诸篇，不杂近世俗体，故其气韵高古而音节华畅，一时辈流少能及之。"[2] 理宗朝著名诗人、学者赵蕃（1143—1229）在《寄谢新安丰守胡达孝见遗近诗一轴，便呈甘叔异章梦与》一诗里，称对方"诗作《文选》体，字有眉山踪"[3]。江湖诗派代表作家刘克庄《赠翁卷》诗中也赞美对方"非止擅唐风，尤于选体工"[4]。翁卷乃南宋著名诗人，为"永嘉四灵"之一。诸位诗人紧扣与《文选》的传承关系展开诗歌评论，足见他们对《文选》的熟悉程度与认可态度。

有宋一代，自觉奉《文选》为创作样板的诗人绝非少数，如果说北宋时期自称"常念《文选》诗，最爱颜光禄"（文同《谢任遵圣光禄惠诗》[5]）的文学家尚不多见的话，那么时至南宋，情况便大有改观。朱熹在总结自己的写作心得时，明确指出："向来初见拟古诗，将谓只是学古人之诗，元来却是如古人说'灼灼园中花'，自家也做一句如此；'迟迟涧畔松'，自家也做一句如此；'磊磊涧中石'，自家也做一句如此；'人生天地间'，自家也做一句如此。意思语脉皆要似他底，只换却字某，后来依如此做得二三十首诗，便觉得长进。"[6] 所举范例多为《选》诗，以亲身经历说明学习《文选》的必要性与重要性。绍兴十五年进士、诗人许必胜（1113—1194）《赠友山二仲》诗自称："熟精《文选》吾家事，早向秋空试凤翎。"[7] 陈傅良《次沈俭夫求花木韵》亦云："何如过止斋，我亦精《文选》"[8]。至于嘉熙朝（1238—1240）诗人宋伯仁作《月夕得友偶集〈文选〉古诗句赋感怀一首》[9]，通过集选诗《古诗十九首》众多名句为一体的方式，抒发游子思乡愁怀，以文学形式表明推崇《文选》的态度，其诗云：

---

① ［宋］曾季狸：《艇斋诗话》，载丁福保辑《历代诗话续编》，中华书局，1983，第 285 页。
② ［宋］朱熹：《晦庵先生朱文公集》，上海古籍出版社，2002，第 3968 页。
③ 北京大学古文献研究所编：《全宋诗》第 49 册，北京大学出版社，1998，第 30426 页。
④ 北京大学古文献研究所编：《全宋诗》第 58 册，北京大学出版社，1998，第 36234 页。
⑤ 北京大学古文献研究所编：《全宋诗》第 8 册，北京大学出版社，1992，第 5299 页。
⑥ ［宋］朱熹：《晦庵先生朱文公集》，上海古籍出版社，2002，第 3301 页。
⑦ 北京大学古文献研究所编：《全宋诗》第 37 册，北京大学出版社，1998，第 23225 页。
⑧ 北京大学古文献研究所编：《全宋诗》第 47 册，北京大学出版社，1998，第 29250 页。
⑨ 北京大学古文献研究所编：《全宋诗》第 61 册，北京大学出版社，1998，第 38157 页。

人生寄一世，但伤知音稀。明月何皎皎，游子寒无衣。
客从远方来，携手同车归。愁多知夜长，各在天一涯。
生平不满百，岁暮一何速。冠带自相索，何不策高足。
还顾望故乡，冉冉孤生竹。含意俱未申，谁能为此曲。

全诗 16 句，除"还顾望故乡"一句之外，依次摘自《古诗十九首》中的《今日良宴会》（先后引用三句）、《西北有高楼》（先后引用两句）、《明月何皎皎》、《凛凛岁云暮》（先后引用两句）、《客从远方来》、《孟冬寒气至》、《青青陵上柏》、《行行重行行》、《生年不满百》、《东城高且长》、《冉冉孤生竹》等诗。将《古诗十九首》作为一个整体加以接受，其意义并不在于对《古诗十九首》创作艺术的全面超越，而在于彰显《文选》对该组诗歌传播面貌的决定性影响。

三、重置文学语境与《文选》经典价值的捍卫

选学在元朝虽未见重大突破，然元代文人对于《文选》的文学观照态度却不容忽视。他们一方面受接受心理定式支配，一如既往地将《文选》视为文学创作样板，以致出现了"近世有论作诗，开口便教人作'选体'"[①]的现象。另一方面，在道学话语大盛的学术背景下，努力为《文选》设置文学阐释的语境，体现出与宋代选学的分殊。身处宋元之际的方回是一位承上启下的诗评家，所著《〈文选〉颜鲍谢诗评》编取《文选》所录颜延之、鲍照、谢灵运、谢惠连、谢朓之诗，各为论次。该书考察诗歌文本的创作背景，揭示诗人言外之旨，品评各篇艺术特色，同时结合具体作品对当下学诗者提出指导性意见。例如评谢灵运《登池上楼》名句"池塘生春草，园柳变鸣禽"云：

灵运于永嘉西堂思诗，竟日不就，忽梦见惠连即得"池塘生春草"，大以为工，常云此语有神助，非吾语也。按此句之工，不以字眼，不以句律，亦无甚深意奥旨，如古诗及建安诸子"明月照高楼""高台多悲风"及灵运之"晓霜枫叶丹"，皆天然混成，学者当以是求之。[②]

---

① ［元］揭傒斯：《诗宗正法眼藏》，引自张健编著《元代诗法校考》，北京大学出版社，2001，第 326 页。
② ［元］方回：《〈文选〉颜鲍谢诗评》卷一，载《文渊阁四库全书》，台湾商务印书馆（台北），1983，第 1331 册，第 584 页。

尽管全书依然充溢着浓郁的道学气息,但又不乏文学鉴赏的真知灼见,故四库馆臣谓其"多中理解"(《四库提要》卷一百八十六),此评价并不为过。

"元诗四大家"之一的杨载(1271—1323)立足于古典诗歌的发展流变,对《文选》的文学史价值进行考察,他指出:"诗体《三百篇》流为楚词,为乐府,为古诗十九首,为苏李五言,为建安黄初,此诗之祖也。《文选》刘琨、阮籍、潘、陆、左、郭、鲍、谢诸诗,渊明全集,此诗之宗也。老杜全集诗之大成也。"[1]通过"诗史"框架的建构揭示出选诗在中国古典诗歌发展与流变史上的重要地位,可谓眼光独到。

有明一代,《文选》的文学经典地位在争议中得到全方位捍卫。由于文学观念的差异,明代文人对于《文选》的评价长期存在褒贬之别,然作为时代的主导话语,肯定性选择以不同方式强势体现。景泰五年(1454)进士、诗人何乔新(1427—1502)登襄阳文选楼,面对眼前的荒芜景象,抚今追昔,作《文选楼》一诗,深情缅怀昭明太子的万世业绩:

昭明好学无与比,斗鸡肯效诸王戏?古今作者浩如烟,欲选雄浑垂万世。

旁搜陶谢曹刘诗,细阅班扬贾马辞。明珠溢目取照乘,夷玉在序收悬黎。

江蓠沅芷萃灵囿,亦有殷彝及周卣。谁云小儿强解事?作者藉之传不朽。

江陵典籍亦已多,七官文字勤搜罗。当年不作千秋计,化作飞烟奈尔何![2]

诗人充分肯定昭明太子所编《文选》对于保存和传播文学经典作品的巨大贡献,"不朽"二字评价甚高,表达的是明代多数文人的共识。嘉靖五年(1526)进士、著名学者田汝成(1503—1557)在《汉文选序》一文中发表了更具代表性的意见,其文云:

梁太子萧统监抚之余,招徕才彦,玄览前载,芟秽披珍,存什一于千百,分门萃类为书三十卷,题曰《文选》。自唐以来文章者家视为标准,

---

① [元]杨载:《诗法家数·总论》,载[清]何文焕辑《历代诗话》(下),中华书局,1981,第735页。

② [明]何乔新:《椒邱文集》(四库明人文集丛刊),上海古籍出版社,1991,第364—365页。

鸿儒硕学罔不取材，可谓总七代之英灵，流万古之膏馥矣。宋时学者不解文诠，妄加参驳，谓统拙文陋识，去取违宜。①

结合唐以来文人创作的具体实践纠驳宋人偏见，具有拨乱反正的学术意义。万历八年（1580）进士车大任（1544—1627）《又答友人书》云：“仆自幼阅《文选》一书，乃昭明太子开博望以招贤，酌前修之笔海，自两汉三国六朝，代不数人，人不数首而为之分门别类，种种快心，云蒸雾涌，玉振金相。……仆以为必熟读《文选》一书，更历寒暑昼夜之勤，积之数年方可下笔。”②这种基于个人体验而产生推崇之意，进而将《文选》作为学习范本的现象在明代具有相当的普遍性。至明中叶后期，复古思潮涌起，影响文坛长达百年之久，《文选》更是受到复古派推崇，清代著名学者翁方纲（1733—1818）针对李攀龙等人“纯用选体者，直谓唐无五言古诗”的观点发难，批评“明李何辈乃泥执‘文选体’以为汉魏六朝之格调”③，从另一个角度反映了《文选》对明代文学家及其文学观念的巨大影响。

文体明辨作为明代诗学领域内的重要现象之一，折射出明代诗学家高度自觉的文体意识。基于对文体特征认识的日益深化和逐步细化，明代文人更加注意区分、辨别和把握不同时代、不同作家的创作风格以及不同文体的体裁特点，对于当时文人学士频繁使用的“选体”一说给予了高度关注，针对该概念使用中的混乱现象，进行了富有逻辑性且呈现多元化趋势的理论辨析。这无疑体现了《文选》经典化的后续影响。具体言之，或跳出体裁的局限，赞同宋人严羽所谓“选诗时代不同，体制随异，今人例谓五言古诗为选体，非也”的分析④，旗帜鲜明地反对简单地将五言古诗统称为“选体”⑤。或着眼于《文选》的历史影响，将后人效仿选诗风格体例而创作的作品名之曰“选体”。或力图还原“选体”产生的历史场景，客观阐释“选体”概念产生的历史缘由及其使用价值，指出“汉人踵《三百篇》造为斯格，定作五言，后来号为古诗，又以见自昭明所录，称云‘选

① [清] 黄宗羲编：《明文海》（第2册），中华书局，1987，第2186—2187页。
② [清] 黄宗羲编：《明文海》（第2册），中华书局，1987，第1617页。
③ [清] 翁方纲：《格调论》（中），载中国近代史料丛刊《复初斋文集》卷八，文海出版社（台北），1966，第333页。
④ [宋] 严羽：《沧浪诗话·诗体》，载 [清] 何文焕辑《历代诗话》，中华书局，1981，第690页。
⑤ 参见 [明] 梅鼎祚：《古乐苑》衍录卷二《总论》，明万历刻本，重庆图书馆藏。

体',始别呼谓,非有深旨"①。当然,也有进一步限定范围,把经梁昭明太子《文选》所选五言古诗明确定为"选体",如宋绪所编《元诗体要》,将诗歌分为三十八体,居于首位的便是"选体"。不过,这种界定受到了清人的批评,认为"所分主体颇为猥琐,甚至以选体与五言古诗分为二"②。厘清概念,甄别源流,统一认识,对于继承《文选》的优良创作传统,发挥《文选》的文学功能显然具有直接的现实意义,诸家给出的答案虽有仁智之别,但其出发点大都统一在促进五言诗创作繁荣的当下立场。

明代出现了一批针对《文选》进行增补、删削、重编、评点的《文选》广、续本,例如元明之际刘覆的《风雅翼》,刘节《广文选》,汤绍祖《续文选》《文选增定》,周应治的《广广文选》,胡震亨《续文选》,明末邹思明《文选尤》等,纷纷效仿昭明太子选编《文选》之举,增补六朝之后各代名篇入集,为时人提供新的学习与创作样板,延续着选本对于文学经典化的推动作用。

清代出现了继唐之后的第二个选学高峰,对此古今学者多有论述,且成果丰硕,故不赘述。这里特别需要强调的是,在奉《文选》为经典的自觉意识支配下,清代文坛"步趋齐梁"③的"拟选"之风长期盛行。明末清初著名画家徐枋(1622—1694)连续创作"拟选体"《送远诗十一首》以及《别诗六首》,无论构思抑或用语,均体现出明显的模拟痕迹。例如《送远诗》其一云:"采采蕙兰花,皎皎冰雪姿",《别诗》其六云:"游子既已别,极目上河梁"④。同样生活在明末清初的单隆周(生卒年不详),也作有组诗《拟选体》二十首⑤。晚清另一位著名艺术家魏燮均(1812—1889)先后创作《效选体寄王蕉园六章》《效选体送裴少尉移任甯远》诸诗⑥。有清一代,"拟选"之作不断涌现,尤其是乾隆嘉庆年间文人"乃多追效选体"⑦。诸多"拟选"诗作具有共同特点,即均为五言古体,诗歌风格质朴,语言不事雕琢,其中以模拟曹刘颜谢文本以及《古诗十九首》者为多,

① [明]祝允明:《祝子罪知录》卷九,上海古籍出版社,1996。
② 江庆柏整理:《四库全书初次进呈存目》,人民文学出版社,2015,第477页。
③ 清代学者李兆洛自称:"少读《文选》,颇知步趋齐梁。"见[清]李兆洛编:《骈体文钞·序》,中州古籍出版社,1990,第19页。
④ [清]徐枋:《居易堂集》卷十七,台湾学生书局(台北),1973,第459、462页。
⑤ 四库未收书辑刊编纂委员会编:《四库未收书辑刊》捌辑·拾柒册,《雪园诗赋初集》卷四,北京出版社。
⑥ 《清代诗文集汇编》编纂委员会编:《清代诗文集汇编》第652册《九梅村诗集》,上海古籍出版社,2010。
⑦ [清]陈寿祺:《答高雨农舍人书》,引自谭国清主编《传世文选·历代名人书札3》,西苑出版社,2009,第6页。

《文选》的经典样板效应再次凸显出来。

最后，必须提及的是，东晋诗人陶渊明的创作伴随《文选》传播到韩国（新罗高丽时代）文坛，"九篇诗文随着《昭明文选》这一必读书目在无意中被古代韩国文人所接受"①，对韩国古代山水田园文学集"渊明式"与"朝鲜风"为一体的美学风格的形成产生了深刻影响。由此，亦可见《文选》对于中国古代文学经典化做出的巨大贡献。

第二节　经典遴选　倡导新变：
《玉台新咏》与古代文学的经典化

《玉台新咏》是六朝时期继《文选》之后出现的另一部重要的文学选集，尽管在中国古代文学传播史上，《玉台新咏》的影响远不及《文选》，然其在古代文学经典化历程中仍然发挥了不可忽视的作用。据《隋书·经籍志》载，该书为徐陵（507—583）所编②。与《文选》不同的是，《玉台新咏》收录对象仅限于诗歌文本。全书凡十卷，选录自汉至梁数百年间产生的诗歌 769 首。

一、《玉台新咏》与经典诗歌的保存

对于古代文学经典化的推进，《玉台新咏》体现出与《文选》相同的部分功能，即有效避免了部分优秀作品的遗失。宋人刘克庄云："徐陵所序《玉台新咏》十卷，皆《文选》所弃余也，六朝人少全集，虽赖此书略见一二。"③此论亦可从其他篇籍中得到证实，例如明代著名文学家杨慎云："予观《艺文类聚》见东汉妇人徐淑与夫秦嘉两书，又观《玉台新咏》见其与夫诗，皆丽则可诵。"④杨慎所言徐淑《与夫诗》首见于《玉台新咏》卷一，题为《答夫诗》（或作《答诗》）。

曹植《弃妇篇》（或曰《弃妇诗》）堪称经典诗篇，该诗失载于本集，幸赖《玉台新咏》所录才免于失传。逯钦立《先秦汉魏晋南北朝诗·魏诗》卷七录入，名为《弃妇诗》。逯注曰："《诗纪》作《弃妇篇》。并云：本集

---

① 崔雄权：《接受与书写：陶渊明与韩国古代山水田园文学》，《文学评论》2012 年第 5 期。
② 《艺文类聚》卷五十五持同样说法。近年来，章培恒先生提出《玉台新咏》为张丽华所编之说，详见《文学评论》2004 年第 2 期《〈玉台新咏〉为张丽华"撰录"考》一文。
③ ［宋］刘克庄：《后村诗话》，中华书局，1983，第 6 页。
④ ［明］杨慎：《升庵集》卷四十九（四库明人文集丛刊），上海古籍出版社，1993，第 409 页。

不载，见《玉台新咏》。"①赵幼文《曹植集校注》卷一收入该诗，依《诗纪》明作《弃妇篇》，并据《玉台新咏》所载，考该诗"盖讽（平虏将军）刘勋藉无子出妻而作"，另考诗作时间"或在建安十六年前"②。《弃妇篇》着重抒写女子因无子而被休弃的沉重哀怨，以石榴起兴，以飞鸟为喻，以夜为抒情背景，通过动作细节揭示人物的内心活动，具有较高的艺术成就。清人沈德潜评曰："怨而委之于命，可以怨矣。结希恩万一，情愈悲，词愈苦"③，所言已经涉及经典的本质规定性。从古至今，众多诗歌或诗文选本纷纷选录《弃妇篇》，明有明冯惟讷《古诗纪》，清有曾国藩《十八家诗钞》，民国时期有《燕京大学国文名著选读》，建国之后则有：

李景华主编《三曹诗文赏析集》（巴蜀书社 1988 年出版）

殷义祥译注《三曹诗译注》（巴蜀书社 1989 年出版）

黄明等编《魏晋南北朝诗精品》（上海社会科学院出版社 1995 年出版）

刘彦成主编《历代名诗千首》（北京燕山出版社 2000 年出版）

曹道衡、俞绍初选评《魏晋南北朝诗选评》（三秦出版社 2004 年出版）

……

在当代学者的学术活动中，《弃妇篇》不但是研究建安诗歌时代特色以及曹植思想情感和艺术特色的重要材料，而且成为今人认识古代女性不幸人生遭际的特殊切入点，经典价值得到高度重视。除了《弃妇篇》，南北朝著名诗人庾信的《七夕》诗，也失载于本集，同样有赖《玉台新咏》所录，才得以流传至今。

徐干（170—217）为建安七子之一，流传至今的作品甚少。今人俞绍初辑校《徐干集》，本《玉台新咏》录入《室思诗》一首共六章，诗云：

沉阴结愁忧，愁忧为谁兴？念与君相别，各在天一方。
良会未有期，中心摧且伤。不聊忧餐食，慊慊常饥空。
端坐而无为，仿佛君容光。（其一）

峨峨高山首，悠悠万里道。君去日已远，郁结令人老。
人生一世间，忽若暮春草。时不可再得，何为自愁恼？
每诵昔鸿恩，贱躯焉足保！（其二）

① 逯钦立辑校：《先秦汉魏晋南北朝诗》上册，中华书局，1983，第 455 页。
② ［魏］曹植著，赵幼文：《曹植集校注》，人民文学出版社，1984，第 35 页。
③ ［清］沈德潜：《古诗源》卷五，岳麓书社，1998，第 79 页。

浮云何洋洋，愿因通我辞。飘遥不可寄，徒倚徒相思。
人离皆复会，君独无还期。自君之出矣，明镜暗不治。
思君如流水，何有穷已时！（其三）

惨惨时节尽，兰华凋复零。喟然长叹息，君期慰我情。
展转不能寐，长夜何绵绵。蹑履起出户，仰观三星连。
自恨志不遂，泣涕如涌泉。（其四）

思君见巾栉，以益我劳勤。安得鸿鸾羽，觏此心中人。
诚心亮不遂，搔首立悁悁。何言一不见，复会无因缘？
故如比目鱼，今隔如参辰。（其五）

人靡不有初，想君能终之。别来历年岁，旧恩何可期。
重新而忘故，君子所尤讥，寄身虽在远，岂忘君须臾。
既厚不为薄，想君时见君。（其六）①

题为一首，意指该诗分为六章，六章当为不可分割的整体。事实上，在传播过程中六章之间的关系不甚清楚，据清代学者纪容舒考订：

（此诗）冯氏校本分此诗前五篇为《杂诗》，后一篇为《室思》。注曰：前六章宋本统作《室思》一首。按郭茂倩《乐府诗集》云：徐干有《室思》诗五章，据此，则后一章不知何题。检诸本都作《杂诗》五首，《室思》一首姑仍之。今按：伟长本集不传其诗，昭明亦不录见于《选》本者，惟《玉台新咏》为最古，所题较为可信。②

由此可见，《玉台新咏》同时具有重要的版本校勘学价值，直接影响到作为经典作品的《室思诗》的传播面貌。

同样首载于《玉台新咏》卷一的还有长篇叙事古诗《焦仲卿妻》，该诗也是有赖《玉台新咏》载录而保存下来的经典名篇。宋人任渊注《黄庭坚诗集》，注文在《焦仲卿妻》前直接冠之以《玉台新咏》③，以表明作品的

① 俞绍初辑校：《建安七子集·徐干集》，中华书局，2005，第 145 页。
② ［清］纪容舒：《玉台新咏考异》卷一（丛书集成初编），中华书局，1985，第 13 页。
③ ［宋］黄庭坚著，任渊、史容、史季温注：《山谷诗集注》（上），上海古籍出版社，2003，第 386 页。

出处。清人王太岳《四库全书考证》在考察"丈人"一词时云："丈人盖父行也。古诗云：'三日断五匹，丈人故嫌迟。'案：《玉台新咏》载《焦仲卿妻诗》作'大人故嫌迟'，郭茂倩《乐府诗集》、左克明《古乐府》并同此"[①]，同样传达出该诗首次录于《玉台新咏》的相同信息。古诗《焦仲卿妻》是对后世影响十分深远的优秀诗篇，唐宋以还，该诗频繁进入各类诗歌选本，如宋郭茂倩《乐府诗集》、左克明《古乐府》，明冯惟讷《古诗纪》、梅鼎祚《古乐苑》、钟惺《古诗归》，清陈祚明《采菽堂古诗选》、王闿运《八代诗选》等，成为典型的选家经典。依赖《玉台新咏》的存在和传播，后世读者才有幸认识了一位美丽而坚韧的女性，诗歌文本所呈现的刘兰芝形象得到后代文人学者的高度认可，并奉为理想妻子的楷模。元人杨维桢、明人刘储秀以及清人汤鹏先后作有五古《焦仲卿妻》与《焦仲卿妻自誓》诗，或讴歌焦刘二人"化为连理树，常栖比翼禽"的不渝爱情，或赞美刘兰芝"妾如蒲苇深"的坚韧品格。晚清著名文学家王闿运有感本朝烈女李青照妻张氏拒权贵调戏而自沉之遭际，写下《拟焦仲卿妻诗一首李青照妻墓下作并序》，序云："嘉庆十一年冬十有一月晦日，湖北佣人李青照妻为主逼逃，复遇欺陵，携子赴湘而死，夫亦自经。经墓读碑，作诗云尔。"[②] 从诗中"双凫不能飞，十步两连翩""鸡鸣外欲曙，夫妇严装办"诸句不难看出，诗人的确是模拟《焦仲卿妻》并参照刘兰芝形象来刻画张氏的。

此外，《焦仲卿妻》作为长篇叙事诗的典范，为后人叙事性诗歌的创作提供了有益的借鉴。

明代著名文学家谭元春就从白居易的诗歌创作中感受到了该诗的影响，《唐诗归》评白居易《和微之大嘴乌》云："长篇中，情事极真朴委折处。其法亦有自《焦仲卿妻》及蔡琰五言《悲愤诗》来者。"[③] 至于后人作诗化用《焦仲卿妻》之语作为语典，更是不胜枚举。

二、《玉台新咏》倡导文学新变的经典价值

《玉台新咏》的经典性最集中体现于标举轻艳柔丽诗风的诗学价值。

西方学者根据不同的划分标准，将经典分为官方经典、个人经典、潜

---

① ［清］王太岳等纂辑：《文渊阁钦定四库全书考证》卷五十三（子部第 3 册），商务印书馆，1986，第 149—154 页。
② 李青照妻张氏行迹于《清史稿》列传二百九十八，（光绪）《湖南通志》卷二百十五《人物志》五十六均有载。
③ 陈有琴编：《白居易诗评述汇编》，科学出版社，1958，第 207 页。

在经典、遴选的经典以及批评的经典五种类型，参照这一划分，我们不妨将那些因《玉台新咏》（亦包括《文选》）选录而最终进入经典殿堂的作品归为"遴选的经典"一类。而遴选经典的重要功能之一便是将遴选者的文学理论或文学观念合法化，"不同的理论正是通过遴选不同的经典作品来使自己的理论合法化"①。这一论断虽然是针对西方的文化经典而得出，但同样适用于产生于中国古代的《玉台新咏》。

　　《玉台新咏》的编撰本身就具有倡导文学新变的理论价值。先于《玉台新咏》问世的《文选》是按照文质并重的标准，即萧统所谓"事出于沉思，义归乎翰藻"的原则来选录作品的。对于作品内容，《文选》编撰者标举雅颂，推崇典正，一个显著标志便是通过选文的方式肯定文章对于"雅颂"的态度，《文选》卷一班固《两都赋序》云："或以抒下情而通讽谕，或以宣上德而尽忠孝，雍容揄扬著于后嗣，抑亦雅颂之亚也。"卷十五张衡《思玄赋》云："玩阴阳之变化兮，咏雅颂之徽音。"卷四十杨德祖《答临淄侯笺》云："其文诵读反覆，虽讽雅颂不复过此。"卷五十九王简栖《头陀寺碑文》云："步中雅颂，骤合韶护。"他们均以"雅颂"来比附或赞美自己所肯定的文章。对于作品辞采，昭明太子"既反对浮靡，亦反对朴野"②，萧统文学集团的核心成员刘孝绰为《昭明太子集》作序时明确指出："深乎文者，兼而善之。能使典而不野，远而不放，丽而不淫，约而不俭，独擅众美，斯文在斯。"③从逻辑上推论，这一关于美文标准的表述当得到萧统本人认可。与之相比，《玉台新咏》的编撰则是在另一种文学观念指导下完成的，据唐人刘肃《大唐新语》所载，徐陵编撰此书乃奉继任太子萧纲之命：

　　　　梁简文帝为太子好作艳诗，境内化之，浸以成俗，谓之宫体。晚年改作，追之不及，乃令徐陵撰《玉台》集以大其体。④

　　其言谓萧纲令徐陵编撰《玉台新咏》，目的乃是张大"宫体诗风"，为自己创作艳诗寻找历史依据。尽管部分学者质疑刘肃之言的真实可靠性，然《玉台》集多选艳诗则是不争事实，所录诗歌内容多言闺情，整体风格

---

① 参见周宪：《经典的编码与解码》，《文学评论》2012 年第 4 期。
② 罗宗强：《魏晋南北朝文学思想史》，中华书局，1996，第 297 页。
③ ［梁］刘孝绰：《昭明太子集序》，载［清］严可均辑《全梁文》，商务印书馆，1999，第 672 页。
④ ［唐］刘肃撰，许德楠、李鼎霞点校：《大唐新语》卷三，中华书局，1984，第 42 页。

偏于绮丽，故认可刘说者历代不乏其人，清代著名学者王士禛所言颇具代表性：

> 《大唐新语》谓："梁简文好作艳诗，江左化之，谓之宫体。晚年改作，追之不及，乃令徐陵撰《玉台》集以大其体。"今观《玉台新咏》所录皆靡靡之音，正足推波助澜，何区雅郑。[①]

从魏晋至南朝，文学意识自觉的表现已经由文学独立、文体明辨进一步发展到自觉追求文本形式之美、强调创作推陈出新，梁朝史学家、文学家萧子显（489？—537？）《南齐书·文学传论》所谓"习玩为理，事久则渎，在乎文章，弥患凡旧。若无新变，不能代雄"[②]，正是对文学创新精神的肯定与提倡。徐陵在《玉台新咏序》中声称："撰录艳歌凡为十卷，曾无参于雅颂，亦靡滥于风人，泾渭之间，若斯而已。"明确标举迥异与《文选》的选录标准，加之书名冠之以"新咏"，编撰者主张新变的文学观念清晰可见，甚至可以视为"与《文选》不录'情'类、不录艳情诗抗衡"[③]。

自《诗三百》成为儒家经典始，"雅颂"便开始脱离原本作为歌诗存在的初始意义，迅速演变为一个充满政治伦理色彩的文化符号，承担起弘扬法度、规范礼乐、教化天下的政教功能，汉代刘向之所以"说上宜兴辟雍，设庠序，陈礼乐，隆雅颂之声，盛揖攘之容，以风化天下"[④]，原因正在于此。与此一致，在文章写作领域内，"雅颂"作为标杆与范本的代名词屡屡被文人士大夫提及。扬雄《解难》篇称："典谟之篇，雅颂之声，不温纯深润，则不足以扬鸿烈而章缉熙。"[⑤]曹植作《武帝诔》歌颂其父德才兼备，其文云："既总庶政，兼览儒林，穷著雅颂，被之琴瑟。"[⑥]刘勰言及商周之文"文胜其质"特征时，亦有"雅颂所被，英华日新"[⑦]之美誉。无论史学家述史，抑或文学家明道，处处充满标举雅颂的言说，在此背景下，徐陵公开声称选诗标准"无参于雅颂"，且专选与妇女题材有关的艳歌俗曲，明显具有与《文选》分庭抗礼之意义。《玉台新咏》卷七、卷八

① [清] 王士禛：《香祖笔记》卷十，商务印书馆，1934，第99页。
② [梁] 萧子显：《南齐书》卷五十二《文学传》，中华书局，1972，第908页。
③ 胡大雷：《宫体诗研究》，商务印书馆，2004，第232页。
④ [汉] 班固：《汉书·礼乐志》，中华书局，1962，第1033页。
⑤ [汉] 扬雄撰，林贞爱校注：《扬雄集校注》，四川大学出版社，2001，第157页。
⑥ [魏] 曹植著，赵幼文校注：《曹植集校注》，人民文学出版社，1984，第199页。
⑦ [梁] 刘勰撰，周振甫注《文心雕龙注释·原道》，人民文学出版社，1981，第2页。

选录梁朝诗人之作，诗人群体的观照目光聚焦于女性，户外的采桑、采莲，闺中的惆怅、哀怨，美人的晨妆昼眠、妓女的轻歌曼舞，一一写来，别具意味的是卷九刻意选录昭明太子的《江南曲》《龙笛曲》《采莲曲》等诗，所具民间情歌风味与萧衍、萧纲之作并无二致。明人许学夷对其编撰特色给予了精辟总结："徐陵《玉台新咏》，自汉魏以至梁陈之（诗），凡托男女怀思及语涉绮艳者悉录之，非《选》诗比也。"①

《玉台新咏》的问世与齐梁诗坛宫体诗风的盛行有着共同的时代背景，该书选诗的标新立异在一定程度上反映出社会文学观念与审美意识的深刻变化。其时，文学除了传统的言志、明道功能继续发挥强大的作用之外，悦情、娱心的功能也越来越为文人群体所认识与肯定，山水诗、宫体诗的相继勃兴，其意义不仅仅在于表现对象领域的拓展，更是创作主体审美意识进一步丰富的重要标志。文学作品是审美意识的物化形态，《玉台新咏》选录的诗歌清晰地勾勒出中古文人审美观念的历史嬗变。概言之，描写女性时，由汉魏的重德到齐梁的重情重色，由讴歌女性内在的情操、品德转而吟咏女性的外在形体、姿容，同时，女性的服饰与舞姿也因有助于展示女性之美而进入表现领域。"佳丽尽关情，风流最有名"（梁·萧纲《美女篇》），"满酌兰英酒，对此得娱神"②（梁·徐君茜《初春携内人行戏诗》），正是因为诗人对于女性的观照在一定程度上摆脱了单纯追求感官刺激的弊端，从中获得了"关情""娱神"的内在体验，故其诗篇才有可能在审美的层面上获得值得肯定的价值。

三、《玉台新咏》经典性的历史呈现

《玉台新咏》的编撰特点及其偏离社会主流话语规范的审美趣味，导致该书在传播过程中频遭冷遇与批评。宋人刘克庄认为徐陵所序《玉台新咏》十卷，"皆《文选》所弃余也。六朝人少全集，虽赖此书略见一二，然赏好不出月露气骨，不脱脂粉，雅人壮士见之废卷"③。在肯定是书辑录保存六朝诗歌之功的同时，否定了它的审美价值。这种审美取向也贯穿在他的教育思想之中，其《训蒙二首》之二有"玉台体出《选》诗亡"之句，《杂记六言五首》之五也明确表示"爱清庙音倡叹，嫌玉台体浮轻"④。尽显

① [明] 许学夷：《诗源辩体》卷三十六，人民文学出版社，1987，第 354 页。
② 以上引诗均见逯钦立辑校《先秦汉魏晋南北朝诗·梁诗》，中华书局，1983。
③ [宋] 刘克庄：《后村诗话》卷一，中华书局，1983，第 6 页。
④ 吴文治主编：《宋诗话全编》第 8 册《刘克庄诗话》，江苏古籍出版社，1998，第 8557、8561 页。

声讨之势。元人揭傒斯《诗法正宗》论及"诗体之源委正变时"云："齐、梁、玉台，体制卑弱"①，针对玉台体做出了否定性评价。有清一朝，这种否定性评价已成为主流，乾隆四十一年十一月初六，乾隆皇帝针对《四库》馆进呈书中内载有《美人八咏诗》，因"词意媟狎"，故下旨撤出，他将《玉台新咏》置于中国古代诗歌发展史中进行考察，指出"《三百篇》之旨，一言蔽以无邪，即美人香草以喻君子，亦当原本风雅，归诸丽则，谓托兴遥深，语在此而意在彼也。自《玉台新咏》以后，唐人韩偓辈务作绮丽之词，号为香奁体，渐入浮靡，尤而效之者，诗格更为卑下"，认为《玉台新咏》对中国古代诗歌的发展产生了消极影响。圣谕云："至此外各种诗集内有似此者，亦著该总裁督同总校、分校等详细检查，一并撤出。"②最高统治者的态度直接影响到《玉台新咏》的传播。

明人方大年痛心疾首地描绘了《玉台新咏》的编传情况：

> 《玉台新咏》之编传于世者，今盖千有余年矣。中间版既湮亡，而其书每至残且蠹者，十或八九。③

自隋朝萧该作《文选音义》始，注《文选》者代不乏人，唐代出现了影响巨大的李善注和六臣注。有清一代，选学大盛，仅《清史稿·艺文志四》所载，其时有关《文选》的论著就多达二十余部上百卷，而有关《玉台新咏》的研究论著仅两部，即纪容舒所撰《玉台新咏考异》十卷以及吴兆宜所撰《玉台新咏笺注》十卷，后者是《玉台新咏》在中国古代的唯一注本。

然而，尽管《玉台新咏》的传播环境远不及《文选》优越，但作为诗歌选本，其拓展文学经典化路径的功能却未被彻底消解，徐陵编选此集张大轻艳诗风，其文学倡导得到后世部分学者与诗人的回应。唐天宝年中李康成编撰《玉台后集》，"采梁萧子范迄唐张赴二百九人所著乐府歌诗六百七十首，以续陵序编"④。该集宋代公私书目多著录之，足见其流传情况。然明后则不见著录。今人陈尚君广搜旁求，从《后村诗话》《乐府诗集》《永乐大典》等著作中辑出作者六十四人，诗作八十九篇。该辑佚本收入

---

① 王大鹏编选：《历代诗话选》（2），岳麓书社，1985，第 1055 页。
② ［清］纪昀总纂：《四库全书总目提要》卷首《圣谕》，河北人民出版社，2000，第 18—19 页。
③ 见穆克宏点校：《玉台新咏笺注》附录，中华书局，1985，第 451 页。
④ ［宋］晁公武：《郡斋读书志》卷四下，江苏古籍出版社，1988，第 70 页。

傅璇琮主编的《唐人选唐诗新编》（陕西人民教育出版社 1996 年出版），成为今人研究玉台体的重要文献资料。

中晚唐诗坛"玉台体"诗问世，效仿者不断。据笔者不完全统计，自中唐始，历代文学家以"玉台体"命名的诗篇有：

唐：

皇甫冉《见诸姬学玉台体》一首

权德舆《玉台体》十二首

戎昱《玉台体题湖上亭》一首

罗隐《仿玉台体》一首

宋：

徐铉《观灯玉台体》十首

梅尧臣《拟玉台体》七首

欧阳修《拟玉台体》七首

贺铸《和王文举玉台体》一首

利登《玉台体》数十篇①

范成大《玉台体》一首

萧澥《戏效玉台体》一首

张良臣《玉台体》二首

元：

李孝光"效玉台体"二首

明：

杨慎《玉台体》四首

赵时春《春思玉台体》一首

赵世显《八音诗赋得金陵效玉台体》

清：

王士禛《爱妾换马效玉台体》

汪琬《效玉台体》四首

胡天游《玉台体》一首

柏葰《玉台体》二首

曾燠《效玉台体》四首

方曜（女）《玉台体》二首

梁霭（女）《效玉台体》一首

---

① 据元人刘埙所撰《隐居通议》卷九诗歌四"利碧涧诗词"条载：利履道尝作"《玉台体》数十篇以寄兴"。

历代录入"玉台体"诗歌的重要选本有宋代王安石《唐百家诗选》、洪迈《万首唐人绝句诗》、陈思《两宋名贤小集》、陈起《江湖小集》《江湖后集》，明代曹学佺《石仓历代诗选》、高棅《唐诗品汇》，清代钱谦益《列朝诗集》、王士祯《唐人万首绝句选》、汪霦《佩文斋咏物诗选》等。此外，清代录入"玉台体"诗歌的其他选本还有徐倬《全唐诗录》、曹庭栋《宋百家诗存》、李调元《全五代诗》、徐倬《全唐诗录》、张豫章《四朝诗》、曾燠《江西诗征》等。这从一个侧面说明了《玉台新咏》的历史影响。

何为"玉台体"？古代文论家并未给出明确结论，然对这一问题的回答将有助于我们进一步认识《玉台新咏》的经典价值。宋人严羽着眼于徐陵所选诗篇产生的时代范围进行概念界定，《沧浪诗话》"诗体"篇云："《玉台集》乃徐陵所序。汉魏六朝之诗皆有之，或者但谓纤艳者为玉台体，其实则不然。"[①] 严羽于"玉台体"之后又列出"宫体"，以"轻靡"为其诗体特征，足见他是在与"宫体"的区别中来给"玉台体"定位的。严羽此论影响极大，宋魏庆之《诗人玉屑》，元杨士宏《唐音》，明冯惟讷《古诗纪》、梅鼎祚《古乐苑》、徐应秋《玉芝堂谈荟》，清费经虞《雅伦》、张潜《诗法醒言》等一系列著作均认可并采纳严羽之说，将"玉台体"定位于徐陵所编选的汉魏六朝诗歌。然持反对意见者也不乏其人，例如明人胡应麟就认为严羽之误在于"不熟本书之故。《玉台》所集于汉魏六朝无所铨择，凡言情则录之。自余登览宴集，无复一首"[②]。宋绪则以诗歌风格特点为切入点进行诗体辨析，他在解释"香奁体"一词时指出："唐人用此体言闺阁之情，乃艳词也，与玉台体相似。"[③] 生于明末清初的诗人冯班则根据徐陵《玉台新咏序》所言得出了与胡应麟大致相同的论断，对严羽之说提出反驳：

> 梁简文在东宫，命徐孝穆撰《玉台》集，其序云："撰录艳歌，凡为十卷。"则专取艳诗明矣。又，其文止于梁朝，无陈隋，则止四朝耳。今云六朝，皆有谬矣。观此，则于此书殆是未读也。[④]

① [宋] 严羽：《沧浪诗话》，载 [清] 何文焕辑《历代诗话》，中华书局，1981，第 690 页。
② [明] 胡应麟：《诗薮》外编二，中华书局，1958，第 151 页。
③ [明] 宋绪：《元诗体要》卷八，载《文渊阁四库全书》，台湾商务印书馆（台北），1986，第 1372 册，第 593 页。
④ [清] 冯班：《钝吟杂录》，中华书局，1985，第 71 页。

稍后，吴乔也在《围炉诗话》卷二中做出与冯班相同的判断。

导致上述分歧的根本原因在于阐释者考察点的差异。古代文论家言及"诗体"，多为直观感悟，不以逻辑严密、思辨精细见长，其表达要言不烦，见仁见智，故结论不一而足。概而言之，其中最为常见的情况不外乎两种，一是着眼于时代对诗歌创作的影响，以"体"标识诗歌的时代特色，比如所谓诗歌"十八体"，依时代先后顺序称之为"国风体""三颂体""二雅体""离骚体""古乐府体""古选体（即古诗十九首）""建安体""黄初体""正始体""太康体""元嘉体""永明体""齐梁体""南北朝体""唐初体""盛唐体""晚唐体""宋元祐体"。例如，元代著名学者方回论及叶适诗歌创作时指出：

> 永嘉水心叶氏，忽取四灵晚唐体，五言以姚合为宗，七言以许浑为宗，江湖间无人能为古选体，而盛唐之风遂衰，聚奎之迹亦晚矣。[①]

其中先后提到了"晚唐体"和"古选体"。二是着眼于诗歌的风格流派特色，提出所谓"十四派九体"之说，诸如李太白派、杜子美派、陶韦韩柳派、王杨卢骆派与玉台体、元白体、香奁体、苏黄体、西昆体等。笔者以为，根据对徐陵本人的表述、《玉台新咏》的选诗特色以及后代诗人创作"玉台体"的具体情况等多种因素所进行的综合考察，"玉台体"应指那些效仿《玉台新咏》选诗（时代范围为六朝），题材与女性有关，形式比较短小，风格偏于轻丽柔曼的诗歌。这类诗歌在题材、风格上更接近齐梁时期的"宫体诗"，但是表现内容更加宽泛，风格也更加多样。以较早创作"玉台体"的唐代诗人权德舆为例，他一共作有"玉台体"诗歌十二首，内容均关涉闺情，且风格轻柔婉媚。《玉台新咏》卷十录古绝句四首，其一云：

> 藁砧今何在？山上复有山。何当大刀头？破镜飞上天。[②]

言妇盼夫归，僻辞隐语，风格古雅。同样内容，至权德舆笔下则显示出由俗而雅的风格变化：

---

① ［元］方回：《孙后近诗跋》，载李修生主编《全元文》第 7 册，江苏古籍出版社，2000年，第 198 页。

② ［陈］徐陵编，［清］吴兆宜注，程琰删补：《玉台新咏笺注》（下册），中华书局，1985，第 469 页。下文引此书，不再出注。

昨夜裙带解，今朝蟢子飞。铅华不可弃，莫是藁砧归。[①]

　　"裙带解"一语因隐含性的欲望而带有"宫体"色彩。又如"玳瑁"一词频繁出现于《玉台新咏》的诗篇之中，汉魏时期诗人通常将其用作女性饰物，例如《玉台新咏》卷一繁钦《定情诗》："何以慰别离，耳后玳瑁钗。"卷十《古绝句》："何用通音信，莲花玳瑁簪。"至南朝时期，诗人则通过它打造华美的场景与富贵的气象，例如卷五沈约《登高望春》："日出照细黛，风过动罗纨。齐童蹑朱履，赵女扬翠翰。春风摇杂树，葳蕤绿且丹。宝瑟玫瑰柱，金羁玳瑁鞍。"卷七萧纲《倡妇怨情十二韵》："斜灯入锦帐，微烟出玉房。六安双玳瑁，八幅两鸳鸯。"卷八刘孝绰《赋得遗所思》："遗簪凋玳瑁，赠绮织鸳鸯。"权德舆《玉台体》其六云："泪尽珊瑚枕，魂销玳瑁床。罗衣不忍著，羞见绣鸳鸯。"效仿的正是齐梁诗人的写法。这些作品可以视为权德舆对"玉台体"风格感性认识的形象诠释。

　　从中唐至晚清，历代诗人创作的"玉台体"诗歌，篇制多短小，基本内容不外乎吴歌楚舞、华灯玉颜、佳人巧笑、婵娟多情、春日游女、秋夜怨妇、纤手刺绣、银甲弹筝、爱妾换马、团扇悲秋，既非国计民生的重大事件，也无生老病死的沉重主题，属于远离宏大叙事的浅吟低唱。诗人创作"玉台体"的内在动因，除了在文学传统继承意识的支配下自觉学习和模仿齐梁五言古绝的艺术形式之外，书写个人虽无关风化，却真实存在于内心的欲望和情感也是重要原因之一。唐代戎昱《玉台体题湖上亭》描写江南夏日美景以及个人内心的感受："绿竿初长笋，红颗未开莲。蔽日高高树，迎人小小船。清风长入坐，夏月似秋天。"[②] 这样的生活场景对于一生坎坷的诗人而言弥足珍贵，对于当下生活的惬意与满足自然溢于言表。北宋大文豪欧阳修作有《拟玉台体》七首，分别题为《欲眠》《携手曲》《雨中归》《别后》《夜夜曲》《落日窗中坐》《领边绣》，其中《携手曲》描绘的是一个令人感伤的场景："落日堤上行，独歌携手曲。却忆携手人，处处春华绿。"[③] 围绕"忆"展开的联想形象地传达出诗人对于美好爱情的回味与向往。当代学者经考订，认为该组诗作于明道元（1032）春，诗人时年26岁，"当为作者与胥氏夫人新婚蜜月之作"[④]，这说明"玉台体"诗

---

① 清编《全唐诗》上册，上海古籍出版社，1986，第810页。下文引权诗同出此书，不再出注。

② ［唐］戎昱著，臧维熙注：《戎昱诗注》，上海古籍出版社，1982，第13页。

③ 丁功谊、刘德清编著：《欧阳修诗评注》，江西人民出版社，2012，第13页。

④ 丁功谊、刘德清编著：《欧阳修诗评注》，江西人民出版社，2012，第14页。

风的延续有着现实的依据。清代女诗人梁霭《效玉台体》诗以自己闺中的生活为表现对象："吟成花绮思，梦对镜台圆。钗背香犹腻，琴心远莫传。浣衣愁粉脱，扫径惜红嫣。小极不辞醉，幽居得自怜。韶华终共保，纨扇忍秋捐。"① 生活的富裕与闲适，掩盖不住因夫妻情爱缺失而导致的遗憾。尽管诗写得平淡无奇，成就不高，但末二句"韶华终共保，纨扇忍秋捐"所表达的希望，却也道出那个时代天下妻子的共同心声，自有几分动人处。其实，自唐至清，类似的诗篇大量存在，不同的仅仅是诗题没有标明"玉台体"。例如，明代昆山人顾茂俭之妹甚有才情，尝有春日诗云："春雨过春城，春庭春草生。春闺动春思，春树叫春莺。"著名戏曲理论家何良俊认为"此诗可置《玉台新咏》中"②。

《玉台新咏》作为文学经典的潜在价值之所以能够得以实现，主要因为其选录作品契合了后世文学家情感表达多元化的需求，由于对于闺情乃至艳情的书写，已经构成文人士大夫情感活动的重要组成部分，他们效仿"玉台体"，在诗歌文本中建构私人生活空间，表达一己情愫，其实质乃是有意识从前人创作中寻找文学样板，在与历史的联系中显示自身创作的合理性。这种思路同样体现在何良俊对《玉台新咏》的评价上："徐孝穆所编《玉台新咏》虽则过于绮丽，然柔曼婉缛深于闺情，殊有风人之致。"③

最后必须指出的是，《玉台新咏》选录的部分诗篇（主要集中在齐梁时期）具有明显的内涵缺陷，例如文本所表现的情感呈现出浮浅甚至轻薄的格调，主体之于客体，往往以玩狎之态对待，缺乏真诚情感的灌注。这些问题又被后世某些"玉台体"效仿者所沿袭甚至放大，王士禛《爱妾换马效玉台体》即系显例。上述两方面存在的问题严重削弱了《玉台新咏》作为文学经典的样板价值及其历史穿透力。

---

① 徐世昌集：《晚晴簃诗汇》77 册卷一百九十（影印本），中国书店。
② [明] 何良俊：《四友斋丛说》卷二十六，中华书局，1959，第242页。
③ [明] 何良俊：《四友斋丛说》卷二十四，中华书局，1959，第214页。

第三节　推崇诗圣高尚人格　品味诗史艺术魅力：
宋代诗话家对杜甫诗歌经典化路径的拓展

　　"诗话"属于中国古代文学批评的一种特殊文体，具有鲜明的民族性，它专指用以评论诗人、诗歌、诗派及记录诗人故实的著作。古代诗话的形式多为偶感随笔，只言片语看似信手拈来，表达的却多是作者深刻的艺术感悟与独到的诗学见解。南宋初年许颙所谓"诗话者，辨句法，备古今，纪盛德，录异事，正讹误也"①，从文章学、历史学、文献学等不同角度揭示了"诗话"所具有的多重功能。除此之外，"诗话"还对于文学经典的建构以及传播发挥不可忽视的重要作用，在古代文学经典化机制中承担着开拓路径的功能。

一、宋代诗话与杜诗经典化路径的拓展

　　杜甫是中国古代文学史上享有盛名的伟大诗人，杜诗堪称古代文学经典宝库中最为灿烂的明珠之一。杜甫诗歌经典化历程初始于中唐，其时，文坛几位著名文学家对杜甫诗歌创作成就给予了高度评价。白居易《初授拾遗诗》称"杜甫陈子昂，才名括天地"。《读李杜诗集因题卷后》又盛赞李杜"吟咏留千古，声名动四夷。文场供秀句，乐府待新词。天意君须会，人间要好诗"②。韩愈《醉留东野》自道："昔年因读李白杜甫诗，长恨二子不相从。"他怀着崇敬之心写下《调张籍》一诗，高唱"李杜文章在，光焰万丈长"③的赞歌。较之白、韩二人李杜并举的姿态，元稹则表现出更为强烈的崇杜倾向，不仅《酬孝甫见赠十首各酬本意次用旧韵》之二单美老杜诗云："杜甫天材颇绝伦，每寻诗卷似情亲。怜渠直道当时语，不着心源傍古人"，而且所作《唐故工部员外郎杜君墓系铭》更是公开扬杜抑李，文云：

　　是时山东人李白，亦以文奇取称，时人谓之李、杜。予观其壮浪纵恣，摆去拘束，模写物象，及乐府歌诗，诚亦差肩于子美矣。至若铺陈终始，排比声韵，大或千言，次犹数百，词气豪迈，而风调清深，属对律切，而脱弃凡近，则李尚不能历其藩翰，况堂奥乎！④

---

① 　[宋] 许颙：《彦周诗话》，载 [清] 何文焕辑《历代诗话》，中华书局，1981，第 378 页。
② 　[唐] 白居易：《白居易集》卷一、卷十五，中华书局，1979，第 7、319 页。
③ 　[唐] 韩愈著，黄永年译注：《韩愈诗文选译》，巴蜀书社，1990，第 478、707 页。
④ 　[清] 董浩等编：《全唐文》，中华书局，1983，第 6649 页。

元稹此论历史影响极大，《旧唐书·杜甫传》指出："自后属文者，以稹论为是。"然而，白居易、韩愈、元稹等人的努力并未将杜诗真正推上经典化的高度，最为突出的表现便是唐代出现的十种唐诗选集（即佚名《唐写本唐人选唐诗》、元结《箧中集》、殷璠《河岳英灵集》、芮挺章《国秀集》、令狐楚《御览诗》、高仲武《中兴间气集》、姚合《极玄集》、韦庄《又玄集》、韦谷《才调集》、佚名《搜玉小集》），除韦庄《又玄集》选录杜甫诗歌 7 首之外，其余选本均未有杜诗出现。殷璠《河岳英灵集·序》中称"王维、昌龄、储光羲等二十四人，皆河岳英灵也"①，而将杜甫排除在外。高仲武《中兴间气集》专选肃宗至代宗末年的诗歌，此时正值杜甫创作高峰期，然集中入选的 26 位诗人却不见杜甫。韦谷自称"阅李杜集、元白诗"，然有感于"诸贤达章句，不可备录"②（《才调集叙》），经过一番淘选，录入李白诗 28 首，白居易诗 27 首，元稹诗 57 首，杜诗再次受到冷落，无一首入选。唐人对杜诗认可度不高由此可见一斑。此外，唐人作诗学杜者也不多见，以至于宋人有"唐人不学杜诗"③之说。

杜甫诗歌的经典化完成于宋朝，具体标志有三：

其一，杜诗注本大量涌现，反映出宋人长久不衰的学杜热情与浓厚的研究兴趣。据南宋著名目录学家晁公武《郡斋读书志》卷四上所载，"本朝自王原叔以后，学者喜杜诗，世有为之注者数家"④，其中嘉定中临川黄希梦著有《黄氏补千家集注杜工部诗史》三十六卷，外集二卷，"千家注杜"不为虚言。

其二，作诗学杜之风弥漫一代诗坛，蔚为大观。大文豪苏轼《次韵孔毅甫集古人句见赠五首》其三赞好朋友孔毅父诗曰："天下几人学杜甫，谁得其皮与其骨。……前生子美只君是，信手拈得俱天成。"⑤该诗被宋代多部诗话反复引用。苏轼本人《题真州范氏溪堂诗》云："白水满时双鹭下，绿槐高处一蝉吟。酒醒门外三竿日，卧看溪南十亩阴。"被诗学家认为"用老杜诗意"，与杜甫《绝句》"两个黄鹂鸣翠柳"意境相仿⑥。黄庭坚文章数次谈及读杜心得，其诗字法句法多效仿老杜。陈师道写诗被认为"其要在

---

① ［唐］元结、殷璠等选：《唐人选唐诗》（十种），上海古籍出版社，1958，第 40 页。
② ［唐］元结、殷璠等选：《唐人选唐诗》（十种），上海古籍出版社，1958，第 444 页。
③ ［宋］陈师道：《后村居士诗话》，中华书局，1985，第 4 页。
④ ［宋］晁公武：《郡斋读书志》卷四，江苏古籍出版社，1988，第 559 页。
⑤ ［宋］苏轼撰，［清］王文诰辑注，孔凡礼点校：《苏轼诗集》，中华书局，1982，第 1156 页。
⑥ ［宋］胡仔：《苕溪渔隐丛话·前集》卷九转引《高斋诗话》语，人民文学出版社，1962。

于点化杜甫语尔"①。叶梦得《石林诗话》卷中载：荆南人高荷"学杜子美作五言,颇得句法"②。宋人学杜走向极端导致剽窃杜诗弊病的产生,对此,陈师道抨击道："今人爱杜甫诗,一句之内,至窃取数字以仿像之,非善学者。"③这恰从反面证实了杜诗的权威性与经典性。至宋末,方回推崇杜甫为江西诗派之"初祖",可谓杜诗经典化的理论表达与学术总结。

其三,著书立说者大量引用杜诗,亦为时代风尚。《吟窗杂录》是北宋学者陈应行编撰的一部汇集从初唐到北宋有关诗格、吟谱、句图以及诗论的总集,该书引用杜诗数十次；南宋陈景沂编撰花谱类著作集大成者《全芳备祖》,征引杜诗更是多达上百次。

有宋一代,在经典化机制的运作下,杜诗经典化同时存在多种路径。文献学领域中,有关杜诗编辑、整理、注释的成果十分丰硕,注家们不懈地追求诗作收集的完备以及注解的翔实准确,为文人士大夫学习和欣赏杜诗奉献出日趋完美的文学教材,杜诗经典化由此获得坚实的基础平台。诗学领域内,品评杜诗逐渐成为一种主流学术传统,文人士大夫以"诗话"为载体,论说老杜人品,漫谈读杜感悟,撷取杜诗英华,交流学杜心得,对于提高士人群体感知和欣赏杜诗的整体水平,加速杜诗经典化历史进程,发挥了积极作用。

诗话正式出现于北宋④,现存第一部以"诗话"命名的著作当是欧阳修的《六一诗话》。诗话在文体特征上近似随笔,形式灵活,漫无拘束,不求逻辑严密和系统完整。作者有感而发,点到为止,表达十分自由,符合中国古代文人士大夫长期以来以直觉体悟见长的品诗习惯。加之欧阳修作为文坛领袖的名人效应,诗话写作很快流行开来,作者队伍不断增长。今人所编《宋诗话全编》⑤共收录宋代诗话562家,作者群中包括蜚声文坛的大文豪如欧阳修、苏轼,著名政治家如王安石、司马光,杰出思想家如邵雍、程颐,至于以创作名世的文学家如杨忆、苏辙、黄庭坚、秦观、贺铸、陈师道等,更是以十计数。

宋代诗话的兴盛标志着中国古代诗学理论发展到一个新的历史高度,

---

① ［宋］葛立方：《韵语阳秋》卷二,载［清］何文焕辑《历代诗话》,中华书局,1981,第495页。
② ［宋］叶梦得：《石林诗话》卷中,载［清］何文焕辑《历代诗话》,中华书局,1981,第419页。
③ ［宋］张表臣：《珊瑚钩诗话》卷二,载［清］何文焕辑《历代诗话》,中华书局,1981,第465页。
④ 关于诗话的缘起、发展与性质,详见王运熙、顾易生主编：《中国文学批评通史·宋金元卷》第二章《宋诗话的发展及其理论批评》,上海古籍出版社,1996。
⑤ 吴文治主编：《宋诗话全编》,江苏古籍出版社,1998。

是文学自觉意识与审美意识深化的具体表现。数百种诗话构建起宋人表达诗学观念、发表诗歌批评意见、交流读诗心得的学术平台，传递着关乎诗坛风尚嬗变、名人审美取向、诗歌理论总结等重要信息，备受广大士人重视，几成必读之书。南宋诗人胡仲弓（生卒年不详，1266 年前后在世）曾于雪中"独坐看诗话"（《雪中杂兴四首》之二），另一位诗人危积（1158—1234）曾向朋友借诗话阅读，作有《借诗话于应祥弟有不许点抹之约作诗戏之》一诗。前人所作诗话被后人引用或摘录的现象在宋代非常普遍，最具代表性的是胡仔编撰《苕溪渔隐丛话》，先后共引用他人所著诗话评论 300 余次，真可谓不引不成书。宋末元初蔡正孙（生卒年不详）选编晋、唐、宋 59 位诗人作品，加以评论而成《诗林广记》，全书以诗隶人，又以诗话隶诗，先后摘引的宋人诗话多达 40 余种，其中不少著作如《蔡正宽诗话》《苕溪渔隐丛话》被反复引用多次。史容注黄庭坚诗，《山谷外集诗注》一书引用本朝诗话多达数十次。祝穆编撰类书《事文类聚》也大量引用本朝各种诗话。

杜甫诗歌不仅是宋代诗学家热议的话题，更是他们推崇备至的诗歌创作范本，在崇杜热潮的强力推动下，甚至产生了主论杜诗的专著《杜工部草堂诗话》。宋代诗话被赋予杜诗的普及宣传窗口与学习推动平台这两大功能，诗学家精细的点评从不同角度成功地凸现出诗歌文本的艺术魅力，如潮的好评（包括众多重复性评价）更是在整体上强化了接受者对于杜诗作为文学经典的认知。在杜诗经典化路径的拓展方面，宋代诗学家功不可没。

二、宋代诗学家拓展杜诗经典化路径的多种努力

宋代诗学家对于拓展杜诗经典化路径的努力主要体现于以下几个方面：

其一，在李杜并举的同时，部分诗学家着意强调杜甫超越李白之处，以突出杜诗为唐诗"第一"的伟大成就，确立他在中国诗歌史上的经典地位。

中唐元稹论李杜优劣，先杜而后李，韩愈则不以为然，做出"李杜文章在，光焰万丈长"的针对性反驳。宋代诗话家普遍认同韩愈之说，论诗往往李杜并重，对二人均给以充分肯定。例如严羽《沧浪诗话·诗评》云："李杜二公正不当优劣。太白有一二妙处，子美不能道；子美有一二妙处，太白不能作。子美不能为太白之飘逸，太白不能为子美之沉郁。"① 即为公

---

① ［宋］严羽：《沧浪诗话·诗评》，载［清］何文焕辑《历代诗话》，中华书局，1981，第689 页。

允之论。然元稹说之影响依旧可见，先杜而后李的宋代文人并非个别。王安石编《四家诗》，以杜甫为第一，欧阳修次之，韩愈又次之，而以李白为下，根本原因在于"白识见污下，十首九说妇人与酒"①。尽管鲜有人支持此说，但赞成如此排序者却大有人在，例如陆游《老学庵笔记》认为"《四家诗》未必有次序，使诚不喜白，当自有故。盖白识度甚浅，观其诗中如'中宵朝归揖二千石'……之类，浅陋有索客之风。集中此等语至多，世俱以其词豪俊动人，故不深考耳"②。在诗话作者队伍里，黄彻持论最为偏激，《巩溪诗话》卷三云：

> 世俗夸太白赐床调羹为荣，力士脱靴为勇。愚观唐宗渠渠于白，岂真乐道下贤者哉，甚意急得艳词媟语，以悦妇人耳。白之论撰，亦不过为玉楼、金殿、莺鸯、翡翠等语，社稷苍生何赖？就使滑稽傲世，然东方生不忘纳谏，况黄屋既为之屈乎？说者以谋谟潜密，历考全集，爱国忧民之心如子美语，一何鲜也。力士闾阎腐庸，惟恐不当人主意，挟主势驱之，何所不可，脱靴乃其职也。自退之为"蚍蜉撼大木"之喻，遂使后学吞声。余窃谓如论其文章豪逸，真一代伟人，如论其心术事业，可施廊庙，李杜齐名，真忝窃也。③

通过诗歌题材、内容以及意象的对比，得出李杜优于李的结论，反击矛头的锋芒直指韩愈。葛立方的态度也值得注意，二人并称时先杜后李，两者比较之后，结论为"则杜甫诗，唐朝以来一人而已，岂白所能望耶"④！相比之下，张戒的态度显得含蓄温和，他认为自建安至近世，"思无邪者，惟陶渊明、杜子美耳，余皆不免落邪思也"。虽不言李，却也道出李杜之差异。在分析个别诗歌文本时，张戒偶有李不如杜之叹，例如评点杜甫《乾元中寓居同谷七歌》云："杜子美李太白才气虽不相上下，而子美独得圣人删诗之本旨，与《三百五篇》无异，此则太白所无也。"⑤

宋人同样欣赏豪放飘逸的李白诗歌，但因为"杜甫有好义之心，白所

---

① 对此，宋代文献多有记载，如胡仔《苕溪渔隐丛话·前集》、陈善《扪虱新话》、蔡正孙《诗林广记》等。
② ［宋］陆游：《老学庵笔记》，中华书局，1979，第79页。
③ ［宋］黄彻：《巩溪诗话》，载丁福保辑《历代诗话续编》，中华书局，1983，第351页。
④ ［宋］葛立方：《韵语阳秋》卷一，载［清］何文焕辑《历代诗话》，中华书局，1981，第486页。
⑤ ［宋］张戒：《岁寒堂诗话》卷下，载丁福保辑《历代诗话续编》，中华书局，1983，第469页。

不及也"①，才置李于杜之后，有了李白的陪衬，杜诗"第一"的立论才具有说服力。上述阐释虽非主流，却因与独具特色的诗歌"宋调"的形成与发展有着密切关系，故应予以充分重视。典型的"宋调"形成于北宋中期②，此时，伴随儒学的复兴，诗坛劲吹复古之风，在对晚唐、宋初诗风的批判和变革中，诗歌不仅完成了议论化与理性化的特征建构，而且被赋予浓厚的儒家政教诗学色彩。杜甫诗歌关注现实的价值取向，忧国忧民的济世情怀以及直陈时弊的批判精神，高度契合了复古倡导者与践行者干预现实、变革诗风的文化需求，故而成为他们崇拜与效仿的对象。诗坛领袖欧阳修《堂中画像探题得杜子美》诗赞曰："风雅久寂寞，吾思见其人。杜君诗之豪，来者孰比伦？生为一身穷，死也万世珍。言苟可垂后，士无羞贫贱。"③该诗完全可以归于道德评价体系。王安石在舒州通判任上编撰了一部《杜工部诗后集》，在《老杜诗后集序》中说道："予考古之诗，尤爱杜甫氏作者，其辞从所出，一莫知穷极，而病未能学也。"④崇杜之情溢于言表。梅尧臣言诗，也不止一次标举"少陵豪"的风范。宋人先杜后李的诗学评价实植根于儒家伦理文化的土壤之中。

其二，宋代部分诗学家以儒家伦理为本位解读杜诗，深入发掘杜诗所具儒学思想内涵，视杜甫为诗中圣人，为杜诗的经典化提供强大的理论支持力量。

赵宋王朝建立之初，为了及时有效地恢复晚唐五代以来被严重破坏的社会等级制度，维护专制皇帝的绝对权威，采取了尊崇儒学、优宠文臣的治国策略，儒家道德伦理纲常在国家的层面上得到大力提倡。政治文化领域出现的儒学复兴浪潮给予北宋文坛强有力的影响，北宋文学复古运动以继承儒家道统为己任，尽管以欧阳修为领袖的复古家最为顶礼膜拜的对象是儒家道统论的代表人物韩愈，但以"致君尧舜上，再使风俗淳"为毕生追求的杜甫也无可争议地具备他们推崇的资格。宋代理学的兴起构成了杜诗经典化的另一重要思想背景。二程、朱熹为代表的理学家以儒家正统的"道统"自诩，以复明圣人之道为己任，他们援佛、道入儒，改变了传统儒学的面貌，不过，其思想体系核心价值观仍以儒家为主。自称"小儒""腐儒"的杜甫，以文学艺术的形式形象地阐释了忠君爱国、大济苍

---

① ［宋］阮阅编，周本淳校点：《诗话总龟》后集卷之五，人民文学出版社，1987。
② 详见许总：《宋诗史》，重庆出版社，1997，第4页。
③ ［宋］欧阳修：《欧阳修集》卷二，黑龙江人民出版社，2009，第415页。
④ 高克勤：《王安石诗文选评》，上海古籍出版社，2002，第54页。

生的儒家思想观念，其诗歌创作成就被誉为攀上"儒家诗文化的高峰"①。深受理学思想影响的宋代诗学家将杜诗作为重要的文化资源，他们采用经学阐释话语，不断发掘和强化作为文学文本的杜诗所具有的儒家经典价值，直言"老杜诗当是诗中《六经》，他人诗乃诸子之流也"②。诗人一旦比肩圣人，杜诗的崇高地位更加无人撼动。

在众多宋诗话中，黄彻所撰《巩溪诗话》与张戒所撰《岁寒堂诗话》犹值一提。黄张二人同为北宋宣和六年进士，二人均借助尊经重道的思想平台，极力为杜诗披上儒家经典的神圣外衣。

黄彻（1090—1168），字常明，号太甲，晚号巩溪居士，宣和年间进士。黄彻赋性介洁，疾恶如仇，立身处世，恪守道义。据郭绍虞先生考证，《巩溪诗话》成书于绍兴年间张浚罢相后③，是书论诗以"存风雅"为准绳，欣赏诗歌"有诚于君亲，厚于兄弟朋友，嗟念于黎元休戚，及近讽谏而辅名教者"（《自序》），《巩溪诗话》多次从儒家伦理纲常出发解读杜甫诗歌，并予以高度肯定，兹举数例如下：

> 东坡问老杜何如人，或言似司马迁，但能名其诗耳。愚谓老杜似孟子，盖原其心也。（卷一）
> 殊不知老杜一言一咏，未尝不在于忧国恤人，物我之际，则淡然无著。《夏日叹》曰："浩荡想幽蓟，王师安在哉？"《夏夜叹》曰："念我荷戈士，穷年守边疆。"此仁人君子之用心，终食不可忘也。（卷九）
> 老杜所以为人称慕者，不独文章为工，盖其语默所主，君臣之外，非父子兄弟，即朋友黎庶也。
> 观《赴奉先咏怀五百言》，乃声律中老杜心迹论一篇也。……少陵之迹江湖而心稷契，岂为过哉。孟子曰："穷则独善其身，达则兼善天下。"其穷也未尝无志于国与民，其达也未尝不抗其易退之节，早谋先定，出处一致矣。（卷十）④

黄彻持论多本儒家伦理，以孟子比杜甫，其目的正是通过肯定杜诗的经学价值而提升其历史地位。日后，宋何溪汶《竹庄诗话》、蔡梦弼《草

① 刘修明：《儒生与国运》，浙江人民出版社，1997，第358页。
② ［宋］蔡梦弼集录：《杜工部草堂诗话》卷一引《扪虱新话》语，载丁福保辑《历代诗话续编》中华书局，1983，第204页。
③ 郭绍虞：《宋诗话考》，中华书局，1979，第65页。
④ ［宋］黄彻：《巩溪诗话》，载丁福保辑《历代诗话续编》，中华书局，1983。

堂诗话》、阮阅《诗话总龟》、魏庆之《诗人玉屑》，元高楚芳《集千家注杜诗》，清仇兆鳌《杜诗详注》等著作均引用过《巩溪诗话》评说，是书在古代诗学史上的影响由此可见一斑。

张戒字定复，生卒年不详，宣和六年（1125）进士。张戒其人名虽不著称于世，然《岁寒堂诗话》颇受后人称道。全书共两卷，上卷为诗歌总论，下卷为杜甫诗歌专论。《四库全书总目题要》谓是书"始明言志之义，而终之以无邪之旨"①。观张戒论杜诗，方知此言不差。评《自京赴奉先县咏怀五百字》云："少陵在布衣中，慨然有致君尧舜之志，而世无知者，虽同学翁亦颇笑之，故'浩歌弥激烈'，'沈饮聊自遣'也。此与诸葛孔明抱膝长啸无异，读其诗，可以想其胸臆矣。嗟夫，子美岂诗人而已哉！……至于'忧端齐终南'，此岂嘲风咏月者哉？盖深于经术者也，与王吉贡禹之流等矣。"评《哀王孙》云："可谓心存社稷矣。"评《可叹》云："观子美此篇，古今诗人，焉得不伏下风乎？忠义之气，爱君忧国之心，造次必于是，颠沛必于是，言之不足，嗟叹之，嗟叹之不足，故其词气能如此，恨世无孔子，不列于《国风》《雅》《颂》尔。"②他还以《乾元中寓居同谷七歌》一诗为例，具体说明杜诗已达到《诗大序》"主文而谲谏"的要求，完全具备"群""怨"之教化功能，以诗为经的解读立场昭然可见。

类似评论还见于《唐子西文录》《苕溪渔隐丛话》。前者追记北宋文学家唐庚（1070—1120，字子西）论诗文之语录，后者为北宋著名诗学家胡仔传世名作，材料收罗相当齐备。唐庚论诗极力推崇杜甫，所谓"六经已后，便有司马迁，三百五篇已后，便有杜子美。六经不可学，亦不须学，故作文章当学司马迁，作诗当学杜子美，二书亦须常读，所谓'何可一日无此君'也"③，视杜诗与六经同等看待，后来何溪汶撰《竹庄诗话》，卷五转引此说以示赞同。胡仔论诗推崇李杜苏黄四家为诗之集大成者，然《丛话》评李诗仅两卷，评杜诗则多达十三卷，他于开篇引东坡语，认为杜诗"夫发于性，止于忠孝"，乃变风变雅之声，"古今诗人众矣，而杜子美为首，岂非以其流落饥寒终身不用，而一饭未尝忘君也欤"④！其品诗思路仍然未脱儒学影响。

上述诸位诗学家均具有较高的审美鉴赏水平，无意抹杀或改变杜诗作

① ［清］永瑢等：《四库全书总目》（下）卷一九五，中华书局，1965，第1784页。
② ［宋］张戒：《岁寒堂诗话》卷下，载丁福保辑《历代诗话续编》，中华书局，1983。
③ ［宋］强幼安述：《唐子西文录》，载［清］何文焕辑《历代诗话》，中华书局，1981，第441页。
④ ［宋］胡仔：《苕溪渔隐丛话·后集》卷五《杜子美》一，人民文学出版社，1962，第29页。

为文学经典的根本属性，他们之所以将其与儒家六经相提并论，既受现实文学批评风气影响，也是传统诗学的力量使然。以诗为经阐释方式的成功运用，最终实现了文学路径与思想路径的合二为一，最终将杜诗推上经典殿堂的最高端。

其三，宋代诗话作者普遍具有深厚的诗学素养，尤其长于艺术感悟，对于杜诗所具有的文学成就多有独到见解。经过他们细致而精妙的评点，杜甫诗歌作为文学经典的样板价值得到空前彰显。

宋代诗学家关于杜诗艺术成就的评点散见于多部诗话，稍加整合，便不难发现其内部的系统性，所论几乎涵盖诗歌创作形式范畴的诸因素。当然，最为集中的评论应为杜诗用字用句之法，兹举若干例：

老杜诗云："行步欹危实怕春。""怕春"之语，乃是无合中有合。谓"春"字上不应用"怕"字，今却用之，故为奇耳。

——吴可《藏海诗话》

唐律七言八句，一篇之中，句句皆奇，一句之中，字字皆奇，古今作者皆难之。……如老杜《九日》诗云："老去悲秋强自宽，兴来今日尽君欢。"不徒入句便字字对属。又顷刻变化，才说悲秋，忽又自宽，以"自"对"君"甚切，君者君也，自者我也。"羞将短发还吹帽，笑倩旁人为正冠。"将一事翻腾作一联，又孟嘉以落帽为风流，少陵以不落为风流，翻尽古人公案，最为妙法。

——杨万里《诚斋诗话》

临川王介甫曰："老杜云：'诗人觉来往。'下得'觉'字大好。'暝色赴春愁。'下得'赴'字大好。若下'见'字'起'字，即小儿言语。足见吟诗要一字两字工夫也。"

——蔡梦弼《杜工部草堂诗话》卷二

虚活字极难下，虚死字尤不易，盖虽是死字，欲使之活，此所以为难。老杜"古墙犹竹色，虚阁自松声"及"江山有巴蜀，栋宇自齐梁"，人到于今诵之。予近读其《瞿塘两崖》诗云："入天犹石色，穿水忽云根。""犹""忽"二字如浮云风，闪烁无定，谁能迹其妙处。

——范晞文《对床夜语》卷二 "老杜诗"①

---

① 以上文献均引自丁福保辑：《历代诗话续编》，中华书局，1983。

诸家肯定杜甫用字之妙，且揭示出妙在何处，而后者带有提炼艺术经验的性质。关于杜诗用句，宋人的评论视角兼具宏观与微观。叶梦得（1077—1148）《石林诗话》借用禅宗云门三种语概括出杜诗特有的三种句式，并联系具体诗句说明何为涵盖乾坤、随波逐浪以及截断众流，在整体把握中勾勒出杜诗多样审美风貌。《漫叟诗话》则以"两个黄鹂鸣翠柳，一行白鹭上青天"为例，说明杜甫变拙句为奇作之功力，属于以小见大之范例。

宋代诗话对于杜诗的艺术发微，内容十分丰富，或赞其艺术开创之功，如《彦周诗话》称"画山水诗，少陵数首，无人可继者"。或言其状物写景之妙，如《岁寒堂诗话》认为杜甫《江头五咏》咏出了对象不同的"格致韵味"，字字实录。或探讨杜诗情景之关系，如《对床夜语》以联或句为单位，归纳出先景后情、先情后景、景中之情、情中之景、情景相触而莫分等不同境况，并在此基础上强调"固知景无情不发，情无景不生"的意境生成规律。除此之外，宋代诗话还就杜诗用韵、用典、对仗等方面的成就给予评点，同时兼及诗集文字校勘以及后人接受情况，因材料太多，兹不一一列举。

宋代诗话成功地凸显了杜甫诗歌的样板价值，但凡诗话提及的老杜作品，往往会受到时人和后人更多的关注，诗话作者对于杜诗评论的回应率和接受程度也很高。《送蔡都尉诗》在杜集中本非最为出色的作品，但自欧阳修《六一诗话》记载了陈从易对于诗中"身轻一鸟过"之"过"字的赞赏后，该诗便成为作诗用字的经典范例，自宋至清，先后有近二十部诗话引用此诗，说明"诗句以一字为工，自然颖异不凡，如灵丹一粒，点铁成金"①的重要性。苏轼由徐州移知湖州道中写下《人日猎城南会者十人以"身轻一鸟过枪急万人呼"为韵轼得鸟字》一诗，同行者其他九人也都有同题诗作②，这也反映出该诗影响的扩大。黄彻《巩溪诗话》言"老杜似孟子"，此语一出，先后有本朝《草堂诗话》《诗人玉屑》《诗话总龟》，元《南溪笔录群贤诗话》、高楚芳《集千家注杜诗》以及清仇兆鳌《杜诗详注》、刘凤诰《存悔斋集》卷二十七《杜诗话》等著作以引用的方式给予回应和认同。

倡导作诗学杜是宋代诗话的重要内容，《唐子西文录》直言"作诗当学杜子美"，《后山诗话》进一步指出"学诗当以子美为师"的原因在于其

① ［宋］魏庆之：《诗人玉屑》卷六"一字之工"条，上海古籍出版社，1978，第141页。
② ［清］查慎行补注：《补注东坡编年诗》，载《文渊阁四库全书》，台湾商务印书馆（台北），1986，第1111册，第359—360页。

"有规矩故可学"，《藏海诗话》则提出基本原则是"学诗当以杜为体，以苏黄为用"。《沧浪诗话》《诗人玉屑》别裁诗体，概括出"后山体"的学杜特点为"其语似之"；《岁寒堂诗话》云："黄庭坚自言学杜子美"；《环溪诗话》作者吴沆自称："退而学杜诗，连夜熟读精，选得五百有八十篇。"在相对封闭的文化环境内，大致相同的信息以多次重复的方式不断传递出来，势必形成乃至强化社会成员的认同态度，宋代诗坛浓厚的学杜氛围以及宋人自觉的学杜意识，正是在这样的学术背景下产生并强化的。宋代诗话对于杜诗的经典化大造声势，成效十分显著。

第四节　发掘原创魅力　树立文学经典：
明代小说评点与《水浒传》的文学经典生成

美国学者哈罗德·布鲁姆指出："任何一部要与传统做必胜竞赛并加入经典的作品，首先应该具有原创魅力。"[①] 这一结论虽针对西方经典的形成而得出，却同样适合于中国古代文学经典。不过，并非所有作品的原创魅力从一开始就能够被广大受众深刻感知和普遍认可，迅速取得征服人心的经典效应，尤其是那些离经叛道的作品，接受者必须突破传统偏见，超越主流话语设置的障碍，方能真切地体味原创的魅力，而这正是作品成为经典的前提之一。因此，接受者具有发现"原创魅力"的眼光至关重要，那些富有创新性、审美性和挑战性的文本阐释，足以开辟出通往经典殿堂的路径，《水浒传》的经典化便是一个极具说服力的例证。

作为一部在中国文学史与学术史上产生过重要影响的古典名著，《水浒传》的"小说"身份导致其历史际遇迥异于传统诗词文赋，经典化过程始终充满矛盾与争议。一方面它深受大众喜爱，其原创魅力使大众称奇叫绝之声不绝如缕，另一方面又长期遭到强烈的质疑与批判，甚至数度面临被禁毁的命运。如果我们根据《水浒传》经典化路径进行身份判定，它显然不属于官方的经典，因从未得到官方认可，故不可能"通过教育、赞助和宣传而被体制化"[②]，最终成为官方选定的教科书。从传统文人眼中的稗家野史到现代学术视野中的"四大名著"之一，《水浒传》最终能够进入

---

① ［美］哈罗德·布鲁姆：《西方正典：伟大作家和不朽作品》，江宁康译，译林出版社，2011，第5页。

② 周宪：《经典的编码与解码》，《文学评论》2012年第4期。

文学经典殿堂，明代小说评点家富有文学性和审美性的精妙解读发挥了不可忽视的重要作用，因此，称之为"批评的经典"或许更为恰当。

一、历史、道德的解读与《水浒传》经典性的被遮蔽

《水浒传》的成书年代因现存各刊本所署不一，至今尚无定论，然至迟在明万历年间是书已广为流传，并深受世人喜爱。受众既有下层百姓，也不乏文人士大夫，诚如著名学者、诗人和文艺批评家胡应麟所言："今世传街谈巷语有所谓演义者，盖尤在传奇杂剧下，然元人武林施某所编《水浒传》特为盛行"，"今世人耽嗜《水浒传》，至缙绅文士亦间有好之者"。① 其时，甚至出现"上自名士大夫下至厮养隶卒，通都大郡穷乡小邑，罔不目览耳听，口诵舌翻"②的传播盛况。对于这样一部流传甚广、众口称奇的著作，却因文本内容的复杂性和文体的特殊性而导致明清两代文人评价的巨大差异，历史的、道德的，乃至文学的多种解读立场导致是书在传播过程中出现多种身份认定，其中史书的标签以及道德的评判于无形中"堵塞"了《水浒传》通往经典殿堂的路径。

立足于尊经重史的学术本位，《汉书·艺文志》著录"小说十五家"时，做出"小说家者流，盖出于稗官。街谈巷语，道听涂说者之所造也"的概念界定和价值判断。根据这一经典定义，但凡不属于宏大叙事的如正史及儒家经典，抑或采用非传统文体撰写的各类杂著均被纳入小说的范畴，所谓"诸子十家，其可观者九家而已"的言说，赋予小说异常低下的学术地位。由此遂导致中国古代小说发展史上一个耐人寻味的现象，即不少小说家不愿承认所撰著作的小说身份，他们希望通过强调故事内容的真实可靠性，来为自己的作品披上一件"信史"的外衣，以便提高其社会价值与学术地位。明清两代文人对于《水浒传》的解读也出现过类似情况。

《宋史》以及宋人笔记如罗烨《醉翁谈录》、周密《鬼辛杂识续集》对于宋江等人起义事件的记载，深刻地影响到《水浒传》接受者初始阐释视域的形成，立足于史学立场解读《水浒传》，从一开始便居于学术研究史的正统地位。明朝著名文献学家、藏书家王圻（1530—1615）编撰《续文献通考》共254卷，《水浒传》被编入第177卷《经籍考》的"传记"类中，同时入编的还有《宋名臣传》《中兴小传》《西湖古今事实》等著作，

---

① ［明］胡应麟：《少室山房笔丛·辛部·庄岳委谭下》，上海书店出版社，2001，第436、437页。

② ［明］许自昌：《樗斋漫录》卷六，载马蹄疾编《水浒资料汇编》，中华书局，1977，第358页。

由此不难发现《水浒传》的史部归属。与此相同，著名藏书家、目录学家高儒亦将《水浒传》归入"史部"，《百川书志》卷六"野史"类载："《忠义水浒传》一百卷：钱塘施耐庵的本，罗贯中编次。宋寇宋江三十六人之事，并从副百有八人。当世尚之。"[1]诗人王叔承（1537—1601）之所以在《君不见苕川席上戏赠晋陵朱说书》一诗中高唱："君不见，罗生《水浒传》，史才别逞文辉烂"[2]，同样出于以传为史的解读立场。然而，由于《水浒传》讲述的故事或严重偏离历史事实，或根本无中生有，情节多为艺术虚构，以之为史，显然缺少足够的说服力，故招致非议在所难免，例如胡应麟《少室山房笔丛》在肯定《水浒传》深受读者欢迎的同时，随即又指出"世率以其凿空无据，要不尽尔也"[3]。著名刻书家、藏书家、文学家许自昌（1578—1623）更是在所撰杂俎小说集《樗斋漫录》卷六中，将小说的相关描写与历史事实进行比较，明确指出：

> 余惟此书多与史传不合，如《宋史》宣和三年二月淮南盗宋江寇京东州郡至海州知州，张叔夜败之，江乃降，未尝命高太尉童大王也。而《水浒传》系于四年。……余藏《癸辛杂志》《宣和遗事》，所载详略不同，若田虎王庆，归功水浒，固不足辨，如蓟州五台，此时正属契丹，宋人岂能掉臂出入耶？又瓦子团头，杭州市井，岂出于杭人之笔，不免夹带乡谈耶？而《黄花峪》《花和尚》二杂剧，不见本传，何耶？愚意宋江自在山东，而《宋史》书淮南，已可笑，其金华将军事，又可笑，金华令曹杲，真定人，仕吴越，有功杭州，庙食涌金门内，载在祀典，与张顺何预耶？又金铃钓挂，系之华山，益可笑，盖江未尝越开封而至陕西明矣，抑讹泰山作华山，蔡衔内作任原耶？[4]

他自觉地站在"史家"的立场，对小说家的虚构给予了全盘否定。

面对来自读者群中的种种质疑，不少喜爱该书的文人士大夫纷纷为之辩解。辩解者多采取以史证之的方法，力图证明小说讲述的故事具有历史真实性，从而确保《水浒传》的史学价值，并以此提高它在文学史上的地位。明末刻书家袁无涯（生卒年不详）作《〈忠义水浒全书〉发凡》，标举

---

① [明] 高儒：《百川书志》卷六，古典文学出版社，1957，第 82 页。
② [清] 钱谦益编：《列朝诗集》丁集卷九，中华书局，2007。
③ [明] 胡应麟：《少室山房笔丛·辛部·庄岳委谭下》，上海书店出版社，2009，第 436 页。
④ [明] 许自昌：《樗斋漫录》卷六，引自朱一玄、刘毓忱编《水浒传资料汇编》，百花文艺出版社，1981，第 216 页。

《左传》为传类著作之始，在明知"是书盖本情以造事者"、具有虚构特征的前提下，仍然刻意指出"《宋鉴》及《宣和遗事》姓名人数，实有可征，《七修类稿》亦载姓名，述冠中三十六天罡，七十二地煞"①，为了确证《水浒传》的存在价值而竭力寻找和强调小说文本与史书的亲缘关系。晚清著名学者、藏书家史梦兰（1813—1899）亦采用相同的方法，所作《止园笔谈》云："稗官小说不尽凿空，必有所本，如施耐庵《水浒传》微独三十六人姓名见于龚圣予赞，而首篇叙高俅出身与《挥麈后录》所载一一吻合。"②事实上，无论褒贬，如果一味拘泥于小说的人物、事件与史书记载之间的对应关系和联系，纯粹从史学的立场出发去解读和评判《水浒传》，显然无法对是书之所以令人称奇叫绝的真正原因做出合理的，进而是正确的解答，自然也无益于提高小说的社会地位，其结果反倒抹杀了《水浒传》作为小说的独特的原创价值，只能使其沦为史书的附庸。

如笔者在第三章所述，道德评价在中国古代文学经典化机制运作中占据着十分重要的位置。在社会道德体系十分完善的背景下，参与经典建构的各种要素都可能受到道德的影响，历代受众的道德观念及其价值评判既可以助推文学文本进入经典行列，也可能构成文本经典化的巨大障碍。受儒家道德功利文艺观的影响，道德评判长期作为《水浒传》意义阐释的一大主流而存在。否定者站在维护道统的立场，视是书为倡乱之作，认为"其中皆倾险变诈之术，兵家用鬼之道"③，坏人心术，故要求世人"毋看《水浒传》及笑资戏文诸凡无益之书"④。肯定者同样从道德立场出发，抓住"忠义"二字生发意义，大唱赞歌，例如，明代署名"大涤余人"的《刻〈忠义水浒传〉缘起》认为《水浒传》"惟以招安为心，而名始传，其人忠义也"，"所杀奸贪淫秽，皆不忠不义者也"。顾伶《跋水浒图》则进一步指出，《水浒传》乃小说家为讽谏张士诚而作，其影响在三百年后仍然存在，"高杰、李定国之徒，闻风兴起，始于盗贼，归于忠义，未必非贯中之教也"⑤。此类阐释或以偏概全，或牵强附会，难以自圆其说，尤其面对"自有《水浒传》出而世慕为杀人寻仇之英雄好汉者多"⑥的社会效应，片

---

① 引自马蹄疾编：《水浒资料汇编》，中华书局，1977，第14页。
② [清]史梦兰：《止园笔谈》卷六，载《续修四库全书》编纂委员会编《续修四库全书》第1141册《子部·杂家类》，上海古籍出版社，1996，第202页。
③ [明]张萱：《西园闻见录》卷二十四，载《续修四库全书》编纂委员会编《续修四库全书》第1168册《子部·杂家类》，上海古籍出版社，1996，第591页。
④ [明]冯徒吾：《少墟集》（四库明人文集丛刊），上海古籍出版社，1993，第127页。
⑤ 引自马蹄疾编：《水浒资料汇编》，中华书局，1977，第14、85页。
⑥ [清]邱炜荽：《五百石洞天挥麈》卷十二，清光绪二十五年邱氏粤垣刻本。

面的"忠义"说更是显得苍白无力,自然也无助于改变《水浒传》屡遭禁毁的历史命运。事实上,一味纠结于小说的道德功用与伦理价值,完全忽略或根本抹杀小说的原创魅力,实际上也堵塞了《水浒传》进入经典行列的路径。

二、明代小说评点与《水浒传》经典化机制运作的启动

从特定角度审视,可以说"一部文学作品能够赢得经典地位的原创性标志是某种陌生性"①,《水浒传》之所以一问世便获得"奇书"之称,很大程度上得益于文本特殊的审美风貌带给读者种种具有陌生感的审美愉悦。那些对《水浒传》进行纯粹的历史解说和道德评判的批评家,一个致命的错误就在于无视文本"陌生性"的存在,完全忽略了这种与史书或经书完全不同的"陌生性"带给读者的独特的美感享受,企图凭借传统的巨大惯性,将小说纳入自己所熟悉的主流话语的解释系统之中,因而难以对《水浒传》之"奇"做出合理而又深刻的解释。

在充满争议的《水浒传》解读之中,明代小说评点家犹如异军突起,表现十分抢眼和出色。他们具有非凡的批判勇气与卓越的学术见识,能够大胆突破由传统主流学术话语建构起来的种种屏障,凭借自身极富艺术性的文心与才情,自觉地站在文学批评的立场,运用非史学系统和经学系统的阐释话语,从审美的角度切入,着力发掘小说文本的"陌生"之处(亦即创新之处),并大做文章,从不同角度发掘和品评《水浒传》的超越前人的奇绝之特点,从而揭示出小说文本的原创魅力之所在。他们别具一格的评点产生了振聋发聩的社会效应,开辟出《水浒传》通往文学经典殿堂的新路径②。

小说评点是中国古典小说的主体批评形式,评点家通过圈点、眉批、旁批、夹注、回评、总序等不同形式展开对于小说文本的具体评说。从历

---

① [美]哈罗德·布鲁姆:《西方正典:伟大作家和不朽作品》,江宁康译,译林出版社,2011,第3页。

② 有明一代,还有一些文人对《水浒传》的艺术魅力,也表达了认可与欣赏,例如,胡应麟尽管对《水浒传》从整体上持否定态度,但仍然肯定小说在人物安排和塑造方面取得的成就,《少室山房笔丛》卷四十一云:"至其排比一百八人,分量重轻纤毫不爽,而中间抑扬映带,回护咏叹之工,真有超出语言之外者。"(上海书店出版社,2001,第437页。)公安派"三袁"之一的袁宏道在《东西汉通俗演义序》中盛赞《水浒传》的语言特色,转述其友人语曰:"予每检《十三经》或《二十一史》,一展卷即忽忽欲睡去,未有若《水浒》之明白晓畅,语语家常,使我捧玩不能释手者也。"(黄霖编:《中国历代小说批评史料汇编校释》,百花洲文艺出版社,2009,第217页。)但此类表述比较零散,缺乏较为广泛的历史影响力。

史发展的角度看，小说评点渊源有自，当代学者或认为"直接源导于唐宋以来的诗话及诗文评点著作"①，或认为渊源于古籍的"注释"，实为"古代典籍评注形式在小说戏曲批评中的运用"②，或认为"小说评点的源头与儒家经学传统相联结"，其"渊源当与古人读书法和儒家经学传统有着深刻的历史联系"③，结论不一而足。笔者认为，小说评点与古籍注释存在极大区别，因为它不是一般意义上的注音释辞，其目的并不在于帮助读者扫除阅读上的文字障碍，不属于训诂学范畴。就小说评点普遍附着于某一著作整体而进行这一特点而言，它与经学上的注疏的确存在相通之处。但作为一种新型的文学批评形式，它因注重发表评点者的个人感悟和一己之见，表达具有一定的随意性与主观性，不以代圣人"立言"为己任，不遵循"疏不破注"的原则，故体现出与经学注疏的本质差异，而与诗文评点更为接近。

据现存文献资料来看，最早的小说评点本问世于明朝万历年间，随着小说创作的繁荣，这一新起的批评样式很快盛行起来。其中，李贽《李卓吾评〈忠义水浒全传〉》（袁无涯刻本）、叶昼《李卓吾批评〈忠义水浒传〉》（明容与堂万历三十八年刻本）④ 以及金圣叹的贯华堂刻《第五才子书〈水浒〉七十回总评》，对于《水浒传》作为文学经典的生成，发挥了非常重要的作用。

开始具有比较自觉的评点意识的李贽（1527—1602，字宏甫，号卓吾，泉州人）被誉为小说评点的"实际开创者之一"⑤。据袁无涯称，《李卓吾评〈忠义水浒全传〉》一书来自李贽门人杨定见，评点原稿经现代学者考订当出自李贽之手⑥。李贽的评点于开篇有序，序后有总纲，正文有眉批、夹注，回末有总批，这种格式奠定了中国古代小说评点的基本形态。李贽围绕《水浒传》展开的种种活动，为该小说的文学经典化做出了不可忽视的贡献。

首先，赋予了小说文本经典的身份。李贽在《忠义水浒传·序》里借用传统学术话语，破天荒第一次将《水浒传》归入"发愤之作"的行列，使之在与"古圣贤"的联系中获得了堪与传统经典比肩的存在价值，其意

---

① 王运熙、顾易生主编：《中国文学批评通史》第四卷，上海古籍出版社，1996，第728页。
② 董洪利：《古籍的阐释》，辽宁教育出版社，1995，第17页。
③ 吴子林：《小说评点知识谱系考察》，《浙江学刊》2001年第5期。
④ 该著作虽署名"李卓吾"，但国内外大多数学者均认为当出自叶昼之手。
⑤ 叶朗：《中国小说美学》，北京大学出版社，1982，第24页。
⑥ 详见叶朗：《叶昼评点〈水浒传〉考证》，载《中国小说美学》，北京大学出版社，1982，第289页。

义不可忽视。其次，彻底摒弃有关稗官野史的传统阐释话语，通过展示古代文体演变发展的历程，凸显了《水浒传》所具有的文学身份，彻底撇清了它与各类史书的关系。李贽大力提倡"童心说"，认为"天下之至文，未有不出于童心焉者也"，童心的力量在于推动着古代文体的演变，催生出一代又一代的优秀作品，故"诗何必古选，文何必先秦，降而为六朝，变而为近体，又变而为传奇，变而为院本，为杂剧，为《西厢曲》，为《水浒传》"①。将戏曲、小说纳入文学批评视野，并将其在文体发展史中的地位与文人士大夫擅长写作的近体诗相提并论，文学史价值由此显现。再次，在小说评点中努力发掘《水浒传》的文学成就，用笔不多却不时闪现出艺术灵光。李贽十分重视人物性格刻画，多次就此发表评论。例如，针对鲁智深火烧瓦罐寺、分金银于史进的情节，评曰："收金银，分金银，又分寸，又细密。"道出鲁智深这一人物粗中有细的性格特征。又如，读到陆虞候设下卖刀计陷害林冲之处，基于对人物性格的准确把握，评点道："有血性汉子，不是之乎者也掉文袋的计策可骗动得，须用本色事本色语激之。只因陆虞候与林冲相好，晓得林冲心性，故有如此巧计。"分析颇为精辟。类似的评语尚有数例，均值得重视。此外，李贽还对《水浒传》在情节结构方面的特点给予了具体分析和评价②。

在揭示小说原创艺术魅力方面，容与堂刻本《李卓吾批评〈忠义水浒传〉》的成就更为突出。叶昼（？—1624？字文通，自称锦翁、叶五叶、叶不夜、梁无知等，无锡人）的评点涉及小说艺术创作的诸多环节，譬如人物塑造、语言运用、情节设置、艺术趣味，评点内容比李贽更为丰富。兹举若干例如下：

施耐庵罗贯中真神手也，摩写鲁智深处便是个烈丈夫模样，摩写洪教头处便是忌嫉小人底身分。至差拨处一怒一喜，倏忽转移，咄咄逼真，令人绝倒，异哉！

——卷之九第九回《柴进门招天下客　林冲棒打洪教头》

《水浒传》文字原是假的，只为他描写得真情出，所以便可与天地相终始。

——卷之十第十回《林教头风雪山神庙　陆虞候火烧草料场》

---

① ［明］李贽撰，张建业主编：《李贽文集》卷一《焚书》，社会科学文献出版社，2000。
② 参见王运熙、顾易生主编：《中国文学批评通史》第五卷，上海古籍出版社，1996，第410页。

《水浒传》文字形容既妙，转换又神。如此回文字，形容刻画周谨、杨志、索超处，已胜太史公一筹。至其转换到刘唐处来，真有出神入化手段。此岂人力可到，定是化工文字，可先天地始后天地终也，不妄！不妄！

——卷之十三第十三回《急先锋东郭争功　青面兽北京斗武》

《水浒传》文字当以此回为第一，试看种种摩写处，那一事不趣，那一言不趣，天下文章当以趣为第一。既是趣了，何必实有是事，并实有是人？若一一推究如何如何，岂不令人笑杀？

——卷之五十三第五十三回《戴宗智取公孙胜　李逵斧劈罗真人》①

此类评点大都带有艺术感悟的特点，作者有感而发，点到为止，虽缺少理论探讨的自觉性、深刻性和系统性，然其中不乏理论价值。例如，明知小说描写的事件"原是假的"，属于艺术虚构，仍然从"真情"的角度给予充分肯定，说明评点家已经注意到小说创作中生活真实与艺术虚构之间的关系，着眼于"真情"而不是"真实"进行阐释和总结，体现的正是对小说文学本质的接近与领悟。叶昼基于对小说艺术构成基本要素的发现与把握，十分重视人物性格的刻画。他多次针对《水浒传》人物塑造的个性化特征给予肯定性评价，在此基础上，进一步指出环境和经历对于人物言行与性格的具体影响（例如第 23 回关于武松打虎与李逵打虎的比较），提出了"《水浒传》文字妙绝千古，全在同而不同处有辨"（第三回回评）的著名论断，如果运用现代文艺学的相关理论进行分析，上述评点内容属于典型环境与典型性格之关系的研究范畴。至于以《水浒传》为例说明"天下文章当以趣为第一"，尽管未能明确阐释"趣"的意义内涵，但客观上已具有提示读者将经典小说与传统儒家思想经典区别开来的价值意义。

金圣叹（1608—1661，名采，字若采，明亡后改名人瑞，字圣叹，苏州吴县人）堪称中国古代最负盛名的小说评点家，所批《水浒传》最具系统性，艺术发微也最见功力。明崇祯十四年，金圣叹集数十年心血为一体的《水浒传》评点，以《贯华堂第五才子书》的名目刊刻问世，立即引起世人高度关注，遍传天下，人称"读之解颐"②，社会影响远远超过李贽、叶昼的评点本。清人梁章钜《归田琐记》卷七"金圣叹"条云："今人鲜

---

① 明容与堂刻：《忠义水浒传》一百回"总评"，引自马蹄疾编《水浒资料汇编》，中华书局，1977。

② ［清］陆文衡：《啬庵随笔》卷五，引自马蹄疾编《水浒资料汇编》，中华书局，1977，第 392 页。

不阅《三国演义》《西厢记》《水浒传》，即无不知有金圣叹……顾一时学者爱读圣叹书，几于家置一编。"[①] 著名学者俞樾（1820—1907）也指出，"金圣叹评《水浒》人人知之"[②]。梁启超甚至说："自圣叹批《水浒》《西厢》后，人遂奉《水浒》《西厢》为冠，以一概抹煞其他之稗官传奇。"[③] 此类评价充分反映出金圣叹对于《水浒传》等文学著作经典化程度提高的杰出贡献。

金圣叹其人博学好奇，才思颖敏，行事多乖张叛逆之处，反映在其对文学文本的评点中，便是尊之为才子奇书，发言手眼独出，不落窠臼。他对于提高小说、戏曲文本的经典地位做出了卓越贡献，清代文人弁山樵子在《〈红楼梦〉发微》中给予了高度评价，其文云：

> 夫小说，一茶余酒后消闲品耳。小说之有评论，一文人学士之舞文弄墨，故作狡狯伎俩耳。两无价值之可言也。然清初有圣叹金氏者，以善评小说著闻，《三国》也，《水浒》也，《西厢》也，《金瓶梅》也，目之为才子，尊之为奇书，出其滑稽之眼光之心理，演而为玩世不恭之评论，能令阅者笑，能令阅者愧，能令阅者怒，能令阅者哀，至今犹脍炙人口不置。[④]

所谓"滑稽之眼光之心理""玩世不恭之评论"，正是对金圣叹离经叛道、挑战传统的另类言说。就促进《水浒传》文学经典的生成而言，金圣叹的贡献集中体现在以下两个方面：

第一，利用传统经学的学术平台，强调才子之书与圣人之书的联系，揭示才子书与儒学经典的相通之处，从学理的层面上提高了《水浒传》的学术地位。

金圣叹在《第五才子书水浒传》序一中明确将传世名作划分为"圣人之书"和"才子之书"两大类，前者具体指《易》《书》《诗》《礼》《春秋》等五部儒家经典，后者则是他自己遴选出来的包括《庄子》《离骚》《史记》《杜诗》《水浒传》《西厢记》在内的六部著作。二者对举，自当具有凸显差异、别裁文体的学术意义和文学意义，客观上有助于提升戏曲、小说的地位，诚如李渔所言："施耐庵之《水浒》、王实甫之《西厢》，世人尽作戏文小说看。金圣叹特标其名曰'五才子书''六才子书'者，其意何居？

① [清] 梁章钜撰，于亦时点校：《归田琐记》，中华书局，1981，第134页。
② [清] 俞樾：《茶香室丛钞》卷十七《评注稗官》，中华书局，1995。
③ [清] 梁启超：《小说丛话》，引自马蹄疾编《水浒资料汇编》，中华书局，1977，第424页。
④ 马蹄疾编：《水浒资料汇编》，中华书局，1977，第408页。

盖愤天下之小视其道，不知为古今来绝大文章，故作此等惊人语，以标其目。"①金圣叹无意通过推崇才子之书来否定圣人之书，相反，倒是以同一副手眼去解读二者，他在《序离骚经》里将屈原《离骚》与圣人之书相提并论，云："《周易》全是圣人一种忧患之心迫而成书，后惟屈子《离骚》，深得其旨。故《离骚》居首篇，亦得名'经'。""而试上下三古之书，诚自《易》《书》《诗》《春秋》以还，其孰有如《离骚》者哉！"即使评点《水浒》《西厢》这类尚未成为经典的通俗文学作品，也常常通过具体情节说明其中所运用的与《春秋》《左传》等经典著作相同的文法。这种异中求同的解读法，从写作者之心和写作之法两个层面拉近或消除稗家野史与传统经典的距离，最终彰显的是文本所具有的经典性因子。

第二，更为重要的是，金圣叹凭借文心妙笔，对小说文本进行审美性解读，在充分认识《水浒传》"因文生事"的文学本质特征的基础上，通过大量批点，发掘文本所蕴含的审美意义以及艺术蕴含，进而确立了《水浒传》在叙事文学创作领域的样板价值。

金批本《水浒传》主要内容包括剖析思想倾向、总结艺术经验、探索创作原理三个大的方面，卓越贡献集中体现于后两点。金圣叹针对小说文本在人物性格、情节结构、叙事手法、叙事风格、叙事视角、语言运用诸方面的成就展开的系列批点，构成了一个相对完整的文学批评话语系统，其中关于塑造典型性格的论述，尤其丰富和深刻：

别一部书，看过一遍即休。独有《水浒传》，只是看不厌。无非为他把一百八个人性格，都写出来。

《水浒传》写一百八个人性格，真是一百八样。若别一部书，任他写一千个人，也只是一样；便只写得两个人，也只是一样。

鲁达自然是上上人物，写得心地厚实，体格阔大。论粗卤处，他也有些粗卤；论精细处，他亦甚是精细。然不知何故，看来便有不及武松处。想鲁达已是人中绝顶，若武松直是天神，有大段及不得处。

《水浒传》只是写人粗卤处，便有许多写法。如鲁达粗卤是性急，史进粗卤是少年任气，李逵粗卤是蛮，武松粗卤是豪杰不受羁勒，阮小七粗卤是悲愤无说处，焦挺粗卤是气质不好。

李逵是上上人物，写得真是一片天真烂漫到底。看他意思，便是山泊

---

① [清]李渔：《闲情偶寄》，作家出版社，1995，第32页。

中一百七人，无一个入得他眼。《孟子》"富贵不能淫，贫贱不能移，威武不能屈"，正是他好批语。①

金圣叹明确指出《水浒传》使自己"看不厌"的独特魅力，来自一系列人物形象塑造的成功，这实际上概括出小说创作的一条重要规律，即形象塑造成功与否决定着小说艺术价值的高低。他对鲁达、林冲、李逵、武松等形象性格刻画的系列评点，也具有总结《水浒传》塑造典型人物艺术成就的之理论意义。尤其值得关注的是，他结合小说情节安排与性格刻画之关系，概括出《水浒传》若干"非他书所曾有"的"文法"，如倒插法、夹叙法、草蛇灰线法、大落墨法、绵针泥刺法、背面铺粉法、弄引法、獭尾法、正犯法、略犯法、极不省法、极省法、欲合故纵法、横云断山法、鸾胶续弦法，等等，凡此种种着眼于"文法"的求异解读，本质上属于审美发掘的范畴，它暂时搁置文本关乎历史的和道德的意义内涵，努力彰显文本的形式之美与技巧之美，为读者树立起一个真正属于文学世界的经典。

三、《水浒传》文学经典生成的初步显现

金批本《水浒传》的问世标志着中国古代小说批评理论发展至一个新的历史高度，它不仅助长小说评点风气的进一步盛行，而且开启了《水浒传》通往文学经典殿堂之门。据清人昭梿（1776—1833）笔记《啸亭杂录》所载："自金圣叹好批小说，以为其文法毕具，逼肖龙门，故世之续编者，汗牛充栋，牛鬼蛇神，至士大夫家，几上无不陈《水浒传》《金瓶梅》，以为把玩。"② 清末王韬（1881—1948）作于光绪十四年的《水浒传序》亦云："其书初犹未甚知名，自金圣叹品评，置之第五才子之列，其名乃大噪。"③ 其历史影响，更多地体现于文学创作与批评领域，简言之，开启了阅读者和批评者进行文学解读的思路，诚如同为小说评点家的清代学者冯镇峦在《读聊斋杂说》中所言："金人瑞批《水浒》《西厢》，灵心妙舌，开无限眼界，无限文心。"④ 此言既是夫子自道，也是对世人接受特征的概括。康熙年间，著名学者刘廷玑（1654—？）与朋友论及《水浒传》时云："施耐庵所著一百八人，人各一传，性情面貌，装束举止，俨有一人跳跃纸上。

---

① 林乾主编：《金圣叹评点才子全集》第 3 卷，光明日报出版社，1999。
② ［清］昭梿：《啸亭杂录·续录》卷二"小说"条，中华书局，1980，第 427 页。
③ 朱一玄编，朱天吉校：《明清小说资料选编》上，南开大学出版社，2012，第 313 页。
④ 孙中旺编：《金圣叹研究资料汇编》，广陵书社，2007，第 28 页。

天下最难写者英雄，而各传则各色英雄也；天下更难写者英雄美人，而其中二三传则别样英雄、别样美人也。串插连贯，各具机杼，真是写生妙手。金圣叹加以句读字断，分评总批，觉成异样花团锦簇。又字以梁山泊一梦结局不添蛇足，深得剪裁之妙。"①这种聚焦于文本艺术特征的解读方法显然是对金批《水浒》的继承和进一步发挥。

经典具有样板价值，可以成为某一领域官方或非官方的"教科书"，《水浒传》作为文学经典的样板价值在清代逐渐得到接受者认可，在文学创作和文学批评领域开始充当非官方指定"教科书"。清初著名剧作家和戏剧理论家李渔不仅高度评价金圣叹选《西厢记》《水浒传》入"才子书"，认为此举有助于提高戏曲小说的学术地位，而且奉二书为不可超越的创作典范，"其高踞词坛之座位，业如泰山之稳，磐石之固"，后人欲改之续之，只能以"续貂蛇足"四字加以评定②。他在总结戏曲创作理论、分析戏曲道白的具体要求时，高度评价《水浒传》的语言艺术成就，并以之作为戏曲创作者的范本：

语求肖似：……务使心曲微隐，随口唾出，说一人，肖一人，勿使雷同，弗使浮泛，若《水浒传》之叙事，吴道子之写生，斯称此道中之绝技，果能若此，即欲不传，其可得乎？

时防漏孔：一部传奇之宾白，自始至终，奚啻千言万语。多言多失，保无前是后非，有呼不应，自相矛盾之病乎？……总之，文字短少者易为检点，长大者难于照顾。吾于古今文字中，取其最长最大，而寻不出纤毫渗漏者，惟《水浒传》一书。设以他人为此，几同筕篥贮水，珠箔遮风，出者多而进者少，岂止三十六个漏孔而已哉？③

这是较早以《水浒传》作为创作标杆的理论性总结。刊行于清初、流传甚广的才子佳人小说《平山冷燕》则是一部较早问世，且自觉效仿《水浒传》结构艺术的作品，小说开篇言道：

凡善立言者，立言之始，必有一大根蒂而总统之，则枝叶四出，方不

---

① ［清］宋荦、刘廷玑撰：《筠廊偶笔　二笔　在园杂志》，上海古籍出版社，2012，第122页。

② ［清］李渔：《闲情偶寄·词曲部·音律第三》，作家出版社，1995，第39页。

③ ［清］李渔：《闲情偶寄·词曲部·宾白第四》，作家出版社，1995，第56、62页。

散乱。如《水浒》，欲写群贼，而先误走妖魔，则群贼之生，不为无据。此书欲写平、山、冷、燕之才，恐涉虚诞，而先奏才星降瑞，以为根蒂，虽极为夸美，而人不惊怪矣。

——第一回《太平世才星降瑞　圣明朝白燕呈祥》[①]

作家对于小说结构中纲目关系的认识，以及开篇的艺术构思，显然受到金批本《水浒传》的直接影响，其中那段分析《水浒传》作者开篇构思用意的文字，即"欲写群贼，而先误走妖魔，则群贼之生，不为无据"，与金圣叹批注《水浒》所谓"一部大书七十回，将写一百八人也，乃开书未写一百八人，而先写高俅者，盖不写高俅，便写一百八人，则是乱自下生也"相比，可谓大同小异，前者无疑为后者的翻版。

清代初年出现的一部题为"江左樵子编辑、钱江拙生批点"的历史演义小说《樵史演义》，叙明末天启、崇祯及弘光朝二十五年间时事，具有很强的写实性。该小说作者[②]长于史料汇集，短于艺术虚构和艺术表现，部分情节以及用语模拟明代小说的痕迹比较明显。第二十二回《李自成杀妻逃难　艾同知缉恶遭殃》写李自成因二婚妻子韩氏与他人通奸怒而杀之，叙事过程给人似曾相识之感，对此，钱江拙生评曰："此回摹仿《水浒传》潘金莲、潘巧云两段。"[③]由此亦可见《水浒传》对古代小说家创作的直接影响。

毋庸讳言，终有清一代，《水浒传》传播的文化生态环境并未因金圣叹等人的评点而得到根本性改善，"倡乱"之书仍是社会的主流评价，朝廷因此屡加禁毁，小说家群体中也时有贬斥之声出现。例如，小说家文康（1794—1862？）在《儿女英雄传》中针对海寇打家劫舍事件，大发议论："我大清江山一统，太平万年，君圣臣贤，兵强将勇，岂合那季汉、南宋一样，怎生容这班人照着《三国演义》上的黄巾贼，《水浒传》上的梁山泊胡作非为起来？"[④]（见第二十一回）而且强调女主人公十三妹仗义任侠，与"《水浒传》里的顾大嫂的作事，却是大不相同"（第十回）。晚清吴趼人（1866—1910）创作《九命奇冤》，也借书中人物之口将《水浒传》说成是"诲盗"之书，因为人们看了《水浒》，才做出"山贼强盗的行为"

---

① ［清］佚名：《平山冷燕》，人民文学出版社，2006。
② 关于《樵史演义》的作者，至今无定论。学界曾有松江青浦人陆应旸撰之说，但质疑声不断，参见陈大康《〈樵史演义〉作者非陆应旸》，《明清小说研究》1989 年第 4 期；刘致中《〈樵史通俗演义〉作者非陆应旸考辨》，《文献》1990 年第 1 期。
③ ［清］陆应旸：《樵史通俗演义》第二十二卷，中州古籍出版社，1987，第 194 页。
④ ［清］文康：《儿女英雄传》第二十一回，江苏凤凰出版社，2008，第 279 页。

（见第九回）。《水浒传》作为文学经典的身份尚未得到普遍认可，直至经过"小说界革命"以及五四新文化运动，随着大批学者们现代性学术立场的建立，《水浒传》与《三国演义》《红楼梦》等古典名著才真正以"文学经典的姿态昂首登上学术舞台"[①]，其思想内容和艺术成就才获得前所未有的现代性评价。

明清两代，诗文、戏曲、小说评点已成为一种较为常见的文艺批评样式，评点家们对文本在圈点的基础上进行鉴赏性评说，那些独到深刻的艺术见解，对于揭示文学经典本质属性，可谓卓有成效，以至于形成了一条文学经典化的特殊路径。在散文领域，张新科以《史记》的文学经典化为例，指出《史记》评点到明中后期达到兴盛阶段，队伍庞大，手法成熟，明代重要的文学家"由'经典阐释史'进而发展到'经典影响史'，推动了《史记》文学经典化的进程"[②]。在小说评点领域，先后出现了几位著名的评点家，如张竹坡（1670—1698）评点《金瓶梅》，毛宗岗（生卒年不详）评点《三国演义》，脂砚斋评点《红楼梦》，他们的评点在发掘小说文本的精神价值以及艺术成就方面，见解独到，分钟细致，不乏深刻之言，有助于广大读者进一步认识经典的本质规定性，对于扩大经典的历史影响力发挥了不可忽视的重要作用。

---

① 竺洪波：《〈水浒传〉与小说的经典化和学术化》，《文艺理论研究》2008 年第 5 期。
② 张新科：《〈史记〉文学经典化的重要路径——以明朝评点为例》，《文史哲》2014 年第 3 期。

第七章　经济力量的有效助推

——从提高经典产生的概率到拓展经典传播的市场效应

　　无论文学经典的创作，抑或文学经典的传播，都必须在特定的时空范围内进行，特定的历史文化元素和特定的空间组合元素通过多种渠道参与到经典化机制的建构之中，共同构成文学经典化赖以发生和持续存在的"前台"和"背景"。社会经济作为经典化机制中十分活跃的子系统，从不同的角度，以不同的方式对古代文学的经典化发挥着积极的助推作用。

第一节　经济的发展与文学经典产生概率的提高

　　中国古代文学家对于特定时空内社会经济的发展状况及其水平的认识和判断，显然不可能如当代作家那样根据各级政府机构提供的 GDP 统计数据，而是直接来源于自己的所见所闻所感。个体成员可以从自己所处的生活环境中捕捉到各种经济信息，例如物质产品丰富与否，物价的高低，以及个人经济生活的具体状况，这成为他们感知和判断社会经济发展水平的重要依据，有时甚至是唯一依据。作为社会个体成员的文学家，在具体的经济形势和经济环境中所获得的感知，为其创作经典作品提供了多种可能性。具体而言，或引发他们的创作冲动，使新的经济发展形势及其建设成果成为文学特殊的观照对象和新的创作题材；或以"前台"的形式出现，直接转化为作品中具体鲜活的生活画面，增加文学表现的现场感与质量感；或以"背景"的形式存在，深入影响文学家的精神面貌、创作观念以及价值取向，赋予作品浓郁的生活气息与时代气息。

一、不断增长的经济实力足以增加文学家的文化自信

对古代作家而言，文化自信是他们对本民族自身文化价值的充分肯定和积极践行，以及对其民族文化传统的生命力持有的坚定信心，它可以转化为个体强烈的民族自豪感和自尊心、自觉的爱国意识以及为民族和国家振兴而努力奋斗的历史责任感和献身精神。文学家所具有的文化自信是文学经典产生的重要条件之一，或言之，作为一种强大的精神力量，创作主体所具有的文化自信，在一定社会历史条件下可以转化为文学经典内在的精神特质以及外显的艺术魅力。个体超越常人的学识和才华固然可以赋予文学家个人高度的自信，但这远远谈不上文化自信，文化自信归根到底必然源于个体背后的集体力量，即国家的繁荣昌盛和民族的发展壮大。经济实力的高低是判断一个民族、一个国家强大与否的重要标志，因为经济的长足发展是国家综合实力得以增强的重要基础和前提条件。在中国古代文学家的创作视域中，国家所具有的强大的政治、经济、军事以及文化实力，从来不以抽象的概念抑或枯燥的数字说明和表现，它们往往具化为生动具体的图像和高昂激越的情绪：既可以是皇家宫室"覆压三百余里，隔离天日"的宏伟壮美，国家首都"九天阊阖开宫殿，万国衣冠拜冕旒"的外交盛况，"市中商贾集，万货列名琛"的繁荣贸易；也可以是边塞"前军夜战洮河北，已报生擒吐谷浑"的胜利捷报，诗人"少小虽非投笔吏，论功还欲请长缨"的豪情壮志……凡此种种，形象地彰显了国家的昌盛强大与文学家精神面貌的内在关系。

文化自信是时代和社会赋予文学家的一种弥足珍贵的人格特质，它具体表现为一种环视天下的广阔视野，兼收并蓄的博大胸襟，积极进取的人生态度以及乐观自信的精神风貌。由于文化自信属于"盛世"的产物，于是，国力日趋强大的汉武帝时期便成为中国首个集中而突出表现作家文化自信的历史阶段，司马迁、司马相如的著作即为该时代的经典代表。汉兴，天下一统，在汉初统治者采取恢复经济、与民休息的政策之后，经过"文景之治"，国家的综合实力在武帝时期达到一个空前的高度。其时，随着大一统国家形势的形成和稳定，以及中央集权的加强，国家的经济、文化建设呈现出欣欣向荣的繁荣局面。农业经济稳固发展，"代田法"和"砖内衬砌法"这两种农业新技术的使用，对农业产量的提高发挥了十分积极的促进作用①。商业经济冲破朝廷"重农抑商"政策的重重限制，取得

---

① 参见〔美〕陆威仪：《哈佛中国史》01卷《早期中华帝国·秦与汉》，王兴亮译，中信出版社，2016，第107页。

长足发展，最为显著的标志便是城市建设的飞速发展，形成了一个以首都为中心的大一统的国家城市网络，壮观的景象即如《盐铁论》中"大夫"所言：

> 自京师东西南北，历山川，经郡国，诸殷富大都，无非街衢五通，商贾之所臻，万物之所殖者。①

农业发展，商业繁荣，府库充盈，国力强盛，各民族之间的交流与融合获得了进一步加深的历史条件。在此背景下，中原华夏族加快了吸收、融合其他民族文化成分的步伐，文化包容性的增强源于民族文化自信心的提升。富有雄才大略的汉武帝在强化中央集权统治的同时，以非凡的气度，积极致力于开拓边疆的斗争，"以其辉煌的战果，为我国统一多民族国家的巩固和发展做出了极大的贡献"②，这是最高统治者文化自信的具体表现。

一代有一代之文学，追求豪壮宏大之美的天汉雄风铸就了有汉一代文学的精神内核以及知识阶层的文化自信。撰写通史，聚上千年变化风云于笔下，需要的不仅仅是丰富翔实的材料，还有写作者贯穿古今的宏阔视野，以及洞悉是非的非凡见识。家学深厚、博闻强识的史学家司马迁在时代精神的感召下，公开表达了自己"究天人之际，通古今之变，成一家之言"的宏伟计划，站在时代的高度，写出了被后人誉为"史家之绝唱，无韵之离骚"的经典名著《史记》。封建帝都的宫廷馆苑，实为政治、经济的物化形态，时代思想和精神在融进长安宏巨的建筑格局与天人合一的气象的同时，也培养了"苞括宇宙，总揽人物"③的"赋家之心"。著名文学家司马相如（约前179—前118）面对长安宏伟壮丽的都市景观，直观地感受到昂扬自信的大汉盛世风貌。于是挥动如椽之笔，在《上林赋》中采用铺排的手法，盛推天子上林苑吞吐八川、涵容万物的规模与气势，渲染出一种无与伦比的成就与辉煌。《上林赋》虽然算不上典型的"都邑赋"，但却树立起宫廷建筑描写的文学样板，成为后代赋家摹写的对象。它所表现和追求的以宏大为美、以富丽为美、以奇异为美的审美取向，在后人创作的都邑赋中得以延续和光大，堪称名副其实的文学经典。

① ［汉］桓宽著，王利器校注：《盐铁论校注》卷一《力耕第二》，天津古籍出版社，1983，第26页。
② 军事科学院主编，陈梧桐等著：《中国军事通史》第5卷《西汉军事史》，军事科学出版社，1998，第5页。
③ ［晋］葛洪：《西京杂记》卷二，中华书局，1985，第12页。

盛唐是又一个促进文学家文化自信迅速增长的黄金时代。延续近三百年的唐王朝，疆域西跨葱岭（现帕米尔高原），北逾大漠，是当时世界首屈一指的强大王朝，而都城长安则当之无愧地成为世界规模最大的城市，充分显示了综合国力的强大。统一帝国的重新建立，制度文明的开拓创新，政治秩序的长期稳定，水运事业取得的伟大成就，农业生产水平的再度提高……凡此种种，使社会的经济文化建设的发展呈现且出现高度繁荣的历史新局面。诗圣杜甫在《忆昔二首》之二中描绘了一幅盛世繁荣的美好图画：

忆昔开元全盛日，小邑犹藏万家室。稻米流脂粟米白，公私仓廪俱丰实。

九州道路无豺虎，远行不劳吉日出。齐纨鲁缟车班班，男耕女桑不相失。

宫中圣人奏云门，天下朋友皆胶漆。……①

清人仇占鳌注曰："古今极盛之世，不能数见，自汉文景、唐贞观后，开元盛时，称民熙物阜。考柳芳《唐历》，开元二十八年，天下雄富，京师米价斛不盈二百。"②诗中所描写的农业丰收后百姓安居乐业的景象，绝非诗人的想象和虚构，而是历史真实的文学性还原。现代史学家的研究成果已经证实，唐玄宗时，"百姓家中的储粮，大都可以食用数年，政府仓储的粮食，到天宝八年（749 年）约为 1 亿石。当时的粮价降到历史上的最低价，且保持较长时间的稳定"③。故前人评此诗曰："太平景象往往从极细事写出"④，是为中肯之言。"农业、手工业以及商业贸易的进步与发展，直接推动了这一时期经济的繁荣，奠定了隋唐封建盛世的基础"⑤，这已经成为当代学者的共识。文坛上昂扬激越的"盛唐之音"便在此基础上奏响。

盛唐赋予知识阶层的文化自信可以从多个方面加以把握。首先，不拘礼教、开放洒脱且极度张扬的文化个性。王之涣"少有侠气，所从游皆五陵少年击剑悲歌，从禽纵酒"⑥；李白"性嗜酒，志不拘检"；高适"性拓

---

① ［唐］杜甫著，［清］仇兆鳌注：《杜诗详注》卷十三，中华书局，1979，第 1163 页。
② ［唐］杜甫著，［清］仇兆鳌注：《杜诗详注》卷十三，中华书局，1979，第 1165 页。
③ 葛剑雄主编：《盛唐气象》，长春出版社，2005，第 11 页。
④ 陈伯海主编：《唐诗汇评》上册，浙江教育出版社，1995，第 1034 页。
⑤ 葛剑雄主编：《盛唐气象》，长春出版社，2005，第 11 页。
⑥ ［元］辛文房撰，周绍良笺证：《唐才子传笺证》上册，中华书局，2010，第 410 页。

落，不拘小节"①；贺知章晚年尤加纵诞，自号"四明狂客"。最为成功地表现盛唐文人文化性格的经典作品是杜甫的《饮中八仙歌》，老杜用"酒"将贺知章、李白等八位文化名人聚集在一幅富有生命活力的艺术画面之中，通过描绘他们饮酒时飞动的神采、潇洒的举止以及傲视群雄的霸气，形象地诠释了任性、狂放与文化自信的关系。与魏晋名士的饮酒放诞形成鲜明差异的是，盛唐名士既无需将饮酒作为避祸全身的生存策略，也不必利用外在的放诞刻意掩饰内在的紧张，他们毫无顾忌地自由表达内心的意愿，呈现着一种由内而外的轻松与自信。尤其是李白那种"天子呼来不上船"的豪气与仙气，更是魏晋名士所不曾具有的。从盛唐后期走过的杜甫，有幸沐浴盛世的春风，故其青春年少时也曾有过"放荡齐赵间，裘马颇轻狂"（《壮游》）的快意与纵情，面对美酒也免不了要"凭陵大叫呼五白"（《今夕行》），精神气质与笔下的饮中八仙颇为接近。自由解放的文化个性为盛唐文坛注入了丰富多彩的生命元素。皎然说书圣张旭的草书"须臾变态皆自我"（《张伯英歌》），揭示了书品与人品的关系，书法作品的横竖撇捺折皆是书法家内在气韵的物化形态，诗歌创作亦如此。成为后人学习样板的盛唐诗歌，有着"飘逸若仙的诗篇，有着风致澹远的韵文，又有着壮健悲凉的作风，有着醉人的谵语，有着壮士的悲歌，有着隐逸者的闲咏"②，凡此种种，无不折射出诗人追求个性解放的人格魅力。

其次，乐观向上、充满自信的文化精神。建功立业是盛唐诗人普遍具有的人生理想，面对时代铺就的通向成功的多种道路，他们往往带着高度的自信心去规划自己的人生走向，去畅想未来的辉煌。李白激情满怀地高呼："仰天大笑出门去，我辈岂是蓬蒿人"（《南陵别儿童入京》）；祖咏慷慨激昂地表示："少小虽非投笔吏，论功还欲请长缨"（《望蓟门》）；高适自信地述说平生志向："举头望君门，屈指取公卿"（《别韦参军》）；李颀赞美朋友的才能和胸怀："腹中贮书一万卷，不肯低头在草莽"（《送陈章甫》）……无论言己，抑或对人，无论感性的想象，抑或理性的判断，诗人表达的恰是一种内心对于成功无须掩饰的热切渴望，塑造的正是朝气蓬勃、积极进取的自我形象。面对离别，他们以旷达的情怀去化解愁绪，"莫愁前路无知己，天下谁人不识君"（高适《别董大》），既告慰朋友，也勉励自己。面对挫折，他们凭顽强的信念去驱赶阴霾，"长风破浪会有时，直挂云帆济沧海"（李白《行路难》），相信自己，故相信未来。面对边

① ［唐］殷璠：《河岳英灵传》，载［唐］元结、殷璠等选《唐人选唐诗》（十种），上海古籍出版社，1978，第53、77页。
② 郑振铎：《插图本中国文学史》第2册，人民文学出版社，1982，第308页。

塞酷冷的气候，他们调动艺术的想象去描绘美丽的景色，"忽如一夜春风来，千树万树梨花开"（岑参《白雪歌送武判官归京》），热血融化了冰雪。哪怕面对战争，他们也能凭借满腔豪情去超越死亡的恐惧，"醉卧沙场君莫笑，古来征战几人回"（王翰《凉州词》），悲壮中尽显英雄豪气。积极乐观的生命豪情成为盛唐经典诗歌不可或缺的内在品质，上文引用的李白、高适、祖咏、王翰等人的诗歌也因此成为不可多得的文学经典，流传千古。

再次，富有想象力和创造力的艺术精神。创新性是经典必备的本质属性之一，盛唐文人通过他们的艺术实践完美地诠释了这一点。盛唐书坛出现了由张旭（675—750）开创的骋纵横之志、散郁结之怀的狂草艺术，光耀当代，流芳后世，宋代苏轼赞其作品风格"意态自如，号称神异"，明代宋濂称其书法境界"殆类鬼神雷电不可测度"①。画坛上出现了王维时空交错的"雪里芭蕉"图，奇异的想象，大胆的构思惊艳了历史，启迪着后人。诗坛上产生了被贺知章惊呼为"谪仙人"的李白及其堪称"惊天地，泣鬼神"的不朽篇章，殷璠称其创作"率皆纵逸。至如《蜀道难》等篇，可谓奇之又奇。然自骚人以还，鲜有此体调也"②，充分注意到李白诗歌超越前人、征服读者的创新高度。不独李诗，盛唐诗坛可谓群星璀璨、经典作品大量涌现。王维诗歌"意新理惬。在泉为珠，着壁成绘，一字一句，皆出常境"③，岑参诗歌"语奇体峻，意亦造奇"，殷璠在发掘经典诗歌创新性方面颇具功力。崔颢一首《黄鹤楼》，气韵格调，千古独步，李白为之搁笔，严羽《沧浪诗话》许之唐人七律第一的地位④。祖咏《望蓟门》一诗气格浑雄，调高语壮，气息自佳，获得后人"是盛唐最上格""整峻高亮，睥睨王、李"的盛赞。王昌龄擅长七绝，明代胡应麟推崇备至，谓之"超凡入圣，俱神品也"；清人范大士《历代诗发》亦云："首首同调。一见一新，非惟独秀当时，抑已擅场千古。"⑤高度的文化自信激活了盛唐诗人的创造力，助他们登上了古典诗歌创作的最高峰，取得了后人难以比肩的辉煌成就。

---

① 引自范润华：《狂草探微》，天津人民美术出版社，2002，第13页。
② [唐]殷璠：《河岳英灵传》，载[唐]元结、殷璠等选《唐人选唐诗》（十种），上海古籍出版社，1978，第53页。
③ [唐]殷璠：《河岳英灵传》，载[唐]元结、殷璠等选《唐人选唐诗》（十种），上海古籍出版社，1978，第58、81页。
④ [宋]严羽：《沧浪诗话》，中华书局，1985，第40页。
⑤ 以上诸评论均引自陈伯海主编：《唐诗汇评》上册，浙江教育出版社，1995，第378、422、423页。

二、日新月异的经济生活为经典作家的文学创新提供良好的物质条件

经济是文学发展的基础，也是文学创新的动力之一。文学经典的创新性既可以是精神高度的"独步"和意义深度的"空前"，也可以是表现对象的拓展和文学图像的更新，还可以是文学体裁的增加和表现手法的丰富。论及经济与文学创新之关系，以下两个方面尤其值得我们关注：一是以反映新的经济建设成就、表现新的物质生活形态、揭示新型的人际关系、书写新的人生体验的城市文学的诞生与发展，此乃文学表现对象的创新；二是植根于城市经济土壤的小说、戏曲之花的相继盛开，此乃文学体裁领域的开拓。

传统中国是一个农业大国，在农业经济基础上产生的、历史悠久的田园牧歌与一代又一代诗人的心灵律动形成具有规律性的共振，从而导致中国古代乡土文学的高度发达。众所周知，我国最早产生的那部古老的诗歌总集《诗经》便是以乡村为空间背景的，陶渊明的田园诗更是形象地揭示出乡村田园（乡土）在古代知识分子心灵世界里不可替代的重要位置。相比之下，城市文学作为一种后起的文学，之所以能够从萌芽到形成，从成熟到鼎盛，则主要得益于商业经济的发展和城市经济的繁荣。由于社会经济发展水平最终要通过相应的物质形态表现出来，物产是否丰富，交通是否发达，商业是否繁荣，城市景观是否壮美富丽，均成为衡量指标。不少优秀作家敏锐地感受到经济发展带来的生活环境以及生活方式的变化，他们从日新月异的城市风貌中捕捉到时代跳动的脉搏，将自己的欢欣鼓舞、澎湃激情转化为创作冲动，纷纷以美都邑为主题展开了富有创新性的艺术表现，充分体现了与时俱进的创新能力。

汉承秦制，实行郡县制，汉高祖于六年（前201年）冬十月，"令天下县城邑"，颜师古注曰："县之与邑，皆令筑城。"[①] 尽管当时城的功能仍然主要用于军事防御，但不可否认的是，西汉城市建设由此得到飞速发展，实现了无县不城的格局。都城长安的规划和修建继承了秦朝无限扩展的构想和宏大巨丽的格局，其他大中城市的建设也相继取得显著成就。汉宣帝时，"燕之涿、蓟，赵之邯郸，魏之温轵，韩之荥阳，齐之临淄，楚之宛丘，郑之阳翟，三川之二周，富冠海内，皆为天下名都"[②]。至西汉末

---

① [汉]班固撰，[唐]颜师古注：《汉书》卷一《高帝纪》，中华书局，1997，第24页。
② [汉]桓宽著，王利器校注：《盐铁论校注》卷一《通有第三》，天津古籍出版社，1983，第38页。

年，全国城市已有 1587 座之多，数量和规模皆创历史新高①。在这种背景下，标志着中国城市文学已经形成的汉代都邑赋问世了，西汉文坛产生了两篇歌颂城市建设辉煌成就的经典作品。一篇是司马相如的《上林赋》，该赋在进一步扩大赋的规模和完善赋的体制的同时，将京城皇家宫廷建筑纳入了赋的表现范畴之内，是为创新处。赋中盛赞长安宫廷建筑的相关描写显得气势恢宏，十分精彩，为历代受众津津乐道。另一篇是扬雄的《蜀都赋》，此乃中国城市文学史上首篇以具体的城市为观照对象的专题赋文，具有开创性价值。蜀都即今四川省省会城市成都，扬雄即此地人氏，他满怀对家乡的热爱之情，在简笔勾勒蜀都的地理形胜之后，重点渲染蜀都市民喜好烹饪、追求口腹之乐的场面，成功地表现了蜀都饮食文化发达的城市个性，对后世都邑赋产生了积极的影响。至东汉，都邑赋创作出现如潮之势，其中班固所作《两都赋》以宏大的体制、严密的结构、富赡的语言，对京都题材进行拓展，开创了"京都大赋"一体。《西都赋》采用铺张扬厉的手法，对长安城繁华的市貌、众多的人口、富庶的生活以及壮美的宫殿给予艺术再现：

　　……建金城而万雉，呀周池而成渊。披三条之广路，立十二之通门。内则街衢洞达，闾阎且千，九市开场，货别隧分。人不得顾，车不得旋，阗城溢郭，旁流百廛。红尘四合，烟云相连。于是既庶且富，娱乐无疆。都人士女，殊异乎五方。游士拟于公侯，列肆侈于姬姜。乡曲豪举，游侠之雄，节慕原、尝，名亚春、陵。连交合众，骋骛乎其中。……
　　……

　　其宫室也，体象乎天地，经纬乎阴阳。……于是左城右平，重轩三阶。闺房周通，门闼洞开。列钟虡于中庭，立金人于端闱。仍增崖而衡阈，临峻路而启扉。徇以离宫别寝，承以崇台闲馆，……辇路经营，修除飞阁。自未央而连桂宫，北弥明光而亘长乐。凌隥道而超西墉，掍建章而连外属。设璧门之凤阙，上觚稜而栖金爵。内则别风之嶕峣，眇丽巧而耸擢，张千门而立万户，顺阴阳以开阖。……②

　　一幅前所未见的宏伟壮丽的大都市画卷富有立体感地呈现在读者眼前，带着空前的冲击力震撼他们的心灵，经典的创新价值于此凸现出来。班固创作《两都赋》的初衷本是以文学创作的形式参与东汉初期都城选址

　　① 详见周长山：《汉代城市研究》，人民出版社，2001，第 8 页。
　　② 龚克昌等：《全汉赋评注·后汉卷》，花山文艺出版社，2003，第 211 页。

的重大讨论，政治目的十分明显，不过，我们又必须承认，曾经亲历过长安辉煌时期的班固，对于西都的种种精彩铺写建立在坚实的经济基础之上。他对西都的种种描写和夸饰，已经超越了政治领域，在客观上展示了经济发展对于文学家创新的作用所在。

每一次国家的统一，每一次经济的腾飞，都会激发文学家的创作激情，那些优秀的文学家，踏着时代的鼓点，挥动彩笔去描绘飞速变化中的城市新画卷。初唐王勃（650—676）《临高台》、卢照邻（637—689）《长安古意》以及骆宾王（约640—684）《帝京篇》，采用俯瞰式的观照视角对帝都长安的全景进行勾勒，烘托出大唐王朝蓬勃向上、日新月异的崭新形象。中唐诗人王建（约766—约830）《夜看扬州市》、张籍（约768—约830）《成都曲》则将特写的镜头对准两座地方性历史名城的市井生活，表现出对城市经济功能的关注热情。王建诗中的"夜市"，遂成为古代诗歌中新的意象。北宋著名词人柳永（约987—1053）堪称都市词创作的第一位行家里手，他的众多都市词足以拼凑出新经济形势下"十里笙歌，万家罗绮"的北宋城市图景。一首《迎新春》，使北宋都城汴京凭借"庆嘉节，当三五。列华灯，千门万户。遍九陌、罗绮香风微度。十里然绛树……"[①]的繁华景象，更新了中国文学图景中的帝都映像，此为观照对象的拓展。一首《望海潮》，则使"自古繁华"的江南名城杭州凭借山围水注的自然美景和极富生活气息的都市胜景，进一步完善了文学家对于杭州的都市想象，此为艺术表现的深化。据宋人罗大经（生卒年不详，宝庆二年进士）《鹤林玉露》载，此词一出，流播其广，"金主完颜亮闻歌，欣然有慕于'三秋桂子，十里荷花'，遂起投鞭渡江之志"[②]。文学经典的拓展效应由此得以显现。

发展中的经济除了为文学提供新的观照对象之外，其作用还体现在为成为小说、戏曲等重要文学样式的策源地以及发展繁荣的催化剂。古代叙事文学中不少经典作品的问世，或多或少地受益于商业经济的发展，如唐传奇、"三言"、"二拍"、《金瓶梅》等，对此，拙著《中国古代城市文学史》[③]已有具体论析，故不在此赘述。

三、富足优越的经济条件有助于经典作家文化素质的培养

从宏观的层面把握，社会经济的发展始终是文学发展的重要杠杆之

---

① ［宋］柳永：《柳永集》，三晋出版社，2008，第24页。

② ［宋］罗大经著，孙雪霄校点：《鹤林玉露》丙编卷一，上海古籍出版社，2012，第150页。

③ 详见周晓琳、刘玉平：《中国古代城市文学史》，人民文学出版社，2013。

一；从微观的角度考察，富足优越的经济条件有助于经典作家文化素质和文学素养的培养。无论文学的总体发展与繁荣，抑或个体的阅读与写作活动，均需要良好的外部环境，而在外部整体环境诸因素之中，特定时空内的经济发展水平将以不同的方式，不同的程度，影响个体的写作活动以及文学的整体发展走向，成为制约作家的写作行为与作品风貌不可忽视的因素。一般情况下，繁荣的经济能够为教育的发展提供更多更好的资源，有利于教育的普及以及教育质量的提高，在为文学人才提供稳定而又良好的生活条件的同时，也为其打造良好的学习环境与创作环境，中国古代经济相对发达地区之所以为作家多产地，原因正在于此。

在中国古代男性经典作家的队伍中，自幼受到良好教育者不在少数，如屈原、司马相如、三曹、七子、王勃、骆宾王、王维、李白、杜甫、白居易、李贺、李商隐、三苏、陆游、汤显祖、纳兰性德、曹雪芹等著名文学家，优裕的家庭经济条件为他们营造出一个学习、创作的良好环境，自幼接受的教育，成为他们文学创作的起点。古代女性在文学创作领域取得的整体成就远不及男性，先秦至宋元，不仅参与创作的人员数量少，而且贡献的文学精品数量也无法与男性相比。蔡琰、李清照等少数经典女作家真可谓凤毛麟角，她们之所以能够在文坛上脱颖而出，除了自身杰出的文学天赋之外，还得益于各自家庭所提供的十分良好的经济条件和教育条件。

古代女性参与文学创作人数的急剧增加以及整体创作水平的提高，出现在明清时期。当时江南地区涌现出为数不少的才女，善为诗词，由于其姓名多不见正史，故鲜能进入今人的统计视域。明代钟惺所编《名媛诗归》，本朝女诗人的作品就占了总数的三分之一，《清代闺阁诗人微略》收录女诗人1262人，浙江、江苏两省共989人，占总数的78.37%。清代著名学者、诗人袁枚（1716—1798，浙江钱塘人）在所著《随园诗话》与《随园诗话补遗》①中多次指出"吴中多闺秀"（卷七·五五）、"吾乡多才女"（卷八·六二）、"闺秀吾浙为盛"（《补遗》卷一·一九）、"吾乡多闺秀"（《补遗》卷三·二一）、"吴江多闺秀"（《补遗》一○·三五）这一事实。

现代学者胡文楷的《历代妇女著作考》是对中国古代妇女著作收录最完备的目录书，被视为"中国古代妇女文学研究真正意义上的现代起点"②，是书《凡例》自述，所录妇女著作，"自汉魏六朝，以迄近代，凡得四千

---

① ［清］袁枚著，顾学颉校点：《随园诗话·随园诗话补遗》，人民文学出版社，1982。
② 张洪生、石旻：《中国妇女文学研究的现代起点——胡文楷〈历代妇女著作考〉的价值和意义》，《江西社会科学》2008年第7期。

余人"①。全书共 21 卷，其中汉魏六朝 33 人，唐五代 22 人，宋辽 46 人，元 16 人，明代两卷约 250 人，清代十五卷共 3660 余人，明清两代女性文学的飞速发展，由此可见一斑。美国学者曼索恩根据胡著所录，对清代女作家群的地域分布状况进行了数字统计，其结论为"女作家应该集中在以常州和杭州为中心的地区"，而且他充分注意到了教育与女性创作的关系，明确指出："在为科举而进行的教育投入（为男人的）和女诗人的突出成就之间有着特别紧密的联系"②，颇具学术眼光。宋清秀根据对清代江南女性文学创作的整体性把握，进一步指出："从作家数量及著述成就上看，江苏、浙江两省毫无疑问排在前两位"，结论令人信服。

　　江南多闺秀才女，以江苏、杭州为中心的江南地区为何能够成为明清两代女性作家成长的文化摇篮，该地区经济持续不断的高水平发展以及对教育的高度重视是我们必须考察的关键性因素。明清时期，以太湖流域为中心的江南富庶地区，农业生产和手工业生产早已达到发展高峰，而日益发达的商品经济，为江南经济的持续发展提供了新的内在动力，直至太平天国战争的爆发，江南经济的发展水平始终位于全国前列。与此相适应，江南地区的文化、教育获得了蓬勃发展的历史际遇。以浙江为例，有明一代，该地区"除各府县都有相当成功的官学外，民间还办有 120 所书院。这个数字，为全国总数的 9.68%，居第三位"，教育发展导致人才辈出，产生了 20 名状元，位于全国之首，"文学家之数，则居全国第二"③。至清代中前期，江南地区的教育呈现开始普及的趋势，康熙年间郭廷修主修的《松江府志》云："今文物衣冠蔚为东南之望，经学词章下至书翰咸有师法，各称名家，田野小民，生理裁足，皆知以教子孙读书为事。"④ 其他县府也出现教育兴盛的局面，据康熙五十一年《常熟县志》卷一载，该县"子弟皆游泮而读书，每有司较童子试，辄及千人"。其时，杭州府治下仁和县的一个小镇唐栖镇，"解句读，服青衿者已百人"⑤。受教育者队伍的扩大无疑是文学家队伍壮大的必要前提，在经济推动下，不断发展的教育为经典作家的培养以及文学经典作品的产生提供了更多的文化空间。

　　得风气之先，明清时期江南女子教育发展的速度和规模开创历史新高，陈东原《中国妇女生活史》所谓清代妇女"文学之盛，为前此所未

---

① 胡文楷：《历代妇女著作考》（增订本），上海古籍出版社，1985，第 7 页。

② 转引自张洪生、石旻：《中国妇女文学研究的现代起点——胡文楷〈历代妇女著作考〉的价值和意义》，《江西社会科学》2008 年第 7 期。

③ 曾大兴：《中国历代文学家之地理分布》，湖北教育出版社，1995，第 356、357 页。

④ 欧粤编：《松江风俗志》，上海文艺出版社，2007，第 414 页。

⑤ 转引自李伯重：《八股之外：明清江南的教育与经济的影响》，《清史研究》2004 年第 1 期。

有"①的情形，就主要出现在江南广大地区。商业经济的进一步发展，社会风气的空前开放，教育普及程度的随之增加，直接导致接受教育的女性群体不断扩大，女子教育水平明显提高，进而造就了女性文学创作盛况空前的局面。明清两代，江南地区女诗人大量涌现，当视为女子教育发展的硕果。高颜颐将明末清初江南妇女诗社分为家居式、社交式和公众式，其中家居式"出现于饭后母亲或婆婆与他女性亲属聚在一起谈论文学或当她们于花园散步吟作诗歌之时"②，这种现象恰好说明当时经济条件富裕的家庭可以在家庭内为女性提供文学教育（包括浓郁的文学创作氛围和口耳相传的文学教育方式）。清代著名学者袁枚广招女弟子，其中苏州籍女弟子22人，杭州籍16人，松江5人，镇江、太仓各3人，扬州2人，江宁1人，共计52人③，全部来自江南地区，这种情况具体说明该地区的女性开始享受走出家门、接受过社会教育的优越条件。

在上述历史背景下，明清诗坛涌现出不少闺秀诗人，在她们吟诵出的诗篇中不乏可圈可点的佳作，个别优秀作品甚至可以归于经典行列。笔者以为，经典化程度最高的当数明万历年间南直隶扬州（今属江苏）女子冯小青的《绝句五首》之五（或称《题〈牡丹亭〉诗》，又题为《雨夜读〈牡丹亭〉》），诗云：

冷雨幽窗不可听，挑灯闲看《牡丹亭》；人间亦有痴如我，岂独伤心是小青。④

冯小青16岁嫁与杭州豪公子冯生为妾，因被大妇所妒，被迫徙居孤山别业，孤独无助，倍感凄凉。当她有幸借得《牡丹亭》一读，立刻引起强烈的情感共鸣，于无限伤感中写下此诗。长期以来，学界同仁普遍将冯小青的题诗作为汤显祖《牡丹亭》经典效应具体表现的佐证材料而加以引用，并给予高度肯定，而对诗歌本身已经具备的经典本质规定性的部分特征则有所忽略。《绝句》之五短短二十八个字，集写景、叙事、抒情于一体，景色凄冷，情感哀婉，语言精练，情景交融，强烈而真挚的情感具有

---

① 陈东原：《中国妇女生活史》，商务印书馆，1937，第57页。

② ［美］高彦颐（Dorothy Ko）：《闺塾师：明末清初江南的才女文化》，李志生译，江苏人民出版社，2005，第16页。

③ 参见王标：《城市知识分子的社会形态——袁枚及其交游网络的研究》，上海三联书店，2008，第140页。

④ 引自蒋瑞藻编：《小说考证》续编卷二《疗妒羹第二十》，上海古籍出版社，1984，第449页。

打动人心的艺术感染力，故是诗问世不久，便引起文学家较为广泛的关注，他们纷纷对冯小青的不幸遭遇给予同情和艺术观照，以至于形成了长达百余年的"小青热"现象。冯小青去世不久，署名"戋戋居士"的《小青传》很快就面世了，成为冯小青文学热的第一部文学作品。明末著名戏曲家吴炳（1595—1648）读冯小青之诗深有感触，遂以冯小青为原型，创作了《疗妒羹》一剧。剧本第九出《题曲》有女主人公乔小青孤灯夜读《牡丹亭》，题诗以自伤身世的情节，这既是《牡丹亭》经典效应的持续发酵，亦是冯小青《题〈牡丹亭〉诗》经典效应的初步显现。晚明剧坛，冯小青其人其诗成为热门题材，朱京藩的传奇《风流院》（又名《小青娘风流院传奇》）、陈季方的杂剧《情生文》、来集之的杂剧《挑灯剧》、胡士奇的《小青传》等均属此类作品。据统计，明清两代以冯小青为题材的文学作品有传记十则，戏曲十六部弹词三部，中篇小说、长篇小说各一部[①]。其中最能显示冯小青其人其诗文学影响的当是《红楼梦》对于林黛玉形象的塑造。2016 年面世的《冯小青戏曲八种校注》[②]，即是当代学者对以冯小青为题材进行创作的明清八个剧本（包括《疗妒羹》《春波影》《挑灯剧》《风流院》《遗真记》《孤山梦词》《梅花梦》《补春天》）整理研究的成果。

仅就冯小青《题〈牡丹亭〉诗》而言，经典化有两个重要标志。其一，对后人的文学艺术创作给予启发和影响。《红楼梦》中林黛玉"踏月静听《还魂记》"的情节显然受到"挑灯闲看《牡丹亭》"的启发，有学者甚至认为曹雪芹笔下的林黛玉有着"冯小青因子"[③]；该诗的意境成为绘画题材，清末上海女弹词家程黛香则根据画意，创作了诗歌《自题〈冯小青题曲图〉》六首，造就了"卿题艳曲我题诗"[④]的文学现象。其二，自入选明末钟惺《名媛诗归》后，屡次成为众多选家欣赏和向读者推荐的作品，近三十年来这种情况特别突出。例如：

《历代女诗人诗词》（李晏平等注释，贵阳人民出版社 1988 年出版）

《历代咏剧诗歌选注》（赵山林选注，书目文献出版社 1988 年出版）

《元明清诗歌鉴赏辞典》（钱仲联等撰写，上海辞书出版社 1994 年出版）

《中国女性诗歌粹编》（班友书编，中国文联出版社 1996 年出版）

---

① 详见徐湘霖：《从才女到文化偶像：冯小青接受史》，四川师范大学硕士学位论文（未刊），2007，第 6 页。

② 王宁等校注：《冯小青戏曲八种校注》，黄山书社，2016。

③ 吕启祥：《红楼梦寻：吕启祥论红楼梦》，文化艺术出版社，2005，第 232 页。

④ 引自杜珣编著：《中国历代妇女文学作品精选》，中国和平出版社，2001，第 354 页。

《梨园诗词选》（李尤白编选，三秦出版社 1998 年出版）

《中国历代诗歌精选·明清诗词卷》（宫晓卫等选注，济南出版社 1999 年出版）

《历代读书诗》（曾祥芹等编著，中国文联出版社 2001 年出版）

《过目难忘：古代平民诗选粹》（汪超宏编，花城出版社 2001 年出版）

《心之约：图文本情诗三百首》（史昭良等编选评注，上海古籍出版社 2003 年出版）

《律诗绝句精品鉴赏》（代汉林编著，新疆人民出版社 2004 年出版）

《宋元明清诗选》（宋丽静选注，河北大学出版社 2006 年出版）

《百代千家绝句诗》下（周啸天选注，黄山书社 2007 年出版）

《绝句三百首评注》（李梦生编选，江苏凤凰出版社 2007 年出版）

《历代才女诗歌鉴赏》（下）（郑光仪主编，中国工人出版社 2008 年出版）

《红豆生南国：历代爱情诗鉴赏》（上海辞书出版社文学鉴赏辞典编纂中心编，上海辞书出版社 2009 年出版）

《情为何物：一生必读的 66 首爱情诗词》（罗光乾著，京华出版社 2010 年出版）

编选者或着眼于诗歌体裁，或聚焦于诗歌题材，或关注诗人的性别，或强调诗人的时代，尽管角度各有不同，但毫无例外地将该诗视为文学经典。尤其值得一提的是，《题〈牡丹亭〉诗》于 2006 年与陶渊明、李白、杜甫、李商隐、苏轼、辛弃疾等男性诗歌大家的作品一同入选题为《从诗到诗》[1] 的诗歌选本，被翻译成英文介绍给海外英文读者。2009 年再次被翻译成英文，入选中华经典文库丛书"英汉对照读物"《元明清诗》[2]，以文学经典的身份走向世界。

不过，我们必须认识到，经济的发达并非文学经典生成的充分和必要条件，诗人的数量与诗歌精品的数量也并非一定成正比例关系。《题〈牡丹亭〉诗》之所以成为经典，固然得益于经济发达地区女子教育环境的相对优越，但这绝不是唯一，甚至不是最为根本的原因。冯小青能够直面个人不幸的身世，敢于用青春和生命去抗议那禁锢人性的不合理现实，真实地书写内心的痛楚与哀伤，才是最为关键的因素，毕竟当时数量众多的女性诗人普遍缺乏冯小青这样的勇气和真实。明清（尤其是清代）闺秀诗人数量多，作品亦多，然精品却少见，女性诗歌无论思想蕴含抑或艺术形

① 任治稷等编译：《从诗到诗》，外语教学与研究出版社，2006。
② 许渊冲英译：《元明清诗》，中国对外翻译出版公司，2009。

式，均缺少明显的开拓与创新，乐而不淫，哀而不伤，成为支配女诗人情感表达的基本原则。如果要探讨导致这种现象产生的原因，我们不得不提到她们所接受的教育。在文学教育日益受到重视的情况下，传统的女德教育仍然处于女子教育的中心，这对女性文学观念以及诗歌创作产生的影响不可忽视。以清代女性诗论为例。那些写诗论诗的才女们一方面在一定程度上突破了"女子无才便是德"观念的束缚，开始张扬女子创作的积极意义，体现出历史的进步；另一方面却"依然羁縻于'四德'之下"，"论诗高标合乎'风人之旨''温柔敦厚'等原则，尊奉儒家诗教"，因而"体现出比男性论者更为严格的道德自律性"[①]。不可否认，经济的发展的确有利于文化观念的嬗变和更新，有助于新时代条件下经典的生成。不过，与此同时，传统所具有的历史惰性则完全可能滋生出一种阻碍变革的力量，呈现出与经济发展的反方向作用力，从而影响经典的生成。明清闺秀诗作少经典，当作如是观。

第二节　文化市场的形成与文学经典的传播

市场是商品经济运行的载体或现实表现，是商品生产者和商品消费者之间各种经济关系的汇合与总和。商品市场越发达，体系越完整，专业分工就越具体越细致。文化市场是文化与经济相结合的产物，是以"文化产品"为核心的市场经济的延伸。按照专业分工，文化市场就是指按照商品价值规律进行文化艺术产品交换以及提供有偿文化服务活动的场所，是文化生产和文化消费的中介，是商品经济发展到一定程度的产物。成熟的文化市场至少需要具备以下三个方面的条件：一是要有能供人们消费并用于交换的文化产品和文化活动，二是要有文化活动的组织者经营者和文化产品的需求者消费者，三是要有适宜交换的经济条件。与其他市场相比，文化市场的特殊性主要表现在它向消费者提供精神产品（当然精神产品需要借助一定的物质载体），用以满足人们的精神需求，交换的产品包括有形产品和无形产品两个部分[②]。在中国古代的文化市场中，前者诸如字画、书籍等实物有形产品，后者则主要指各种娱乐性演出。

---

① 周兴陆：《女性批评与批评女性——清代闺秀的诗论》，《学术月刊》2011年第6期。
② 详见李怀亮、金雪涛主编：《文化市场学》，首都经贸大学出版社，2010，第24页。

一、文化市场的形成发展及其对经典化机制的影响

中国古代的文化市场经历了一个从无到有的漫长发展过程。唐前，各种样式的文化活动（包括歌舞娱乐和诗文写作等不同类别）或专属上层贵族阶层享受的特权，或作为文人士大夫自娱自乐的方式而存在，由于根本不需要凭借市场进行，自然完全不具备商品交换的性质。进入唐代以后，情况开始发生变化，随着社会经济的发展以及城市居民队伍的扩展，文人创作逐渐进入市民娱乐场所，据中唐文人薛用弱《集异记》所载"旗亭画壁"的故事得知，盛唐时著名诗人高适、王昌龄、王之涣的诗歌名篇已作为市民文化娱乐的资源，在酒楼中被歌伎们竞相传唱。中晚唐以后，市场上出现了较为典型的文化娱乐消费活动，段成式（约803—863）在《酉阳杂俎·续集》卷四"贬误篇"中提到自己在太和末年，因其弟生日而观看杂技的情形："有市井小说，呼扁鹊作'褊鹊'，字上声"[1]。列于杂戏中的市人小说，实为职业性说话人的伎艺。从情理上推测，段成式庆祝兄弟生日，"应该是招艺人来家里表演作为娱乐的"[2]，其时，说话人的表演当属于有偿服务。有宋一代，文化市场得到长足发展，"在南宋江南，以谋生和营利为目的的文化娱乐活动已相当普遍，娱乐市场趋于成熟"[3]。收录在明《永乐大典》里的宋代戏文《张协状元》题为"九山书会编"，《宦门子弟错立身》题署"古杭才人新编"，这表明当时在戏曲创作领域内已开始出现专业化的创作人员，他们创作曲艺作品的目的不再是自娱自乐，而是向表演者提供演出脚本。文学创作转化为文化市场消费产品的条件日趋成熟，中唐著名文学家元稹撰《白氏长庆集序》自注云："扬、越间多作书模勒乐天及予杂诗，卖于市肆之中也。"这是较早关于文人诗作作为消费产品进入文化市场的记载，宋代诗人戴复古（1167—1248？）关于卖诗的反复描写则说明买卖文学作品的现象已非偶然，其《市舶提举管仲登饮于万贡堂有诗》云："七十老翁头雪白，落在江湖卖诗册""鸡林莫有买诗人，明日烦公问蕃舶"，其《谢王使君送旅费》诗又云："黄堂解留客，时送卖诗钱。"[4] 据此可见，诗文写作的确已成为一种有利益可图的经济活动，诗文买卖市场已延伸至海外，只不过当时进入文化市场的高质量文学作品尚不多见，购买者为数亦不多。自元至明清，在市场经济杠杆的作用下，古

---

① [唐] 段成式：《酉阳杂俎·续集》卷四，中华书局，1981，第240页。
② 程毅中：《宋元话本》，中华书局，1980，第4页。
③ 龙登高：《江南市场史——十一至十九世纪的变迁》，清华大学出版社，2003，第113页。
④ [宋] 戴复古：《戴复古诗集》，浙江古籍出版社，1992，第19、115页。

代文化市场呈现出飞跃发展的状态，城市市民的文化消费热情长盛不衰，消费水平持续增长，就连进城办事的农民也愿意花钱看戏娱乐，其情其景即如元代散曲作家杜仁杰（约1201—1282）【般涉调·耍孩儿】《庄家不识构栏》所描绘的那样："要了二百钱放过咱，入得门上个木坡，见层层叠叠团圝坐。"随着文人"著书只为稻粱谋"的现象越来越普遍，进入市场的文化产品种类相应不断增加，诗文辞赋、小说戏曲作品均可为作者带来一定经济收益，其中不乏一些较高质量的文学艺术作品问世，数量众多的书坊主、戏班主、戏园主等成为文化商品的供应者以及文化活动的组织者或经营者，整个文化市场呈现出一派繁荣景象。

文化市场的产生与繁荣深刻地影响了中国古代文学经典的生成机制，经济因素的不断渗透与日益显著的作用在一定程度上改变了文学经典较为单一的严肃面孔以及纯高雅的趣味。以满足大众化文化消费为目的的通俗文学作品在市场经济的强力推动下，通过迎合与改造的双重方式，直接参与大众的审美心理结构的铸造，其影响力甚至发散到他们的日常生活行为之中，具体效应虽迥别于国家经典和选家经典，但同样具备标杆与样板的功能。文学文本趣味雅与俗两极之间的差异与张力导致了文化市场传播与文学经典生成之间关系的复杂性，一方面，并非所有进入文化市场的文学作品都能够成为经典，事实上许多在文化市场广为传播、流行一时的文学作品，最终并未进入经典的殿堂。北宋词人晁端礼（1046—1113）填词《黄河清慢》"晴景初升风细细"一首，由于"音调极韶美"，"时天下无问迩遐小大，虽伟男髫女，皆争唱之"①，然而当曲调失传之后，该词意义蕴含相对贫乏的弊端便暴露出来了，从而导致后世读者的一致冷落，最终无缘宋词经典的行列，"不能让人重读的作品算不上经典"②，斯言信矣！清代扬州的文化娱乐场所十分繁荣，涌现出不少深受市民阶层喜闻乐见的曲艺作品，即如流寓扬州的沈阳人董伟业《扬州竹枝词》所云："顾汉章书听不厌，《玉蜻蜓记》说尼姑"，"就中花面孙呆子，一出传神《借老婆》"③，然而，当时被誉为"听不厌"的《玉蜻蜓记》以及表演极为"传神"的《借老婆》同样因为思想价值不高，未能成为传世经典。另一方面，的确又有为数不少的文学作品经由文化市场的推动或成为经典，或进一步提高了经典化程度，《三国演义》《水浒传》的经典化即属此类范例。

① 唐圭璋编著：《宋词纪事》，上海古籍出版社，1982，第113页。
② ［美］哈罗德·布鲁姆：《西方正典：伟大作家和不朽作品》，江宁康译，译林出版社，2011，第24页。
③ 刘永明点校，蒋孝达审订：《扬州地方文献丛刊·扬州竹枝词》，广陵书社，2005，第4页。

作为文化消费产品的文学作品之所以具有成为经典的可能，是因为此类作品与其他精神产品一样，都凝聚着生产者的劳动，都是某种思想、精神的载体，整个传播和消费过程作为"意义"的共享过程，也就是文本所蕴含的思想意义、精神价值不断得以呈现和实现的过程。普通民众在消费文化产品时，一般以追求娱乐放松为主要目的，不过，也同样需要审美陶冶和人生指导。文化市场所追求的经济效应或许会冲淡甚至遮蔽许多文本深刻的思想价值和多元的审美价值，然而那些足够优秀的作品，终因能够调动起大众的审美体验，多方面满足他们的精神需求，具备丰富其情感，铸造其性格的文化功能，所以依然可以经由文化市场的推动而进入经典的行列。

文学艺术作品欲进入文化市场，转化为文化消费产品，一个重要的前提条件便是该文本必须具有广大消费者所喜爱的文化因子，在一定程度上契合大众的审美趣味，从而有效地激发起他们的消费欲望和消费热情。北宋著名词人秦观（1049—1110）的《满庭芳》之所以"都下盛唱"，雅俗共赏，究其原因，不仅由于文本情词双绝的艺术魅力，还在于词人采用"将身世之感，打并入艳情"①的特殊手法，为作品明确贴上"艳词"的标签。词作所渲染的离愁别绪的缠绵以及青楼梦醒的感伤，成功地调动起上至赏曲的达官贵人、下至表演的歌伎舞女的不同情绪体验，特别适合在樽前酒后、花前月下演唱，所以"山抹微云"的唱段频频在酒席宴会上响起，秦观也因此获得"山抹微云君"的雅号。另一种情况则是，有些作品本为文人雅士的抒情言志之作，思想内容本远离市井生活，但由于种种特殊原因（或因作者名气，或因艺术成就）而进入文化市场，其意义生发点在接受过程中开始发生转移，审美价值亦随之有所增减，上文提及唐代"旗亭画壁"的故事就传递出一种审美趣味发生嬗变的信息。旗亭内歌伎们争相传唱诸位诗人名作的主要原因并不在于文本意蕴的深刻与厚重，同样，诗人竞相争胜的标准，既"不在于他们能够'移风俗，厚人伦'，也不在于他们能用诗歌来为民请命，托诗以讽谏，而仅仅在于能否受到市井阶层（歌伎即大众文化中审美趣味的象征）的喜爱"②。毋庸讳言，深受市民喜爱的作品未必都可成为经典，但就其正面影响而言，市井阶层作为一个庞大的消费群体，其审美趣味不仅可以刺激市民文学的创作，而且能够扩大优秀文本的传播范围及其社会影响力，在客观上也具有拓展通往经典殿堂路

---

①　[宋] 周济：《宋四家词选》，载吴熊和主编《唐宋词汇评·两宋卷》第一册，浙江教育出版社，2004，第 699 页。

②　刘士林：《变徵之音——大众审美中的道德趣味》，湖北人民出版社，1998，第 92 页。

径的积极效应。

由于中国古代文化市场自身的发展具有渐进性特点，而且受经济利益驱动而展开的文化活动形式与种类也比较丰富，因此，文化市场对于文学经典化机制的参与，以及对经典化路径的开拓，也相应地呈现出阶段性与多样性相结合的特征。基于上述认识，本章大致按照时代先后顺序，有选择性地探讨宋元说话、明清说书、戏曲演出以及明清印刷出版活动与文学经典生成、经典价值实现的关系，重点考察将那些世代累积型文本导向文学经典殿堂的各种路径。

二、宋元勾栏说话：叙事文学经典生成的初始路径

考察中国古代文化市场，小说作为主要消费产品之一，始终占据着较大的市场份额，说话人在勾栏瓦舍为市民讲述和表演话本／小说的内容，属于具有商业性质的有偿服务，演出收入归组织者和表演者共有。明代著名文学家张岱（1597—1679）《陶庵梦忆》卷五关于"柳敬亭说书"的描写，有助于我们具体了解当时的表演行情。柳敬亭（生卒年不详，约1669年后去世）是明末清初著名的评话艺术家，"一日说书一回，定价一两，十日前先送书帕下定，常不得空"，市场行情极好。小说名著《水浒传》中"景阳冈武松打虎"故事是他说得特别精彩的一段：

> 其描写刻画，微入毫发，然又找截干净，并不唠叨哼哽。声如巨钟，说至筋节处，叱咤叫喊，汹汹崩屋。[1]

精湛的表演技巧获得了听众的高度赞赏。清初李玉《清忠谱》第二折"书闹"也透露出当时说书人的相关信息，戏中苏州市民周文元请艺人李海观在苏州城李王庙前开设书场，此人专说《岳传》，每日演出收入"倒有一二千钱拉下"，由组织者分配，除了付给说书人吃饭书钱之外，余下的全归周文元自己"买酒吃，赌场玩耍"[2]。诸生李斗（？—1817）在《扬州画舫录》中介绍扬州书场的情况时，同样突出了说书活动的商业演出性质，其文曰："屋主与评话以单双日相替敛钱，钱至一千者为名工，各门街巷皆有之。"[3] 在这种充满浓郁商业气息的文化娱乐场所中，也曾经催生

---

① ［明］张岱：《陶庵梦忆》卷五，中华书局，1985，第43页。
② ［清］李玉：《清忠谱》，载王季思主编《中国十大古典悲剧集》（下），上海文艺出版社，1982，第513页。
③ ［清］李斗：《扬州画舫录》，中华书局，2007，第144页。

出具有经典意义的文学作品。问世于清代中期的《三侠五义》源于北京著名说唱艺人石玉昆（约1810—约1871）所表演的说书（石乃天津人，但说书地在北京）。从内容题材看，该小说属于中国古典长篇侠义公案小说的代表之作；从价值取向看，具有"为市井细民写心，乃似较有《水浒》余韵"①的特征；从语言特色看，"小说中模仿不同方言的独特趣味，可以说是将口技表演的特殊形式，转译到书面文字上"②，从而赋予该小说与众不同的语言风貌，它所取得的模拟方言的成就，是同时代其他任何一部小说都难以达到的，因此，视其为方言小说的经典作品实不为过。

我们之所以将勾栏说话纳入经典化机制研究的范畴之内，视之为文学经典生成的初始路径，是着眼于中国古代文学经典形成的特殊性。说话人使用的底本虽然尚未达到经典的高度，却包蕴着诸多经典元素，如思想内涵的扬善惩恶，艺术表现的雅俗共赏等，故成为经典生成的起点。原本街谈巷语、道听途说、难登大雅之堂的小道细言，经过文人的有意识创作，再到文化市场的推动，最后发展为深受世人喜爱、影响深远的文学巨著。中国小说经典化的历程的确相当漫长，对此，署名为"绿天馆主人"题写的《古今小说叙》③基于自己的小说观念进行了简单勾勒：

> 史统散而小说兴。始乎周季，盛于唐，而浸淫于宋。韩非、列御寇诸人，小说之祖也。《吴越春秋》等书，虽出炎汉，然秦火之后，著述犹希。迨开元以降，而文人之笔横矣。若通俗演义，不知何昉？按南宋供奉局，有说话人，如今说书之流。其文必通俗，其作者莫可考。泥马倦勤，以太上享天下之养，仁寿清暇，喜阅话本，命内榼日进一帙，当意，则以金钱厚酬。于是内榼辈广求先代奇迹及闾里新闻，倩人敷演进御，以怡天颜。然一览辄置，卒多浮沉内庭，其传布民间者，什不一二耳。然如《玩江楼》《双鱼坠记》等类，又皆鄙俚浅薄，齿牙弗馨焉。暨施、罗两公，鼓吹胡元，而《三国志》《水浒》《平妖》诸传，遂成巨观。④

---

① 鲁迅：《中国小说史略》第二十七篇《清之侠义小说及公案》，人民文学出版社，1973，第250页。
② 古柏：《市井的回响——〈三侠五义〉中的方言与京华说书人》，载陈平原等主编《北京：都市想像与文化记忆》，北京大学出版社，2005，第162页。
③ 关于《古今小说叙》的作者，学术界较为一致的看法是绿天馆主人即小说编撰者冯梦龙，但也存在不同意见，例如杨晓东《〈古今小说〉序作者考辨》（载《文学遗产》1991年第2期）一文指出绿天馆主人当是松江府上海县人叶为声。
④ ［明］冯梦龙编，许郑杨校注：《古今小说》，人民文学出版社，1958，第1页。

文中提到的唐人著述、宋代说话以及施、罗两公创作,均为中国小说发展史上的几个重要标志性事件,其中唐人著述、宋代说话属于小说前经典化阶段。吴子林先生认为中国小说最终实现"经典化"乃晚清之后,是政体与伦理道德发生根本动摇,加之西方文学观念输入中国,纯文学观念逐渐确立的结果,"但是,明清之际小说的'经典化'是有筚路蓝缕之功的"[①]。事实上,对于那些世代累积型的作品如《三国演义》《水浒传》此类产生过程相当漫长的文学巨著,其经典化的源头完全可以再向前回溯,因为该经典文本尚未最终完成之前,已经具有了一个日益丰富、趋于完备的资料库,其中某些人物形象或者某些重要情节已经显示出家喻户晓、深入人心的经典化效应。瓦子书场中的说话人表演和传播三国、水浒故事,为小说文本的最后定型以及经典原创魅力的形成,发挥着不可忽视的重要作用,应当视为经典化的原初路径之一。

较之诗文辞赋等传统文体,古代小说和戏曲成为经典的时代可谓姗姗来迟,这首先是由于中国叙事文学的晚熟所致,同时也与社会审美观念的逐渐演变紧密相关。由于"每一个时代里都有一些体裁比其他文体更具有经典性"[②],因而经典所代表的体裁的变化总是会反映出时代文学趣味的嬗变。宋元说话是中国古代小说发展史上的重要环节之一,宋代城市建设的飞速发展导致市民阶层的不断壮大,而市民阶层不断增长的文化需求使说话类的艺术活动具有了全面进入文化市场的可能性,并赋予其浓厚的"通俗文艺"的色彩。"说话"作为一种民间娱乐活动,兴起于唐代。据唐人郭湜所撰《高力士外传》[③]记载,高力士为取悦被迫退位的唐玄宗,常在宫中"讲经论议,转变说话"。白居易、元稹于长安新昌宅中听说《一枝花》话亦当属此类活动。相沿以下,说话伎艺发展至两宋时代,出现了繁荣兴盛的局面。其时,随着商业的繁荣,城市的扩展,市民阶层呈现出迅速扩展的状态,为适应广大市民的娱乐需要,京城里遍立瓦肆勾栏以为娱乐场所,其中最流行的伎艺便是说话。《东京梦华录》记述汴京(今开封)勾栏中说话的讲史艺人有孙宽、孙十五、曾无党、高恕、李孝祥等人,小说艺人有李慥、杨中立、张十一、徐明、赵世亨、贾九等人,此外,还有说诨话艺人张山人。其中,出现专说"三分"(即三国故事)的著名艺人霍

---

① 吴子林:《文化的参与:经典再生产——以明清之际小说的"经典化"进程为个案》,《文学评论》2003 年第 2 期。

② [美]哈罗德·布鲁姆:《西方正典:伟大作家和不朽作品》,江宁康译,译林出版社,2011,第 17 页。

③ 此书《新唐书》卷五八《艺文志四》"杂传记"类著录,作"郭湜《高氏外传》一卷"。注"力士。湜,大历大理司直"。

四究^①。另外在闾里坊巷之间也有说话艺人活动。至宋高宗南渡以后，都城临安（今杭州）的城、郊区迅速拓展，人口增加数十倍，成为一个庞大的消费城市，百戏伎艺更为兴盛。周密《武林旧事》卷六列举"诸色伎艺人"^②共53种554位，除3种御前服务外，勾栏及宫廷中演史艺人23人，小说艺人52人，说经、诨经艺人17人，说诨话艺人1人，这种明确的分类说明当时说话活动的进一步发展。

宋元说话人使用的底本（即话本）多为资料汇集，或未经加工整理，或因加工整理的水平所限而不完全到位。与明清白话小说相比，艺术上自然显得十分粗糙，思想蕴含也比较单一，尚未真正达到经典化的高度。不过，作为前经典时代的文化产品，它们与后世产生的诸多文学经典之间的确又存在着千丝万缕的内在联系，确如现代学者所言："就小说、戏曲的源与流看来，宋元话本有创始期生气勃勃的特点，后来在小说史上如森林般高峰般蔚起的座座高峰，都曾以胚芽的形式蕴含在这些简略、粗朴的文字中。"^③具体言之，它们对经典生成的积极作用主要体现在以下三个方面：

其一，民间艺人极具艺术想象力的讲述和表演为文学经典的形成提供了丰富多彩的情节和生动形象的细节，成为经典文本原创魅力的重要来源之一。成书于宋代的《大宋宣和遗事》有部分内容属于话本体裁，当代学者认为"可能是说话人自己的创造或者是从其他话本中摘录来的"^④。第四段讲述宋江等三十六人聚义梁山泊，便是后来《水浒传》的雏形，其中晁盖等人智取生辰纲的故事经过施耐庵的加工再创作，最后成为《水浒传》里最脍炙人口的经典段子之一。宋末罗烨（生卒年不详）编撰的《醉翁谈录》"小说开辟"中录入有《石头孙立》《青面兽》《花和尚》《武行者》等小说篇目，各位主人公后来也都成为《水浒传》梁山泊好汉群中的重要人物。此外，"《三国志》诸葛亮雄才"一段也成为后世长篇小说的内容构成^⑤。"关云长刮骨疗毒"是《三国演义》的经典段落，《水浒传》第一百一十回描写了燕青、李逵二人于上元节之夜潜入东京城，在桑家瓦子听说《三国志》评话的具体情形：

> 两个手厮挽着，正投桑家瓦来。来到瓦子前，听的构栏内锣响。李逵

---

① ［宋］孟元老等：《东京梦华录·外四种》，文化艺术出版社，1998，第32页。
② ［宋］四水潜夫：《武林旧事》卷六，浙江人民出版社，1984，第105页。
③ 王昕：《话本小说的历史与叙事》，中华书局，2002，第25页。
④ 程毅中：《宋元话本》，中华书局，1980，第44页。
⑤ ［宋］罗烨：《醉翁谈录》卷一，上海古典文学出版社，1957，第4页。

定要入去。燕青只得和他挨在人丛里，听的上面说评话。正说《三国志》。说到关云长刮骨疗毒："当时有云长左臂中箭，箭毒入骨，医人华陀道：'若要此疾毒消，可立一铜柱，上置铁环，将臂膊穿将过去，用索拴牢，割开皮肉，去骨三分，除却箭毒。却用油线缝拢，外用敷药贴了，内用长托之剂。不过半月，可以平复如初。因此极难治疗。'关公大笑道：'大丈夫死生不惧，何况只手！不用铜柱铁环，只此便割何妨。'随即叫取棋盘，与客弈棋。伸起左臂，命华陀刮骨取毒，面不改色，对客谈笑自若。"正说到这里，李逵在人丛中高叫道："这个正是好男子！"

张国光先生认为"刮骨疗毒"的情节本于明嘉靖元年刊《三国志通俗演义》，并以此为据证明《水浒传》成书于嘉靖初年[①]，据此判断，《水浒传》的这段描写当直接借鉴于《三国演义》，似乎于早期说话活动无关。即使此说成立，我们依然能够从上述文字中捕捉到有关宋代民间说话的种种真实信息，例如讲场通过打锣的方式招徕听众，勾栏晚上也开讲等。考虑到说《三国》故事在宋代已经相当流行[②]，我们有理由相信，罗贯中创作《三国演义》，无论情节设计抑或人物刻画完全可能受到民间说话人"说三分"的影响。

其二，经典的内容所蕴含的精神价值具有永恒性，只有那些能够穿越现实和历史的时空，经得住不同时代读者检验的著作，方可称为真正的经典。宋元民间说话艺人讲述三国故事时所体现出的道德判断与价值取向，无论当下抑或后世，都在听众群体中产生了广泛的共鸣，甚至直接影响到后世作家对于同类题材的处理以及思想倾向的确立。据《东坡志林》记载：宋时，"涂巷中小儿薄劣，其家所厌苦，辄与钱，令聚坐听说古话。至说三国事，闻刘玄德败，颦蹙有出涕者；闻曹操败，即喜唱快"[③]。小小顽童对于刘、曹二人分别做出的善恶定位以及情感反应，之所以和长篇小说《三国演义》"拥刘反曹"的政治倾向以及罗贯中的道德评判高度一致，宋代说话对罗贯中创作的影响不容忽视。事实上，《三国演义》"拥刘反曹"的倾向，在一定程度上代表了中国人民经过整整几个历史时代的思考而做出的对于政治和政治家的选择，而这一点又正是该小说成为经典的重要原因之一。

---

① 张国光：《水浒祖本探讨》，《江汉论坛》1982 年第 1 期。
② 据宋人孟元老《东京梦华录》卷五《京瓦伎艺》的记载，当时说话人队伍里已有专说"三分"的艺人霍四究。
③ ［宋］苏轼撰，王松龄点校：《东坡志林》卷一，中华书局，1981，第 7 页。

其三，但凡进入经典行列的古典文学名著必须具备强大的艺术感召力，或者具有征服人心的教化功能，而民间艺人高超的说话艺术技巧对于吸引广大听众的注意力、提高故事所蕴含的经典元素征服人心的力度，无疑发挥了十分积极的作用，上文提及《东坡志林》所载小儿听说书的反应已足以说明这一点。《醉翁谈录》是现存最早记载宋人说话伎艺和说话资料的笔记体著作，其中收录的《小说开辟》一篇十分形象地描绘了说话艺术对于形形色色听众的艺术感染及其道德教化效应：

> 说国贼怀奸从佞，遣愚夫等辈生嗔；说忠臣负屈衔冤，铁心肠也须下泪。讲鬼怪令羽士心惊胆战，论闺怨遣佳人绿惨红愁。说人头厮挺，令羽士快心；言两阵对圆，使雄夫壮志。谈吕相青云得路，遣才人着意群书；演霜林白日升天，教隐士如初学道。噇发迹话，使寒门发愤；讲负心底，令奸汉包羞……[①]

兴趣是人们阅读经典的重要动力之一，情感共鸣和心灵震撼则是人们认同经典的关键所在。说话艺人引导听众走进由自己营建的艺术天地，成功地调动起他们的参与兴趣和审美激情，并赢得大众的价值认同，为经典效应的产生奠定了广泛而又坚实的基础。罗贯中、施耐庵不同程度地接受了来自文化市场精神产品的影响，《三国演义》《水浒传》成书后之所以能够迅速成为经典，宋元说话人所进行的前期铺垫，功不可没。

三、明清书场说书：叙事文学经典路径的进一步扩展

作为文学著作的《三国演义》和《水浒传》，其经典效应于问世不久便迅速彰显，且影响日益扩大。这种现象的出现固然得益于小说成书前文化市场中各种文艺形式的大力传播，如上文所言，但是另外一方面，我们还必须高度重视明清两代广大民众喜闻乐见的说书活动所给予的积极推动作用。换言之，娱乐市场中的说书作为一种特殊方式，参与文学经典化的活动，有力地推动了《三国演义》《水浒传》等小说名著广泛传播，提高和强化了经典效应，使之日益深入人心，甚至成为大众人生的教科书。

明清以还，人们普遍将以讲说故事为内容的曲艺活动称为"说书"。这一称呼足以显示出该项活动的时代新变特征，因为明清说书与宋元说话的重大差别之一就在于，曲艺家用以讲演的底本不再局限于粗糙的资料汇

---

① 引自孔另境编辑：《中国小说史料》，上海古籍出版社，1982，第5页。

编抑或先前简要提纲的形式，一些已经刊印问世，且知名度极高的文学名著即所谓"书"已经成为他们进行表演最为重要的文本依据①，即如胡士莹《话本小说概论》所言："明代已有《三国》《水浒》等成书，晚期并有'三言'等成书。所以明代的说书，大抵是根据文学作品再加发挥的。"② 这种现象在清代更是蔚为大观，《三国演义》《水浒传》《说岳》《西游记》以及于本朝先后问世的《聊斋志异》《红楼梦》都成为说书人热衷于表演的对象，李斗《扬州画舫录》卷十一《扬州评话》列举郡中说书"称绝技者"，其中就有说《水浒记》的王德山③。高水平的底本无疑为演出水平的普遍提高提供了更为坚实的文学基础。

元明时期，中国文学的社会传播主要依赖三种方式，分别为书籍的借阅和传抄、书籍的刻印和买卖、戏曲演出和说书活动④。在文学传播过程中，不同的接受群体会根据个体的经济条件和文化水平来选择适合自己的接受方式。对于广大下层民众而言，前两种方式在当时具有相当明显的局限性，因为小说、剧本如果以纸质的形式进行传播，必然要求受众具备相应的阅读能力和购买能力，然而，"明代民众的识字率还不足百分之一，而识字量能达到阅读小说的水平，并且买得起小说、有兴趣和时间阅读小说的，更是寥寥无几"⑤。同时，经济收入也在很大程度上限制了他们的书籍购买能力。例如，明朝万历苏州龚绍山刊本《陈眉公批评列国志传》12 卷，约 40 万字。每部售价纹银（即成色高的银子）为 1 两，万历天启间苏州书载阳刊本《封神演义》20 卷，约 79 万字，每部售价纹银 2 两⑥。然据明万历《宛署杂记》载，当时 1 两白银可买大米 2 石（1 石约等于今94.4 公斤），1 钱 6 分白银可买上等猪肉 8 斤，8 钱白银可买白布 4 匹。小说《警世通言·卖油郎独占花魁》中的秦重做生意的本钱仅 3 两银子，一年的收入只有大约 20 两银子⑦。那些从未受过正规教育、识字水平很低（或者完全不识字）、忙于生计且收入又低的下层民众，几乎没有传抄、购买和阅读长篇小说的可能性，更何况他们的文化需求从来不曾定位于知识

---

① 清代小说家文康《儿女英雄传》第十二回提到了说书人的表演与所说之"书"的基本关系："列公听这回书，不觉得像是把上几回的事又写了一番，有些烦絮拖沓么？却是不然。在我说书的，不过是照本演说。"

② 胡士莹：《话本小说概论》，中华书局，1980，第 373 页。

③ [清] 李斗著：《扬州画舫录》卷十一，中华书局，2007，第 175 页。

④ 参见尚学锋等：《中国古典文学接受史》，山东教育出版社，2000，第 348 页。

⑤ 潘建国：《明代通俗小说的读者与传播方式》，《复旦学报》2001 年第 1 期。

⑥ 参见蔺文锐：《商业媒介与明代小说文本的大众化传媒》，《中国戏曲学院学报》2005 年第 2 期。

⑦ 详见刘绍平：《明代的工资、物价及税收》，《社会观察》2008 年第 1 期。

获取的系统性、完整性以及认知事物的全面性、深刻性，相反，娱乐消遣倒是占据着文化需求的核心地位。事实上，于闲暇时间，花点小钱听听说书，以达到消除疲劳、放松身心的目的，对于平民大众而言，倒不失为一种可行之道。他们不仅能够在轻松愉悦的状态中或多或少地增加些许历史知识，激起道德情感的共鸣，甚至可以进一步获得某种人生启迪和教益，使经典的潜在价值转化为现实指导性。清代著名学者钱大昕（1728—1804）明确指出了说书对于文化水平不高的普通民众的教化作用：

> 古有儒、释、道三教，自明以来，又多一教曰小说。小说演义之书，未尝自以为教也，而士大夫、农、工、商、贾，无不习闻之，以致儿童妇女不识字者，亦闻而如见之，是其教较之儒、释、道而更广也。①

小说创作者本未尝"以为教"，却能达到教化的目的；不识字的文学接受者通过"闻"亦能收到"见"的效果，经典小说的传播通过说书这一娱乐活动，获得了良好的社会效应。清代小说家魏秀仁（1819—1874）《花月痕》第一回《蚍蜉撼树学究高谈 花月留痕稗官献技》的相关描写也印证了上述所论：

> 五年前，春冻初融，小子锄地，忽地陷一穴，穴中有一铁匣，内藏书数本，其书名《花月痕》，不著作者姓氏，亦不详年代。小子披览一过，将俟此中人传之。其年夏五，旱魃为虐，赤地千里，小子奉母避难太原，苦无生计，忽悟天授此书，接济小子衣食，因手抄一遍，日携往茶坊，敲起鼓板，赚钱百文，负米以归，供老母一饱。书中之是非真假，小子亦不知道，但每日间，听小子说书的人，也有笑的，也有哭的，也有叹息的。②

根据文中所言"日赚百文"的收入状况推论，茶坊里的听众应当不是大富大贵之辈，他们丰富的情感反应从一个侧面揭示出广大民众喜听说书的原因。

明清两代，在说书、听书的娱乐风尚中，《三国演义》和《水浒传》这两部文学名著受到的喜爱程度最高。从明清文人的相关记载中，我们可以充分了解当时各种娱乐场所评说三国、水浒的风气以及人们喜听说书的情形：

---

① ［清］钱大昕：《潜研堂文集》卷十七《正俗》，四部丛刊初编，上海书店，1985，第14页。
② ［清］魏秀仁著，晓蓓、茜子点校：《花月痕》，齐鲁书社，1998，第2页。

老人畏寒，不涉世故，时向山居，曝背茅檐，看梅初放。邻友善谈，炙糍共食，令说宋江，最妙数回，欢然抚掌，不觉日暮。

——明·高濂《山居听人说书》①

高濂（1527—1603）既是颇有成就的戏曲家，也是著名的养生家，他将听讲水浒故事作为冬日养生之胜事，足见对《水浒传》的喜爱。

少年工谐谑，颇溺滑稽传。后来读水浒，文字益奇变。六经非至文，马迁失组练。一雨快西风，听君酣舌战。

——明·袁宏道《听朱生说水浒传》②

诗题所言朱生即朱叟，无锡著名说书人，诗人对他的说书艺术推崇备至，十分喜爱，"酣舌战"三字揭示出朱生畅快淋漓的说书风格。

莫后光三伏时每寓萧寺，说《西游》《水浒》，听者尝数百人，虽炎蒸烁石，而人人忘倦，绝无挥汗者。

——清·李延昰《吴南旧话录》卷二十一 ③

莫后光（生卒年不详）是明末松江（今属上海）人，业塾师，善说书，著名说书艺人柳敬亭（约1587—约1670）曾师事之。听其说书者达到数百人，并能令听众忘倦忘热，足见艺术魅力之所在。

英雄头肯向人低，长把山河当滑稽。一曲景阳冈上事，门前流水夕阳西。

——清·王猷定《听柳敬亭说史》其四"时说《水浒》一段"④

王猷定乃明末拔贡生，少以豪侠称，与柳敬亭相交甚好，既钦佩柳的为人，也欣赏他说书艺术。

生本善谈，因演说水浒小说，眉飞色舞，能为英雄长身价。众皆乐于

---

① ［明］高濂：《遵生八笺·四时调摄笺冬卷》，巴蜀书社，1988，第246页。
② ［明］袁宏道撰，赵伯陶编选：《袁宏道集》，江苏凤凰出版社，2009，第51页。
③ 摘自吴宗锡主编：《评弹文化词典》，汉语大词典出版社，1996，第146页。
④ 摘自江苏省政协文史资料委员会、泰州市政协文史资料委员会编：《江苏文史资料》第87辑《泰州市文史资料》第8辑《评话宗师柳敬亭》，江苏文史资料编辑部，1995，第41页。

听，听者愈多，团团趺坐，斗室几不能容。

——清·宣鼎《雁高翔》①

小说虞初太杂庞，人言《水浒》传无双。安山前是梁山泺，闲听儿童话宋江。

——清·祝德麟《闸河杂咏》十首之五②

说书的地点既有公共娱乐场所，也有私人活动空间；说书人的队伍里既有著名艺人如莫后光、柳敬亭，也有名不见经传的山人后生，甚至还有少年儿童参与。长盛不衰的说书活动成功地普及了有关三国、水浒的知识，有效地推动了小说文本的传播，其中重要的标志之一便是小说的故事情节与重要人物日益深入人心，最后达到妇孺皆知的效果。貂蝉是小说《三国演义》出场虽不多但却十分重要的一位女性形象，罗贯中围绕她展开的艺术描写十分精彩，深受历代民众喜爱，然而，此人史无记载，完全属于小说家艺术创造的产物，普通百姓对于她的了解大多通过民间艺人的表演活动，诚如明代著名文学艺术家徐渭《吕布宅·序》所云："布妻诸史及与布相关者诸人之传并无姓，又安得有貂蝉之名。始村瞎子习极俚小说，本《三国志》，与今《水浒传》一辙，为弹唱词话耳。"③民间艺人以生动形象而又浅显的方式，帮助下层民众了解长篇小说《三国演义》的人物和情节，有效地提高了文本的影响。此后，民间通俗小说、戏文里衍生出"关羽斩貂蝉"的情节，众多文人墨客纷纷将各色美女比喻为貂蝉，例如《红楼梦》第八十五回说贾府"车马填门，貂蝉满座"，甚至京城元宵节之夜放灯，其中便有"吕布戏貂蝉"一款（清代小说家李海观《歧路灯》有此描写）。种种经典效应的取得显然离不开民间说书人的表演和宣传。

明清说书既是一种文艺传播活动，也是一种娱乐消费行为。文学艺术生产、流通和消费的过程实则是文艺产品价值转化为使用价值、不断实现其意义的过程，也是经典由潜在转化为现实的过程，其精神价值、审美价值实现得越多，对人们现实行为影响越大，也就越能彰显经典的特质。明清说书人以自己的行为作为物质载体，对演出的底本即"书"进行不同程度的艺术加工，通过绘声绘色的精湛表演向广大听众传输原著蕴含的思想文化意义，从而助其实现"教科书"的价值。对此，《警世通言·叙》提

---

① ［清］宣鼎著，宋欣点校：《正续夜雨秋灯录》下，时代文艺出版社，1987，第220页。

② 载朱一玄编，朱天吉校：《明清小说资料选编》（上），南开大学出版社，2006，第313页。

③ ［明］徐渭：《徐渭集·徐文长逸稿》卷四，中华书局，1983，第785页。

供了具体例证：

里中儿代庖而创其指，不呼痛，或怪之，曰："吾顷从玄妙观听说《三国志》来，关云长刮骨疗毒，且谈笑自若，我何痛为？"夫能使里中儿顿有刮骨疗毒之勇，推此说孝而孝，说忠而忠，说节义而节义，触性性通，导情情出。[①]

说书人以自己独特的方式将三国故事带入消费者的精神活动之中，并且发挥着积极的作用。里中小儿不是凭借个人的阅读，而是通过听人说书这一特殊途径进入《三国演义》所创建的英雄世界里，因深受关羽英雄豪气的感染而顿生战胜伤痛的巨大勇气，经典效应由此得以显现。清人沈起为清初著名学者查东山撰写年谱，其中提道："先生儿童时常游市，见市肆儿阅《水浒传》，借观之，中生纵横，自以为有悟。（乞言启：童而得悟，多从板凳说书。）"[②]"多从板凳说书"而获得知识与教益，这的确是古代儿童文化启蒙的一条重要路径。

四、舞台戏曲演出：叙事文学经典路径的再度扩展

元末明初史学家、文学家陶宗仪（1329—1407）云："稗官废而传奇作，传奇作而戏曲继，金季国初乐府犹宋词之流，传奇犹宋戏曲之变，世传谓之杂剧。"[③]戏曲作为一种相对后起的艺术形式，由于具有风化天下、娱乐大众、传播经典等多项文化功能，故在其形成、发展及最后走向成熟的全部过程中，始终受到来自社会各阶层广大观众的欢迎。唯其如此，市场化的戏曲演出凭借其独特魅力，拓展了文学经典化路径。关于戏曲表演商业化的情况，现以元代为例。元代的大中城市特别是京城已经具备促进戏曲发展和繁荣的良好条件，城市里的勾栏瓦舍成为戏曲表演的舞台，其中进行的商业性演出十分频繁，"勾栏中作场，常写其名目，贴于四周遭梁上，任看官选拣需索"。这种选择性的观看是需要付费的。作家面向观众创作的剧本以及演员精彩的舞台表演吸引着大批乐意花钱消费的观众，即如《青楼集志》所云："内而京师，外而都邑，皆有所谓勾栏者，辟优

---

① 《警世通言·叙》的作者原题为"无碍居士"，目前学界一般认为无碍居士即冯梦龙本人。
② ［清］沈起：《查东山先生年谱》，载《续修四库全书》编纂委员会编《续修四库全书》（影印本），上海古籍出版社，1996。
③ ［元］陶宗仪：《南村辍耕录》卷二七，文化艺术出版社，1998，第370页。

萃而隶乐，观者挥金与之。"① 戏曲的舞台演出对于经典化的作用，主要体现在以下三个方面：

其一，作为文学经典生成的起始点，为经典文本的创作提供可以采用的素材乃至蓝本。

宋元时期，文化市场中出现的讲唱艺术以及戏曲表演中出现的诸多作品，为文学经典的最终生成奠定了十分重要的基础。例如，元杂剧有为数不少的"水浒"戏和"三国"戏，前者如康进之《李逵负荆》，高文秀《双献功》，后者如关汉卿《关大王单刀会》，高文秀《刘玄德独赴襄阳会》，郑德辉《虎牢关三战吕布》等，不仅直接影响到施耐庵、罗贯中的艺术构思和思想价值取向，而且为他们的小说创作提供了相当丰富的素材，甚至提供具体情节和细节。《脉望馆抄校古今杂剧》存杂剧 242 种，是研究元明杂剧及其作者的重要资料，其中元杂剧《博望烧屯》与《三国志演义》存在相同的情节，均有张飞嚷着要放火烧卧龙岗的描写。又如，金代董解元《西厢记诸宫调》是现存唯一完整的诸宫调作品，关于它与王实甫《西厢记》杂剧之关系及其创作特色，明人胡应麟说得十分清楚：

> 《西厢记》虽出唐人《莺莺传》，实本金董解元。董曲今尚行世，精工巧丽，备极才情，而字字本色，言言古意，当是古今传奇鼻祖，金人一代文献尽此矣。然其曲乃优人弦索弹唱者非搬演杂剧也。②

王《西厢记》问世不久便获得"天下夺魁"③的剧坛盛誉，究其原因，除了天才剧作家富有创新性的加工改造之外，董解元的"创始"之功实不可埋没。董《西厢》改变了唐代元稹《莺莺传》始乱终弃的根本情节，取而代之的结局是崔莺莺大胆冲破封建礼教，携张生出走，最终获得美满的团圆，有力地突出了反封建的主题。此外，还成功塑造了富有智慧、敢于为正义而斗争的红娘这一形象，增强了故事的创新性。凡此种种，无不给王实甫以有益启迪，为王《西厢》开启了一条通往成功的路径。

冯梦龙编著的"三言"作为明代通俗文学的代表作，标志着中国古代白话短篇小说整理和创作高潮的到来，中华人民共和国成立以后，各种版本的中国古代文学史以不同的方式和篇幅对它加以介绍，并给予较高评价，这正是其文学经典身份获得的具体表现。事实上，"三言"中的多数作品

① [元] 夏庭芝著，孙崇涛等笺注：《青楼集笺注》，中国戏剧出版社，1990，第 217、44 页。
② [明] 胡应麟：《少室山房笔丛》卷四一，上海书店出版社，2009 年，第 428 页。
③ [元] 钟嗣成、贾仲明著，浦汉明校：《新校录鬼簿正续编》，巴蜀书社，1996，第 71 页。

皆非冯梦龙原创，他或在宋元明旧本基础上进行修改加工改编，或根据前代笔记、小说、戏曲乃至民间传闻进行再创造，世代累积型特征比较明显。为探究"三言"（也包括"两拍"）所述故事的来源出处，谭正璧先生举数十年之力，进行了卓有成效的追本溯源的工作，其成果清晰地揭示出戏曲创作以及表演活动与经典小说生成之传承关系，兹以《喻世明言·众名姬春风吊柳七》为例：

> 金院本有《变柳七糵》一本，见《辍耕录》。戏文别有《花花柳柳清明祭柳七记》一本，见《寒山谱》。杂剧有关汉卿《谢天香》一本，见《元曲选》本；戴善夫《玩江楼》一本，见《录鬼簿》；明杨暹《玩江楼》一本，见《录鬼簿》；邹式金《春风吊柳七》一本，见《远山堂明剧品》。传奇有明王元寿《领春风》一本，见《远山堂明曲品》。[①]

在"三言"成书之前，"春风吊柳七"的故事早已广为流传，并且成为戏曲创作的热门题材，这一点当是激发冯梦龙重新创作欲望的重要原因。加之上述剧本初步勾勒出该故事的基本面貌，使冯梦龙的新编活动具备了较高的起点。

其二，戏曲表演艺术所具有的独特魅力，使舞台成为一个可供不同阶层观众了解和欣赏经典曲目，并且感知经典魅力的绝佳场所。

古典戏曲的成熟以"代言体"叙事方式的出现为标志，戏曲演出的特点是由男女演员分别扮演剧中的相应角色，通过唱、科、白等不同表演形式演示故事内容，展示人物的内心情感世界，对剧本原著进行艺术加工与再创造。较之说书，在还原故事场景、渲染悲（喜）剧气氛、丰富观众审美体验、引发观众情感共鸣等方面，戏曲表演有着自身无可取代的优势。对于戏曲演出征服人心的效果，晚明理学大师、绍兴人刘宗周（1578—1645）做了如是描写："每演戏时，见有孝子悌弟，忠臣义士，激烈悲苦，流离患难，虽妇人牧竖，往往涕泗横流，不能自已。旁视左右，莫不皆然。此其动人最恳切，最神速。"[②] 不同阶层观众的共同喜爱造就了古典戏曲演出市场长盛不衰的繁荣局面，戏曲的演出传播与文本传播分别以不同的方式提升了戏文的知名度，有效地加速了著名戏曲文本经典化的历史进程。汤显祖《牡丹亭》一出，便"家传户诵，几令《西厢》减价"（明沈德符《顾曲杂言》）。据明代著名学者陈继儒（1558—1639）《题西楼记》载，袁

---

① 谭正璧编：《三言两拍资料》，上海古籍出版社，1980，第 68 页。

② ［明］刘宗周：《人谱类记》（增订卷 1—5）（国学基本丛书），商务印书馆，1940，第 63 页。

于令《西楼记》初出，"凡上衮名流。冶儿游女，以至京城戚里，旗亭邮驿之间，往往抄写传诵，演唱多遍"①。清人刘廷玑（生卒年不详，约1676年前后在世）诗赞《琵琶记》曰："琵琶一曲写幽怀，自是千秋绝妙才。歌舞场中传故事，蔡邕真个状元来。"②所谓"家弦户诵"，"演唱多遍"，说的既是戏曲的特殊传播方式，也是传播过程中名著经典化的社会反响；而"歌舞场中传故事"则举之以实例，具体说明戏曲演出对于戏文经典效应形成所发挥的重要作用。

最能体现古典戏曲名作经典效应的形成、扩大与戏曲舞台演出之间的紧密关系的，当是清代产生的两部戏曲名著，即洪昇（1645—1704）的《长生殿》和孔尚任（1648—1718）的《桃花扇》。关于两剧的演出传播情况，清初诗人金埴《不下带编》卷二给予了明确介绍："今勾栏部以《桃花扇》与《长生殿》并行，罕有不习洪、孔两家传奇者，三十余年矣。"③洪昇历经十余年，三易其稿，终于康熙二十七年完成《长生殿》，此剧一出，立即风靡京城，北京的舞台成为《长生殿》传播的起始地。清人徐麟《长生殿序》说："一时朱门绮席，酒社歌楼，非此曲不奏，缠头为之增价。"该书还记述了《长生殿》传播过程中的又一段佳话：

> 甲申春杪，昉思应云间提帅张侯云翼之聘，依依别予去。侯延为上客，开长筵，盛集文宾将士，观昉思所谱长生殿戏剧以为娱。时织部曹公子清寅闻而艳之，亦即迎致白门，南北名流悉预，为大胜会。公置剧本于昉思席，又自置一本于席，每优人扮演一折，公与昉思譬对其本，以合节奏，凡三昼夜才毕。两公并极尽其兴赏之豪，互相引重，致厚币照其行，长安传为盛事。迨返棹过乌戍，昉思遽醉而失足，为汨罗之投。④

《长生殿》在北京演出过程中所显示的轰动效应以及由此引发的灾难，陈康祺的《郎潜纪闻初笔》卷十"《长生殿》传奇"条有较详的记叙⑤。当时京城里便有人就此事发出了"秋谷才华向绝俦，少年科第尽风流，可怜一曲长生殿，断送功名到白头"的沉重感叹，虽直接针对当时观戏的赵执

---

① 金宁芬：《明代戏曲史》，社会科学文献出版社，2007，第254页。
② 侯百朋编：《〈琵琶记〉资料汇编》，书目文献出版社，1989，第77页。
③ ［清］金埴著，王湜华点校：《不下带编　巾箱说》，中华书局，1982，第39页。
④ 徐麟撰《长生殿·序》，见［清］洪昇撰，徐朔方校注：《长生殿》附录，人民文学出版社，1997。
⑤ 详见［清］陈康祺：《郎潜纪闻初笔》，中华书局，1984。孔尚任《桃花扇本末》也有所说明。

信而言，但同样是剧作家洪昇命运悲剧的形象写照。一个令人深思的现象是，写戏人与观戏人均因该戏的上演而获罪，然《长生殿》却并未被禁，反而愈演愈火，从王府到市井，家传户诵，长盛不衰，洪昇个人的艺术声誉亦与日俱增。《长生殿》凭借自身思想的深刻性与艺术的完美性征服了广大戏曲爱好者，创造了中国古典文学传播史上的一个奇迹。《长生殿》的影响以北京为中心，借助舞台演出效果迅速扩展到江南地区，并向四面八方辐射至全国各地，据康熙《钱塘县志》卷二十一记载：洪昇家乡钱塘"旗亭画壁间，时闻双鬟讴诵之，以故儿童妇女莫不知有洪先生者"①。直至晚清，著名曲论家梁廷枏《曲话》仍有"百余年来，歌场舞榭，流播如新"之说。

《桃花扇》的传播则经历了从无人问津到洛阳纸贵的变化过程，正是舞台演出让这部脱稿之前在北京一度受到冷遇的剧本声名鹊起，迅速成为家喻户晓的一代名剧②。据山阴人金埴（1663—1740）《不下带编》记载：《桃花扇》脱稿不久，就有"总宪李公楠买优扮演，班名'金斗'，乃合肥相君家名部。一时翰部台垣群公咸集，让东塘独居上座，诸伶更番进觞，座客啧啧指顾，大有凌云之气"。此后，《桃花扇》与《长生殿》一样，也成为京城最热门的演出剧目，孔尚任在《桃花扇本末》中介绍了当时北京演出自己剧作的情景：

> 长安之演《桃花扇》者，岁无虚日，独寄园一席，最为繁盛。名公巨卿，墨客骚人，骈集者座不容膝。张施则锦天绣地，胪列则珠海珍山。选优两部，秀者以充正色，蠢者以供杂脚。凡砌抹诸物，莫不应手裕如。优人感其厚赐，亦极力描写，声情俱妙。盖主人乃高阳相公之文孙，诗酒风流，今时王谢也。故不惜物力，为此豪举。然笙歌靡丽之中，或有掩袂独坐者，则故臣遗老也。灯炧酒阑，唏嘘而散。③

后来，即使是徽班进京，花部乱弹在京城发展壮大，形成对昆曲的压倒之势，《桃花扇》仍然占据着京城舞台的一席之地。道光十一年（1831）举人杨懋建《梦华琐簿》引《都门竹枝词》云："'新排一曲《桃花扇》，

① 康熙《钱塘县志》卷二十一，载王丽梅《洪昇研究》附录二《洪昇研究资料汇编》，中国戏曲出版社，2013，第220页。
② 参见颜健：《论〈桃花扇〉在康熙朝的传播》，《济宁学院学报》2008年第1期。
③ ［清］孔尚任：《桃花扇》，人民文学出版社，1980，第6页。

到处共传四喜班。'此嘉庆朝事。"[①] 四喜班是四大徽班中得名最先者,排演《桃花扇》的目的之一是欲凭借《桃花扇》持续不减的巨大影响力,扩大自己在京城的知名度。

其三,明清两代,深受广大观众喜爱的"折子戏",作为古典戏曲精华的呈现,其演出客观上有助于戏文经典效应的形成与强化。

折子戏是中国戏曲舞台一种独特的演出方式。尽管有学者认为折子戏的出现"必须是舞台艺术演变的自然结果,并不是人为的全本戏摘选出来的"[②],但实际上依然要受到文艺传播选择性原则的支配和影响,因为并非全本剧中的任何一出或一折都适合独立上演。例如《长生殿》剧本多达五十出,真正算得上折子戏的也只有《定情·赐盒》《絮阁》《鹊桥·密誓》《小宴·惊变》《埋玉》《闻铃》《迎像·哭像》《弹词》《骂贼》等十个左右。作为折子戏演出的通常是一剧中含有强烈蓄势功能的重要的情节关目,或是特色极为鲜明的某些段落,观众观赏的精神需求、审美趣味、接受心理均成为决定折子戏命运(包括它的形式特点、存在形态以及发展趋势)的因素。孕育折子戏的母体是传奇,而传奇乃是一种剧本体制规范化、音乐体制格律化的长篇戏曲体式,为了避免传奇演出因时间冗长而带给观众的观赏疲劳,作家和艺人不仅可以对原有剧本进行删繁就简式的改动(例如臧懋循将《牡丹亭》由原来的五十五出删并为三十六折,冯梦龙则删并为三十七出),而且还会进一步尝试从全本戏中选出一出或几出单独上演,被选中者多为精华性的片段[③]。折子戏通过对戏文文本的加工提炼和艺术表演的精益求精这两大途径而成为戏曲的经典化形式[④],来自古典戏曲名著的折子戏更是经典中的经典。

折子戏通过戏曲表演班子的"精选",以片段的形式面向观众,所传播的信息虽然不够完整,却往往是原著精华之所在,或言之,往往是观众最喜闻乐见的部分。尽管广大受众无法通过欣赏折子戏去实现全面把握戏文文本精神内涵的目的,但是他们在剧场内感受到的艺术冲击力以及审美感受无疑与原著息息相通。原创经典的意义价值和艺术魅力,在折子戏中以"点"的形式得以强化,甚至放大。明清时期,最受观众欢迎的《西厢

---

① 载张次溪编纂:《清代燕都梨园史料正续编》,中国戏曲出版社,1988,第 352 页。
② 陆萼庭:《昆剧演出史》,上海教育出版社,2006,第 168 页。
③ 当然,也有研究者反对笼统地说折子戏乃全本戏精华之所在,认为在折子戏的形成过程中,由于有偶然因素存在,所以并非所有的折子戏都是精华。详见解玉峰:《论折子戏——以汤显祖〈牡丹亭〉为考察中心》,《戏曲研究》第七十三辑。本节主要探讨属于精华部分的折子戏。
④ 参见陈刚:《戏曲经典化形式:折子戏》,《陕西师范大学学报》2006 年第 6 期。

记》折子戏当是表现崔张爱情高潮的《崔莺莺夜赴佳期》①（简称《佳期》），该出以莺莺夜会张生为主要内容，无论是突出反封建主题，抑或展现人物性格发展变化，均堪称全本戏的精华所在。在情节推动方面，一波三折后的好梦成真，也迎合了观众的审美期待。长盛不衰的演出使《佳期》成为经典折子戏，当代中国昆曲音像库保存有该戏的演出资料。

《牡丹亭》的改编同样说明问题。《惊梦》是《牡丹亭》最负盛名的折子戏，该出戏通过长期幽居深闺的杜丽娘对大好春色的首次观赏以及对春光短暂的无限感伤，表现了她对大自然的热爱以及青春意识的觉醒，形象地反映了在封建礼教桎梏下青年女子渴望爱情与自由而不得的沉重苦闷。鲜明的张扬人性的主题，加之曲词和唱腔的优美，使《惊梦》尤其受到广大观众喜爱和好评。据当代戏曲研究者统计，在明清两代共十六种戏曲选本中，《惊梦》一出被重复选中 20 次，几乎入选所有的戏曲选本②，这一现象足以说明它受重视和欢迎的程度。孔尚任在《桃花扇》中专门设计了由著名昆曲清唱家苏昆生指导李香君演唱折子戏的情节，女主角所唱曲目正是选自《惊梦》的著名曲段【皂罗袍】等（见《桃花扇》第三出《传歌》）。《红楼梦》第二十三回《西厢记妙词通戏语　牡丹亭艳曲警芳心》也有黛玉听《牡丹亭》唱曲的描写，相当典型地揭示出《惊梦》巨大的情感穿透力：

（黛玉）正欲回房，刚走到梨香院墙角上，只听墙内笛韵悠扬，歌声婉转。林黛玉便知是那十二个女孩子演习戏文呢。只是林黛玉素习不大喜看戏文，便不留心，只管往前走。偶然两句吹到耳内，明明白白，一字不落，唱道是："原来姹紫嫣红开遍，似这般都付与断井颓垣。"林黛玉听了，倒也十分感慨缠绵，便止住步侧耳细听，又听唱道是："良辰美景奈何天，赏心乐事谁家院。"听了这两句，不觉点头自叹，心下自思道："原来戏上也有好文章。可惜世人只知看戏，未必能领略这其中的趣味。"想毕，又后悔不该胡想，耽误了听曲子。又侧耳时，只听唱道："则为你如花美眷，似水流年……"林黛玉听了这两句，不觉心动神摇。又听道："你在幽闺自怜"等句，亦发如醉如痴。……③

---

①　参见罗冠华：《〈西厢记〉折子戏改本及其改编规律》（上），《社科纵横》2012 年第 4 期。
②　详见王省民：《从全本戏到折子戏——对〈牡丹亭〉改编的传播学解读》，《戏剧》2008年第 2 期。
③　[清] 曹雪芹、高鹗：《红楼梦》，人民文学出版社，1980，第 272 页。

一位平日里不大喜看戏文的少女，竟然通过听曲的途径获得了如此强烈和深刻的情感体验。当然，黛玉内心对于爱情的极度敏感与渴求是这种情感共鸣产生的最根本原因，不过，如果没有演唱者将戏文唱得缠绵动听，引人入胜，从未读过《牡丹亭》的黛玉恐怕无由领略到经典戏文所具有的无限"趣味"。

《寻梦》同样是出自《牡丹亭》的著名折子戏，该出集中展现了杜丽娘梦醒之后的心路历程，通过她的寻觅与感伤表现潜意识中对封建礼教禁锢人性的不满与反抗，【江水儿】是该出的经典唱段。清代学者焦循（1763—1820）《剧说》卷六记载了有关杭州女伶商小玲出演此戏因伤心致死的动人故事。商小玲因心有所属却"势不得通"而郁郁寡欢，忧思成疾，一日演《寻梦》唱至【江水儿】中"待打并香魂一片，阴雨梅天，守得个梅根相见"数句时，泪流满面，随声倚地，气绝而亡①。经典折子戏征服人心的巨大力量不仅可以通过听曲者如醉如痴的回味得到淋漓尽致的表现，唱曲者置身其中，对号入座的行为，同样能够说明问题。

五、书肆坊刻繁荣：文学经典效应快速增长的平台

中国古代文人群体作为传统文化最主要的传承者，在经典的选择和认可、经典的学习和传播等方面发挥着广大下层民众难以替代的重要作用。明清两代的文学传播呈现出多层次、多路径的特点，一方面传统的借阅、传抄以及背诵书籍的方式仍然普遍存在，另一方面又延续和发展着唐宋以还就开始出现的集娱乐与商业于一体的演出方式（如上文所论说话说书、戏曲表演，等等），此外，还采用纯商业手段，通过刻印、买卖书籍的方式将大批文献典籍推向市场，而文人士大夫正是图书的主要消费群体。

在中国古代官刻、私刻、坊刻这三大图书出版系列中，官刻图书全面服务于封建统治者的政治统治和道德教化，私刻图书则主要承担传承学术、弘扬家风的文化任务，唯有民间坊刻的追求旨在获取商业利润，满足社会各阶层的文化需要，书坊刊刻的书籍成为一种批量生产、可以重复使用的商业化产品。随着商品经济的不断发展，市民阶层的逐渐壮大，日益增长的市场文化需求推动图书出版技术的革新，当由抄本时代进入雕版时代之后，图书刊印的成本明显下降，明代胡应麟指出："当代板本盛行……凡书市之中，无刻本则钞本价十陪，刻本一出现则钞本咸不售矣。"②图书产量也由此得到较大幅度的增加。明代城市的印刷业在元代的基础上继续发

---

① ［清］焦循：《剧说》卷六，古典文学出版社，1957，第126页。
② ［明］胡应麟：《少室山房笔丛》卷四，中华书局，1959，第59页。

展，迎来空前繁荣的昌盛局面，成为建构立体、多维的文学传播体系不可或缺的重要因素。活动于城市的书商在经济利益驱动下，通过相应的传播行为获取自身应得的物质报酬，客观上则推动了文学的繁荣和发展。由于名著大量刊印导致了名著阅读群体的扩大，对于文学经典化效应的快速增长发挥着积极的推动作用。明代著名曲论家王骥德（？—约1623）出生于一个家藏元人杂剧可数百种许的书香家庭，祖、父两辈均未见科举功名的记录，家中丰富的藏书为他日后的戏曲理论研究提供了超越前人的优越条件。

民间书坊的出版物成为官刻图书的重要补充，除了刊刻民间日用型书籍、儿童启蒙教材、科举应试范本等，还出版适合市民口味的小说、戏曲等通俗读物，孔尚任在《桃花扇》第二十九出《逮社》中借书商蔡益之口道出了当时民间书坊刊刻、发行书籍的丰富与精美：

你看十三经、廿一史、九流三教、诸子百家、腐烂时文、新奇小说，上下充箱盈架，高低列肆连楼。不但兴南贩北，积古堆今，而且严批妙选，精刻善印。①

据当代学者的研究成果统计，有明一代，仅福建建阳地区刊刻发行的各种《三国演义》（包括绣像本、评点本、补遗本、校正本、大字本以及与《水浒》合刻本）就多达二十余种②。"新奇小说"一类通俗文学文本的大量刊印和出版，为小说、戏曲的经典化建构起坚实的、具有物质形态的文化平台。清道光举人、考据学家叶名沣指出："坊间所刊小说《儒林外史》五十卷，穷极文士情态，全椒吴敬梓所著也"③，隐然勾勒出坊间刻本—文人阅读—经典魅力初现之间的逻辑关系。书商们不仅向广大读者提供情节完整的小说、戏曲纸质文本，而且为了吸引读者眼球，提高作为商品的图书的市场销量，纷纷采取各种促销手段，诸如美化装帧、请人评点、套印配图等，并附以解题、识语、凡例、序跋、牌记等不同形式的"广告"，有效地提高了读者的购买兴趣。清乾隆十七年（1752）举人阮葵生（1727—1789）所谓"绣像《水浒传》镂版精致，藏书家珍之"④，着眼于特殊群体的购买和收藏，而明代万历举人姚舜牧（1543—1622？）则谈到了

① ［清］孔尚任：《桃花扇》，人民文学出版社，1980，第183页。
② 详见程国赋：《明代书坊与小说研究》，中华书局，2008，第357—374页。
③ ［清］叶名沣：《桥西杂记》，中华书局，1985，第2页。
④ ［清］阮葵生：《茶余客话》（下）卷十八，中华书局，1959，第550页。

雕镂工巧的小说对少年读者群体的吸引：

> 古人不读非圣之书，今坊间将《水浒传》《西游记》之皆雕镂，极其工巧，务悦人……。少年辈喜谈乐道，人置一册，以为清玩，而《四书笑》之类，尤为侮圣。如此好尚，如此流传，将何底极？有世道之责者，当一付之秦焰可也。①

姚舜牧是儒家文化的传播者和坚定的践行者，曾著《五经四书疑问》《孝经疑问》，他站在维护儒家正统思想的文化立场，严厉抨击坊间书商的谋利行为，旗帜鲜明地主张焚书。晚清政治家丁日昌（1823—1882）以江苏巡抚的名义所发布的中国近代文学史上影响较大的禁书令，其令云："近来书贾射利，往往镂板流传，扬波扇焰。《水浒》《西厢》等书，几于家置一编，人怀一箧"②，也从反面印证了书籍商业促销带来的"不良"社会效果。

"人置一册""家置一编"的购书现象直观地诠释着印刷出版业与大众阅读二者之间的互动关系。具言之，出版业的迅速发展，书籍的批量发行直接导致书籍价格较大幅度的下降，社会成员对于经典文本的阅读活动在此基础上得以进一步展开；大众的阅读需求反过来又刺激出版市场的发展。对于文学经典传播的各种路径，文人士大夫的选择呈现出鲜明的身份特征，既有雅俗共赏的普泛性，也有以高雅自许的特殊性。如果说观赏说书和观看戏曲表演是他们与下层普通民众的共同爱好的话，那么，将书籍阅读作为最基础、最主要的接受方式，甚至成为日常生活中不可或缺的行为，则是他们与下层民众的根本区别之所在。宋代著名文人钱惟演（977—1034）"平生惟好读书，坐则读经史，卧则读小说，上厕则阅小辞，盖未尝顷刻释卷也"，可视为其中代表。③购书和读书俨然作为文人"风雅"的标志赫然迥别于"世俗"。明代著名散文家王慎中（1509—1559）《尚宝司少卿李公源行状》④的一段记载对此给予了具体诠释：

> 尝与友人入市购书，有为角牴之戏于前者，友人皆舍书就观，公独取

---

① [明] 姚舜牧：《来恩堂草》卷十五，明刻清康熙十二年姚淳显补修本，国家图书馆藏。
② [清] 丁日昌：《札饬禁毁淫词小说》，载马蹄疾编《水浒资料汇编》，中华书局，1977，第398页。
③ 详见欧阳修：《归田录》卷二，中华书局，1991，第20页。
④ [明] 焦竑：《国朝献征录》卷七七，台湾学生书局（台北），1984。

所购书，著袖中径归。友人诮其矫，公曰："吾乃不闻鼓声，好义远利，
笃于天禀而修之以不倦，遂成自然。"

同一时空范围内，舍书观戏与购书而还这两种行为，正是俗和雅的两
种表现。晚清学者孙宝瑄（1874—？）曾于日记中描绘自己读《儒林外史》
的情景，颇具代表性："薄午在斋中理发，因午饭饭罢，入内，见箱笼几
坐纷错相挤。又日光甚烈，室暖不能居，仍诣斋手《儒林外史》一编，坐
而览之。"① 喜购书、好读书的确为古代文人群体的共同特征，由于他们通
常既具备购书的经济能力，也拥有相对充裕的读书时间，因此，不受或较
少受到时间和空间限制的阅读，较之听说书和看演出，不但更能体现其文
化人的身份，而且也更适合他们特殊的精神需求。书场内听说书往往是听
故事，仅凭听的感觉很难对原著的思想性和艺术性做出准确的整体把握。
戏曲演出的一个特点，就是十分重视在舞台上通过演员的表演去展示和凸
显艺术之美，演员的唱腔、演技乃至于扮相均成为吸引住观众注意力不可
或缺的环节，加之明中叶以后以"折"为单位成为演出常态，因此，剧本
深刻的思想价值和文学成就并非剧场内每一位观众都能够充分认识，剧场
席棚缺乏深度思考的氛围。明嘉靖年间著名戏曲评论家何良俊（1506—
1573）《四友斋丛说》卷三十七分析了当时戏曲演出中影响传播的一些
因素：

　　祖宗开国，尊崇儒术，士大夫耻留心词曲杂剧与旧戏文，本皆不传，
世人不得尽见。虽教坊有能搬演者，然古调既不谐于俗耳，南人又不知北
音，听者既不喜，则习者亦渐少。而《西厢》《琵琶记》传刻偶多，世皆
快睹，故其所知者独此二家，余家所藏杂剧本几三百种。②

经典的文本传播与戏曲传播有着显著区别。读者手持一编，对案而坐，
排除外界干扰，潜心于作者创造的艺术世界之中，既可在反复研读的基础
上进行深入思考，又能够运用随文圈点的方式记录下阅读的点滴心得体会，
甚至给予理论性总结，而文学经典的意义及其价值就在人们的研读、品评
和批阅这一系列活动中得到进一步发掘与确认。
当代学者高度评价明清小说评点家对于古典小说经典化所做出的卓越
贡献，认为中国小说话语由匿名到具名再到经典命名，文化始终参与建

① ［清］孙宝瑄：《忘山庐日记》，上海古籍出版社，1983。
② ［明］何良俊：《四友斋丛说》卷三七《词曲》，中华书局，1959，第337页。

构，李贽、金圣叹被誉为中国小说发展史上具有"英雄人格"的小说"命名者"①。对这一问题，本书第四章也做过具体论析。现在需要进一步强调的是，小说的遴选与评点势必建立在对文本深度阅读的基础上，是文本阅读的延伸与深化，刊印出版的小说文本则是阅读以及评点活动展开表现具备的物质条件。李贽、金圣叹等名家的评点固然有助于《水浒传》《西厢记》等文学名著的经典化，但是如果没有众多个体经过认真阅读和思考之后做出认同与响应，评点家们所营造的经典效应势必大打折扣。明代文学家袁宏道（1568—1610）《东西汉通俗演义序》举有一例：

> 里中有好读书者，缄默十年，忽一日拍案狂叫曰："异哉！卓吾老子吾师乎？"客惊问其故，曰："人言《水浒传》奇，果奇。予每检《十三经》或《廿一史》一展卷即匆匆欲睡去，未有若《水浒》之明白晓畅，语语家常，使予捧玩不能释手也。"②

文中那位"好读书者"于长期沉默后突然"拍案狂叫"的反常举动，正是对李卓吾评点《水浒传》的正面回应，而这种回应完全建立在此人阅读过程中情感高度投入以及独特审美感知获得的基础之上。明代中后期通俗小说、戏曲文本大量刊刻和出版的兴盛局面，造就了一大批通过认真品读经典原著、进而或多或少发掘出经典魅力的学者。明熹宗天启二年（1622）进士郑鄤便是其中一位，他先后写下读《西厢记》和《牡丹亭》的一己之得：

> 《西厢记》终于《惊梦》，千古传奇无余文、无余情矣。《牡丹亭》遂始于《惊梦》，一梦如生即可以死，一死如梦即可以生，乃知情文之至不可胜穷。
>
> 不读《西厢记》不知文情之至也。不有如此情不可以言文，不有如此文不可以写情。
>
> ——《题北西厢记》③

① 参见吴子林：《文化的参与：经典再生产——以明清之际小说的"经典化"进程为个案》，《文学评论》2003 年第 2 期。
② ［明］袁宏道：《袁中郎随笔·序跋卷》，作家出版社，1996，第 200 页。
③ ［明］郑鄤：《峚阳草堂诗文集》"文集"卷一，引自伏涤修、伏蒙蒙辑校：《西厢记资料汇编》第六编，黄山书社，2012，第 431 页。

郑鄤对《西厢记》《牡丹亭》的评点突出了一个"情"字，而"文情之至"的高度肯定已经属于文学解读的范畴，初步揭示出作为经典的《西厢记》《牡丹亭》打动人心的魅力所在。尽管李贽、金圣叹的学说在清代遭到了来自主流话语的强烈抨击和全力抵制，然士林中喜读奇书且有所斩获者依然不乏其人。例如，著名学者俞樾在《评注稗官》一文中就说自己读书，"至《西游记》，每回必有悟一子评"①。满族作家和邦额转述朋友读书心得云："兰岩曰：'尝读《西厢记》而叹夫人之俗也，以家无白衣婿，促张生就道，且誓以必获荣贵，何其不近情理也！'"②所谓"悟"和"叹"，皆是读有所得的具体表现。清人梁章钜指出，"今人鲜不阅《三国演义》《西厢记》《水浒传》，即无不知有金圣叹其人者"③，其着眼点虽在强调金圣叹《才子书》的巨大历史影响，客观上却也道出了《三国演义》等名著当时在知识阶层趋于普及的事实。毋庸置疑，图书出版的商业化与名著阅读的大众化之间显然存在因果关系，前者是后者的前提与条件，文化市场实实在在地扩展了文学经典化的路径。

探讨文化市场与文学经典化之关系，有两个问题值得我们重视：

其一，中国古代文学经典化建构具有多元性，从而导致经典化路径的多样性呈现。因此，在文学传播过程中，经常出现同一作品经由不同的路径而达到经典化高度的现象，部分影响深远的作品尤其如此。在市场机制的运作下，经典的神圣性极有可能遭遇被解构的历史命运，其结果之一便是传播范围得以从庙堂、书斋扩展至平常百姓的日常生活之中，较之国家经典和选家经典，经由文化市场推动的文学经典通常被打造成了雅俗共赏的特殊商品，成为社会下层广大民众的精神食粮。里中小儿喜听三国故事，即系显例。

其二，文化市场对通俗文学创作的影响最为直接，也最为明显。面对当下的市场，现代市场营销策略要求以顾客的需求为前提和中心，开发和生产能够满足市场上消费者需要的产品，并用他们满意的方式进行交换，从而实现产品的价值以及营销者自身的经济利益④。其实，根据消费者的需要和爱好来设计和生产文化产品，这种营销策略在我国古代早已存在。例如，明代的书坊主为了促销，特意索取名家书稿。著名通俗文学家冯梦龙（1574—1646）就曾受书商之请，编撰小说集《喻世明言》，《古今小说

---

① 朱一玄、刘毓忱编：《三国演义资料汇编》，南开大学出版社，2003，第726页。
② ［清］和邦额著，王毅等校注：《夜谭随录》卷四，中州古籍出版社，1993，第296页。
③ ［清］梁章钜撰，于亦时点校：《归田琐记》，中华书局，1981，第134页。
④ 详见朱李明、高云龙主编：《市场营销学教程》，社会科学文献出版社，2007，第2—3页。

叙》①云："茂苑野史氏家藏古今通俗小说甚富，因贾人之请，抽其可以嘉惠里耳者，凡四十种，畀为一刻。"②"茂苑野史"即冯梦龙别号。凌濛初著《拍案惊奇》，书成后，先睹者拍案叫奇，"为书贾所侦，因以梓传请，遂为抄撮成编，得四十种"，"贾人一试之而效，谋再试之"③。《二刻拍案惊奇》便是在这一背景下产生的。

当然，在中国古代，上述营销策略并不常见，而且对于文学经典的产生尚不具有直接和普遍的作用，畅销书不能简单地等同于经典著作。如果只是为了迎合市场需要而进行创作，功利心态势必妨碍作家对问题进行独立的深入思考，甚至可能造成艺术上的粗制滥造，"二拍"的思想性、艺术性整体上不如"三言"，与此有很大关系。明清两代，不少成为经典的名著如《牡丹亭》《长生殿》《桃花扇》《红楼梦》等均不是为了迎合读者的消费需要而创作的，它们之所以在文化市场上深受广大消费者欢迎，根本原因在于作者成功地运用文学特殊的手法表现了自己对政治历史、社会人生的深刻体验，赋予文本具有创新性且雅颂共赏的艺术价值。它们因其经典价值而成为畅销产品，而不是因其畅销而成为经典作品。

---

① 《古今小说叙》的作者题为绿天馆主人，现代学者普遍认为冯梦龙即绿天馆主人。
② [明] 冯梦龙编，许政扬校注：《古今小说》，人民文学出版社，1958，第2页。
③ [明] 凌濛初著，王根林标校：《二刻拍案惊奇》，江苏凤凰出版社，2005年，第3页。

第八章　文学转型的现代阐释

——从经典文本阐释系统的重建到经典路径的现代开拓

　　经典化机制的建构是一个复杂的系统工程，因时而变是其显著特征之一。在不同的历史条件下，系统内部各子系统的运作状态会呈现不同的情况，它们既可能是相互支撑，协同合作，也可能是相互制约，此消彼长，甚至可能是破旧立新，重建经典评价体系。建构经典的政治话语、道德话语以及文学批评话语，均不可避免地会随着社会政治文化环境的变化而发生或多或少、或明显或潜在的变化。尤其是在文化转型时期，新的话语体系的出现和使用，不仅足以开拓出古代文学经典化的新路径，甚至导致对传统经典的颠覆。

　　近代八十年在中国文学史上具有十分特殊的意义，在西方文化的强力介入下，中国文学开始了由古典转向现代的艰难嬗变。19 世纪、20 世纪之交的前后数十年被现代学者视为中国文学的转型时期，西方文化思想的冲击与文学观念的引进，导致"古代文学的一系列思想规范、形式规范、语言规范渐次遭到怀疑、挑战和突破"[1]，中国文学界乃至整个社会文化界要求变革的呼声日益高涨。文学转型除了表现为提倡思想内容上的破旧立新、语言使用上的崇白话而废文言之外，另一个重要标志便是基于对文学本质特征的探究而重新界定"文学"概念的内涵与外延，将文学从包罗万象的"文章"中彻底剥离出来，并且进一步从传统经学的藩篱中解放出来，最终目的则是使文学成为一门自成体系的独立学科，实现文学真正的、彻底的"自觉"。通过见仁见智、日渐深入的广泛讨论，现代学者对于作为独立学科的文学的基本面貌，有了较为明晰的认识，抒情与唯美这两大重要特征最终得到突显，郑振铎先生的下列阐释极具代表性：

---

① 胡全章：《晚清小说与文学转型》，中国社会科学出版社，2012，第 1 页。

文学是人们的情绪与最高思想联合的"想象"的"表现"，而他的本身又是具有永久的艺术的价值与兴趣的。①

　　（文学）这个疆界的土壤是情绪，这个疆界的土色是美。文学是艺术的一种，不美，当然不是文学；文学是产生于人类情绪之中的，无情绪当然更不是文学。②

　　意识形态领域的重大变革以及文学观念的现代嬗变为古代文学经典文本的解读与阐释拓展出一片新的空间，直接结果便是古代文学研究者对文学文本的价值评价体系进行了重新建构，具有现代性的思想标准与艺术标准通过一批新的名词术语以及新的言说方式具体体现出来。一首《春江花月夜》，古代诗论家普遍将其定位于初唐艳诗，主要着眼于诗歌风格进行赏析品评，诸如"张若虚《春江花月夜》流畅宛转，出刘希夷《白头翁》上，而世代不可考详其体制，初唐无疑"③，"张若虚《春江花月夜》诗在初唐亦是奇作，风韵天然，正如初日芙蓉，鲜有其匹，乃所谓妙手偶得之者"④之类赞语，纯从传统评价模式中流出。而闻一多《宫体诗的自赎》一文则着眼于哲理与情思的完美结合，给予文本全新的诠释，他盛赞该诗"有的是强烈的宇宙意识、被宇宙意识升华过的纯洁的爱情，又由爱情辐射出来的同情心"⑤，显得境界开阔，大气磅礴，"自赎"结论的得出，得益于现代性话语体系的运用，尤其"宇宙意识"一词的采用更是明显受到西方哲学思想的影响。新的思想观念与文学观念的出现，及其相应评价标准的产生构成了对传统经典化机制的强烈冲击甚至颠覆，经典文本的阐释系统由此进入了调整乃至重建的历史时期。在此背景下，古代文学经典化路径发生嬗变自不可避免。当一批国学素养深厚，且深受西学影响的现代学人，运用新的思想武器，对传统经典给予颠覆性的全新解读时，经典的面貌、性质、数量随之发生着相应的变化，一些长期享有话语支配权的权威经典，或享有经典地位的文章范本，遭遇到"去经典化"的阐释，或改变身份如《诗经》，或退出经典行列如桐城派散文。同时，一批非经典性文本或原本经典化程度不高的作品，却因"潜在"的经典价值被新的思想元

①　郑振铎：《文学的定义》，《文学旬刊》1921年第1期，第5—10页。
②　郑振铎：《中国文学史》（上），吉林人民出版社，2013，第6页。
③　［明］胡应麟：《诗薮》卷三，中华书局，1958，第49页。
④　［清］马星翼：《东泉诗话》卷一，载杜松柏主编《清诗话访佚初编》（3），新文丰出版公司（台北），1987，第447页。
⑤　闻一多：《唐诗杂论》，武汉大学出版社，2008，第16页。

素激活，从而进入文学经典的殿堂。现代学者具有权威性的颠覆性阐释与评价，实质上构成了新时代文学经典化的一条重要路径。

第一节　学术研究的现代转型与古代文学经典化机制的重建

我们反复强调，经典是指具有典范性、权威性的作品或著作，作为一种"永久的传承工具"①，具有"永恒"的生命力，能够超越时空而"活"在不同时代、不同地域人们的精神世界里，经过历代读者不断的重读、重释和重新发明而获得具有当下意义的精神价值。文学经典则是指那些充满原创魅力、生命活力历久不衰、在传播过程中产生过一定历史影响的文学名著，以其感性、具体、个性化的特征而区别于其他学科的经典。文学作品以表现人类生命活动与情感体验为主要内容，其中虽不乏属于个人的东西，但因内涵属于民族甚至人类所共同拥有的文化精神和意义指向，可以消弭时空的隔阂感与陌生感，实现不同时代人的情感交流和生命对话。今天，被我们视之为经典的古代文学文本，因其产生的时代而不可避免地呈现出种种"过去式"特征，同时又因其内涵的价值元素不断在后世读者的重读中被激活，从而具有了"当下性"的身份，而这种激活也是需要一定路径的。按照西方建构主义理论的观点，经典非自然形成，而是被建构起来的。参与经典建构的因素具有多样性，社会经济的日益发展、意识形态观念的历史嬗变、文化机制的内在异动、文学传播手段的不断革新，等等，都可能导致人们对经典文本认定的变化以及价值评判的差异。

学术转型是文化转型时期的一种具有标志性的文化现象，属于文化转型的组成部分。钱穆说："欲考较一国家一民族之文化，上层首当注意其学术，下层则当注意其风俗。苟非有学术领导，则文化将无向往，非停滞不前，则迷惑失途。"②足见关注学术的重要性。中国古代传统文化话语体系中并无有关"学术"这一概念的明确界定，但却有学术研究行为的存在。概而言之，"学"与"术"大致相当于"知""行""格物致知"等，其出发点和目的，都没有脱离儒家的道德体系。而现代学术则在西学的影响下，体现出"知识论与方法论、基础科学与应用科学、理论与实践统一"③的特

---

① 〔美〕哈罗德·布鲁姆：《西方正典：伟大作家和不朽作品》，江宁康译，译林出版社，2011，第3页。

② 钱穆：《中国学术通义·序》，载《钱穆纪念文集》，上海人民出版社，1992，第210页。

③ 李明山、左玉河：《当代学术思想史》，河南大学出版社，1999，第1页。

征。从传统到现代，学术转型既包括学术思想的变革，如研究者新的思想信仰和新的价值体系的形成，也包括学术研究方法与范式的更新，如新的研究理路、研究门径的创立，新的技术手段的运用，这一切势必引起古代文学经典化机制的内在变化，经典化机制的重建终将反映在经典化的全部过程之中。

一、去经学化解读与《诗经》的重新定位

"几乎所有的学者都认为，清末民初是中国文化从传统走向现代的分界线"①。在这一文化转型时期提出的"打倒孔家店"的口号，浓缩了五四新文化运动的倡导者有关政治与道德的明确诉求，对传统儒学的重新审视与颠覆性批判，直接影响到古代文学研究者审视经典的立场以及评价标准。现代新文学运动的倡导者与推动者认为必须在现代语境中重建对文学的描述，他们基于自身对文学的定义，立足"文学本位"立场，致力于扭转长期存在的单纯从道德政治层面去品评文本的倾向，提倡和强调从文学艺术的层面重新发掘文本的价值。如此一来，不少传统经典作品的标签或被改写或被置换，原本作为儒学思想经典存在的一批重要著作，经过"去经学化"的阐释后被认定为文学经典，其中，最为典型的当属《诗经》身份的重新界定。

自两汉以还，一直作为《诗经》阐释权威而流传的《毛诗序》，遭到了现代文史学家的强烈抨击和彻底否定。他们反其道而行之，高举文学大旗，不断强调《诗三百》的文学本质与特征。1922年，钱玄同在给顾颉刚的《论〈诗经〉真相书》中表达了自己的读诗心得，共有三层意思：首先，从根本上否定《诗经》作为思想经典的传统身份，认为此书与《文选》《花间集》《太平乐府》等著作的性质相同，属于文学选本，而与《圣经》风马牛不相及；其次，指出《诗经》研究的正确方向和重点，认为研究《诗经》应从文章上去体会作品的内涵，对与艺术本身无关的言外之意，尽可不必理会；再次，倡导对汉代诗经学家的研究方法及其言说展开批判。②1925年9月，胡适在武昌大学进行演讲，在《谈谈诗经》的演讲中，开宗明义，称道《诗经》"是世界最古的有价值的文学的一部"，在否定其"圣经"身份的同时，旗帜鲜明地将其定位于"一部古代歌谣的总

① 陈占彪编著：《反思与重构：中国现代文学研究的学术转型》，南京大学出版社，2009，第16页。
② 详见顾颉刚编：《古史辨》第1册，海南出版社，2005，第63页。

集"①,其立场与观点与钱玄同基本相同。闻一多对于《诗经》的研究成就斐然,他富有创新性地运用民俗学的相关知识去深入发掘诗歌文本丰富的文化内涵,同时着眼于诗歌的抒情本质特征,从诗歌情感表达的差异去区别"风""雅""颂",认为"《周颂》时代,人类情绪里最重要的是'畏惧'自然","《雅》诗时代,人们情绪中有了'恨'","《风》诗里面除了'畏''恨'之外,又加上了'爱'","《风》是情诗"②为其重要结论之一。

国学大师们去经典化的权威解读可谓卓有成效,名人效应携猛烈的现代文化思潮之风开始发挥作用。《诗三百》作为儒家思想经典的光辉开始隐退,而作为文学经典的价值则得到空前的发掘和肯定,在广大受众的视野中,位于三百篇之首的《关雎》,传统的"后妃之德"说被现代"情歌"说成功取代。诗人兼学者的刘大白否定了影响极大的"思贤才"说以及"结婚"说,认为《关雎》"不过是一篇片恋的恋歌了"③。相比之下,作家废名作为一名非专业研究者谈出的体会当显得更加具体,也更具有普遍性。他认为旧派一直将其解释为"后妃之德",因而导致很少有人真正懂得这首诗的意义,直至新文学运动以后,包括自己在内的广大读者才开始"知道《诗经》的《国风》都是民间的歌谣,《关雎》就是一首恋爱的歌",他将这种解读的根本性转变称之为"解放"④。事实上,这种被赋予"解放"性质的阐释行为一直延续到当下。中华人民共和国成立以来,大陆出版的众多《中国文学史》、各种《诗经》选本以及历代爱情诗选本,甚至部分《音乐史》⑤,但凡提及《关雎》,纷纷将其定位于民间情歌,经典效应昭然可见。

现代学者的阐释视角与言说方式随思想观念的变革而发生相应改变,《诗经》一旦被纳入新文学的接受视野里,广大受众对其经典价值发掘的中心与重点便不可避免地发生转移。文学史是学术现代转型的产物,早期诸多文学史关于《诗经》的描述与评判,足以体现出与传统诗学大相径庭的"现代"性立场与视野。国学大师林之棠耗时十年(1925—1934),完成了《新著中国文学史》,书中他将"文学"定义为"用文字表现真实之心情而具有音乐性,普遍性,永久性,美丽性足以感动人者",文学之产生,"由于悲哀或快乐情绪之结晶",以此定义为前提,他对《诗经》的介

① 胡适:《谈谈诗经》,载《胡适古典文学研究论集》,上海古籍出版社,1988,第323页。
② 刘晶雯编:《闻一多诗经讲义》,天津古籍出版社,2005,第15、16页。
③ 刘大白:《白屋说诗》,中国书店1983年根据开明书店1935年版影印出版,第22页。
④ 废名著,马健男编:《废名散文集》,百花文艺出版社,1990。
⑤ 例如刘再生所著《中国古代音乐简史》(人民音乐出版社,2009),称《关雎》为一首男子追求女子的著名情歌。

绍遵循了艺术特点先于表现内容的书写原则。第六章《诗经》先于第五节总结分析《诗经》的六大艺术特色，分别是"兮""乎而"并用、倒字、反句、重言、对答、想象，然后于第六节对《诗经》的表现内容进行选择性介绍，其着眼点已不再是诗歌的政治道德教化功能，而是回归生活，偏重玩味文本包孕的情感内涵以及艺术魅力。例如，称《葛草》一诗"鸟鸣丛木景象，村女生活了然在目"，《汉广》诗"叠咏江汉，烟水云横，离合飘渺，一唱三叹，妙在有意无意之间"，《谷风》诗"词托弃妇，韵调惨怆，大有鸟尽弓藏，兔死狗烹之意"，《静女》诗"描写物轻人重之意，何等鲜活"，凡此种种，均令人耳目一新。该《文学史》对《论语》《孟子》的处理（包括文章的属性定位以及代表作选取）同样值得关注，原本作为儒家思想经典的两部巨著没有被纳入"诸子"的范畴予以探讨，而是置于文学的视角之下，赋予其"散文"写作的典范地位。第七章《散文》开篇即言先秦文学"韵文之外，散文之最佳者当推《论语》"，"此书虽多谈哲理，然其文辞可称者甚多，言简意赅，别具境界"。对于《孟子》一书，称其"多用主客问答之体，可代表战国文体，其最脍炙人口者，莫如齐人乞墦一段"①。对经典文本的推举与评价标准保持了高度的一致②。

林本《文学史》所体现的编撰特色乃是顺时代潮流而动的必然结果，其时，艺术价值先于思想价值，已经成为不止一位学者重新定位经典文本的重要标准。为了更为清楚地认识这一点，我们不妨再读读被誉为"现代中国文学史研究奠基者"的胡云翼先生于1932年由北新书局出版的《中国文学史》。胡先生基于诗歌与人类情感表达的内在关系，明确反对传统的"温柔敦厚"诗教说，在"《诗经》"一章中，他重点考察的便是《诗经》的抒情艺术，推举的代表作品均为"神妙隽美的小诗"，例如《野有死麕》《静女》《狡童》《褰裳》《子衿》《溱洧》《卷耳》《蒹葭》等。《诗经》的艺术特色被归纳为运用朴素的描写技术表现真挚的心情，诗句多用反复回旋，用句长短自由，多用象征、具体的字句等五个方面③，同样体现着文学史家"重情""唯美"的文学本质观。

在新的文学观念的影响下，同为儒家经典的《论语》《孟子》也被置于文学的视角之下，开始被作为文章写作的典范看待，反映在评价话语

---

① 林之棠：《新著中国文学史》，北平华盛书局，1934，第12—29、82—84页。

② 将《论语》《孟子》作为散文写作典范加以解析的做法，也出现在其他《文学史》中。例如葛遵礼所著《中国文学史》（上海会文堂新记书局，1930）指出，"'曾点浴沂'一章，颇近文学的技工"，《孟子》其中多用比喻，以润色枯淡之伦理说，实有功于儒教普及之大文学家"（第10、11页）。

③ 胡云翼：《中国文学史》，顺风出版社（台北），1974，第4—8页。

中，便出现了"'曾点浴沂'一章，颇近文学的技工"，"《孟子》其中多用比喻，以润色枯淡之伦理说，实有功于儒教普及之大文学家"①之类的分析与肯定。

毋庸讳言，由于文化的转型并未彻底完成，传统学术思想对古代文学研究的影响根深蒂固，由此老一辈学者观照文学经典视野没有完全拓展开来。以胡本《文学史》为例，对于传统经典文本的筛选与解读难脱片面和偏激之嫌，例如，将传统学术研究重点的文本如《春秋》《左传》《论语》《孟子》等一并排除在文学史书写的范畴之外，完全忽略了它们所具有的显性或隐性的文学艺术价值，故而先秦文学部分仅仅讨论了《诗经》和楚辞两个对象，其结果则是先秦文学的多样性特征未能得到充分体现。在新旧文化思想、文学观念尖锐冲突的时代，矫枉过正，当是出于破旧立新、重建文学解释系统的迫切需要，传统的束缚如果不能被彻底突破，新的思想观念就难以真正树立起来，并为大众接受，破旧立新的文化变革律动无疑是驱动文学经典化路径现代嬗变的重要原因之一。

二、文学史书写与元杂剧经典化路径的现代拓展

文学史（literary history）作为现代学术体制的产物，开辟了古代文学经典化的一条新的路径。文学史"本是由西方转道日本舶来的，以'文学史'的名义，对中国文学的源流、变迁加以描述，在中国，始于20世纪初"②。文学史是伴随着古今文学的转型而出现的一种新型的研究方式，属于典型的现代学术体制的产物。中国古代并无文学史的存在，诚如近代文学批评家黄人（1866—1913）所言，中国历史上"所以考文学之源流、种类、正变、沿革者，惟有文学家列传（如文苑传，而精讲考据、义理者，尚如别传），及目录（如艺文志类）、选本（如以时、地、流派选合者）、批评（如《文心雕龙》、《诗品》、诗话之类）而已"③。使用白话写作是文学史现代性的重要形式特征，而强调文学的自主性以及审美属性则是其现代性的重要内核之一。

五四文学革命的发生被现代学者视为中国现代文学的发生以及中国古典文学的终结，这种终结以批判和否定传统的"文以载道"文学观、文学彻底摆脱传统经学的附庸地位而获得独立为标志。意识形态及其文学观念的嬗变直接导致古代文学研究者对文学文本评价的重大变化以及部分传统

① 葛遵礼：《中国文学史》，上海会文堂新记书局，1930，第10、11页。
② 戴燕：《文学史的权力·前言》，北京大学出版社，2002，第1页。
③ 黄人：《中国文学史》，苏州大学出版社，2015，第3页。

经典身份的转换，20世纪初期和中期问世的多部文学史集中反映了这一点。能否成为文学史书写的对象，取决于书写者的文学观念与经典遴选标准，早期文学史的撰写者普遍具有深厚的学术功底以及良好的学术声誉，作为专家，他们具有权威性的认可与推荐，实质上构成了文学经典化的一条重要路径。

文学的价值及其发展规律可以通过时间的延续体现出来，时间可以产生意义，这正是文学史存在的学理前提。文学史写作是一项庞大的系统工程，贯穿其中的一个重要的学术理念，便是考察时代对文学的影响。由此，文学史写作者需要以历史发展的先后顺序为线索，依次介绍各个时代重要的文学现象、重要作家及其经典作品，并在纵向的联系中，突出文学的时代特色，通过前后对比，以创新和发展为标识，确立文学史的经典。正是在这一新视野中，元杂剧作为一种中国戏曲成熟的标志，因其创新与超越的显著特征，引起了越来越多学者的关注和肯定，在文学发展史上的经典价值得到了空前的重视。

其时，陈独秀、胡适等人对白话文学的大力推崇，引发了学术界对中国古代文学重新认识和定位的热潮。胡适欲将历史上早已存在的白话文学提高到文学史的中心地位之上，旗帜鲜明地提出白话文学才是中国文学正统的观点，他说："中国俗话文学（从宋儒的白话录到元朝明朝的白话戏曲和白话小说）是中国的正统文学，在代表中国文学革命发展的自然趋势。"① 加之其时西方文学虚构理论的引入，胡适等人对"写实主义文学"大力提倡，树立起文学经典遴选的新标准，从另一角度提高了国人对于原本长期处于非正统地位的古代小说和古典戏曲的重视程度。随之而来的便是，元代杂剧的文学史地位得到空前提高，成为史家书写的重点。

黄人完成于清末的《中国文学史》，堪称中国文学史学科的开山之作，在学术界久负盛名。全书以"世界之观念，大同之思想"为宗旨，立足于中国文学的传统，借鉴西方文学理论，系统梳理和编排文学史料，是中国最早运用比较文学方法研究中国文学的学术著作。尤其是它对于古典戏曲、小说研究的拓荒意义，受到了学术界的高度重视和推崇。黄人在文学史写作中引入了"文典"这一概念，对那些能够贯通中外，上下古今的文典，给予了较高评价，认为它们能使已有学识者"破拘墟之见，得反隅之益"②，这表明中国文学史从一开始便具有了遴选经典、传播经典、评价经典的重要功能。黄人以"进化"的眼光审视中国文学的发展轨迹，致力于

① 胡适：《胡适口述自传》，载《胡适文集》第18卷，安徽教育出版社，2003，第332页。
② 黄人：《中国文学史》，苏州大学出版社，2015，第100页。

把握时代发展与文学进化的内在关系，在"一代之有一代"文学观念的指导下，勾勒出中国文学从起源期到全盛期、从华离期到暧昧期的历史进程，有效地突出了文学的时代差异性。言及元代文学时，他通过与唐宋文学的比较，发现该时期文学的几个创新点，例如，"惟歌曲一道，根于天籁，不以文野而殊"；又如，"《元人百种曲》及《西厢》《琵琶》诸院本，不可谓非文学之异军苍头也"①。基于上述认识，他在该书第三章第九节《元代文学》中录入金元乐府（实为戏剧）目录共一千二百一十九本，其中包括马致远的《汉宫秋》、王实甫《西厢记》、关汉卿《拜月亭》《单刀会》《救风尘》《窦娥冤》、白朴《梧桐雨》、郑德辉《倩女离魂》、纪君祥《赵氏孤儿》等传世经典名作。随后又引用明代朱权《太和正音谱·群英乐府格势》对一百多位元杂剧作家的语言风格的品评，如"马东篱之词如朝阳鸣凤""关汉卿之词如琼筵醉客""王实甫之词如花间美人"等，其作用在于揭示和强化元代杂剧的艺术魅力。

相沿以下，各位从事文学史写作的学者呈现出基本一致的研究理路，即在描述中国文学发展的阶段性特征时，十分注意发掘后代文学与前代文学之间的承袭或超越的关系，在前后对比中揭示经典文学的"陌生性"和创新性。对于元代文学，他们普遍发现和肯定通俗文学的价值，元杂剧的经典地位由是得到了被承认和强化的历史契机。例如，王梦曾出版于1914年的《中国文学史》第八章第五十六节《曲之兴盛》中，用短短二百余字，简要勾勒出古代戏曲从北曲代表作董《西厢》、王《西厢》，到南曲代表作高明《琵琶记》、施君美《幽闺记》，再到明代魏辅良变革南曲、昆区产生的发展历史，其中主要笔墨介绍的是元代杂剧的名家和名篇，其文云："金末董解元作《西厢记》，为北曲开山。元世擅长者有王实甫、关汉卿、马致远、乔梦符、郑德辉、白仁甫诸家最有名。王关足成《西厢记》，马东篱有《黄粱梦》等曲……"②曾毅出版于1915年的《中国文学史》第三十四章《元之建国与文运中》，明确指出元代"通俗文学之发生，则为文学史上可大书特书者也"。又于第三十六章《小说戏曲之勃兴》，通过与前代文学的比较，做出元代文学"可指为特色者，实惟通俗文学，即小说戏曲之类是也"③的结论。谢无量初版于1918年的《中国大文学史》于元代文学只设有《元文学及戏曲小说之大盛》一章，内容描述的全部重点仅在杂剧一种。刘毓盘《中国文学史》按文体分为诗略、文略和曲略，

---

① 黄人：《中国文学史》，苏州大学出版社，2015，第15页。
② 王梦曾：《中国文学史》，商务印书馆，1914，第72页。
③ 曾毅：《中国文学史》，泰东图书局，1929，第235、238页。

他于"曲略"中重点探讨的元曲,实"则今人所谓元杂剧"①。葛遵礼《中国文学史》同样认为"元代之文学所重者杂剧、传奇、小说之轻文学,即通俗文学,实开中国文学之新生面","元之文学有杂剧、传奇二种,皆为宋代弹词之变体,而成为曲者也"②。徐扬《中国文学史大纲》第四编近代期第一章《元代文学》着眼于文体变迁,认为当词已经成为"与民众绝缘的东西"后,"新的诗体——曲——遂代之而兴了","综元一代,除小说外,诗歌和其他散文等的光焰,几全为曲的权威所掩蔽了",而"元曲即杂剧"。在众多的杂剧作家中,他特意推出六位"最著名的",即关汉卿、马致远、白朴、王实甫、郑光祖、乔吉甫等"世所称之六大家"③,已经显示出甄别、遴选经典的意识。胡云翼《新著中国文学史》④对于元代文学的描述和评论也只围绕他所称之为"新文学"的杂剧展开。施慎之《中国文学史讲话》第六章《金元的文学》将曲分为散曲与戏曲,其中只论"元曲的精华杂剧"⑤。相同的认识还在20世纪三四十年代问世的其他《中国文学史》中找到。

各位先生的观点并非简单的重复,在他们较为粗疏的描述背后,显示着一种学术共识的达成。明清两代也不乏学者对元杂剧做出肯定性评价,但如此明晰而集中地勾勒出元杂剧在文学史上的地位,却不曾出现过。文学史观的确立,必然影响文学的评价机制和评价方式,进而引起文学经典化机制的重大调整。经过众多文学史家持续不断的强调以及日益深入的研究,代表叙事文学创作新高度的元杂剧的经典价值越来越受到重视,其中名篇的经典地位也通过一致的描述和认可而得到巩固。国人今日对元杂剧经典价值的普遍认可,离不开学界前辈当年的开拓之功。

第二节　文学话语的转换与叙事文学经典化路径的拓展

古典戏曲与小说作为后起的文学体裁,无论创作成就抑或理论研究成果,较之高度发达的中国古典抒情文学及其相关理论,称之为"逊色"实

---

① 刘毓盘:《中国文学史》,上海古今图书馆,1924,第50页。
② 葛遵礼:《中国文学史》,上海会文堂新记书局,1930,第99页。
③ 徐扬:《中国文学史大纲》(下卷),神州国光社,1932,第1、3、4页。
④ 谭正璧:《新著中国文学史》,上海北新书局,1947。
⑤ 施慎之:《中国文学史讲话》,世界书局,1941,第119页。

不为过。19 世纪与 20 世纪之交，由于西方文学虚构理论的引入 [1]，以胡适为代表的一批学人开始提倡"写实主义文学"的主张。胡适在《白话文学史》里指出，原本在清末"新小说"中已经流行的写实倾向，"五四"以后逐渐形成一种内容繁复、影响深远的创作流派。作为一种创作方法或创作倾向的写实主义（或曰"现实主义"），其标志性特征在于以描摹人生、反映现实为创作根本目的，与其他文学流派相比，"写实主义更诉诸书写形式与情景的自觉"。对于现代作家与学人而言，所谓"现实"，"其实包括了文学典律的转换，文学场域的变迁，政治信念、道德信条、审美技巧的取舍，还有更重要的，认识论上对知识与权力，真实与虚构的持续思考和辩难" [2]。占据了话语权力地位的写实主义理论，构成了文学转型时期诸多专家学者反观古典文学传统的新视角，进而为古代文学经典遴选树立起新的艺术标准，有效地提升了国人对于原本长期处于非正统地位的古代小说、古典戏曲，甚至于叙事性诗歌的重视程度。对于西学东渐的影响，曾毅《中国文学史》做了如下总结：

> 但至今日，欧美文学之稗贩甚盛，颇摭拾其说，以为我文学之准的，谓诗歌、曲剧、小说为纯文学，此又古今形势迥异也。[3]

对叙事文学的日益重视，导致在中国文学史的具体书写中出现了关于中国古代为何叙事文学不发达的专题讨论，例如胡适的《白话文学史》专辟一章讨论《故事诗的起来》，具体内容包括"中国古代没有故事诗—故事诗的背景—蔡琰的《悲愤》—左延年的《秦女修》—傅玄的《秦女修》—《孔雀东南飞》—《孔雀东南飞》时代考" [4]，这种撰写体例的设计有效地突出了叙事诗在中国文学史上的重要地位，《悲愤》等诗受到了空前的重视。同样，随着对"文学"概念外延的重新界定，也出现了诸如"只有诗篇、小说、戏剧，才可称为文学" [5] 之类较为偏颇的结论。

---

① 小说，在英法语言里写作"fiction"，古义乃"谎言"或"假话"，以显示其虚构之本质。另作"novel"，意为"新奇"，以强调其所具故事性和传奇性。
② 王德威：《写实主义小说的虚构：茅盾，老舍，沈从文》中文版序，复旦大学出版社，2011，第 1 页。
③ 曾毅：《中国文学史》，泰东图书局，1929，第 21 页。
④ 胡适：《白话文学史》（民国珍本丛刊），团结出版社，2006，第 2 页。
⑤ 刘大白：《中国文学史》，大江书铺，1933，第 10 页。

一、去道德化与蔡琰《悲愤诗》经典地位的提升

被胡适称为"长篇写实叙事诗"的《悲愤诗》，始载于《后汉书·董祀妻传》，在中国古代文学传播史上产生过一定的历史影响，其诗歌文本在明清两代被多个选本载录，如冯惟讷《古诗纪》、陆时雍《古诗镜》、钟惺《古诗归》、陈祚明《采菽堂古诗选》、王闿运《八代诗选》等，艺术成就也受到胡应麟、沈德潜等著名诗论家的肯定和好评。然毋庸置疑，该诗在"五四"之前被认可和推崇的程度十分有限，无论唐宋两代无人问津的冷遇，抑或魏晋至明清罕见拟作的史实，均足以说明封建道德伦理对诗学话语权力系统建构的强力介入，明显影响到它的经典化。通过考察《悲愤诗》传播的历史际遇，我们认为封建道德伦理对于女性规范所造成的认知偏见，已经成为其经典化的巨大障碍。其中除去封建社会普遍存在且根深蒂固的性别歧视因素之外，蔡琰没入南匈奴、再嫁生子这一经历不仅让部分深受封建女性贞操观念影响的文人士大夫耿耿于怀，更是引发了他们针对女诗人人品以及诗歌格调的种种责难，明末清初学者严首升（1607—1682）《濑园诗文集》①卷十九《诗话》中的一段文字透露出相关信息：

> 文姬薄志节兮念死难，虽苟活兮无形颜。开胸写臆，无耻之耻。无耻矣！死生亦大矣！端木氏所云，不能死亦复何为文，如扬雄，如李陵，皆欠一死，何独文姬。

蔡琰遭人诟病的原因正在于她受辱未死而"苟活"的人生经历，责难者们站在男性的立场发言，其话语权来自男权统治的社会秩序，运用的批评武器乃是长期以来封建伦理道德对于女性贞操观的大力提倡与表彰，足以构成对女性自主生存权利的剥夺。明清两代，得益于社会文化思潮的局部嬗变，诗学界间或出现了为蔡琰辩解之声音。例如，明代钟惺《古诗归》卷四云："一副经史，胸中一变，古今明眼，作此辱事。读其所自言，又觉不忍鄙之，反添人怜惜而已。"②清初诗论家陈祚明（1623—1674）《采菽堂古诗选》卷四云："托命新人四句，逆揣人心，直宣己意，它人所不能道。结句总束通篇无遗，章法最密。欲死不能得，此亦实语，遭此境者，方知之一妇人被掳兵间，欲必行其志诚不易。俄顷之间，遂已失节，此后

---

① ［清］严首升：《濑园诗文集》卷十九，清顺治十四年刻本，国家图书馆藏。
② ［明］钟惺、［明］谭元春辑：《古诗归》卷四，湖北人民出版社，1985。

虽死何益，此虑之所以贵豫而亦未可以轻责人也。"①钟、陈二人为著名诗学家，分别对《悲愤诗》的抒情特色及其艺术感染力给予了不同程度的肯定。然而，即使针对他人责难，公开为文姬开脱，他们也未能彻底摆脱世俗传统观念的束缚，主流话语权的影响依然可见。钟惺称"不忍鄙之"，而非"不可鄙之""不能鄙之"，这足以说明在其观念世界中，蔡琰的确失节，因而自然存在可鄙之处。至于陈祚明所谓"遂已失节"数语，更是以承认蔡琰曾经"失节"为立论之前提，故其开脱也难以给人理直气壮之感。在一个"文如其人""文品出于人品"早已成为文人学士普遍遵循的文学评论标准的时代，作家人格上的任何"污点"，都必然影响其作品的经典化。

在文学新变的场域中，对文学文本的抒情效果以及叙事技巧的推崇与提倡，其积极意义不仅在于操作层面上确立批评家的欣赏点，并为其提供具体的评价标准。更为重要的是，它标志着传统的话语系统已经处于被解构的状态，新的文学批评话语权逐渐生成，古代文学经典化机制正在经历自身的重大调整。由于在文学研究和文学批评领域内，遭受到猛烈抨击的传统封建道德贞操观念已经失去了占据话语权力中心的权威地位，道德话语在一定程度上被解构。因此，蔡琰没入南匈奴的那段苦难经历自然也不再构成其作品经典化的任何障碍，加之《悲愤诗》是"叙事诗"身份，其经典化程度的提高遂由可能性转化为现实性。一个世纪以来，相当数量的《中国文学史》以及古代诗歌选本全文录入该诗，并给予较高评价。兹举若干代表作如下：

林之棠《新著中国文学史》评曰："一字一泪，哀感动人"②；

胡云翼《中国文学史》评曰："感人至深"，称其为建安时期诗歌的"第一巨著"③；

刘大白《中国文学史》认为该诗"是一篇较长的叙事的抒情诗，也很切挚动人"④；

谭正璧《中国女性文学史话》（初版于1930年）指出："《悲愤诗》的成功，不仅由于作者有卓越的天才，最大的成因是由于她的颠沛流离的生活，做了她的悲剧的背幕，使读的人没有一个不为之伤心坠泪。像这样好

---

① ［清］陈祚明：《采菽堂古诗选》，上海古籍出版社，2008，第116页。
② 林之棠：《新著中国文学史》，北平华盛书局，1934，第239页。
③ 胡云翼：《中国文学史》，顺风出版社（台北），1974，第45页。
④ 刘大白：《中国文学史》，大江书铺，1933，第186页。

的长诗，在全部中国文学史上，你能够找得到几首呢？"①

郑振铎《中国俗文学史》认为署名"蔡琰"的三首诗歌（包括《悲愤诗》）"写得都不坏，在古代珍罕的叙事诗里乃是杰作"②。

至迟 20 世纪 30 年代中期，《悲愤诗》作为文学经典的身份就因为专家学者较高的认可度而日渐明晰，"叙事诗中的杰作"一说遂成定论。20 世纪 50 年代以后，作为我国高校汉语言文学专业教材编写的诸部文学史，对该诗文学成就的定位与评价基本相同，"鄙贱""失节"说彻底退出了诗学批评的话语系统。又由于蔡琰因董卓作乱而遭受的痛苦经历具有批判社会黑暗、政治动乱的现实意义，足以为新时代政治话语权力的巩固提供有益的历史资源，因此，在"古为今用"方针的调控下，《悲愤诗》几乎成为所有古代文学史的必选篇目。加之众多古代诗歌选本的载录和介绍，加速了它在当代的传播，扩大了社会影响，文学经典的地位得以进一步巩固。

二、《孔雀东南飞》经典价值的现代发掘

作为文学经典的长篇叙事诗《孔雀东南飞》（又题为《古诗为焦仲卿妻作》《焦仲卿妻》《庐江小吏妻》等），其历史遭际与《悲愤诗》存在着某种相似之处。五四新文化运动发生之前，《孔雀东南飞》在文学传播史上的地位远比《悲愤诗》高，自南朝徐陵《玉台新咏》载录后，不仅受到历代选家的追捧，成为名副其实的选家经典，而且赢得诗学家的如潮好评，明代胡应麟赞曰："古诗短体如《十九首》，长篇如《孔雀东南飞》，皆不假雕琢，工极天然，百代而下当无继者。"③ 清代沈德潜亦云："《庐江小吏妻》诗共一千七百四十五言，杂述十数人口中语，而各肖其声口性情，真化工笔也。"④他们之所以对于该诗艺术表现主要是语言运用成就高度肯定，源于其文学本位的立场。然而，居于社会文化思想中心地位的儒家道德伦理不可能不影响到文学批评的话语使用，对《孔雀东南飞》的评价从来就不止一种声音，那些来自道德制高点的评判在一定程度上遮蔽了《孔雀东南飞》作为文学经典的风采。试看：

焦仲卿妻能诗，郑子敬家藏《玉台后集》，李仲康所选，有曰：仲卿

---

① 谭正璧:《中国女性文学史话》，百花文艺出版社，1984，第 86 页。

② 郑振铎:《中国俗文学史》，东方出版社，1996，第 51 页。

③ [明] 胡应麟:《诗薮》内编二，中华书局，1958，第 27 页。

④ [清] 叶燮、沈德潜:《原诗 说诗晬语》，江苏凤凰出版社，2010，第 93 页。

死，其妻不事二夫，庶几发乎情止乎礼义。①

焦仲卿妻，刘氏后人常悲其以严姑见逐，卒能守志杀身。余读其诗，氏非贤妇也。姑虽呵责，始未相逐，乃氏自请去耳。一还其家，为弟兄所逼，遂适太守之郎君，此可谓守志不移耶？其举身赴清池，乃遇仲卿与途要之以死，恐非其志也。②

《焦仲卿妻》诗是古今极有名作，看来那件事虽可怜，但处得未为妥当，不足垂教。且著语太多，过于冗长故删之。③

上述意见，均出自道德批评的立场，褒者赞其不更二夫，符合礼教要求；贬者则指责其行为不当，未为贤妇。无论褒贬，着眼点全在于刘兰芝之死这一结局所产生的道德教化作用，根本上忽略了诗歌的抒情本质以及《孔雀东南飞》杰出的叙事成就。在诗歌创作领域内，歌咏者的道德本位立场同样清晰可见。元代著名文学家杨维桢（1296—1370）《复古诗集》卷二所载《焦仲卿妻》诗云："生为仲卿妇，死与仲卿齐。庐江同树鸟，不过别枝啼"④，诗人从刘焦夫妇同死的事件中看到的除了人心，还有天理。

如前所述，成为后人创作的模拟对象，是文学文本经典化的重要标志之一。由于中国古代叙事文学不够发达，绝大多数文人并不擅长写作叙事诗，故以《孔雀东南飞》为模拟对象的作品并不多见，即便如此，我们仍然发现了两首以歌颂维护封建道德伦理纲常为主旨的拟作。此类拟作的出现，并未推动中国叙事诗写作的向前发展，而是从文学的角度去阐释封建道德伦理的合理性，去印证其征服人心的巨大力量。晚清著名学者王闿运（1833—1916）作有《拟焦仲卿妻诗一首李青照妻墓下作》，诗前小序交代写作缘由云：

嘉庆十一年冬十有一月晦日，湖北佣人李青照妻为主逼逃，复遇欺陵，携子赴湘而死，夫亦自经。经墓读碑，作诗云尔。

---

① ［元］佚名：《氏族大全》卷六一《女德》，载《文渊阁四库全书》，台湾商务印书馆（台北），1986，第952册，第212页。
② ［明］张萱：《疑耀》卷二，中华书局，1985，第41页。
③ ［清］李光地著，陈祖武点校：《榕村语录》卷三十，中华书局，1995，第532页。
④ 刘野编：《钦定四库全书荟要·复古诗集》，吉林出版集团，2005，第7页。

王闿运既是学识渊博的经学家，也是造诣极高的文学家。《拟焦仲卿妻》一诗乃针对时人李青照夫妇事迹而作，现实指向性十分明显。其诗洋洋洒洒千余字，下笔即云：“双凫不能飞，十步两连翩。张氏有好女，辞家来李门”，开篇便显现出模拟痕迹。篇中写女主人公的自白道：“脱我嫁时衣，着我青绢裳。上机织缣素，中厨治羹汤。”卒章见其义：“生是连枝木，死是双飞禽。双禽将一雏，朝暮自喈喈。顾视世间人，人心故不同。悠悠四十载，冢上有新封，纲纪贵贱人，作诗诵清风。”① 凡此种种，既表现了他善于模拟、善于化用前人诗句的文学功力，也体现出鲜明的经学解读立场。王闿运创作此诗的主要原因在于李氏夫妇之死所引发的社会反响，即所谓“昔为役人妇，今为礼部旌。城中羡其风，城外造其茔。仰瞻天心阁，合葬醴陵坡”，他之所以选取《孔雀东南飞》为模拟对象，着眼点并非该诗的叙事成就，而是因为刘兰芝不更二夫、与夫同死合葬的情节作为一种历史文化资源，契合了当下社会重建道德伦常秩序的现实需要。道德化的仿作遮蔽了《孔雀东南飞》作为文学经典的艺术魅力②。

无独有偶，乾隆中贡生、湖南衡山学者罗登选（生卒年不详）作《江庆璜妻，仿焦仲卿妻诗体》，写作动因于也是有感于现实生活中大量节烈女性的出现，据诗前序文介绍：

长沙庠生黄贤道女也，少聪慧通书史，年十五适平江江庆璜。庆璜以苦学致疾，卒。氏不食四日，气几绝。其姑欲以不食同死，乃强食。越五年，为乾隆甲申九月十六日，先夜，黄感夫入梦，又微闻舅姑有他志，遂于是日别二亲，诡言祭扫，怀匕首，携婢诣墓哭尽哀。麾婢他之，自刎死家中。……事闻京师，时公卿大夫士赋诗成帙，同里余存吾太史作传传之，余见其传，最后为拟赋此。③

诗人在赞美江庆璜妻的聪慧勤劳时，特意加进了“金经与女诫，一目辄不忘。父母为生女，不在习词章。所议唯酒食，所事唯蚕桑”这样几句，以证明传统女德教育的有效性。就艺术表现而言，罗作远不及王作，雕琢的痕迹较重，然二诗的共同点则十分明显，均将刘兰芝作为道德领域

① [清] 王闿运著，马积高主编：《湘绮楼诗文集·诗》第一卷，岳麓书社，1996，第1141页。
② 由于王闿运本人具有较高的文学造诣，在解读古诗《焦仲卿妻》时，也注意到了它在诗歌发展史上的影响。他在《论唐诗诸家源流》一文中指出：“白居易歌行纯似弹词，《焦仲卿妻诗》所滥觞也。”见 [清] 王闿运著，马积高主编：《湘绮楼诗文集·王志》第二卷，岳麓书社，1996，第534页。
③ [清] 邓显鹤辑：《沅湘耆旧集》（4）卷九十九，岳麓书社，2007，第331页。

的历史样板进行表彰歌颂，诗歌标题标明仿作（或拟作），旨在以古证今。诗人通过具体事件的描述，强化封建道德伦理纲常在历史传承中的影响，《孔雀东南飞》的叙事技巧以及刻画人物的独到处，被他们从根本上忽略。

五四新文化运动发生后，随着文学观念的变革以及对叙事文学的日趋重视，学者们对于《孔雀东南飞》的解读视角开始统一在文学的旗帜下，他们运用现代性的批评术语，围绕该诗的叙事成就给予了相当高的肯定。这种现象比较集中地出现三四十年代问世的文学史中。

陈冠同的《中国文学史大纲》是较早的一部在叙事文学视角下认识和评价《孔雀东南飞》的著作。陈先生对文学中的叙事成分及其成就十分关注，他在第二编《诗歌时代——秦以前》中列入了历史散文，甚至做出"韵文的叙事诗和散文的历史，其形式虽不同，而其含有二重性质则同：一方面是属于知识的记载，另一方面则是属于情感想象的描写"这一论断，他认为"史学家和文学家往往不能分离。他们秀美而独创的辞采，俊杰而动人的叙写在文学史上有不朽的价值与伟大的影响"①，对叙事文学的重视固然了导致立论的偏颇，存在矫枉过正之嫌，但由这种重视带来的新视角、新方法却开启了"重读"经典的新局面，值得肯定。基于上述认识，陈本文学史第三编《辞赋时代——晋以前》专设《叙事诗》一节，在逐一介绍了《孤儿行》《羽林郎》《陌上桑》等著名的民间故事诗后，重点讨论了"古代最伟大的故事诗《孔雀东南飞》"②。"伟大"一词赋予了《孔雀东南飞》在文学史上空前崇高的地位。

郑振铎是一位具有自觉的现代文学批评意识的学者，他完成于1932年的《中国文学史》，在提到关于《古诗为焦仲卿作》一诗写作时间的争议时，特意强调道：该诗作为"中国古代诗史上的一首最弘伟的叙事诗，却没有一个人否定"③。将研究对象置于汉代叙事诗发展的过程中考察其创作的具体时代，体现出现文学史的观照视野，以及对叙事文学的重视。林之棠完成于1934年的《新著中国文学史》，《乐府诗内容》一章全文录入该诗，首先揭示此篇写男女恋情坚决动人的抒情特色，初步涉及文学经典的本质规定性。接着指出"前半节写婆母虐待儿媳亦恰到好处，不愧为古今叙事诗之杰作"④，评价甚高。刘大白认为，《孔雀东南飞》不仅是汉乐府诗中最有价值的叙事诗，而且是"中国文学史上最伟大的杰作"，甚至赋

---

① 陈冠同：《中国文学史大纲》，上海民智书局，1931，第14页。
② 陈冠同：《中国文学史大纲》，上海民智书局，1931，第42页。
③ 郑振铎：《中国文学史》（上），吉林人民出版社，2013，第94页。
④ 林之棠：《新著中国文学史》，北平华盛书局，1934，第216页。

予其后世弹词"元祖"的地位①。胡云翼给予《孔雀东南飞》极高的评价，不仅誉之为"伟大的长篇叙事诗""中国文学史上一首空前的，仅有的，哀艳动人的长诗创作""宛如一幕真实的悲剧扮演在我们面前"，而且从人物性格刻画、结构安排等角度肯定了作者高妙的描写技术。尤其值得注意的是，胡先生认为该诗"不但可作文学名著读，还可当作古代妇女生活史读"②，注意到了经典的思想价值和史料价值。

容肇祖完成于 1935 年的《中国文学史大纲》同样认为《孔雀东南飞》"为中国古代民间最伟大的叙事诗"，与其他文学史不同的是，容本文学史没有停留在对作品一般性介绍和简单的定位之上，而是紧扣叙事文学的特色，将该诗的叙事特点概括为三点：其一，"恰好的题材，成为创新的悲剧的格式"；其二，"用对话叙述，是古代含有剧情的作品"；其三，"叙述的手段是很经济的：诗里面的角色，居然有十二人之多，其中五个角色的个性，完全在诗中表白出来"。分析十分具体细致，体现出对前人，甚至是同时代学者的超越。他对《孔雀东南飞》的定位是"真不愧为五言黄金时代中最出色的一首叙事诗了"③，这一结论与郑振铎的观点基本相同。

至此，《孔雀东南飞》在文学史上的经典地位完全确立，无人能够撼动。

---

① 刘大白：《中国文学史》，大江书铺，1933，第 178 页。
② 胡云翼：《中国文学史》，顺风出版社（台北），1974，第 32—36 页。
③ 容肇祖：《中国文学史大纲》，朴社，1936，第 112—113 页。

第九章　古代文学经典化机制运作的规律与特点（上）

——多元建构　各司其职　互渗借力　彼此制约

　　规律是事物发展过程中内在的本质联系，决定着事物发展的必然趋向。规律具有普遍性的形式，其本质联系则具有客观性和稳定性，不以人的主观意识而改变，能够反复出现。事物的特点是事物所具有的独特和突出之处，是人们把握事物的本质特征、认识事物发展规律的重要切入点。多元建构，或互渗借力，或彼此制约，是中国古代文学经典化机制运作的重要规律和特点，因而是我们重点研究的对象。

　　作为完整的文化运作系统，中国古代文学经典化机制由不同领域、不同层面的文化要素共同建构，就其基本构成要素而言，除了作家的创作活动以及文学自身发展演进规律之外，还涵盖政治、教育、经济、学术、艺术、道德伦理、文化传播乃至宗教等不同领域。经典化机制内部诸要素具有自成一体的存在状态，它们"各司其职"，以显著的功能差异而相互区别。所谓"各司其职"指的是各子系统功能的主要指向及其实现的路径之间具有一定的区分度，这种区分度的形成，受制于各子系统的内在结构、功能及其运作方式和运行原理自身存在的明显差异，最终结果表现为对经典形成影响的不尽相同。各子系统可以共存合力，但不能混淆和彼此替代。尤其由于作用的力度与方向的差异，最终将导致在政治、道德、经济、教育、文化、文学等不同领域存在多条具有鲜明特色的经典化路径，它们的区分度必然要在作用的大小、力度的强弱、效果的显隐等方面体现出来。我们之所以以专章的内容来探讨各司其职、路径分明的特点，绝非简单重复前文的内容，而是欲在分类梳理的基础上，形成一种比较的视野，以便突出每一子系统及其经典化路径自身的与众不同的突出特点，更为清晰地展示经典化机制的多样化运作，以及功能、作用之间的相互差异。并且通过揭示同一文本通过多种路径成为经典的历史可能性，进一步突出经典建构的多样性，以及多样性中的差异性，从而凸现经典文本社会价值的丰富性和广泛性。

同时，经典化机制内部的诸建构要素并非静止、孤立地存在着，它们又在彼此的联系中相互渗透、相互影响，甚至彼此牵制，形成一个由多重作用力共同建构的"网络"体系，共同推动古代文学经典化的发展历程。刘悦笛认为"文学经典有赖于'共同体'"①，强调这是经典化机制内部各建构要素协力合作的运作特点。文学经典化具有时间向度，作为一个时间流程，始于文学家的创造性写作活动，建构于经典文本传播和接受过程中的各个环节。从文学文本的生成，到文本的传播与使用，再到经典效应的显现与持续保持，社会文化系统始终以富有协作性的运作方式发挥着作用。我们在前面几章里分别论及的几大主要路径，并非壁垒森严，它们之间存在融合关系、交叉关系以及借力关系。当然，也不排除在经典化过程中，不同要素由于着力点的不同，力的作用方向并非完全一致，这种矛盾关系甚至导致相反相悖，或者此消彼长现象的出现。

由于中国古代文学经典化机制建构多元性与开放性特点的存在，对于古代文学文库中的经典作品，为其找到一条甚至多条经典化路径，并非难事。例如，陶渊明诗歌的经典化既借助于道德平台，也受益于名人效应的辐射；杜甫诗歌经典化路径除了存在于道德领域之外，属于文学批评领域的宋代诗学家的遴选与评点，更是构成了传播领域的另一条十分重要的路径；以金圣叹为代表的小说评点家为开辟《水浒传》经典化路径做出了杰出贡献，而经济领域内文化市场的拓展与推动作用同样不可忽视。种种事例表明，实现文学经典化的多样路径既相互联系，又相互区别，同样是传世的优秀作品，实现经典化的具体路径或多或少地具有不同之处，究其原因，主要由于不同经典文本于内在蕴涵和外部表现形式存在着差异，它们的社会价值（或曰"满足接受者的精神需求"）绝非千篇一律，而"路径分明"恰好能够彰显这种差异。研究各司其职、路径分明的运作特点，足以引导我们进一步认识作为个案的经典作品的独特性及其魅力所在，进一步把握"本质"的经典与"建构"的经典之间的内在关系。事实上，文化内涵越是丰富、价值取向越是多元的文学文本，在经典化的过程中，参与建构的文化因素也就越多，呈现的经典化路径的数量与此则呈现着正比关系。通过多条路径完成经典化的文学作品，具有社会传播面广、历史影响大的经典效应。

为了方便论述，我们将经典化机制的运作过程分为经典生成初始阶段

---

① 刘悦笛：《当代文学：去经典化还是再经典化》，《文艺争鸣》2017 年第 3 期。

与经典传播及其定位阶段这两个部分，就此分别探讨其相互联系的运作特点。

第一节　文学经典生成初始阶段机制运作的多元建构

文学经典化的过程，始于经典作家的文学创作活动，我们将经典文本创作这一环节称为"经典生成的初始阶段"（或曰"起始时期"）。在文学经典化机制构建系统里，文学创作始终居于中心和基础的重要地位。尽管不同时代、不同阶层的广大受众对于经典的接受具有选择性，而这种选择所具有的多元化取向，必定造成接受者的接受态度及其最终评价的差异。但是，文本所具有的文学价值，或曰"文本的经典本质规定性"，始终是影响广大受众接受选择和价值认同最为重要的元素。没有文学文本的产生，文学的经典化便无从谈起。对此，我们在第一章里已做过具体阐释。这里，我们需要强调和进一步阐释的是，决定文本经典价值的有无，或影响文本经典价值高低的因素，绝不仅仅是作家的个人天赋和才华（当然，这一点十分重要，不容忽视）。作为文化的创造物以及社会关系的总和，包括文学家在内的任何个体都无法脱离一定的文化环境以及相应的社会关系而独立地生存和发展，他们的任何行为都要受制于所处的环境与关系。具体到个体的文学创作活动，经典化机制建构的诸要素均可能通过不同的方式、在不同程度上影响创作者的思想意识、价值取向、创作心态、审美情趣、文学表达方式，等等，进而影响他们写作时的精神状态与艺术构思，并由此决定其作品质量的高低和价值的大小。多元参与、分别发力，是中国古代文学经典化机制运作的鲜明特色，就发挥作用的大小而言，政治权力、道德传统、社会教育、经济环境、文学批评这几方面力量的交错汇集，产生的效应当最为突出。

一、教育、经济领域产生制约政治权力的思想文化因子

如第二章所述，封建国家政治权力在经典生成阶段的强势介入属于常态，在特定的历史条件下对文学经典的生成会产生阻碍作用。不过，这种强势的介入和阻碍绝不意味着政治权力在任何时候和任何条件下都可以为所欲为，畅通无阻。在经典化机制运行过程中，至少有两种力量对政治权力的介入和干预发挥着制约甚至对抗的作用。

其一，来自教育领域的力量。中国传统教育拥有极其丰富的文化资

源，其中不乏可以转化为受教育者与皇权和专制主义相抗衡的思想武器的内容。首先，儒家道德之上的教育理念，有助于培养作家"以德抗位""杀身成仁，舍生取义"的反抗精神和蔑视权贵、粪土金钱的浩然正气。中国古代那些儒家思想的笃行者以大济苍生的胸怀和大无畏的勇气直面政治压力和政治迫害，他们将满腔浩然正气灌注笔尖之时，便是经典作品诞生之日。白居易的讽喻诗、刘禹锡《再游玄都观》、方孝孺《临终诗》、文天祥《正气歌》等经典诗篇的问世，均足以显现儒家思想教育与经典生成的关系。

其次，道家天人合一、回归自然的哲学观，以及"无以人灭天""无以得殉名"的价值取向，经过代代传承，通过各种教育方式（尤其是受教育者的自主选择性学习活动），成功地渗透进中国古代文人士大夫阶层的人格建构之中，成为他们对抗专制主义、追求身心自由的另一重要思想支柱。《庄子·秋水》云：

> 庄子钓于濮水，楚王使大夫二人往先焉，曰："愿以境内累矣！"庄子持竿不顾，曰："吾闻楚有神龟，死已三千岁矣，王巾笥而藏之庙堂之上。此龟者，宁其死为留骨而贵乎？宁其生而曳尾于涂中乎？"二大夫曰："宁生而曳尾涂中。"庄子曰："往矣，吾将曳尾于涂中。"①

庄子对来自政治权力的诱惑坚决拒绝的态度，建立在他对乱世之中政治权力运作残酷、肮脏的本质清醒认识的基础之上，故具有深刻的批判性以及普世价值。庄子的人生体悟与人生选择经过历史的淘选，作为远离官场、保持独立、洁身自好的样板而成为古代作家名副其实的教科书。受其影响者或向往自由的人生境界，标举"越名教而任自然"的思想旗帜，拒绝与专制主义者合作，魏晋名士嵇康（223—262）的传世经典散文《与山巨源绝交书》，正是在这样的思想背景下产生的；或为求独善其身，保持人性的本真，远离权力中心，走向山林田园，以疏离的态势避免政治压力和迫害，并且获取身心的相对自由，陶渊明即是其中代表人物，他创作的以《归园田居》组诗为代表的田园诗，也因此成为经典。

第三，佛教思想也是中国古代教育重要的资源。毋庸讳言，中国古代没有产生完整意义上的宗教教育，国家教育系统从整体上是排斥佛教进入的。然而，佛教自东汉末年传入中国后，经过与中国本土文化的逐渐融合，

---

① 陈鼓应：《庄子今注今译》，中华书局，1983，第441页。

在民间的影响力可谓日渐深广。文人士大夫阶层中，自觉学习佛理的成员不为少数，在佛教思想浸润下逐渐形成的宗教情怀，往往成为他们远离政治权力，拒绝名利诱惑，避免"与狼共舞"的精神底线。唐代白居易中晚年皈依佛门，研习佛理，尽管冷却了一腔济世热血，但也增加了承受政治压力的心理能量，他中晚年创作的诗歌不乏蔑视上层权贵、鄙弃世俗价值观的内容，贡献了不同于《新乐府诗》的另一类经典作品。北宋大文豪苏轼同样接受了佛教思想的洗礼，"乌台诗案"发生后，他在狱中借助佛教理论彻悟了官场的浮沉与人生的苦乐。贬谪黄州的经历，使他对佛理的进一步参透，达到了得失不挂于心，穷达无住于怀的精神高度，创作了诸如《定风波》"莫听穿林打叶声"这类千古流传的经典名篇。"回首向来萧瑟处，归去，也无风雨也无晴"，词人笔下的"风雨"和"晴"已经不再是自然现象变化的纪实性描写，而是自身宦海沉浮的形象写照。在苏轼面对人生晴雨变幻，尤其是政治迫害泰然处之态度的背后，是他任天而动、忧乐两忘的旷达胸怀和人生境界，此乃《定风波》能够成为经典的重要思想原因。

其二，来自经济领域的力量。经济的发展具有自身的独立性，政治权力不可能完全左右和掌控它。经济对政治权力的制约以及对权力影响的消解作用，主要通过改变创作者的生活环境与思想意识来实现。具体而言，商品经济的力量一旦参与作家的人格建构，影响他们的价值观和人生追求，将有助于他们淡化权力意识，弱化奴性人格，助长自主意识，拓展创作视野，更新创作观念，这种情况在明代中后期的江南地区的文坛上体现得尤其明显。其时，传统的农业经济已发展至高峰，继续发展的空间极为有限，商品经济由此在江南地区获得迅速发展的先机。市民阶层日益崛起，队伍不断壮大，从商品经济土壤中滋生和成长的商品意识开始对根深蒂固的官本位主义发起冲击。经济发展的新格局导致哲学思想领域出现重大调整，从而促进了社会文化思潮的嬗变，社会成员的价值取向、审美趣味以及文学观念亦随之发生相应的变化。以明武宗正德年间（1506—1520）为界，明代思想文化界呈现出迥然不同的两种风貌。前一阶段，朱明王朝肆无忌惮地扩张皇权，大力加强中央集权，专制主义达到登峰造极的地步，人们的思想受到严重的束缚和禁锢，因此，文学创作领域显得较为沉寂，难见大批高质量的精品产生。后一阶段，整个社会出现了追求个性自由、个性解放的文化氛围，且日益浓厚，在那些率性自为、狂狷悖俗的文人士大夫的精神人格中，明显具备了离经叛道、对抗皇权禁锢的异质元素。清代著名学者赵翼（1727—1814）在论析明中叶才士傲诞之习时，充分注意到经济发展与士风嬗变的关系，他认为"吴中祝允明、唐寅等辈，才情轻艳，倾动流辈，放诞不羁，每出名教外"之类的行为，本足以取祸，却因"世运升平，物力丰裕，故文人学士，得以跌荡于词场酒海间，亦一时盛事也"。① 反传统的诸种异质文化元素发展至晚明，被李贽的《焚书》《藏书》发挥得肆无忌惮，故招致四库馆臣的口诛笔伐，《四库总目提要》卷五十李贽《藏书》云："贽书皆狂悖乖谬，非圣无法。此书排击孔子，别立褒贬，凡千古相传之善恶，无不颠倒异位，尤为罪不容诛。其书可毁，其名亦不足以污简牍"②，集中反映了封建统治集团对异端邪说深恶痛绝的扼杀之态。与社会思潮的重大变革相对应，明代中晚期，具有新的时代特质的文学经典作品大量涌现：吴承恩《西游记》中那位扯起造反大旗、高喊"皇帝轮流做，明年到我家"的石猴，徐渭《四声猿》里那位在阴间面对曹操亡灵敢于再次"击鼓骂曹"的狂狷之士祢衡，汤显祖《牡丹亭》塑造的为情而生为情而死的杜丽娘形象，拟话本小说《沈晓霞相会出师表》描写的忠臣父子两代勇斗奸臣严嵩的故事，以及以书写"性灵"为灵魂的晚明小品文……凡此种种，无不折射出新的时代精神。文学观念的变革，众多离经叛道的文学形象的出现，经济的助力功不可没。

俗文学领域内经典文本的产生，使我们再一次将关注的目光聚焦于经济领域。郑振铎先生在《中国俗文学史》里对俗文学概念的界定是：

俗文学就是通俗的文学，就是民间的文学，也就是大众的文学。
……
凡不登大雅之堂，凡为学士大夫所鄙夷、所不屑注意的文体都是俗文学。③

当代学者在此结论的基础上，进行了进一步补充和完善，认为在中国文学发展史上，"除被上层文人学士视为正统的'雅'的诗文作品外，凡在民众流传的神话故事、歌谣、谚语、俗行小说、民间戏剧、说唱文学等，都包括在俗文学范围之内"④。明清是中国古代俗文学发展的全盛时期，除了《三国志通俗演义》《忠义水浒全传》《金瓶梅》等长篇经典小说外，

---

① ［清］赵翼：《廿二史札记》卷三十四，商务印书馆，1987，第719页。
② ［清］永瑢等：《四库全书总目》（上）卷五十《史部·别史类存目》，中华书局，1965，第455页。
③ 郑振铎：《中国俗文学史》，东方出版社，1996，第1页。
④ 陈必祥：《通俗文学概论》，杭州大学出版社，1991，第1页。

在冯梦龙编撰的拟话本小说"三言"及其编刊的民歌集《挂枝儿》《山歌》中，也不乏传世的经典作品，例如《杜十娘怒沉百宝箱》《蒋兴哥重会珍珠衫》《挂枝儿·分离》"要分离，除非是天做了地"等，无不体现出与传统的士大夫雅文学迥然不同的审美旨趣和风貌。考察冯梦龙的生活轨迹以及创作环境，我们可以进一步认识到商品经济的发展与通俗文学发展之间的密切关系。冯梦龙是苏州府长洲县人，苏州这一特定的生活与成长环境为他的人生观与文学观涂抹上了浓郁的市民文化的色彩。明中叶以降，苏州属于新型的生产关系萌芽最早的地区之一，当时，作为丝织业中心和商业中心，苏州可谓作坊林立，商铺密布，日益发展的商品经济使这座历史文化名城焕发出新的活力。逐渐壮大的市民阶层，以空前活跃的姿态，出现在历史舞台上，通过各种反传统的方式表达属于自己的诉求，长期边缘化的俗文学之花受到市民文化的滋养，根叶茂盛，越来越受到文人群体的关注。受时代和地域文化风气的影响，出身理学名家的冯梦龙，在科场失意之后，主动选择了一条反叛礼教、自由放纵的人生道路。征逐秦楼楚馆、与歌妓为伍的游冶生活，为冯梦龙的思想、情趣、爱好诸方面注入了市井文化的元素，培养起他对通俗文学的浓厚兴趣。民间通俗文学的哺乳和熏陶，成为他倾心尽力地从事收集、整理、创作、刊布通俗文学工作的重要原因。傅承洲在分析冯梦龙"为什么要去搜集整理民歌，并且获得了极大的成功"的原因时，认为首要的原因就在于城市经济的发展，市民阶层的壮大，民歌在城镇流行开来，至万历年间达到极盛时期，而苏州正是《山歌》创作和传唱的中心，生活在苏州的冯梦龙"搜集、整理《山歌》，有得天独厚的条件"①，此为中肯之言。

商品经济的发展与明代士风、文风嬗变的内在关系，与文学经典面貌的改变，学者同仁多有具体阐释，成果颇丰，兹不再赘述。

二、教育通过政治、道德、经济、文学批评等领域"借力"

既然创作者的文学素养和艺术才华亦是决定文本能否成为经典的重要因素，而中国古代经典作家之所以普遍具有较高水平的文学素养与杰出的艺术才华，仅用天资禀赋出众来解释又远远不够，那么，教育的功能及其运作方式就成为至关重要的因素。教育从来不是孤立的存在，它通常借助政治、道德、经济等文化要素的力量而发挥作用，故"相互联系"以及"借力"的认知，成为我们进一步考察的理论之纲。当然，教育的借力可

---

① 傅承洲：《冯梦龙与通俗文学》，大象出版社，2000，第145页。

以是主动性的，例如教育对于道德的依赖；也可以是被动性的，例如国家政治权力对于教育的掌控。

1. 国家政治权力要在宏观的层面上操控教育尤其是国家教育的布局和发展方向，表现之一便是制定教育发展的总方针，根据统治阶级的需求确立人才培养的具体目标和选拔方式，因此，国家教育政策势必影响到教材的选用。当封建国家的治理需要大批忠臣、孝子时，"四书""五经"理所当然地成为整个社会学童和士人的主要学习教材，唐宋以还《文选》之所以能够成为应试性教材，并且长期而广泛地使用，同样与国家文化政策的引导有直接关系。在国家权力掌控下的中国古代教育，形成了国家教育、社会教育、家庭教育三个层面衔接紧密、目标高度统一的完整体系，对受教育者的思想观念的形成和知识结构的建立，具有不可忽视的重要影响。

2. 在任何时代，道德教化功能的全面实施，始终离不开教育这一主要的途径，中国古代尤其如此。强大的道德力量同样会影响古代教育人才培养目标的制定以及教学具体内容的设置，德育始终处在教育的首要地位或核心地位，道德的力量将直接影响文学家观念世界的形成和人格形态的建构，最终会体现在他们描绘的文学图景之中。

中国古代教育在经典生成阶段的功能运作，集中体现在两个方面：一是以"树人"为首要任务的德育教育，致力于培养经典作家的道德观念、道德情感与道德思维品质，从而赋予经典作品鲜明的伦理风貌和道德特质；二是以读与写为主要载体的文学教育，通过培养经典作家的审美感知能力与驾驭语言文字的写作技艺，进而赋予经典作品尽善尽美征服人心的审美风貌。当然，以上两个方面并非截然分离，而是紧密融合在一起，共同发挥陶冶情操、净化灵魂的育人功能。读书人通过熟读"四书""五经"以及经学大师们的相应阐释，从理论形态上比较系统地了解和认识儒家的政治观念和伦理思想，包括优秀作家在内的文化精英群体成功地将理论指导内化为自己的人生信念和精神动力。与此同时，他们又通过选择性阅读历代经典文学作品的活动，在反复吟诵揣摩中，既体悟到文章之美与写作之道，又经历精神的洗礼和道德的提升。诸葛亮（181—234）的《出师表》乃传世经典，在长期传播的过程中，由文本呈现的忠臣品格打动了一代又一代有志之士。唐有杜甫在武侯祠中徘徊低吟，追思忠臣"三顾频烦天下计，两朝开济老臣心"（《蜀相》）的不朽业绩；宋有陆游于诗作里反复称道，如"出师一表真名世，千载谁堪伯仲间"（《书愤》）、"出师一表通今古，夜半挑灯更细看"（《病起书怀》）、"出师一表千载无"（《游诸葛武侯台》），民族英雄文天祥身陷囹圄，还高唱"或为出师表，鬼神泣壮烈"

（《正气歌》）。他们无不被经典作家的人格魅力所折服，被经典作品所传达的正气与豪情所感染，实现了道德教育、情感教育、文学教育三位一体的成功融合。

教育活动是否具有系统性、目的性，是否有序进行，一个重要的评判标志便是有无教材使用以及教材质量的高低。中国古代各类教育活动使用的教材，大致可以分为两类：一类是属于思想经典的专书，如《诗经》《论语》《孟子》《礼记》等，此类教材主要承担道德伦理教育的任务；另一类是诗文选本，例如《文选》《千家诗》《唐宋诸贤绝妙词选》《万首唐人绝句》《唐诗三百首》《古文观止》等，文学教育的实施主要依赖于这类教材。在教育领域内，历代选家对于文学经典化的贡献具体体现为，将经过甄别、选择、分类甚至加以评点后的经典文学文本推荐给受教育者，使之在吟诵中感悟美文的魅力，在模仿中掌握写作的技法，不断提高文学鉴赏能力和写作能力。但凡古代经典作家，无不经历过这样的学习过程，各种选本为他们文学素养的养成以及创作才能的提升，提供了丰富的文学养分。

3. 社会经济的发展是影响和推动教育发展的重要杠杆之一。良好的经济条件、富庶的经济环境可以为文学人才的培养奠定较为坚实的物质基础，其中包括教育条件的改善、教育规模的扩大（其中包括受教育对象扩大至女性），商品经济的发展甚至可以促进教育观念的嬗变。这一点在明清时期的江南地区，表现得尤为显著。正常态的经济的发展不但不会构成对教育系统自身特点与功能的破坏，反而能够与教育发展的规律形成同构，由此决定它在经典化机制中不可或缺的地位。

4. 在经典生成阶段，名人效应的作用同样不可忽视。名人（尤其是文学大家、文化名流）的社会效应主要通过道德楷模的树立、文学教材的选用、创作样板的树立以及对优秀文本的激赏而得以显现。陶渊明一篇《桃花源诗并序》描写诗意栖息的理想境界，后世不止一位作家以之为典范，袭其意境，用其创意，进行创作。例如十九岁的王维作《桃源行》铺写桃源风光，诗云："渔舟逐水爱山春，两岸桃花夹去津。……遥看一处攒云树，近入千家散花竹。樵客初传汉姓名，居人未改秦衣服。居人共住武陵源，还从物外起田园"①，借鉴、改写名人作品的痕迹甚为明显。据《鉴诫录》载，唐代诗人贾岛（779—843）作《题李凝幽居》诗，炼字时有"推""敲"选择困难，后因韩愈认为"做'敲'字佳矣"，遂以"敲"入

---

① 清编《全唐诗》上册，上海古籍出版社，1986，第 289 页。

诗。元人方回《瀛奎律髓》云：“'敲''推'二字待昌黎而后定，开万古诗人迷。”① 从这桩文坛公案中同样可见名人效应的存在。

"名人"效应的实现，一个重要的前提是，名人必须在道德领域做出表率，或者文学领域成绩斐然，方可成为创作者仰慕和效仿的对象。潘岳乃西晋文学大家，尽管钟嵘《诗品》对他的诗歌创作给予了高度评价，将其诗列入上品，并引谢混语赞曰："潘诗烂若舒锦，无处不佳"②，然不得不承认，潘岳的道德人格存在明显的缺陷，文化胸襟十分狭隘，政治奴才的气质直接影响了他的创作质量，除了《悼亡诗》外，鲜有为人称道的传世经典。所作《闲居赋》本有可圈可点之处，但其攀附权贵、"拜路尘"的行为导致后代读者怀疑该作品情感和理想表达的真实性，故历史影响严重受限，无法进入文学经典的殿堂。名人的政治身份对于经典生成的作用比较复杂，政治领袖的好尚在文学创作以及鉴赏领域所发挥的引领作用，具有催生经典的可能性，例如曹操的领袖身份及其创作实践对于当时诗坛"建安风骨"的形成具有举足轻重的影响，而"建安风骨"四字浓缩了建安时期经典诗歌的本质性特征，即情感的激昂慷慨，风格上的气爽风清。当然，这并不是一种必然规律，萧纲以东宫太子的身份身体力行地倡导宫体诗，宫体诗虽然可以在一时间盛行朝野，然因其内在蕴含的种种缺陷，终究不能成为深受广大读者喜爱的经典作品。

5. 文学批评领域也存在极具文学价值的教育资源。长期以来，历代优秀的诗词歌赋文以文学选本的形式发挥着文学教材的功能，为学童们提供进行文学创作的成功范例，历代诗话、词话、曲话、文话以及小说评点本则能够指导受教育者去理解经典篇章的思想内涵，感悟其审美韵味，把握其写作技法，有利于经典作家深厚的文学素养的培养。在这里，再一次显现出共同建构的"合力"作用。

三、宗教元素对经典文学创作的渗透形成特殊的助力

宗教和文学分属两个不同的学科，但它们之间绝非泾渭分明、毫无关联，诚如德国哲学家卡希尔所言："语言、艺术、神话、宗教绝不是互不相干的任意创造，它们是被一个共同的纽带结合在一起的"，"在神话想象、宗教信仰、语言形式、艺术作品的无限复杂化和多样化的现象之中，哲学思维揭示出所有这些创造物据以联结在一起的一种普遍功能的统一性。神话、宗教、艺术、语言，甚至科学，现在都被看作是同一主旋律的众多变

---

① 陈伯海主编：《唐诗汇评》下册，浙江教育出版社，1995，第 2588 页。

② ［梁］钟嵘：《诗品》，载［清］何文焕辑《历代诗话》（上），中华书局，1981，第 8 页。

奏"。① 他认为哲学是联结不同学科的纽带。作为一种世界观的理论，宗教与哲学之间的相通之处颇多，其中十分重要的一点是，宗教要展开对人类本质思索和对世界规律性的探索，"这一精神指向，使得它很像哲学"②。而作为语言艺术的文学，同样属于意识形态的活动，其内在构成方面充分融注了包括哲学、伦理、政治、宗教等在内诸多意识形态丰富的价值要素。文学同样要表现作家对人类本质的思索以及对世界规律性的探索，只不过表现和探索的方式异于哲学和宗教。18世纪法国哲学家狄德罗在论戏曲艺术时指出，戏曲（包括喜剧和悲剧）应"有力地描写人类的一切本分"，而担负起这个任务的诗人"应该是一个哲学家"③。巴尔扎克的《人间喜剧》是传世经典名作，小说家在前言中说自己在塑造人物形象时思考的问题之一是："怎样才能既令诗人与贤哲感到愉悦。而同时又博得广大群众的青睐呢？要知道群众所要求的，是诗意和融化成生动形象的哲理。"④ 他说自己笔下的人物"是从他们的时代的五脏六腑孕育出来的，全部人类感情都在他们的皮囊下颤动着，里面往往掩藏着一套完整的哲学"。巴尔扎克还强调了宗教对自己创作思想的影响，认为"思想是善恶的根源，它只能受到宗教的锻炼、制驭和领导"⑤。在此，我们并不打算评价宗教思想对《人间喜剧》的具体影响，只是希望通过外国经典作家的创作指导思想及其创作实践，说明宗教元素具有助力文学经典产生的可能性。

宗教思想对古代文学家创作的影响十分普遍，且相当深刻，除了前文多次提到的苏轼之外，我们还可从其他作家的作品找到这种影响之所在。例如：

> 西上莲花山，迢迢见明星。素手把芙蓉，虚步蹑太清。
>
> ——李白《古风》十九⑥

> 摄动是禅禅是动，不禅不动即如何。
>
> ——白居易《读禅经》⑦

① ［德］恩斯特·卡西尔：《人论》，甘阳译，上海译文出版社，1985，第87、91页。
② 高长江：《宗教的阐释》，中国社会科学出版社，2002，第38页。
③ 伍蠡甫：《西方文论选》（上），上海译文出版社，1979，第347页。
④ ［法］巴尔扎克：《人间喜剧·前言》，丁世中译，《人间喜剧》第一卷，人民文学出版社，1994，第5页。
⑤ 伍蠡甫：《西方文论选》（下），上海译文出版社，1979，第167—170页。
⑥ ［唐］李白撰，瞿蜕园、朱金城校注：《李白集校注》，上海古籍出版社，1980，第129页。
⑦ ［唐］白居易：《白居易集》（3），中华书局，1979，第716页。

长安有男儿，二十心已朽。

楞伽堆案前，楚辞系肘后。

——李贺《赠陈商》①

合成四大本非真，便有千般病染身。

地火水风都散后，不知染病是何人？

——范成大《题药籖》②

无论中国本土宗教道教，抑或外传中原的佛教，均与经典作家的创作发生过或多或少、或显或隐的联系。毋庸置疑，当古代宗教作为世界观在决定中国古代知识阶层的价值取舍和人生向度时，产生过明显的消极影响，例如因自觉人生虚无而放弃抗争，又如"服食求神仙，多为药所误"。所以，宗教的影响并不是经典产生的必然充分条件。然而，问题的另一面则在于，不止一位优秀的作家从宗教文化的土壤中吸取到了某些有益的精神营养，他们或在宗教观念的支撑下进一步展开关于存在价值和生命归属的追问，或借以安放在现实生活中无处安放的痛苦灵魂，或形成文学观照的独特视角与表现方式。一旦将宗教特殊的文化符号成功地转化为文学的语言符号后，呈现在读者面前的往往是既具有思想的深刻性，又充分彰显个性色彩的经典作品。

论及道教与古代文学的关系，李白是一位必须论及的经典作家。唐代的道教十分发达，李白本人是一位虔诚的道教徒，正式举行过入道仪式，一生寻仙访道，自称"十五游神仙，仙游未曾歇"（《感兴八首》之五）。道教文化对李白的人生追求及其诗歌创作影响非常深入和巨大，对于这一点，古今学者早已形成高度共识。至于道教对李白诗歌的具体影响，当代研究者从思想和艺术两个方面进行了探讨，我们认为以下概括较为全面：

道教宣扬神仙世界，与李白热爱自由、向往自然的理想相符合，加上现实世界的黑暗以及龌龊，更加向往追求幻想中的美好神仙世界。道教让李白的想象可以精骛八极、神游四方，也使得他的诗歌富有光怪陆离、雄奇豪放、灵动飘逸、浑然天成的特色。③

---

① [唐] 李贺著，[清] 王琦等评注：《三家诗注李长吉歌诗》，上海古籍出版社，1998，第111页。

② [宋] 范成大：《范石湖集》（下），上海古籍出版社，1981，第425页。

③ 申喜萍、王涛编著：《玄风道韵 道教与文学》，四川人民出版社，2012，第32页。

以上揭示了李白诗歌之所以成为经典的本质规定性。此外，还有不少学者从美学的高度肯定了李白对道教美学思想的积极接受，认为李白个人寻仙访道的壮游生活、回归自然的美学实践，"充分体现了道家、道教寄情山林的美学趣味"，而他情感表达的真挚以及凭才气、灵感和自然真情而创作的心理状态，"也是道教以'真'为美的理想人格的体现"①，甚至将其标识为"一代神仙美学的独特表现"②。可以肯定，如果没有道教文化的滋养和启迪，就不可能出现潇洒自在、充满生命活力的诗人形象，也不可能形成李白诗歌飘逸雄奇的独特风格，当然也就不会产生不可取代的李白经典诗歌。

中唐诗人李贺自述"楞伽堆案前"，《楞伽经》全称《楞伽阿跋多罗宝经》，是禅宗的重要经典，李贺此举表明了一种自觉接受佛教影响的态度。就整体而言，李贺的诗歌意象新奇独特，意境深邃迷离，风格冷奇幽艳，艺术创作独树一帜，是古代文学经典殿堂中不可多得的瑰宝。年轻的诗人对于死亡问题的特别关注，引起了古今学者的极大关注和思考，钱钟书谈及李贺诗歌内容时指出："含侘傺牢骚"，"其于光阴之速，年命之短，世变无涯，人生有尽，每感怆低回，长言永叹"，③正是从这一反常表现，研究者们看到了文学与哲学、宗教之间的相通之处。他们在寻找李贺诗歌创作的思想渊源时，注意到了以生死为主要命题，以"世间离生灭，犹如虚空华"为主旨的《楞伽经》的影响所在，认为诗人通过大量生动而具体的形象化描绘，巧妙地显现出自己"思索天道念命的理念活动，作为一种从具体到抽象的哲理"，李贺的"宇宙论和人生观，往往同《楞伽经》有着比较密切的关系"④。

李商隐是中唐另一位经典作家，其诗歌尤其是无题诗的意境幽邃朦胧，难索主旨，已为学术界所公认。在探讨这一现象形成的原因时，学者们注意到诗人与道教、佛教之间千丝万缕的联系。或认为"主要是因为诗人精通道教文化和道教信仰中的大量隐喻和隐语。如果对道教的隐语系统一无所知，就无法解释李商隐诗歌主体缥缈、诗意朦胧的奥妙"⑤。或从李商隐

① 李裴：《隋唐五代道教美学思想研究》，巴蜀书社，2005，第149、142页。
② 毛晓红、甘成英：《道教文化对李白诗歌创作的影响分析》，《绵阳师范学院学报》2007年07期。
③ 周振甫、冀勤编著：《钱钟书〈谈艺录〉读本》，上海教育出版社，1992，第215页。
④ 陈允吉：《古典文学佛教溯源十论》第九论《李贺与〈楞伽经〉》，复旦大学出版社，2002，第175页。
⑤ 蒋振华：《以宗教为切入点的新世纪中国古代文学研究——基于问题、现象与方法的思考》，《文学评论》2018年第1期，第86页。

的诗歌中读出某种佛学意蕴，认为"锦瑟无端，禅情有迹"，李商隐《锦瑟》诗之所以"脍炙千古，潜蕴着禅学韵味也是原因之一"，"锦瑟年华所经历的种种人生遭际、人生境界、人生感受，是如此的凄迷、无奈、失落。然而，也正是这种色空观、无常感，形成了李商隐诗歌哀感顽艳的艺术魅力"①。

此外，王维山水诗创作所取得的显著成就，也与佛教思想的影响有着密切关系。现代研究者对此多有论述，兹不赘述。②

第二节　经典文本传播阶段机制运作的多元建构

文学经典化的过程，首先是文学传播的过程。经典在传播中被建构，文学文本内涵的经典本质规定性只有在传播的过程中，被广大受众发掘、理解，进而接受、欣赏，不断地实现和完善意义的共享，经典才能够从"潜在"的转化为"显在"的。在经典传播过程的意义共享系统中，存在若干子系统，各子系统的运作既具有相对独立性，路径分明，同时又有具有互渗性，难以截然分开。统而言之，国家权力于一定程度控制着经典文本的传播走势，甚至决定其传播面貌，在实施过程中不排除政治话语和道德话语同步使用、合二为一情况的出现。换言之，国家权力往往标举风化天下的道德旗帜来作为评判经典文本价值存在的标准。社会教育的贡献在于培养了一代又一代文学经典的接受者（其中包括文学的阅读者、欣赏者、精品推荐者、评论者），在经典被建构的体系中处于举足轻重的地位。道德伦理在经典文本传播阶段的功能实现，通常表现为或凭借政治权力来增加对受众的影响力，或通过教育的方式对受众的接受态度和接受心理产生潜移默化的作用。名人的赞赏、诗论家小说家的点评、历代选家的遴选推荐，大体是在不脱离政治权力与道德舆论全面监控的情况下而发挥自身功效的，颠覆性的离经叛道案例并不多见。市场经济的作用则主要表现为成功地将文学经典传播的领域拓展至市井，造就了文学经典受众队伍以及接受路径多元化的格局。在经典传播阶段，居于经典化机制的核心地位的始终是经典文本的本质规定性，无论教材的选用、名人的引导，抑或评论家的言说、广大受众的好恶，无不受到其支配和影响，经典具有的巨大魅力

---

① 吴言生：《禅宗诗歌境界》第十一章《李商隐诗歌中的佛学意蕴》，中华书局，2001，第323—324页。

② 参见孙昌武：《佛教与中国文学》，上海人民出版社，1988，第104—109页。

不仅可以对抗来自政治权力的恶性封杀，还能够战胜道德的偏见，最终保持着代代相传的旺盛生命力。

一、经典化机制运作的各司其职、路径分明

如前所述，同一文本经由不同的多条路径实现经典化，是中国古代文学经典化的重要规律之一。各司其职，侧重点的不同使路径的区分度比较鲜明，屈原、陶渊明作品的经典化，唐诗、宋词、元曲的经典化，《西厢记》《牡丹亭》《水浒传》的经典化皆如此。通过考察《三国演义》的经典化历程，我们可以更加清晰地认识到这一点。

《三国演义》成书后便在明清两代广为传播，受众甚多，尤其是清代，遥远的历史风云借助小说的流行成为激活人们现实情感的重要文化动因。三国故事家喻户晓，妇孺皆知，三国英雄人物成为社会广大民众的精神偶像，文化领域内的"三国热"持续不断，《三国演义》的崇高地位已不可动摇。在此基础上，出现了三国英雄崇拜的特殊社会精神现象，广大社会成员心理世界内蕴藏的强烈"三国"情结，标志着《三国演义》经典化的完成。明清两代的文学艺术家通过具体生动的艺术描写，在从不同的角度揭示经典化机制各司其职、路径分明的特征时，充分体现了文学经典对社会影响的多样性和广泛性。

1. 小说以图书传抄或印刷出版的方式进行完本传播，是《三国演义》经典化的首要路径，也是最基础的路径。

《三国演义》作为长篇章回小说的文学身份，决定了文本阅读是其传播最为基本的方式，也是其经典化最为重要、最为基础的路径。我们之所以将其作为首要路径，原因有二。其一，《三国演义》具有史诗性的宏大结构、内容极其丰富，文本在叙述三国故事的同时，传递了大量经由历史积淀而累积的文化信息，小说的艺术成就体现在诸如人物形象塑造、情节结构安排、叙事角度运用等多个方面，如果没有完整地阅读小说文本，就无法真正领略《三国演义》作为经典的巨大魅力。正是这一身份特征，导致了它与诗词曲以及散文经典化路径的差异，后者可以通过受众的口耳相传或者进入选本的方式进行传播，长篇小说在这些方面显然受到限制。从理论上讲，广大受众无论是全面了解小说文本的内容及其价值，抑或重点欣赏其中的某些精彩情节和著名人物形象，都必须建立在完整的文本阅读的基础之上，民间的口耳相传不具有全面介绍小说内容的功能，而民间艺人舞台说唱的选择性表演，全面了解则是其实现的必要前提。其二，小说家对于《三国演义》经典化的巨大贡献。罗贯中对史传、说唱文学、戏

曲以及民间传说所提供的纷繁复杂的材料成功进行了取舍整合，提炼加工，创作出内涵丰富、结构庞大、气势恢宏、人物性格鲜明、情节引人入胜、堪称"集大成"的文学巨著，《三国演义》凭借自身丰富的思想性与高超的艺术性赢得广大读者的认可与接受。罗贯中的写作的创新性和超越性集中体现在三个方面：一是使先前粗糙甚至模糊的艺术形象变得栩栩如生，呼之欲出。二是将人神合一的关羽、诸葛亮形象，生动、完整地呈现在广大读者面前，为古代文学经典人物画廊贡献了不朽的艺术形象。三是运用文学手法把忠勇、仁义等道德力量渲染到惊天地泣鬼神的地步，大量的"三国迷"正是通过阅读小说文本而具体感受到中国传统文化蕴含的巨大能量。关于文本阅读与文学经典化的关系，我们在第五章第四节中已有较为详细的论析。这里，我们拟通过清代小说家的相关描写再一步去认识二者之间的内在联系。

清代小说家运用文学叙事手法所描绘的社会生活中广泛存在的"三国热"现象，正是小说《三国演义》影响力的具体体现。其时，人们对于众多三国故事的兴趣与热爱，经过《三国演义》的描写和宣扬，已经达到无以复加的地步，社会生活的各个方面都渗透进"三国"文化元素。读书有"武侯兵书"，服饰有"诸葛巾"，用物有"诸葛扇""诸葛灯"，人称外号有"小诸葛""女诸葛""赛张飞"，用语有"说曹操曹操到"等。正月十五元宵节放烟火，几百样烟火架中就有"吕布戏貂蝉""华容道挡曹""张飞喝断当阳桥"数款，其中"孔明火烧战船"一款制作工艺尤其复杂，对此，小说家李绿园在《歧路灯》第一百零四回中做了详细的描述。小说的上述描写已经涉及民间习俗的层面，不可否认的是，民间习俗"三国"文化元素的出现，不少与《三国演义》小说的描写和传播有直接关系。

通过清代小说，我们还可以了解到《三国演义》深入人心的传播热潮。当时，文人之间的说笑，三国人物常常成为话题。吴趼人《二十年目睹之怪现状》第六十七回有友人聚会猜三国人名的情节，第六十一回还提到当时有店铺开张交易，为图吉利，"供了桓侯，还取他的姓是个开张的'张'字"。至于三国戏、三国评书更是为人们所津津乐道，《红楼梦》的两本续书形象地再现了这一历史场景。署名"娜嬛山樵"的《补红楼梦》第四十七回《椿龄女剧演红香圃　薛宝钗梦登芙蓉城》写李纨介绍《南阳乐》传奇的内容，演的是诸葛孔明"有病禳星起，天遣华陀赐药，北地王问病"，最后"灭魏平吴，功成归卧南阳"的故事，"戏名为《补恨传奇》"[1]。郭则

---

① ［清］娜嬛山樵著，胡文彬、叶建华校注：《补红楼梦》，北岳文艺出版社，1989，第536页。

沄《红楼真梦》第十回《应谶盆兰孙登凤沼　联辉仙桂妇诞麟儿》写王夫人、李纨、探春等人听说书的情况："又说了一本《诸葛亮大破曹营》，直说到曹操割了胡须落荒而走，大家听得都笑了。湘云道：'曹孟德做了一世的奸雄，也有倒霉的时候。'"①表现出的拥刘反曹倾向与《三国演义》完全一致。

从著名小说家文康《儿女英雄传》第三十九回的相关描写中，我们可以了解到《三国演义》纸质文本发行以及受欢迎的情况。小说写道："最奇不过的是这老头儿家里竟会有书，案头还给摆了几套书，老爷看了看，却是一部《三国演义》，一部《水浒》，一部《绿牡丹》，还有新出的《施公案》和《于公案》。"②所言多为经典小说。纪昀编撰的文言短篇志怪小说集《阅微草堂笔记》也反映了这种情况，卷二十四讽刺一鬼魅利用世人普遍具有崇拜文化名人的心理，假扮蔡中郎，行敛财之术，当被人"询以汉末事"时，其回答却因"多罗贯中《三国演义》中语"③而露馅。连鬼魅也熟知小说的情节，这一故事从特定的角度折射出《三国演义》文本的普及程度。

从阅读文本到效仿、崇拜小说人物，《三国演义》首先通过征服阅读者而迅速迈进文学经典的行列，光绪年间举人、小说评论家邱炜萲在笔记《五百石洞天挥麈》卷十二中所描绘的情形非常典型："天下最足移易人心者其惟传奇小说乎！……自有《三国演义》出而世慕为拜盟歃血之兄弟、占星排阵之军师者多。"④通过具体的社会现象揭示了小说产生的巨大社会影响。吴趼人在《二十年目睹之怪现状》中的议论更为精辟：

我道："无论什么店铺，都是供着关神。其实关壮缪并未到过广东，不知广东人何以这般恭维他。还有一层最可笑的：凡姓关的人都要说是原籍山西，是关神之后。其实《三国志》载，'庞德之子庞会，随邓艾入蜀，灭尽关氏家'，哪里还有个后来。"继之道："这是小说之功。那一部《三国演义》，无论哪一种人，都喜欢看的。这部小说却又做得好，却又极推尊他，好象这一部大书都是为他而作的，所以就哄动了天下的人。"⑤

① ［清］郭则沄：《红楼真梦》，中国青年出版社，1997，第109页。
② ［清］文康：《儿女英雄传》，江苏凤凰出版社，2008，第622页。
③ ［清］纪昀：《阅微草堂笔记》卷二十四《滦阳续录》六，华夏出版社，1998，第460页。
④ ［清］邱炜萲：《五百石洞天挥麈》，清光绪二十五年邱氏粤垣刻本。
⑤ ［清］吴趼人：《二十年目睹之怪现状》，大众文艺出版社，1999，第282页。

《三国演义》集中并整合了小说成书之前的各类材料，对关羽这一形象进行了具有创造性的阐释，小说家一方面有意识地遮蔽和消解了人物的某些历史真实性，另一方面又采取移花接木、增事踵华，甚至无中生有等艺术手法，成功地渲染和突出了英雄形象的神圣性与传奇性，关圣人在清代如此深入人心，备受推崇，罗贯中的创作功不可没。没有罗贯中在《三国演义》中的描写，关羽崇拜的历史面貌必将被改写。① 正是基于这一点，我们才将文本阅读作为《三国演义》经典化的首要路径。

2. 文化市场的文艺演出是《三国演义》经典化的另一路径。

经过文艺市场的路径新辟以及推波助澜，小说经典化的进程得以加速，具体表现为经典化效应的进一步扩散和强化。由于完整地阅读《三国演义》纸质文本，对于明清两代广大下层民众而言，存在着文化（如识字不多或根本不识字）和经济（缺乏购买能力）两大方面的障碍，故不可能通过纸质文本阅读来完成接受行为。然而，他们对《三国演义》讲述的精彩故事具有极其浓厚的兴趣，对小说宣扬的主要价值观念也多有认同。当渴望进一步了解成为大众迫切的内在需求时，小说的传播便不可避免地要开辟出其他路径，《三国演义》成书后文艺演出热的出现，就成为一种历史的必然。

明清时期，勾栏说"三分"，戏院唱"三国"，俨然成为时代风尚，以至于出现了"《三国志》有说书家本，人人悉能道"②的现象。这里的《三国志》即小说《三国志演义》的简称，小说成了说书人演出的底本，《三国演义》通过文艺演出的路径扩大和强化着经典效应。小说家陈森在《品花宝鉴》第一回《史南湘制谱选名花　梅子玉闻香惊艳艳》里描写了当时戏园里演出"三国"剧的盛况："人山人海坐满了一园"，"锣鼓盈天，好不热闹"③，这一场面所反映的情况具有相当的普遍性。小说家特意标明"唱的是《三国演义》"，强调了小说文本与戏曲演出二者的关系。《醒世姻缘传》第九十七回于叙事中，特意提到某"衙内不顾上司住在间壁，就唱《鹦鹉记》，又唱《三国志》，绝无怕惧"④，足见其对《三国演义》的喜爱程度。纪晓岚《阅微草堂笔记》卷十九则描写了某县令在吕城观看伶人演

① 论及《三国演义》经典化的路径，有两个方面的因素不可忽视，一是书坊的刊刻，二是毛宗岗父子的评改。相关研究成果详见沈伯俊：《三国演义新探》，四川人民出版社，2002，第71页；程国赋：《明代书坊与小说研究》，中华书局，2008，第243—251页。
② ［清］毛奇龄：《复朱朗诣书》，载南开大学古籍与文化研究所编《清文海》第十四册，国家图书馆出版社，2010，第46页。
③ ［清］陈森：《品花宝鉴》，中国戏剧出版社，2000，第8页。
④ ［清］西周生：《醒世姻缘传》，中州古籍出版社，1997，第914页。

《三国志》杂剧的情景，从微观的角度具现了《三国演义》文艺传播的情形。在经典化机制运作过程中，文艺传播这一路径虽然居于辅助地位，但因其固有诸多优势而备受广大受众的欢迎：首先，运用大众喜闻乐见的文艺形式演绎英雄故事，普及三国知识，不同层面的观众均可由此获得精神满足和审美享受，并于潜移默化中接受其影响。早在明代，冯梦龙《警世通言·叙》对此已有描写："里中儿代庖而创其指，不呼痛，或怪之，曰："吾顷从玄妙观听说《三国志》来，关云长刮骨疗毒，且谈笑自若，我何痛为？""清代钱大昕《潜研堂文录》卷一亦云："京师优人有演《南阳乐》传奇者，诸葛武侯卧病五丈原，天帝遣华佗治之病即已，无何遂平魏吴，诛其君及司马氏父子。观者莫不抚掌称快。"①拥刘反曹的政治倾向已深入人心。前文所引《补红楼梦》的相关情节也印证了这一点。其次，民间艺术家富有创造性的表演，尽情地渲染且夸大三国英雄的神勇性和传奇性，足以使观众在娱乐消遣中进一步加深和巩固已有的英雄崇拜情结。署名"静恬主人"的《疗妒缘》在第八回里介绍《王道士斩妖》一出的情节时，津津乐道于关帝挥舞大刀斩狐妖的场景，这一令观众"称奇不绝"②的场面，在展示演员高超的搬演技艺的同时，也传递和强化了关帝乃为民除害之"神"的信息和身份。尽管该故事并不直接来自《三国演义》一书，不过，神化关羽的艺术效应足以与小说形成呼应。再次，舞台表演通过人物的外部造型带给观众具体而强烈的视觉冲击力，从而赋予人物形象以"呼之欲出"的立体感。对普通观众而言，通过观看演出，三国风云人物在他们心目中已不再是抽象的文字符号和遥远的历史记忆，纷纷具化为形象鲜明、特征突出、互不雷同、随时可以直接引发其喜怒哀乐的鲜活生命。李绿原在长篇小说《歧路灯》第一百零一回中，借剧中人物娄朴之口道出了舞台表演对于人物形象塑造的重要作用："张桓侯风雅儒将，叫唱梆子戏的，唱作黑脸白眉，直是一个粗蠢愚鲁的汉子。桓侯《刁斗铭》，真汉人风味，《阃外春秋》称其不独以武功显，文墨亦自佳。总因打戏的窠臼，要一个三髯，一个红脸，一个黑脸，好配脚色。"③民间艺术家根据《三国演义》对张飞性格进行了具有脸谱化趋向的艺术处理，将其脸谱定格于"黑脸"，这一舞台形象可谓影响深远，今天的受众仍然可以在舞台或者银屏上看到。除了张飞，红脸的关公，白脸的曹操，均是民间艺术家贡献的艺术产品。它们可以帮助受众认识和把握小说家所刻画的人物形象的主要

① [清] 钱大昕：《潜研堂文集》，卷二《春秋》，四部丛刊初编，上海书店，1985，第 4 页。
② [清] 静恬主人：《疗妒缘》，陕西师范大学出版社，2004，第 58 页。
③ [清] 李绿原：《歧路灯》，华夏出版社，1997，第 635 页。

特征，与文本的传播相辅相成。

3. 国家最高统治者运用政治权力倡导阅读《三国志》及《三国演义》，为提升小说文本经典化程度提供了另一条重要路径。

关于国家权力与关羽形象经典化之关系，我们在第二章里已有比较具体的阐释，本节略做补充论析。清朝统治者对于三国历史及其人物有着异乎寻常的兴趣，据《清史稿·沈文奎传》载，皇太极"喜阅《三国志》"①，康熙曾问著名学者、翰林院编修叶方蔼："诸葛亮何如伊尹？"叶方蔼对曰："伊尹圣人，可比孔子。诸葛亮大贤，可比颜渊。"此言得到皇帝首肯②。在祭祀历代帝王的大庙里，正殿有昭烈帝刘备，从祀功臣有诸葛亮、赵云，"云阳祀张飞"，对于关羽更是屡屡加封，境内普建关帝庙，朝廷祭祀礼节规格极高③。清初，《三国志》多次译成满文，《三国演义》亦被用以教授旗人子弟④。在清代小说家的创作视野中，清朝统治者不仅是全社会三国热潮最有力的推动者，而且跻身于《三国演义》传播者的行列，署名"兰皋主人"的《绮楼重梦》第十八回写道："圣驾往岳帝、关圣、吕祖各庙，虔诚谢祷"。第二十回又云："另有一道敕各省省城内特建东岳、关圣、吕祖庙，赐名三圣祠，从京城先建起。"⑤全国各地在朝廷要求下修建的大大小小的关帝庙，事实上就是传播《三国演义》的重要场所，《歧路灯》第十五回写众人为了互换帖子、拜把兄弟而选择地点，王隆吉提议"依我看，大约东街关帝庙里好。关爷就是结拜兄弟的头一个"。小说人物效仿的正是《三国演义》中刘关张"桃园结义"的行为，此乃《三国演义》在非文学领域传播的一种方式。

纪晓岚在《阅微草堂笔记·滦阳消夏录五》里提及"关帝祠中，皆塑周将军"这一现象，对于"其名则不见于史传"的周仓，他也根据元代鲁贞《汉寿亭侯庙碑》中"乘赤兔兮从周仓"之语，考证出"其来已久，其灵亦最著"⑥。尽管作为文学形象的周仓产生于《三国演义》成书之前，元代关汉卿《关大王独赴单刀会》杂剧中此人已有数句唱词，初显英雄本色，但作为一个人生经历清晰、性格独特鲜明、角色功能不可替代的艺术形象，

① 赵尔巽等：《清史稿》卷二百三十九（第 32 册）《沈文奎传》，中华书局，1976，第 9509 页。
② 赵尔巽等：《清史稿》卷二百六十六（第 33 册）《叶方蔼传》，中华书局，1976，第 9943 页。
③ 详见《清史稿·礼志一》《清史稿·礼志三》《清史稿·礼志四》《清史稿·乐一》等。
④ 详见《清史稿·达海传》《清史稿·起完我传》《清史稿·蒋赫德传》《清史稿·额勒登保传》等。
⑤ ［清］兰皋主人：《绮楼重梦》，大众文艺出版社，2002，第 122、133 页。
⑥ ［清］纪昀：《阅微草堂笔记》卷五《滦阳续录》五，华夏出版社，1998，第 77 页。

却出自罗贯中笔下。清人小说通过描写周仓显灵来渲染普通民众对他的敬畏之心，反映的正是《三国演义》超越文学领域广泛传播的特殊效果。光绪年间付梓行世、署名"贪梦道人"的《彭公案》第二十九回描写了康熙爷观赏"八骏马图"的情形："头一匹马名为赤兔，乃三国吕布所骑，后来吕布被擒，此马归于曹操。汉寿亭侯被困曹营，曹操赠赤兔马，因为此马，关公给曹操下了一拜，真乃千里龙驹也。"①小说家特意强调"那皇上只顾看画，边看边讲，那些太府宫官也听皇上讲说此画"，当代学者的研究成果表明，吕布伏诛后曹操将赤兔马转赠关羽，以达到笼络关羽的目的，这一情节出自罗贯中笔下，是《三国演义》对赤兔马十分合理的处理②。康熙正是根据小说情节来讲解画中之马的，他无意中将皇宫变成了《三国演义》的传播场所。

清朝统治者倡导阅读《三国演义》，尤其推崇关羽，其用意在于维护和巩固自身的统治，他们企图借助神的权威把人间的权威神圣化，将效仿刘关张等三国人物作为笼络、征服人心的统治策略，通过强化等级观念和名分意识以达到根除臣民反清情绪的目的。

4.民间信仰助推《三国演义》进入经典殿堂。在文化心理的层面上，《三国演义》契合了广大民众的精神需求。

民间信仰又称民俗信仰，在中国，民间信仰是指流传于民间的"一种信仰心理和与这种信仰心理相伴随而发生的信仰行为，以及人们在信仰过程中所举行的各种仪式和活动"③。中国的民间信仰有一个显著特点，即没有固定的教义和严格的教团组织，也没有正式的教职人员，属于非制度化的宗教信仰和崇拜，是地方社会共同体的大众的信仰，它以自发性、散漫性、地域性以及无组织性而区别于官方宗教。中国民间信仰的核心内涵乃是神明信仰，以"万物有灵""万物互渗"为主要思想基础。一般情况下，它是在共同地域环境中形成的拥有共同文化的民众的信仰，因而具有十分鲜明的地域特色，如东南地区的土著鸟崇拜，江南地区的防风神崇拜，青海土族的"插牌子""鄂搏"（即山神崇拜），贵州侗族的"萨"（即始祖母）崇拜等。然而，关羽崇拜（外加孔子崇拜）却显得与众不同，它具有异常强烈的扩散性，足以突破空间区域的限制，其影响遍布全国各个地区，甚至扩展到海外异域。寺庙是中国传统社会重要的文化景观，唐宋以还，遍布全国城乡大大小小的关圣庙，构成了中国民间信仰的重要精神活动空间，

---

① ［清］贪梦道人：《彭公案》，上海古籍出版社，2005，第95页。
② 详见蔡东洲、文廷海：《关羽崇拜研究》，巴蜀书社，2001，第114页。
③ 陈旭霞：《民间信仰·概说》，河北人民出版社，2009，第1页。

这正是关羽成为全民信奉的神灵的具体标志。

如前所述，关羽崇拜作为一种民间信仰在《三国演义》成书之前早已存在，中国传统社会中同时存在着正统的组织宗教与非制度的民间信仰，二者的区别主要体现在不同的神明信仰与仪式行为之中，由于祠庙乃神明寄所，因此，正祀正祠与淫祀淫祠便成为区别国家宗教（或称精英宗教）与民间信仰的标志。唐肃宗上元元年（760）、唐德宗建中三年（782）诸葛亮、关羽、张飞先后以配享者身份进入武成王庙，获得享受国家祭祀的资格，从而同时成为国家祭祀与民间信仰的对象，其神化速度因此加快。清朝统治者进一步加大了国家祭祀的力度，提高了祭祀规格，随之而来的是，民间祭祀也更为普遍，《聊斋志异》卷十一说某地"居人敛金修关圣祠，贫富皆与有力"，便是属于民间行为。《红楼复梦》第六回描写民间祭祀的情形："中间长桌上供着关圣帝君、三官大帝、金龙四大王、鲁班祖师、赐福财神、后土众神诸位神道"，众神同祭，正是民间信仰多元性、世俗性、功利性特征的具体体现。组织宗教与民间信仰的合二为一，使关羽彻底脱离"凡胎"，完全演变成拥有超自然力量的神明，关羽崇拜因此也达到登峰造极的地步。祭祀神明乃是祈求神明保佑，清代学者褚人获（1625—1682）《坚瓠集》记载的一则"关圣免军"故事形象地揭示了下层民众信奉关圣的普遍心理动因：

耳谈万历间，解州俞保补戍腾越，妻王氏将粒米作信香，日夕恳祷关圣祠。岁余，保在伍，梦关圣呼曰："尔妇为汝虔祷，故来视尔，尔欲归乎？"保伏地愿归，已不觉随其马蹄驰行，猎猎猛风吹送有声，已落平沙柳林中，识是解州城外，因抵家扣门。王氏始疑，保具道所以，方启户相抱痛哭，随诣庙谢。明日复诣州，言状，移文腾越察之称。保离伍仅一日，而军籍复有"关圣免勾"四字，保遂得免。王氏有诗曰："信香一粒米，客路万重山。一香一鲇泪，流恨入萧关。"[①]

罗贯中利用佛教传说的相关材料，精心设计了关羽死后"往往于玉泉山显圣护民"的离奇情节，既突出了英雄人物关羽具有的仁爱之心，又契合了平民百姓渴求神明护佑的大众文化心理。清代小说频繁出现的关羽、张飞、周仓等神明显灵的情节，从民俗的角度将下层民众的圣人／神明崇拜心理表现得淋漓尽致。

---

① ［清］褚人获：《坚瓠集》（第 2 册）续集卷四，浙江人民出版社，1986，第 10 页。

《三国演义》的经典化与民间信仰（即关羽崇拜）之间存在相互影响、相互渗透的内在联系。民间信仰中的关羽崇拜越是普及，广大民众对《三国演义》及其关羽形象的兴趣与热爱的程度也就越高，反之，《三国演义》文化意蕴越丰富，对关羽形象刻画越成功，传播面越广，社会影响越大，也就越能够与民间信仰达成某种一致，进而影响和推动民间信仰。清初著名政治家、诗人卢纮的一首小诗似乎接触到了二者的关系，诗云：

纵是街衢三尺童，也知赤面是关公。

和泥小塑非儿戏，累瓦抟沙报不穷。

——《关帝君诞日十首存七》其三 [①]

首二句道出了关羽形象为广大民众所熟悉的程度，后两句则揭示出作为民间信仰的关羽崇拜的重要内涵。"赤面"之所以作为关羽外部形象的重要标志而区别于小说其他人物，正是得益于《三国演义》的出色描写。文学艺术领域的传播与民间信仰的助推相互作用，为《三国演义》的经典化提供了多元化的路径。

事实上，并非所有的古典名著都经由多条路径进入文学经典殿堂，在古代文学传播史上，诸如《春江花月夜》一类经典化路径较为单一的诗文，为数并不少。通常只有那些内在意蕴具有十分丰富的社会文化信息，能够在多方面与广大受众的精神世界发生紧密联系、能够引发其情感共鸣的作品，才可能激发起不同社会身份、不同文化层次读者的阅读兴趣，从而形成多方参与、雅俗共赏的接受局面，也才会引发出各种差异性解读（包括解读形式的差异与阐释内涵的差异）的出现。文本内涵的博大精深是导致经典化路径多样并存的主要原因。

二、经典化机制运作的互渗现象与合力效应

在文学经典的传播阶段，经典化机制内部各子系统文化元素的互渗现象仍然存在，合力效应也十分突出。

1.政治话语与文化话语权力在一定程度上决定经典作品的历史命运

在文学经典传播的过程中，话语权力的作用始终存在。中国历史上那些话语权力的掌控者，如那些居于权力巅峰的封建君王，誉满文坛的文化名人，通常通过不同的语言表达方式去建构价值和规范，确立经典标准，

---

① ［清］卢纮：《四照堂诗集》卷九，载《清代诗文集汇编》编纂委员会《清代诗文集汇编》第 19 册，上海古籍出版社，2010。

影响传播效应，左右大众审美情趣，或者催生出经典，或者进一步强化经典效应，或者削减经典的历史影响，甚至毁灭经典。在经典建构的话语网络中，国家主流意识形态的话语权力在相当程度上发挥着主导作用，如果说在经典的生成阶段，国家政治权力的作用具有正负双重效应，那么，在经典文本的传播阶段，这种权力的介入除了决定经典的身份归属之外，如《诗三百》长期冠之以儒家思想经典的头衔，带给经典更多的则是被禁毁的厄运，即如《西厢记》《水浒传》在清代的遭际。

如果说国家统治阶级对于经典作品的关注点集中于文本的意义内涵与自身统治的契合度，那么，文坛领袖级人物则因自身的高文学素质，或能够更深刻地认识到文本的文学价值和审美价值，或能够以优异的创作成就引领时代的文学潮流，因此，他们对经典文本的传播、对文坛创作风气的形成，会产生十分明显的积极影响，这正是名人效应的正面作用。据《晋书·文苑传》载，西晋著名文学家左思出身寒微，创作《三都赋》时曾受到陆机的嘲讽。赋成，因文坛泰斗级大家张华的欣赏，加之另一位文化名人皇甫谧为之作序，原本备受冷落的《三都赋》很快风靡京城，一度出现了"洛阳纸贵"的轰动效应，陆机也因此彻底改变了对《三都赋》的接受态度。南朝文坛泰斗沈约对刘勰《文心雕龙》的推许，使这部文艺理论巨著很快进入了文人群体的接受视野，为其经典化提供了有利的外部条件。名震朝野的名门之后谢灵运所作山水诗，在迅速传播的同时推动了南朝山水诗的写作。

当然，从最终效果来看，话语权力作为一种强势的外部力量，其效应固然可立竿见影，且长期久远，但由于经典本质规定性的存在，它最终无法成为决定文本是否成为经典的关键因素。它可以从物质构成的层面销毁经典作品，可以凭借法令法规给经典的传播设置种种障碍，却难以抹去它留在广大接受者心中的深刻烙印，难以消除经典的历史影响。最具有说服力的事例便是，诸多优秀的文学作品即使遭受来自政治权力的毁灭性打击，也能够保持永恒的生命力，例如《西厢记》，例如《水浒传》。同时，名人效应也不能确保某些作品成为永久的经典，多数宫体诗的历史遭际颇能说明问题。

2. 教育为文学经典培养不同层面的受众群体

文学经典化的过程，还是一个知识传承、价值传递的过程，要实现知识的传承和价值传递与意义共享，教育的参与是不可或缺的，因为经典的接受者离不开教育的培养。经典文学文本包含着丰富的精神营养和文化知识，不可避免地要承担起传承知识、培养人才的任务。在中国古代教育体系中，私学（包括家学、族学、乡学）从事的教学活动包含着一定内容的文学教育，根据郭英德对文学教育的定义，文学教育指的是"教育者与被教育者相互之间，经由文学文本的阅读、讲解与接受，丰富情感体验，获得审美愉悦，培养语文能力，进而传授人文知识，提高文化素养，陶冶道德情操的一种教育行为"①，以文学文本作为教材，是其最为重要和显著的标志。私学对于文学经典化的作用之所以远远大于国家层面的教育，是因为较之后者，它更注意对儿童文学鉴赏能力与写作能力的培养，其教学活动大都要依托一定的文学性教材，故对文学文本有着较大的且较为持久的需求。南朝刘宋著名文学家、教育家颜延之（384—456）在《颜氏家训·勉学》中说自己七岁就能够背诵具有一定经典性的赋文《灵光殿赋》。宋代著名政治家、教育家司马光具有非常明确的经典意识，他在家训中告诫子弟们博观群书时必须有所选择，"凡所读书必择其精要而读之"②，所推荐的书目包括诸如《论语》《孟子》之类兼具思想性和文学性的经典。南宋江西派诗人吕本中（1084—1145）在《童蒙诗训》中，明确提倡儿童读诗必须从经典入门，他认为初学者应当首先学习诸如《古诗十九首》和曹植诗歌一类的优秀作品，"学者当以此等诗常自涵养，自然下笔不同"③。金末元初的著名文学家元好问（1190—1257）以《史记》、韩文为例教人如何读书，同样体现出对经典文本的推崇。清代常熟状元翁同龢（1830—1903）从小受到良好的家庭教育，尚未入私塾，其大姐翁寿珠就为他讲授《三字经》《千家诗》以及唐诗宋词等④。这些发生在不同时代、不同家庭、不同层次的教育活动，显示出一个共同特点，即均以文学经典为教材，通过具体的学习经典的教学活动，同步完成传播经典以及强化经典效应的任务。

文学教材的专门化，是推动文学经典化的重要步骤，《文选》在唐代作为科考的应试教材，开启了文学教材专门化的历程。唐代的"文选学"，始于以讲授《文选》、传授文学语言知识为主的私学，在科举制度的影响下成为显学。"选学"的兴盛直接导致整个社会对于作为教材的《文选》文本需求量的剧增，家有《文选》的现象，具体说明了在教育力量的推动下，这部文学经典在当时的普及程度。宋元时期，在蒙学教育领域出

① 郭英德：《中国古代文学史研究中的文学教育研究》，《文学遗产》2006年第2期。
② 司马光：《涑水家仪》，载冯瑞龙、詹杭伦主编《华夏家训》，天地出版社，1995，第121页。
③ 吕本中：《童蒙诗训》，载冯瑞龙、詹杭伦主编《华夏家训》，天地出版社，1995，第131页。
④ 张倩如：《江苏古代教育生态》，江苏凤凰出版社，2005，第238页。

现了教材专门化的发展倾向，按照内容侧重点的不同，蒙学教材大致可分为综合、伦理道德、历史、诗歌以及名物制度与相关常识等五大类，其中诗歌类教材主要以陶冶儿童性情为主要目标，选择适合儿童的诗词对他们进行文辞、情感以及美感教育，如朱熹《训蒙诗》，陈淳《小学诗礼》，以及《神童诗》《千家诗》等。这些诗歌教材流传甚广，社会影响面大，其中《千家诗》中不乏经典作品。明清时期，除了《千家诗》继续作为蒙学教材广泛使用之外，还出现了汇集多篇文学经典的《古文观止》和《唐诗三百首》，对于文学经典的传播及其经典效应的强化，发挥了积极的作用。

专用教材的出现，并不意味着古代教育多种途径选用教材局面的结束。事实上，已经获得经典地位的文学作品充当教材的现象，可谓相当普遍，不胜枚举。经典作品因其具有的深刻的思想价值、丰富的情感内涵以及高超的创作技巧，更具有动人心弦、征服受教育者的巨大魅力，元代王实甫的《西厢记》，明代汤显祖的《牡丹亭》便是这样的文学典范。

《牡丹亭·闺塾》一出具体呈现了当时私学教育的教学场景，杜丽娘之父为把女儿培养成标准的淑女，聘请老儒生陈最良为其教习《诗经》，希望她能够通过学习歌颂"后妃"之德的经典文本，接受贤德淑女楷模的感召。然而《诗经》中的优秀篇章不仅没有让杜丽娘感受到"后妃之德"的育人力量，反而启动了其内心深处潜在的爱情欲望，读完《毛诗》第一章《关雎》，便"悄然废书而叹曰：圣人之情，尽见于此矣。今古同怀，岂不然也"。接下来，杜丽娘私自偷游后花园以及梦中与柳梦梅私会并相爱等一系列行为，便是经典阅读的后续效应。明清两代，由于经济和文化的不断发展，江南地区的女子教育发展很快，女性接受教育的人数远远超过前代。由于"对明清闺阁淑媛来说，因为从小接受过经典教育，对杜丽娘阅读经典、接受教育的场景自然再熟悉不过了"①，加之她们与杜丽娘有着共同的历史遭际，即同样面临肉身被禁锢的巨大痛苦，因此，《牡丹亭》所描绘的场景能够在最大程度上激发起她们的情感共鸣。据明人张大复的《梅花草堂集笔谈》载："娄江女子俞二娘，秀慧能文词，未有所适。酷嗜《牡丹亭》传奇，蝇头细字，批注其侧。"其注曰："书以达意，古来作者，多不尽意而止。如'生不可死，死不可生，皆非情之至'，斯真达意之作矣！"②具体表现了她对《牡丹亭》"至情"思想的领悟和接受。前文所论冯小青阅读《牡丹亭》后的情感反应，同样是因为接受了剧本所蕴含

---

① 谢庸君：《〈牡丹亭〉明清女性的情感教育》，北京时代华文书局，2015，第86页。
② ［明］张大复：《梅花草堂集笔谈》卷七，《四库全书存目丛书·子部》第104册，齐鲁书社，1997，第381页。

的"至情"思想，小青所作《题〈牡丹亭〉诗》正是《牡丹亭》情感教育催生的硕果。

曹雪芹在《红楼梦》林黛玉形象的塑造中，特别突出了《西厢记》《牡丹亭》的情感教育功效，小说第二十三回《〈西厢记〉妙词通戏语〈牡丹亭〉艳曲警芳心》，具体描写了林黛玉读剧本、听唱词时的心理活动以及强烈的情感反应，具体揭示了文学经典与女性情感教育的内在关系。一方面，林黛玉之所以能够成为文学经典的接受者，除了由不幸身世奠定的接受基础之外，自幼所受到的良好教育也是其中的重要原因。另一方面，她在阅读《西厢记》时再一次引发的心灵激荡与情感迸发，恰好说明经典文学作品作为情感教育教材在征服人心方面的巨大魅力。

3. 道德成为广大受众评判和接受经典的重要标准

教育对于文学经典受众的培养始终离不开道德的参与，诚如郭英德所言，"陶冶道德情操"是文学教育的目的之一，纯文学教育是不复存在的。社会主流的道德话语明显地影响到教材在遴选文学作品时的价值取向，不少经典化的文学作品被人们作为道德教育的范本，例如，诸葛亮的《出师表》着力表现了"北定中原"的坚强意志和对蜀汉忠贞不贰的品格，忠臣形象跃然纸上，文章真挚的情感打动了后世无数读者，"出师一表真名世，千载谁堪伯仲间"（陆游《书愤》），"或为出师表，鬼神泣壮烈"（文天祥《正气歌》），经典名篇千古传诵。曾国藩十分欣赏《出师表》，称其为"不朽之文"，并录入所编《经史百家杂钞》。曾氏为告诫其弟曾国荃如何游刃官场而作《鸣原堂论文》，选录汉唐迄清朝近二千年间有"背令之旨""可戒以免祸"的奏疏章表十七篇，《出师表》便列于其中。由于该文"有了臣工对君王的忠心，与父执对子侄辈的爱心融合起来的独特氛围"，所以曾国藩"为老九选奏章，自然不能不选《出师表》"，诸葛亮"襟度远大，思虑精微"的人格特征成为他点拨自家兄弟的出发点①。曾氏以《出师表》为教材对家人进行训导，既带有政治权谋的色彩，同时也具有道德引导的性质。

道德在古代文学经典评价体系中处于从不"失语"的活跃状态，其运作的持久性与有效性，决定于中国传统文化的伦理内核。当道德作为一种观念形态与思维习惯长期存在时，影响和支配的就不仅仅是文学家的创作行为，还有广大受众的判定标准和接受取向。一部作品如果具有比较明显的违背传统道德的内容及其相关描写，就会因面临接受者的抨击而难以获

---

① 唐浩明:《唐浩明点评曾国藩诗文》，岳麓书社，2015，第186页。

得经典的身份。最为典型的案例是《金瓶梅》问世之后相当长时期内的遭际。《金瓶梅》是中国第一部文人独立创作的长篇白话世情章回小说，成书约在明朝隆庆至万历年间，作者署名"兰陵笑笑生"。该小说将《水浒传》中"武松杀嫂"的情节加以改动，铺展开来，描写了西门庆从发迹到淫乱而死的故事。由于《金瓶梅》在题材的选择、人物的塑造、结构的安排上多有异于前人之处，故有"奇书"之称，但又因为书中具有大量格调不高的性行为描写，故被斥为"诲淫之书""宣淫之书"①，一直遭受质疑和否定，甚至被列为禁书，长期未能进入文学经典的行列。

　　强调道德评价体系的巨大作用，并不意味着它可以是一种绝对独立的存在。事实上，文学经典化机制中道德体系的运作，常常与政治权力的实施、文学批评的展开同行。封建统治者在维护既定的社会秩序时一个十分有效的武器便是道德，他们高举道德教化的大旗，运作政治权力，对具有离经叛道性质的文学经典进行封杀毁禁。当然，更多的时候，道德批评与文艺批评含混交织在一起，共同对文学经典化产生或积极或消极的影响，前文多次提到的杜甫诗歌，从其经典化过程就不难看到上述两种批评力量的交合作用，宋人的诗话集中体现了这一点。又如，高明的《琵琶记》，从明初至今一直具有文学经典的身份，几百年来历代受众从不同角度给予它一定程度的肯定和赞誉。一方面，国家最高统治者从维护既定的社会秩序和等级制度的立场出发，尤其关注剧本所具有的道德教化的内涵，并由此予以赞赏。据明代著名文学家徐渭（1521—1593）所著《南词叙录》载，明初"有以《琵琶记》进呈者，高皇笑曰：'五经、四书，布、帛、菽、粟也，家家皆有；高明《琵琶记》如山珍海错，贵富家不可无。'"②同时代的田艺蘅（1524—？）《留青日札》中亦有相同记载：

　　高皇帝微时尝奇此戏，及登极，召则诚以疾辞，使者以《记》上进，上览之曰："五经、四书，在民间譬诸五谷，不可无，此《记》乃珍馐之属，俎豆之间，亦不可少也。"③

　　朱元璋之所以欣赏《琵琶记》，并将其与"四书""五经"相提并论，且视为富贵人家的教科书，正是着眼点于该剧讲述的子孝妇贤的故事具有风天下、正人伦的道德功能，有助于维护现成的等级制度。最高统治者的

---

　　①　[清]李绿园：《歧路灯》，华夏出版社，1995。
　　②　[明]徐渭著，李复波、熊澄宇注释：《南词叙录注释》，中国戏曲出版社，1989，第6页。
　　③　[明]田艺蘅撰，朱碧莲点校：《留青日札》卷十九，上海古籍出版社，1992，第356页。

阅读取向和评价标准必然产生巨大的社会影响，政治领袖的"名人效应"使不少文学艺术家的观照态度与之形成呼应，例如：

> 不关风化，纵好徒然，此《琵琶》持大头脑处，《拜月》只是宣淫，端士所不与也。①
>
> 今所传《琵琶记》，关系风化，实为词曲之祖，盛行于世。②

另一方面，《琵琶记》所取得的艺术成就并未在道德评价面前失去固有的光彩和魅力，最高统治者的道德取向固然具有强大的社会影响力，却无法彻底抹杀经典文本的艺术价值，明清两代，越来越多的文艺批评家致力于从"艺"的角度去解读这部戏曲名著。明代文坛大家王世贞（1526—1590）并不否认《琵琶记》的教化功能，但同时也将欣赏的目光投向了道德领域之外，体现了"道""艺"并举的趋向，《增补艺苑卮言》卷九云：

> 《琵琶记》之下，《拜月亭》是元人施君美撰，亦佳。元朗谓胜《琵琶》则大谬也。中间虽有一二佳曲，然无词家大学问，一短也；既无风情又无裨风教，二短也；歌演终场不能使人堕泪，三短也。③

王世贞认为《拜月亭》不及《琵琶记》之处在于三"短"，其二显然属于道德评判的范畴，但其一其三则脱离了道德批评的话语体系，尤其是第三点着眼于文本及其舞台表演的艺术感染力，足以显示多元解读的努力。与王世贞先后同时的文艺家陈继儒（1558—1639）的解读同样体现了突破单一解读的努力：

> 正以《琵琶》饶多风化，如发端使主甘旨。比之唐诗李、杜二家，亚李首杜，谓存三百篇遗意。……南曲以《琵琶》为最，是一道陈情表，读之令人唏嘘欲涕。④

---

① [明] 王骥德撰，陈多、叶长海注释：《王骥德曲律》卷四《杂论第三十九下》，湖南人民出版社，1983，第213页。
② [明] 凌迪知：《万姓统谱》，载侯百朋编《〈琵琶记〉资料汇编》，书目文献出版社，1989，第43页。
③ 见侯百朋编：《〈琵琶记〉资料汇编》，书目文献出版社，1989，第104页。
④ [明] 陈继儒：《陈眉公先生批〈琵琶记〉》，见侯百朋编《〈琵琶记〉资料汇编》，书目文献出版社，1989，第241页。

在首先着眼于戏曲文本的道德功能的前提下，感受并肯定了它打动人心的情感魅力，显示出解读作品的双重眼光。明末清初著名文艺批评家毛纶（号声山）、毛宗岗（1632—1709？）父子合作完成了对《琵琶记》的评点，他们推举《琵琶记》为《第七才子书》，表现出极度推崇的态度。在具体的评点中，他们一方面继续采用道德评判的标准，充分肯定高明在塑造"孝子""义夫""孝妇""贤媛"时所具有的明确的伦理意识，另一方面则高度关注剧本在艺术上的创新与超越之处。毛氏的艺术鉴赏涉及人物塑造、语言运用、情节设计、结构安排、情感表达及其悲剧效果等，评点中不乏中肯独到的见解，有助于读者和观众较为全面地了解和把握经典的本质规定性。至于李玉《南音三籁序》所谓"迨至金元，词变为曲……然皆北也，而犹未南。于是高则诚、施解元辈，易北为南，构《琵琶》《拜月》诸剧。沉雄豪劲之语，更为清新绵邈之音。唇尖舌底，娓娓动人；丝竹管弦，袅袅可听"①，则是专从戏曲演唱的音乐特色来揭示《琵琶记》的成就和创新性，同样有助于受众对该剧经典性本质认识的深化。

4. 文学与艺术合力拓展文学经典化的路径

在艺术领域，谱曲歌唱与舞台表演对于文学经典的传播以及优秀作品经典效应的强化和扩大，均发挥了不可忽视的助力作用。我们坚持经典必须是可以重读的这一观点，阅读纸质文本（如抄本、刻本等），是文学经典"重读"的常态方式，而听歌传唱、观看表演则是"重读"的两种特殊且重要的方式。其中，诗人作辞，然后披之管弦，入乐歌唱，较之舞台戏曲表演，参与文学经典建构的时间更早。且不论属于歌诗的《诗三百》，皆能弦歌之，即使在诗歌脱离音乐，成为一门独立的艺术，歌诗已被诵诗所取代的唐宋，诗歌的创作和传播与音乐的关系仍然十分密切，入乐歌唱是唐诗宋词传播过程中一种十分引人注目的方式，构成了诗词经典化的特殊路径。

在艺术发生的源头，诗乐本是同源，具有二位一体的特征②，《吕氏春秋·古乐》所谓"昔葛天氏之乐，三人操牛尾，投足以歌八阕：一曰《载民》，二曰《玄鸟》，三曰《遂草木》，四曰《奋五谷》，五曰《敬天常》，六曰《建帝功》，七曰《依地德》，八曰《总禽兽之极》"③，形象地展示了这种最为紧密的原初关系。尽管随着文学艺术的发展，二者逐渐分立，音乐

---

① 见陈多、叶长海选注：《中国历代剧论选注》，上海古籍出版社，2010，第 288 页。
② 其实，诗乐舞同源，最初是三位一体的混合艺术。由于本节专论文学经典唐诗宋词与音乐传播之关系，故略去舞蹈不论。
③ ［战国］吕不韦著，杨坚点校：《吕氏春秋》卷五《古乐》，岳麓书社，2006，第 31 页。

专取声音为媒介，通过声音的流动和变化来传递情感，营造意境，而诗则专以语言为媒介，通过语言的组织和变形来抒情言志，塑造形象；不过，二者始终拥有共同的建构要素，即节奏与律动。中国汉字单字成义，用以作诗，既便于意义的浓缩和对偶的使用，也便于节奏的形成和韵律的创造，加之自身声调的区别，具有抑扬、高低、轻重、长短的特色以及"调质"的功能，使之配合诗人情感的变化与诗歌节奏的律动，足以产生声情并茂的艺术效果。凡此种种，赋予了汉语诗一种近乎"先天"性的音乐素质，正因如此，"诗言志，歌永言，声依永，律和声"，才成为中国古诗创作和传播过程中的一个重要现象，"诗歌"也才成为具有民族特色的艺术称谓。远离诗歌产生源头、出现于中国古典诗歌发展巅峰时期的唐诗，之所以能够成为音乐传播的对象，最根本的原因正在于诗乐"同质"的建构要素，而其中经典诗篇的"经典性"，也在音乐传播的过程与效果中有所体现。

在唐代，诗歌的传播主要以抄写和口耳相传这两种方式进行，唐诗的音乐传播最引人注目的形式之一是诗人完成文字创作之后，作品被乐工伶人采之入乐，被之管弦，进行传唱。此属于口耳相传的范畴，体现出以音乐为媒介、"口—耳（思维）—口—耳（思维）—口……"的连环传播过程，以及"个体—群体"的口头接力传播特点。有唐一代，歌诗传唱是一个普遍现象，唐人所唱，"除了句式长短不齐的杂言歌词外，还有七言的诗"[1]。怎样的作品才能够进入传唱的行列，这里存在着被选择的问题。此时，名人效应的作用相当明显。著名诗人作品入乐歌唱，在盛唐时期便已成为一种社会关注度极高的文化现象，明人杨升庵认为"唐人乐府多唱诗人绝句"，其中以盛唐诗人王昌龄、李白为多[2]，其言虽缺乏具体数据的支撑，但将探究的目光首先聚焦于盛唐的优秀诗人，颇显学术见地。薛用弱《集异记》所载、为后世文人一直津津乐道的"旗亭画壁"之事，即发生在开元年中。当时聚会于酒楼的梨园伶人奏乐演唱的有著名诗人王昌龄的《芙蓉楼送辛渐》《长信怨》（一作《长信秋词》），高适的《哭单父梁九少府》以及王之涣的《凉州词》"黄河远上白云间"。演唱者均为诗人的崇拜者（今称为"粉丝"）。宋人王灼据此做出总结性评论："以此知李唐伶伎取当时名士诗句入歌曲，盖常俗也。"[3] 伶人所唱基本上为传世经典作品。王维是另一位诗句常入歌曲的盛唐诗人，据宋人计有功《唐诗纪事》载：

---

① 吴相州：《唐诗创作与歌诗传唱关系研究·导言》，北京大学出版社，2004，第 1 页。
② ［明］杨慎：《升庵诗话》卷十三，载丁福保辑《历代诗话续编》（中），中华书局，1983，第 903 页。
③ ［宋］王灼著，岳珍校证：《碧鸡漫志校证》卷一，巴蜀书社，2000，第 20 页。

禄山之乱，李龟年奔于江潭，曾于湘中采访使筵上唱云："红豆生南国，秋来发几枝。赠君多采撷，此物最相思。"又："清风明月苦相思，荡子从戎十载余。征人去日殷勤嘱，归雁来时数附书。"此皆维所制，而梨园唱焉。①

相比之下，王维的另一著名诗篇《渭城曲》（一作《送元二使安西》），传唱率更高，此诗一出，"好事者至谱为阳关三叠"②，广为流传：

二十余年别帝京，重闻天乐不胜情，旧人唯有何戡在，更与殷勤唱《渭城》。

——刘禹锡《与歌者何戡》③

高调管色吹银字，慢捩歌词唱《渭城》。不饮一杯听一曲，将何安慰老心情。

——白居易《南园试小乐》

相逢且莫推辞醉，听唱《阳关》第四声。（诗人自注：第四声为"劝君更尽一杯酒，西出阳关无故人"。）

——白居易《对酒五首》之四④

十二年前边塞行，座中无语叹歌情。不堪昨夜先垂泪，西去《阳关》第一声。

——张祜《耿家歌》⑤

唱尽《阳关》无限叠，半杯松叶冻颇黎。

——李商隐《饮席戏赠同舍》⑥

反复传唱，不仅标举该诗经典地位的获得，而且造就了经典效应的不

---

① ［宋］计有功：《唐诗纪事》卷十六，中华书局，1965，第236页。
② ［清］王士禛：《万首唐人绝句选自序》，载王运熙、顾易生主编《清代文论选》上，人民文学出版社，1999，第364页。
③ ［唐］刘禹锡：《刘禹锡集》卷二十五，上海人民出版社，1975，第233页。
④ ［唐］白居易：《白居易集》（2），中华书局，1979，第598页。
⑤ ［唐］张祜著，严寿澄校编：《张祜诗集》卷五，江西人民出版社，1983，第90页。
⑥ ［唐］李商隐：《李商隐诗集》卷一上，上海古籍出版社，2015，第29页。

断叠加和扩散的状况。

安史之乱对唐代社会发展的进程及其历史面貌产生了巨大影响，然著名诗人的诗作入乐歌唱的文化风气并未因此改变，甚至在中唐时期再度呈现出高涨之势。《旧唐书·元稹传》云："穆宗皇帝在东宫，有妃嫔左右尝诵稹歌诗以为乐曲者，知稹所为，尝称其善。宫中呼为元才子。……由是极承恩顾，尝为长庆宫辞数十百篇，京师竞相传唱。"① 末句李昉《太平御览》第五百八十六《文部》二作"闾里竟为传唱"，前者指出了传唱的地域范围，后者则偏重强调传唱的社会阶层。王灼《碧鸡漫志》云："元、白诸诗多为知音者协律。白居易守杭，元稹赠诗云：'休遗玲珑唱我诗。我诗多是别群辞。'自注云：'乐人高玲珑能歌余数十诗。'乐天亦《醉戏诸妓》云：'席上争飞使君酒，歌中君唱舍人诗。'又《闻歌妓唱前郡守严中郎诗》云：'已留旧政布中和，又付新诗与艳歌。'又元微之《见人咏韩舍人新律诗戏赠》云：'轻新便妓唱，凝妙入僧禅。'沈亚之送人序云：'故友李贺善撰南北朝乐府故词，其所赋多怨郁凄艳之句，诚能盖古排今，使为词者莫能偶矣。'"②《新唐书·文艺传》称李益"于诗尤所长。贞元末，名与宗人贺相埒。每一篇成，乐工争以赂求取之，被声歌，供奉天子"③。传播速度之快，是纸质文本传播所不及。

从传播学的角度审视唐诗入乐传唱这一特殊现象，以及与唐诗经典化的关系，可以发现其中具有的几个显著特征：

其一，诗歌音乐传播的受众，人数众多，分布广泛，有利于经典效应的形成和强化。全社会对文学和音乐的热爱，催生出诗歌演出的兴盛局面，从位于九五之尊的皇帝，到普遍具有文学艺术修养的文人士大夫，再至京城闾里的普通市民，社会各阶层都存在唐诗演唱的接受者和欣赏者。诗人张祜（？—859）有感宫中女性的不幸遭遇，作宫词云："故国三千里，深宫二十年。一声何满子，双泪落君前。"据《唐诗纪事》卷五十二载，此诗传入宫禁时，正值病重的唐武宗赐崔才人之死，崔才人请求为"歌一曲，以泄其愤。上许。乃歌一声《何满子》，气亟立殒"④。后杜牧作《酬张祜处士见寄长句四韵》诗，赞祜诗名而惜其未遇，从末二句"可怜故国三千里，虚唱歌词满六宫"⑤中可以看出后宫宫女以歌唱的方式成为张祜诗作的接受

① ［后晋］刘昫等：《旧唐书》卷一六六《元稹传》，中华书局，1975，第1079页。
② ［宋］王灼著，岳珍校证《碧鸡漫志校证》卷一，巴蜀书社，2000，第20页。
③ ［宋］欧阳修等：《新唐书》卷二〇三《文艺传》下，中华书局，1975，第5784页。
④ ［宋］计有功：《唐诗纪事》卷五十二，中华书局，1965，第792页。
⑤ ［唐］杜牧著，［清］冯集梧注：《樊川诗集注》，上海古籍出版社，1978，第286页。

者。张祜也因此诗而得名。

音乐传播具有五大功能，即实现的功能、认同的功能、检验的功能、保存的功能以及创造商业价值的功能①。从上述受众的构成情况来看，唐诗的传唱满足了当时社会各个阶层对于文学和音乐的双重需求，实现了音乐对人的多种形式和多方面的影响。尤其值得关注的是，歌词的创作者直接面对乐工伶人的演唱，成为自己作品在音乐传播中的受众，在场观赏带给他们的不仅仅是音乐艺术的独特魅力，更有诗歌创作已获得社会肯定、自身价值得以实现的巨大喜悦，自信心和自豪感随之而生。此类情况还不曾出现在以往的文学传播或音乐传播活动之中，这无疑会进一步激发诗人的创作积极性。此外，善音律，喜歌诗的皇帝（史载高宗曾制歌辞十六首，编入乐府；玄宗善音律；睿宗好音乐）成为歌诗演唱的受众，对于传唱诗歌这一社会风气的形成和推动，发挥着不可替代的重要作用，京城长安之所以成为诗歌传唱的热土，当与最高统治者的好尚密切相关。

其二，唐代入乐歌唱之诗多为绝句，且多经典作品，音乐所具有的实现和检验经典功能的价值得以体现。对此，前人多有论述，清人王士祯（1634—1711）有一总结性发言：

开元天宝已来，宫掖所传梨园弟子所歌，旗亭所唱，边将所进，率当时名士所为绝句耳。故王之涣"黄河远上"，王昌龄"昭阳日影"之句，至今艳称之。而右丞"渭城朝雨"流传尤众，好事者至谱为阳关三叠。②

入乐歌唱者多为绝句的原因，主要在于绝句篇幅短小，便于记忆，且讲究声律，读之朗朗上口，被之管弦，易于歌唱传情。正因如此，如果欲使名家所作律诗或古体诗入乐，往往先将其截为四句，以绝句的形式谱曲演唱。例如，高适《哭单父梁九少府》本为五古，全诗共二十四句，然"旗亭画壁"故事中某歌伎所唱"开箧泪沾臆，见君前日书。夜台今寂寞，独是子云居"，仅是该诗前四句。《风林类选小诗》一卷，为明初休宁人朱升所编选，是编皆录五言绝句，始于汉魏，终于晚唐，大致按内容分为"直致""情义""清新"等十八类。四库馆臣评是书曰：

所列诸诗如"富丽"类中，《昆仑子》乃王维五言律诗前半首，"边塞"

---

① 曾遂今：《音乐传播学理论教程》，中国传媒大学出版社，2014，第4页。
② ［清］王士祯：《万首唐人绝句选自序》，载王运熙、顾易生主编《清代文论选》上，人民文学出版社，1999，第364页。

类中，盖《嘉运伊州歌》乃沈佺期五言律诗前半首，《戎浑》亦王维五言律诗前半首，"客况"类之《长命女》乃岑参五言律诗中四句。盖当时采以入乐，取声律而不论文义，故郭茂倩《乐府诗集》各载于本调之下，今因而录之，殊失考证。[①]

　　《乐府诗集》卷第八十《近代曲辞》二录入《昆仑子》一首，诗云："扬子谭经去，淮王载酒过。醉来啼鸟唤，坐久落花多。"此诗本于王维《从岐王过杨氏别业应教》，原有八句，截取前四句而成。同卷《戎浑》诗云："风劲角弓鸣，将军猎渭城。草枯鹰眼疾，雪尽马蹄轻。"此诗本于王维名作《观猎》，亦截取前四句而成。同卷《长命女》云："云送关西雨，风传渭北秋。孤灯燃客梦，寒杵捣乡愁"，此诗本于岑参《宿关西客舍寄东山严、许二山人时天宝初见有高道举征》，同样截取前四句而成。此诗题作《长命女》，与诗人所表达的主旨和情感并无直接关联，它揭示的仅是歌曲的音乐来源。郭茂倩引《乐苑》曰："《长命西河女》，羽调曲也。"又引《乐府杂录》曰："大历中，尝有乐工自造一曲，即古曲《长命西河女》也。增损节奏，颇有新声。"[②] 言所录歌诗的曲调是大历乐工改编古曲而成，故四库馆臣所谓"当时采以入乐，取声律而不论文义"，大致不差。

　　其三，由于音乐市场的形成，广大受众对于歌诗的消费需求不断增长，名人诗作成为音乐市场的"抢手货"，遂开始出现将名人诗作作为商品带入音乐市场的现象。最为典型的事例是，李益扬名诗坛后，"每一篇成，乐工争以赂求取之，被声歌，供奉天子"。乐工们不惜花费金钱或财物争相购买李益的文字作品，用于谱曲演唱，以供天子观赏，其主观目的无非是取得自身生存利益的实现，客观上实现了音乐传播创造商业价值的功能。

　　其四，唐诗、宋词音乐传播中的名人效应十分显著。当时被乐工伶人采之入乐、谱曲传唱的歌诗多为名人之作（包括政治名人和文化名人），名人效应的存在使社会各阶层人士对乐工伶人歌诗表演行为的关注度普遍提高，音乐演唱市场因此而形成。所唱作品的社会影响力也随之扩大和增强，从而形成"竞相传唱"的社会风气。

　　唐代是中国古代诗歌发展的一个高峰时期，唐诗中的经典作品不胜枚举。文学传播和音乐传播，无论在共时态层面抑或历时性层面，均为广大受众搭建起意义共享的信息平台。唐诗入乐歌唱，意味着同时在文学和音

---

① ［清］永瑢等：《四库全书总目》卷一百九十一《总集类存目一》，中华书局，1965，第1738页。

② ［宋］郭茂倩：《乐府诗集》卷八十《近代曲辞》二，中华书局，2003，第1129页。

乐两个平台上展示自身的魅力，这对于文本的经典化、经典文本的普及以及经典效应的强化，无疑会发挥十分积极的作用。这种文学与音乐合力助推经典的情况于宋词的传播过程中同样存在。

入乐传唱具有遴选经典以及强化经典效应的功能。王兆鹏认为诗词入乐传播的效应优于书面传播，例如王维的七绝《送元二使安西》，"入乐传唱后，成为唐宋两代传唱不衰的经典名曲，比王维其他诗歌传播更为广泛，更让一般民众耳熟能详"[①]，这既是作品经典化的表征，亦是经典化效应的增强。宋词的入乐传唱与宋词经典化的关系，同样如此，当然，并非所有的诗作都能够获得经过音乐传播而成为经典的可能性，只有那些声情并茂、文质彬彬的优秀诗篇才成为乐工伶人们谱曲演唱的首选，或者成为代代相传的名曲。事实证明，经过演唱的唐诗，广为传唱的宋词，后世大多进入了文学经典的行列。这一效应既是对诗歌文本价值的认同，也是对音乐传播功能的肯定。

较之诗，词与音乐的关系更为密切，倚声而填词乃是作词与写诗的重要区别之处，词谱（词牌）决定了词作的基本格式。唱词是宋代文坛、歌坛，甚至是文人士大夫日常生活（如宴饮、送别、祝寿）中的极为常见的艺术行为，宋代词人于创作中多次提及这一现象：

尊前还唱早梅词，琼醑何如。

——李纲《一剪梅》[②]

兴来相与共清狂。频把新词细唱。

——韩元吉《西江月》[③]

唱得主人英妙句，气压三江七泽。

——管鉴《念奴娇》[④]

早来最苦离情毒。唱我新词，掩著面儿哭。

——程垓《醉落魄·别少城，舟宿黄龙》[⑤]

---

① 王兆鹏：《宋代文学传播探源》，武汉大学出版社，2013，第 12 页。
② 唐圭璋编：《全宋词》第二册，中华书局，1965，第 908 页。
③ 唐圭璋编：《全宋词》第二册，中华书局，1965，第 1393 页。
④ 唐圭璋编：《全宋词》第三册，中华书局，1965，第 1563 页。
⑤ 唐圭璋编：《全宋词》第三册，中华书局，1965，第 1996 页。

水调翻成新唱，高压风流前辈，使我百忧宽。

——李好古《水调歌头》①

更听得艳拍流星，慢唱寿词初了，群唱莲歌。

——蒋捷《大圣乐·陶成之生日》②

　　类似描写唱词的作品，尚可举出若干，足见这一现象在当时具有普遍性。毋庸置疑，在文本创作阶段，音乐并非经典生成的决定性因素，因为不是所有能够入乐歌唱的词作都能够成为经典，这一点已经为宋词传播的历史所证明。只有那些蕴含积极向上的价值取向，表现人类共同的情感，且声情并茂的优秀作品才能够借助音乐的力量，征服一代又一代的读者，从而传之久远，成为真正意义的文学经典。所以南宋文人戴复古才会在《行香子》一词里明确提出"佳人休唱，浅近歌词"③的要求。

　　北宋著名词人柳永、苏轼、秦观的优秀词作的经典化过程在充分体现经典本质规定性的重要性的同时，也在一定程度上说明了音乐在经典文本传播过程中的辅助作用。在词史上享有盛誉的柳永，其词讲究章法结构，风格真率明朗，语言自然流畅，个性特色十分鲜明。他上承敦煌曲子词，多用民间口语写作"俚词"，并且多用新腔、美腔，旖旎婉转，富于音乐美，特别适合入乐歌唱，故其词作在当时经过广大受众的传唱，流播极广。宋人叶梦得《避暑录话》云："柳永为举子时，多游狭邪，善为歌辞。教坊乐工每得新腔，必求永为辞，始行于世，于是声传一时"，"余仕丹徒，尝见一西夏归朝官云：'凡有井水处，即能歌柳词'"。④借助音乐进行传唱的方式使柳词为更多民众所了解和接受，经典化效应得以迅速显现。宋仁宗熙宁九年（1076）八月十五日，词坛泰斗苏轼于密州写下《水调歌头·明月几时有》，该词一问世，立即引起强烈的社会反响，很快便在京城内外传播，而传唱是其中重要的传播方式。宣政间，善歌者袁绹曾于"月色如昼"的中秋夕，在金山山顶歌是词，歌罢，东坡为之起舞⑤。数百年后，施耐庵在小说《水浒传》第三十回中设置了张都监让养娘于中秋夜在鸳鸯楼唱曲的情节，生动具体地反映了《水调歌头》跨代传唱的情

---

①　唐圭璋编：《全宋词》第四册，中华书局，1965，第 2701 页。
②　唐圭璋编：《全宋词》第五册，中华书局，1965，第 3434 页。
③　[宋] 戴复古著，吴茂云校注：《戴复古全集校注》，中国文史出版社，2008，第 275 页。
④　[宋] 叶梦得：《避暑录话》卷下，中华书局，1985，第 49 页。
⑤　[清] 张思岩等：《词林纪事》，成都古籍书店，1982，第 143 页。

形。苏轼此词之所以能够借助音乐迅速传播，除了宋仁宗"苏轼终是爱君"的解读以及词人本身具有的名人效应之外，词作所达到的、常人难以超越的艺术高度，则是更为重要的原因，即如宋人胡仔所言："中秋词自东坡《水调歌头》一出，余词尽废。"① 秦观《满庭芳·山抹微云》一词亦为传世名篇，词人生前便已广为传唱，据宋黄昇《花庵词选》卷二载，"秦少游自会稽入京，见东坡，坡曰：'久别当作文甚胜，都下盛唱公山抹微云之词'"。② 反映了秦观此词在京城受欢迎的程度。叶梦得（1077—1148）《避暑录话》亦云："秦观少游亦善为乐府语，工而入律，知乐者谓之作家歌。元丰间盛行于淮、楚。"③

唐诗宋词数量众多，即便是唐人绝句也在万首以上，然以传唱这一特殊方式成为他人或后人重读对象的经典作品仅为极少数。有的作品问世后曾传唱一时，受人追捧，可后世却湮没无闻。淘选，是导致这一现象出现的重要原因。北宋苏州文人吴感有侍姬名红梅，因以名阁，并作《折红梅》"喜冰澌初泮"一词，"其词传播人口，春日郡宴，必使优人歌之"④。该词上阕铺写春来"红梅树枝争发"的"一种风情"，下阕述说赏梅情怀，表达作者"闻有花堪折，劝君须折"⑤的人生旨趣。这首传于一时的词作，由于格调不高，且艺术缺少创新，故难以经受历史的淘选，即便文本流传至今，却与文学经典无缘。从现存相关文献来看，那些被之管弦的唐诗，抑或广为传唱的宋词，不仅多是名人作品，而且多是名人作品中那些情感动人、具有一定精神价值或艺术创新性的佳篇。以王维绝句《渭城曲》为例，明代文学家李东阳（1447—1516）揭示了该诗能够入乐传唱的原因在于其艺术创新：

　　作诗不可以意徇辞，而须以辞达意。辞能达意，可歌可咏，则可以传。王摩诘"阳关无故人"之句，盛唐以前所未道。此辞一出，一时传诵不足，至为三叠歌之。后之咏别者，千言万语，殆不能出其意之外。必如是方可谓之达耳。⑥

　　平心而论，《渭城曲》的题材显然不算新颖，送别之作自古有之。然

---

① 吴熊和主编：《唐宋词汇评·两宋卷》第一册，浙江教育出版社，2004，第416页。
② 载徐培均、罗立刚编著：《秦观词新释辑评》，中国书店，2003，第79页。
③ ［宋］叶梦得：《避暑录话》卷下，中华书局，1985，第50页。
④ ［宋］龚明之：《中吴纪闻》卷一，中华书局，1985，第9页。
⑤ 唐圭璋编：《全宋词》第一册，中华书局，1965，第119页。
⑥ ［明］李东阳：《麓堂诗话》，中华书局，1985，第4页。

此诗语由信笔，意味悠长，不作深语却声情沁骨，动人之处既超越前代同类作品，又使后人难以超越，艺术创新攀升新高，遂成千古绝调，代代相传。清代著名诗歌选家王士禛、沈德潜对以《渭城曲》为首的唐代优秀绝句给予了极高的评价，沈氏云：

> 李于鳞推王昌龄"秦时明月"为压卷。王元美推王翰"葡萄美酒"为压卷。王渔洋则云："必求压卷，王维之《渭城》、李白之《白帝》、王昌龄之'奉帚平明'、王之涣之'黄河远上'其庶几乎！而终唐之世，绝句亦无出四章之右者矣。"①

　　王、沈二人推崇的四首压卷之作，有两首就出现在"旗亭画壁"故事之中。王昌龄享有"七绝圣手"之美誉，《长信怨》"奉帚平明金殿开"是其七绝代表作之一，胡应麟认为此作与《闺怨》《从军行》等诗，"皆优柔婉丽，意味无穷，风骨内含，精芒外隐，如清庙朱弦，一唱三叹"②，此类深情幽怨、情态分明的诗篇的确适合入乐歌唱表演。除了艺术成就之外，思想内容也当是谱曲演唱者遴选作品时有所考虑的因素，蜀中妓女独唱杜甫《赠花卿》诗，或为典型之例。明代文学家杨慎谈及成都管弦时说道："杜子美七言绝近百，锦城妓女独唱其《赠花卿》一首，所谓'锦城丝管日纷纷，半入江风半入云。此曲只应天上有，人间能得几回闻'也。盖花卿在蜀，颇僭用天子礼乐，子美作此讽之，而意在言外，最得诗人之旨。当时妓女独以此诗入歌，亦有见哉！"③老杜此诗是否意有所指，内含讽喻，前人争议颇多，其中赞同杨说者不少，如明人唐汝询认为"少陵语不轻造，意必有托。若以'天上'一联为目前语，有何意味耶"？"子美作此讽之，而意在言外，最得诗人之旨"④。清人何焯《义门读书记》、陈廷敬《御选唐诗》、杨伦《杜诗镜铨》、丁宿章《湖北诗征传略》、郑熙绩《含英阁诗草》亦持同样观点。笔者认为，《赠花卿》一诗并非杜诗中的上品，老杜在成都所作绝句也不止一首，蜀中妓女独唱此诗，不排除对诗作讽喻意义认定的可能性。

　　诗词配乐演唱，精炼的语言文字与优美的曲调旋律构成的双重感染力，有助于经典的传播以及经典效应的强化。

---

① ［清］沈德潜选编：《唐诗别裁集·七言绝句》，岳麓书社，1998，第443页。
② ［明］胡应麟：《诗薮》内编卷六《近体下　绝句》，中华书局，1962，第117页。
③ ［明］杨慎：《升庵全集》卷五十七《锦城丝管》，商务印书馆，1937，第681页。
④ ［明］唐汝询选释，王振汉校点：《唐诗解》，河北大学出版社，2001，第678页。

唐诗入乐演唱者多为抒情作品，诗人真实、厚重、深婉的情感以及出色的抒情技巧，本已赋予作品征服读者的美感力量，一旦被之管弦，动听的乐曲、优美的旋律足以进一步牵动受众的思绪，将其带入一个新的艺术世界之中，使之感受和体验到文学与音乐的双重魅力。对于文学的一般受众而言，阅读纸质文本与听唱歌诗，接收信息和处理信息的方式存在较大差异。阅读书刊文本，读者面对的是固态化的、由语言文字组成的意义系统，需要全力投入的是思维和情感；听歌面对的则是一种流动的，甚至具有"透明"性质的意义系统，音乐传递的信息不仅作用于受众的大脑，还同时诉诸他们的感官。乐谱不仅为演唱者提供了复现作品的可能性，而且也为他们提供了自由发挥和多种解释的空间，表演者感情的投入以及演唱技巧的运用，有助于激活文本深层次的美感元素，从而增加作品的艺术感染力，使文本的经典效应得到进一步强化。据唐代孟棨（生卒年不详，僖宗乾符二年进士）《本事诗·事感》载：

天宝末，玄宗尝乘月登勤政楼，命梨园弟子歌数阕。有唱李峤诗者云："富贵荣华能几时，山川满目泪沾衣。不见只今汾水上，惟有年年秋雁飞。"时上春秋已高，问是谁诗，或对曰李峤，因凄然润下，不终曲而起，曰："李峤真才子也。"又明年，幸蜀，登白卫岭，览眺久之，又歌是词，复言"李峤真才子"，不胜感叹。时高力士在侧，亦挥涕久之。①

李峤（645—714）此诗题为《汾阴行》，为七言古风，全诗四十二句，二百九十七字，梨园弟子截最后四句歌之。诗的前半部分以"昔日西京全盛时"为背景，谱写汉武帝元鼎四年"汾阴后土亲祭祠"的盛况，后部分书写"千龄人事一朝空"的荒凉与零落。截取末四句"歌水调"②，删繁就简，实际效果是淡化了改朝换代、盛衰不可长久的政治感伤，以睹物伤怀的形式抒写物是人非、人生苦短的叹喟，突显出一种超越政治身份与社会地位的悲剧性生命体验。唐玄宗听歌而问诗作者姓名，说明此前未曾读过诗歌文本，正是凄恻的歌词以及与之相适应的哀婉曲调，触动了这位老年皇帝内心深处的隐痛，所以才出现"凄然润下，不终曲而起"的接受效应。蜀中白卫岭上复歌是词，属于"重读"经典的行为，音乐的感召力再次加深了玄宗对于文本内涵的悲剧性体验，强化了与诗歌作者的共识，故前后

---

① ［唐］孟棨：《本事诗·事感第二》，上海古籍出版社，1991，第 12 页。《全唐诗》"富贵""山川"二句顺序颠倒。
② ［清］尤侗：《艮斋杂说·续说》卷九，中华书局，1992，第 171 页。

两次听歌均对李峤发出由衷的赞赏。唐以后,《汾阴行》或入诗歌选本,或受诗论家推崇,或成为后人写作模拟的对象,经典效应逐渐显现。后四句甚至脱离全诗,作为一个独立体流传,成为明代书法家董其昌单独书写的内容(见清张照所撰《石渠宝笈》),不排除受到当年梨园弟子的选择性歌唱的影响。

唐诗宋词配乐歌唱,同时在文学和音乐领域开启了接力传播的通道,双重传播有助于经典文本的普及,以及受众对经典文本情感内涵的感受和领悟。

经典地位的获得是建立在广大受众认同的基础之上的,代代传唱则是群体认同的重要标志之一。唐代的优秀诗篇插上音乐的翅膀后,便能够以无纸的方式去实现对时空的超越,于是,在悠久的历史中,在广袤的地域里,时时处处回响着传唱唐诗的声音。宋代文人王轸(生卒年不详)的无题诗向读者展示了当年黄州一带文人诗歌传唱的情形:"南篇司马青衫湿,北句郎官白发生[①]。堪与江黄永传唱,《离骚》经外此歌声。"[②]"南篇"即指唐代白居易的传世佳作《琵琶行》,该诗在诗人生前就已经成为传唱对象,即如唐宣宗李忱《吊白居易》诗所云:"童子解吟《长恨》曲,将军能唱《琵琶》篇。"[③]元代诗人陈宜甫(1255—1299,号秋岩)《夜闻陇西歌有怀牧庵左丞》诗则将细数陇西人夜唱的数首歌曲:

> 君莫唱《杨柳枝》,游子多别离。君莫唱《金缕衣》,人老更无年少时。自古唱歌易悲感,思入碧云愁黯黯。《阳关》三叠不堪闻,《河满》一声肠已断。君不见大风云飞扬,汉歌思沛乡。又不见楚王气盖世,泣下愁乌江。……[④]

所歌皆为诗歌名篇,其中唐诗最多。第一首当是唐代柳氏的《杨柳枝》,中有"杨柳枝,芳菲节,可恨年年赠离别"之句;第二首为唐代无名氏(一说作者为杜秋娘)的《金缕衣》,诗云:"劝君莫惜金缕衣,劝君惜取少年时";《阳关》与《何满》分别是王维与张祜名篇。明成化年间进

---

① 此句是指宋人王元之的《谪黄州诗》,诗曰:"又为太守黄州去,依旧郎官白发生。"

② [宋] 王象之:《舆地纪胜》3 卷第四十九《淮南西路·黄州》,中华书局,1992,第 1979 页。

③ "将军"一作"胡儿"。[五代] 王定保《唐摭言》卷十五作"将军",[宋] 计有功《唐诗纪事》卷第二作"胡儿"。

④ [元] 陈宜甫:《秋岩诗集》卷上,载 [清] 钱熙彦编次《元诗选补遗》,中华书局,2002,第 162—163 页。

士张鼐（生卒年不详）《过吴门夜泊寄怀祁尔光》①一诗描绘自己夜泊苏州吴门时的见闻："酒垆不赏娃宫月，菱歌翻唱枫桥秋"，句中所谓"枫桥秋"当指唐代张继的著名诗篇《枫桥夜泊》。明末清初学者彭而述与友人许菊谿联舫入襄，舟抵仙桃镇，有感当地民俗，赋诗曰："民间犹用诸葛礼，渔家解唱禹锡曲。"②（《菊谿有作和其韵》）由于唱歌是广大下层民众喜闻乐见的娱乐方式之一，较之阅读纸质文本，接受成本低，甚至不用成本，故诗歌传唱的方式更容易为他们所接受。菱歌翻唱，渔家解唱，是文学经典普及的另类方式和具体表现，诗歌传唱的范围越大，受众面越宽，其经典化的程度也就越高。另据清代史学家、诗人沈辰垣（生卒年不详）《历代诗余》载，"刘梦得在沅湘日，以里歌俚鄙，乃依骚人《九歌》作《竹枝》九章，教里中儿，由是盛于贞元、元和之间。每岁正月，里中儿联歌竹枝，吹笛击鼓以应节，歌者扬袂睢舞，以曲多为贵"③。以音乐为媒介，让儿童于载歌载舞的娱乐活动中接触经典诗歌，并逐渐接受文本内涵的浸染，无疑是普及经典的有效路径。

如前所述，唐诗入乐歌唱者多为四句，被之管弦，易唱易记，易于传播。又由于篇幅短小，故多采用叠唱（即重复歌唱）的方式进行表演，而重复具有强化记忆的功能。歌诗如何叠唱，前人说法不一，目前，学界引用率最高的当是《东坡志林》所载苏轼论三叠歌法④，其文云：

旧传《阳关》三叠，然今世歌者，每句再叠而已。若通一首言之，又是四叠，皆非是。或每句三唱以应三叠之说，则丛然无复节奏。余在密州，文勋长官以事至密，自云得古本阳关，其声宛转凄断，不类向之所闻。每句皆再唱，而第一句不叠，乃知古本三叠盖如此。及在黄州，偶读乐天《对酒》诗云："相逢且莫推辞醉，听唱阳关第四声。"注云：第四声，劝君更尽一杯酒。以此验之。若一句再叠，则此句为第五声，今为第四声，则第一句不叠审矣。⑤

《留青日札》是明代学者田艺蘅（1524—？）所作笔记，是书杂记明

① [明] 张鼐：《宝日堂初集》卷三十二，《四库毁禁书丛刊》集部76，北京出版社。
② [清] 彭而述：《读史亭诗文集》诗集卷六，清康熙四十八年刻本。
③ [清] 沈辰垣编著：《历代诗余》（下）卷一百十二，上海书店出版社，1985，第1334页。
④ 关于《东坡志林》，史有"伪书"一说，然宋人蔡正孙《诗林广记》、施元之《施注苏诗》皆引有此说，可信度极大。
⑤ [宋] 苏轼：《东坡志林》卷七，明刻十二卷本（该书有一卷本、五卷本和十二卷本），国家图书馆藏。

朝典章制度、社会风尚、民生疾苦、音韵训诂、艺林传闻、掌故逸事等，其中，对王维演唱《送元二使安西》时的各种叠法有具体记载，现录"贯珠叠"如下：

贯珠三叠第一

渭城朝雨浥轻尘，朝雨浥轻尘，浥轻尘。客舍青青柳色新劝，君更尽一杯酒，西出阳关无故人。

第二叠

渭城朝雨浥轻尘，客舍青青柳色新，青青柳色新，柳色新。劝君更尽一杯酒，西出阳关无故人。

第三叠

渭城朝雨浥轻尘，客舍青青柳色新。劝君更尽一杯酒，更尽一杯酒，一杯酒，西出阳关无故人。

第四叠

渭城朝雨浥轻尘，客舍青青柳色新。劝君更尽一杯酒，西出阳关无故人，阳关无故人，无故人。

一串珠三叠

渭城朝雨浥轻尘，朝雨浥轻尘，浥轻尘。客舍青青柳色新，青青柳色新，柳色新。劝君更尽一杯酒，更尽一杯酒，一杯酒，西出阳关无故人，阳关无故人，无故人。①

此外，还有"飞花叠"四种。导致叠法不一的根本原因在于传唱过程中"调存而叠法废"，"或以为每句作三叠歌，或以为止歌落句三叠，迄无定说，而纪载亦各不同意，当时必有谱而今无所于考也"②。但无论何种叠法，其实际效果都是对文本内部某种信息的表达和强调，如贯珠第一叠、第二叠的低吟浅唱渲染着充满感伤的送别氛围，第三叠的重复则突出了诗人的劝酒心意，第四叠的三唱"无故人"，揭示并强调了诗人惆怅感伤的原因，他对朋友的关心与担忧之情，于此得到淋漓尽致的抒发。听如此叠唱，当有助于听众对诗歌文字内涵的进一步感悟。

除了音乐，书画领域内也存在助力于文学经典化的现象。不少书法家、

---

① ［明］田艺蘅撰，朱碧莲点校：《留青日札》卷三十九，上海古籍出版社，1992，第746、747页。

② ［明］陆深：《俨山集》卷八八《跋阳关图》，《文渊阁四库全书》，台湾商务印书馆（台北），1983，第1268册，第572页。

画家出于对原创文学经典作品的喜爱，主动运用书法或绘画艺术，通过线条、色彩、构图、布局等将语言艺术之美，转化为书法之美或画境之美。在传播学领域，他们被称为"艺术继作者"，其行为属于"演绎传播"，即"艺术继作者在已有作品基础之上的一种二度艺术创作"①。这种二度创作行为既是对文学经典传播渠道的开拓，也是对文学经典的意义重构。传播媒介或符号形式的改变，不仅没有干扰文学传播的主渠道，反而能够在"艺术继作者"的再创作过程中进行经典的"重读"，实现经典效应的强化和叠加。

屈原的作品属于经典化程度很高的传世名篇，后代不少画家为其丰富的文化意蕴和高超的表现技巧所折服，自觉从《离骚》《九歌》等篇章中吸取艺术营养，创作出一幅幅别具匠意的楚辞画，对楚辞的传播做出了不可忽视的贡献。

生活在明清之际的陈洪绶（1599—1652）在绘画领域内进行的屈原作品的传播，值得关注。陈洪绶十岁能濡墨作画，十九岁因"伤家室之飘摇，愤国步之艰危"而作《屈子行吟图》，紧接着又精心设计和创作了《九歌图》（现由国家图书馆珍藏）。陈洪绶四十三岁时就将自己十九岁的作品作为来钦之的《楚辞述注》的插图而付刻，他以《九歌图》为名统摄全部画作，以《东皇太一》图为开卷之作，以《屈子行吟》图为压卷之作。各位神灵构图既有紧扣原作展开的，如《湘君》《湘夫人》，也有出其不意、大胆突破原作的，如《山鬼》。屈原笔下的山神本是一位美丽多情的女性，他却基于自己独特的解读，将其变成一位满目狰狞、粗犷凶厉的男神。由此可见画家富有创新性的阐释，陈洪绶通过艺术媒介的运用，去实现与屈原的心灵对话，去发掘屈赋丰富的审美价值，经过他的演绎和阐释，画的欣赏者除了在画境中再次感受原作的魅力之外，甚至还可以捕捉到新的审美信息。"《九歌图》的影响十分巨大，尤其是《屈子行吟图》中的屈原像，一直作为后世画家创作屈原像的楷模，很多读者心目中的屈原就来自此图"②。

除了屈原的作品，还有不少经典作家的作品以书法、绘画的形式传播至今。自宋代苏轼开创以书写陶风的传统以来，后世书家书写陶渊明作品者层出不穷，仅明代就出现了书写成就很高的"吴中三家"祝允明、文徵明、王宠，此外另一位著名书法家董其昌也曾用书法创作陶渊明的《饮酒》

---

① 陈鸣编著：《艺术传播 心灵之谜》，上海交通大学出版社，2003，第31页。
② 裴沙：《陈洪绶研究：时代、思想和插图创作》，人民美术出版社，2004，第19页。

《归去来兮辞》等诗文①。据《中国书画目录》第一册②所载，我国各地收藏的、明清两代书画家以经典诗文为表现对象的作品就相当可观，兹举数例如下：

[明] 祝允明	草书前后赤壁赋	[明] 祝允明	行书连昌宫辞
[明] 杨嘉祚	行书后赤壁赋	[明] 董其昌	行书苏轼诗
[明] 文徵明	东坡诗意图	[明] 徐渭	行书前赤壁赋
[明] 陆治	桃源图	[明] 张凤翼	行书秋声赋
[明] 蓝瑛	坐爱枫林图	[明] 张瑞图	行书王维诗
[明] 张瑞图	行书秋兴八首	[明] 张瑞图	行书前赤壁赋
[清] 弘瑜	行书李白甘泉歌	[清] 王著	归去来辞图
[清] 王芑孙等	楷书赤壁赋	[清] 周珣	关羽读春秋图
[清] 蔡泽	东篱采菊图	[清] 任颐	桃源问津图
[清] 朱白	桃花源图	[清] 蓝梦	桃源渔隐图
[清] 袁耀	鸡声茅店图	[清] 严绳孙	行书琵琶行扇面
[清] 苏六朋	三顾茅庐图	[清] 王式	明月清泉图
[清] 顾见龙	夜宴桃李园	[清] 章钰	暗香疏影图
[清] 王坼	桃花源图	[清] 高士奇	行书枯树赋

其中涉及的文学体裁有诗、词、文、赋、小说，涉及的经典作家有陶渊明、庾信、王维、李白、杜甫、白居易、温庭筠、苏轼、林逋等。其中，陶渊明的《桃花源记》是一篇深受历代画家青睐的经典作品，以此为题作画去再现桃源美好风光的画家不在少数。他们贡献的精美画卷再度引发文人骚客对桃源仙境的向往和意义追问，表现之一便是题《桃源图》诗的产生。自唐代韩愈作《桃源图》诗后，历代都有同题诗作问世，这种三度再创作的行为同样具有传播经典和扩大经典影响力的功能，现列举三首如下：

　　劳君蘸笔桃花水，为写秦人洞口山。寄语渔郎莫惆怅，仙源今已在人间。

　　　　　　　　　　——清·徐拙斋（名朝彝）《题纪退庵画桃花源图诗》

　　绿萝山远拥晴岚，白马涛生万象涵。留与千秋做粉本，岂徒名胜著湘南。

　　　　　　　　　　——清·康芦村（名学伦）《题唐小侠画桃花源图诗》

---

① 参见魏若轩：《明代书法中的陶渊明》，《中华读书报》2019年1月30日，第3版。
② 中国古代书画鉴定组编：《中国古代书画目录》第一册，文物出版社，1984。

桑麻鸡犬在人间，几度邀游怯往还。应是山灵久相待，故教先看画中山。①

——清·陈太霞（名乐光）《题蔡静生画桃花源图诗》

诗人面对画图，或赞美画家的画工画技，或表达自己赏画时的心情。无论何种情况，都是一次心灵的漫游，都具有重温原作的"重读"意义，经典历史影响的穿透力再次得以体现。

郑振铎先生深谙诗画艺术相通的道理，他在写作《插图本文学大纲》时，就切实贯穿了诗画一体的大文艺观。在文学史中附入插图，郑振铎实属先例首开。例如，他在《诗经与楚辞》一章里介绍屈原生平时，于"屈原至于江滨，被发行吟泽畔，颜色憔悴，形容枯槁"一段文字旁，特意配上了一幅由明末清初芜湖著名画家萧云从创作的《屈子行吟》图，使文字描写具体化形象化。在介绍屈原作品之时，又插上了楚辞画，画意展现的是《天问》诗句"羿焉弹日？乌焉解羽？"又如，《曹植与陶潜》一章，插入了图画《渊明抚松园》②，图文并茂，相得益彰。这样的插画有助于读者对于经典文本内容的理解和把握。

5. 经济力量继续参与文学经典的传播和建构

在古代文学经典传播阶段，经济的力量所发挥的作用除了与教育合力培养经典的接受者之外，还体现在促进图书市场和娱乐市场的发展与繁荣，进一步拓展文学文本的传播渠道，并加速其传播，有效地扩大经典作品的社会影响，并且催生通俗文学经典的产生。同时，市场经济的繁荣，赋予大众话语在经典建构中的一席之地。

戏曲舞台是传播文学经典的重要阵地之一。戏曲演出在元明清形成了一条日趋完整的产业链，整个运作无不显示出经济利益的驱动。经典文本欲通过舞台进行传播，借助的对象不仅仅是人，还有金钱，因为就演出方而言，演出的每一个环节诸如服饰、道具的制作，场地的租用，尤其是全体演职人员和管理人员的酬金，都需要数量不等的资金支持。另外就消费者而言，经济窘迫的个体很难产生戏曲消费的实际行为，所以，经济落后的地区难以出现戏曲繁荣的局面。明代吴江人王叔承（1537—1601）《金陵艳曲》描绘当时南京城市的繁荣与戏曲活动的普及云："柳晚黄金坞，花明白玉京。春风十万户，户户有啼莺"③，"啼莺"此处指歌女，形

---

① ［清］唐开韶、胡焯编撰：《桃花源志略》，岳麓书社，2008，第427—429页。
② 郑振铎：《插图本文学大纲》（上），中国文联出版社，2010，第129、209页。
③ 赵山林选注：《历代咏剧诗歌选注》，书目文献出版社，1988，第119页。

象地揭示了市民经济富足与戏曲消费之间的关系。元代散曲家杜仁杰（约1201—1282）套曲【般涉调·耍孩儿】《庄家不识构阑》描写了一个庄稼人进城看戏的场景，其中庄稼人"要了二百钱放过咱"的自述，显示的是看戏需花钱以及下层民众的消费水平。据清代学者王应魁《柳南随记》载："《长生殿》传奇初成，授内聚班演之，圣祖（康熙帝）览之称善，赐优人白金二十两"，在《长生殿》演出史上，数次出现经济实力雄厚者斥重金聘请戏班出演，如康熙三十一年，山西平阳亢家费资四十余万两，曹寅演出一次，仅衣装费就高达数万①。经济实力雄厚者可以欣赏到《长生殿》的全本演出。

图书出版是文学经典传播的另一重要路径。经济的力量推动印刷业的迅速发展，为文学经典的传播以及经典化效应的强化拓展出更为宽广的路径，《西厢记》和《三国演义》的刊印足以说明这一点。明清时期，由于出版业的兴盛，《西厢记》的各种校注本、评点本、插图本得以大量涌现，版本数量之多创中国戏曲史新高，据统计，"明清时期《西厢记》的刊本数量有近160种"②，王应奎《柳南随笔》提到的"几于家置一编"的普及盛况，正是在这种背景下出现的。《三国演义》成书之初，主要以抄本的形式流传，传播范围相当狭窄，且传播速度也较为缓慢。明嘉靖元年《三国志通俗演义》二十四卷刊刻面世，这是现存第一部明代章回历史小说刊本，标志《三国演义》的传播进入了一个新的历史阶段。程国斌认为，《三国演义》刊本的面世对于历史小说的创作与刊刻产生了巨大的影响，具有"典范意义"。在明代享有"双绝"之誉的《三国演义》与《水浒传》，双双通过书坊刊刻的渠道，"并传于世，则数朝事实，使愚夫愚妇一览可概见耳"③。印刷数量的增多势必导致印刷成本的降低，从而拉低书刊的售价，使"愚夫愚妇"获得了阅读小说的机会。于是，小说文本读者队伍的数量因此剧增，读者构成成分随之呈现出多元化特征。其传播规模以及社会影响在古代文学传播史上堪称空前。

此外，中国封建社会的中后期，商品经济的发展导致市民阶层的壮大，既为通俗文学的发展提供适宜的文化土壤，也为传播中的文学经典培养接受者和欣赏者。

当然，较之政治、道德等传统主流话语，经济的力量在经典化机制体系内长期处于非主流地位，这与中国古代特定的经济形态及其作用有关。

---

① 江巨荣：《明清戏曲剧目、文本与演出研究》，上海古籍出版社，2014，第266页。
② 赵春宁：《〈西厢记〉传播研究》，厦门大学出版社，2005，第10页。
③ 程国斌：《明代书坊与小说研究》，中华书局，2008，第243页。

农业经济是中国古代上千年社会的主要经济形态。长期以来，国人习惯将农业经济称为"小农经济"，是因为它以家庭为单位，男耕女织，生产规模小，分工简单，农副产品主要用于自我消费，不用或较少用于商品交换。农业经济在国家政权的掌控下，缓慢且平稳地向前发展，变动幅度亦小，故对内难以产生自我变革的契机，对外难以摆脱不合理的政治制度及其社会秩序的束缚。个体作家已经完全习惯世代相承的农耕生活方式，其思维方式和审美心理都深深地打上了农耕文化的烙印。

6.民族思维方式和审美心理的潜在影响

民族的思维方式和审美文化心理在影响广大受众认可文学文本的经典身份，以及接受经典价值方面，发挥着不容忽视的潜在作用，魏晋时期盛极一时的玄言诗，鲜有在后世成为历代接受者"重读"的经典诗篇，当与此有直接关系。

思维方式是指"体现一定思想内容和一定思考方法、使用于特定领域的思维模式"①，通常表现为一种带根本性的思维习惯和思维倾向。一个民族在长期的共同生产和生活的基础之上，在民族心理活动的发展过程中，必然会形成自身观察和处理问题的特殊观点、固定思路以及思维品质的特点。思维习惯和倾向一旦形成，势必积淀于民族的审美文化心理之中，影响他们的文学创作以及对于经典的接受。

在农耕文化背景下形成的中华民族的思维方式包含了以下几个明显的特征：一是道德思维，即习惯将问题纳入道德的范畴进行思考，擅长从道德的角度去认识和把握事物，故在文学经典化机制中道德的力量十分强大。其二，整体动态平衡思维，即将事物视为一个整体，在承认其内部对立面存在的同时，更加关注它的统一，强调矛盾在运动中达到平衡与和谐，此乃中国古代哲学最根本的思维方式。中国古代哲学以"天人合一"为最根本的命题，由此在文学创作领域推衍出"情景交融"的命题，古典诗学在实践过程中将此作为判断诗歌是否具有经典性的重要标准。其三，直觉思维，即非逻辑思维，是"以形象思维或灵感思维为主的思维活动"②，它缺少完整、系统的分析过程以及概念—判断—推理的逻辑程序，主要依靠灵感、顿悟迅速理解并做出判断和结论。中国古代诗学家在品评欣赏诗歌经典时相当充分地体现了这种思维品质的特点。其四，取向比类的思维，即形象思维，指思维的过程始终伴随着形象。从《诗经》开始，古代诗人就表现出长于形象思维的倾向，他们擅长将形象相似、情景相关的事物联系

---

① 田运：《思维方式》（思维科学丛书），福建教育出版社，1990，第2页。
② 杨春鼎：《直觉、表象与思维》（思维科学丛书），福建教育出版社，1990，第31页。

在一起，通过比喻、象征、联想等方法，通过具体形象来表现对外部世界的认知和表达个人内在的情怀，从而形成由此及彼，由浅入深，借物寓意，借景抒情的创作特色。《诗经》中比兴手法的运用，先秦诸子散文使用的大量比喻，唐诗宋词元曲出现大批具有情景交融意境的经典篇章，均属于形象思维的产物。相较而言，玄言诗的写作在第三、四两点上，显示出与民族思维方式一定程度的偏离，这当是它遭到后世读者冷落的重要原因。

玄言诗是指以玄学思想为主要表现内容的诗歌，诗人运用诗歌的形式谈玄说理，表达自己的哲理玄思与人生体悟，其作品具有较为明显的思辨和理性色彩，自有存在的价值。玄言诗由正始嵇阮畅其风、西晋诸名士步其后，以玄入诗风气更加突出，至东晋则出现创作大盛的局面，诚如《文心雕龙·明诗》所言：“江左篇制，溺乎玄风，嗤笑徇务之志，崇盛忘机机之谈”[①]。在玄言诗创作与传播过程中出现了一个比较特殊的现象，创作者与接受者基本上是同一群体，玄言诗的写作者同时也是玄言诗的欣赏者，身份较为固定，诗歌传播范围相对比较狭窄。在玄学兴盛的年代里，那些具有相当的知识素养和理性精神的文士，在探究玄理，并以此为指导，去处理生与死、出与处、人与自然等关系，去追求超凡脱俗的人生境界时，深切地领略到了其中的魅力，诚如胡大雷所言：“由于对谈论玄理的极大兴趣和执着追求，人们对谈论玄理的聚会更有极大的热情并积极地参与，从中获得美的享受和满足”[②]。当然，在写作和欣赏玄言诗的过程中，他们同样可以获得精神满足和美感享受。问题在于，玄言诗的传播始终囿于上层社会名士和名僧这一狭小的文化圈子里，他们所共同拥有的玄学理论素养以及玄理化的思维方式，从来不是古代诗歌创作者以及欣赏者的必备素质，甚至还显示出与民族传统思维方式的某种偏离，于是成为后世读者“重读”的障碍。形象思维的过程应当包括“形象的感受、储存、加工、创造，直到用语言描述形象”等多个环节[③]，我们在现存部分玄言诗中几乎看不到这些环节的存在，例如：

> 混沌无形气，奚从生两仪？元一是能分，太极焉能离？
> 玄为谁翁子，道是谁家儿？天行自西回，日月曷东驰？
>
> ——张华《诗》[④]

① ［梁］刘勰撰，周振甫译注：《文心雕龙译注》，中华书局，1980，第58页。
② 胡大雷：《玄言诗研究》，中华书局，2007，第205页。
③ 杨春鼎：《直觉、表象与思维》（思维科学丛书），福建教育出版社，1990，第40页。
④ 逯钦立辑校：《先秦汉魏晋南北朝诗·晋诗》卷三，中华书局，1983，第622页。

猗与二三子，莫匪齐所托。造真探玄根，涉世若过客。
前识非所期，虚室是我宅。远想千载外，何必谢囊昔。
相与无相与，形骸自脱落。
鉴明去尘垢，止则鄙吝生。体之固未易，三觞解天刑。
方寸无停主，矜伐将自平。虽无丝与竹，玄泉有清声。
虽无啸与歌，咏言有余馨。取乐在一朝，寄之齐千龄。

——王羲之《兰亭诗》①

大朴无像，钻之者鲜。玄风虽存，微言靡演。
邈矣哲人，测深钩缅。谁谓道辽，得之无远。

——孙绰《赠温峤诗》②

诗人既以玄理为表现对象，又将玄思贯穿在写作过程之中，这种脱离形象、直言玄理的情况，在当时并非个别。张廷银论及玄学思潮对魏晋士人思维方式的影响时指出："玄理化思维引导文人略脱具象而求取义理"，③所言极为中肯。正是这种在一定程度上脱离具体形象而专事谈玄、过分追求理趣的创作倾向，使缺少情趣、缺少余韵、缺少生动形象性的玄言诗难以获得更为广泛的读者群体，其经典化必然受到影响。

宋初诗坛"庄老告退，而山水方滋"局面的出现，宣告了玄言诗创作热的结束。诗坛风向转换的背后，是社会哲学思潮和审美观念的嬗变。玄风的日益消退，文人士大夫山水审美观念的日益明晰，对于山水审美感受能力的明显提高，诗歌创作队伍成分的"去世族化"，以及"新变"文学观念的确立，凡此种种，不仅使玄言诗的写作者迅速减少，而且严重地影响了玄言诗的传播与经典化，因为它缺少了"重读"者。在诗学领域，钟嵘《诗品序》对玄言诗提出了批评："永嘉时贵黄老，稍尚虚谈，于时篇什，理过其辞，淡乎寡味。爰及江表，微波尚传，孙绰许询桓庾诸公，诗皆平典似道德论，建安风力尽矣。"④与此相一致，钟嵘将孙许二人的诗歌列为下品。所谓"平典似道德论"，是针对玄言诗缺乏文学的某种特质而言，具言之，缺少情感的激荡和形象的参与。钟嵘于《诗品序》开篇便提出"感物"说，强调诗歌创作与外物的关系："气之动物，物之感人，故

① 逯钦立辑校：《先秦汉魏晋南北朝诗·晋诗》卷十三，中华书局，1983，第896页。
② 逯钦立辑校：《先秦汉魏晋南北朝诗·晋诗》卷十三，中华书局，1983，第897页。
③ 张廷银：《魏晋玄言诗研究》，商务印书馆，2008，第54页。
④ ［梁］钟嵘：《诗品》，载［清］何文焕《历代诗话》（上），中华书局，1981，第2页。

摇荡性情，形诸舞咏。"在他的诗学视野中，物一方面包括"春风春鸟，秋月秋蝉"等一系列自然物象及其生命律动，另一方面还包括"楚臣去境，汉妾辞宫"①等社会现象及其情感内涵，当它们成为诗人的观照对象时，既是诗人创作灵感的引发物，触景而生情，也是他们情感的载体，借景而抒情。钟嵘虽然没有提及形象思维的问题，但他的全部描述和阐释明显地表现出对形象参与诗歌创作的重视。钟嵘对玄言诗的否定性评价，从一个特定的角度反映了南朝文坛倡导文学新变的时代潮流，时代文学观念的嬗变导致诗歌价值评判标准的变化，造就了玄言诗受冷落被批评的局面，在南朝就已经失去进入文学经典行列的机会。许询作为东晋玄言诗的代表人物，地位极高，与孙绰并称"一代文宗"，其著作《隋书·经籍志》四著录："晋征士《许询集》三卷，梁八卷。录一卷。"②可见在隋朝他的作品已经散佚不少，其诗流传至今的甚少，且无全篇，如果不是逯钦立先生在辑录《晋诗》时，从《文选》江淹《杂体诗》注中摘出许询《农里诗》残句"亹亹玄思得，濯濯情累除"，今人根本无法感受到许诗的玄言风貌，这正是未受到后人重视的结果。

探讨玄言诗难以成为文学经典这一问题，并不意味着否定诗歌言理的必要性，更不是全盘否定言理诗所具有的思想价值和文学价值，只是客观地揭示民族思维方式和审美心理在经典化机制运作过程中，实实在在发挥了作用。陶渊明的《饮酒》"结庐在人境"，苏轼的《题西林壁》"横看成岭侧成峰"，皆包含哲理，它们之所以成为经典，一个重要的原因便是诗人将形象与哲理有机地结合起来，寓哲理于形象之中。

7. 宗教的影响

宗教的世界观、价值观以及思维方式，对古代广大文学受众的接受态度，产生过不可忽视的影响。宗教元素是不少经典文本思想内涵的构成要素，例如，经典作家梦幻体验的形成与表达，就受到佛教色空观的影响；叙事文学经典作品中因果报应模式的形成，也明显受到佛教轮回观的影响。同时，宗教元素也成为包括文学评论家在内的历代"重读"者的接受基础之一。文学批评是古代文学经典化的重要路径，自宋以还，文学批评思想和批评方法开始融入了佛教的因素，其中一个典型的现象是，宋代诗坛出现的、以严羽《沧浪诗话》为代表的"以禅喻诗"的风气，就明显受到禅宗思想的影响。陆游《九月一日夜读诗稿有感走笔作歌》云："诗家三昧

---

① ［梁］钟嵘：《诗品》，载［清］何文焕《历代诗话》（上），中华书局，1981，第3页。
② ［唐］魏征等：《隋书》卷三十五志第三十，中华书局，1973，第1067页。

忽见前，屈贾在眼元历历"①，便是顺应时代风气，借禅语来谈诗。这不仅仅是批评话语的借用，同时也反映了陆游在阅读传统经典文本时品诗思维和评诗方法的嬗变。

清代著名学者纪昀谈及佛教在中国的影响时，指出了接受者的分殊："佛自西域来，而其空虚清净之义，可使驰骛者息营求，忧愁者得排遣。其因果报应之说，亦足警诫下愚，使回心向善，于世不为不补。故其说得行于中国。"②其中果报说的接受群体比较庞杂，其中既包括王公贵族、文人士大夫，也包括下层普通百姓，唯其如此，因果报应思想才成为古代小说和戏曲作家构思情节结构、安排人物结局时的重要指导法则之一，从而铸就了叙事文学善有善报、恶有恶报的大团圆模式。《窦娥冤》是经典化程度极高的戏曲作品，为了表达扬善惩恶的创作主旨，关汉卿在结构安排上特意设计了"鬼报"的情节，让窦娥的鬼魂上场鸣冤叫屈，最后通过清官窦父天章之手严惩恶棍贪官，窦娥最终得以报仇申冤。鬼魂能够上场的理论前提是佛教灵魂不灭、三世轮回的观念。广大观众之所以并不质疑这一情节的"荒诞"性，是因为他们愿意相信并且认可佛教的相关思想。在此，作家与观众达成了高度一致。在下层民众根本无法洗清自己冤屈的残酷现实面前，关汉卿为了实现弘扬正气、抨击邪恶的创作目的，巧妙地将佛教的因果轮回观念转化一幕为广大观众能够接受、也乐于接受的艺术场景。《窦娥冤》之所以能够广泛传播，一个重要因素是它拥有通过"鬼报"而实现扬善惩恶的结局，满足了广大受众要求伸张正义的文化心理诉求。现代著名戏曲作家田汉对此深有体会，他围绕《窦娥冤》的主要情节，并联系关汉卿的生平行迹，创作了话剧《关汉卿》，剧中第六场再现了《窦娥冤》上演时观众的反应：

魂旦（唱尾声）：你将那滥官污吏都杀坏，敕赐金牌势剑吹毛快，与一人分忧，万民除害。（观众席发出喝彩声。有人叫"为万民除害！"）③

田汉在进行了大量创新性描写后，仍然在舞台上保留了关汉卿原作的"鬼报"情节，为后世观众"重置"了《窦娥冤》传播的历史场景，传统果报观在经典传播过程中的积极作用在现代作家的形象演绎中得到了进一

① 王运熙、顾易生主编：《中国文学批评通史·宋金元卷》，上海古籍出版社，1996，第406页。
② ［清］纪昀：《阅微草堂笔记·槐西杂志四》，华夏出版社，1998，第286页。
③ 田汉：《关汉卿》，作家出版社，2000，第46页。

步揭示和肯定。

清代的蒲松龄（1640—1715）是一位深受佛教因果报应思想影响的作家，故其文言短篇小说集《聊斋志异》中有不少宣传果报观念的作品。他通过一个个具有奇幻色彩的故事，反复强调善有善报、恶有恶报的道理，卷六《江城》一篇讲的是临江人高蕃之妻江城性格多疑暴烈，高蕃及其家人朋友不堪其虐。后经老僧宣讲佛果，江城幡然悔悟，痛改前非，孝顺公婆，勤俭持家，结果三年之后，家庭和睦，"富称巨万"。对此，异史氏曰："人生业果，饮啄必报，而惟果报之在房中者，如附骨之疽，其毒尤惨。每见天下贤妇十之一，悍妇十之九，亦以见人世之能修善业者少也。观自在愿力宏大，何不将盂中水洒大千世界也。"①江城的转变说明，在清代佛教的因果报应观念的影响已深入下层普通民众的心灵世界之中，蒲松龄深切感受到这一点，故通过讲述江城的故事借以宣传"妻贤则家和"的道理，同时也再次肯定佛教因果观对女性人格塑造的重要作用。广东南海人何守奇（生卒年不详）、贵州广顺州人但明伦（1782—1855）是清代两位著名的小说评点家，作为特殊的接受者，他们的评点对于《聊斋志异》的经典化给予了很大的推动作用。由于同样受到因果报应思想的影响，故在评点《江城》时，他们对蒲松龄的思想观念及其艺术处理纷纷表示赞同：

何（守奇）评："不昧因果"。

但（明伦）评："前世因，今生报。父子夫妇之间多有之，所不同者，善恶之分耳。无因则无报：无因者，虽求之而不能得；有报者，亦麾之而不能去也。"②

如果说《江城》尚不属于传世名篇的话，那么《窦氏》则因其强烈的现实批判性而进入了文学经典的行列。该小说讲述了世家公子南三复对农家女子窦氏始乱终弃，导致其抱儿僵死，自己最后也招致恶报的故事。蒲松龄出于对南三复品行的深恶痛绝，让窦氏鬼魂的报复尤其决绝，对此，何守奇评云："女之报南虽酷，然南之所以待女者亦忍矣。种瓜得瓜，种豆得豆，又何过焉？"③果报观构成了小说创作者和传播者之间的思想桥梁。

与但明伦相比，何守奇在对《聊斋志异》的评点中，更加注重小说文本蕴含的果报思想及其艺术表现，例如：

① ［清］蒲松龄著，张式铭标点：《聊斋志异》卷六，岳麓书社，1988，第270页。
② 朱一玄编：《聊斋志异资料汇编》，南开大学出版社，2002，第423页。
③ 朱一玄编：《聊斋志异资料汇编》，南开大学出版社，2002，第416页。

评《小翠》："德无不报，虞之报王公也至矣。"

评《阎罗殿》："一饭之报，鬼神之情状如此。"

评《姚安》："此事之报，与徐文长略相似。"

评《任秀》："鬼报甚巧。"

……①

由此看来，佛教的思想因素已经转化为何守奇的文学评价标准，所以他才能够做出如此具体，甚至细微的评点。

当然，由于中国传统文化本质上属于现世型文化，具有强烈的现实指向性，故宗教在文学经典化机制建构中不占主导地位。

---

① 朱一玄编：《聊斋志异资料汇编》，南开大学出版社，2002，第431、432、438、459页。

第十章　古代文学经典化机制运作的规律与特点（下）

——随时而变　自我调整　更新超越　路径延伸

　　顺应时代的变化而不断进行自我调整，在保持自身稳定性的同时，又体现出更新超越的能力，这是中国古代文学经典化机制运作的另一规律性特征。

　　如上一章所论，参与建构古代文学经典化机制的各种文化元素，既协力合作，又"各司其职"，两种状况同时存在，此乃经典化机制的共时态基本状况。随时而变，则是古代文学经典化机制的历时性特征，它充分体现出经典机制建构的开放性和发展性。不同时代的文学接受者，由于阅读背景的文化差异，对经典标准的认识必然显示出与前代的种种差异，由此带来的则是经典效应的此消彼长。萧纲的宫体诗在梁朝无疑是经典，入陈朝后仍然具有明显的经典效应，甚至在初唐其历史影响也依然可见。然到了盛唐，历史前行的强大动力带来了人们审美观念和文学观念的巨大变化，诗坛上的宫体诗风便荡然扫尽，即便是乐工伶人演唱的也是诸如"黄河远上白云间"这类表征盛唐气象的优秀诗篇。一旦遇到文化转型时期，文学接受者的观念和标准甚至可能产生翻天覆地的变化，五四新文化运动以后，国人对于古代文学经典的接受态度更加明显地表现出了"随时而变"的历史倾向。因此，我们的研究视野不应仅仅局限于古典时期，毋庸置疑，封建帝制的被推翻并不意味着古代文学经典化的终结。经典的价值具有超越时空的文化穿透力，经典化机制同样具有强大的更新与再生能力。随着时代的向前发展，空间的不断拓展，文学经典化路径不仅由单一到多样，呈现出日益丰富的演进轨迹，而且还因生成机制的变化而出现此消彼长的情况。受制于社会意识形态的重大变革，部分经典的身份难免会发生相应变化，经典的价值也随之出现衍生或消解的现象，因此，古代文学经典化路径在现代的延伸与嬗变，同样值得关注和研究。基于这一认识，本章拟在对前文各大类别材料进行归纳总结和进一步提炼的基础上，从宏观的角度揭示经典化机制运作的时代特色与发展规律。

第一节　古典时期经典化机制的局部调整
与经典效应的时代差异

　　文化的发展与传承总是通过认同和离异这两种相反的作用完成的，换言之，文化的异代延续或以认同为主流，或以离异为特征。所谓"文化认同"，是指后代文化保持着与前代主流文化一致或基本一致的阐释，对前代文化诸多方面进行进一步发掘，从而形成纵向发展的链条。在以文化认同为主流的时代，既有的思想规范和行为界限得到巩固，传统的话语权力仍然占据文化的主导地位，享有继续发挥威力的庞大空间。此时，社会已经形成的关于经典的评价体系和评判标准呈现出稳定性特征，不会在整体上发生颠覆性的质变。所谓"文化离异"，则是指在一定历史时期内出现的对传统主流文化的怀疑、批判甚至否定、颠覆的现象，此时，既定的规范和界限被打乱甚至被推翻，原先被压抑的能量得到了释放的空间，那些曾经被忽略抑或被排斥的非主流文化元素开始被兼容和受到重视。一旦这种离异作用占据了社会的主导地位，历史便进入文化转型时期，"洋务运动至五四新文化运动期间，中国经历了第一次文化转型"[1]，该时期的社会文化精英致力于在新的思想指导下，建立起一个新的世界，经典化机制因社会文化的裂变而发生相应的巨变。当然，认同与离异并非截然分开的两种状态，在认同时期并不排除局部变异的可能性，而离异也不等同于完全中断，其中必然有一脉相承之处。这种状态必然影响到经典化机制的运作。

　　本节所谓"古典时期"，是指五四新文化运动发生之前的中国古代社会，学界习惯称之为"封建社会"。自秦始皇用郡县制代替分封制，建立起中央集权的专制统治，以及汉武帝采取罢黜百家、独尊儒术的思想方针，直至明清，中国古代社会的文化传承便以认同为主流和常态。与之相适应，古代文学经典化机制的内部结构及其运作在总体上长期保持稳定、平衡的态势。当然，如果某一时期社会思想思潮出现了较为明显的变化，例如魏晋时期玄学的兴盛，宋明理学的形成以及明中叶哲学思潮的嬗变等，

---

　　① 杨春时：《中国文化转型》，黑龙江教育出版社，1994，第152页。

社会文化系统必然会出现局部的、不同程度的离异现象，文学经典化机制也随之做出相应的调整，调整的幅度因时而异。各子系统的介入程度以及发挥作用的大小、显隐，难免出现此消彼长的局面，文学经典化在向前推进的历史进程中，经典效应会出现"异音"和"多声"这两种引人注目的现象。

一、经典文本解读立场的随时而变：以《诗经·关雎》为考察中心

中国古代文学经典化机制是由若干不同层面的要素建构而成的，经典化路径的多样性特征的产生，与此有着直接关系，它从特定的角度体现了不同时代、不同身份、不同立场的读者所具有的不尽相同的精神需求，以及不同的接受方式。在古代文学经典化机制的产生与运作过程中，读者的参与是一个至关重要的因素，社会身份、文化素养、思想观念，乃至谋生手段，都决定着他们的参与方式以及参与程度。不同群体的读者在不同的文化背景下，对于经典化路径的开辟与拓展，给予的着力点不会完全一致，而着力点的不同，反映的正是经典化机制运作中随时而变的局部调整，其最终结果便是同一经典文本出现不同的解读，经典效应亦不尽相同。《诗·关雎》经典化历程中出现的阐释立场的重大差异，形象具体地诠释了经典化机制运作中局部调整与经典价值呈现之关系。

成书于先秦的《诗三百》，经过春秋列国卿大夫用《诗》以及孔子论《诗》，其内涵意义在后人的多样性阐释中不断增值，至西汉便已达到经典化高度，在中国封建王朝的政治统治、道德建设、学术研究诸多领域发挥着巨大作用。考察《诗三百》经典化流程，不难发现先秦时期存在的两大重要路径，一是由西周礼乐制度打开的用诗通道①，二是由儒家大师孔子所确立的解诗思路。《关雎》乃《诗经》重要篇章之一，它一方面因《诗经》的经典化而经典化，另一方面又因其位于《诗三百》之首以及来自"周南"地区这两大显著特点而受到历代治经者的格外重视，在国家权力介入下，后世学者围绕《关雎》所进行的经学解读进一步拓展《诗经》经典化的路径，使《关雎》的影响涉及并深入诗教、乐教以及女教多个领域。随着时代的发展，在《关雎》的阐释系统中开始出现去经学化的颠覆性解读，这种解读再次开辟出《关雎》经典化的新路径，《关雎》又在文学创作领域获得经典性价值。

1. 先秦孔子论《诗》与《关雎》经典化路径的开辟，汉帝尊孔举措与

---

① 参见刘冬颖：《上博竹简〈孔子论诗〉与〈诗三百〉经典化源流》，《诗经研究丛刊》第八辑，第27—28页。

《关雎》的政教价值的凸现

中国古代的诗教与乐教构成了《关雎》经典化表现的两大主要领域，换言之，经孔子评价的《关雎》一诗，在古代诗歌理论和音乐理论领域内具有典范意义与样板价值。居于中国传统诗教或乐教理论体系核心的价值取向，以及采用的基本言说方式，无不受到孔子论《诗》的规范与支配。孔子高度重视诗歌所具多样性社会功能，种种言说总是聚焦于诗歌与现实人生之关系，《论语·八佾》云："子曰：'《关雎》，乐而不淫，哀而不伤'"①，正是他针对作为诗歌的《关雎》所做出的兼涉内容与形式两方面的具体评价，言简意赅，字字千钧，其精髓概而言之是提倡诗歌思想感情和语言音调的中和之美，在肯定内容真实性的前提下推崇表达的节制性。因《关雎》位于《诗三百》之首，孔子举以评诗，亦可"代表他对全部三百篇的评价"②，又因当时《诗三百》皆可入乐，故孔子论《关雎》在音乐创作领域同样具有指导意义。本来，崇尚思想情感表达的中和之美并非属于孔子个人的审美好尚，据《左传·襄公二十九年》载，吴公子季札观赏周乐时就先后赞美《周南》《召南》"勤而不怨"，《邶风》《鄘风》《卫风》"忧而不困者"，《豳风》"荡乎，乐而不淫"，称道《小雅》"思而不贰，怨而不言"，《颂》"迁而不淫，复而不厌，哀而不愁，乐而不荒"，认为"五声和，八风平，节有度，守有序，盛德之所同也"③。其论推崇音韵和谐、讲究情感表达节制有度的审美取向与孔子论《关雎》完全同调。然就推进《诗三百》经典化进程的作用而言，吴公子显然无法与在后世成为圣人的孔子相提并论，孔子之所以能够屹立在《诗·关雎》经典化的历史文化源头，成为《诗三百》经典化路径的开拓者，最为关键之处还在于其思想体系的博大精深以及"颇受业者甚众"④的教育业绩，后者直接造就了孔学代有传人、影响日广的儒学界盛况，以至秦时已出现"诸生皆诵法孔子"⑤的局面，而更为重要的是，前者为后人的广泛接受开启了多扇窗口，甚至使封建最高统治者不得不顶礼膜拜，国家最高权力的介入为《诗三百》进入经典的殿堂营建了一条更为快捷的通道，并且深刻地影响到《诗三百》在后世传播的基本面貌。

---

① 杨伯峻译注：《论语译注》，中华书局，1980，第30页。
② 顾易生、蒋凡：《中国文学批评通史·先秦两汉卷》，上海古籍出版社，1996，第87页。在中国古代，这一认识极具普遍性，例如宋人任希夷《毛诗》云："三百诗删麟笔前，周家积累覆锦绵。须知正始基王化，只在《关雎》第一篇。"
③ [清] 阮元：《十三经注疏·春秋左传正义》（影印本），中华书局，1980，下册第2006页。
④ [汉] 司马迁：《史记·孔子世家》，中华书局，1959，第1945页。
⑤ [汉] 司马迁：《史记·秦始皇本纪》，中华书局，1959，第258页。

据《史记·孔子世家》载：汉"高皇帝过鲁，以太牢祠焉。诸侯卿相至，常先谒然后从政"。刘邦以大一统国家皇帝的身份祭拜孔子可谓意义非凡，如果说孔子死后"鲁世世相传以岁时奉祠孔子冢，而诸儒亦讲礼乡饮大射于孔子冢"，祭拜活动尚局限于地域和学派的话，那么，刘备此举实开大统一国家政权祭孔之先河，彰显出孔子及其学说对于封建国家政治文化统治的思想价值，国家祭祀将孔子学说推上了社会文化思想的最高平台，其影响力得以迅速提升。汉武帝建元五年，朝廷正式设立五经博士，以《诗》《书》《礼》《易》《春秋》五部典籍为法定经典，《诗经》的解读从此纳入国家意志控制的范围，传播路径也因国家文化政策的大力支持而畅通无阻。《汉书·儒林传》称："自武帝立五经博士，开弟子员，设科射策，劝以官禄，讫于元始，百有余年，传业者浸盛，支叶蕃滋，一经说至百余万言，大师众至千余人。"① 《关雎》作为治经者必须首先解读的文本，受到的重视程度同样居于首位，宋朝出现的诸如《诗·关雎义解》（见《宋史·艺文志一》）一类专论的产生，足以反映《关雎》在经学领域的重要地位。《诗经》的官学地位一经确立，诗歌文本便被牢固地贴上政治文学文献的"标签"，封建社会上千年主流话语系统言说《诗三百》的经学立场无人能够撼动，圣人的光环也使孔子论《关雎》升华为中国古代诗教和乐教的理论基石，千百年来，倡导"中和之美"作为一条具有真理性的基本指导原则被历代诗论家、乐论家所接受和贯彻，历代文人在表达自己的文学观念或音乐理念、品评作家作品创作得失时，标举《关雎》"乐而不淫，哀而不伤"的原则已成为十分普遍的现象，例如：

先王恐天下流而不反，故具其八音，不渎其声；绝其大和，不穷其变；捐窈窕之声，使乐而不淫。

——晋·嵇康《声无哀乐论》②

及至嘒嘒笙磬，喤喤钟鼓，琴瑟安歌，德音有叙，乐而不淫。好朴尚古，四坐先迷而后悟，然后知礼教之宏普也。

——晋·傅玄《辟雍乡饮酒赋》③

① ［汉］班固：《汉书·儒林传》，中华书局，1962，第3620页。
② ［魏］嵇康：《声无哀乐论》，载［清］严可均辑《全三国文》，商务印书馆，1999，下册第517页。
③ ［晋］傅玄：《辟雍乡饮酒赋》，载［清］严可均辑《全晋文》，商务印书馆，1999，上册第457页。

逮姬文之德盛，《周南》勤而不怨；太王之化淳，《邠风》乐而不淫。

——梁·刘勰《文心雕龙·时序》①

卢疏斋云："大凡作诗，须用《三百篇》与《离骚》，言不关于世教，义不存于比兴，诗亦徒作。夫诗发乎情，止乎礼义。《关雎》乐而不淫，哀而不伤，斯得性情之正，古人于此观风焉。"

——明·俞弁《逸老堂诗话》卷上②

尽管众人阐释的具体对象不尽相同，但以诗为经的解读立场并无二致。他们均沿着经学化的孔子论《关雎》的意义向度，在音乐、诗歌与社会教化的联系中展开各自的论述，不断地重复强调诗乐所具备的政治道德功能，从而在诗学与音乐学领域内逐渐形成以经学批评原则取代文学艺术欣赏的认知模式。

2. 汉代《诗大序》的出现与《关雎》经学化解读路径的定型，由诗而经，诗篇在政治思想领域率先获得经典身份

孔子后学沿着先师的解诗路径，继续围绕《诗三百》文本追溯其在特定历史情境中的文化意义，他们对诗歌文本所进行的诠释活动保持着从过去向当下的延续。然而，由于理解活动的起点与理解背景的种种差异，当其基于自身的理解针对《诗经》某一主题的阐释进行再阐释时，即使绝无重起炉灶之意，却也难免出现阐释视域扩大或者移位的现象，故后学者在沿袭先师解诗思路的同时，又存在着进一步延伸和拓展《诗三百》经典化路径的可能性，《诗大序》（或称《关雎序》）对《关雎》诗的解读则实现了这种可能性。序云：

《关雎》，后妃之德也。风之始也，所以风天下而正夫妇也。故用之乡人焉，用之邦国焉。风，风也，教也，风以动之，教以化之。……故正得失，动天地，感鬼神，莫近于诗。先王以是经夫妇，成孝敬，厚人伦，美教化，移风俗。……是以《关雎》乐得淑女以配君子，爱在进贤，不淫其色。哀窈窕思贤才而无伤善之心焉，是《关雎》之义也。③

关于《诗大序》的作者，学界至今尚无定论，有子夏、卫宏、毛苌作

---

① [梁] 刘勰撰，周振甫注：《文心雕龙注释》，人民文学出版社，1981，第476页。
② [明] 俞弁：《逸老堂诗话》，载丁福保辑《历代诗话续编》，中华书局，1983，第1316页。
③ 郭丹主编：《先秦两汉文论全编》，上海远东出版社，2012，第430页。

等说，然认定此人乃孔学后辈当无大错，汪耀明甚至认为它"基本上完成于西汉学者之手"①。在这段被今人视为儒家文艺思想奠基之作的文字中，诗序作者对于《关雎》的阐释与孔子相比，更偏重对文本内容的揭示，所持道德本位的阅读立场十分鲜明。首先，《诗大序》于《诗经》传播史上首次将《关雎》所吟唱的内容明确坐实为歌颂后妃之德，彻底撇清了它与"民间恋歌""男女情歌"之间的关系；其次，联系文本具体内容着力突出女德培养对于国家政治伦理教化即"风天下而正夫妇"的重要性，完全回避了文本可能具有的"言情"内涵；再次，由一斑而窥全豹，从风天下、正夫妇的道德视角强调《关雎》在《诗经》一书中的重要地位，突出和推崇该诗的创作标杆作用。上述三方面拥有相同的意义指向，言之凿凿地表明"用之邦国"的《关雎》实为一首面向统治者创作或演奏，服务于国家政治统治的庙堂之歌，其要义在于通过"经夫妇"而达到"美教化，移风俗"之目的，这种"尊《诗》为经的功力定向"充分体现了汉代功利主义诗学观。②

《诗大序》所言是否完全忠实于诗歌作者的创作本意？是否为孔子论诗的正确解读？对此，古代学者已有质疑，宋人严粲在所撰《诗缉》卷一分析《关雎》诗时指出："孔子言《关雎》'乐而不淫，哀而不伤'，谓过于乐则淫，过于哀则伤。后妃求嫔妾之贤而未得则忧，而至于辗转反侧，哀而不伤也，既得之则乐之，以琴瑟钟鼓，乐而不淫也。此序'乐得淑女'以下，经师因孔子之言而增益之耳，所谓不淫，其色哀窈窕，皆非诗之旨也。"③严氏所谓"增益"，就其实质而言是指解经者在孔子论《诗》的基础之上，根据个人理解所给予创新性解读，包括内涵的拓展与意义的增减，其论未必完全符合夫子抑或诗人原意。然而，由于伴随《毛诗》而传的《诗大序》延续了孔子的解经思路，而《毛诗》的官学身份又赋予它难以动摇的思想权威性，故其言说内容与理论逻辑仍然得到后世大批经学者的肯定与采用，其中汉唐两位著名学者郑玄（127—200）和孔颖达（574—648）的观点颇具代表性，以孔疏为例：

此篇言后妃性行和谐，贞专化下，寤寐求贤，供奉职事，是后妃之德也。

……

① 汪耀明：《西汉文学思想》，复旦大学出版社，1994，第23页。
② 陈良运：《中国诗学批评史》，江西人民出版社，1995，第65页。
③ 见《钦定四库全书荟要》"经部·诗类"，吉林出版社集团，2005，第119页。

二《南》之风，实文王之化，而美后妃之德者，以夫妇之性，人伦之重，故夫妇正则父子亲，父子亲则君臣敬，是以《诗》者歌其性情。①

既然后妃之性行关乎父子君臣之大义，而倡导贤淑贞专之女德又俨然成为教化天下的逻辑起点，那么《关雎》诗义的发挥必然产生新的意义向度，当其样板价值超越诗教和乐教的范畴而体现于中国古代的女子教育领域后，其经典化路径便通过教育机制得以继续延伸，经典化效应也得到进一步拓展。

《关雎》在女子教育领域内的经典化主要表现为作为国家主流意识形态的载体，为上至帝王后妃下至普通百姓的社会各阶层提供了一个女性恪守道德规范的历史样板。封建帝王及其追随者为确保国家政权的稳定，维护社会尊卑（君臣／男女／父子）有别的等级制度，强烈希望在造就女性柔顺服从品德的前提下顺利实现整肃天下之目的，大力倡导后妃之德，全社会形成了一个自上而下的宣喻系统。唐睿宗《册封皇帝良娣董氏等诰》宣称"《关雎》之化，始于国风；贯鱼之序，著于《大易》。用能辅助王道，叶宣阴教"②，公开表明最高统治者的态度。富有历史责任感的史学家们基于"《关雎》政本""王道之端"的价值认同，不遗余力地宣扬后妃之德基于王道教化的重要意义，自司马迁于《史记》明确指出"周道缺，诗人本之衽席，《关雎》作"（《十二诸侯年表》）之后，类似表述代不乏声：

进贤才以辅佐君子，哀窈窕而不淫其色。所以能述宣阴化，修成内则，闺房肃雍，险谒不行者也。故康王晚朝，《关雎》作讽；宣后晏起，姜氏请愆。

——《后汉书·皇后纪论》③

礼本夫妇，《诗》始后妃，治乱因之，兴亡系焉。盛德之君，帷薄严奥，里谒不忏于朝，外言不内诸闱，《关雎》之风行，肜史之化修，故淑范懿行，更为内助。

——《新唐书·后妃传上》④

---

① 见［清］阮元：《十三经注疏·毛诗正义》（影印本），中华书局，1980，上册第 269 页。

② 周绍良主编：《全唐文新编》第 1 部第 1 册，吉林文史出版社，2000，第 251 页。

③ ［宋］范晔：《后汉书》，中华书局，1965，第 397 页。

④ ［宋］欧阳修等：《新唐书·后妃传》，中华书局，1975，第 3468 页。

妇人之行，不出于闺门，故《诗》载《关雎》《葛覃》《桃夭》《芣苢》，皆处常履顺，贞静和平，而内行之修，王化之行，具可考见。

——《明史·列女传》①

在明代黄淮、杨士奇所编的《历代名臣奏议》中不乏人臣宣讲后妃之德的篇章。考察封建社会推行的女子道德教育不难发现，主流文化系统为了有效发挥《关雎》的道德教化作用，利用庞大而有序的教育机制，采取多种行之有效的手段。那些充当女性教师的男性纷纷致力于女子贤淑敬德、贞静和平品性的培养，他们或通过历史的书写树立正面典范，如《汉书·外戚下》称赞班婕妤"诵《诗》及《窈窕》《德象》《女师》之篇。每进见上疏，依则古礼"②，体现了国家意志对女教的渗透；或通过诗词吟唱襃扬上层女性的道德表率作用，西晋文人成公绥（231—273）作《中宫诗二首》，其二云："天地不独立，造化由阴阳。乾坤垂覆载，日月曜重光。治国先家道，立教起闺房。二妃济有虞，三母隆周王。涂山兴大禹，有莘佐成汤。齐晋霸诸侯，皆赖姬与姜。《关雎》思贤妃，此言安可忘。"③宋代曹勋（1098—1174）《芰荷香·中宫生辰》词下阕云："况是关雎咏懿美，奉东朝晨夕，甘旨芳鲜。上膺慈训，下齐海宇均欢。坤宁暇日，庆盛旦、且款芳筵。永赞二圣当天。雍和化洽，亿万新年。"④均将"关雎后妃之德"的理论言说，转化为具体生活场景。或通过塑造文学艺术形象以显示女德教育的卓有成效，元杂剧《鲁大夫秋胡戏妻》、南戏《杀狗记》等剧本中出现的"颇有《关雎》之德"的贞洁类女性形象，无不折射出经学化的《关雎》对下层劳动女性的深刻影响。当然，对于那些未能恪守女教规范的女子，男性绝不放弃指责与匡正的权力，明初著名学者方孝孺（1367—1402）《二乔观书》诗所谓"深闺睡起读兵书，窈窕丰姿若个谁？千古周南风化本，晚凉何不诵《关雎》？"⑤即以文学形式表达了男性修正和掌控女性行为的良苦用心。

从诗教、乐教扩展到女子教育，《关雎》经典化的道德路径一直笼罩着圣人耀眼的光环，且长期处于国家意志的掌控之中。在儒家思想话语背景下所形成的《关雎》诗义阐释系统，居于核心地位的经学立场始终发挥

① [清] 张廷玉等：《明史·列女传一》，中华书局，1974，第7691页。
② [汉] 班固：《汉书》卷九七《外戚传》下，中华书局，1962，第3984页。
③ 逯钦立辑校：《先秦汉魏晋南北朝诗·晋诗》，中华书局，1983，第584页。
④ 唐圭璋编：《全宋词》，中华书局，1965，第1211页。
⑤ [明] 方孝孺著，徐光大点校：《方孝孺集》，浙江古籍出版社，2013，第966页。

着主导和支配作用，"后妃之德"说作为极具权威性的解读深入人心，成为全社会培养女性品德、端正男性态度的重要理论依据，其影响长盛不衰。直至晚清，著名革命家、教育家梁启超主张男女平等，提倡女子教育，所作《倡设女学堂启》一文云："宫中宗室，古经厘其规纲；德言容工，昏义程其课目。必将傅姆，《阳秋》之贤伯姬；言告师氏，《周南》之歌淑女。圣人之教，男女平等，施教劝学，匪有歧矣。"[①]仍然将《关雎》视为女子教育的经典教材。清光绪三十三年（1907），朝廷颁布《学部奏定女子师范学堂章程折》，标志着女子教育已经被正式纳入国家教育体系之中，此乃中国教育发展史上的重大事件，《章程》开篇即云："窃惟中国女子，本于经训。故《周南》《召南》，首言文王后妃之德，一时诸侯夫人大夫妻，莫不恪秉后妃之教，风化所被，普及民间。"[②]同样立足于传统的经学解诗立场。

3. 李唐以还，去经学化的文学解读与《关雎》经典化路径的新变。《诗》的文学属性浮出历史的地表

在中国诗经文化传统的形成过程中，尊诗为经作为社会的主流解读方法在学术思想界取得了压倒性优势，经过一代又一代固守经学立场的奉儒学者带有明显重复性的意义阐释行为，《诗经》的丰富意蕴在其传播的历史过程中，始终处于一种被选择的状态，长期得以呈现的往往是符合国家意志的意义部分，其他内涵则面临在历史文化阴影笼罩下被消解和隐退的命运。欲发掘和彰显那些可能被遮蔽或隐去的意义指向，需要阅读视野的调整与文本解读立场的转换，一旦有读者开始以文学解读立场取代传统的经学立场，着眼于诗歌的抒情功能和艺术表现方式，那么，《关雎》便能够获得通往文学创作领域的新的经典化路径。

《诗三百》毕竟以"诗"的名义结集，即使后来进入经学圣殿，被尊崇为儒家文化系统的重要思想资源和统治者治理天下的重要思想武器，其自身所具有的诗性价值（即现代语境中"文学价值"或"审美价值"）也不可能在经学化过程中被彻底忽视与完全遮蔽。《诗三百》文本向后世读者群体呈现的不仅仅是以四言为主的诗歌的外部形式，更是一个向解释开放的文化符号和意义系统，不同时代、不同身份的读者从由历史与现实共同形成的存在背景下出发去从事文本的理解与阐释活动，见仁见智便在所难免，多视角的切入与创造性的阐释最终将导致意义追问中的洞天别开。随着"以诗为诗"的非经学化阐释立场的出现，经汉儒权威性的阐释后呈

① 舒新城编：《中国近代教育史资料》下册，人民教育出版社，1961，第789页。
② 舒新城编：《中国近代教育史资料》下册，人民教育出版社，1961，第802页。

现给世人的《关雎》，作为特定的理解对象在与后世读者的视界融合过程中，逐渐生长出新的意义，最终成为"言情"文学的典范。

与站在国家伦理立场"奉诗为经"，强调诗歌文本内容的政治道德内涵与社会教化功能迥然不同的是，"以诗为诗"的解读方法是以个人伦理为前提，解读阐释者着眼于个体的生命体验与情感释放，强调诗歌抒情的本质，重点发掘诗歌文本虽无关风化，却是符合普遍人性人情的诗意内涵及其外在形式美诸因素。在"后妃之德"说早成为真理的时代，《关雎》"情歌"说之所以能够产生，完全得益于"以诗为诗"的非经学化解读立场。从原初的语义层面切入考察《关雎》文本，"情歌"说至少能够获得语义学的理论支持，从初始"窈窕淑女，君子好逑"的情意表达，到中途"求之不得，辗转反侧"的情感焦虑，再到最后"琴瑟和之""钟鼓乐之"的两情相悦，诗人描述的现象与现实生活中青年男性求偶的心理流程颇为契合。后世读者一旦围绕文本的相关描写产生此类联想，尝试从言情的角度形成与诗人的视域融合，其阐释活动必然偏离主流话语指定的传统轨道，而开辟出新的路径去实现《关雎》的经典化。初唐文学家张鹭（约660—740，字文成）创作言情小说《游仙窟》时，对《关雎》的引用便属于此类情况。该小说采用第一人称的自叙手法，叙写男主人公偶入崇山峻岭中的神仙窟，邂逅两位年轻貌美之女子，苦苦追求之后终得一夜欢会。为了揭示男女主人公相会相爱的心理状态，小说家刻意设计了男女主人公饮酒赋诗、以诗达情的重要情节：

> 十娘语五嫂曰："向来纯当漫剧，元来无次第，请五嫂当作酒章。"
> 五嫂答曰："奉命不敢，则从娘子；不是赋古诗云，断章取意，唯须得情，若不惬当，罪有科罚。"
> 十娘即遵命曰："关关雎鸠，在河之洲。窈窕淑女，君子好逑。"
> 次，下官曰："南有乔木，不可休息。汉有游女，不可求思。"……①

心仪对方的崔十娘吟诵《关雎》诗文，自言淑女，君子则以托文成，含蓄地表达了内心强烈的求偶意愿，张文成随即引用《诗·汉广》之文，言恐十娘不可求得，借以袒露自己的急切心情。小说另一人物五嫂所谓"断章取意，唯须得情"的要求，揭示的正是小说家用《诗》的基本原则，以肯定男女青年性爱的合理性为前提，主张为我所用的读诗方法，只要能

---

① ［唐］张文成撰，李时人、詹绪左校注：《游仙窟校注》，中华书局，2010，第13页。

恰当表达内心情感，人们便无须拘泥于他人之说，也不必追问文本的整体意义。张鷟本人或许无意颠覆传统的"后妃之德"说，也未必真正认定《关雎》即为男女表达情爱的民间恋歌，但是，小说男女主人公采取"断章取意"的用诗方式以及"唯须得情"的解诗视角，足以表明在《关雎》的阐释活动中，传统的经学立场已经出现松动的趋势。只是因为相关史料的缺乏，我们尚未找到充足的理由来解释张鷟之所以借《关雎》言男女之情的真正原因。

随着历史的发展，越来越多的《诗经》读者接受和采纳了《关雎》"言情"之说，解读立场的重大变化折射出社会文化思潮的嬗变，元代似乎成为一个历史的拐点。入主中原的元蒙贵族为巩固自身统治，接受汉族知识分子建议，于思想领域推崇孔孟之道，日益重视维护封建专制主义中央集权的程朱理学。不过，他们在缓慢接受汉族封建文化的过程中，对其他外来民族的文化思想也兼收并蓄。《元史·释老传》云："元兴，崇尚释氏，而帝师之盛，尤不可与古昔同语。"[1] 道教尤其是中国北方的全真教一度十分盛行，社会影响很大，西方的基督教传播的力度明显增加，伊斯兰教在中国也开始拥有信徒。社会文化思想价值取向的多元并存，深刻影响到元代士人知识体系的建构，其学之"博"远在"博学虖六艺之文"的"古之儒者"之上（《汉书·儒林传》），涉猎范围非常广泛。据《元史·儒学传》载：侯均"积学四十年，群经百氏，无不淹贯，旁通释、老外典"，金履祥"凡天文、地形、礼乐、田乘、兵谋、阴阳、律历之书，靡不毕究"，"嶃思邃于经，而《易》学尤深，至于天文、地理、钟律、算数、水利，旁及外国之书，皆究极之"[2]。广博涉猎者不为少数。

学者知识体系建构的微妙变化，有助于学术视野的拓展和文化信息的广泛吸取，进而导致他们在文本解读时的不拘一格，催生出解《诗》视角的新变。政治家、文学家刘秉忠（1216—1274，字仲晦，号藏春散人）两首言情诗出现了"关雎"意象，显然与多元价值取向的存在有关。其《咏〈关雎〉》一诗云：

佳人窈窕花难比，才子温和玉不如。
红日转西家事缓，碧纱窗下咏《关雎》。

---

① ［明］宋濂等：《元史》，中华书局，1976，第4517页。
② ［明］宋濂等：《元史·儒学传》，中华书局，1976，第4326、4316页。

其《赠完颜伯诚甫》诗则云：

春风秋月透孤房，恨杀关雎窈窕娘。枯木岩前空积思，散花天上不闻香。

生民世系来千古，相国人家只一郎。安可断流同潦水，合随江汉入汪洋①。

根据二诗描绘的场景和传达的情调，诗人围绕"关雎"意象展开的艺术联想以及采用的比喻，完全建立在情爱表达的层面上，丝毫无涉后妃之德②。据《元史·刘秉忠传》载："秉忠于书无所不读，尤邃于《易》及邵氏《经世书》，至于天文、地理、律历、三式六壬遁甲之属，无不精通。"③因为通经，深受儒家文化传统的影响，故刘秉忠仍然遵循着儒家倡导的"乐而不淫，哀而不伤"的抒情原则，同时，又由于广阔的学术视野激活了解经的思路，赋予他敢于突破传统束缚的艺术勇气，所以又能够不囿经学旧说，翻唱《关雎》"言情"歌。

明中叶以还，伴随社会哲学思潮的重大嬗变，程朱理学的思想藩篱在一定程度上被冲破，离经叛道的《关雎》"言情"说获得了生长的文化土壤，影响日益深广，越来越多的文学艺术家据之为反对礼教束缚、肯定人之感性生命的思想资源，这一点在小说戏曲创作领域表现得尤为突出。著名戏曲家汤显祖的《牡丹亭》成功塑造出一位为情而冲破生死界限的奇女子形象，《牡丹亭·题词》云："情不知所起，一往而深"，其实，正是贴着"圣人"标签但已被作家认定为古老情歌的《关雎》开启了杜丽娘内心情感的阀门，因为在杜丽娘"梦其人即病"之前，刚上完《关雎》一课，当其"读到《毛诗》第一章：'窈窕淑女，君子好逑。'悄然废书而叹曰：'圣人之情，尽见于此矣。今古同怀，岂不然乎？'"（第九出《肃苑》）有此一叹，方才有随后的游园之举，杜丽娘也因此获得了为情出生入死的巨大勇气和力量。有明一代，与汤显祖一样认可《关雎》"言情"说的作家大有人在，在《金雀记》《幽闺记》《玉镜台记》《蕉帕记》《灌园记》等剧作中，"关雎"意象均出现于抒写男女之情的场景里。同样被毛晋收入《六

---

① ［元］刘秉忠著，李昕太等点注：《藏春集点注》卷三、卷四，花山文艺出版社，1993，第232、326页。

② 类似的解读还有虞集的《织锦回文诗》，诗云："宛转千蚕绪，绸缪一寸心。文章遗仿佛，情识堕幽沈。春日关雎意，秋风蟋蟀音。文园空解赋，终愧白头吟。"见［元］虞集：《道园遗稿》卷二。

③ ［明］宋濂等：《元史·刘秉忠传》，中华书局，1976，第3688页。

十种曲》的《霞笺记》更是直接将关雎视为"同举还同宿，同食还同饱"的匹配之鸟，用以表达女主人公对于美好姻缘的向往。

"借力"，是《关雎》得以在文学创作领域内同样成为经典的关键因素。古代作家普遍采用的策略是首先承认《关雎》既有的经典地位，在此基础上，借助经学的强大力量完成具有颠覆传统学说意义的文学创作，进而强化和完善长期边缘化的"言情"说话语体系。《关雎》诗里的"君子"被他们演绎为拥有七情六欲的青年才俊，"窈窕淑女"的身份被巧妙地从有德之后妃置换为有情之美女，圣人求贤若渴的道德情感也公开被渴求性爱的常人欲望所替代。明代《牡丹亭》《霞笺记》如此，清代数部小说亦如此，例如：

> 痴珠道："我如今从你们髻讲起。髻始于燧人氏，彼时无物系缚，至女娲氏以羊毛为绳，向后系之，以荆枝及竹为笄，贯其髻发。《古今注》周文王挲平头髻，昭王制双裙髻。又《妆台记》文王于髻上加翠翘，傅之铅粉，其髻高，名曰凤髻。"采秋接口道："这样看来，文王自是千古第一风流的人，所以《关雎》为全诗之始。"
>
> ——魏子安《花月痕》第二十一回[①]

> 女子又道："凭良心说，你此刻爱我的心，比爱贵业师何如？……圣人言情言礼，不言理欲。删《诗》以《关雎》为首，试问'窈窕淑女，君子好逑'，'求之不得'，至于'辗转反侧'，难道可以说这是天理，不是人欲吗？举此可见圣人决不欺人处。"
>
> ——刘鹗《老残游记》第九回[②]

在上述作品中，贴着"圣人"标签的《关雎》仍然显示出经典的权威性，却不再面对政治生活、道德领域发言，"圣人有情"充当着小说家书写凡夫俗子情爱的理论依据和逻辑起点。诗歌文本经过作家离经叛道的再度阐释后不再成为道德说教的艺术载体，而是拥有迥异于"后妃之德"说的意义内涵，"窈窕淑女，君子好逑"作为一种经典性的男女配搭，成为古典小说、戏曲的"才子佳人"叙事模式得以形成的历史样板。

有清一代，出现了文学解读向经学领域渗透的趋势。晚清著名学者方玉润（1811—1883）著《诗经原始》，旨在探求诗人写作本意。他自觉运用

---

① [清] 魏子安：《花月痕》，中国戏剧出版社，2001，第100页。
② [清] 刘鹗：《老残游记》，天津古籍出版社，2005，第59页。

文学赏析的方法解读《诗经》部分文本，他抛弃流行两千多年的所谓"后妃之德"的政治道德主题说，直接将《关雎》解释为咏新婚诗，其文云：

> 《小序》以为后妃之德，《集传》又谓"宫人之咏大姒、文王"，皆无确证。诗中亦无一语及宫闱，况文王、大姒耶？窃谓风者，皆采自民间者也，若君妃，则以颂体为宜。此诗盖周邑之咏初昏者，故以为房中乐，用之乡人，用之邦国，而无不宜焉。
>
> ……
> 《关雎》似后世催妆、花烛之诗。①

反复强调《关雎》作为婚恋诗的性质，尽管结论未必最为接近事实本真，但其解诗思路无疑具有从经学传统藩篱中突围之重大意义。

在华广生辑录的清代嘉庆、道光年间俗曲总集《白雪遗音》卷二中，有一曲名曰《马头调·诗经注》，曲曰：

> 关关雎鸠今何在，在河之洲，各自分开。好一个，窈窕淑女人人爱，只落的，君子好逑把相思害。辗转反侧，悠哉悠哉，好叫我左右流之无其奈，怎能彀，钟鼓乐之把花堂拜。②

《白雪遗音》收录的均是当时流行的民间俗曲，该曲却标以雅名，以《诗经注》为题，看似站在传统经学的立场，实则反映的是属于下层民众的《关雎》解读。"情歌"身份的认定与学者方玉润的诠释有异曲同工之妙。

对于《关雎》非经学化的阐释经历了一个由边缘到主流的发展过程，在五四新文化运动中，重建《诗三百》的阐释系统构成了新文化人摧毁封建文化堡垒的重要切入点。其时，用现代的文学立场取代传统的经学立场之所以成为一种时代潮流，以文学鉴赏取代经学批评的认知图式之所以迅速形成，《关雎》之所以被定性为一首求爱的民歌，除了西方现代文学自主思想的横向移植产生了巨大效应之外，古代文学家对于《关雎》"言情"说的艺术演绎作为文化资源，对新文化运动先驱者的深刻影响也不容忽视。

---

① ［清］方玉润撰，李先耕点校：《诗经原始》，中华书局，1986，第71、94页。
② ［清］华广生辑录：《白雪遗音》(2)卷二，中华书局，1959。

所谓"从汉代到清代，几乎没有人将这首诗解释为'恋歌'"①的说法并不符合历史的真实。

综上所述，在政治统治领域、思想道德领域以及文学创作领域均存在着《诗·关雎》经典化的路径，国家权力的介入，传统道德的影响以及名人效应的辐射，在不同的历史阶段对其经典化路径的形成发挥了十分重要的作用。

二、经典人物形象的随时而变：以周瑜为考察中心

如果可以用"异音渐出"来概括《诗·关雎》经典化随时而变的特征的话，那么，经典人物周瑜形象的随时而变，则可以用"多声并存"来形容。

中国古代文学史上的一些经典名篇，如《西厢记》《三国演义》《水浒传》《西游记》等，在文学史书写中被称为"世代累积型"作品，其经典化经历了不同的历史阶段，经典内涵经过历史的积淀而显得日益丰富和厚重，经典效应的阶段性、渐变性特色十分鲜明。此外，还有相当数量的、具有典型意义的文学人物形象（尤其是由史入文类）的经典化，同样是经由历史的传承而完成经典化的。高明《琵琶记》中的蔡伯喈，汪廷讷（1573—1619）《狮吼记》中的陈季常、苏东坡，《三国演义》中的关羽、曹操、诸葛亮、刘备等是如此，出现在诗歌、小说、戏曲中的"木兰"形象亦如此。不同时代不同的接受群体存在着思想观念和审美情趣的差异，对历史人物的关注重心的不同，使他们在进行文学再创造活动时呈现多处着力的倾向。人物形象日渐丰满，精神蕴含多元分殊。这里，我们拟通过周瑜形象的历史嬗变，进一步认识时代变迁与经典化效应之间的多样性关系。

三国时期东吴杰出的政治军事家周瑜，因其壮姿貌、富雄才、通音律、纳国色而进入了广大受众的接受视域之中，成为后世文人士大夫仰慕和文学艺术表现的对象，这本不足为奇。问题在于，在三国故事的传播过程中，周瑜后来被接受者赋予了更多的文化内涵，甚至演变为广大民众嘲讽的对象，这一现象尤其值得我们关注。经过一代又一代文学家富有想象性的提炼加工，"周郎"从历史人物最终转化为文学形象，从当时吴中人之爱称逐渐演变为一个经典性的艺术符号，表达由社会、民众经由历史积淀而形成的具有相对稳定性的共识，历史形象和文学形象共存。这种变迁大致经

---

① 胡晓明：《正人君、变今俗与文学话语权——〈毛诗序〉郑笺孔疏今读》，《文学评论》2011年第6期。

历了如下的历史三步。

第一步，"识曲周郎"：史家记载开启周瑜形象经典化路径之门，南朝文人的风雅情怀率先将历史人物的个人优长升华为富有魅力的人格特征。

经典作为一种权威性标准与示范性样板，具有超越时空的巨大魅力，持久地影响广大社会成员的价值评判、审美向度以及言说方式。周瑜形象的经典性主要表现为凝聚着广泛的集体意识与历史记忆，或代表理想世界的人格范型，或承载世俗人生的经验教训，不同的意义内涵总能得到不同层面众多社会成员的认可。纵览周瑜形象经典化的历史进程，作为艺术符号的周郎，最早被后人所确立的价值样板并非少年将军指点山河、叱咤风云的文韬武略与英雄豪情，而是其妙解音律的艺术才能。据《三国志·吴书·周瑜传》载：

> 瑜少，精意于音乐。虽三爵之后，其阙误，瑜必知之。知之，必顾。故时人谣曰："曲有误，周郎顾。"[1]

陈寿先以多达二千余字的篇幅讲述周瑜运筹帷幄、驰骋疆场的英雄业绩，后用不足四十字简介其音乐才能，足见史料剪裁的详略有别。陈寿写实性的介绍本属于史家叙述的范畴，然这略写之处却呈现了"周郎顾"这一富有韵味的典型细节，引起后世文学家的浓厚兴趣，并由此生发出无限联想，从而具备了经典化起点的意义。较早以诗歌形式塑造周瑜风流才子形象者当推南北朝时期著名文学家庾信（513—581），其《和赵王看伎》诗云：

> 绿珠歌扇薄，飞燕舞衫长。琴曲随流水，箫声逐凤凰。
> 细缕缠钟格，圆花钉鼓床。悬知曲不误，无事畏周郎。[2]

末二句用周瑜之事典。"畏"《艺文类聚》作"顾"字，该典故正出于陈寿《三国志》。此诗为庾信由梁入北之后所作，赵王乃北周文帝之子豆卢突，《周书》有传。此人诗学庾信体，词多轻艳，二人多有唱和。精于对仗、善于用典的诗人在描绘美女歌舞娱人的情景时，自始至终流露出一种男性的欣赏眼光，"周郎"出场主要是衬托表演者曲艺的高超，客观上也揭示出艺伎取悦主人的奴婢心理。庾信选择史料的偏好深受齐梁时期江

---

① [晋] 陈寿：《三国志》，中华书局，1959，第 1265 页。
② [北周] 庾信撰，[清] 倪璠注，许逸民校点：《庾子山集注》，中华书局，1980，第 341 页。

左文化的影响，北地边声并未荡尽宫体遗风，由于风云气少的缘故，他缺乏激赏历史人物英雄业绩的主体条件，只能将关注目光投向其艺术才情，充分体现出时代审美趣味的折射。

带有齐梁宫体诗色彩的《和赵王看伎》一诗，从构思与手法两个方面影响到中国古典诗歌关于"周郎识曲"基本表现范式的形成：其一，听曲范围基本缩小在女性演奏的单一场所，周郎回顾的对象被锁定为妙龄女郎的轻歌曼曲；其二，"周郎"褪尽三国周瑜青年将军的英雄本色，身份虚化后用以指代精通音律、寄情声色的风流才子。从陈江总《和衡阳殿下高楼看妓诗》、隋僧法宣《和赵郡王观妓应教诗》，到唐王绩《裴仆射宅咏妓》、李端《听筝》、张祜《觱篥》、李贺《春怀引》诸篇，从整体构思到具体手法无不沿袭庾诗的写作范式。至唐，"诗用周郎顾曲事"基本形成一种相对稳定的套路，对此，清人陈锡路从另一角度给予了揭示：

> 六朝诗"缘知曲不误，无事畏周郎"，又"周郎不须顾，今日管弦调"，是同一翻用法。王绩《咏妓诗》"不应令曲误，持此试周郎"，另出新意。李端《听筝诗》"欲得周郎顾，时时误拂弦"，与王同意而语尤工，信诗之无穷也。①

不难看出，唐代诗人力求在女性心理描写以及语言技巧的使用上翻新见奇，不过，他们的整体构思与用典取向依然与庾信《和赵王看伎》诗如出一辙，未见真正的创新处。相沿以下，宋人延续同样的写作范式，创作出为数众多的同类诗词，其中最具代表性者当属贺铸（1052—1125）所作听曲词《试周郎》。贺方回长于以旧谱填新词，而别为名以易之，称为"寓声"，故其词集名曰《东山寓声乐府》。《试周郎》词谱原为《诉衷情》，贺铸摘取本词中语，易以新名，旨在强化标题的表意功能，使之成为最能揭示文本意蕴的关键所在：

> 乔家深闭郁金堂。朝镜事梅妆。云鬟翠钿浮动，微步拥钗梁。
> 情尚秘，色犹庄。递瞻相。弄丝调管，时误新声，翻试周郎。②

词人将听曲地点锁定为"乔家"，似有还原历史场景之意，然细读文本却不难发现，全部描写均无史料可据，无论情节设计抑或形象勾勒无不

---

① ［清］陈锡路：《黄奶余话》卷五，清乾隆刻本。

② 唐圭璋编：《全宋词》，中华书局，1965，第542页。

出自艺术想象，较之前人同类之作，"识曲周郎"形象并未发生实质性变化，几令前人所谓方回词"吐语皆蝉蜕尘埃之表"，"笔势却又飞舞，变化无端"①之誉沦为溢美。贺铸之后，作家凡用"周郎顾曲"事亦大抵如此，如南宋范成大作《临江仙》"羽扇纶巾风袅袅"，辛弃疾作《惜分飞·春思》"翡翠楼前芳草路"，罗椅作《柳梢青》"蓉绿华身"，曾由基作《赠贵官家小姬》"小蛮初按曲"，元乔吉作【双调·折桂令】《毗陵张师明席上赠歌妓周氏宜者》，明李培作《春宵燕集座有歌姬项公雅所挟》，无另辟一路者，"周郎"一直以风雅多情的才子形象出现在各类有女性弹奏的娱乐场所。

"周郎顾曲"写作模式之所以形成且被长期沿用，固然关联着古代作家长于模拟、喜用熟典的创作传统，不过，周瑜本人既具雄才大略，又富艺术情趣的人格范式作为历史标杆，契合并丰富了后世男性作家关于"完美人生"的艺术想象，或许是更为重要的原因。善解音律本是中国古代社会人才衡量的重要标尺，遍检历代史籍，但凡有此才能者，无论君臣上、下男女老幼均可获得社会赞誉以及史学家好评，孔子学琴于师襄更是传为千古佳话。周瑜其人英俊潇洒，其才文武兼备，其妻佳人绝色，社会知名度高，历史影响大，陈寿关于周瑜"精意于音乐"的介绍，虽非军事将领的必备素质，却是个体精神内涵丰富的表征，寥寥数语足以使人物于英气中平添几分文雅。加之他特意引用吴地民谣，凸显了"顾"这一颇具动感的细节，有效地增强了周瑜"精意于音乐"的真实性与现场感，人物形象因此显得更加鲜活生动，也更富有识别标志与可信度。历代诗人每每于赏美女听妙曲之时，在个体情感欲望驱动下请出周郎，实为借人喻己，袒露的是古今相通的文人风雅情怀。正是这种情怀使他们将作为个体的历史人物的艺术特长，升华为富有魅力的人格特征。

按照刘勰的观点，用典的实质在于"据事以类义，援古以证今"②。中国古代作家之所以喜好用典，固然是为了追求凝练含蓄、言简意赅的艺术表达效果，甚至不排除显露一己才华的目的，但更为深层次的原因还在于他们高度发达的历史意识以及由此培养的"回头看"的思维惯性，以史为镜，从历史文献中寻找思想资源，以人为镜，从他人经历中寻找立身依据，已成为这一群体的显著特征。凝固的史料一旦触动创作者的心弦，便可因现实生命力的注入而变得"鲜活"起来，进而转化为他们言志说理的论据和抒情表意的载体。正因如此，历史学家的记载才可能成为文学形象经典化路径的源头之一。

---

① 吴熊和主编：《唐宋词汇评·两宋卷》第一册，浙江教育出版社，2004，第752、753页。
② [梁]刘勰撰，周振甫注：《文心雕龙注释》，人民文学出版社，1981，第411页。

第二步，"赤壁周郎"：名人效应拓展周瑜形象的经典化路径，唐宋文学家的创新赋予历史人物新的生命活力和文学经典形象的本质特征。

目送"六朝旧事随流水"的唐代文人迎来了属于自己的辉煌时代，唐代社会文化建构的多元性、开放性赋予他们解读历史不拘一格的视角特征。当入世兼济成为大多数文人现实人生的第一选择，而怀古咏史又成为文坛风尚时，周瑜火烧赤壁、勇退曹军的历史业绩便开始进入诗人的观照视野。毕生追求个性自由、强烈渴望建功立业的李白，在诗歌创作中好以纵横开阖之势谈古论今，驰骋想象，高歌理想，形象地诠释着盛唐气象的精神内涵，所作《赤壁歌送别》前四句云："二龙争战决雌雄，赤壁楼船扫地空。烈火张天照云海，周瑜于此破曹公。"① 赤壁破曹的周瑜与"终与安社稷"的张良以及"意轻千金赠"的鲁仲连均为李白敬仰的历史楷模，因其人生经历分别演绎了"功成"和"身退"两种价值选择，故成为效仿对象。只是由于诗人此诗的写作重点落脚于临别赠言，赤壁周郎形象不甚具体生动，因而历史影响不大。后来晚唐陆龟蒙（？—881）《算山》诗云："周郎计策清宵定，曹氏楼船白昼灰"，胡曾（约840—？）《赤壁》诗云："交兵不假挥长剑，已挫英雄百万师"，均以赤壁为背景正面展现周瑜英雄形象，较之李诗，艺术效果无出其右。

李唐文人咏赤壁周郎，杜牧《赤壁》诗最为著名，脍炙古今，"东风不与周郎便，铜雀春深锁二乔"二句，不以歌颂周郎功业为旨归，而用翻案之态咏史事，前人读此篇或以为诗人"独忧当时之败"，或推测诗意乃"嘲赤壁之功出于侥幸"，甚至体味出"实有不满公瑾之意"②，虽有见仁见智之别，但无一例外地肯定文本意蕴的历史向度，将诗中的"周郎"等同于历史人物。借古喻今本是古代诗人创作的常见手法，杜牧将周瑜赤壁获胜的原因归为"东风"这一偶然因素，显然并非见识浅陋所致，沈祖棻先生认为其用意恐在于诗人"自负知兵，借史事以吐其胸中抑郁不平之气"，隐约抒发"时无英雄，使竖子成名"的慨叹③，笔者深以为然。强烈而深沉的用世之心当是杜牧写作《赤壁》诗的内在精神动因之一。至此，周瑜形象并未真正完成从历史走向文学的身份蜕变。

宋神宗元丰五年（1082）七月，因乌台诗案而贬谪黄州的大文豪苏轼于英雄失落、壮心消磨的复杂心境中写下堪称"语意高妙，真古今绝唱"④

---

① [唐]李白撰，瞿蜕园、朱金城校注：《李白集校注》，上海古籍出版社，第570页。
② 陈伯海主编：《唐诗汇评》下册，浙江教育出版社，1995，第2366页。
③ 萧涤非等：《唐诗鉴赏辞典》，上海辞书出版社，1983，第1086页。
④ [宋]胡仔：《苕溪渔隐丛话·前集》卷五十九，人民文学出版社，1962，第411页。

的不朽词作《念奴娇·赤壁怀古》，塑造出一个风流儒雅、英姿勃发的英雄周郎形象。黄蓼园先生指出：词从"故垒"句至次阕"灰飞烟灭"句，"俱就赤壁写周郎之事"，进而"就周郎拍到自己"[①]，是为精当之论。一生积极用世、密切关注时政，却遭受政治重创的苏东坡置身于"三国周郎赤壁"之前，壮怀激烈，油然而生的一腔豪情寄寓赤壁周郎形象之中。"遥想"四句采用理想化手法，对本为历史人物的周瑜进行了升华。他把本属于诸葛亮的代表性装束"羽扇纶巾"[②]移之于周瑜，这一创新性的勾勒具有传神写照之功用，成功地赋予人物雍容儒雅的气质与风度，营造出军事将领与文人智者身影叠加的艺术效果。"谈笑间"渲染的轻松自若与"樯橹灰飞烟灭"所强调的辉煌战绩形成巨大张力，凸显出周瑜举重若轻、从容退敌的杰出军事才能。词人推崇的理想人格形态跃然纸上。

　　苏轼对于古代文学经典化所产生的名人效应，我们在第四章里已围绕陶渊明《饮酒》其五的经典化展开了具体论述，这里，我们再次注意到"苏轼效应"与古代文学经典化的密切关系。《念奴娇·赤壁怀古》的巨大影响，迅速推进了"赤壁周郎"作为文学形象的经典化历程，赤壁周郎与赤壁东坡往往结伴出现在后世文人的接受视域中。不论"小乔初嫁了"以下四句是否为瑜亮合咏，但自南宋起便有不少作家沿袭东坡之说，自觉地将"羽扇纶巾"作为周瑜形象的外部特征进行描绘，苏词的后续效应不言而喻。南宋著名江湖派诗人戴复古《赤壁》一诗极具代表性，其诗云：

　　　　千载周公瑾，如其在目前。英风挥羽扇，烈火破楼船。
　　　　白鸟沧波上，黄州赤壁边。长江酹明月，更忆老坡仙。[③]

　　戴复古置身于黄州赤壁，回溯历史长河，遥想周公瑾当年手挥羽扇的勃发英姿，感慨东坡于长江边上怀古伤今之举，心路历程与苏轼一脉相承。无独有偶，南宋另一诗人岳珂（1183—1243）也在苏轼与周郎的联系中使用"羽扇"意象，其《寄紫微高侍郎三首》之二云："坡老鹊巢尚堪俯，周郎羽扇想重挥"，艺术想象同样受到东坡《赤壁怀古》词的启发。南宋著名金石学家、文学家洪适（1117—1184）《广东水教致语》一文以"羽

---

① 吴熊和主编：《唐宋词汇评·两宋卷》第一册，浙江教育出版社，2004，第425页。
② 清人张澍所编《诸葛武侯文集》卷四《制器》云："诸葛公持白羽扇，指麾三军。今成都出羽扇，攒杂鸟毛为之，盖其遗制也。"
③ 北京大学古文献研究所编：《全宋诗》第54册，北京大学出版社，1998，第33552页。

扇纶巾，酷似周郎之赤壁"之语形容当时水军演习的壮观场面①。元代文人沈梦麟（生卒年不详，约 1335 年前后在世）作《晓登狼山怀王叔明理问》诗亦云："令人苦忆周公瑾，羽扇纶巾一俊才。"②由此可见，视"羽扇纶巾"为周瑜代表性装扮，已成为部分文人之共识，即使《三国演义》问世以后，将羽扇纶巾归之于诸葛亮已成为文学家的主流描写，仍不乏东坡的追随者。

东坡身后，"赤壁周郎"形象于诗文中频频出现，《念奴娇·赤壁怀古》的抒情范式奠定了周瑜形象在同类作品中的重要地位。理想化、艺术化的"周郎"作为创作主体情感的载体，凝聚着丰富的文化内涵，既折射历代文人士大夫渴望建功立业的雄心壮志，同时又引发他们江山依旧、英雄不再的历史沧桑感以及岁月蹉跎、老大无成的人生失意感。兹举数例如下：

奇绝。身居萧散，志在功名，眼高天阔。恩来魏阙。长江上驻旌节。待胡尘有警，纶巾羽扇，谈笑周郎事业。恁时看、国倚强宗，诏褒伟烈。

——南宋·吕胜己《瑞鹤仙·鄂州》③

礼乐衣冠，浑靠定、堂堂国老。出双手、把天裂处，等闲补了。谢传东山心未遂，周郎赤壁功犹小。事难于张赵两元台，扶炎绍。

——南宋·刘过《满江红·傅相生日甲子》④

赤壁矶头，一番过、一番怀古。想当时、周郎年少，气吞区宇。万骑临江貔虎噪，千艘列炬鱼龙怒。卷长波、一鼓困曹瞒，今如许。

——南宋·戴复古《满江红·赤壁怀古》⑤

欲问周郎赤壁，叹沙沉断戟，烟锁艨艟。听波声如语，空乱荻花丛。甚云间、平安信少，到黄昏、偏映落霞红。莼鲈美，扁舟归去，相伴渔翁。

——南宋·郑梦协《八声甘州》⑥

---

① ［宋］洪适：《盘洲集》卷六十七、卷二十一，载曾枣庄、刘琳主编《全宋文》卷四七五五，第 214 册，第 194 页。

② ［元］沈梦麟：《花溪集》卷三，载《文渊阁四库全书》，台湾商务印书馆（台北），1986，第 1221 册，第 80 页。

③ 唐圭璋编：《全宋词》，中华书局，1965，第 1756 页。

④ 唐圭璋编：《全宋词》，中华书局，1965，第 2147 页。

⑤ 唐圭璋编：《全宋词》，中华书局，1965，第 2302 页。

⑥ 唐圭璋编：《全宋词》，中华书局，1965，第 2423 页。

胸中太华身难憾，舌底狂澜口且缄，看渠暮四与朝三。呆大胆，樽有酒且醺酣。周郎赤壁鏖兵后，苏子扁舟载月秋，千年慷慨一时酬。今在否？樽有酒且绸缪。

——元·薛昂夫【中吕·阳春曲】①

三国周郎赤壁西，江山虽好夕阳低。他年铜雀分香妓，犹恨回船战炬迷。

——元·马祖常《赤壁图》②

俯仰古今，茫茫传舍。多少豪雄，水流花谢。逝者如斯，不停昼夜。……项羽乌江，周郎赤壁。时过境空，清风寂寂。

——清·马惟敏《徼悟》③

诸家或咏周郎功业，或叹浪淘人物，或悲时过境空，精神之旅无不沿着由今而古的轨迹展开，"赤壁周郎"也总是作为历史坐标映照出作家现实生存状态的某种缺失，从中读者不难发现"苏轼效应"的存在。作家的慷慨高歌固然缘于变革现实的满腔激情，而那些低沉悲凉的吟唱又未尝不是以反弹琵琶的方式曲折地表达主体心灵与现实的关系，扁舟隐逸也罢，纵情诗酒也罢，都不过是用世情怀被消解之后的无奈选择。

当"赤壁周郎"成为文人士大夫讴歌的对象时，"识曲周郎"并未完全退出他们的文学观照视野，二者同时作为理想人格的表征而存在，只是精神指向各有侧重。例如，南宋的著名豪放派词人辛弃疾在他词作中，展现的不仅仅是"壮岁旌旗拥万夫，锦襜突骑渡江初"（《鹧鸪天》）的英雄风采和"了却君王天下事，赢得生前身后名"（《破阵子》）的人生梦想，还有"最是周郎顾，尊前几度歌声误"④（《惜分飞·春思》）的多样才艺。无论"识曲周郎"抑或"赤壁周郎"，大多出现于传统的抒情文学作品中，分别对应着文人士大夫人格建构的不同诉求以及精神活动的不同指向。受制于创作主体的审美情趣以及文体的相关要求，上述两类经典形象在整体上均表现出雅化的审美取向。

---

① 隋树森编：《全元散曲》，中华书局，1964，第708页。
② ［元］马祖常著，李叔毅点校：《石田先生文集》卷四，中州古籍出版社，1991，第91页。
③ ［清］马惟敏：《半处士诗集》卷下，载四库未收书辑刊编纂委员会编《四库未收书辑刊》，北京出版社，1991。
④ ［宋］辛弃疾：《辛弃疾词集》，上海古籍出版社，2010，第58页。

第三步，"折兵周郎"：元明戏曲小说家的创新与周瑜经典形象的变异。《三国演义》在很大程度上改变了经典人物形象的面貌，引起强烈而持久的社会反响。

同样为古代文学的经典形象，从"识曲周郎""赤壁周郎"再到"折兵周郎"，周瑜形象在经历了由雅而俗，由风流才子、退敌英雄到悲剧将军的蜕变之后，在文学和文化领域引起了更为强烈的反响。这种形象的异变发生在元明时期的叙事文学创作领域，古典戏曲家、小说家在各自创作动机的支配下，突破了由历史学家奠基、由历代诗人共同铸就的"周郎"形象模式，大胆展开艺术想象，赋予人物心胸狭窄、忌能妒才的性格特征，最后由《三国演义》富有创新性地推出了"折兵周郎"的艺术形象。

《三国志》本传称周瑜"性度恢廓，大率为得人，惟与程普不睦"。至于两人"不睦"之原因，裴注给予的解释是"普颇以年长，数陵侮瑜"，说明问题在于程普，而"瑜折节容下，终不与校"，坐实了陈说。然而，产生于叙事文学话语系统的"折兵周郎"形象，性格充满矛盾，时善时恶，时美时丑，在与诸葛亮的争斗中表现出令读者生厌的一面，彻底颠覆了历史学家对于周瑜性格更接近事实真相的叙述。对此，清人多有论述。藏书家翟灏（1736—1788）所撰《通俗编》卷八称："'赔了夫人又折兵'，见《元人隔江斗智》杂剧，史志中未有其事。"[①] 王应奎（1683—1759？）《柳南续笔》卷一云："'既生瑜，何生亮'二语出《三国演义》，实正史所无也。而王阮亭《古诗选·凡例》、尤悔庵《沧浪亭诗序》并袭用之，以二公之博雅且犹不免此误，今之临文者可不慎欤。"[②] 梁章钜《楹联丛话》卷四亦云：

吴中多周公瑾祠，有自夸其撰联之工者，云："顾曲有闲情，不碍破曹真事业；饮醇原雅量，偏嫌生亮并英雄。"余谓"既生瑜又生亮"，语出《三国演义》，史传中并无其事。本传历叙公瑾运筹决胜，绝无与诸葛交涉一言，惟《鲁肃传》载："肃迎刘备于当阳，劝备与权并力，备甚欢悦。时诸葛亮与备相随。肃谓亮曰：'我子瑜友也。'"即共定交，数语而已。大抵瑜亮之评，前明即有之。故王渔洋《古诗选·凡例》及尤西堂《沧浪亭诗序》皆袭用之。[③]

---

① ［清］翟灏著，陈志明编校：《通俗编》（上），东方出版社，2013，第132页。
② ［清］王应奎：《柳南续笔》卷一，清抄本，上海图书馆藏。
③ ［清］梁章钜：《楹联丛话》卷四，中华书局，1987，第45页。

根据上述材料判断，至迟元代周瑜形象便已发生裂变。从艺术表现的角度审视，这种变化缘于他作为诸葛亮陪衬的身份，矮化周瑜的直接效果便是增加孔明的高度。换言之，通过周瑜的缺乏雅量反衬诸葛亮善于容人的气度与全局观念，而诸葛亮遇事洞若观火、神机妙算又使周瑜的精心策划沦为雕虫小技。元代无名氏杂剧《两军师隔江斗智》第二折诸葛亮、张飞的下场诗分别为"羽扇纶巾一孔明，梁父歌吟信口成""周瑜，周瑜，休夸妙计高天下，只教你赔了夫人又折兵"，褒贬倾向已于对比之中彰显出来。《三国演义》从第五十一到第五十六回集中笔力叙述瑜亮二人的斗智，曲折有致，罗贯中运用艺术虚构的方式，不但绘声绘色地讲述了"智激周瑜""草船借箭"等与史实不符的著名段落，更是通过演绎同样与史实多不相符的"三气周瑜"这一精彩情节，将小说政治道德层面的褒贬取向表现得淋漓尽致。

由于《三国演义》的巨大影响以及小说传播过程中广大民众的广泛参与，"折兵周郎"迅速成为家喻户晓的经典人物形象。近代学者董康所辑《曲海总目提要》载有佚名的《赤壁记》，该戏"演周瑜赤壁烧船，本是事实。但此举皆瑜勋绩，而《演义》归美诸葛亮，创为祭风之说，又增饰种种变诈，以术制瑜，剧遂据为墙壁，此与正史不合也"①。指出了《三国演义》在周瑜形象塑造上的重要定位作用。"赔了夫人又折兵""既生瑜何生亮"，本是叙事者用以揭示作为文学人物的周瑜性格缺陷的形象表述，却因契合了大众的世俗生活经验而迅速演变为民间流行的套语，被广泛加以引用。"赔了夫人又折兵"的言说，不再局限于描述军事斗争的成败，而泛指人际交往中屡见不鲜的"赔本买卖"现象，例如:冯梦龙《醒世恒言》第八卷《乔太守乱点鸳鸯谱》讲述孙刘两家联姻的曲折，其中描写刘家妈妈设计的失败:

（刘家）只因（儿子）刘璞病势愈重，恐防不妥，单要哄媳妇到了家里，便是买卖了。故此将错就错，更不争长竞短。那知孙寡妇已先参透机关，将个假货送来，刘妈妈反做了:
周郎妙计高天下　赔了夫人又折兵②

类似的用法还出现在《警世通言》卷二十四《玉堂春落难逢夫》、卷二十五《桂员外途穷忏悔》，《初刻拍案惊奇》卷十《韩秀才乘乱聘娇妻

---

① 朱一玄、刘毓忱编:《三国演义资料汇编》，百花文艺出版社，1983，第877页。
② [明] 冯梦龙:《醒世恒言》，中华书局，2009，第102页。

吴太守怜才主姻簿》以及《杨家将演义》《西洋记》《欢喜冤家》《永团圆》《绿野仙踪》《明珠缘》《二度梅》《再生缘全传》《九尾龟》《二十年目睹之怪现象》《儒林外史》等小说、戏曲作品里，由"折兵周郎"充当的反面例证被作家们反复引用。"既生瑜何生亮"则作为一种特殊的人生体验，出现在同一类人物因才华能力旗鼓相当而进行比较的场景中，或出无奈之叹，或表钦佩之意，明人周清原《西湖二集》卷十六写宋代才女朱淑真才思敏捷，文辞艳丽，令另一才女魏夫人惊叹："真既生瑜又生亮也"①，即属后者。《锦笺记》《平山冷燕》《再生缘全传》等戏曲、小说作品以及清代诗词中也有类似描写。

作为《三国演义》的叙事策略，矮化甚至丑化周瑜是服务于"拥刘"的整体设计。罗贯中基于"拥刘反曹"政治倾向，采取了肯定刘蜀集团、美化甚至神化孔明的叙事策略。为突出诸葛亮超人的智慧与才能，他反复使用对比衬托的艺术手法，使众多英杰于不同场合充当孔明的陪衬，周瑜仅是其中一位，其效果反映在人物形象塑造上则显得前后矛盾，难以统一。故有学者认为"周瑜在小说中如同一位精神病患者，时而失态，时而正常"②。当然，如果追溯更深层次的原因，我们则不能忽略中华民族传统二元思维方式对小说家的影响，一旦"拥刘反曹"被确立为贯穿全书的思想主线时，东吴集团只能被置于配角和陪衬的地位，该集团人物形象的善恶归类系之于他们与刘蜀集团立场的一致与否，人物性格出现前后矛盾便在所难免。

毋庸置疑，从文学艺术的角度审视，《三国演义》对于"折兵周郎"的塑造整体上是成功的，小说家运用轻松风趣的笔调，在曲折多变的情节讲述中，将虽富有心机却弄巧成拙、虽精心安排却功亏一篑的周瑜形象刻画得栩栩如生，这是"折兵周郎"备受受众关注的原因之一。加之"拥刘反曹"的思想倾向并不仅仅为文人士大夫阶层所独有，它一直存在于民间大众话语系统之中，"折兵周郎"作为诸葛亮形象的反衬，成功地突出了诸葛亮的智慧、谋略、气度和胸怀，这正是该形象深受广大下层民众喜爱最为重要的原因，他们可以从"折兵周郎"的无奈和失败中获得道德满足与审美快感。我们注意到，塑造"识曲周郎""赤壁周郎"和"折兵周郎"的材料分别来自不同的系统和渠道，前两位由史而文，作为文人士大夫自我人格定位与精神追求的投射，属于抒情文学系统雅化的产物，后者

---

① ［明］周清源：《西湖二集》，华夏出版社，2013，第 178 页。
② 杨润秋、苗怀明：《圣手丹青还是艺术败笔——〈三国演义〉周瑜形象得失新探》，《明清小说研究》1999 年第 3 期。

则经历了由雅而俗的转换，集中地出现在叙事文学系统之中，更多地反映了下层民众的善恶观念与审美趣味。初现于元杂剧，并由《三国演义》成功推出的"折兵周郎"，虽算不得最有价值的文学形象，但同样具有很强的经典性，因为它获得了后世读者极高的认可度，称之为"家喻户晓"也不为过，作为刘蜀集团对立面的代表，极易在受众群体中引发出具有二元对立倾向的情感共鸣。在通俗文学创作领域内，"拥刘反曹"一直作为三国叙事的主导思想倾向而存在，因此，"折兵周郎"就成为表达市井民众扬善惩恶的政治取向与道德评判的重要环节。清道光八年（1828）由华广生编选的《白雪遗音》刻本收入马头调五百余首，其中一曲《三国志》对《三国演义》的相关情节做了进一步改动，在丑化周瑜的艺术道路上走得更远：

三国出了些英雄将盖世无双，桃园结义刘备关张志气刚强，他三人同请军师诸葛亮来访卧龙冈，赵子龙独挡曹兵千员将全仗手中枪。火烧战船，炮打襄阳，一片火光，好一个周公瑾活活气死在船头上，至死不肯降。恨老天既生瑜儿何生亮。孔明比我强。①

作者以戏谑调侃之语大肆渲染周瑜的失败结局以及痛苦心态，快感与得意溢于言表。

《三国演义》"七实三虚"的艺术效果甚至使部分读者模糊了文学与史学的界限，一个典型的事例是，明代铅山人费元禄于信州（今江西上饶）见到破败荒凉、仅"一蚁垤耳"的周瑜墓，感慨万千之际作《吊周公瑾并叙》，其辞有"周旋九州论世兮，悲生瑜兮何生亮"②之悲叹。据赋前叙文介绍，作家是在初步确认此墓非伪的情况下抽素为辞的，换言之，哀悼对象已明确为三国周瑜。然他却借用小说家言凭吊这位颇具影响的历史人物，且毫不掩饰自己的惋惜之情，其阐释话语显示出历史与文学的混搭。清人有云："小说词曲不当入诗文，……如生瑜生亮之语亦出《三国演义》，人习而不察者多矣。"③前文所举王应奎、梁章钜之文提到就连王士禛、尤侗这样的大家也出现误用现象，殊不知多人的"不察"正是《三国演义》影响巨大的具体体现。

由历史到文学，周瑜形象的经典化遵循着文学形象经典化的一般规律：

---

① ［清］华广生辑录：《白雪遗音》(1)卷一马头调，中华书局，1959，第6页。

② ［明］费元禄：《甲秀园集》卷二赋部，明万历三十五年自刻本，国家图书馆藏。

③ ［清］凌扬藻：《蠡勺编》卷三十八，清同治二年刻本，华东师大图书馆藏。

形象内涵越丰富，受众面就越广泛，社会影响越大，成为经典的可能性也就越大；文化名人的解读对于经典价值的确立具有引导作用；不同的传播路径拓展出不同的阐释空间，形成不同的经典阐释话语；接受视域的差异导致经典价值呈现的分殊。当然，周瑜形象的经典化也体现出自身的特殊性与复杂性。同样是历史原型的投射，"识曲周郎"的身份虽被置换，但形象的主要特征始终保持与原型一致；"羽扇纶巾"的"赤壁周郎"儒雅风流，创作主体理想化的描写使文学形象与历史原型拉开了距离；"折兵周郎"则完全脱离历史轨迹，纯属文学想象的产物。经由雅俗两条路径所形成的经典文本价值导向差异甚大，尤其是《三国演义》"三气周瑜"情节设计基本建立在否定周瑜的基调上，而这种否定又导致后世部分读者的明显不满。笔者认为，较之历史著作以真实为第一生命，文学创作更强调主体心灵的书写和理想的表达，对于进入文学接受领域内的周瑜形象，不能简单地采用历史标准进行评判，"折兵周郎"的经典价值也不应被忽视。

第二节　文化重大变革时期经典化机制的重大调整与经典效应的时代差异

本文所谓"文化重大变革时期"，属于后古典时代，主要包括辛亥革命后的新文化运动、中华人民共和国成立后意识形态领域内的革命运动以及改革开放引发的新的文化转型思潮兴起时期。这三个时期文化发展的共同特点是具有强烈的批判性、离异性，甚至一度以批判为主，呈现出文化转型的特征或趋势。

古代文学经典文本属于历史的产物，无论内容抑或形式，无不打上鲜明而又深刻的"过去式"烙印，然而，对其经典化机制却不能完全作如是观。古典时代的终结并不意味着经典化机制的瓦解以及路径的中断，传统的文学经典欲在新的历史条件下继续保持经典的地位，必须经由在新的文化背景下生成新的路径。经典通常具有永恒性的内涵价值，人类对于经典价值的发掘与认识绝非一蹴而就，只有时间才给经典以证明和实现价值的机遇，按照布鲁姆的观点，除了色情作品之外，"一项测试经试不爽：不能让人重读的作品算不算经典"[①]。这里的"重读"，我们的理解是不仅可以指个体成员对同一作品的"再读"行为，而且也包括不同时代的读者群体

---

① ［美］哈罗德·布鲁姆：《西方正典：伟大作家和不朽作品》，江宁康译，译林出版社，2011，第24页。

对于同一文本的具有继承性的阅读。重读是在时间的流逝、时代的变迁中完成的，时间对于经典的重要影响，不仅在于因人类生命的自然更迭而导致读者群体的根本性置换，更体现于变化激荡的时代政治风云，不可避免地会带给经典化机制强烈的冲击，甚至改变经典化机制的内在功能与外在表现形态。随时而变，是中国古代文学经典化路径的另一重要特征。古典时期，这种变化以渐进的方式呈现，由少到多，由单一到多元，文学创作的日益普及以及文学文本的大量涌现催生出各种诗文选本，文体的不断演进导致诗话、词话和小说评点本的相继产生，文化市场从形成、发展到繁荣，开启了一条具有"世俗化"色彩的新路径。五四新文化运动以后，不仅有新的路径随着中国文化的现代转型而出现，传统路径也因历史风云的激荡冲击而发生明显变异，每一次社会意识形态发生重大变革，随之而来的便是经典化机制的重大调整和经典化路径的现代重塑。

一、文化变革与古代文学经典化机制的内在异动

既然经典是指具有典范性、权威性的作品或著作，那么，作为一种"永久的传承工具"[①]，它必然具有"永恒"的生命力，能够超越时空而"活"在不同时代、不同地域人们的精神世界里，经过历代读者不断的重读、重释和重新发明而获得具有当下意义的精神价值。文学作品以表现人类生命活动与情感体验为主要内容，其中虽不乏属于个人的东西，但因内涵属于民族甚至人类所共同拥有的文化精神和意义指向，足以消弭时空的隔阂感与陌生感，实现不同时代人的情感交流和生命对话。今天，被我们视为经典的古代文学文本，因其产生的时代而不可避免地呈现出种种"过去式"特征，同时又因其内涵的价值元素不断被读者激活而具有了"当下性"身份，而这种激活也是需要新机制的运作。经典非自然形成，而是被建构起来的。参与经典建构的因素具有多样性，社会经济的日益发展、意识形态观念的历史嬗变、文化机制的内在异动、文学传播手段的不断革新，等等，都可能导致人们对经典文本认定的变化以及价值评判的差异。如果说古典时期经典化机制的调整显现出渐进的、隐性的特征的话，那么，在文化大变革时期这种调整则是明显的，甚至具有质变的趋势，故我们称之为"异动"。本节我们以文化重大变革为背景，以文学史为考察中心，通过元代著名文学家关汉卿散套【南吕·一枝花】《不伏老》经典化路径的现代重塑，具体回答文化变革如何"重构经典"这一问题。

---

① ［美］哈罗德·布鲁姆：《西方正典：伟大作家和不朽作品》，江宁康译，译林出版社，2011，第 3 页。

1. 【一枝花·不伏老】经典化的历史回顾

通常只有被认定为经典作家和经典作品，才具有成为文学史描述对象的可能性，当然，经典的标准因人而异。在考察文学史家如何认识和书写《不伏老》套曲之前，有必要回顾关汉卿散曲在中国古代经典化的历史状况，因为《不伏老》的历史际遇古今有着相通之处。

关汉卿散曲在古代的经典化主要体现于选家的遴选。元人杨朝英（生卒年不详）辑录的《朝野新声太平乐府》和《乐府新编阳春白雪》前后集录入关氏散曲十数首，另有佚名《梨园按试乐府新声》卷上也录入其【双调·新水令】一套。从古至今，选家的遴选都是文学经典化的重要路径之一，经由他们认可和推荐的作品，可以作为文学教材而传世，成为后世读者学习写作的必修篇目和文学创作的模拟样板。能够成为文学教材恰好是经典性的具体体现。

毋庸讳言，就整体而言，关曲在元明清三朝的经典化程度并不高，传世作品的历史际遇也不尽相同。一个令人深思的现象是，今人高度赞赏的【南吕·一枝花】《不伏老》明显遭到冷遇，著名选本中仅有明人郭勋（1475—1542）《雍熙乐府》卷十录入，在相当长的历史时期内，一直为文人士大夫群体所忽视，未能进入文学经典的行列。与此形成鲜明对比的是，今人不甚看好的【仙吕·醉扶归】《嘲秃指甲》（或题为《秃指甲》）却先后被元周德清《中原音韵》，明程明善《啸余谱》、蒋一葵《尧山堂外纪》、王骥德《曲律》、张禄《词林摘艳》、卓人月《古今词统》、冯梦龙《古今谭概》、田艺蘅《留青日札》以及清褚人获《坚瓠集》等著作收录。上述诸家，除周德清以此曲为例说明作曲多句"务头"的运用情况[1]之外（程明善完全重复周德清之语），余者更多地着眼于该曲所表现的谐趣，并一致持赞赏态度。王骥德《曲律》卷三《论俳谐第二十七》以此令为例，说明俳谐之曲"须以俗为雅，而一语之出辄令人绝倒乃妙"[2]，卓人月以"可资捧腹"四字评之，田艺蘅则有"此又可为抚掌绝倒"之叹。

根据西方学者的观点，经典性的表现之一为文本具有陌生性，"一部文学作品能够赢得经典地位的原创性标志是某种陌生性，这种特性要么不可能完全被我们同化，要么有可能成为一种既定的习性而使我们熟视无睹"[3]。具体而言，经典文本或具有超越世俗的深刻之处，或于传统和习惯

① 详见周维培：《论中原音韵》，中国戏剧出版社，1990，第 145 页。
② [明] 王骥德撰，陈多、叶长海注释：《王骥德曲律》，湖南人民出版社，1983，第 148 页。
③ [美] 哈罗德·布鲁姆：《西方正典：伟大作家和不朽作品》，江宁康译，译林出版社，2011，第 2 页。

中发掘出被长期忽略的意义，或显示出与众不同的审美风貌，因偏离常人的理解范畴和审美习惯而显得"陌生"。笔者认为，【南昌·一枝花】《不伏老》遭受冷遇的根本原因就在于关汉卿于套曲中所塑造的"浪子"形象，对于封建文人士大夫而言，具有高度的"陌生性"，且属于第一种可能性的典范作品。它表达了一种反传统的思想观念，形成了对古代知识分子传统人格形态的解构，诚如当代学者李昌集先生所言：该套的意义在于标举出一种新的人格，作者"以一种极端的方式表达了元代特有的'玩世'哲学，从而打碎了'达则兼济天下，穷则独善其身'的传统文人人格典范"。①正是套曲的抒情主人公形象及其呈现的人格形态因反传统而产生的"陌生性"，决定了它不可能获得封建文人士大夫群体的广泛认同。

《不伏老》属于关汉卿中晚年时期的作品，他以第一人称的口吻描述和总结了一位都市"浪子"，"半生来折柳攀花，一世里眠花卧柳"的生活方式、行为方式以及能力特长。文本中所提到的诸如寻花问柳、歌舞弹琴、赏月饮酒、下棋踢球之类的行为与嗜好，可以归纳为吃、喝、嫖、赌、玩五个方面，这不仅可以在关汉卿本人身上找到某些对应点，而且在古代其他一些作家身上也可看到，可谓文士风流的形象表征。不过，很少有人如关汉卿这般将其夸大到极端，甚至视之为"唯一"，在许多以风流自诩的著名作家的诗文中，我们至少可以寻觅到入世济民、建功立业的心理轨迹。李白也饮酒也狎妓，也曾有过"载妓随波任去留"的风流艳史，但他从来不曾掩盖自己"直挂云帆济沧海"的雄心壮志，也从未放弃"为君谈笑静胡沙"的远大抱负。仕途失意的柳永，经常混迹于歌楼妓馆，不过他毕竟是仁宗朝的进士，毕竟担任过屯田员外郎之类的官职，"忍把浮云，换了浅斟低唱"，毕竟是一种被动的选择，其人生态度显然不及关汉卿那样极端与狂放。如果说杜牧式的"赢得青楼薄幸名"作为文人风流的形象表征，并未超越封建道德伦理调控的范围，因而能够引起后世众多文人艳羡和效仿的话，那么关汉卿式的"眠花卧柳"则因公开传达的是一种明显偏离主流话语系统的愤激呐喊而令士大夫群体感到"陌生"，故难以获得众多的回应。

生活于元明之际的邾经（生卒年不详，约 1360 年前后在世）在《青楼集·序》里说，"我皇初并海宇，而金之遗民若杜散人、白兰谷、关已斋辈，皆不屑仕进，乃嘲风弄月，留连光景"②，关已斋即关汉卿，已斋叟乃其号。关汉卿等人没有仕进的经历是不争的事实，但是因此就认定他

① 李昌集：《中国古代散曲史》，华东师范大学出版社，1991，第 503 页。
② 〔元〕夏庭芝著，孙崇涛等笺注：《青楼集笺注》，中国戏剧出版社，1990，第 20 页。

们主观上"不屑仕进"则未必完全符合事实。由于史料的缺乏，我们对关汉卿的生卒年月无法准确地掌握，只能根据有限的资料推算他大约生于金朝末年，卒于元大德年间或者稍后。元朝从太宗九年（1237）至仁宗延祐元年（1314）停止科考七十七年，断绝了大部分读书人的仕途升迁之路，关汉卿的主要人生经历就处在这一历史时期，他根本不可能得到仕进机会。当知识分子传统的人生模式被粉碎，通往理想世界的人生道路发生异变，原有的安身立命之根不复存在，儒家的价值观念、思想体系在很大程度上失去了指导意义，人生终极目标缺失，灵魂便无处安顿，无奈只能成为思想的漂泊者。

为解决基本的生存问题，饱读诗书、多才多艺的关汉卿突破传统的价值观念，走上了一条与民间艺人相结合的道路，参加书会，从事杂剧创作。至元、大德年间，关汉卿活跃在杂剧创作圈中，不仅大量编剧写曲，而且"躬践排场，面敷粉墨，以为我家生活，偶倡优而不辞"①，获得了极高的赞誉度。人是需要有社会归属感与尊严感的，而这一切他通过杂剧创作和演出在一定程度上获得了，正因如此，他反抗传统、挑战社会的勇气与力量也与日俱增。如果说关汉卿最初的选择从本质上讲具有被动性质的话，那么他后来的行为就明显地体现出主动和自愿的特点，抛弃蔑视"倡优戏子"的传统观念，不仅与之交友，而且自己也全身心投入杂剧创作之中。为表现对社会现实的抗争，无所顾忌地展示自己浪子的风流行径与面貌，公开宣扬装疯卖傻、及时行乐的人生哲学，所谓"君莫痴，休争名利，幸有几杯，且不如花前醉"（【双调·碧玉箫】），"南亩耕，东山卧，世态人情经历多。闲将往事思量过，贤的是他，愚的是我：争什么"（【南吕·四块玉】《闲适》②），既有关汉卿真实思想的表达，也有"反语见意"、讽刺现实的用心。他之所以在《不伏老》套曲中以酣畅淋漓的笔法、滔滔不绝的语势歌唱浪子情怀，显示铮铮不屈的才子傲骨，一个非常重要的目的就是要向整个社会表明一个被弃者的自主选择和最终归属。

随着朱明王朝的建立，汉族士人群体的生存处境发生了重大变化，他们所面对和迫切需要解决的人生重大课题也随之改变，诸如君臣关系、出处关系等都存在重新审视与调整之必要，即使是同样生活在异族统治下的清朝汉族文士亦如此。新的历史环境决定了关汉卿经历的不可复制，中央专制集权统治的进一步加强在另一意义层面上剥夺了知识分子人生自主选择的权力，社会主流话语系统向传统的强势回归发挥着矫正和纠偏社会价

---

① ［明］臧晋叔：《元曲选·序二》第1册，中华书局，1958，第3页。
② ［元］关汉卿著，马欣来辑校：《关汉卿集》，山西人民出版社，1996，第470、437页。

值取向的文化功用，凡此种种，深刻地影响到文人士大夫的文化心理与价值取向。《不伏老》高调展示的是一种偏离主流文化价值取向的人生态度，而明清时期知识分子的人生之路在总体上已呈现回归传统的趋势，加之套曲所呈现的个体自我放逐之态，对统治者而言意味着不予合作或彻底背叛，故难以获得社会自上而下的普遍认可。郄经看到了关汉卿等人因"嘲风弄月，留连光景，庸俗易之"而遭到"用世者嗤之"的社会现实，事实上，嗤笑关氏的"用世者"不仅存在于元朝，后世也大有人在。催生杜牧式名士风流的文化土壤依然存在，故明清两代类似"往来朱邸风流甚，出入青楼薄幸多"①（明·王穉登《赠翟德甫》），"从来莫问扬州杜，旧是青楼薄幸人"②（清·吴绮《与楚云》二首之二）的吟唱不绝如缕，而《不伏老》却因鲜有人喝彩而基本被排除在文学经典的行列之外。

2. 文学史书写与关曲经典化路径的现代拓展

在大力推崇杂剧的学术潮流中，关汉卿的杂剧尤其是《窦娥冤》和《救风尘》作为创作范本，得到了多位文学史家的较高评价，其经典价值在现代得到广泛承认。

问题在于，五四新文化运动并未给【南吕·一枝花】《不伏老》的经典化带来历史转机。相对于杂剧，元代散曲受到的冷落异常明显，问世于 20 世纪前期和中期的多部中国文学史，论及元代文学时，纷纷采取忽略散曲不写的策略。间或有著作对散曲进行了专章或专节介绍，但对关汉卿及其《不伏老》套曲的评价始终不高。著名文学史家陆侃如、冯沅君于 1932 年完成的《中国文学史二十讲》推举张可久为清丽派曲家的领袖（与之相对的是以马致远为领袖的豪放派），而将关氏置于张可久旗下，《不伏老》"黄钟煞"出现在所举"丽"曲代表作之列，且一笔带过③。赵景深完成于 1935 年的《中国文学史新编》同样将关汉卿归于清丽派，对【南吕·一枝花】《不伏老》给予的则是负面评价，称之为"简直是享乐主义者王尔德的口吻"④，批判立场甚是明显。显得与众不同的是郑振铎先生，他在完成于 1932 年的《插图本中国文学史》中，称关汉卿为散曲历史开场的"第一人"，高度赞赏其作品的艺术表现力，认为"无论在小令

---

① ［明］王穉登：《王百穀集十九种·燕市集卷下》，明刻本，见中国基本古籍库电子版。
② 《清代诗文集汇编》编纂委员会编：《清代诗文集汇编》第 68 册《林蕙堂全集》卷二十二《亭皋诗钞》，上海古籍出版社，2010。
③ 陆侃如、冯沅君：《中国文学史二十讲》第十四讲《元明散曲》，山东画报出版社，2007，第 111 页。
④ 赵景深：《中国文学史新编》第二编第十四讲《元散曲》，华正书局，1947，第 222 页。

或套数里，所表现的都是深刻细腻，浅而不俗，深而不晦的"①，所举代表作有《一半儿·题情》《沉醉东风》"咫尺的天南地北"以及《一枝花·题杭州景》等，遗憾的是只字未提《一枝花·不伏老》。凡此种种无不表明，即使经过新文学革命运动的推动，《不伏老》套曲仍然缺席于文学经典的行列。

产生于文学转型时期的多部文学史，之所以不同程度地体现出重杂剧、轻散曲的倾向，显然与学术界日益重视白话文学和叙事文学研究的时代风气有着直接关系。同时，由于多数文学史家的思想意识和学术观念并未真正完成由古典向现代的转换，文学观念的转变不同程度地存在着表面化或简单化的倾向，他们对什么是"文学"或者"纯文学"明显缺乏明晰的认识与科学的界定，对古人称之为"词余"的散曲也未能给予正确的历史定位，一旦得出"元世纯文学之粹，杂剧、传奇二者也"②之类的片面结论，弃散曲而不论便在情理之中。加之个别学者甚至认为关汉卿等人"不过是拿散曲来做他们消遣的副业，他们的专业一本在杂剧上"③，对史实的理解和判断出现了严重偏差，自然不可能给予《不伏老》套曲文学经典的地位。

在此，必须再次提及《不伏老》陌生化的问题。由于时间所产生的距离感以及封建道德的强大惯性，明清两代文人群体普遍难以接受公开以"铜豌豆"自诩的关汉卿形象，当然，现实生活中的确存在这种人物，则是另一回事。对于现代文学史家而言，"反对旧道德"的呼声，强化着他们反封建的现代意识，"铜豌豆"不仅仍然具有相当的"陌生性"，甚至因其鲜明的"浪子"身份标签而成为批判的对象。在当今学者的学术视野中，《不伏老》套曲的最大价值在于塑造出一个具有颠覆传统人格形态的新型士人形象，而这一点恰好是当时多数具有传统文化教育背景的知识分子难以理解和接受的，因为"吃喝玩乐"总是给人以不务正业的印象。加之该套曲的艺术风格独具一格，既难以完全纳入豪放派论之，也无法整体视为清丽派，故弃而不论或是文学史家最明智的选择。

3. 意识形态的重大变革与关曲经典化路径的当代延伸

1949 年后，【南昌·一枝花】《不伏老》逐渐受到学界重视，经过半个世纪的重新解读以及不断深入的研究，最终无可争议地进入文学经典的行列。就目前情况而言，该套曲经典化的标志同时表现在以下三个方面：一

---

① 郑振铎：《插图本中国文学史》第 2 册，人民文学出版社，1982，第 731 页。
② 顾实：《中国文学史大纲》，商务印书馆，1926，第 250 页。
③ 杨荫深：《中国文学史大纲》，商务印书馆，1947，第 367 页。

是作为教材的经典，多部作为大学中文系教材使用的中国文学史进行了重点介绍，由此成为大学中文专业课堂讲授的必选篇目之一，发挥着语文示范功能。二是作为遴选的经典，以王季思《元散曲选注》（北京出版社 1981 年出版）为代表的数十部元散曲或古代诗歌选本或给予了全录或节录①，对于经典的普及和传播发挥了积极作用。三是作为批评的经典，出现在文学研究中，得到具有相当学术影响力的权威专家的肯定性评价，此以李昌集《中国古代散曲史》、赵义山《元散曲通论》为代表，他们的观点被学术界同行广泛引用，有助于提高和巩固该套曲在文学史上的经典地位。

通过文学史可以了解和把握一个民族的精神走向，从文学史写作的角度考察《不伏老》的经典化历程，不难发现国家意识形态领域的重大变革给予文学史编撰者巨大而又深刻的影响。从 20 世纪 50 年代旗帜鲜明地表示要"站在无产阶级的立场，运用历史唯物主义的观点来研究中国文学史"②，到 70 年代受评法批儒思潮影响，将是否具有反儒倾向作为评判作品的重要标准，视《水浒传》为"一部鼓吹儒家'忠义'思想，宣扬投降主义的反面教材"③；从 80 年代开始重视文学的审美价值，例如肯定古代神话在中国美学史的重大贡献，认为"在表现悲剧美和崇高美方面，它们对后世艺术起了示范和奠基作用"④，到 90 年代强调人性与文学的关系，认为文学史所显示的文学历程应该是"怎样地朝着人性指引的方向前进"⑤，文学史撰写者的观点、立场、视角以及方法，无不折射出社会主流意识形态观念的嬗变。

文学史的撰写，是一种对过去文学的述说活动，要求客观、准确地还原文学发展的历史场景，然而由于"当下"文化氛围的影响以及个人立场的存在，撰写者的述说必然会带有鲜明的时代特色和浓郁的主观色彩，他们对作家作品的选择以及评判不可避免地要受制于文学发展的时代水平以及自身的价值判断。

---

① 其他如傅正谷编《元散曲选析》（天津人民出版社，1982）、李长路编注《全元散曲选释》（书目文献出版社，1989）、刘永生编《元曲选》（天津古籍出版社，1997）、黄天骥编选《元曲三百首》（春风文艺出版社，2002）、杨义主编《元曲选评》（岳麓书社，2006）、郑勇等析注《元曲选》（南海出版公司，2007）、徐文军编选《元曲选》（山东文艺出版社，2008）等。

② 詹安泰等：《中国文学史》"先秦两汉部分"，高等教育出版社，1957，第 14 页。

③ 上海师范大学中文系《简明中国文学史》编写小组：《简明中国文学史》，上海人民出版社，1976，第 3 页。

④ 褚斌杰：《中国文学史纲》"先秦、秦汉文学"，北京大学出版社，1986，第 40 页。

⑤ 章培恒、骆玉明：《中国文学史》（上），复旦大学出版社，1996，第 61 页。

当然，我们必须充分肯定学界前辈们在当年的学术环境中对推进元散曲以及关汉卿散曲研究所做出的不懈努力。其时，他们跟从必须高度重视民间文学的学术主导思想，通过认真梳理和还原元曲与民间曲调的关系之后，得出的结论是"这时期在民间文学基础上成长起来的元曲（其中包括散曲、杂剧两部分）却大放异彩，它代替了'正统'文学的地位，成为元代文学的灵魂"①。元散曲的文学史地位因此得到提高。同时，他们又以现实主义反映论为指导思想，从文本抒情主人公形象与作家自身的思想、性格之关系着眼，去发掘《不伏老》套曲内涵的批判价值及其向上的精神状态。其中，具有代表性的观点是，《不伏老》套曲反映了关汉卿性格的一个方面，"坚决与一切危害他的恶势力作斗争，中年以后仍然不甘示弱，这种永不衰退、越战越强是精神委实象'个蒸不烂、煮不熟、捶不匾、炒不爆响当当一粒铜豌豆'"②。"他的坚韧、顽强的性格在这首著名的作品中表现得相当突出。正是这种性格，使他能够终生不渝地从事杂剧的创作，写出了许多富有强烈的战斗精神、反抗精神的作品。"③经过如此联系和推理，《不伏老》开始在文学史写作中获得了虽然有限，但毕竟是正面的肯定。

由于在相当长的历史时期内，意识形态领域内极度泛滥的极"左"思潮，严重干扰了国人对于文学创作及其发展规律的科学认识与准确把握，作品的阶级性、政治性被强调到第一甚至唯一的地步，有违文学的本质。用政治第一、艺术第二的标准进行衡量，《不伏老》一方面因作家立场人民性的缺失而难以得到较高评价，另一方面又因文本呈现的生活场景非无产阶级化而招致批评。吉林大学中文系编写的《中国文学史稿》认为：元散曲"多以自我为中心，发抒个人的失意和愤懑"，这是"当时文人病态心理的一种表现，最终只能导致人们走向消极颓废的道路"，"这在散曲作品中几乎形成一种时代风气，连伟大的戏曲家关汉卿也未能免此"④。游国恩等五教授主编的《中国文学史》更加明确地指出：此套曲"描写一个书会才人的生活道路，同时流露了作者及时行乐的思想和滑稽、放诞的作风"⑤。由此可见，在"文革"前的十七年里，《不伏老》的经典化程度显然

---

① 北京大学中文系文学专门化 1955 级集体：《中国文学史》(3)，人民文学出版社，1959，第 6 页。

② 复旦大学中文系古代文学组学生集体：《中国文学史》(中)，中华书局，1959；第 336 页。

③ 中国科学院文学研究所：《中国文学史》三，人民文学出版社，1962，第 738 页。

④ 吉林大学中文系教材编写小组：《中国文学史稿》"元明部分"，吉林人民出版社，1959，第 17 页。

⑤ 游国恩等主编：《中国文学史》(三)，人民文学出版社，1964，第 299 页。

不高。

粉碎"四人帮"之后，全党全国围绕真理标准展开了一场轰轰烈烈的大讨论，最终达成"实践是检验真理的唯一标准"的共识。破除了"左倾"思想的严重束缚。改革开放，解放思想，拨乱反正，更新观念，学术研究的独立性和自主性越来越受到重视，并逐步得以实现。以此为背景，文学史编写者明确认识到必须"肃清林彪、'四人帮'极'左'路线在中国古代文学教学和研究领域中的流毒和影响"[①]，自觉反思和认真总结文学史作为一门独立的学科自身所具有的本质特性，深化对文学本质特征的认识（以袁行霈、章培恒版文学史为代表）。通过不断拓展学术视野，丰富与更新研究方法，吸纳并转化西方文学理论，中国文学史的写作得以进一步改进和完善，更加科学，也更符合文学发展的规律。得益于良好的学术氛围，元散曲研究取得的成就堪称空前，《不伏老》套曲也随之加速了经典化的步伐，改革开放后出版的各种文学史均将它作为关汉卿散曲的代表作加以介绍，编撰者对于经典文本的解读，在继承前人研究成果的基础上，获得了新的进展与突破。

首先，引入现代学术话语，对《不伏老》套曲进行富有现代性的阐释。袁行霈版《中国文学史》认为，此曲塑造的"浪子"形象体现了"任性无所顾忌的个体生命意识"[②]。赵义山、李修生主编的《中国分体文学史》指出，《不伏老》套曲以夸张的形式表现了关汉卿的人格形态，即"让高度自由的生命和世俗化的玩世享乐结合起来，把避世的闲放情绪转化为玩世的放浪不羁"[③]。章培恒、骆玉明主编的《中国文学史新著》引用马克思、恩格斯的观点来肯定关氏在《不伏老》中所描写的市民享乐生活，认为像这样"对享乐的顶礼颂赞在我国文学史上真称得上前无古人"，这种享乐态度反映了曲家的生活热情以及对生命的渴求[④]。引文中出现的"生命意识""自由""人格形态"等，均是现代哲学、心理学、人类文化学所关注和研究的问题，修史者根据自己对生命和自由的理解去沟通古今，进而达成情感的共振。他们用具有现代性的解读去激活古代文学文本所蕴含的价值因子，为活在当下的接受者提供生活乃至生命的样板。文学史撰写与时俱进的时代特征，再次得到有力的印证。

① 十三所高等院校《中国文学史》编写组：《中国文学史》上册，江西人民出版社，1979，第 1 页。
② 袁行霈等主编：《中国文学史》第三卷，高等教育出版社，1999，第 358 页。
③ 赵义山、李修生主编：《中国分体文学史·诗歌卷》，上海古籍出版社，2001，第 374 页。
④ 章培恒、骆玉明主编：《中国文学史新著》中卷，复旦大学出版社，2011，第 656 页。

其次，从文学的角度切入，进一步发掘文本所具有的而过去被相对忽略的艺术价值，改变了过去对套曲文本的阐释只重思想内容的倾向①。《不伏老》所使用的夸张的手法、泼辣诙谐的语言、生动形象的比喻以及奔放不羁的气势，在各种版本文学史中都得到了充分肯定，或曰："全曲在叙事状物中流露诙谐风趣，语言尖新泼辣，谐中见庄，具有豪放之风。"②或曰："全篇语言泼辣，大量使用排比，随心所欲地加入衬字，形成一种泼辣奔放的气势。"③其中，袁行霈《中国文学史》的相关分析最具代表性：

> 曲中一系列短促有力的排句，节奏铿锵，具有精神抖擞、斩钉截铁的意味。全曲把衬字运用的技巧发挥到了极致。如首两句，作者在本格七、七句式之外，增加了 39 个衬字，使之成为散曲中少见的长句。而这些长句，实际上又以排列有序的一连串三字短句组成，从而给人以长短结合、舒卷自如的感觉。④

针对作家对于字、句的灵活运用发表评论，颇有艺术见地，充分体现了以文学为本位的立场。此前，邓魁英主编的《中国文学史》⑤也有类似分析，不过相比之下袁本更加具体。

最后需要强调的是，与同为经典的元曲如马致远的《天净沙·秋思》、张养浩的《山坡羊·潼关怀古》等相比，《不伏老》套曲经典化程度明显不及它们，这主要表现在其传播面不及前两首作品广，而且很难看到看到今人模拟《不伏老》的散曲作品。在今天，它可以成为遴选的经典和批评的经典，却难以成为创作的样板。在民族和阶级的双重压迫下，关汉卿敢于以第一人称自述的方式，采用"自泼污水"的夸张手法塑造富有叛逆性的抒情主人公形象，借以表达一个文化边缘人对于现行社会体制和主流文化的不满和挑战，显示出与传统分道扬镳的人生选择。深刻的批判性，使《不伏老》获得了经典价值。不过，该曲文本表现出的人生旨趣及其相关用语，属于特定时代的产物，时代局限性相当明显。当代一般读者如果采用"对号入座"式的解读，难免出现误读，这必然令现当代多数散曲创作

---

① "文革"前，也有少数《文学史》对《不伏老》的艺术特色给予了简单介绍，例如北大中文系 1955 级编写的《中国文学史》就指出此套曲"曲辞自然活泼，比喻十分生动，句子泼辣而又有趣味"。

② 朱光宝编：《中国文学史教程》（下），四川大学出版社，2005，第 361 页。

③ 刘人杰主编：《中国文学史》第 5 卷，中国对外翻译出版公司，1999，第 2221 页。

④ 袁行霈等主编：《中国文学史》第三卷，高等教育出版社，1999，第 358 页。

⑤ 邓魁英主编：《中国文学史》第 3 册，北京师范大学出版社，1996，第 236 页。

者有所顾忌。他们肯定而不效仿"自泼污水"式的写法，充分体现了《不伏老》套曲的特殊性与不可复制性。

二、现代教育的启动和推进与经典化机制的调整和嬗变

1840 年以前，中国属于典型的封建传统国家，其重要标志在于政治上的专制主义，经济上的自给自足为主以及文化上的一元保守。第一次鸦片战争之后，中国开始了一种"外源性"的社会变迁和文化转型，导致这种转变的根本原因不是来自社会内部自身的创新与变革力量，而是由于西方外来诸多因素的强烈刺激与推动作用。"西力东侵"和"西学东渐"启动了近代中国的社会变迁与文化转型，其主要表现有：政治领域内，民主主义思想的引进与宣传推动了中国人民反对封建专制主义运动的进行，最终导致了封建帝制的被推翻；经济领域内，对外通商，外资入侵，沿海大城市率先完成近代化的转变，民族工业在夹缝中艰难地求得生存与发展的机遇，民族资产阶级缓慢地形成；文化领域内，西方先进思想的传播带来社会文化体系构成要素的变革与重组，传统的单一型文化逐渐向多元组合型文化（包括资产阶级文化、无产阶级文化）发展。与此相一致，教育也开启了向近现代转型的历史进程。中国古代的教育领域本身就存在着文学经典化路径，对此，我们在第四章里已有具体论述。历代选家提供的各类诗文戏曲选本，实际上也具有文学教材的功能，选家们的推荐有助于入选文本的经典化。然而，传统教育一旦面临转型，传统的文学经典化机制也必然会发生相应的调整和变化。

1. 新式学堂的建立与传统选本的弃用

中国教育的近代转型仍然属于"外源性"，或称为"后发外生型"，即更多地借鉴和承接了西方现代教育的基本精神。从康有为、梁启超开始，就是以"启民智"作为教育的主题，后者明确提出"以开民智为第一义"（《学校总论》）的主张，显示出传统教育目标的差异。面对越来越复杂的社会生活与知识背景，为了适应和服务于国家近代化的需要，中国的教育实行了重大调整和变革。鸦片战争后，中国传统教育的弊端充分暴露，引进西学成为当务之急，主张变革者纷纷将甲午海战的惨败归咎于八股和科举。于是，清廷先废八股，再停科举，以新学堂取而代之。政府出资发展教育，建立新式学堂，将其作为培养新人才、传播新知识的基地。清同治元年（1862）七月二十九日，恭亲王奕䜣等奏准在北京设立的、附属于总理衙门的京师同文馆，就是在中国出现的第一所新式学校。与旧式的私塾和书院相比，新式学校的教育活动一般具有目标明确（不同层次的学校

针对不同的教育对象确定不同的教育目的）、计划周密（体现于具体的教学大纲和教学计划）、行为规范（针对师生制定各种规章制度）、追求效率（具有一定的办学规模，学生必须在规定时间内完成规定的学业）等"现代性"特点。

人才培养目标的变化必然导致教学内容的重大调整，儒家思想经典文本以及古典诗词歌赋不再是新学校学生的主要学习内容，而从西方传入中国的一些近代新学科新知识则成为他们必须了解和掌握的对象。以清光绪二十九年（1903）清廷颁行的《奏定学堂章程》（癸卯学制）为例。这部具有法律效应的章程规定，初等小学堂设修身、读经、中国文学、算学、历史、地理、格致（包括动植物及生理卫生）、体操八科为必修科，另以图画、手工两门为随意科。高等小学堂则再增加一门图画为必修科，格致科中增加矿物和理化知识，并以手工、商业、农业为随意科。中学堂设修身、读经讲经、中国文学、外国语、历史、地理、算学、博物、物理及化学、法制及理财、图画、体操等十二门课①。再看于 1911 年 4 月 29 日正式开学的清华学堂（即留美预备学校）对报考学生进行选拔的情况。当时入学考试的科目包括国文、英文作文、德文或法文作文、历史、地理、代数、几何、三角、化学、动植生理、地文地质等，除国文、地理、本国历史之外，数学、化学、生物均使用英文，如此广泛的考试和严格的选拔，折射出新式教育内涵发展的大方向，它标志着人才培养模式的重建，国文乃至于整个传统国学在新式学生应当具备的知识体系中所占比例已经大大下降。

教学内容的变革必然反映到教材的编辑和选用上。教科书是供教师和学生在学校的课堂教学中使用的最基本，也是最重要的资料，中国近现代的语文教科书本质上仍属于"文选"，学生通过教科书所提供的由短而长、由浅入深的各类故事，去完成识字学文的任务，培养和提高写作的能力，只不过这种以改编故事为主体的"文选"迥别于只录原作的传统选本。教科书编撰的基本准则是服务于人才培养的根本目标，无论教学内容的确定抑或教材体例的编排，都必须与办学者的教育理念相一致。为了尽快培养出能够掌握和运用一定近代科学知识的国家急需人才，新式学校在规划教材时，势必放弃传统的经典教科书，于是，在古代广为流行的幼学启蒙教材如劝学识字类的《三字经》《百家姓》《千字文》，声韵启蒙类的《笠翁对韵》《声律启蒙》《神童诗》，以及德育教育类的《弟子规》《名贤集》

---

① 详见周德昌等：《中国教育史纲》，广东高等教育出版社，2000，第 36 页。

《朱子治家格言》等，纷纷退出了教科书的行列，"四书""五经"等儒家经典也失去了整体纳入教科书的历史必要性。此外，诸如《唐诗三百首》《古文观止》一类优秀的诗文选本，同样不再适合作为新式学校用以课堂讲授的教科书。至于在中国古代影响深远的《文选》，更是因为五四白话文运动的先锋对"选学妖孽，桐城谬种"的批判，而被排除在教材选用的范围之外。重新规划和编撰教材，体现着历史发展的必然性，传统经典选本被弃用，从一个侧面反映了中国古典教育现代转型的初步实现，同时也意味着在校学生不可能通过课堂教学而获得广泛系统地阅读和研习古代文学经典的条件，诚如俞平伯回忆自己幼时学习情况所说："我小时候还没有废科举——在我八九岁时废了科举，此后古书才念得少了。"① 这"古书"里自然包括了大批古代文学经典作品。

2.语文新课本的编辑与古代文学经典化路径的延续

近代教育的实施与推广，对古代文学经典的传播造成了很大的冲击，一些地方甚至出现"圣经闲传，唐诗晋字，皆束之高阁，士风为之一变"② 的现象。传统经典选本的被弃用，是否意味着教育领域内古代文学经典化路径已经中断？对此，我们的答案是否定的。做出这样的判断，是基于以下两个方面的认识：

其一，从宏观指导的层面上看，无论"中学为体，西学为用"的转型初期，抑或现代教育制度趋于成型的发展期，无论清朝政府抑或国民政府，在制定教学纲要时，均不同程度地注意到从传统经典文库中提取教育资源。光绪二十八年（1902）清廷颁布的《钦定小学堂章程》第四节《高等小学堂课程门目表》，将读经和读古文词置于较为重要的地位，具体规定如下：

修身第一，读经第二，读古文词第三，作文第四，习字第五，算学第六，本国舆地第八，理科第九，图画第十，体操第十一。

该章程第五节《高等小学堂课程分年表》对高小每个年级学生习读古文词的范围从内容和文体两个方面做了具体规定，要求第一年读记事之文，第二年读说理之文，第三年读词赋诗歌③。次年，即光绪二十九年（1903）又颁布了《奏定高等小学堂章程》，对小学中学学生所读之诗歌给予了进一步指示："选取通行之《古诗源》《古谣谚》两书，并郭茂倩《乐府诗

---

① 萧悄：《古槐树下的学者——俞平伯传》，杭州出版社，2005，第17页。
② 周庆云：《南浔县志》卷三三《风俗》，1922年刻本。
③ 舒新城编：《中国近代教育史资料》中册，人民教育出版社，1961，第403页。

集》中之雅正铿锵者（其轻佻不庄者勿读），及李白、孟郊、白居易、张籍、杨维桢、李东阳、尤侗诸人之乐府，暨其他名家集中之乐府有益风化者读之。又如唐宋人之七言绝句词义兼美者，皆协律可歌，亦可授读"①，选诗原则兼顾了思想性和艺术性。由民国政府教育部编审会编纂、民国二十七年至二十八年（1938—1939）出版的《修正高小国语教科书》，有不少课文直接改编于古代文学经典作品，例如草船借箭、武松打虎、廉蔺交欢、木兰从军、口技等。如此设置课程内容，显然为古代文学经典的传播留下了一定空间。

其二，从具体操作的层面上看，语文教科书的编撰在一定程度上弥补了传统经典性选本被弃用后留下的空白，延续了教育领域内古代文学经典化的路径。

中国近现代的诸位语文工作者抑或教育家在编辑不同层次的语文教科书时，无不贯彻教学大纲的指导精神，严格按照相关要求，选取一定比例的古代诗文作为课堂讲习篇目，从而使古代文学经典作品具有了进入教材的可能性，事实亦如此。例如，黎锦晖等人采用文白混编方式编辑、中华书局民国十二年至民国十五年（1923—1926）出版的《新小学教科书国语读本》（供高小两年使用），内容包括了科普自然类、现代写景游记类（如《纽约城》）、古今中外人物传记类（如《童子时代的牛顿》）、历史故事类（如《凡尔登战争》）、童话类（如《美哉！王之新衣！》）等多方面内容，其中选录古典诗歌 15 首，古代小说节选 2 篇，贺知章《回乡偶书》、王维《竹里馆》、孟浩然《春晓》、杜甫《石壕吏》、杜牧《山行》、吴敬梓《儒林外史》、刘鹗《老残游记》等古典名作得以入选。其时，由于教科书编辑者对古代文学经典的评判标准尚未完全达成共识，不排除根据个人偏好以定篇目的现象，因此，入选教科书的古代诗文差异较大。例如，清代前期著名学者、桐城派奠基人戴名世，因"《南山集》案"于康熙年间被杀，既由于清廷的文字狱，也因为五四新文化运动先驱反对"桐城谬种"，故自清至今，很少有人视其作品为经典。然而，民国初期至少有五部语文教科书分别选入了他的八篇文章，即《意园记》《醉乡记》《睡乡记》《盲者说》《鸟说》《记兰》《郑允惠墓志铭》等，这种情况绝不可能出现在当代中小学语文教材之中。尽管如此，我们仍然必须承认，众多教科书编辑者对于经典的基本评判标准在总体上还是保持着一致，经典作家的经典作品依然是他们的首选。笔者从《民国时期小学语文教科书评介》②一书中了解

---

① 舒新城编：《中国近代教育史资料》中册，人民教育出版社，1961，第 435 页。
② 闫萍、张雯主编：《民国时期小学语文教科书评介》，语文出版社，2009。

到，当时入选率较高的古代经典作家有陶渊明、李白、杜甫、白居易、韩愈、柳宗元、欧阳修、苏洵、苏轼、归有光等人，今人所熟悉的古诗文经典作品如《出师表》《桃花源记》《木兰诗》《白雪歌》《出塞》《石壕吏》《兵车行》《卖炭翁》《师说》《马说》《捕蛇者说》《岳阳楼记》《卖油瓮》《醉翁亭记》《六国论》《赤壁赋》《爱莲说》《正气歌》《卖柑者言》《项脊轩志》等，被分别收入不同版本的教科书中。其中，北朝民歌《木兰诗》属于出现频率较高的作品，共有 25 部分布于不同时期的教科书以此诗作为学校课堂讲习教材，因其极具代表性，故罗列于下：

（1）《中华高等小学国文教科书》，第七册第二课《木兰诗》，中华书局民国元年（1912）出版。

（2）《新制中华国文教科书》（高小用），第八册第四课《木兰诗》，中华书局民国二年至民国四年（1913—1915）出版。

（3）《共和国教科书新国文》（高小用），第五册第二四课《木兰诗》，商务印书馆民国二年至民国十年（1913—1921）出版。

（4）《中华女子国文教科书》（高小用），第六册第十六课《木兰诗》，上海中华书局民国三年至四年（1914—1915）出版。

（5）《新编中华国文教科书》（高小用），第六册第三七课《木兰诗》，中华书局民国四年（1915）出版。

以上五部为民国初期的国文教科书。

（6）《新式国文教科书》（高小用），第六册第十八课《木兰诗》，中华书局民国十年至十一年（1921—1922）出版。

（7）《新小学教科书国文读本》（高小用），第三册第十一课《木兰诗》，中华书局民国十二年至十五年（1923—1926）出版。

（8）《新撰国文教科书》（高小用），第四册第四六课《木兰诗》，商务印书馆民国十三年（1924）出版。

（9）《新学制小学教科书高级国文读本》，第三册第三二课《木兰词》，世界书局民国十四年（1925）出版。

（10）《新时代国语教科书》（初小用），第七册第二〇课《木兰从军的故事》，第二一、二二、二三、二四课《木兰从军剧本》（一）（二）（三）（四），商务印书馆民国十六年（1927）出版。[①]

以上五部教科书为新学制时期的语文教科书（国语教科书的确立与发展时期）。

---

① 该教科书由著名教育家蔡元培等人校订。

（11）《新主义国语读本》（高小用），第四册第一〇课《木兰辞》，民国十七年（1928）八月国民政府大学院审订，民国十九年（1930）出版。①

（12）《基本教科书国语》（高小用），第四册第二七课《木兰辞》，第二八、二九、三〇课《木兰从军剧本》（一）（二）（三），商务印书馆民国二十年至二十一年（1931—1932）出版。

（13）《新中华国语读本》（高小用），第三册第十三课《木兰诗》，新国民图书社民国十六年至十七年（1927—1928）出版。

（14）《开明国语读本》（初小用），第八册第二六、二七课《木兰》（一）（二），商务印书馆民国二十一年至二十二年（1932—1933）出版。②

（15）《复兴国语教科书》（高小用），第四册第二七、二八、二九课《木兰从军》（一）（二）（三），商务印书馆民国二十二年（1933）出版。

（16）《复兴国语教科书》（初小用），第六册第七课《木兰的故事》，商务印书馆民国二十二年（1933）出版。

（17）《高小国语读本》，第四册第十三课《木兰》，上海青光书局民国二十二年至二十三年（1933—1934）出版。

（18）《分部互用儿童教科书中部国语》（初小用），第七册第四课《木兰从军》，上海儿童书局民国二十三年（1934）出版。

（19）《国语读本》（初小用），第八册第三课《木兰代父从军》，世界书局民国二十三年（1934）出版。③

（20）《复兴国语教科书》（初小用），第六册第二〇课《木兰从军》，商务印书馆民国二十二年至二十四年（1933—1935）出版。

（21）《复兴国语教科书》（高小用），第二册第二九、三〇、三一课《木兰从军》（一）（二）（三），商务印书馆民国二十四年（1935）出版。

（22）《实验国语教科书》（高小用），第一册第二二课《木兰诗》，上海商务印书馆、上海中华书局、上海世界书局等民国二十五年（1936）出版。

（23）《修正初小国语教科书》，第六册《木兰的故事》，教育部编审会编纂，民国二十七年至二十八年（1938—1939）出版。

（24）《修正高小国语教科书》，第四册第二五、二六、二七课《木兰从军》（一）（二）（三），教育部编审会编纂，民国二十七年至二十八年（1938—1939）出版。

---

① 该教科书由著名教育家于右任校订。
② 著名教育家、艺术家丰子恺为该教科书编辑者之一。
③ 此书由当时的教育部审订发行，具有明显的官方背景，下面还有几部与此相同。

（25）《初小国语教科书》，第七册第三〇、三一课《忠孝的木兰》（一）（二），民国政府教育总署编审会编辑，民国二十七年至民国三十年（1938—1941）出版。

以上 15 部为课程标准时期的语文教科书（国语教科书的巩固与成熟时期）。

根据上述《木兰诗》入选小学语文教科书的情况，我们可以较为清晰地了解到中国近代教育转型及其发展时期语文教科书选录和处理古代文学经典作品的基本原则：一是注重思想教育意义的课文遴选原则，《木兰诗》正是因为有助于女性独立意识的培养以及在一定程度上对"孝义"的宣传，故受到青睐。二是由浅入深的教材编排原则，充分考虑学生的年龄特点和知识水平。高小用书多录以全诗，初小用书则多采取故事体讲述的方式，甚至以剧本的形式改编原作，寓教于乐，学生易于接受。在前后长达三十年的时间内，《木兰诗》一直是小学语文课文的热门候选篇目，客观上昭示了该诗的经典地位。

由于近代以来，我国小学语文教学承载着诸如思想教育、品德培养、传授知识、拓宽视野以及识字作文等多重功能，明显地体现出集思想性与工具性于一体的性质。与此相适应，语文教科书在遴选和编排课文时，必须兼顾上述多个方面，因此，古典诗文的编选情况呈现出以下两个倾向：

第一，在现代文化观念的指导下，贯彻"文以载道"的原则。上文提及的北朝民歌《木兰诗》，虽在中国民间流传了上千年，甚至在传播过程中被后世文人士大夫改编成了小说、戏曲，却因为诗中的木兰形象不符合传统妇德的要求，故正统的女教读本选用的是《三字经》《女儿经》《烈女传》一类，而弃《木兰诗》不用。直至清末民国初年，在"男女平等""女权意识"等现代文明观念的影响下，该诗才获得正式入选学校教科书的机会，成为向学生灌输现代两性观的经典教材，而且一直延续到当下（其中只有"文革"期间一度被排除在语文教材之外）。《木兰诗》在上百年的近现代教育发展历程中，被一代又一代的受教育者反复"重读"，树立起无可动摇的经典地位。唐代诗人李绅的《悯农》诗二首见赏于吕温，流传甚广，却缺席于多个诗歌选本，清代王士禛选编的《万首唐人绝句》，社会影响颇大，但因编者标举以肤廓为空灵、以缥缈为神韵的诗学观，故弃《悯农》诗不选。此外，众多的《唐诗三百首》也未选录此作。不过，在清末（1906）出现的《最新国文教科书》以及民国众多的语文教科书中，二诗均被选入。这种转变的契机，就在于"西学东渐"给中国精英阶层带来的观念转化，文学文本解读中，"民本""民主""人性""阶级差别"等现代意识的植入，赋予两首小诗以现代人文教育的价值。中华人民共和国成立以后，《悯农》诗一直出现在小学语文教科书中，直至今日。随着工业化和城市化的不断推进，它们的经典价值还会得到进一步发掘。①

第二，古代文学作品入选率不可避免地呈现出下降趋势。例如中华书局民国元年（1912）出版的《中华高等小学国文教科书》，八册共选入古代诗文七十余篇（不含改写课文），其中包括不少经典文本，如诸葛亮《前出师表》、陶渊明《咏荆轲》《桃花源记》、北朝民歌《木兰诗》、阮籍《咏怀》、杜甫《出塞》、李白《东海有勇妇》、韩愈《原毁》《祭十二郎文》、范仲淹《岳阳楼记》、欧阳修《醉翁亭记》、归有光《项脊轩志》、姚鼐《登泰山记》等。然在民国二十七年至二十八年（1938—1939）出版的《修正高小国语教科书》里，古诗文原作仅寥寥数篇，取而代之的则是大量由原著改写的白话文，学生在校内学习古代文学经典作品的时间大大减少，文言文阅读的整体水平随之下降。毋庸置疑，在学校教育领域内，教科书所具有的古代文学经典化的路径功能明显削弱。当时，不少中小学生主要是通过家庭教育和自学的方式才接触到更多的古代文学经典作品的。当代著名中国哲学家成中英先生成长于抗战时期，他在回忆自己儿时的读书经历时说道："记得小时候也读过《三字经》和《幼学琼林》，印象很深刻，从中知道了很多做人的道理。"五年级时"读了一些成语故事以及《三侠五义》一类的小说"，进入初中"父亲教我一些古文和唐诗，读了《古文观止》的文章，我觉得很有意思"。② 由此可见，传统选本并未真正退出古代文学经典化领域，而是作为学校教科书的补充长期存在着。

三、话语权力的现代建构与经典化效应的异动

在 20 世纪法国著名哲学家福柯"话语—权力"（discourse-power）理论中，话语和权力是两个相关的重要概念。由于该理论揭示了语言、知识、真理和权力之间的关系，认为话语乃权力的产物，话语实践隐藏着权力的运作，因此，汉语研究者在认识和接受这一理论时便将政治学的维度置于传统语言学的领域，使之合二为一，用以彰显二者之间密不可分的关系。产生于特定文化环境中的话语是除"语言"和"言语"的第三者，它蕴含了极为复杂的权力关系，故被界定或阐释为一种与社会权力关系相互缠绕的具体言语方式。在一个权力无所不在的社会里，话语一经产生就会受到

---

① 参见郑宇：《百年老课文的百年历程》，《中华读书报》2012 年 2 月 29 日，第 8 版。
② 成中英：《古文唐诗、民间文学、希腊神话启蒙》，《中华读书报》2014 年 6 月 4 日，第 10 版。

若干权力的控制、筛选和组织，权力产生于特定的话语机制，它通过话语的运作而运作，在一定条件下，话语本身就可以转化为权力，权力借助话语彰显自己并发挥作用，并将话语权作为争夺对象。概而言之，话语权力具体是指话语中蕴含着某种强制力量或支配力量，它以语言表述的方式向参与者传授"知识"，表达具有"真理"性的价值判断与思想观念，直接或间接地影响参与者的思想和行为。

在中国古代，文学经典化的过程既是一个知识传播的过程，同时也是一个话语权力发挥作用的过程。历史上那些话语权力的掌控者，例如居庙堂之高的封建君王，享四方之誉的文化名人，各自通过不同的语言表达方式去建构思想价值和文化规范，确立经典标准，引领文学思潮，左右大众审美情趣，从而催生出经典，或者进一步扩大和强化经典效应。在经典建构的话语网络中，国家主流意识形态话语权力和知识分子话语权力赫然居于主导地位和重要地位，大众话语权力的力量仅在封建社会后期才逐渐体现出来，而民间话语权力则始终处于文化边缘地带。依靠政治和学术权力来建构经典已成为普遍范式，其中，知识分子在思想学术界的话语权力的巨大作用一直延续至现代，即使在封建帝制被推翻之后，文化精英们仍然可以凭借自己占据的思想高度、学术资源以及名人效应，继续对文学的经典化发挥不可替代的作用。我们在前面所提及的胡适等知识分子精英对于文学史书写的深刻影响，已足以说明问题。然而，从中华人民共和国成立直至改革开放之初的几十年时间内，上述情况发生了明显变化，国家主流意识形态话语权力的加强与扩张，在极大程度上影响到知识分子话语权力，古代文学经典化机制随之出现异动。

余论　新世纪古代文学经典化的新特点

历史的车轮滚滚向前，进入 21 世纪以后，中华民族为实现民族复兴的中国梦而迅速崛起。在新时代文化热潮的推动下，古代文学经典化机制"因时而变"地进行着自我调整和自我完善。就整体而言，古代文学经典化机制的运作在继续保持既有的各种功能的同时，呈现出以下几个新的时代特征：

其一，国家层面的介入力度加大，对古代文学的经典化给予了强有力且高效率的推动。进入 21 世纪后，党和政府十分重视从优秀的传统文化宝库中寻找实现中国梦的思想文化资源。尤其是党的十八大召开以来，以习近平同志为核心的党中央更是高度重视中华优秀文化的传承和弘扬，将坚持中华文化的立场作为十分重要的战略部署，致力于建立国家和民族的"文化自信"。文学经典作为民族文化的精粹，是中华文化具有永恒价值的精神坚守和情感表达，对于中华文化立场的坚守与文化自信的重拾，具有不可替代的积极作用。党中央带领全国各族人民，在中国人特有的精神世界里寻找一脉相承的精神特质和精神追求，在昂首阔步奔向未来的同时不忘初心，建立起属于自己的精神家园。在这一大背景下，古代文学经典的当代精神价值就得以凸现出来。十数年来，社会上相继出现的且持续不衰的国学热、读诗热，显示出全民参与的发展趋势。上至党和国家领导，下到普通民众，对传统的思想经典、文学经典的关注力度和学习热情，达到了一个新的历史高度。

其二，在国家的理论倡导和政策支持下，经典化机制内部的各个子系统高度协调，积极参与，方向一致，快速运转，有效地推动了古代文学经典化路径的现代延伸。古典时期各子系统相互制约的可能性在当下已不复存在。具体而言：

1.教育系统的反应十分抢眼，其功能运作表现为课堂内外一并推进，即课堂内教师引导学生诵读、理解、欣赏经典诗文，课堂外，举办各种吟唱、背诵、摹写传统文学经典的实践活动。根据教育部颁发的语文"新课标"，从 2018 年起，我国 1—12 年级的中小学生需要背诵的古诗文多达 208 篇，因此入选中小学语文教材的古典诗文的数量明显增多，尤其是高中阶段背诵篇目由 14 篇 / 首，增至 72 篇 / 首，被要求背诵的诗文无一不具有经典性。

2. 思想道德的评价和指导作用，在文学经典的传播过程中依然占据着重要地位，原因就在于引导人们向高尚的道德聚拢，是新时代赋予包括古代文学研究者在内的广大文化工作者的重大使命。社会文化思潮与价值标准的现代嬗变，铸就道德体系的现代内核，传统的忠、孝、仁、义、礼、智、信不再是当代读者唯一或者最为主要的评判标准，大量现代文明的元素已经融入了他们的接受思想之中，决定着他们的接受态度。当下，思想道德评判的淘选功能除了能够对某些传统篇目构成一定的屏蔽之外，更多地表现为发掘出那些一度被忽略的古代作品的精神价值，助推其进入文学经典的行列。不忘初心，立足当下，从现代道德观念的角度阐释古代诗文，激发当代读者的"重读"兴趣，方可激活与保持古典文学的生命力。一个典型的例证便是，清代袁枚的五言绝句《苔》（一题作《苔花》）近年来获得了文学经典的社会效应。诗云：

白日不到处，青春恰自来。苔花如米小，也学牡丹开。①

一首沉寂了三百余年的小诗之所以在当下"走红"，最为关键之处就在于国人虽然仍旧采用了传统的"比德"眼光对它进行解读，却启动了新的道德评价标准。"苔花"的身份由文人士大夫被置换成普通平凡的人民大众，身份低微却不自卑自弃，外表平凡却也要为青春添彩的"苔花精神"因具有励志教育的精神价值而受到教育者的重视和欣赏。苔花"靠自己坚强的生命力，争得和牡丹一样开放的权力——这世道并非仅为少数天才和英雄而存在"②，这是教师对学生的激励。"古人云：'苔花如米小，也学牡丹开。'不要被强者的光辉刺伤眼睛，不要被强者展现出来的高大摧毁自信，更不要因自己的平凡而无地自容！学学那如米粒小的苔花吧，敢于吐芬露芳，敢于与牡丹争一缕春色。"③ 这是学生的自勉。在当今国人的阅读视野中，苔花坚强、自信，平凡而不甘于平庸，渺小却勇于奉献，完全摒弃了传统知识分子的自恃清高和孤芳自赏，形象地演绎了乐观、向上、自

① [清] 袁枚著，王名超选注：《袁枚诗选》，北方文艺出版社，1987，第 71 页。
② 苏星主编：《初中课外古诗词鉴赏与精练》，福建少年儿童出版社，2009，第 103 页。
③ 王黎主编：《黑龙江省重点高中优秀作文选》，北方文艺出版社，2005，第 164 页。

励、自强的生命意义。这种创新性的解读，突出了苔花具有现代性的独立人格形态，契合了广大普通民众彰显自我存在价值的精神追求，消弭了古典意蕴与现代人生的时代距离，苔花因此具有了新时代的道德品质和道德风采。唯其如此，二十字的小诗才会拨动广大读者的心弦，受到越来越多接受者的关注和欣赏，并成为新时代年轻一辈用以自我勉励的经典名句。2016 年上海古籍出版社出版了由中日两国学者共同选编的《中日历代名诗》，该选本就选入了该诗，经典效应扩展至海外。

由于思想道德评价体系的更新，一些传统的经典名篇和经典人物形象获得了新解。前文我们曾以周瑜形象的演变来说明古代文学经典化机制的随时而变，事实上，这种演变并没有随着古典时期的结束而终止。当代著名小说家迟子建的小小说《与周瑜相遇》，于"识曲周郎""赤壁周郎""折兵周郎"之后，塑造了一个"平凡周郎"的形象。小说以一个司空见惯、平淡无奇的夜晚为背景，让一个普通的农妇遇到了"那个纵马驰骋、英气逼人的三国时的周瑜"，这种描写令人联想到"赤壁周郎"的英雄形象。然而，小说家没有沿袭传统的抒情思路和创作模式，而是表达了对"神"样存在的诸葛亮的排斥以及对显示"人"的本质的"气短英雄"的喜欢，最后，迟子建笔下的周瑜颠覆了传统经典的形象，定格在"不披铠甲"，"穿着一件白粗布的长袍"[1]的古代普通男子的形象。小说借梦境诠释了当代普通人的英雄观，让传统文化视域中的英雄走下神坛，回归人间，成为国人心目中熟悉的"陌生人"。"陌生"意味着创新，该小说无论为普通老百姓宣扬的价值导向，抑或穿越式的故事新编手法，均体现出经典的本质规定性，故成功入选众多的小说选本，如：

《中国新时期微型小说经典》（郑允钦主编，吴金编选，长江文艺出版社 2004 年出版）

《中国微型小说名家名作百年经典》第 1 卷（生晓清、陈永林主编，吉林出版集团有限公司 2011 年出版）

《中国最好看的微型小说》（史为昆主编，百花洲文艺出版社 2013 年出版）

《智慧的简约：名家微型小说》（亢博剑编，华中科技大学出版社 2014 年出版）

《传世经典微型小说 108 篇》（老舍、川端康成等，长江文艺出版社 2014 年出版）

---

① 迟子建：《北方的盐》，江苏文艺出版社，2015，第 169 页。

……

迟子建的《与周瑜相遇》成为名副其实的选家经典，传播面日益广泛。又由于小说以平等对话的方式倡导回归人性之本真，契合了中国当代教育人才培养目标的定位，因而在教育领域也获得了存在的价值。这篇在 20世纪 90 年代中期创作的小小说，在新世纪成为中学语文阅读教材 ①，同时具备了经典的身份。

3. 图书出版领域内的经典化路径畅通无阻，各地出版社为满足广大读者阅读经典的需要，争先恐后推出不同类型、不同深度的文学经典读本。现仅以唐诗为例：

《唐诗精讲》（韩兆琦著，中国青年出版社 2017 年出版）

《有趣的洞洞书·唐诗》（李红慧主编，江西高校出版社 2017 年出版）

《唐诗象味》（许斌著，新华出版社 2016 年出版）

《唐诗新语》（陈忠来著，新华出版社 2016 年出版）

《唐诗三百首格律透视》（黄宏规著，四川大学出版社 2016 年出版）

《趣味中医丛书·唐诗与中医》（胡献国、岳志湘主编，湖北科学技术出版社 2016 年出版）

《儿童经典诵读丛书·唐诗三百首》（刘青文主编，北京教育出版社2015 年出版）

《中华文化传统经典丛书·唐诗三百首》（张丽丽主编，北京教育出版社 2015 年出版）

《学习改变未来丛书·唐诗三百首》（魏红霞主编，北京教育出版社2015 年出版）

《国学启蒙经典课堂丛书·唐诗》（张文君编著，吉林人民出版社 2015年出版）

《唐诗 680》（《唐诗 680》编写组编，世界图书出版广东有限公司2014 年出版）

《唐诗》（李唐文化编，吉林美术出版社 2014 年出版）

《中国红读图时代丛书·唐诗》（李葳葳编著，黄山书社，2014 年出版）

《陪伴孩子成长的经典读物丛书·唐诗》（童丹选编，辽宁教育出版社，2011 年出版）

① 参见《语文选修 12 常用文体写作》"补充示范文章"，广东教育出版社，2006，第 155 页；《高中生作文素材全能辅导第一范本》第三章《课本素材活学活用》，湖南人民出版社，2011，第 297 页；中学生之友《读与写·时文精粹》，2018 年第 6 期，第 18 页。

《中国梦 少年梦经典阅读·唐诗》（《语文新课标必读丛书》编委会编，西安交通大学出版社 2013 年出版）

......

类似的出版物不可胜数。其中，既有研究性的学术著作，也有普及性的通俗读本，还有将语言、绘画、音乐融为一体的学前幼儿启蒙教材。无论著者抑或编选者都具有高度自觉的经典意识，他们的工作，传播和普及经典的功能大于遴选和淘汰经典的功能，主要作用在于帮助不同年龄阶段、不同知识层次的读者去了解认识、阅读欣赏、学习模拟以及进一步研究文学经典。

随着改革开放的进行，我国启动了文化经典的外译工程，且持续不断。进入新世纪以后，为了让中国文化不断走向世界，为构建人类命运共同体做出更加积极的贡献，中国更是加快了文学经典海外传播的步伐。2016年夏秋以来又发起中华文化对外翻译传播研究工作，使用外语的品种越来越多，例如，"在'一带一路'倡议的驱动下，马来文译本的《西游记》《三国演义》《红楼梦》《白蛇传》《聊斋志异》《家》便相继出版"[1]，古代文学经典的外溢效应日益增长。

4. 经济力量的助推加速了文学经典普及的步伐。毋庸讳言，在图书出版已经高度市场化的当下，各地出版社积极作为的背后不排除经济杠杆的推动。全民国学热为图书出版行业提供了一个巨大的市场，抓住时机，针对不同层次读者的不同需求和接受水平，推出不同形式的、雅俗共赏的文学经典读本，最终实现了社会效益和经济效益的双赢。

此外，全国各地大量涌现的国学讲堂、读诗班等民间助学机构，其中不乏收费者，对经济效益的追求显而易见。

5. 名人效应在古代文学经典化进程中同样存在。习近平同志多次强调要从中华优秀文化传统中去寻找国家发展、民族自信的精神脉络，他在不同场合的讲话中，多次引用凝聚着中华文化智慧的经典诗文来阐释治国方针和做人道理，其中包括《周易》、《尚书》、《诗经》、《荀子》、《战国策》、《后汉书》、韩愈文、刘禹锡诗、苏轼文等。习近平同志的身体力行，强有力地支撑着古代文学经典化机制的高效运转，政治名人效应赫然显在。文化名人参与古代文学经典化的推进工作，积极效应也十分明显，例如，中央电视台著名主持人董卿与著名学者王立群、康震等参与央视主办的《中国诗词大会》，他们的精彩主持和讲解不仅有助于节目收视率的提高，更

---

① 文斐：《中国文化的外溢效应与人类命运共同体的全球构建》，《文艺报》2017 年 11 月 29 日，第 2 版。

为重要的是营造出一种既充满学术含量，又生动活泼的文化品位，使广大电视观众在轻松愉悦的氛围中受到心灵的洗涤与美的熏陶。

其三，古代文学经典化运作的方式和手段呈现出日益多元化的趋势。经典文学的传播形式在传统的纸质文本传播、舞台表演传播、课堂教学传播等的基础上，增加了电子文本传播、多媒体传播、互联网传播等新形式。尤其大众传媒的介入，使古代文学经典作品进入千家万户，成为国民大众共同的精神食粮，对于普及文学经典、扩大经典的接受范围、强化经典的社会效益，发挥了不可替代的巨大作用。由中央电视台举办的《中国诗词大会》播出以后，"受到中央领导同志的充分肯定和社会各界的广泛称赞，首轮播出便吸引了 12 亿人次收看，互动人次超过 4000 万，微博话题阅读量突破 1.3 亿次，海外社交平台 Facebook 的总浏览量也高达 824 万次，形成现象级传播"[①]。所谓"现象级"是指人或者事物在某方面达到一定程度或高度从而影响大众所造成的一种社会现象，有人用"万人空巷"来形容现象级的社会影响。以电视为主要媒介进行《中国诗词大会》之所以能够取得古代文学经典的现象级传播效应，除了央视在当今中国无与伦比的社会地位之外，还在于它借助了微博、互联网等多种新媒体，形成了一个立体的传播网络。这种传播方式所覆盖的社会面以及引起的大众关注度，是任何传统的传播方式无法达到的。

上文提到的袁枚小诗《苔花》，其实在 21 世纪初就已经进入了教育工作者的视域，他们开始将其作为励志教育的材料和古诗课外阅读教材，不过，社会影响一直不大，读者面极为狭窄。2018 年初，中央广播电视总台秉承让传统"活起来""火起来"的主旨，创办了音乐节目《经典咏流传》，凭借电视媒介，与音乐有机结合的古典诗词在中国广泛流传，再一次创造了现象级的传播效应，获得了"2018 年第一季度广播电视创新创优节目"称号。正是在这个舞台上，贵州石门坎乌蒙山支教老师梁俊带领他的学生唱起了《苔花》，用他们"平凡也绽放"的苔花精神以及质朴无华的声音，赋予了古典诗歌新的生命。许多甚至从不知道袁枚的观众，通过银屏接受了这首小诗，并深受感动和教育，在发言、作文中引用《苔花》诗句的情况不断出现，经典效应已经开始显现。

中国古代文学经典化机制历久弥新，中国古代文学经典作品魅力永存。

---

① 《中国诗词大会》栏目组编著：《中国诗词大会·第二季》（上册），北京联合出版公司，2017，第 1 页。

参考文献

一、历史文献

经部

[清] 阮元：《十三经注疏·尚书正义》（影印本），中华书局，1980。

[清] 阮元：《十三经注疏·毛诗正义》（影印本），中华书局，1980。

[清] 阮元：《十三经注疏·周礼注疏》（影印本），中华书局，1980。

杨伯峻译注：《论语译注》，中华书局，1980。

史部

[汉] 司马迁：《史记》，中华书局，1959。

[汉] 班固：《汉书》，中华书局，1997。

[晋] 陈寿：《三国志》，中华书局，1959。

[宋] 范晔：《后汉书》，中华书局，1965。

[唐] 房玄龄等：《晋书》，中华书局，1974。

[梁] 沈约：《宋书》，中华书局，1974。

[梁] 萧子显：《南齐书》，中华书局，1972。

[唐] 姚思廉：《梁书》，中华书局，1973。

[唐] 魏征等：《隋书·经籍志》，中华书局，1973。

[后晋] 刘昫：《旧唐书》，中华书局，1975。

[宋] 王溥：《唐会要》，中华书局，1955。

[宋] 欧阳修等：《新唐书》，中华书局，1975。

[元] 脱脱等：《宋史》，中华书局，1977。

[明] 宋濂等：《元史》，中华书局，1976。

[清] 张廷玉等：《明史》，中华书局，1974。

[清] 李斗：《扬州画舫录》，中华书局，2007。

赵尔巽等：《清史稿》，中华书局，1977。

唐圭璋编著：《宋词纪事》，上海古籍出版社，1982。

孔另境编辑：《中国小说史料》，上海古籍出版社，1982。

舒新城编：《中国近代教育史资料》，人民教育出版社，1961。

子部

余嘉锡：《世说新语笺疏》，中华书局，1983。

［唐］张文成撰，李时人、詹绪左校注：《游仙窟校注》，中华书局，2010。

［唐］刘肃：《大唐新语》，中华书局，1984。

［宋］李昉等：《太平广记》，中华书局，1961。

［宋］苏轼撰，王松龄点校：《东坡志林》，中华书局，1981。

［宋］洪迈：《容斋随笔》，中华书局，2005。

［宋］沈括：《梦溪笔谈》，岳麓书社，2002。

［宋］胡仔：《苕溪渔隐丛话》，人民文学出版社，1962。

［宋］孟元老等：《东京梦华录 外四种》，文化艺术出版社，1998。

［宋］四水潜夫辑：《武林旧事》卷六，浙江人民出版社，1984。

［明］罗贯中：《三国演义》，人民文学出版社，1979。

［明］施耐庵：《水浒全传》，上海人民出版社，1975。

［明］冯梦龙编，许政扬校注：《古今小说》，人民文学出版社，1958。

［明］凌濛初著，王根林标校：《二刻拍案惊奇》，上海古籍出版社，1992。

［清］蒲松龄著，张式铭标点：《聊斋志异》，岳麓书社，1988。

［清］佚名：《平山冷燕》，人民文学出版社，2006。

［清］西周生：《醒世姻缘传》，中州古籍出版社，1997。

［清］陆应旸：《樵史通俗演义》，中州古籍出版社，1987。

［清］文康：《儿女英雄传》，江苏凤凰出版社，2008。

［清］李斗著，王军评注：《扬州画舫录》，中华书局，2007。

［清］小和山樵南阳氏：《红楼复梦》，春风文艺出版社，1988。

［清］陈森：《品花宝鉴》，中国戏剧出版社，2000。

［清］李绿原：《歧路灯》，华夏出版社，1997。

［清］魏子安：《花月痕》，中国戏剧出版社，2001。

［清］刘鹗：《老残游记》，天津古籍出版社，2005。

［清］吴趼人：《二十年目睹之怪现状》，大众文艺出版社，1999。

集部

［宋］洪兴祖：《楚辞补注》，中华书局，1983。

［汉］扬雄撰，林贞爱校注：《扬雄集校注》，四川大学出版社，2001。

龚克昌等：《全汉赋评注》，花山文艺出版社，2003。

俞绍初辑校：《建安七子集》，中华书局，2005。

［魏］曹植著，赵幼文校注：《曹植集校注》，人民文学出版社，1984。

［晋］陶渊明著，逯钦立校注：《陶渊明集》，1979。

北京大学北京师范大学中文系、北京大学中文系文学史教研室编：《陶渊明资料汇编》，中华书局，1962。

［梁］萧统编，唐李善等注：《六臣注文选》，中华书局，1987。

［梁］刘勰撰，周振甫注：《文心雕龙注释》，人民文学出版社，1981。

［陈］徐陵编，［清］吴兆宜注，程琰删补：《玉台新咏笺注》，中华书局，1985。

［唐］王维著，董乃斌编选：《王维集》，江苏凤凰出版社，2006。

［唐］李白撰，瞿蜕园、朱金城校注：《李白集校注》，上海古籍出版社，1980。

［唐］杜甫撰，［清］仇兆鳌注：《杜诗详注》，中华书局，1979。

［唐］白居易：《白居易集》，中华书局，1979。

［唐］李商隐：《李商隐集》，上海古籍出版社，2015。

［唐］元结、殷璠等选：《唐人选唐诗》（十种），上海古籍出版社，1958。

［宋］计有功：《唐诗纪事》，中华书局，1965。

［宋］柳永：《柳永集》，三晋出版社，2008。

［宋］苏轼撰，［清］王文诰辑注，孔凡礼点校：《苏轼诗集》，中华书局，1982。

［宋］苏轼撰，孔凡礼点校：《苏轼文集》，中华书局，1986。

［宋］王十朋撰，梅溪集重刊委员会编：《王十朋全集》，上海古籍出版社，1998。

［宋］魏庆之：《诗人玉屑》，上海古籍出版社，1978。

［宋］谢枋得、［明］王相等选编，王岩峻等注析：《千家诗》，山西古籍出版社，2003。

［元］关汉卿著，马欣来辑校：《关汉卿集》，山西人民出版社，1996。

［元］陶宗仪：《南村辍耕录》，文化艺术出版社，1998。

［明］胡应麟：《诗薮》，中华书局，1958。

［明］许学夷：《诗源辩体》，人民文学出版社，1987。

林乾主编：《金圣叹评点才子全集》，光明日报出版社，1999。

［清］李渔：《闲情偶寄》，作家出版社，1995。

［清］刘熙载：《艺概·文概》，上海古籍出版社，1978。

［清］洪昇撰，徐朔方校注：《长生殿》，人民文学出版社，1997。

［清］孔尚任：《桃花扇》，人民文学出版社，1980。

［清］方玉润撰，李先耕点校：《诗经原始》，中华书局，1986。

［清］何文焕辑：《历代诗话》，中华书局，1981。

丁福保辑：《历代诗话续编》，中华书局，1983。

北京大学中文系等编：《陶渊明研究资料汇编》，中华书局，1962。

逯钦立辑校：《先秦汉魏晋南北朝诗》，中华书局，1983。

［清］严可均辑：《全上古三代秦汉三国六朝文》，商务印书馆，1999。

［清］康熙敕编：《全唐诗》，上海古籍出版社，1986。

［清］蘅塘退士编：《唐诗三百首》，北京师范大学出版社，2014。

［清］董浩等编：《全唐文》，中华书局，2001。

唐圭璋编：《全宋词》，中华书局，1965。

北京大学古文献研究所编：《全宋诗》，北京大学出版社，1998。

隋树森编：《全元散曲》，中华书局，1964。

任讷、卢前编选：《元曲三百首》，三晋出版社，2008。

李修生主编：《全元文》，江苏凤凰出版社，1998。

陈伯海主编：《唐诗汇评》，浙江教育出版社，1995。

吴熊和主编：《唐宋词汇评》，浙江教育出版社，2004。

郭绍虞等编：《万首论诗绝句》，人民文学出版社，1991。

谭正璧编：《三言两拍资料》，上海古籍出版社，1980。

侯百朋编：《〈琵琶记〉资料汇编》，书目文献出版社，1989。

伏涤修、伏蒙蒙辑校：《西厢记资料汇编》，黄山书社，2012。

毛效同编：《汤显祖研究资料汇编》，上海古籍出版社，1986。

马蹄疾编：《水浒资料汇编》，中华书局，1977。

朱一玄主编：《聊斋志异资料汇编》，南开大学出版社，2002。

朱一玄编，朱天吉校：《明清小说资料选编》（上），南开大学出版社，2006。

王季思主编：《中国十大古典悲剧集》，上海文艺出版社，1982。

［清］文渊阁《四库全书》集部。

二、现代著作

学术专著

黄永武：《中国诗学·考据篇》，巨流图书公司（台北），1979。

胡士莹：《话本小说概论》，中华书局，1980。

程毅中：《宋元话本》，中华书局，1980。

叶朗：《中国小说美学》，北京大学出版社，1982。

胡适：《胡适古典文学研究论集》，上海古籍出版社，1988。

赵吉惠等：《中国儒学史》，中州古籍出版社，1991。

刘汉民编写：《毛泽东谈文说艺实录》，长江文艺出版社，1992。

李彬：《传播学引论》，新华出版社，1993。

白金华编著：《毛泽东谈作家与作品》，吉林人民出版社，1993。

钱穆：《中国文化史导论》（修订本），商务印书馆，1994。

杨国荣：《善的历程》，上海人民出版社，1994。

王震中：《中国文明起源的比较研究》，陕西人民出版社，1994。

谢维扬：《中国早期国家》，浙江人民出版社，1995。

张立伟：《归去来兮：隐逸的文化透视》，三联书店，1995。

董洪利：《古籍的阐释》，辽宁教育出版社，1995。

曾大兴：《中国历代文学家之地理分布》，湖北教育出版社，1995。

罗宗强：《魏晋南北朝文学思想史》，中华书局，1996。

王运熙、顾易生主编：《中国文学批评通史》，上海古籍出版社，1996。

陈晋主编：《毛泽东读书笔记解析》，广东人民出版社，1996。

穆克宏：《魏晋南北朝文学史料述略》，中华书局，1997。

刘跃进：《中古文学文献学》，江苏古籍出版社，1997。

许总：《宋诗史》，重庆出版社，1997。

刘修明：《儒生与国运》，浙江人民出版社，1997。

葛兆光：《中国思想史》（第一卷），复旦大学出版社，1998。

尚学锋等：《中国古典文学接受史》，山东教育出版社，2000。

蔡东洲、文廷海：《关羽崇拜研究》，巴蜀书社，2001。

[日] 岗村繁：《〈文选〉之研究》，上海古籍出版社，2002。

王昕：《话本小说的历史与叙事》，中华书局，2002。

龙登高：《江南市场史——十一至十九世纪的变迁》，清华大学出版社，2003。

胡大雷：《宫体诗研究》，商务印书馆，2004。

夏传才：《二十世纪诗经学》，学苑出版社，2005。

陈平原等主编：《北京：都市想像与文化记忆》，北京大学出版社，2005。

陆萼庭：《昆剧演出史》，上海教育出版社，2006。

李学勤主编：《中国古代文明与国家形成研究》，中国社会科学出版社，2007。

段渝：《酋邦与国家起源：长江流域文明起源比较研究》，中华书局，2007。

朱李明、高云龙主编：《市场营销学教程》，社会科学文献出版社，2007。

程国斌：《明代书坊与小说研究》，中华书局，2008。

刘毓庆、郭万金：《从文学到经学——先秦两汉诗经学史论》，华东师范大学出版社，2009。

郭沫若：《李白与杜甫》，中国长安出版社，2010。

李怡、蔡震编著：《郭沫若评说九十年》，文化艺术出版社，2010。

李怀亮、金雪涛主编：《文化市场学》，首都经贸大学出版社，2010。

[美] 哈罗德·布鲁姆：《西方正典：伟大作家和不朽作品》，江宁康译，译林出版社，2011。

多种版本的《中国文学史》。

报纸期刊论文

杨润秋、苗怀明：《圣手丹青还是艺术败笔——〈三国演义〉周瑜形象得失新探》，《明清小说研究》1999 年第 3 期。

董志强：《话语权力与权力话语》，《人文杂志》1999 年第 4 期。

潘建国：《明代通俗小说的读者与传播方式》，《复旦学报》2001 年第 1 期。

吴子林：《小说评点知识谱系考察》，《浙江学刊》2001 年第 5 期。

吴子林：《文化的参与：经典再生产——以明清之际小说的"经典化"进程为个案》，《文学评论》2003 年第 2 期。

马银琴：《春秋时代赋引风气下〈诗〉的传播与特点》，《中国诗歌研究》2003 年第 3 期。

吴承学：《现存评点第一书》，《文学遗产》2003 年第 4 期。

孟祥才：《从秦汉时期皇帝诏书称引儒家经典看哲学的发展》，《孔子研究》2004 年 7 月。

郭英德：《中国古代文学史研究中的文学教育研究》，《文学遗产》

2006 年第 2 期。

邓新跃：《〈沧浪诗话〉与盛唐诗歌的经典化》，《江汉论坛》2007 年第 2 期。

毛振华：《〈左传〉赋诗研究百年述评》，《湖南大学学报》2007 年第 4 期。

樊宝英：《金圣叹选本批评与文学的经典化》，《聊城大学学报》2008 年第 1 期。

刘绍平：《明代的工资、物价及税收》，《社会观察》2008 年第 1 期。

颜健：《论〈桃花扇〉在康熙朝的传播》，《济宁学院学报》2008 年第 1 期。

刘向斌：《两汉时期屈原的崇高化与〈离骚〉的经典化历程》，《西北大学学报》2008 年第 4 期。

路遥：《中国传统社会民间信仰之考察》，《文史哲》2010 年第 4 期。

胡晓明：《正人君、变今俗与文学话语权——〈毛诗序〉郑笺孔疏今读》，《文学评论》2011 年第 6 期。

周兴陆：《女性批评与批评女性——清代闺秀的诗论》，《学术月刊》2011 年第 6 期。

郑宇：《百年老课文的百年历程》，《中华读书报》2012 年 2 月 29 日，第 8 版。

陈桐生：《战国作者的托名传播》，《江西师范大学学报》2012 年第 3 期。

周宪：《经典的编码与解码》，《文学评论》2012 年第 4 期。

崔雄权：《接受与书写：陶渊明与韩国古代山水田园文学》，《文学评论》2012 年第 5 期。

朱寿桐：《选刊选本热中的"选学"思考》，《文艺争鸣》2013 年 4 月号。

詹福瑞：《试论经典与政治权力之关系》，《文学评论》2014 年第 1 期。

程水金、张宜斌：《〈千字文〉的创作与流传》，《光明日报》2014 年 6 月 3 日，第十六版。

孙伟科：《回溯揭秘　追问意义》，《中华读书报》2014 年 6 月 11 日，第 5 版。

成中英：《古文唐诗、民间文学、希腊神话启蒙》，《中华读书报》2014 年 6 月 4 日，第 10 版。

张新科：《〈史记〉文学经典化的重要路径——以明朝评点为例》，《文史哲》2014 年第 3 期。

郭宝军：《试论〈文选〉经典化之可能与生成》，《文学遗产》2016 年第 6 期。

刘悦笛：《当代文学：去经典化还是再经典化》，《文艺争鸣》2017 年第 3 期。

后记

从国家社科基金西部项目"中国古代城市文学史研究"的完成，到国家社科基金后期资助项目"中国古代文学经典化机制研究"的结题，在过去的六年中，我们再一次完成了学术研究上的艰辛跋涉与自我超越。

围绕中国古代文学经典化机制而进行的研究，对于长期从事古代文学跨学科研究且临近退休的我们而言，既是一生的学术总结，同时又是一次富有挑战性的学术"尝试"。我们始终坚信，任何时代的文学，作为特殊的文化现象，从来不是也不可能是孤立的存在。从纵向的角度看，文学存在着自身的承传谱系，而从横向的角度看，文学又总是与其他精神文化领域——诸如政治、道德、教育、宗教等发生着千丝万缕的联系。因此，文学研究既需要"沉得下去"的功夫，充分占有材料，透彻把握研究对象，同时也需要"跳得出来"的视野，梳理研究对象自身的承传渊源和发展脉络，厘清研究对象与其他精神文化领域的复杂联系及相互影响。只有这样，我们的研究才会具有"厚度"与"高度"。对于古代文学研究而言，真正能够做到"跳得出来"，就应该自觉突破古今文学的时代壁垒，突破日益精细化的学科门槛限制，将其置于广阔的文化视野中加以观照。在古代文学研究中，许多学者倡导"打通"，我们以为，要义正在于此。而这种境界与格局，也是我们一直坚持的学术追求。其实，在中国古代文学研究中，许多博通古今、学贯中西的先贤大师，在这方面已如高山仰止般的存在，我们深知自己的浅陋，不敢望其项背于万一，但并不妨碍我辈见贤思齐的内心期许。"中国古代文学经典化机制研究"获准国家社科基金后期资助，为我们所坚持的学术追求又一次提供了良好的契机，鞭策我们继续前行。

古代文学经典化机制，是指在古代文学经典生成和传播的运动过程中，影响其运作的各种文化因素的结构、功能、方式，以及在诸种因素相互间内在联系的作用下所形成的运行原理。经典之所以被建构为经典，经典之所以历久弥新，从根本上说，是多种文化因素共同参与、相互影响的结果。具体而言，除开文学自身的因素外，其他诸如政治、教育、道德、经济、文化传播、学术研究、宗教乃至民族心理、思维方式，等等，都是古代文学经典得以生成和传播的重要力量，只是它们各自参与经典建构的方式与程度有所差异而已。选择中国古代文学经典化机制研究这一课题，对我们来说，既是研究领域的又一次拓展，也是多年治学基础上的水到渠成。二十多年前，我们在完成国家社科青年基金项目"中国文学的伦理精神"（1995 年立项）的过程中，就已经较为系统地梳理了中国传统伦理道德与中国文学的关系。该项目结题成果通过"古典理想""现代精神""当代选择"这三大板块的设置，搭建起研究的基本框架，不仅首次尝试突破人们已经习以为常的代际分隔，以连续不断的时间为坐标，凸显道德系统对中国文学的深远影响，而且初步呈现出文学经典本质规定性中道德元素的存在。相沿以下，我们先后又围绕"中国作家的文化心态研究"（四川省教育厅重点项目）、"空间与审美——文化地理视域中的中国古代文学"（四川省哲学社会科学重点项目）、"中国古代文论的民族特色研究"（四川省哲学社会科学规划项目）、"中国古代城市文学史研究"（国家社科基金西部项目）、"从传统走向现代——中国文学城市审美的历史演进"（教育部规划项目）等课题的研究，始终遵循"沉得下去"与"跳得出来"并重的学术理念，一方面力求准确完整地"还原"研究对象生成的当下历史场景，另一方面又自觉地将它们置于跨学科的视域下观照。为此，在这一并不短暂的过程中，我们不同程度地涉猎了政治学、社会学、教育学、心理学、地理学、传播学等学科的知识。唯其如此，也顺理成章地为我们研究中国古代文学经典化机制奠定了必要的基础。在这个意义上，作为课题结题成果的《中国古代文学经典化机制研究》顺利付梓，当是对我们多年艰辛付出的回报。

人生苦短，学术无涯。以有限之生命，追求无涯之学术，注定是一个富有悲剧意味的过程，因为我们永远无法抵达远方的终点。伴随着每一个具体选题的完成，都会留下瑕疵和疏漏，尔后就自我宽慰：下一次弥补吧。在不断重复的"下一次"中，人生已过耳顺之年，新的瑕疵和疏漏依然在所难免。即便今生就此告别学术，再没有了"下一次"，我们也不后悔当初的选择，只因为学术让我们在生命过程中真切感受到了充实与快乐。

感谢国家社科基金的宝贵支持。

感谢西华师范大学科研处的长期支持。

感谢九州出版社郭荣荣女士、邹婧女士为本书的出版所付出的辛勤劳动。

感谢四川大学祝尚书教授、西华师范大学付俊琏教授为本课题立项给予的无私帮助。

感谢研究生石欣、王慧、杨红、王茂入多次为我们查阅资料、核对文献出处。

感谢所有关心和帮助过我们的专家学者、亲朋好友。

本成果由周晓琳、刘玉平二人共同完成，但按国家社科规划办的相关规定，著作封面只能有一人署名，特此说明。

周晓琳　刘玉平

2019 年 6 月 15 日于西华师范大学琴瑟轩